서자

바이셴융 白先勇 지음

김택규 옮김

글항아리

1. 국립 타이베이대학에 입학했을 때의 모습

2. 1980년대 『서자^{庶子}』를 집필하는 모습

3. 1980년대 타이베이의 자택에서

4. 1980년대 로스앤젤레스에서 후진취안 등과의 만남

首映會

17日起每週二至五 晚間8:00首播
晚間12:00及翌日下午1:00重播

5. 영화 「서자(孽子)」의 시사회에서 차오루이위안 감독 등과 함께

일러두기

- 이 책은 白先勇의 『孽子』를 완역한 것이다.
- 주는 모두 옮긴이의 것이다.

차
례

깊디깊은 어두운 밤에

홀로 거리를 방황하던

　돌아갈 데 없던

그 아이들에게 바친다

제 1 부

추방

1

석 달 열흘 전 몹시도 맑은 오후에 아버지는 나를 집에서 쫓아냈다. 햇빛이 집 앞의 좁은 골목을 온통 새하얗게 비췄고 나는 맨발로 죽어라 뛰다가 골목 어귀에서 뒤돌아보았다. 아버지가 나를 쫓아오고 있었다. 큰 몸집을 뒤뚱대며 한 손으로 중국에서 연대장을 할 때 쓰던 호신용 권총을 휘둘렀다. 그의 희끗희끗한 머리칼은 한 올도 남김없이 쭈뼛 섰고 핏발 선 두 눈에서는 분노의 불길이 이글거렸다. 그가 슬프고, 화나고, 떨리고, 쉰 목소리로 소리쳤다.

"이 짐승 새끼!"

2

공고

   고등학교 야간부 3학년 3반 리칭李靑 학생은 금월 3일 밤 11시경 본교 화학실험실에서 실험실 관리원 자오우성趙武勝과 외설 행위를 벌이던 중 학교 경찰에게 현장 체포되었다. 상기 학생은 품행의 불량함이 중대해 본교의 명예에 손상을 끼쳤으므로 그 중과실을 기록함과 동시에 퇴학을 명해 일벌백계로 삼는다.

성립省立 위더育德중고등학교 교장 가오이톈高義天

1970년 5월 5일

제 2 부

우리의 왕국에서

1

 우리의 왕국에는 밤만 있고 낮은 없었다. 날이 새면 우리 왕국은 자취를 감췄다. 그곳은 비합법적인 나라였기 때문이다. 우리는 정부도 없고 헌법도 없었으며 승인되지도 못하고 존중받지도 못했다. 가진 것이라고는 오합지졸인 한 무리의 국민뿐이었다. 때로 우리는 관록 있고, 잘생기고, 인기 많고, 자세가 나오는 인물을 우두머리로 추대하기도 했지만 다시 아무렇게나 그를 끌어내렸다. 우리는 새로운 것을 좋아하고 낡은 것을 혐오하며 규칙을 지키지 않는 종족이었기 때문이다. 우리 왕국의 영토를 얘기하면 사실 불쌍하리만큼 작았다. 길이는 200~300미터, 너비는 100미터 남짓으로 타이베이시 관첸로館前路 신공원新公園 내 직사각형 연못 주변의 손바닥만 한 땅이었다. 국토 가장자리에는 산호수와 빵나무, 나이 들어 이파리가 드문드문한 종려나무 그리고 도롯가에서 종일 고개를 흔들며 탄식하는 대왕야자 등의 열대 수풀이 겹겹이 뒤엉켜 있었다. 그것들은 마치 빽빽한 울타리처럼 왕국을 가려 외부 세계와 잠시 떨어뜨려주었다. 그러나 울타리 밖 광활한 세계의 위협은 우리 국토 안에서도 시시때때로 희미하게 느껴지곤 했다. 수풀 밖 방송국 쪽의 시끄러운 확성기는 바깥 세계의 놀라운 소식들을 자주 전해주었다. 중국방송공사의 여자 아나운서는 정확한 표준어로 살기등등하게 소리쳤다.

"미국의 우주인이 달에 상륙했습니다! 홍콩, 타이완의 국제 마약밀매단이 오늘 아침 체포되었습니다! 농업부 횡령 사건 공판이 내일 열립니다!"

우리는 저마다 귀를 쫑긋 세웠다. 마치 호랑이가 가득 깔린 숲속에서 간신히 살아남은 사슴 무리처럼 몹시 경계하며 귀를 기울였다. 바람에 풀이 흔들리는 소리조차 우리에게는 경고음이었다. 쇠못을 박은 듯한 경찰 구두의 딸각대는 소리가 종려나무 숲에서 우리 영토로 엄습해오기라도 하면 우리는 약속이라도 한 듯 뿔뿔이 흩어졌다. 누구는 방송국 앞으로 도망쳐 사람들 속에 섞여들어갔고 누구는 화장실로 들어가 볼일을 보는 척했다. 또 누구는 공원 정문으로 달아나 고대 왕릉 같은 박물관 계단 위에 우뚝 솟은 돌기둥 그늘 아래 숨어 잠시 목숨을 부지할 기회를 얻었다. 무정부 왕국은 어떠한 보호책도 제공해주지 못했다. 우리는 각자 동물적인 본능에 의지해 어둠 속에서 생존의 길을 찾아야만 했다.

그 왕국은 역사가 불분명했다. 누가 세운지도 언제 세워졌는지도 몰랐다. 하지만 우리의 그 은밀하고 비합법적인 손바닥만 한 나라에서는 오랫동안 외부인에게는 얘기하기 힘든 놀랍고도 비통한 역사가 펼쳐졌다. 백발이 성성한 원로 몇 명은 그 눈물겨운 옛일을 애기할 때면 슬픔과 자부심이 교차하는 말투로 "아, 너희가 어떻게 그런 세월을 상상이나 하겠어?"라며 탄식하곤 했다.

몇 년 전 공원 연못에 붉은 수련을 가득 심은 적이 있다고 한다. 여름이 되자 수련이 수면 위에서 붉은 초롱처럼 송이송이 꽃망울을 터뜨렸다. 그런데 무슨 이유에서인지 시 정부가 사람들을 보내 수련을 깡그리 뽑아버리고 연못 중앙에 팔각형의 누각을 세웠으며 연못 네 모서리에도 각기 붉은 기둥에 초록색 기와를 얹은 정자를 지었다. 그 바람에 소박하고 원시적이었던 우리의 국토는 엉뚱하게 고색창연한 장식이 더해져 세속적이고 다소 괴이한 분위기까지 풍기게 되었다. 이 일을 이야기하다가 원로들은 끝내 슬픔의 탄식을 금치 못했다.

"붉은 연꽃들이 정말 너무나 아름다웠는데 말이야."

그들은 또 돌아가며 우리가 들어본 적도 없는 이름들을 꺼내며 옛일을 회상했다. 그 이야기들의 주인공은 모두 몇 년 전 국적에서 이탈해 세상 밖으로 나간 영웅들이었다. 누구는 진작에 실종되어 소식이 묘연해졌다. 누구는 요절해 무덤에 잡초만 무성했다. 그러나 5년, 10년, 15년, 20년 뒤 어느 깊고 컴컴한 밤에 불현듯 연못가에 나타나 우리의 어두운 왕국으로 귀환한 사람도 있었다. 그는 조바심치며 연못 주위를 돌면서 마치 오래전 잃어버린 자기 영혼을 찾고 있는 듯했다. 백발이 성성한 원로들은 슬픈 표정으로 반쯤 눈을 감은 채 지혜로우면서도 감회 어린 어조로 결론을 냈다.

"언제나 그랬어. 너희는 바깥 세계가 크다고 생각해? 언젠가, 결국 언젠가 너희는 순순히 너희의 이 둥지로 다시 날아오게 돼 있어."

2

어제 타이베이시는 기온이 또 섭씨 40도까지 올라갔다. 신문에서는 20년 만의 가장 덥고 건조한 여름이라고 했다. 8월 내내 비한 방울 내리지 않았다. 공원의 나무들은 더워서 일제히 김을 뿜어냈다. 울창한 종려나무, 산호수, 대왕야자는 우듬지가 수증기에 덮여 있었다. 공원 안 연못 주변의 콘크리트 계단과 계단 위에 늘어선 돌난간은 낮에는 태양에 바짝 그을렸다가 밤이 되면 열기를 토했다. 누구든 그 계단 위에 서면 열기에 온몸이 후끈대고 근질거렸다. 그리고 하늘이 컴컴해지면 구름이 땅을 내리누르듯 낮아졌다. 이어 밤하늘 한 귀퉁이에 둥글고 살진 달이 떠올라 야자수 바로 위에서 불그스름하게 빛났다. 마치 성홍열에 걸려 발진이 돋은 거대한 고깃덩어리처럼. 사방에는 바람 한 점 없고 어두컴컴한 숲속에서는 나무들이 조용히 서 있었다. 공기는 짙고, 뜨겁고, 답답해서마치 응고된 것만 같았다.

주말 저녁이어서 우리는 모두 한자리에 모였다. 나란히 연못가 계단에 서서 돌난간에 몸을 기댔다. 연못을 빽빽이 에워싼 우리 머리가 어둠 속을 부유하며 이리저리 흔들렸다. 그 침침한 밤 풍경 속에서 우리는 거의 벗겨진 정수리와 희끗희끗한 귀밑머리 그리고 밤 고양이의 동공처럼 욕망에 번뜩이는 부릅뜬 눈들을 볼 수 있었다. 낮고 은밀한 귓속말이 구석구석에서 웅웅 이어졌다. 이따금 방정맞은 웃음소리가 갑작스레 짙은 밤공기 속으로 파고들어 사방으로 퍼져나갔다. 당연히 그 방자한 웃음소리는 우리 양楊 사부의 것이었다. 양 사부는 몸에 착 달라붙는 빨간 웃옷을 입어 둥근 똥배가 불룩 앞으로 튀어나왔고 반들반들한 올론 검정 바지 속 튼실한 엉덩이도 뒤로 두두룩해서 꼭 앞뒤에 큰 풍선이 매달려 있는 듯했다. 양 사부는 계단 위를 이리저리 쑤시고 다니며 사람들에게 알은척하느라 바빴다. 그의 손에는 두 자 길이의 큰 쥘부채가 들려 있었는데 부채를 펴면 정면에는 '淸風徐來',* 밑에는 '好夢不警'**이라는 여덟 글자가 크고 운치 있게 적혀 있었다. 양 사부는 숨을 헐떡이며 소리 지르고 웃어댔다. 몸을 움직이기만 하면 앞뒤의 가죽 풍선이 물결치듯 출렁여서 무척 폼나 보였다. 양 사부는 스스로를 공원의 총교관으로 임명했다. 그는 자기가 우리의 그 보금자리에서 풀이 몇 포기인지까지 다 셀 수 있고 또 자기가 건사해낸 제자가 적게 잡아도 30에서 50명은 될 거라고 말했다. 그리고 그 두 자짜리 쥘부채를 휘두르다 꼭 지휘봉처럼 그것을 우리 앞에 휙 내밀며 욕

---

* 청풍서래. 맑은 바람은 천천히 분다.
** 호몽불경. 좋은 꿈은 겁나지 않는다.

을 하곤 했다.

"이 씹새끼들, 이 사부가 공원에 등장했을 때 너희는 아직 엄마 배 속에 있었어. 그런데 감히 사부 앞에서 잘난 척을 해? 이 똥인지 된장인지도 구별 못 하는 개새끼들아!"

한번은 샤오위小玉가 새빨간 칼라 셔츠와 남색 나팔바지를 입고 온 적이 있다. 앵클부츠까지 신고 계단 위에서 폼을 내며 다니는 데 꽤나 잘생기고, 멋지고, 섹시했다. 그때 뭐가 거슬렸는지 우리 사부는 샤오위의 한쪽 팔을 잡아 등 뒤로 꺾더니 코웃음 치며 말했다.

"요 저질 새끼가 어디서 으스대는 거야? 이 사부 앞에서 감히 자랑질을 하다니. 이 사부는 네 나이 때 아마추어 무대에서 양종보*역할을 한 몸이야. 너 오늘 나한테 아주 뼈도 못 추릴 줄 알아라."

그러면서 다른 손으로 샤오위의 목을 세게 틀어쥐었고 샤오위는 아파서 비명을 지르며 잘못했다고 싹싹 빌었다. 우리의 사부, 양진하이楊金海 총교관은 확실히 공원에서 내력이 깊고 명성도 높은 인물이었다. 그는 우리의 개국 원로로서 공원 사람 태반을 알았고 각각의 성질이 좋은지 나쁜지도 훤히 꿰뚫고 있었다. 또 노련하고 처세에 능한 데다 힘센 사람 몇 명이 뒤를 봐주고 있어 공원 내에서 꽤 환영받기도 했다. 과거에 양 사부는 중산북로中山北路 류탸오퉁六條通의 술집과 식당 몇 곳에서 지배인을 하며 각양각색의 사람을 상대한 적이 있어서 견문이 넓고 수단이 많았으며 여러 호텔과 여관마다 아는 사람이 있었다. 할로, 할로, 하고 엉터리 영어를 줄줄이

---

* 楊宗保. 송나라의 전쟁 영웅으로 소설과 연극에서 주인공으로 자주 등장한다.

읊었고 일본 말도 몇 마디 할 줄 알았다.

우리의 양 사부도 과거에는 좋은 집안 자제였다고 한다. 그의 아버지는 중국에서 산둥山東 옌타이煙臺의 지방 관리였다가 타이완에 와서 타이베이 류타오퉁에 타오위안춘桃源春이라는 작은 야식 전문 술집을 차렸고 양 사부는 거기서 아버지 대신 주인 노릇을 했다. 공원 사람들이 밤마다 타오위안춘에 들러 매상을 올려준 덕분에 한때는 장사가 번창했다. 그러다가 나중에 공원의 불량배가 섞여들어 돈을 요구하고 말썽을 일으키면서 경찰이 출동했다. 이에 사람들이 안 좋은 일에 휘말릴까 걸음을 멀리하면서 가게는 망하고 말았다. 그리고 더 나중에 다른 사람들이 샤오샹瀟湘, 샹빈香檳, 류푸탕六福堂 같은 술집을 연이어 열긴 했지만 죄다 변변치 않았다. 공원 사람들은 아직까지도 양 사부의 그 타오위안춘을 그리워했다. 그들은 겨울밤 공원이 싸늘해지면 다 같이 타오위안춘에 몰려가 사오싱주* 한 주전자를 데워 짠지 두 접시를 안주 삼아 마시곤 했다. 술이 거나해지면 서로 어깨를 건 채 잔과 접시를 두드리며 유행가를 몇 곡씩 불렀다. 실로 근사한 분위기였다. 지금도 양 사부는 타오위안춘 얘기만 나오면 우쭐해졌다.

"우리 타오위안춘은 말이야, 세상 밖 낙원이었어. 너희 어린 새들이 그 안에 숨으면 바깥의 비바람이 못 들이쳐 편안하고 안전했지. 나는 관세음보살이었어. 불쌍한 너희 새들을 얼마나 많이 구해줬는지 몰라."

---

* 紹興酒. 찹쌀을 발효시켜 만드는 술로 중국 8대 명주 중 하나이며 알코올 도수는 14~18도로 낮다.

나중에 양 사부는 자기 아버지와 싸우고 집을 뛰쳐나왔다. 아버지의 은행 예금 중 상당액을 인출했기 때문이다. 듣자 하니 그 돈은 죄다 그가 아끼는 양자, 원시인 아슝阿雄에게 쓰였다고 한다. 고산 지역 출신인 아슝은 간질을 앓았다. 멀쩡히 걸어가다 픽, 하고 쓰러져 게거품을 물곤 했다. 당시 그는 차도에서 기절하는 바람에 차에 치여 두 다리가 부러졌다. 타이완 요양원에 반년 동안 입원해 있느라 쓴 수십만 위안은 양 사부가 대신 냈다. 아슝은 키가 180을 훌쩍 넘고 온몸이 까맸으며 가슴 근육이 쇠처럼 단단했다. 두 손은 곰 발바닥처럼 큼지막했다. 때로 그는 우리에게 농담을 던지고는 무심코 두 손을 뻗어 와락 안아주었다. 그의 팔 힘은 정말 우악스러워서 우리는 온몸의 뼈가 바스러지는 듯해 비명을 질렀다. 아슝은 주전부리를 무척 좋아해서 우리는 그를 놀릴 때 아이스케이크를 그의 눈앞에서 흔들며 "형이라고 불러봐"라고 말했다. 그러면 그는 손을 뻗어 그걸 빼앗고는 헤헤 웃으며 혀 짧은 소리로 "흥, 흥" 하고 소리쳤다. 사실 그는 우리보다 열 몇 살이 많아서 벌써 서른 살이 넘은 나이였다. 매번 양 사부를 따라 공원에 왔고 항상 건과류와 땅콩을 봉지째 든 채 오물오물 씹어 먹고 있었다. 그리고 우리를 보면 그 봉지들을 들어 보이며 "먹을래?"하고 묻고서 골고루 나눠주었다. 때로 양 사부는 눈에 거슬리는지 부채로 그의 머리를 탁, 치며 욕을 했다.

"제 분수도 모르고 이렇게 돈을 써대니 돌아서면 빈털터리지. 그러고서 맨날 나한테 또 사달라고 떼를 쓰고 말이야."

"제자들아, 여기 멍하니 서서 뭐하는 거냐?"

양 사부가 우리가 있는 데로 건너오더니 부채를 쓱 돌려 우리를 가리키며 물었다.

"월척은 산수이가三水街 놈들한테 다 낚이고 며칠 묵은 꽈배기만 몇 개 남았는데 너희 관심 있냐?"

말을 하며 양 사부가 부채를 확 펴자 '淸風徐來'와 '好夢不驚' 여덟 글자가 부르르 떨렸다. 양 사부 뒤에 우뚝 선 원시인 아슝이 꼭 서커스단의 큰곰처럼 거대해 보였다. 그는 밝은 자주색 나일론 스포츠 셔츠를 입고 있었다. 새 옷이었고 그의 가슴 근육을 꽉 죄어 울퉁불퉁 도드라지게 했다.

"와 아슝, 새 옷 참 멋지네. 라오구이老龜가 준 거야?"

샤오위가 손을 뻗어 아슝의 가슴을 툭 쳤고 우리는 와자하니 웃음을 터뜨렸다. 우리는 사실 사부를 자극해 놀려주고 싶었다. 라오구이는 예순이 넘은 늙은 호색한으로 목덜미에 마른버짐이 가득했다. 공원 사람들이 전혀 상대해주지 않아서 보통 어둠 속에 숨어 있다가 우리가 무방비한 틈을 타 쓱 손을 뻗어 붙들곤 했다. 한번은 그가 삶은 땅콩 한 봉지로 아슝을 꾀어 데려간 적이 있었다. 나중에 사부는 화가 머리끝까지 나서 라오구이를 붙잡아 죽도록 팼다.

"이 씨발 새끼야, 네 몸뚱아리야말로 라오구이가 준 거겠지."

양 사부가 부채로 샤오위의 이마를 찌르며 욕을 했다.

"저 옷이 어디서 난 건지는 아슝한테 직접 들어보라고. 누가 사준 건지 말이야."

"아빠가 사줬잖아요."

아슝이 헤실헤실 웃으며 혀 짧은 소리로 말했다.

"바보 자식. 내가 어디서 사줬는데?"

"투데이백화점에서요."

"얼마였지?"

"100……"

"씨발, 108위안이잖아."

양 사부는 손바닥으로 아슝의 넓고 두툼한 등을 찰싹 때리고는 껄껄 웃었다.

"아니, 이 도둑놈의 새끼가 여기 숨어 있었잖아!"

양 사부는 샤오위의 등 뒤에 웅크리고 있던 쥐를 발견하고는 냉큼 그의 귀를 잡아당기며 손목을 붙들었다.

"너희 어서 칼 한 자루 가져와, 내가 이 도둑놈의 손을 잘라버릴 테니. 이놈 손을 놔둬서 뭐에 쓰겠어? 종일 좀도둑질이나 하는데 말이야. 죽고 싶어 환장을 해도 유분수지, 내가 자라고 사람을 소개했지, 그 사람 물건을 훔치라고 했냐? 네가 이 사부의 얼굴에 먹칠을 했겠다! 누가 신고하기 전에 내가 먼저 이 죽일 놈을 경찰서에 끌고 가 매운맛을 보여줄 테다. 내일은 까마귀한테 꼰질러 네놈을 매달아서 패주게 할 거고 말이야."

"사부……."

쥐가 몸부림치며 허겁지겁 소리쳤다. 노랗고 마른 삼각형 얼굴이 괴상하게 일그러졌다. 양 사부가 차갑게 웃으며 말했다.

"너도 무서운 줄은 아나보지? 지난번에 내가 사정하지 않았으면 까마귀가 진작에 너를 때려죽였을 거야. 쇠 채찍 맛이 어떤지 아직 기억나냐?"

양 사부는 손을 들어 쥐의 뺨을 두 대 날렸다. 쥐의 머리가 좌우로 왔다 갔다 했다. 부채 자루로 그의 이마를 쿡쿡 찌르고 난 뒤에야 양 사부는 아슝을 데리고 훌쩍 자리를 떴다. 온몸의 비곗살이 앞뒤로 리드미컬하게 오르락내리락 물결쳤다.

"너 또 뭘 훔친 건데?"

샤오위가 물었다.

"그냥 만년필 한 자루 챙겼을 뿐이야. 무슨 귀중품도 아니었다고."

쥐는 입을 삐죽대다가 침을 칵 뱉었다.

"그 죽일 놈이 300 얘기했다가 200밖에 안 줬어."

"와, 너 언제 또 값이 오른 거야? 300?"

샤오위가 의아해하며 물었다. 쥐는 겸연쩍은 듯 입을 벌리고 한참 쭈뼛대다가 우물우물 말했다.

"이 짓을 하자더라고."

그는 가늘고 마른 팔을 쭉 뻗더니 소매를 걷어 팔뚝을 보여주었다. 우리는 모두 다가가 자갈길 쪽으로 비치는 야광등 불빛을 빌려 그의 팔뚝에 생긴 까만 물집 세 개를 확인했다.

"와, 이게 대체 뭐야?"

샤오위가 손으로 만졌다.

"아야!"

쥐가 감전된 것처럼 펄쩍 뛰었다.

"만지지 마, 아프다고. 불에 데인 물집이야. 그 죽일 놈이 담뱃불로 지졌다고."

"이 저질 새끼가 또 이런 짓을 했네."

샤오위가 쥐의 코끝을 가리키며 말했다.

"넌 언젠가 귀신을 만나 고기만두가 돼서 잡아먹힐 줄 알아."

쥐는 헤헤, 멍청하게 웃으며 누르스름한 이를 드러냈다. 그러고는 나직이 간청을 했다.

"샤오위, 나 대신 사부한테 말 좀 잘 해줘. 제발 까마귀한테 꼰지르지 말아달라고 말이야."

"그래주면 나한테 뭘 해줄 건데? 신난양新南陽 극장에서 「교수목」*이라도 보여줄 거야?"

샤오위가 쥐의 귀를 잡아당겼다.

"이 도둑놈의 새끼, 앞으로 뭐 훔치면 이 형님하고 꼭 나눠 가져야 해."

"염려 마."

쥐는 씩 웃더니 고개를 숙이고 팔을 들어 그 까만 물집들을 살폈다. 꼭 무슨 신기한 구경이라도 하는 듯했다.

샤오위가 잠시 자리를 떴다가 돌아와서 쥐에게 말했다.

"사부가 그러는데 잠시 네 하찮은 목숨을 살려주겠대. 다음번에 또 그런 짓을 하면 반드시 엄벌에 처할 거고 말이야. 너도 참 꼴불견이다. 어떻게 까마귀 얘기만 나오면 놀라서 오줌을 질질 싸냐? 대체 까마귀가 왜 무서운데? 까마귀 그게 너무 커서 정신이 쏙 빠진 거야?"

우리는 모두 폭소를 터뜨렸고 쥐도 덩달아 헤헤 웃었다. 까마귀는 쥐의 맏형이었다. 쥐는 어릴 때 양친을 잃고 까마귀의 집에서 자랐다고 한다. 까마귀는 장산江山 빌딩에 있는 완샹위晚香玉 카바레

---

* 게리 쿠퍼 주연의 1959년 작으로 미국 몬태나주의 금광촌을 배경으로 한 치정극이다.

의 보디가드로 성질이 난폭하기 그지없었다. 쥐는 그의 집에서 툭하면 주먹질, 발길질을 당하며 노예처럼 지냈다. 우리가 왜 가출하지 않느냐고 물으면 쥐는 어깨만 으쓱이고 이유를 대지 않았다. 그냥 까마귀와 지내는 게 습관이 됐다고만 했다. 언젠가 쥐가 고객의 손목시계를 훔쳐서 경찰이 까마귀의 집을 찾아간 적이 있었다. 그때 까마귀는 쥐를 거꾸로 매달고 3자 길이*의 철사 채찍으로 호되게 매질을 했다. 그 바람에 쥐는 한동안 허리를 못 폈고 우리를 만나면 구부정한 자세로 얼굴을 찡그리며 괴상하게 웃었다.

"아칭阿靑."

샤오위가 귓속말로 나를 부르고는 몰래 내 옷을 잡아당겼다. 나는 그를 따라 계단을 내려가 녹나무 숲으로 들어갔다.

"부탁 좀 하자."

샤오위가 내 팔을 붙잡고 흥분하며 애걸을 했다.

"뭔데? 또 너 대신에 거짓말이라도 해달라고? 왜 이러는데?"

"우리는 형제 아니냐. 내일 내가 망고 두 개 가져다줄게."

샤오위가 웃으면서 말했다.

"조금 있다가 저우周 사장이 와서 나를 찾으면 우리 엄마가 아파서 싼중푸三重埔에 갔다고 좀 해줘."

"됐네요."

나는 웃으며 손사래를 쳤다.

"지난번에도 너희 엄마가 아프다고 했는데 또 믿어주겠어?"

---

*90센티미터.

"믿든 안 믿든 상관없어."

샤오위가 비웃으며 말했다.

"난 그 사람한테 팔린 몸이 아냐. 그냥 말싸움하기가 싫을 뿐이야."

저우 사장은 샤오위의 수양아비였고 두 사람은 일 년 넘게 헤어졌다 만났다 했다. 그는 중허향中和鄕에서 염직 공장을 운영했으며 주머니 사정이 좋아서 툭하면 샤오위에게 선물을 사줬다. 지난주에는 세이코 손목시계를 줘서 샤오위는 그것을 차고 만나는 사람마다 보여주며 "저우 사장이 사준 거야"라고 했다. 하지만 저우 사장과 함께 살기로 한 거냐고 내가 물으면 그는 한숨을 쉬며 "그 영감이 나한테 잘해주기는 하는데 간섭이 너무 심해서 참을 수가 없어!"라고 말했다. 저우 사장이 중허향으로 이사 와서 함께 살자고 강권했지만 샤오위는 말을 듣지 않았다. 일주일에 사나흘만 가 있겠다고 했다. 샤오위는 어린 야생마여서 저우 사장은 그를 통제하지 못했다. 두 사람은 그 일로 늘 말다툼을 했다.

"이번에는 또 어떤 고객이야?"

내가 물었다.

"말해줄 테니까 비밀을 지켜줘야 해. 화교야, 화교."

"와, 화교를 수양아비 삼는 거야?"

"사부가 그랬어. 도쿄에서 왔고 타이완 출신이래. 꽤 멋있다는데 이번에 류푸六福호텔에서 만나기로 했어."

샤오위가 말하면서 껑충껑충 뛰더니 곧장 숲 밖으로 달리면서 나를 돌아보며 외쳤다.

"저우 사장을 부탁해!"

숲속에는 모기가 가득해서 잠깐 서 있었을 뿐인데도 내 팔은 어느새 여러 군데가 물려 부풀어 있었다. 나는 가려운 데를 긁으며 밖으로 빠져나왔다. 그런데 갑자기 뒤에서 누가 내 어깨에 손을 얹었다.

"누구야?"

나는 화들짝 놀라 몸을 홱 돌렸다. 어둠 속에서 우민吳敏의 얼굴이 보였다. 마치 허공에 떠 있는 백지장 같았다.

"너구나! 언제 퇴원한 거야?"

"오늘 오후에."

우민의 목소리가 가늘게 떨렸다.

"너 이 자식, 나왔으면 나왔다고 우리한테 알려야지."

"이렇게 찾아왔잖아. 방금 전 쥐가 그러더라고, 너하고 샤오위가 여기로 왔다고."

나는 연못가 쪽으로 걸음을 옮겼지만 우민이 내 팔을 붙잡고 사정했다.

"그쪽으로 안 가면 안 돼? 사람이 너무 많아."

나는 몸을 돌려 공원 정문의 박물관 쪽으로 향했다. 오솔길 양쪽 가로등의 자주색 형광등이 우민의 얼굴을 비췄다. 밀랍을 한 겹 바른 듯 몹시 창백했다. 혈색이 전혀 없었다. 본래 수려하던 얼굴은 두 볼이 쏙 들어갔고 크고 새까만 두 눈은 움푹 패여 있었다. 그가 손을 들어 이마의 땀을 닦을 때 왼쪽 손목에 아직 붕대가 감긴 것을 보았다. 꼭 하얀 수갑 같았다. 그날 타이완대학병원 응급실에 누워 있던 우민의 왼쪽 손목에는 6센티미터 길이의 칼자국이 나 있었다. 거기서 새빨간 근육까지 비어져 나와 피를 많이 흘렸다.

우민이 돈이 없어 보증금을 못 내는 바람에 병원 측은 수혈을 안 해주려 했다. 다행히 나, 샤오위, 쥐가 제때 도착해 1인당 500cc씩 피를 준 덕분에 그의 목숨을 구할 수 있었다. 그는 우리를 보고 실성한 큰 눈을 깜박였고 한참 입을 벌리고 있었지만 한마디도 하지 못했다. 샤오위가 씩씩대며 욕을 날렸다.

"씨발, 이 쌍놈의 새끼, 왜 건물에서 뛰어내리지 않은 거야? 떨어져 죽는 게 깔끔하잖아. 내가 수혈까지 하게 만들다니."

우민은 팔목을 긋기 전날에도 공원에 와서 우리를 보고 말했다.

"아칭, 나 살고 싶지 않아."

그는 말하면서 웃었고 우리는 그가 농담하는 줄 알았다. 샤오위가 이어서 말했다.

"죽어, 죽으라고. 네가 죽으면 널 위해 종이돈을 살라줄게."

정말로 그가 면도날로 손목을 그을 줄은 아무도 몰랐다.

"아칭……"

우민이 쭈뼛대며 나를 불렀다. 우리는 박물관 계단 위에서 돌기둥을 등진 채 앉아 있었다.

"왜?"

나는 그를 바라보았다.

"나 돈 좀 빌려줄 수 있어?"

우민은 계속 고개를 숙이고 있었다.

"나 아직 저녁을 못 먹었어."

나는 바지 주머니에 손을 넣고 한참을 뒤지다가 꼬깃꼬깃하고 땀 냄새에 전 10위안짜리 지폐 세 장을 꺼내 그에게 주었다.

"이것뿐이야."

"며칠 있다 줄게."

우민이 중얼거리듯 말했다.

"됐어."

나는 손사래를 쳤다.

"너 돈도 없잖아. 사부한테 좀 달라고 해보지 그래?"

"미안해서 못 그러겠어."

우민이 웃으면서 말했다.

"병원비도 다 사부가 내줬는걸. 1만 위안도 넘는데."

"와, 이번에 사부가 아주 큰마음을 먹었는걸."

나는 소리쳤다.

"아무래도 넌 사부가 사랑하는 제자니까."

"사부한테 약속했어. 나중에 꼭 돌려드리겠다고."

"그렇게 많은 돈은 네 평생을 들여도 다 못 갚아. 차라리 어서 돈 많은 수양아비를 찾아 대신 갚아달라고 하는 게 낫겠다."

나는 웃으면서 말했다. 우민은 여전히 고개를 숙인 채 붕대 감은 손으로 계속 땅 위에 글자를 쓰고 있었다. 잠시 후 그가 조용히 물었다.

"아칭, 그날 너 장 선생 집에 가서 대체 그 사람을 만난 거야, 못 만난 거야? 그 사람이 너한테 무슨 얘기를 했어?"

우민이 팔목을 그은 바로 그날 오후, 나는 둔화敦化 남로 광우光武 뉴타운으로 장 선생을 찾아갔다. 우민이 장 선생의 집에 살 때 그 곳에 한 번 들른 적이 있었다. 그때 우민은 바닥에 무릎을 꿇고 걸레질을 하고 있었다. 맨발에 웃통을 다 벗고 땀을 뻘뻘 흘렸다. 그는 나를 보고 무척 좋아하며 냉장고에서 사과 주스를 가져다주었다. 그리고 계속 바닥에 무릎을 꿇고 걸레질을 하면서 나와 수다를 떨었다. 장 선생의 아파트는 장식이 대단히 화려했고 등받이가 높은 검정 에나멜 칠 가죽 소파 세트가 있었으며, 탁자는 유리에 반짝이는 은빛 크롬으로 테를 둘러놓았다. 거실 정면 벽에 놓인 커다란 진열장 안에는 각양각색의 양주병이 놓여 있었다.

"여기 장 선생 집은 정말 편해. 평생 살 수 있으면 좋겠어."

우민이 나를 올려다보며 활짝 웃었다. 새빨개진 얼굴로 뜨거운 땀을 뚝뚝 흘렸다.

그날 내가 장 선생 집에 도착했을 때 장 선생은 거실 소파에 기대어 앉아 다리를 꼰 채로 티브이를 보고 있었다. 거실 안은 에어컨을 켜놓아서 으스스했다. 장 선생은 진회색 비단 파자마 차림이었고 남색 새틴 슬리퍼를 지르신고 있었다. 그때 문을 열어준 사람은 샤오친콰이蕭勤快였다. 우리는 그를 새끼요괴라고 불렀다. 새끼요괴는 눈썹이 짙고 눈이 컸으며 어린 물소처럼 몸이 건장했다. 그런데 말은 또 얼마나 달콤하게 하는지, 양 사부는 그에게 "새끼요괴야, 너는 말을 그렇게 잘하니 나무 위의 저 구관조 좀 꾀어 내려오게 해줄래?"라고 말한 적까지 있었다.

나는 거실에 들어가자마자 장 선생에게 말했다.

"장 선생님, 우민이 자살 시도를 했어요."

장 선생은 처음에는 깜짝 놀랐다.

"우민은? 죽었나?"

"타이완대학병원에 있어요. 손목을 그어서 지금 수혈 중이에요."

"아……"

장 선생은 안도의 숨을 쉬고는 다시 고개를 돌려 티브이를 보았다. 컬러 브라운관에서 오락 프로가 나오고 있었다. 가수 청산靑山과 완취婉曲가 연인 같은 포즈로 함께 노래하고 있었다.

파인애플은 달콤해요
파인애플은 당신 같아요

샤오친콰이가 내 앞을 지나쳐 장 선생 앞에 앉더니 소파 위에서 한쪽 다리를 구부린 뒤 손으로 발을 잡았다. 두 사람은 모두 청산과 완취의 노래에 빠진 듯 티브이를 보면서 눈도 깜박이지 않았다. 청산이 완취의 허리를 잡고 왔다갔다하며 한 곡을 거의 다 불렀을 때에야 장 선생은 갑자기 생각난 듯 고개 돌려 내게 물었다.

"우민이 자살했는데 왜 나를 찾아온 거지?"

장 선생은 나이가 마흔 전후로, 무역 회사를 열었고 주로 플라스틱 장난감을 수출했다. 잘생긴 남자로 콧대가 오똑했고 머리칼을 한 올도 남김없이 잘 매만지고 다녔으며 귀밑머리는 약간 희끗희끗했다. 그러나 얄팍한 입의 오른쪽 가장자리가 삐딱하게 기울어 깊고 거무스름한 자국을 남기는 바람에 계속 비웃는 것처럼 보였다. 우민은 응급실에서 수혈을 받을 때 내 귀에 대고 간청했다. 장 선생에게 병원에 와주십사 부탁을 해달라고 말이다. 하지만 나는 장 선생 입가의 그 잔인해 보이기까지 하는 미소를 보고서 잠시 혀가 굳어 한마디도 하지 못했다.

"마침 잘 왔네. 우민이 헌 옷을 한 보따리 두고 갔거든. 온 김에 갖다주라고."

장 선생은 샤오친콰이에게 지시했다.

"그 옷 보따리를 가져와."

샤오친콰이가 소파에서 벌떡 일어나 안으로 뛰어가서 헌 옷 보따리를 꺼내왔다. 그것은 하나로 뭉쳐진 누런 속옷 바지 몇 벌과 해진 꽃무늬 셔츠 두 벌이었다. 샤오친콰이는 그걸 내 손에 쥐여주고는 불룩한 붕어눈을 부릅떴다. 꽤나 득의양양한 표정이었다. 나는 병원으로 돌아갔지만 그 헌 옷 보따리를 꺼내지 않고 우민에게 말했다. 장 선생이 집에 없었다고.

"아칭, 너는 알잖아, 내가 장 선생 집에 일 년 넘게 있었던 거. 항상 착실하게 집만 지키고 한 번도 나가서 논 적이 없어. 장 선생의 성질이 안 좋아도 언제나 순종했지. 그 사람은 깔끔한 걸 좋아해서 매일매일 죽어라 바닥을 닦았어. 처음에 요리를 할 줄 몰라서 늘 욕을 먹었지. 나중에 요리책을 보고 좀 하게 되니까 한번은 장 선생이 웃으면서 나한테 그러더라. '네가 만든 콩나물잉어찜은 원조 식당하고 별 차이가 없군'이라고 말이야. 나는 너무 기뻤고 장 선생이 날 마음에 들어한다고 생각했어. 그런데 웬일로 그 사람은 그날 아무 이유 없이 신경질을 내더니 나더러 당장 나가라고 했어. 하루도 더 사정을 안 봐주고 말이야. 정말 장 선생이 그렇게 매정한 사람인 줄 몰랐어. 아칭, 너 그날 대체 장 선생을 만난 거야, 못 만난 거야? 그 사람 아직 화나 있어?"

우민의 목소리가 어둠 속에서 전해졌고 그 가느다란 떨림에 마음이 답답해졌다. 별안간 장 선생의 입가에 새겨진 깊고 잔인한 웃음 자국이 또 눈에 보이는 듯해, 나는 우민의 하소연을 끊었다.

"나 그 사람 만났어. 샤오친쾨이랑 소파에 앉아 오락 프로를 보더라."

"아……"

우민은 애매하게 탄식하더니 잠시 후 몸을 일으켰다.

"먼저 갈게. 뭘 좀 사먹어야겠어."

우민은 계단을 내려갔다. 흰 종이 같은 그의 얼굴이 어둠 속을 둥둥 떠갔다.

연못 쪽으로 돌아가니 벌써 한밤중이었다. 방송국의 확성기는 이미 조용해졌고 공원에서 산책하던 사람들도 다 사라졌다. 이에 우리의 왕국이 어둠 속에서 돌연 모습을 드러냈다. 연못가 계단 위에서 검은 그림자들이 흔들거렸다. 산수이가의 조무래기들이 삼삼오오 시끄럽게 딱딱 나막신 소리를 내고 있었다. 정자 쪽에서 나이 많고 명성 높은 우리의 원로 성盛 회장이 흔들리는 발걸음으로 양 사부에게 다가와 지친 목소리로 물었다.

"새 얼굴이 좀 있나?"

성 회장은 이미 노망이 좀 든 데다 등에 류머티즘 증상까지 심했다. 그가 젊은 파트너를 찾는 것은 그저 자기와 함께 야식을 먹고 술을 마셔주기를 바라서였다. 성 회장은 밤마다 불면증에 시달렸는데, 그의 말로는 젊은 얼굴을 보기만 하면 수면제 한 알을 삼킨 것마냥 불안한 마음이 해소된다고 했다. 그는 에버그린필름 회장으로 뛰어난 로맨스 예술 영화를 여러 편 제작해 돈을 많이 벌었다. 과거에는 상하이에서 직접 젊은 남자 역할을 맡아 조연으로 수많은 유명 여자 스타와 공연했다. 하지만 그는 우리에게 끝도 없이 탄식하며 말했다.

"부귀영화가 다 무슨 소용이야. 얘들아, 청춘이야말로 세상에서 가장 값진 거란다."

쥐를 헐떡이며 쫓아다니는 사람은 쥐바오펀聚寶盆 식당의 장쑤江蘇. 저장浙江 음식 전문 요리사 루盧 주방장이었다. 그는 체중이 100킬로그램에 육박해 껄껄 웃을 때면 꼭 환희불* 같았다. 그는 쥐를 유독 좋아했다.

"쥐는 말이야, 갈비뼈가 참 마음에 들어. 오리 날개처럼 씹으면 씹을수록 맛이 좋다니까."

멀리 숲 쪽에 숨은 채 감히 얼굴을 못 내미는 이들은 양갓집 출신 대학생들이었다. 군복을 갈아입을 틈도 없이 달려온 몇 명은 도서 지역에서 타이베이로 휴가를 나온 사병들이었다. 돈을 갈취하러 공원에 들른, 신베이新北에서 온 젊은 깡패들도 있었고 시먼딩西門町의 경매점과 재봉 가게와 구둣방에서 일하는 어린 점원들도 있었다. 그 밖에 유명한 심장과 의사, 군 법무관, 한때는 잘나갔으나 지금은 대머리가 되어 늘 베레모를 쓰고 다니는 스타, 만면에 주름이 쪼글쪼글해도 열광적으로 미를 추구하는 예술계의 대가도 있었다. 대가는 툭하면 우리가 못 알아듣는 이야기를 늘어놓았다.

"육체, 육체의 어떤 점이 믿을 만한가? 오직 예술, 예술만이 영원히 존재한다."

그래서 그는 우리 왕국의 미소년들을 한 명 한 명 그림으로 남겼다. 물론 관록이 가장 오래되고 온갖 풍상을 겪은 우리의 늙은 선

---

* 歡喜佛. 중생이 바라보기만 하면 번뇌가 사라지고 기쁨이 증대된다는 과거 부처 중의 한 명.

생님 귀郭 노인도 빼놓을 수 없었다. 귀 노인은 멀리 있는 푸른 산 호수 밑에 홀로 우뚝 서 있었다. 머리도 눈썹도 새하얀 그가 침침한 눈으로 공원의 젊은 새들을 아련하게 바라보았다. 밤의 어둠 속에서 그들은 맹목적으로 위태롭게 이곳저곳을 날아다녔다. 귀 노인은 창춘로長春路에서 청춘예원青春藝苑이라는 사진관을 운영했다. 그는 우리 사진을 수집해 두꺼운 앨범을 만들고 거기에 '청춘의 새들青春鳥集'이라는 제목을 붙였다. 내 일련번호는 87번이었으며 그가 붙여준 이름은 '참매'였다.

왕국에서는 귀천의 차이도 없고 노소와 강약의 구분도 없었다. 우리에게 똑같이 있는 것은 고통스러운 욕망으로 단련된 몸뚱이와 미칠 듯이 외로운 마음이었다. 그 미칠 듯 외로운 마음은 밤만 되면 우리를 부수고 나온 맹수처럼 사방에서 흉폭하게 컹컹대며 사냥에 나섰다. 검붉은 달빛을 맞으며 우리는 몽유병 환자마냥 서로의 그림자를 밟으며 미친 듯이 뒤쫓기 시작했다. 연못을 가운데에 두고 끝도 없이 뱅뱅 돌며 거대하기 짝이 없는, 사랑과 욕망으로 가득한 우리의 악몽을 뒤쫓았다.

어둠 속에서 나는 연못가 계단에 올라 행렬에 끼었고 마치 최면술에 걸린 양 나도 모르게 연못을 돌았다. 한 바퀴 또 한 바퀴 끝도 없이 돌았다. 어둠 속에서 갈망과 기대와 의심과 두려움으로 파란 불꽃을 뿜어내는 한 쌍의 눈들이 보였다. 그것들은 반딧불이처럼 서로 쫓고 부딪쳤다. 나는 그중 어느 한 쌍의 눈이 나와 마주칠 때마다 두 개의 불꽃처럼 이글대며 내 얼굴에 떨어지는 것을 느꼈다. 불안했고 또 두려웠다. 하지만 그 눈을 피할 수가 없었다. 그 형형한 눈은 너무나 집요하고 절박했으며 필사적으로 내게서 뭔가를 찾고 간청하는 듯했다. 그는 크고 마른 체격의 낯선 사람이었다. 공원에서 본 적은 없었다.

"가봐, 괜찮을 거야."

양 사부가 뒤에서 다가와 귓속말을 했다.

"밤새 너를 따라다니더군."

그 낯선 고객은 이미 계단에서 내려와 자갈길 끝의 대왕야자 밑에 서 있었다. 아무 말 없이 우뚝 서 있었지만 기다리는 모습이 사뭇 기세등등해 보였다. 보통 낯선 고객은 잘못 연결되거나 위험한 일이 생길까봐 가능한 한 피하는 편이었다. 우리는 양 사부가 감정해서 괜찮다고 한 뒤에야 감히 낯선 고객을 따라나서곤 했다. 양 사부는 이제껏 사람을 잘못 본 적이 없기 때문이다. 나는 계단을 내려가 공원 정문으로 이어지는 자갈길을 걸었다. 그리고 낯선 고객 앞에 이르렀을 때 못 본 척 그냥 지나쳐 곧장 정문으로 걸어갔다. 뒤에서 나를 따라오는 그의 발소리가 들렸다. 나는 정문을 나가서 타이완대학병원 쪽으로 쭉 걸어갔다. 그러다가 인적 없는 골목 입구의 가로등 밑에서 걸음을 멈추고 그를 기다렸다.

가로등 밑에서 나는 비로소 깨달았다. 내 옆에 선 그 낯선 고객이 나보다 머리 반 개 정도는 더 크다는 것을. 그는 180센티미터가 넘었으며 너무 야위어 온몸의 뼈가 다 바깥으로 튀어나온 듯 보였다. 입고 있는 남색 셔츠가 꼭 커다란 골격에 덮어씌워진 듯했다. 직사각형 얼굴의 광대뼈는 불거지고 두 뺨이 움푹 들어갔으며 또 콧대는 오똑하고 긴 눈썹은 위로 치켜들려 있었다. 짙은 머리칼은 더부룩하게 부풀어 있었다. 내가 보기에 나이는 대략 서른 살이 넘은 듯했다. 그런데 온몸의 근육이 다 사라진 듯 말라도 너무 말라

보였다. 오직 움푹 들어간 기묘한 눈만 원시림 속에서 활활 타오르는 모닥불처럼 어둠 속에서 파랗게 일렁이며 계속 뭔가를 절박하게 쫓고 있었다. 그가 나를 보며 엷은 미소를 지었을 때 나는 바로 제안했다.

"우리 위안환圓環으로 가요."

3

야오타이瑤臺여관 2층 25호의 창문은 멀리 위안환에 있는 야시
장 쪽으로 향해 있었다. 사람들의 말소리, 웃음소리가 파도처럼 간
간이 밀려왔다. 때로 거칠고 갈라진 트럼펫 소리가 난데없이 울려
퍼지면서 야시장의 누군가가 해구환을 사라고 소리쳤다. 건너편의
완상위와 샤오펑라이小蓬萊, 두 카바레가 내건 네온사인의 빨갛고
푸른 불빛이 번쩍이며 창문 안으로 비치기도 했다. 방 안은 이상하
리만큼 무더웠다. 침대머리의 낡은 선풍기가 탈탈대며 왔다갔다
머리를 흔들었다. 하지만 그 바람도 뜨겁긴 마찬가지였다.

어둠 속에서 우리는 발가벗은 채 서로 어깨를 대고 누워 있었
다. 어둠 속에서 나는 또 파랗게 일렁이는 그의 형형한 두 눈을 느
꼈다. 그것은 두 개의 불덩이처럼 내 몸 위를 굴러다니며 절박하게
뭔가를 찾고 있었다. 내 옆에서 위를 보고 누운 그의 몸은 뼈가 다
드러나 보였다. 그가 몸을 뒤집을 때 그의 뾰족한 팔꿈치가 무심결

에 내 옆얼굴을 쳤다. 나는 아파서 아야, 하고 소리를 질렀다.

"많이 아파, 동생?"

그가 물었다.

"괜찮아요."

나는 흐리멍텅하게 답했다.

"이봐, 내가 깜박했네."

그는 길고 깡마른 팔을 허공으로 뻗고 열 손가락을 쫙 폈다. 흡사 두 자루 갈퀴 같았다.

"이 두 팔은 그야말로 뼈만 남아서 때로는 나 스스로를 찔러 아플 때도 있어. 하지만 옛날에는 안 그랬어. 옛날에는 내 팔도 너처럼 굵었다고. 내 말이 믿어져, 동생?"

"믿어져요."

"넌 몇 살이지?"

"열여덟이에요."

"그래, 옛날 네 나이에는 나도 너랑 비슷했어. 그런데 어느 여름에 석 달도 안 돼서 육신이 깡그리 소진돼 뼈와 가죽만 남았지. 여름 한 철에, 딱 여름 한 철에 말이야⋯⋯."

그의 목소리가 어둠 속에서 가물가물 전해졌다. 마치 깊디깊은 동굴 속에서 들려오는 듯했다.

언제나 한밤중에, 어둠 속에서, 으슥한 여관의 낡은 침대 위에서 우리는 발가벗은 채 서로의 이름을 숨기고 나란히 누워 있다가 갑자기 고해의 충동으로 마음속 가장 은밀하고 밝히기 힘든 일을 서로에게 토로하곤 했다. 우리는 서로의 얼굴이 잘 안 보였고 상대방의 내력도 몰랐지만 잠시 부끄러움과 망설임을 잊고 적나라한 마음을 꺼내 스치듯 서로에게 보여주었다. 맨 처음 나와 야오타이여관에 온 사람은 고등학교 체육 선생이었다. 중국 북방 출신이었고 복부 근육이 철판처럼 단단했다. 그날 밤 그는 고량주를 잔뜩 들이켜고서 밤새 신세 한탄을 했다. 그는 자신의 베이징 출신 아내가 좋은 여자이고 자기한테 매우 잘해주지만 그녀를 사랑하는 것은 불가능하다고 말했다. 그가 몰래 사랑한 사람은 그의 학교 농구부 주장이었다. 그 농구부 주장은 그가 직접 훈련시켰고 3년간 함께 지내면서 부자 같은 사이가 되었다. 하지만 그는 그 아이에게 자기 마음을 내비칠 수 없었다. 그런 짝사랑이 그를 미치게 했다. 그는 그 아이를 위해 농구화를 들어주었고 운동복을 가져다주었으며 수건으로 땀을 닦아주었다. 그러나 그 아이에게 다가갈 용기는 없었다. 그러다가 졸업이 가까워 다른 학교와 마지막 시합을 하게 되었다. 그날 시합은 거칠어서 모두 감정이 격해졌다. 그런데 그 아이가 하필 어떤 사정으로 인해 그와 충돌했다. 그는 그만 울컥해서 그 아이의 따귀를 때려 바닥에 주저앉혔다. 지난 몇 년간 그는 얼마나 그 아이를 만지고 싶고, 껴안고 싶었는지 모른다. 그런데 어쩌다 자제력을 잃고 아이의 얼굴에 붉은 손자국을 남긴 것이다. 그 손자국은 낙인처럼 그의 마음속에 깊이 새겨져 시시때때로 아픔을 일으켰다. 그 체육 선생은 이야기를 하다가 흑흑, 흐느끼기 시작했다. 건장한 북방 사내의 울음이 내 마음을 뒤흔들었다. 그날 밤에는 큰비가 내려 유리창 위로 빗방울이 구불구불 흘러내렸다. 건너편 완상위의 빨갛고 푸른 네온사인 불빛이 한데 뒤섞여 흐릿하게 보였다.

"닷새 전에 아버지가 묻혔어."

"네?"

나는 그의 말을 못 알아들었다.

"닷새 전에 아버지가 류장리六張犁의 파라다이스 공동묘지에 묻혔어."

그는 담배를 피우고 있었다. 담배 끝이 어둠 속에서 빨갛게 타올랐다.

"장례식이 아주 성대했다더라고. 방명록을 보니 정부 요인 이름이 꽤 많았어. 그런데 나는 류장리가 어디인지 몰라. 전에 가본 적이 없거든. 동생은 거기가 어디인지 알아?"

"신이로信義路에서 쭉 걸어가면 나와요. 파라다이스 공동묘지는 류장리의 산 위에 있고요."

"신이로 4블록에서 내려가는 거야? 타이베이는 길이 너무 많이 바뀌어서 통 못 알아보겠어. 10년 동안 못 와봤거든."

그는 담배를 한 모금 빨고는 길게 숨을 내쉬었다.

"이틀 전에 겨우 미국에서 돌아왔어. 우리 집이 있던 난징南京동로 122번지에 갔는데 사방이 다 빌딩이더라. 우리 집도 못 알아보겠더라고. 옛날에 우리 집 뒤는 전부 논이었는데 말이야. 너, 그 논에 뭐가 있었는지 알아?"

"벼가 있었겠죠."

"그야 그렇지."

그는 뼈만 남은 팔을 흔들며 웃음을 터뜨렸다.

"나는 백로를 말하는 거야, 동생. 옛날 타이베이 길가의 논밭에는 백로가 지천이었거든. 사람이 지나갈 때마다 하얗게 날아오르곤 했지. 그런데 미국에 있는 동안에는 백로를 한 마리도 못 봤어.

거기에는 각양각색의 매, 갈매기, 야생오리만 있고 백로는 없더라
고. 동생, 타이완 동요 중에 「백로」라는 게 있는데 부를 줄 알아?"

"들어보긴 했는데 부를 줄은 몰라요."

백로야
거름수레가
거름수레가 웅덩이에 닿았네

그는 갑자기 타이완어*로 노래를 흥얼거렸다. 「백로」는 천진하면
서도 서글픈 노래여서 그의 목소리도 유치하고 부드럽게 변했다.

"어떻게 아직도 기억하고 있죠?"

나는 웃고 말했다.

"오래 잊고 있다가 타이완에 돌아오자마자 뜬금없이 기억났어.
나는 이 노래를 친구한테서 배웠어. 여기 타이완 출신 아이였지.
우리 둘은 늘 집 뒤편 쑹장로松江路 쪽 논밭에 가서 놀았는데 거기
에 백로가 수도 없이 많았어. 멀리서 보면 꼭 밭에 들백합이 가득
핀 것 같았지. 그 아이가 하도 이 노래를 불러서 나도 할 줄 알게
됐어. 그런데 이번에 오니까 타이베이에서 백로가 사라졌더군."

"당신은 미국 유학생인가요?"

내가 물었다.

"난 유학을 간 게 아니야, 도망친 거지."

그의 목소리가 갑자기 다시 무거워졌다.

---

* 중국 푸젠福建 지역과 동남아, 타이완 등지에서 쓰이는 민난어閩南語를 뜻함.

"10년 전 아버지가 홍콩에서 영국 여권을 사왔지. 그리고 나를 가오슝高雄에 보내 일본 우편선을 타게 했어. 그 배는 이름이 하쿠카쿠마루였고. 내 기억에 그때 나는 배에서 한 달 동안 참외만 먹었어."

그는 담배를 두 모금 깊이 빨더니 잠시 조용히 있다가 심각한 어조로 말했다.

"아버지는 떠나기 전에 나한테 말했어. '지금 가면 내가 살아 있는 동안에는 돌아오지 마라'라고 말이야. 그래서 나는 아버지가 돌아가시고 나서야 타이완으로 돌아왔어. 미국에서 꼬박 10년을 기다리다가……."

그런데 갑자기 그가 피식 웃었다.

"동생, 그거 알아? 내 여권 이름은 희한하게도 스티븐 응Ng이야. 홍콩에서는 '우吳'를 광둥어로 '응'이라고 읽거든. 그래서 미국 사람들은 나를 콧소리로 '응, 응, 응'이라고 불렀어."

나도 웃겨서 따라 웃었다.

"사실 나는 왕씨인데 말이야."

그는 한숨을 쉬었다.

"왕쿠이룽王夔龍이 내 진짜 이름이야. '쿠이夔' 자가 너무 쓰기 어려워서 어릴 때 늘 틀리곤 했지. '쿠이룽'은 고대의 악룡인데 그게 나타나기만 하면 자연재해가 생겼다더라고. 왜 아버지가 나한테 그런 불길한 이름을 지어주셨는지 모르겠어. 동생, 네 이름은 뭐지?"

나는 망설였다. 우리는 낯선 고객에게 본명을 알려주는 법이 없었다.

"무서워하지 마, 동생."

그는 내 어깨를 토닥였다.

"나랑 너, 우리는 같은 부류야. 전에 미국에 있을 때는 나도 남한 테 내 본명을 가르쳐준 적이 없어. 하지만 이제는 상관없어. 이제 는 타이베이에 돌아왔고 다시 왕쿠이룽이 됐으니까. 스티븐 응이 라니 정말 웃기는 이름 아니야? 스티븐 응은 죽고 왕쿠이룽이 다시 살아났어."

"저는 리씨예요."

나는 결국 내 신분을 드러냈다.

"다들 저를 아칭이라고 부르죠."

"그러면 나도 아칭이라고 부를게."

"왕 선생님은 로스앤젤레스에 있었나요?"

나는 떠보듯이 물었다. 우리 공원에 나오던 우푸러우五福樓의 둘 째 요리사가 초청을 받아 출국해 로스앤젤레스 차이나타운 식당의 주방장이 되었다. 그는 편지에서 로스앤젤레스에는 우리 같은 사 람이 거리에 넘쳐난다고 말했다.

"로스앤젤레스? 나는 로스앤젤레스에 있지 않았어."

그는 힘껏 담배를 빤 뒤 몸을 일으켜 창 앞 재떨이에 담배꽁초를 버렸다. 그러고 나서 두 손을 베개 삼아 다시 침대에 누웠다.

"뉴욕이야. 뉴욕에 상륙했어."

그의 목소리가 떠올라 선풍기 바람에 날려 메아리쳤다.

"뉴욕은 수십 층짜리 고층 건물이 즐비해서 그 밑에 숨으면 하늘 도 안 보이고 아무도 너를 찾지 못해. 나는 그 고층 건물들의 그늘 아래 10년을 숨어 살았지. 뉴욕에서 가장 어두운 곳, 센트럴파크에서 말이야. 센트럴파크, 들어봤어?"

"뉴욕에도 공원이 있나요?"

"공원이 왜 없겠어. 거기 센트럴파크는 우리 신공원보다 수십 배 더 크고 열 배는 더 어두워. 시내 한가운데에 있는데 바닥 모를 심연마냥 어둡지. 또 공원 안에는 여기저기 시커먼 숲이 있는데 들어가보면 꼭 미궁 같아서 좀처럼 돌아 나오기가 힘들어. 날이 어두워지면 뉴욕 사람들은 공원 대문 앞에도 얼씬거리지 않아. 안에서 살인 사건이 많이 일어나거든. 어떤 사람은 목이 잘리고 몸이 나무 위에 걸렸지. 또 어떤 사람은 젊은 애였는데 30여 차례 칼에 찔렸고……."

그는 말하다가 한숨을 쉬었다.

"미국은 어디를 가나 미치광이투성이야."

"센트럴파크에도 우리 같은 사람이 있나요?"

나는 조용히 물었다.

"응, 아주 많아. 상륙하고 사흘째 저녁에 센트럴파크에 들어갔지. 거기 공연장 뒤쪽에 있는 숲에서 사람들이 나를 안으로 끌고 들어갔어. 다 세보지는 못했지만 아마 일고여덟 명이었던 것 같아. 흑인도 몇 명 있었는데 머리를 만져보니 머리카락이 서로 뒤엉킨 철삿줄 같았어. 그들은 어둠 속에서 헉헉, 가쁜 숨을 몰아쉬었지. 마치 털을 곤두세운 배고픈 늑대가 뼈다귀를 뜯어 먹고 있는 듯했어. 어둠 속에서 그들의 오싹한 흰 치아가 보이기도 했고. 날이 새서 햇빛이 우듬지를 뚫고 내리비치고 나서야 그들은 비로소 퍼뜩 정신이 나서 꼬리를 말고 줄행랑을 쳤어. 남은 사람은 늙고 추한 흑인 한 명뿐이었지. 그는 땅바닥에 무릎을 꿇고 떨리는 손으로 내

바지 자락을 잡았지. 숲을 빠져나왔을 땐 아침 햇살이 너무 눈부셔 눈을 뜰 수가 없었어."

그는 갈퀴처럼 깡마른 두 팔을 허공에 뻗어 움켜쥐는 시늉을 했다.

"하룻밤 사이 내 팔의 살이 다 그들에게 뜯어 먹힌 것 같았어. 빨 간색과 자주색 멍이 뒤덮여 있었거든. 그 여름, 나는 그 미국인들 처럼 미쳐버렸어. 아주 지독하게 말이야. 나는 내 몸의 살이 비듬 처럼 우수수 떨어져 내리는 것을 보고 있었어. 꼭 한센병 환자 같 았지. 그런데도 아무 느낌이 없었어. 어느 날 대로에 앉아 있다가 갖고 있던 면도날로 종아리를 그었어. 쭉쭉 그을 때마다 피가 줄줄 흘러나오더군."

"아, 왜 그랬어요?"

내가 묻자 그는 닭이나 오리를 벤 양 아무렇지도 않게 말했다.

"시험해보고 싶었어. 느낌이 있나 없나."

"안 아팠어요?"

"전혀. 피 냄새만 나더군."

나는 나직이 탄성을 질렀다. 선풍기 바람에 등골이 오싹해졌다.

"여자 몇 명이 나를 보고 놀라서 소리를 질렀어. 경찰이 달려와 나를 정신병원에 데려다주었지. 정신병원에 가봤어, 아칭?"

"아뇨."

"정신병원도 꽤 재밌어."

"어떻게요?"

"정신병원에는 예쁜 남자 간호사가 아주 많거든."

"그래요?"

나는 웃었다. 은근히 호기심이 생겼다.

"내가 들어간 정신병원은 허드슨 강변에 있었고 강에 흰 돛을 단 요트가 많아서 매일 창가에 앉아 그 숫자를 세곤 했어. 지금 가장 기억나는 남자 간호사는 이름이 데이비드였는데 놀랄 만큼 아름다웠지. 반짝이는 금발에 눈이 바닷물 같은 녹색이었어. 그는 키가 거의 2미터였어. 정신병원의 남자 간호사들은 그렇게 다 키가 컸지. 그가 진정제 두 알을 가져와 빙그레 웃으며 삼키라면서 나를 달랬어. 그런데 나는 그의 손을 붙잡고 내 가슴에 대며 소리쳤어. '내 심장, 내 심장이 어디 갔지? 내 심장이 사라졌어!'라고 말이야. 그는 내가 폭력을 쓰는 줄 알고 팔을 꺾어 나를 바닥에 내리눌렀어. 왜 그랬는 줄 알아? 내가 중국어를 써서 못 알아들은 거야."

우리 둘은 동시에 웃음을 터뜨렸다.

"그들이 나를 퇴원시켰을 때는 여름이 다 지나 있었어. 센트럴파크의 나무들을 보니 잎이 다 져버렸더라고. 나는 러스크 한 봉지를 사서 하루 종일 비둘기에게 먹였어……."

갑자기 말을 그쳐서 나는 고개를 돌려 그를 보았다. 그의 두 눈이 파랗게 빛나며 어둠 속에 떠 있었다. 침대머리의 선풍기가 탈탈거리며 뜨거운 바람을 보냈고 내 등은 땀에 흠뻑 젖어 있었다. 창밖의 위안환 야시장에서 사람 소리, 차 소리가 또 와자지껄 밀려왔다. 해구환을 파는 사람의 낡은 트럼펫 소리가 유난히 크게 들렸다. 무슨 이유에서인지 그렇게 소리가 안 좋은 트럼펫으로 계속 「6월의 재스민」을 연주하고 있었다. 그 부드러운 타이완 민요를 나는 어린 시절 꽤 자주 들었다. 그런데 그 노래를 지금 낡은 트럼펫의 삑삑대는 소리로 다시 들으니 웃기기도 하고 뭐라 말할 수 없이 서글프기도 했다.

"연꽃은 다 어디 갔지, 아칭?"

"네?"

그의 급작스러운 물음에 나는 놀라서 한참 동안 가만히 있었다.

"공원의 연꽃 말이야. 전부 어디로 간 거야?"

"아, 연꽃이요? 시 정부가 사람들을 보내 다 뽑았대요."

"아, 아쉽네."

"다들 연꽃이 예뻤다고 하더라고요."

"신공원은 전 세계에서 가장 추한 공원이야."

그는 웃으며 말했다.

"오직 연꽃만 아름다웠지."

"붉은 수련이었다던데 맞나요?"

"맞아, 아주 새빨갰지. 옛날에 연꽃이 피었을 때 내가 세봤어. 가장 많을 때는 99송이였지. 한번은 내가 한 송이를 따서 한 아이의 손바닥에 올려주었어. 그 아이는 불덩이라도 되는 듯 그 연꽃을 받쳐 들었지. 그때 그 아이는 바로 네 나이였어. 열여덟 살……"

나는 그의 갈퀴 같은 손과 뾰족한 손가락이 다가와 내 머리칼을 쓸어내리는 것을 느꼈다. 들불처럼 요동치는 그의 두 눈이 다시 내 몸을 훑으며 절박하고 강렬하게 뭔가를 갈구했다. 나는 알 수 없는 두려움을 느꼈다.

"왕 선생님, 저는 이만 가야 돼요."

나는 일어나 앉았다.

"여기서 자고 가면 안 되나?"

그는 내가 옷을 입는 것을 보고 실망해서 물었다.

"가야 돼요."

"내일 만날 수 있어, 아칭?"

"죄송해요. 왕 선생님. 내일은 약속이 있어요."

나는 허리를 숙여 신발 끈을 맸다. 내가 왜 이런 거짓말을 하는지 알 수가 없었다. 나는 약속이 없었다. 하지만 내일은, 적어도 내일은 그를 만날 수가 없었다. 나는 그의 두 눈을 보기가 무서웠다. 그의 두 눈은 계속 내게 뭔가를 요구했다. 게다가 너무나 거칠고 또 너무나 고통스럽게.

"그러면 언제 다시 만날 수 있지?"

"우리는 공원에 있잖아요. 어쨌든 다시 마주칠 거예요."

나는 방문가에서 돌아보며 말했다. 단숨에 야오타이여관의 어둡고 삐걱거리는 나무 계단을 내려가 습하고 냄새나는 좁은 골목을 벗어나서 위안환의 시끄럽고, 붐비고, 오징어와 돼지 머릿고기가 주렁주렁 매달린 야시장 속에 뛰어들었다. 나는 취선醉仙이라는 이름의 작은 식당 앞에 서서 그 안에 줄줄이 걸린, 기름이 뚝뚝 떨어지는 황금빛 참기름오리찜을 바라보고 있었다. 별안간 몹시 허기가 졌다. 나는 주인아주머니에게 크고 기름진 오리찜 반 마리를 달라고 하고 뜨끈뜨끈한 닭 국물도 한 사발 시켰다. 먼저 한약 냄새가 풍기는 그 뜨거운 닭 국물을 순식간에 들이켰다. 너무 뜨거워 혀가 얼얼했고 이마에서 땀이 줄줄 흘러내렸다. 하지만 땀을 닦을 새도 없이 한 손으로는 다리를, 다른 한 손으로는 날개를 붙잡고서 오리찜을 찢고 물어뜯었다. 얼마 안 돼 오리 반 마리가 뼈만 수북이 남긴 채 머리까지 다 사라졌다. 배가 불룩해졌지만 여전히 위가 뻥 뚫린 구멍처럼 허전하게 느껴졌다. 그래서 볶음쌀국수 한 접시를 더 시켜 역시 게 눈 감추듯 다 먹어치웠다. 계산을 하니 모두 187위안이었다. 나는 셔츠 앞주머니에서 지폐 뭉치를 꺼냈다. 100위안짜리 5장. 전에는 누구도 내게 그런 거액을 준 적이 없었다. 방금 전 그는 점퍼 주머니에 있던 돈을 전부 꺼내 주면서 미안한 듯 말했다.

"금방 돌아와서 타이완 돈을 많이 못 바꿨어."

위안환을 떠나 나는 진저우가錦州街의 내 집으로 천천히 걸어갔다. 중산中山북로에는 벌써 행인이 없고 자줏빛 도는 흰색 가로등만 조용히 빛나고 있었다. 나는 홀로 인도를 성큼성큼 걸었다. 징을 박은 가죽 부츠가 시멘트 바닥에 부딪혀 딱딱, 쓸쓸한 소리를 냈다. 허리띠를 풀고 땀에 젖은 셔츠를 바지 속에서 끌어내 단추를 풀었다. 드디어 길거리에 새벽녘의 찬바람이 불어 젖은 셔츠를 날렸다. 온몸의 솜털이 부스스 일어나면서 나는 굳어버린 만족과 과도한 만족 후의 무감각함을 느꼈다.

4

"가지 마!"

놀라서 벌떡 일어났다. 내가 지른 고함이 귓전에 울렸다. 바닥에 눈부신 햇살이 가득했다. 벌써 정오였고 방 안에서 열기가 설설 끓었다. 등에서 송충이들이 기어다니는 것처럼 땀이 줄줄 흘러 못 견디게 간지러웠다. 침대 위의 깔개에는 큼지막한 땀 자국이 찍혀 있었다. 또 타는 듯이 더운 날이었다. 나와 샤오위가 함께 세 들어 사는 그 집은 벽이 베니어합판이었고 겨우 다다미 다섯 장 크기여서 침대 하나와 대나무 상자 두 개를 놓으니 아무것도 더 놓을 자리가 없었다. 또 서향이어서 오후만 되면 햇빛이 마구 비쳐들어 방 안은 온통 찜통이 되었다.

나는 침대 위에 앉아 있었다. 막 일어나 머리가 멍했고 목구멍이 타는 듯이 건조했다. 창밖에서 여자들의 새된 웃음소리가 들려왔다. 진저우가의 호스티스들이 더위를 피해 골목으로 나와 수다를 떠는 듯했다. 골목 안의 바는 아직 문을 안 열었지만 라디오를 크게 틀어놓아서 듣기 불안한 재즈 음악이 들렸다. 조금씩 기억이 되살아났다. 방금 전 몽롱할 때 동생을 보았다. 그 애는 멜빵이 딸린 보이스카우트 유니폼을 입고 침대맡에 서 있었다. 나는 희디흰 그 애의 앳된 얼굴을 똑똑히 보았다. 그 애가 히죽 웃으며 손을 내밀고서 내게 말했다.

"형, 내 하모니카 어디 있어?"

지난해 동생의 열다섯 번째 생일에 나는 하모니카를 선물했다. 야마하 버터플라이 하모니카였고 270위안이었다. 내 보름치 신문 배달료를 썼다. 동생은 한시도 손에서 안 뗄 정도로 그 하모니카를 좋아했다. 등교할 때도 바지 뒷주머니에 꽂고 갔으며 밤에는 베개 밑에 두었다. 자려고 누웠을 때도 꺼내서 불곤 했다. 처음에 동생은 단음밖에 못 불었지만 나중에 내가 화음을 가르쳐주었다. 배우면 바로 습득했고 나보다 훨씬 더 박자를 잘 맞췄다. 그때 마침 학교에서 「눈 위를 거닐며 매화를 찾다踏雪尋梅」라는 노래를 배우고 있었는데, 동생은 매일 집에 오기만 하면 물 흐르듯 경쾌한 그 노래를 연주했다. 때로는 둘이 침대에 누워 불을 껐는데도 동생이 하모니카를 꺼내 이불을 뒤집어쓰고 불었다. 하모니카 소리가 이불 속에서 웅웅 답답하게 들렸다. 그러다가 한번은 아버지가 그 소리에 잠이 깨 화가 나서 방에 들어와 동생의 이불을 확 치웠다. 동생은 맞을까봐 얼른 두 팔로 얼굴을 감싸고 동그랗게 몸을 말았다. 아버지는 그 모습을 보고 빙그레 웃었다. 주름 가득한 아버지의 엄격한 얼굴에 그렇게 자애로운 미소가 번지는 것을 본 것은 그때가 처음이었다.

나는 침대에서 내려와 침대 밑에서 대나무 상자를 끌어내 그 안에서 동생에게 선물했던 그 버터플라이 하모니카를 꺼냈다. 몇 달 동안 닦지 않아 양은으로 된 표면이 조금 누렇게 변해 있었다. 입에 대고 아무렇게나 불어보았다. 소리는 여전히 맑았다. 곰팡내가 조금 날 뿐이었다. 집에서 도망쳐 나온 날, 나는 마침 그 하모니카를 바지 주머니에 넣고 있었다. 그것은 내가 집에서 유일하게 가지고 나온 물건이었다.

동생이 떠오른 것은 석 달 만에 처음이었다. 그 석 달 남짓은 기억이 없는 나날이었다. 낮에 우리는 동면하는 독사처럼 여기저기 자신의 동굴 속에 잠복해 있었다. 그리고 검은 밤이 오면 비로소 깨어나서 어둠의 보호 아래 박쥐 떼처럼 타이베이의 밤하늘을 어지러이 날아다니기 시작했다. 공원에서 우리는 금제를 당한 영혼들처럼 연못가 계단 위를 뱅뱅 돌며 제례 무용을 추듯 미친 듯이 자정까지, 새벽까지 서로를 쫓았다. 난양가南陽街로 도망쳐서는 벌 떼처럼 신난양극장 깊숙이 파고든 뒤 지린내 나는 에어컨 공기 속에서 문어발처럼 손을 뻗어 얼굴도 잘 모르는 사람의 몸을 더듬었다. 또 시먼딩의 그물 같은 네온 불빛을 피해 중화마트 1, 2, 3층의 냄새나는 공중화장실에 스며들기도 했다. 우리는 눈빛과 손짓과 발걸음으로 갖가지 신비한 암호를 만들어내 우리와 같은 부류의 사람과 접선했다. 우리는 위안환에도 있었고, 산수이가에도 있었고, 중산북로에도 있었다. 축축하고 막다른 골목으로 잠입해 일제 강점기가 남긴 어둡고 낡은 여관에 재빨리 들어갔다. 그리고 밤이 깊어져서야, 정말로 밤이 깊어져 길에 인적이 끊기고 나서야 우리는 한 명 한 명 구석에서 나와 거리로 돌아갔고 그제야 그 쓸쓸하고 경계심을 푼 거리는 진정으로 우리 것이 되었다. 곧 동이 틀 시각, 우리는 땀이 밴 지폐 다발을 손에 쥔 채 정액이 다 흘러나간 몸을 끌고서 방자하면서도 허탈하게 각자의 동굴로 느릿느릿 돌아갔다.

그 석 달 동안 내 머릿속은 줄곧 텅 비어 있었다. 누가 내 두개골을 열고 대뇌를 다 먹어치워버린 것처럼 어떠한 상념도 느낌도 부재했다. 동생도, 내가 그토록 사랑한 동생도 생각이 안 났다. 그런데 방금 전 그 애가 내 침대맡에 나타나 그렇게 가까이서 손을 내밀고 웃으면서 물었다. "형, 내 하모니카 어디 있어?"라고. 나는 그 애의 손을 꽉 붙잡았다. 그 애의 손은 얼음처럼 차가웠다. 그날 밤 아버지가 먼저 주무시고 나 혼자 그 애 곁을 지키던 때도 마찬가지였다. 그 애의 손을 잡았다가 얼음처럼 너무 차가워 몸서리를 쳤다. 아버지와 나는 그 애 밑에 벽돌만 한 드라이아이스를 잔뜩 깔았다. 그 드라이아이스에서 계속 차가운 연기가 뿜어져 나와서 동생은 꼭 안개 속에서 잠자고 있는 듯했다. 시립 장례식장에서 그곳 사람들이 그 애를 작은 관 속에 담았다. 그 애의 관은 나무 상자처럼 얄팍했다. 나는 사람들이 소홀한 틈을 타 몰래 시체 안치실에 들어가 동생의 관을 열어보았다. 동생은 매우 어색한 자세로 그 안에 누워 있었다. 사람들은 동생의 희디흰 앳된 얼굴에 엷게 연지를 발라놓았고 또 두 손을 앞가슴에 모으면서 어깨를 바짝 수축시키기도 했다. 동생은 잠자는 시늉을 하는 듯했고 얼굴에 장난기가 가득해서 언제라도 참고 있던 웃음을 터뜨릴 것만 같았다. 우리는 동생을 비탄碧潭 공동묘지로 운반했다. 관을 든 두 인부가 일이 서툴러서 차에서 내릴 때 관이 기우뚱해 차 문에 부딪혀 쿵쿵 소리가 났다. 나는 발끈해서 다가가 인부를 밀며 소리쳤다.

"조심 좀 해줘요!"

"아직 안 일어났어? 해가 중천에 떴다고."

리웨麗月가 머리를 내밀고 들어와 웃으면서 말했다. 그녀는 브래지어와 삼각팬티만 입은 채 분홍색 반팔 잠옷을 걸치고 있었으며 둘둘 만 머리칼도 아직 풀지 않은 상태였다. 나는 그녀에게 물었다.

"샤오위는 돌아왔어요?"

"아니. 그 게이 녀석, 어젯밤에는 또 어디 가서 뒹굴고 자빠진 거야?"

리웨는 나를 쓱 흘겨보더니 풋 하고 웃었다.

"아칭, 너 솔직히 말해. 어젯밤에 대어를 낚은 거지? 고등어였어, 미꾸라지였어?"

"밥 있어요?"

나는 리웨의 말을 무시했다.

"지난달에 빚진 식사도 안 갚아놓고 또 밥을 드시겠다?"

"100위안 먼저 줄게요. 그러면 되죠?"

내가 바지 주머니에서 100위안짜리 지폐를 꺼내자 리웨는 홱 채가며 웃었다.

"빨리 가자. 아침에 만든 죽, 다 쉬겠다."

나는 리웨를 따라 옆방으로 건너갔다. 그녀의 방과 우리 방은 얇디얇은 베니어합판 한 장으로 나뉘어 있었다. 전에 미군 병사 체니와 동거할 때 그녀는 우리 방을 작은 거실로 꾸며 사용했다. 그러다가 체니가 자신을 버리고 미국으로 돌아가자, 그녀는 바로 그 방을 샤오위에게 세주고 한 달에 400위안만 받았으며 점심까지 챙겨 주었다. 또 샤오위는 저우 사장을 사귄 후로 집을 비우는 날이 많아지자 나를 이사 들어오게 하고 집세를 절반 내게 했다.

리웨는 샤오위의 사촌누나로 샤오위를 무척 아꼈다. 툭하면 샤오위의 뺨을 꼬집으며 게이 녀석이라고 불렀다. 리웨는 몸집이 풍만한 데다 웃음이 헤퍼, 뉴욕바에서 인기가 제일 좋았다. 미군 병사들은 모두 그를 릴리라고 불렀다. 리웨는 큰 젖가슴을 두 손으로 받쳐 들고 턱을 치켜든 채 가소롭다는 듯이 "뭘 무서워하는 거야? 나는 가진 게 이 몸밖에 없어"라고 말했다. 가끔 그녀가 낮에 출근하고 보모 할머니가 집안일을 하느라 바쁘면 그녀가 체니와 낳은 세 살배기 꼬마 체니가 우리 방에 와서 놀아달라고 했다. 그 잡종 녀석은 몹시 귀여웠다. 온몸이 하얗고 야들야들했으며 눈동자는 녹색이었다. 하지만 머리카락은 까맣고 조금 곱슬곱슬했다. 리웨는 원래 그 잡종 녀석을 고아원에 버렸지만 나중에 마음이 쓰여 다시 데려왔다. 그녀는 녀석의 아빠가 아주 잘생긴 미국 남자라고 말했다. 그녀의 책상 위에는 그가 하얀 해군 제복을 입고 찍은 사진이 놓여 있었다. 활짝 웃고 있었으며 눈이 아름답고 스타일도 멋졌다. 그와 1년 동안 동거하며 리웨가 생활비를 대고 애까지 낳아 주었건만 그는 툭툭 엉덩이를 털고 미국으로 내뺐다. 그 후로는 겨우 편지 세 통과, 꼬마 체니에게 크리스마스 선물을 사주라고 20달러를 부쳐온 게 다였다. 리웨는 어이없어하며 "이 양키 새끼, 진짜 양심적이지 않아?"라고 탄식했다. 하지만 그녀는 그를 미워하지는 않는다고, 그를 이해하기 때문에 돌아오면 또 그와 자고 싶다고 말했다.

"와, 오징어가 있네!"

나는 리웨의 방에 있는 식탁 위에 죽 한 사발과 오징어볶음 한 접시가 놓여 있는 것을 보았다.

"리웨 누나는 정말 좋은 사람이에요."

나는 리웨의 탄력 있고 매끄러운 어깨를 살짝 어루만졌다.

"됐어, 아부는 사양이라고."

리웨가 건너편에 앉아 웃으면서 말했다.

"도대체 샤오위는 어젯밤 또 어디로 오입질을 하러 간 거야?"

"샤오위요? 화교 수양아비를 찾았어요. 도쿄에서 왔다던데요."

"이런 니미럴."

리웨가 깔깔 웃음을 터뜨렸다.

"그 게이 녀석은 '사시미'만 좋아한다니까. 작년에 오사카에서 중국 식당을 하는 화교가 왔었잖아. 샤오위 녀석, 그 사람한테 넋이 나가서 꽤 여러 달 일본에 가는 꿈을 꾸었지. 어제 한밤중에 저우 사장이 또 개를 찾아왔어. 나는 개가 쏸중푸로 돌아갔다고 거짓말했고. 저우 사장은 물론 안 믿더라고. 그리고 나를 붙잡고 신세 한탄을 했지. 상하이 사투리로 뭐라 뭐라 하는데 잘 못 알아듣겠더라. 그래도 그 뚱보 늙은이가 샤오위한테 어느 정도 진심인 것 같던데?"

"저우 사장이 지난주에 샤오위한테 세이코 시계를 선물했어요. 1500위안짜리 자동 시계를요. 날짜도 표시되던데요."

"나도 봤어. 샤오위가 차고 다니며 자랑하더라."

리웨가 웃으면서 말했다.

"하필 그 양심 없는 게이 녀석한테 반하다니 그 뚱보 늙은이도 참 재수가 없네."

"엄마……"

보모 할머니가 꼬마 체니를 데리고 들어왔다. 그 녀석은 자기 엄마를 보자마자 고개를 흔들며 웃으면서 품에 뛰어들었다. 리웨는 녀석을 안아 들고 바지를 벗겨 동그란 엉덩이를 살짝 깨물면서 한탄했다.

"요 사생아 녀석, 네가 네 에미 명을 재촉하는구나."

할머니는 뚱뚱한 데다 성격까지 급해서 서둘러 건물을 올라온 후 한참을 헉헉대며 이마에서 땀을 뚝뚝 떨어뜨렸다. 그녀는 들고 있던 붉은 초 두 개와 향 두 개, 원보*너덧 묶음 그리고 커다란 지전紙錢 뭉치를 탁자 위에 놓고 리웨에게 일일이 가격을 알려주었다. 나는 그제야 오늘이 음력 7월 15일 중원절**인 게 생각났다.

"누구한테 지전을 사르려고요?"

"죽은 아빠한테."

내 물음에 리웨가 한탄하며 말했다. 그녀는 원보 한 묶음을 들어 차르륵 흔들었다.

"살아서 매일 돈 달라더니 죽어서 꿈속에까지 나타나 또 그러네. 지전을 안 살라주면 염라대왕한테 가서 고자질할까 무서워."

"누나, 원보 반만 줘요. 돈은 여기 있어요."

나는 20위안을 꺼내 리웨에게 건넸다.

"너는 또 누구한테 사르려고?"

---

* 元寶. 신에게 기원할 때 바치기 위해 은박지를 엽전 모양으로 오린 물건.
** 中元節. 중국의 전통 명절로 민간에서는 귀신절鬼節이라고도 한다. 조상과 선열에게 제사를 지내는 게 특징이다.

리웨가 의아해했다.

"동생이요."

"걔도 너한테 돈을 달라고 해?"

"하모니카를 달라던데요."

나는 말했다.

"오늘이 걔 생일이기도 하고요. 열여섯 살 생일."

"하모니카?"

리웨는 깔깔 웃었다.

"거기서도 아마 하모니카를 파나보지? 누가 그러는데 저승에도 우리가 사는 여기처럼 있을 게 다 있대. 틀림없이 바도 많을 테니까 나는 죽고 나서도 호스티스가 돼야겠어. 안 그러면 월남전에서 죽은 그 많은 미군을 어쩌겠어?"

마구 몸을 흔들며 웃는 바람에 리웨의 큰 젖가슴이 부르르 떨렸다. 그녀가 나를 가리키며 말했다.

"게이 귀신! 게이 귀신! 너랑 샤오위는 죽고 나서도 틀림없이 게이 귀신이 될 거야. 살아서나 죽어서나 절대 안 변한다고."

나는 원보 두 묶음을 갖고 방에 돌아가 침대 위에 놓은 뒤 욕실에 가서 찬물 샤워를 하고 머리도 깨끗이 감았다. 그리고 새로 산 옷으로 갈아입었다. 남색 데이크론 양복바지와 머리부터 입는 파란색 줄무늬 셔츠였다. 길고 뻣뻣해 다스리기 힘든 머리칼도 깔끔히 빗어 샤오위의 머릿기름까지 발랐다. 집에서 나가기 전, 나는 그 버터플라이 하모니카를 바지 뒷주머니에 찔러넣었다. 리웨의 방문 앞을 지나칠 때 리웨가 휘파람을 불며 소리쳤다.

"그렇게 입고 또 고객 꼬시러 가는구나!"

나는 돌아보지도 않고 계단을 내려가 바깥 세계로 뛰어들었다. 중산북로는 김을 뿜는 흰 액체를 온통 뒤집어쓴 듯 뜨거운 공기가 술렁대고 있었다. 나는 얼른 테두리가 까만 큰 선글라스를 꺼내 썼다. 그 선글라스는 어떤 고객이 여관 옷장 위에 두고 간 것인데 그냥 챙겨서 내 것으로 삼았다. 한낮의 인파 속에서 나는 그 큰 선글라스로 얼굴의 절반을 가렸다. 그러면 아는 사람과 마주치더라도 못 본 척 피해갈 수 있었다.

중산북로에서 버스를 타고 마지막 줄 구석 자리에 앉았다. 차 안은 무척 더웠다. 방금 샤워를 했는데 앉자마자 다시 온몸이 땀에 젖었다. 나는 시먼딩까지 가서 버스를 갈아타고 남공항으로 가려 했다. 어머니가 남공항 쪽에 살기 때문이다. 나는 5년 넘게 어머니를 못 봤다. 마지막으로 들은 소식은 지하 찻집을 운영하는 남자와 남공항에서 동거한다는 것이었다. 그 소식은 동생이 전해주었다. 그 애는 남공항에 가서 두세 번 어머니를 만나고 온 적이 있다. 어머니는 그 애를 시먼딩에 데려가 함께 만두 세 판을 먹었다. 그런데 나중에 어머니는 동생에게 앞으로 별일 없으면 찾아오지 말라고 당부했다. 이번에 동생이 죽은 것을 어머니는 몰랐다. 여러 번 가서 알려주고 싶었지만 어째서인지 그러지 못했다. 오랜 세월 어머니를 못 봐서 만나면 서로 어색하고 할 말이 없을까봐 그런 것 같다.

어머니와 동생을 떠올리니 무너지고 산산조각 난 우리 집이 또 생각났다.

5

우리 집은 룽장가龍江街에 있었다. 룽장가 28항巷의 골목 끝이었다. 중국 지도에서 서시베리아 쪽과 가까운 헤이룽장黑龍江의 불모지대처럼 룽장가도 타이베이시의 황량한 변경지역이었다. 그곳까지 밀려와 사는 이들은 모두 가난뱅이였다. 또 우리 골목의 집들에는 대부분 변변찮은 공공기관 하급 직원들이 살았다. 두 줄로 지어진 그 단층 나무집들은 하나같이 오래돼서 거무스름했고 나무판에 곰팡이가 군데군데 피어 있었으며 문, 창, 기와, 처마도 전부 낡아빠져서 마치 남루한 거지 떼가 몸을 움츠리고 한데 모여 있는 듯했다. 왼쪽 첫 번째는 친秦 참모의 집이었는데, 대문 한 짝이 태풍에 날아간 후로 계속 고치지 않아 꼭 앞니가 빠진 모양이었다. 친참모는 대문의 휑해진 쪽에 걸상을 놓고 앉아 거문고를 뜯으며 노래 부르는 것을 좋아했다. 본인은 경극 음악이라고 했지만 목소리가 꼭 독감 환자처럼 잔뜩 쉬어 있었다. 그는 작년에 중풍에 걸려 얼굴이 변형되고 입이 삐뚤어졌다. 그런데도 힘을 내서 역시 경극 노래인 「소요진逍遙津」을 부르곤 했다. 처량하게 "과인을 속이다니……"라고 고함치면서 말이다. 그는 입을 열면 아래턱이 빠질 것처럼 딱 벌어져 얼굴 전체가 고통스러운 표정이 된다. 다음, 오른쪽 첫 번째 집에는 샤오蕭 대장네와 황黃 부대장네 두 가족이 살았다. 샤오 대장 부인과 황 부대장 부인은 십수 년간 말다툼을 해 왔는데, 그것은 두 집이 함께 쓰는 부엌에서 한밤중에 자주 '도마 저주'가 들렸기 때문이다. 탁, 탁, 탁, 하는 칼 소리는 날카로운 저주에 버금갔다. 찬 바람이 불 때 들으면 모골이 송연해졌다. 둘 중 샤오 대장 부인이 체격이 크고 목소리도 쩌렁쩌렁해서 항상 우위를 점했다. 말린 오이처럼 깡마른 황 부대장 부인은 입을 꾹 다문 채 슬픈 얼굴로 눈물만 글썽였다. 샤오 대장 부인에게 영원히 환생하지 못한다는 저주라도 들은 듯했다. 아마도 다들 살기가 무척 힘들었던 것 같다. 집집마다 원망의 소리가 흘러나오곤 했다. 내 기억에 그 당시 우리 골목은 하루도 평안한 날이 없었다. 여기서 울음소리가 나다가 막 잦아들면 바로 저기서 고함이 시끄럽게 울려 퍼졌다. 그런데 우리의 그 28항은 좀처럼 잊기 힘든 막다른 골목이었다. 거기에는 독특한 썩은 내와 역시 독특한 퇴락과 황량함이 존재했다. 골목 양쪽 가장자리의 배수로는 일 년 내내 썩은 무, 해진 천, 녹슨 깡통, 대쪽 따위로 막혀 있었고 거기에 담긴 더럽고 시커먼 물이 햇빛에 증발하면 강한 악취가 솟구쳐 골목 안을 맴돌았다. 골목 한가운데의 뚜껑 열린 쓰레기통은 내용물이 더 복잡했다. 항상 산처럼 쌓인 오물 위에 배가 부풀어 오른 죽은 고양이가 눈이 툭 불거지고 흰 이를 드러낸 채 누워 있곤 했다. 어느 집에서 독살해 거기에 버렸는지는 알 수 없었다. 고양이 사체가 서서히 부패하기 시작하면 손가락만 한 초록색의 붉은 머리 파리가 잔뜩 달라붙어 있다가 사람이 지나가면 윙 하고 날아올랐다. 곧장 희멀건 구더기가 나타나 시체 위를 꿈틀대며 기어다녔다. 또 골목 안은 황토땅이어서 비가 많이 오면 금세 미끄러운 진창이 되었고 우리는 맨발로 그 위를 철벅철벅 걸은 후 진흙 묻은 발로 집에 들어가야만 했다. 이와 반대로 날이 오래 가물면 바람이 불 때마다 골목 전체에 흙모래가 날렸다. 그럴 때면 집집마다 이 빠진 담장에 기댄 대나무 장대 위에서 해진 기저귀, 팬티, 침대 보, 베개 따위가 뿌연 모래바람을 맞으며 부산하게 펄럭거렸다.

그 막다른 골목 끝의 가장 낡고 오래되고 침침한 곳이 바로 우리 집이었다. 몇 년 전 태풍 완다가 들이닥쳐 우리 집 지붕 한쪽을 날려버렸다. 나와 아버지는 검정 대형 방수포를 구멍 위에 깔고 붉은 벽돌 여러 개로 그 위를 눌러놓았다. 그랬는데도 폭우가 오면 집 안에 비가 샜다. 양동이, 대야, 때로는 타구까지 동원해 여기저기서 물을 받았다. 밤에도 비가 안 그치면 집 안에서 뚱땅뚱땅 소리가 새벽까지 울려 퍼졌다. 우리 집은 너무 낮아서 햇빛이 못 들어와, 집 안의 콘크리트 바닥이 계속 땀이라도 흘리는 듯 젖어 있었고 1년 내내 집 전체에 소리 없이 곰팡이가 피어 있었다. 초록색, 노란색, 검은색 곰팡이 자국들이 담 밑에서부터 스멀스멀 기어올라 천장까지 닿았다. 우리 옷에서도 늘 퀴퀴한 곰팡이 냄새가 났으며 그 냄새는 아무리 빨아도 가시지 않았다.

하지만 아버지는 우리가 그런 집이라도 얻은 게 천만다행이라고 했다. 1949년 아버지의 부대는 후베이성 다볘산大別山에서 팔로군八

路軍과 교전했고 일주일 넘게 포위된 상태에서 지원군도 오지 않아 아버지는 포로가 되었다. 나중에 도망쳐 타이완에 오긴 했지만 군적軍籍이 말소돼 있었다. 다행히 옛 전우 황쯔웨이黃子偉 처장이 선심을 베풀어준 덕분에 아버지는 그 낮고 오래된 집에 들어갈 수 있었다. 거의 일주일이 멀다 하고 아버지는 이웃 26항에 있는 황쯔웨이 아저씨 집에 갔다. 갈 때는 꼭 홍로주紅露酒 한 병과 조미 땅콩 한 봉지를 지참했다. 두 사람은 서로 마주 앉아 주거니 받거니 물잔에 술을 부어 들이켜면서 땅콩을 아드득아드득 씹어 먹었다. 본래 말수가 적은 아버지는 술을 마시면 더 굳게 입을 다물었다. 벌게진 눈과 부은 얼굴로 해가 질 때까지 묵묵히 앉아 있다가 집 안이 깜깜해지고 나서야 일어나 마른기침을 하며 말했다.

"에헴, 늦었네."

"식사나 하고 가시죠."

황 아저씨도 일어났다.

"다음에 또 올게."

아버지는 황 아저씨가 대답하기도 전에 엄격히 훈련받은 제식 걸음으로 당당히 자리를 떴다. 그는 가슴을 과장되게 펴고 머리는 우스꽝스러울 정도로 높이 든 채 해진 가죽장화로 따닥따닥 공허한 소리를 내며 걸었다.

아버지는 옛날에 일본인과 싸울 때 자신이 전공을 세운 적이 있다고 말했다. 그 '창사長沙대첩'이라는 전투에 관해 말할 때면 아버지는 갑자기 청산유수가 되어 심한 쓰촨 사투리로 우리가 알 듯 말 듯한 이야기를 잔뜩 풀어놓았다. 그 순간에는 주름 가득한 아버지의 검은 얼굴에 몹시 자랑스러워하는 기색이 비쳤다.

"그 전투가 끝나자 창사 교외의 강은 온통 빨갛게 물들었고 내 군도는 일본인의 머리를 베느라 끝이 휘어져버렸다."

그의 방 책상 위에는 그가 완전무장한 사진이 놓여 있었다. 가슴 벨트를 차고 승마화를 신은 채 숭숭 탄환 구멍이 난 일본군 헬멧 하나를 손에 들고서 승리의 미소를 짓고 있었다. 그 사진은 바로 창사 교외의 전장에서 찍은 것이었으며 땅바닥에 병사들의 시신이 이리저리 널려 있었다. 그때 아버지는 막 연대장으로 승진한 터였 는데 게다가 훈장까지 받았다. 아버지 침대맡에는 자그마한 빨간 색 나무상자가 있었고 그것은 구리 자물쇠로 잠겨 있었다. 바로 그 안에 아버지의 그 2등 보정寶鼎 훈장이 보관되어 있었다. 내가 위더 중고등학교에 입학한 해에 아버지는 어느 날 나를 자기 방으로 부 르더니 그 작은 빨간 나무상자를 정중히 책상 위에 놓고는 조심스 레 상자를 열었다. 그 안에는 흰색과 남색 법랑의 보정이 박힌, 황 동에 도금한 별 모양의 훈장이 들어 있었다. 도금은 벌써 까매졌고 꽃무늬 틈 속 금박이 벗겨진 곳에는 점점이 구리 녹이 돋아 있었 다. 훈장에 달린 빨강, 파랑, 하양의 삼색 리본도 누렇게 바래 있었 다. 아버지는 그 훈장을 가리키며 말했다.

"아칭, 잊지 말아야 한다. 네 아버지가 훈장을 받은 사람이란 걸."

나는 그 훈장이 예뻐 보여 만져보려고 했다. 그러자 아버지가 내 손을 막고 눈살을 찌푸리며 말했다.

"일어서!"

내가 일어나서 두 손을 바지 재봉선 위에 붙이며 차렷 자세를 취 하자 아버지는 그 훈장을 집어 내 교복 옷섶에 달아주었다. 그러고 나서 아버지도 차렷 자세를 한 뒤 구령을 붙였다.

"경례!"

나는 저도 모르게 얼른 이마에 손을 붙이고 아버지를 향해 거수경례를 했다. 하마터면 웃을 뻔했지만 아버지의 엄숙하고 무표정한 얼굴을 보고는 필사적으로 참았다. 아버지는 내가 고등학교만 졸업하면 그 보정 훈장을 정식으로 수여하겠다고 말했다. 졸업 후 내가 학교 추천으로 평산鳳山의 육군사관학교에 들어가 자신의 꿈을 잇는 것이 그의 한결같은 바람이었다.

평생 군인이었던 아버지는 돌격해 적진을 함락하는 것 외에는 아무것도 할 줄 아는 게 없었으므로 일을 찾기가 매우 어려웠다. 그래서 또 황 아저씨의 도움으로 겨우 정부와 민간이 함께 운영하는 신용합작사에 비집고 들어가 고문 직함을 걸고 월 3000위안을 받았다. 거기에서 그는 책상조차 없었고 사실 매일 출근할 필요도 없었다. 그러나 아버지는 매일같이 그나마 유일하게 봐줄 만한 중산복* 차림으로 지퍼가 반밖에 안 닫히는 낡은 가죽 가방을 옆구리에 낀 채 출퇴근을 했다. 그 뻣뻣한 군인 걸음으로 걸어가 힘들게 버스를 타고 내리면서 말이다. 아버지는 왕년의 동료들과 일거에 왕래를 끊었다. 한번은 아버지의 옛날 부하 두 명이 인사차 집으로 찾아왔는데, 아버지는 내복 차림으로 화장실에 숨은 채 문밖에 있던 내게 조용히 지시했다.

---

* 中山服. 쑨원이 1911년 신해혁명 성공 후 고안한 근대 예복. 일상생활에서도 편하게 입을 수 있도록 주름이나 장식을 없애고 실용적으로 만들었다. 상의에 큼지막한 주머니 네 개가 달렸고 중앙에 단추 다섯 개가 달렸으며 양쪽 소매에도 단추가 세 개씩 달렸다.

"빨리 가서 말해, 집에 없다고."

그 무덥고 축축하며 일 년 내내 곰팡이가 피어 있는 우리 집 거실에서 아버지는 항상 반들반들하게 닳은 대나무 의자에 앉아 있었다. 거실의 침침한 등불 아래서 돋보기를 쓴 채 윗통을 벗고 땀을 뻘뻘 흘리며 이미 보풀이 일고 제본 실이 끊어진, 상하이광이서국上海廣益書局에서 나온 『삼국지』를 하루 또 하루, 한 해 또 한 해 계속 되풀이해 읽었다. 어느 해 타이베이에 지진이 나서 우리 집 지붕의 기와 여러 장이 떨어지는 바람에 놀라 골목으로 도망친 적이 있다. 그런데 집에 돌아와서 보니 아버지는 여전히 단정하게 거실 대나무 의자에 앉아 그 『삼국지』를 손에 꼭 쥐고 있었다. 머리 위의 펜던트 등이 시계추처럼 왔다갔다하고 있었는데도.

아버지가 혼자 거실에 앉아 "나뉜 지 오래되면 반드시 합쳐지고 합쳐진 지 오래되면 반드시 나뉘는" 천하 대세의 법칙을 연구할 때면 어머니는 거실 밖 마당에 쪼그려 앉아 산더미처럼 쌓인 옷과 이불을 비벼 빨고 있었다. 살림에 보태려고 어머니는 매일 다른 집의 이불과 옷을 모아와 빨래를 했다. 1년 내내 허리를 굽히고 그 더러운 빨랫감 속에 파묻혀 필사적으로 천을 비비고 행궜다. 두 손은 비눗물 속에서 벌겋게 부어 있지 않은 적이 없었다. 그녀는 쪼그려 앉은 채 치마를 걷어 하얀 종아리를 드러냈고 까맣고 긴 머리는 크게 동여매 등 뒤로 넘겼다. 때로 빨래를 하면서 타이완 민요를 부르기도 했다. 옷을 비비다가 갑자기 고개를 들고 인상을 쓰며 목청을 높였다.

아아, 아아, 사람들이 버리고 간 작은 도시여, 쓸쓸한 달은 어둡기만 하네……

가늘고 처량한 그녀의 목소리가 흔들리며 높아지면 소름이 쫙 끼치고 마음이 슬퍼졌다.

어머니의 과거는 매우 불분명했다. 소문에 따르면 타오위안桃園 시골의 오리농장 집 양녀였는데 양부가 주정뱅이여서 온갖 학대 를 일삼았다고 한다. 그나마 다행히도 양모가 그녀를 아껴서 고생 을 조금 덜 수 있었다. 하지만 어느 날 양부가 던진 낫에 이마의 살 갗이 벗겨지는 바람에 그녀는 집을 나와 중리中壢로 도망쳤고 제1군 단 근처의 다방에서 종업원으로 일했다. 그때 어머니의 행실이 정 숙하지 못했던지 제1군단의 장교들과 사고가 잦았다. 한번은 소위 두 명이 그녀를 사이에 두고 주먹다짐을 벌여 하마터면 살인 사건 이 날 뻔했다. 이 일이 확대되어 더는 중리에 있을 수 없게 된 어머 니는 타이베이에 와서 남의 집 일을 하며 살았다. 그러다가 황 아저 씨 부인이 임신했을 때 어머니를 임시로 고용하면서 아버지와 인연 이 닿은 것이다. 그해 아버지는 45세였고 어머니는 겨우 19세였다. 황 아저씨 부인은 그 일을 얘기할 때마다 입을 가리고 웃었다.

"나는 너희 엄마한테 빨간 달걀*을 갖다주라고 했을 뿐인데, 글 쎄 너희 아빠는 빨간 달걀 말고도 사람까지 받아 챙겼지 뭐니."

어머니는 젊었을 때 확실히 잘나가는 여자였을 것이다. 날씬하 고 허리가 가늘었으며 풍성하고 검은 머리칼이 등 뒤로 치렁치렁 했다. 앳돼 보이는 새하얀 얼굴에 입은 자그마하고 입꼬리가 올라

---

* 紅蛋. 출산 축하를 위해 친지에게 보내는, 붉은 물감을 들인 달걀.

가 있었으며 치기 어린 표정 때문에 아직 다 안 자란 소녀 같았다. 그런데 그녀의 크고 깊은 눈 속 검고 빛나는 눈동자는 언제나 겁먹은 아기 사슴처럼 두려움과 혼란으로 이리저리 움직였다. 간혹 그녀가 갑자기 눈살을 찌푸리면 그 두 눈은 검은 불덩이처럼 타올라 마치 마음속 가득한 원한에 불이 붙은 것 같기도 했다.

어머니는 아버지 옆에 서면 키가 겨우 그의 어깨에 닿았다. 두 사람이 함께 거리에 나서면 아버지는 열병이라도 하듯 고개를 들고 가슴을 편 채 성큼성큼 걸었고 어머니는 뒤에서 잰걸음으로 쫓아가며 계속 양쪽을 두리번거렸다. 늙고 거무스름하며 백발이 온통 곤두선 거구의 남자와 그 뒤를 허둥지둥 따르는 앳된 얼굴의 자그마한 여자는 우리 골목에서 가장 안 어울리는, 함께 걷기만 하면 사람들에게 웃음을 사는 커플이었다.

하지만 아버지는 어머니를 뜨겁게 사랑했던 것 같다. 단지 표현 방식이 지나치게 거칠었을 뿐이다. 한번은 어머니가 문가에서 채소 파는 청년과 장난을 주고받은 적이 있었다. 그녀가 무로 그 청년의 벗은 가슴을 툭 치자, 그 청년은 기회를 틈타 어머니의 어깨를 움켜쥐었다. 이 장면을 우연히 목격한 아버지는 집에 돌아와 아무 말도 하지 않다가 별안간 문 뒤에서 등나무 막대기를 꺼내 팍, 팍, 팍, 세 번 어머니의 등을 세게 때렸다. 어머니는 땅바닥에 쓰러져 가냘픈 몸을 동그랗게 웅크린 채로 어깨를 파르르 떨면서 하얀 두 발로 계속 발길질을 했다. 그녀의 그런 모습을 보고 나는 설날에 우리가 죽인 작은 암탉이 떠올랐다. 목이 잘린 그 암탉도 땅바닥에 누워 두 발로 경련하듯 계속 발길질을 하며 마지막 몸부림을 쳤다. 눈처럼 하얀 깃털에 빨간 핏자국이 가득 묻어 있었다. 어머니는 누워서 울지도 소리 지르지도 않았다. 그저 새파래진 얼굴로 작은 입을 꼭 다물고 있었다. 금세 뛰쳐 일어나기라도 할 것처럼 그녀는 큰 눈으로 아버지를 바라보고 있었다. 이튿날 어머니는 침대에서 일어나지 않았다. 퇴근 후 아버지가 알록달록한 종이에 싸인 상자를 어머니 머리맡에 찔러놓고는 얼른 돌아서 방을 나갔다. 그 상자 안에는 산뜻한 삼베 원피스가 들어 있었다. 녹색 바탕의 천에 탐스러운 붉은 작약이 송이송이 수 놓여 있었다. 어머니는 침대에서 내려와 그 새 옷으로 갈아입고 거울 앞에 서서 이리저리 옷매무새를 살폈다. 그러나 노출된 그녀의 등판에는 손가락 굵기의 매 자국 두 개가 가로로 빨갛게 부풀어 있었다. 그 모습은 마치 뱀 두 마리가 그녀의 하얀 등을 구불구불 기어오르고 있는 듯했다.

내가 여덟 살이던 해의 어느 날 어머니는 홀연히 자취를 감췄다. 그녀는 아버지가 사준 그 꽃무늬 원피스까지 옷을 몽땅 챙겨갔다. 샤오둥바오小東寶 공연단의 트럼펫 연주자와 눈이 맞아 달아난 것이다. 그녀도 그들의 공연단에 합류해 타이완 순회공연을 다닐 셈이었다. 원래 샤오둥바오 공연단은 숙소가 창춘로에 있었고 어머니는 늘 거기에 가서 단원들의 옷을 받아와 빨래를 했다. 한번은 그 숙소를 지나가다가 어머니가 공연단원들과 어울려 노래 부르는 것을 훔쳐본 적이 있다. 그 트럼펫 연주자는 스무 살가량의 젊은이였다. 가슴에 두 줄로 금색 단추를 달고 소매에는 넓게 금색 테두리를 두른 진홍색 유니폼을 입고서 역시 테두리가 금색인 흰 모자 아래로 새까맣고 반들거리는 귀밑머리를 드러냈다. 그는 두 손으로 번쩍이는 황동 트럼펫을 들고 몸을 뒤로 젖힌 채 무척 거드름을 피우며 연주했다. 어머니는 여자 단원들 사이에 끼어 함께 방긋거리면서 「망춘풍望春風」을 노래했다. 그녀도 금색 테두리의 흰색 남자 모자를 삐뚜름하게 쓰고 있었다. 나는 그녀가 그토록 즐겁게 웃는 것을 본 적이 없었다.

어머니가 가출한 날 저녁, 아버지는 옛날 중국에서 연대장을 할 때 쓰던 호신용 권총을 위협적으로 휘두르며 밖으로 뛰쳐나갔다. 그 개 같은 연놈을 꼭 죽이고 오겠다고 큰소리를 쳤다. 그러나 한밤중에 돌아온 그는 취해서 몸도 잘 가누지 못했다. 나와 동생을 불러내 무슨 소리인지도 모를 훈계를 잔뜩 늘어놓다가 나중에는 목이 메어 엉엉 울기 시작했다. 주름살이 빽빽한 그의 검고 나이든 얼굴 위로 눈물이 철철 흘러내렸다. 그것은 내가 본 중에 가장 무섭고도 가장 슬픈 얼굴이었다. 동생은 무서워서 울음을 터뜨렸고 나는 섬뜩한 한기를 느껴 온몸의 털이 다 곤두섰다.

어머니가 떠났지만 나는 별로 괴롭지 않았던 것 같다. 아마도 어렸을 때부터 어머니가 나를 싫어해서 그녀를 두려워하기만 하고 별로 아쉬움이 없었기 때문일 것이다. 나를 낳을 때 어머니는 초산이라 난산이었고 자궁의 과다 출혈로 하마터면 목숨을 잃을 뻔했다. 그래서 그녀는 내가 전생의 원수이며 환생해 자기 목숨을 노린 것이라고 단정했다.

어머니는 자주 엄지손가락으로 내 이마를 문지르며 말했다.

"검둥아, 인상 쓰지 마. 애가 이마에 주름살이 있으면 나쁜 사람이 돼."

어머니는 나를 검둥이라 불렀고 동생은 흰둥이라고 불렀다. 나는 아버지를 닮아 키가 크고 피부가 까맸지만 동생은 어머니와 판박이였다. 하얀 피부와 앳된 얼굴, 새까맣고 큰 눈은 마치 어머니에게 빌려온 것 같았다. 하지만 어머니의 한스러운 눈빛은 없었다. 눈만 깜박여도 천진하게 웃고 있는 듯했다. 어머니는 동생을 임신했을 때 꿈에서 관음보살을 봤다고 했다. 동생은 관음보살이 특별히 자신에게 점지해준 아이여서 그렇게 자신을 쏙 빼닮았다는 것이었다. 어머니는 직접 동생에게 빨간 옷을 지어주고 또 목에 은박을 입힌 양은 목걸이를 걸어주기도 했다. 목걸이에는 십이지 모양의 방울들이 달려서 동생이 바닥을 기어다니면 용, 뱀, 호랑이, 토끼 방울이 딸랑딸랑 소리를 냈다. 그러면 어머니는 기뻐하며 동생을 들어 품에 안고 정수리부터 포동포동한 종아리까지 입을 맞췄다. 동생은 까르르 웃어대며 발버둥을 쳤다.

어느 날 어머니가 마당에서 동생을 목욕시키고 있었다. 단향檀香 비누로 거품을 낸 동생의 온몸을 문질러주면서 자기는 나무 대야 옆에 앉아 길고 까만 머리칼을 무릎 위에 하늘하늘 드리우고 있었다. 그녀는 양손으로 물을 떠 동생의 하얗고 포동포동한 몸에 뿌려주면서 부드럽게 「유월의 재스민六月茉莉」을 흥얼거렸다. 동생이 웃었고 어머니도 웃었다. 두 사람의 맑고 즐거운 웃음소리가 황금빛 햇살 아래 메아리쳤다. 어머니가 방에 수건을 가지러 갔을 때 나는 나무 대야에 다가갔다. 그리고 동생이 방긋 웃으며 내게 손을 뻗은 순간, 그 애의 어깨를 붙잡고 그 하얗고 보드라운 살을 꽉 깨물어 8개의 빨간 잇자국을 냈다. 어머니가 달려나와 부집게로 내 무릎을 쳤다. 나는 무릎이 시퍼렇게 부어올라 꽤 여러 날 절룩거리며 다녀야 했다. 그 푸르뎅뎅한 무릎에서 피고름이 흐르는 것을 보면서도 복수의 쾌감만 느껴졌다. 나는 울지 않았고 용서를 빌지도 않았다. 그 후로 어머니는 나를 더 미워했고 내가 틀림없이 역귀疫鬼의 환생일 것이라고 말했다.

하지만 어머니가 떠난 뒤로 나와 동생은 서로 의지하는 처지가 되었다. 늘 어머니와 함께 잤던 동생은 어머니가 떠난 날 밤 내 방에 들어왔다. 그리고 내 침대에 올라와 힘껏 내 품을 파고들었다. 아마 무서웠던 것 같다. 그날 밤은 나도 피곤해서 동생을 꼭 껴안고 어머니처럼 등을 다독여주다 함께 잠이 들었다.

어머니가 집을 떠난 후로 나는 그녀를 딱 한 번 보았다. 그녀가 떠난 지 넷째 해, 내가 막 중학교에 들어갔을 때였다. 샤오둥바오 공연단이 타이베이로 돌아와 싼충진三重鎮의 메이리화美麗華극장에서 무대를 가졌다. 메이리화극장은 본래 타이완 전통극을 공연하던 곳으로 충신로重新路의 어느 골목 입구에 있었다. 그곳은 사방에 합판을 둘러친 대형 천막에 불과했고 입구에 문 대신 꽃무늬 휘장을 쳐놓았으며 합판 벽 위에는 '샤오둥바오 공연단, 청춘의 뜨거운 댄스'라는 글자와 허벅지가 훤히 드러난 여자 댄서의 모습이 인쇄된 컬러 포스터가 잔뜩 붙어 있었다. 그리고 알록달록한 종이 모자를 쓴 남자가 입구 앞에서 확성기를 들고 "예쁜 아가씨도 있고 멋진 공연도 있어요!"라고 고함을 쳤다. 나는 동생을 데리고 표 두 장을 사서 극장 안으로 쑤시고 들어갔다. 그 안에서는 사람들이 거의 만석으로 가득 차 시끄럽게 웅성대고 있었다. 시멘트 바닥 위에는 과일과 견과류 껍질, 담배꽁초, 사이다병 따위가 가득했다. 또 자리에는 등받이가 없는 긴 나무 의자가 빽빽이 놓여 있었다. 관중은 거의 다 남자였다. 그들은 모두 상의를 훌러덩 벗어젖힌 채 땀을 뻘뻘 흘리고 있었다. 지르신고 있던 나막신도 자리에 앉아서는 벗어버리고 한쪽 다리를 구부려 걸상 위에 올려놓았다. 천막 안은 공기가 좋을 리 없었다. 후끈대는 열기 속에서 땀 냄새, 발 냄새가 진동했다. 나와 동생은 무대 밑 왼쪽 끝자리로 비집고 들어가 걸상에 앉았다. 무대 위에는 낡은 붉은색 장막이 걸려 있었으며 천장에 설치된 조명이 무대를 밝게 비췄다. 무대 오른쪽 가장자리에 앉아 있는 악단은 모두 5명이었고 전부 금색 단추가 달린 그 진홍색 유니폼을 입은 채 시장통에서 바겐세일이라도 하듯 시끄럽게 악기를 연주하고 있었다. 나는 어머니를 데리고 도망친 그 트럼펫 주자를 알아보았다. 그는 악단 앞줄 두 번째 자리에 앉아 있었다. 고개를 들고, 두 뺨을 잔뜩 부풀리고, 두 눈을 왕방울만 하게 뜬 채 득의양양하게 황금색 트럼펫을 연주했다. 그는 모자는 쓰지 않았다. 대신 앞머리를 파마한 머리칼을 멋들어지게 빗고 무스를 반지르르하게 발랐다. 무대 위의 사회자가 마이크를 들고 나와 공연 프로그램을 알린 뒤 몇 마디 야한 농담을 했다. 무대 아래에서 한바탕 박수 소리와 휘파람 소리가 나더니 곧장 6명의 여자 댄서가 장막 뒤에서 뛰어나왔다. 모두 분홍색 미니스커트 차림이라 새하얀 허벅지가 적나라하게 보였고 저마다 머리에 금색 머리핀을 꽂았으며 두 손목에는 반짝이는 팔찌를 차고 있었다. 그녀들은 나와서 나란히 한 줄로 선 뒤, 악단이 곡을 바꾸자 갑자기 한 손으로 무대 아래를 가리키며 일제히 카랑카랑한 목소리로 노래하기 시작했다.

　　타이완의 아가씨는 정말 예뻐요……

　무대 밑의 관중이 더 흥분해서 큰소리로 "춤춰라, 춤춰!" 하고 소리쳤다. 악단의 연주가 갈수록 빨라졌고 이에 댄서들은 나란히 어깨동무를 한 채 껑충껑충 다리를 올려 차며 춤을 추기 시작했다. 그녀들은 춤추며 노래했고 팔찌가 쨍그랑쨍그랑 소리를 냈다. 무대 밑 남자들 중 누구는 손뼉을 쳤고 누구는 환호를 했다. 사회자도 마이크를 쥐고 "으쌰, 으쌰" 소리를 질렀다. 꼭 그 댄서들을 응원이라도 하는 듯했다.

　나랑 동생은 너무 구석진 데 있어서 잘 보이지가 않았다. 나는 일어나서 한참을 두리번대다 문득 깨달았다. 알고 보니 무대 위 왼쪽 첫 번째 댄서가 바로 어머니였다. 6명의 댄서는 모두 얼굴에 큼지막하게 새빨간 연지를 찍고 눈썹과 눈두덩도 똑같이 파란색과 자주색으로 칠해서 구별하기가 쉽지 않았다. 어머니는 이미 서른 살이 넘었지만 체구가 작고 또 그렇게 분장을 하는 바람에 18, 19세의 어린 아가씨로 보였다. 그녀는 다른 댄서들보다 왜소해서 아무래도 다리를 올려 차는 게 조금 느렸다. 또 빨갛게 칠한 입술을 벌려 흰 이를 드러내며 계속 웃음을 짓긴 했지만 큰 눈을 연신 깜박이는 게 무척 힘들고 당황스러워 보였다. 나는 동생에게 어머니가 춤을 추고 있다고 말했다. 그러자 동생은 얼른 걸상 위에 올라가 잠시 살피다가 돌연 "엄마!" 하고 소리친 뒤 선 채로 흐느껴 울기 시작했다.

6

남공항의 커난가克難街에는 양쪽 모두 수박을 파는 노점상이 있어서 먹다 버린 수박 껍질과 수박씨가 땅바닥에 온통 흩어져 있었다. 빨갛고 무른 수박의 과육이 윙윙대는 파리 떼를 불렀다. 햇살이 너무 뜨거워 과육에서 시고 달큰한 냄새가 진동했다. 어머니가 사는 집은 커난가 끝의 어느 빈민굴에 있었다. 그곳은 매우 특이한 건물이었다. 일제강점기에 지어진 이층짜리 콘크리트 건물로 두꺼운 벽에 창은 없고 작은 구멍들만 숭숭 뚫려 있었다. 색깔도 온통 회색빛이어서 마치 버려진 보루 같았다. 소문에 따르면 실제로 일본군 주둔지였다고 한다. 나는 건물 안으로 들어갔다. 나선형의 콘크리트 계단이 구불구불 올라가 침침한 어둠 속으로 이어져 있었다. 그 안은 음산했으며 방공호의 축축한 곰팡내가 가득했다. 건물 안에 얼마나 많은 가구가 사는지 어른들의 욕설과 아이들의 울음소리가 요란했지만 검은 그림자만 어른거리고 사람들의 모습은 보이지 않았다. 나는 콘크리트 난간을 붙잡고 조심스레 이층으로 올라가 어머니가 사는 집 문가로 다가갔다. 문은 열려 있고 노파 한 명이 문가에 걸상을 놓고 앉아 꾸벅꾸벅 졸고 있었다. 황백색 삼베 내의 차림의 그녀는 닭 껍질처럼 쪼글쪼글한 목살이 축 늘어졌고 정수리에 조그맣게 상투를 틀긴 했지만 앞머리가 다 빠져 이마가 휑해 보였다. 게다가 큼지막한 분홍 반점이 눈썹까지 번져서 마치 앞이마의 피부가 벗겨져 속살이 다 드러난 것 같았다.

"할머니, 여기 황리샤黃麗霞라는 분 있나요?"

나는 선글라스를 벗고 그녀에게 말을 걸었다.

"응? 누구?"

노파가 눈을 뜨고 쉰 목소리로 물었다.

"황리샤요."

노파는 대답 대신 헛기침을 하고 바닥에 칵 누런 침을 뱉은 뒤, 사나운 눈초리로 나를 쓱 훑어보고 나서야 안쪽 어느 방을 손가락으로 가리켰다. 나는 안으로 들어가 벽돌로 만든 복도를 지나쳐 그 끝에 있는 방 앞에 다다랐다. 문가에 샛노란 커튼이 드리워져 있었다. 나는 커튼을 걷었다. 방 안은 어두워서 아무것도 안 보였다. 커튼 틈을 따라 한 줄기 어슴푸레한 햇빛만 비쳤다. 더듬대며 방 안으로 들어갔다. 안은 답답하고 후텁지근했으며 비릿한 악취가 확 풍겼다. 새나 고양이의 부패한 사체에서 나는 냄새 같았다.

"엄마."

조용히 부르고서 잠시 우두커니 서 있었다. 방 안의 어둠이 차차 눈에 익고 난 뒤에야 네모나게 휘장을 친 침대가 어렴풋이 보였다. 누가 누워 있는 듯 침대 위가 불룩했다. 나는 침대 앞으로 다가가 또 불렀다.

"엄마, 나예요. 아칭이에요."

"아칭이라고?"

가늘고 떨리는 어머니의 목소리가 어둠 속에서 은은히 전해졌다. 잠시 부스럭거리는 소리가 들리더니 탁, 하고 침대맡의 노란 전등이 켜졌다. 어머니가 등을 구부린 채 침대 위에 모로 누워 있었다. 검은 덧저고리를 입고 하반신은 꽃무늬 솜이불로 휘감고 있었다. 그리고 머리는 베개 속에 깊이 파묻혀 있었으며 머리맡에는 누르스름한 화장지 한 다발이 두껍게 쌓여 있었다. 침대를 덮고 있는 그 네모난 휘장은 다 쓴 걸레를 모아 지은 듯 더럽기 짝이 없고 여기저기 기운 자국투성이였다. 침대맡으로 다가가자 그녀가 나를 향해 고개를 돌렸다. 나는 소스라치게 놀랐다. 그녀의 얼굴이 완전히 바뀌어 있었다. 본래 둥글고 앳돼 보였던 얼굴이 마치 움푹 파인 것처럼 두 뺨이 홀쭉해지고 광대뼈가 툭 불거져 있었다. 커다란 두 눈도 검은 구멍처럼 퀭해졌고 검푸른 눈두덩은 멍든 것처럼 보였으며 안색은 온통 누르께했다. 또 양쪽 관자놀이에는 엄지손가락 크기의 검은 고약이 붙어 있었고 긴 머리는 자고 일어나서인지 여러 곳이 마구 뭉쳐 있었다. 그녀의 꼭 쥔 두 손이 말린 닭발처럼 보였다. 원래 아담했던 그녀의 몸이 옷과 이불에 꽁꽁 싸여 침대 속에 파묻혀 있는 지금은 마치 영아의 바짝 쪼그라든 사체 같았다. 그녀가 그 닭발 같은 손을 뻗어 내 손목을 쥐고서 새된 목소리로 재촉하듯 말했다.

"마침 잘 왔어, 아칭. 어서 나 좀 일으켜줘. 머리맡의 타구 보이지?"

나는 이불을 걷고 어머니를 침대에서 일으켰다. 어머니 몸은 말라서 뼈만 남아 있었다. 한 손으로 그녀의 등을 받치자 척추뼈가 마디마디 느껴졌다. 온몸에서 코를 찌르는 약 냄새와 땀 냄새가 풍기기도 했다. 나는 그녀를 타구 위에 앉게 했다. 타구에는 벌써 샛노란 오줌이 절반 넘게 차 있었다. 내가 들어올 때 맡았던 그 이상한 악취는 바로 거기서 난 것이었다. 어머니는 타구 위에 앉고는 허리를 구부린 채 원망스레 말했다.

"방금 내가 목이 찢어져라 부르는데도 알은체하는 사람이 없었어. 저 망할 할망구는 못 들은 척하고. 저 사람들은 네 엄마가 아파서 꼼짝도 못 하게 되니까 전부 나를 무시해. 저 할망구가 방문 앞에 서서 자기 아들한테 뭐라고 했는지 알아? '저년은 쓸모도 없는데 치료해줘서 뭐해?'라고 그랬어."

어머니는 피식 코웃음을 쳤다.

"젠장, 네 엄마는 이렇게 죽지도 못하고 여기서 시간을 끌고 있단다."

어머니는 소변을 다 보고 누르스름한 화장지로 뒤처리를 했다. 나는 그녀를 안아 일으켜 침대에 다시 눕혔다.

"추워. 아칭, 이불 덮어줘."

어머니가 떨리는 목소리로 말했다. 나는 얼른 이불로 그녀의 몸을 감쌌다. 그녀가 방 창문을 모두 닫고 두꺼운 커튼까지 쳐놓아서 내 등에서는 땀이 흘렀다.

"그거 아니, 아칭? 저 사람들은 다 내가 죽기를 기다리고 있어."

어머니가 목소리를 낮춰 말했다. 그러고는 근육과 뼈밖에 없는 까만 오른손을 보여주었다. 그녀의 약손가락에 불그스름하게 닳은 금반지가 헐렁하게 끼워져 있었다.

"저 사람들은 내가 죽으면 이 금반지부터 빼가려 할 거야. 염병할, 내가 그렇게 놔둘 줄 알고? 꿀꺽 삼켜버릴 거야. 저 요절할 것들한테는 절대 안 넘길 거라고. 그런데 아칭, 이 엄마는 찢어지게 가난해서 수박 한 조각 사 먹을 돈이 없단다……."

어머니가 그 퀭한 눈으로 나를 쓱 훑어보더니 별안간 웃으며 말했다.

"헤헤, 네 옷이 참 예쁘구나, 아칭. 돈을 좀 벌었나봐. 혹시 이 엄마한테 음식 사 먹을 돈 좀 줄 수 있니? 온종일 쫄쫄 굶었거든. 저 사람들이 갖다주는 건 다 꿀꿀이죽이야. 사람이 먹을 게 아니라고."

나는 전날 남은 200위안을 꺼내 100위안짜리 지폐 한 장을 어머니에게 주었다. 어머니는 닭발처럼 마른 손을 바들바들 떨며 지폐를 움켜쥐었다. 추악하게 망가진 그녀의 얼굴이 활짝 펴지더니 소녀 같은 웃음이 피어났다. 그녀는 얼른 베개 밑에 그 지폐를 쑤셔넣었다. 누가 보고 빼앗아갈까 두려운 듯했다. 그녀는 돈을 잘 숨기고 베개를 탁탁 두드리고는 천장을 보고 누워 길게 한숨을 쉬었다.

"의사가 그러는데 독이 뼈까지 미쳐서 잘라내야 한대."

어머니가 손으로 자기 하반신을 긋는 시늉을 했다.

"두 다리를 다 잘라내야 한다더라고. 다리 하나에 7000위안이 들고. 나는 돈도 없고 돈이 있어도 못 잘라! 의사가 그러는데 독이 벌써 퍼져서 심장까지 닿으면 죽을 수밖에 없대. 죽으면 죽는 거지 나 같은 여자가 더 살아 뭐하겠어……."

어머니가 돌연 힘들게 몸을 일으켰다. 움푹 꺼진 그녀의 두 눈이 반짝 빛났다.

"아칭. 이 엄마 부탁 좀 한 가지 들어주지 않을래? 지금까지 너한테 한 번도 부탁한 적이 없잖니."

"알았어요."

내가 고개를 끄덕였다.

"엄마는 오래 못 살 거야. 엄마가 죽으면 절에 가서 향불을 피워줘. 어느 절이든 좋으니까. 부처님 앞에 무릎 꿇고 이 엄마를 위해 빌어줘. 엄마는 한평생 너무 많은 죄업을 지었어. 그러니까 부처님한테 용서해달라고, 저세상에서 고생하지 않게 해달라고 빌어줘. 엄마의 한평생 죄업은 태워서 재가 돼도 결코 안 가실 거야! 난 죽는 건 무섭지 않아. 단지 저세상에서 겪을 일이 무서워……."

어머니의 푹 꺼진 눈가에서 돌연 두 줄기 눈물이 솟아나 홀쭉해진 뺨으로 흘러내렸다. 나는 침대맡의 그 누르스름한 화장지를 두장 집어 건넸다. 그녀는 그것으로 눈물을 닦고 코를 푼 뒤 침대에 다시 누웠다. 잠시 후 길게 한숨을 쉬더니 말했다.

"너희 아빠가 사실 나한테 잘해주기는 했어. 다만……"

그녀는 눈살을 찌푸리고 혀를 차더니 또 갑자기 입을 삐죽이다가 경망스럽게 웃었다.

"어때? 그 노인네는 잘 있어? 아직도 매일 술 마시나?"

"몰라요."

나는 고개를 흔들었다.

"석 달 넘게 못 봤거든요. 엄마, 나도 집을 나왔어요."

"그래?"

어머니는 흥분해서 그 퀭한 눈을 깜박이고는 바로 내 손등을 토닥이며 탄식했다.

"너도 도망쳐 나왔구나."

"아빠가 쫓아낸 거예요."

"아, 그런 거였어?"

어머니가 중얼거렸다. 그녀의 큰 눈이 나를 주시했고 손은 여전히 내 손등 위에 있었다. 순간 나는 나와 어머니가 어떤 면에서 무척 닮았다는 생각이 들었다. 어머니는 평생 도망치고, 떠돌고, 쫓아다니다 결국에는 시커먼 휘장 속 침대 위에서 땀내 나는 이불에 싸인 채 독에 감염된 몸으로 죽음을 기다리고 있었다. 나도 어쨌든 죄업과 병균이 가득한 그녀 몸에서 나온 혈육으로 역시 그녀의 뒤를 이어 도망치고, 떠돌고, 쫓아다니기 시작했다. 그 순간 나는 어머니가 무척 가깝게 느껴졌다.

"그러면 이제 네 동생 혼자 아빠랑 있는 거야?"

어머니의 가늘고 떨리는 목소리가 슬픈 어조로 바뀌었다.

"엄마……"

나는 목구멍이 콱 막힌 듯 목소리가 잘 안 나왔다.

"아칭, 그 애는 어쨌든 네 친동생이니까 잘해줘야 해."

"엄마, 그 애는 죽었어요."

나는 결국 큰소리로 말했다. 가슴속에 맺힌 피를 한꺼번에 토해낸 것 같았다. 어머니는 멍하니 나를 바라보고 있었다. 내 말을 못 알아들은 것 같았다.

"죽은 지 석 달 됐어요, 엄마."

어머니 머리맡에 앉아 그녀의 작고 마른 손을 꼭 쥐었다. 내 손바닥에서는 식은땀이 배어나왔고 이는 덜덜 떨리고 있었다. 나는 몸을 굽히고 뭔가에 쫓기기라도 하듯 어머니에게 이야기를 털어놓았다.

"그 애는 폐렴으로 죽었어요. 창춘로 캉푸_{康福} 병원의 우_吳 의사 선생은 그 애가 심한 감기라면서 해열제 주사만 한 대 놔주었죠. 셋째 날 혼수상태에 빠졌고요. 밤새 기침을 하고 온몸에 열이 펄펄 끓었죠. 우리는 그 애를 타이완대학병원에 보내 응급처치를 받게 했어요. 산소 호흡을 시켰지만 하룻밤을 헐떡이다 날이 새자 숨이 끊겨졌어요. 숨이 끊겨졌을 때 저는 그 애를 꼭 끌어안았어요. 병원 사람들이 그 애를 실어가려고 했죠. 저는 그 사람들을 발로 차며 못 건드리게 했어요. 나중에 아빠가 저를 떼어놓고서야 그들은 그 애를 흰 천으로 덮고 실어가버렸죠."

어머니는 아무 말 없이 잠자코 듣고만 있었다. 내가 이야기를 마친 뒤 우리는 묵묵히 한참 동안 서로 마주하고 있었다. 별안간 어머니가 힘껏 내 손을 뿌리치더니 뻣뻣하게 일어나 앉아 떨리는 손가락으로 나를 가리키며 매섭게 소리쳤다.

"너희가 내 흰둥이를 죽였어!"

"엄마?"

나는 벌떡 일어섰다.

"폐렴? 폐렴은 무슨 폐렴! 난 이해가 안 돼! 너희가 내 흰둥이를 죽인 거야!"

어머니의 퀭한 두 눈이 곧 튀어나올 것처럼 번뜩였고 홀쭉한 얼굴은 우는 듯 웃는 듯 심하게 뒤틀려 있었다.

"난 알고 있어. 분명히 너일 거야. 속이 시키면 네가 흰둥이를 죽여놓고 또 나를 달래러 와서 무슨 폐렴으로 죽었다고 지껄이는 거야. 네가 우리 훤둥이를 죽였잖아. 우리 훤둥이 살려내!"

어머니가 그 닭발 같은 손을 꼭 쥐고 침대 위를 탕탕 두드리며 울부짖었다. 그녀의 울음소리는 갈수록 크고 참담해졌다. 밖에 있던 노파가 후다닥 달려와 두 손을 휘저으며 소리쳤다.

"미쳤어, 미쳤다고!"

나는 몇 걸음 물러나 어머니의 집을 뛰쳐나왔고 휘청이며 그 침침하고 구불구불한 콘크리트 계단을 뛰어 내려갔다. 어머니의 날카로운 울음소리가 위에서 나를 쫓아오고 있었다. 건물 밖으로 나왔지만 나는 계속 뛰고 있었다. 바깥은 천지가 빙빙 돌 만큼 햇살이 뜨거웠다. 곧 현기증을 느꼈고 이마에서 식은땀이 줄줄 흘러내렸다. 한참을 뛰다가 겨우 멈춰 서서 헉헉대며 뒤를 돌아보았다. 그 보루 같은 콘크리트 건물이 숭숭 검은 구멍들이 뚫린 채 강렬한 햇살 아래 회색빛으로 우뚝 서 있었다. 그 모습은 마치 거대한 감옥 같았다.

7

　시먼딩의 예런野人 커피숍은 우리의 연락처 중 하나였다. 가끔 샤오위, 쥐, 우민 등 우리 몇 명은 서로 연락을 주고받기 위해 그 커피숍에 들러 "8시, 신난양극장 앞" "9시 반, 중화로 상가 2층" 같은 쪽지를 남기곤 했다. 오후 4시 반, 타이베이는 8월의 태양에 바싹 그을려 이미 빈사 상태가 되어 있었고 내가 예런 커피숍에 들어갔을 때 그곳은 청소년들로 진작에 만석이었다. 그들은 빨갛고 노란 옷을 입고 무더기로 모여 있었다. 실내는 조명이 어슴푸레했으며 에어컨의 우윳빛 냉기가 매운 담배 냄새를 머금고 떠다녔다. 대형 전축에서는 격렬한 로큰롤이 흘러나오고 있었다. 비틀스가 "예, 예, 예" 하고 거칠게 고함을 쳤다.

　나는 한참 살피다가 에어컨 옆 구석 테이블 앞에 한 아이만 앉아 있는 것을 발견했다. 그쪽으로 가서 물었다.

　"여기 자리 있어?"

테이블 위에는 빈 음료수 잔 두 개가 놓여 있었다. 그 애가 고개를 들고는 저었다. 나는 선글라스를 벗고 반대편에 앉았다. 그 애가 빈 잔들을 가리키며 말했다.

"방금 갔어요."

열서너 살쯤 돼 보이는 소년이었다. 하얗게 바랜 보이스카우트 유니폼 차림이었으며 상의를 바지 밖으로 빼내고 단추도 안 잠가서 아랫배가 드러났다. 또 유니폼의 멜빵 중 한쪽이 뒤집혀 있었다. 그 애는 에어컨에 등을 기댄 채 한쪽 다리를 다른 의자 위에 올리고 슬리퍼 밖으로 드러난 엄지발가락을 계속 꼼지락거렸다. 앞에 놓인 음료수 잔은 완전히 비어 있었으며 그 안의 빨대도 물려서 꺾인 상태였다. 그 애는 손가락 사이에 담배를 끼고 있다가 내가 앉는 것을 보고 얼른 입에 물고 뻑뻑 두 모금을 빨았다. 하지만 담배를 든 자세를 보고는 그 애가 담배를 배운 지 얼마 안 됐음을 즉각 알아챘다.

"방금 간 두 녀석은 어젯밤 외제 차를 훔쳤어요."

"메이커가 뭔데?"

"벤츠요."

"와, 명품 차잖아."

"걔들 바람 쐰다고 차를 몰다가 런아이로仁愛路 4블록에서 전봇대를 들이받았어요. 녀석들은 빠져나와 귀신처럼 꽁무니를 뺐고요. 걔들이 그러는데, 그 벤츠 신차가 입이 오그라든 두꺼비 모양이 됐대요."

그 애는 말하면서 재미있는지 웃음을 터뜨렸다. 명품 차가 두꺼비 모양이 됐다고 생각하니 나도 웃음을 참을 수 없었다. 그 애는 계속 깔깔거렸다. 벌겋게 그을린 둥근 얼굴로 입을 벌리고 있는데 크고 하얀 앞니 두 개가 인상적이었다. 그 애의 머리는 여름방학이 되어 막 기르기 시작했는지 3센티미터도 안 되게 곱슬곱슬 앞이마를 덮고 있었다. 나는 그 애의 유니폼 왼쪽 가슴에 헝이중학恒毅中學 593번이라고 학번이 수 놓인 것을 보았다.

"그 두 녀석은 시먼딩 형제파예요."

"너도 같은 패거리야?"

"아니에요!"

그 애는 말도 안 된다는 듯이 입을 삐죽거렸다.

"형제파 놈들은 너무 지저분해요."

나는 석류 주스를 시켜 빨대로 몇 모금 마셨다. 그런데 그 애가 나를 바라보며 있는 힘껏 담배를 빠는 것이 보였다. 나는 바로 말했다.

"반 덜어줄게."

그 애는 미안한지 잠시 주저하다가 결국 쑥스럽게 웃으며 빈 잔을 내밀었다. 나는 석류 주스 절반을 따라주었다.

"파인애플 주스 한 잔이랑 망고 주스 한 잔을 마셨거든요. 아직 석류 주스는 안 마셨고요. 여기서 오후 내내 4시간 동안 버티다가 돈을 다 써버렸어요. 원래는 영화 보러 갈 생각이었는데."

그 애가 석류 주스를 마시며 웃었다.

"여기서 뭐 하려고 혼자 죽치고 있는데?"

"그럼 어딜 가요, 밖은 기절할 정도로 뜨거운데."

그 애가 혀를 내두르며 말했다.

"수영하러 가."

"어제 둥먼東門 수영장에 갔었어요. 정어리 떼처럼 사람이 붐비더라고요. 물도 지저분하고. 원래는 집에서 무협소설이나 볼 생각이었는데. 저기요, 혹시 무협소설 보나요?"

"나는 단수가 꽤 높지. 초등학교 때 『사조영웅전射雕英雄傳』을 봤으니."

"헤헤, 나도 『사조영웅전』을 막 다 읽었어요."

그 애가 손뼉을 치며 소리쳤다.

"내가 헝이중학 기숙사에 살잖아요. 매일 밤 이불 속에서 손전등으로 비추며 봤다니까요. 중독성이 정말 대단해요. 어느 날인가는 우吳 뚱보한테 들켜서 『사조영웅전』 전권을 몰수당했어요. 우 뚱보는 우리 사감인데 몸무게가 100킬로그램이 넘어서 말만 하면 숨을 헐떡여요. 나를 가리키며 욕을 하더라고요. '너 이 상하이 새끼, 규칙을 뭘로 아는 거야?'라고 말이에요."

"너, 상하이가 본적이야?"

그 애는 또 깔깔거리고 웃었다.

"아뇨, 아니에요!"

그 애는 단호히 고개를 저으면서도 상하이 사투리를 썼다.

"우리 새엄마가 상하이 여자예요. 아침부터 저녁까지 내게 손가락질하며 상하이 말로 이 새끼, 저 새끼 욕을 하죠. 내가 헝이중학에서 잘리면 아리산阿里山 위의 중학교로 보내버린대요. 혹시 상하이 여자가 욕하는 소리 들어봤어요? 목소리가 꼭 유리 긁는 소리 같아요. 새엄마가 소리를 지르면 아빠는 귀를 막고 줄행랑을 치죠. 아빠는 예전에 비행기 조종사였는데도 그래요. 분사기도 새엄마 목소리만큼 귀에 거슬리지는 않는데요."

"너희 아빠는 전에 무슨 비행기를 몰았는데?"

"폭격기요. B-25. 부웅……."

그 애는 손으로 비행기가 급강하하는 시늉을 했다.

"지금은 집에서 닭을 기르죠."

"뭐?"

전축에서 막 톰 존스의 노래가 나오고 있었는데 소리가 너무 커서 말이 잘 안 들렸다.

"닭을 기른다고요!"

그 애가 소리 높여 말했다.

"우리 집은 레그혼 닭 500마리를 길러요."

나는 갑자기 웃음이 나왔다. 폭격기 조종사가 레그혼 닭을 기르는 것보다 더 웃기는 일은 없는 듯했다.

"우리 집은 냄새가 지독해요. 닭똥 냄새가요. 아빠는 날마다 닭장에서 달걀을 줍고 새엄마는 집에서 마작을 하죠. 아침부터 밤까지, 또 밤부터 새벽까지. 새엄마가 왜 내가 집에 있는 걸 싫어하는지 알아요?"

"네가 까불고 말썽을 피워서겠지."

"아뇨, 아니에요."

그 애는 또 웃으면서 고개를 흔들었다.

"내가 집에 있으면 돈을 잃어서예요. 내가 무협소설 보는 걸 좋아하기 때문이라네요. 내가 '책'을 봐서 자기가 '진다'*는 거죠. 새엄마는 내가 왕재수래요."

---

* '책'과 '진다'는 똑같이 중국어 발음이 'shū'다.

"왕재수, 네 이름이 뭐야?"

"자오잉趙英이요."

"사람들은 다 나를 아칭이라고 불러."

"몇 시예요, 아칭?"

그 애는 내 손목시계를 돌려 보더니 한숨을 푹 쉬었다.

"비참하네. 겨우 4시 반이네요. 새엄마가 또 마작을 해서 8시 이후에 오랬는데."

"우리 영화 보러 가자."

내가 제안하자 그 애는 호주머니를 한참 뒤져 5위안짜리 지폐를 꺼냈다.

"나올 때 50위안 있었는데 슬롯머신으로 20위안 잃었어요."

그 애는 혀를 낼름 내밀었다.

"내가 보여줄게."

"정말요?"

"우리 신세계 극장에서 「독비도獨臂刀」* 보자."

"좋아요!"

그 애가 환호했다.

"난 왕위王羽가 나오는 무협 영화가 너무 좋아요. 액션이 진짜 중독성 있다니까요."

"서둘러."

나는 몸을 일으켰다.

---

* 쇼브라더스가 제작한 작품으로 1968년 상영됐으며 한국 개봉명은 「의리의 사나이 외팔이」다.

"4시 반 상영에 맞춰 가야 해."

우리는 커피숍을 나와 뛰고 펄쩍거리며 시먼딩의 번화한 시가를 지나 신세계극장에 닿았다. 「독비도」는 상영 마지막 날이었고 또 일요일이기도 해서 좋은 자리가 다 팔린 상태였다. 우리는 앞에서 세 번째 줄 좌석표를 겨우 구했다. 의자에 앉아 머리를 높이 쳐드니 은막 속 사람이 어마어마하게 커 보였다. 칼로 베고 죽이면서 피와 살이 튀는데, 그 칼이 우리 머리로 날아드는 것 같았다. 나는 소고기 육포 한 봉지를 사서 자오잉과 나눠 씹으며 왕위의 공중회전을 감상했다. 그의 동작은 아주 깔끔한 진짜 묘기였다. 봐도 봐도 싫증이 안 났다.

"틀림없이 속편이 나올 거예요."

영화를 다 보고 극장을 나오면서 자오잉이 아직 흥분이 안 가신 듯 말했다.

"속편은 내가 짜볼게."

"어떻게 짤 건데요?"

"제목은 '무비도無臂刀'로 갈 거야. 왕위의 남은 팔도 잘리는 거지."

"손도 없이 어떻게 칼을 들어요?"

"바보, 내공을 쓰면 되잖아."

내가 웃으며 말했다. 자오잉도 커다란 앞니 두 개를 드러내며 깔깔 웃었다. 막 횡단보도를 건너는데 택시 한 대가 달려와 자오잉 앞에서 급정거를 했다. 자오잉은 차 앞부분을 주먹으로 쾅 내려친 뒤, 손가락 두 개를 합쳐 들고 영화 속 왕위의 자세를 흉내내며 택시 기사를 향해 소리쳤다.

"소협小俠이 여기 계신데 너무 무례하잖아!"

우리는 뛰어서 길을 건넜다. 뒤에서 택시 기사가 뭐라고 꽥꽥 욕하는 소리가 들렸다. 6시가 넘으면서 시먼딩은 인파가 넘실대기 시작했다. 대로와 골목을 지나치는데 어디나 사람들의 열기로 후끈댔다. 우리는 육포를 너무 많이 먹어서 몹시 갈증이 났다. 호주머니를 뒤져보니 겨우 20위안 남짓 있었다. 바로 아이스크림 가게에 들어가 팥빙과 두 개를 사서 하나씩 입에 물고 우창가武昌街를 따라 걸었다. 발길 닿는 대로 가다보니 시먼딩 단수이강淡水河의 제방 위에 다다랐다. 거대한 불덩어리 같은 석양이 수면 위에서 이글이글 타고 있었다.

그 단수이강 제방 5번 수문 일대는 시먼딩 번화가의 가장자리였다. 즐비한 고층 빌딩들은 그곳에 이르면 갑자기 확 낮아져 낡아빠진 단층집들로 변했다. 그 집들은 마치 고층 빌딩들에 의해 밀려나 금방이라도 강물 속으로 무너져 내릴 것만 같았다. 시먼딩의 번화함과 소란스러움은 여기에 이르면 돌연 사라져 썰렁해져버렸다. 그 낡은 집들에 사는 주민은 대부분 목재를 팔아 살아갔다. 부근의 제방가에는 긴 통나무가 가득 쌓여 있었고 그것들은 다 물에 들어갔다 나온 탓에 곰팡이가 피어 있었다. 나와 자오잉은 통나무 더미를 넘어 제방 위로 올라갔다. 제방 위는 텅 비어 아무도 없었으며 제방 밑의 단수이강은 그 불덩어리 같은 석양에 타오르면서 탁한 물결이 넘실댈 때마다 불꽃을 튀기고 있었다. 강 건너편의 싼충진은 상공에 검은 연기가 가득해 집들이 아슴아슴해 보였다. 꼭 커다란 쓰레기 더미들이 널려 있는 듯했다. 멀리 싼충진으로 통하는 중싱中興대교가 강 한가운데 길게 걸쳐 있는 것도 보였다. 대교 위를 오가는 차들이 꼬리에 꼬리를 문 검은 개미 떼처럼 보였다. 강물 위에는 돛을 단 동력선도 있었다. 배 한가득 석탄을 싣고 부웅부웅 고동 소리를 내고 있었다. 거대한 검정 돛이 하늘가의 그 거대한 불덩어리를 향해 천천히 부딪혀갔다.

"해가 진짜 빨갛다!"

자오잉이 제방 위에 올라가 외친 뒤, 석양을 향해 달려갔다. 바람이 그 애의 옷자락을 날렸다. 길고 긴 제방 위에서 그 애의 그림자가 붉은 석양빛을 받으며 날렵하게 뛰어올랐다. 그 애는 제방 끝까지 달려가 멈춰 서더니 돌아서서 나를 향해 두 팔을 흔들어댔다. 내가 얼른 쫓아갈 때 자오잉이 헐떡이는 목소리로 웃으면서 말했다.

"저기 봐요, 누가 낚시를 하네요."

제방 밑 머잖은 백사장에 낚싯대 두 개가 꽂혀 있었다. 낚시꾼은 어디 갔는지 낚싯대만 줄을 드리운 채 둥글게 휘어져 있었다.

"여기는 고기가 아주 많아. 나도 여기서 낚시를 해봤지."

"그래요? 뭐가 주로 잡혀요?"

"붕어, 잉어, 백연어 다 있어."

"잡아봤어요?"

"당연하지. 아주 많이 잡아봤어."

"정말요?"

"한번은 동생이랑 와서 손바닥만 한 잉어 두 마리를 잡았지."

"와, 콩나물잉어찜 진짜 맛있는데."

자오잉이 웃으며 말했다.

"잉어가 제일 잡기 쉬워. 여기는 물이 지저분해서 잉어가 많거든."

"미끼는 뭘 썼는데요?"

"지렁이. 강가를 파면 많이 나와. 여기 지렁이는 살이 많아서 굵기가 손가락만 해."

"끝내주네요."

자오잉은 박수를 치고는 제방 위에 앉았다.

"언제 우리 여기서 지렁이를 잡아 낚시 안 할래요?"

"좋지."

나도 따라 앉았다. 바지 뒷주머니에서 딱딱한 게 느껴졌다. 꺼내 보니 그 하모니카였다.

"어디 거예요?"

자오잉이 내가 든 하모니카를 보고 물었다.

"버터플라이."

나는 하모니카를 그 애에게 건넸다.

"명품이네요."

자오잉은 하모니카를 받아 자세히 살폈다.

"너도 하모니카 불 줄 알아?"

"당연하죠."

자오잉이 고개를 빼들고 으스댔다.

"우리 학교 하모니카부 부원이라고요. 청년절 때 학교 대표로 대회에 나가서 2등을 하기도 했어요."

"그러면 한번 불어봐."

"뭘 듣고 싶은데요?"

"요즘 뭘 배웠는데?"

"팝송이요. 「유 아 마이 선샤인You are my sunshine」. 들어봤어요?"

"와, 너 외국 노래도 할 줄 아는구나!"

you are my sunshine

my only sunshine

you make me happy

when skies are gray

자오잉이 입을 열어 몇 소절을 불렀다.

"학교 미국인 신부님이 가르쳐주셨어요."

자오잉은 두 손으로 하모니카를 잡고 두어 번 불어보더니 바로 연주하기 시작했다. 능숙하고 자연스러웠다. 박자도 정확했다.

"썩 잘하는데."

자오잉이 연주를 마치자 나는 손뼉을 치고 웃으면서 말했다.

"이 하모니카, 소리가 정말 끝내주네요."

자오잉이 헤헤 웃으며 말했다.

"전에 귀광國光 하모니카를 썼는데 역시 괜찮았어요. 그런데 기숙사에서 어떤 놈이 훔쳐가서 얼마나 빡쳤는지 몰라요. 며칠 동안 밥도 안 넘어가더라니까요. 결국 새걸 사러 갔는데 새엄마가 뭐라고 했는지 알아요? '아주 잘 잃어버렸네. 새 하모니카를 사줄 테니 앞으로 공부는 때려치워.' 내가 짜증이 났겠어요, 안 났겠어요?"

자오잉은 하모니카를 계속 만지작거리다 입에 대고 한 번 불어보더니 다시 옷자락으로 쓱 닦았다.

"이거 너한테 줄게."

"정말요?"

내 말을 듣고 자오잉이 고개를 들고 눈이 휘둥그레지더니 믿기 힘들다는 듯이 웃었다.

　"한 곡 더 불어주면 진짜 줄게."

　"좋아요. 뭐 들을래요?"

　"「눈 위를 거닐며 매화를 찾다」 불 줄 알아?"

　"물론이죠."

　자오잉은 얼른 옷자락으로 다시 하모니카를 힘주어 닦고 불어보고는 「눈 위를 거닐며 매화를 찾다」를 연주하기 시작했다. 그 애는 책상다리를 하고 앉아 고개를 비뚜름하게 한 채 하모니카를 들어 입가에서 왔다갔다 미끄러지듯 움직이며 두 손을 폈다 접었다 했다. 석양이 그 애의 몸을 덮으며 둥근 얼굴을 붉고 환하게 비췄다. 그 애가 들고 있는 하모니카가 금빛 광채를 발했다. 그리고 저물녘의 따스한 바람이 단수이강의 수면 위로 불어와 맑은 하모니카 소리를 아득하게 날렸다. 나와 동생 모두 학교에서 「눈 위를 거닐며 매화를 찾다」를 배운 적이 있다. 우놘위吳暖玉 선생님이 가르쳐주었다. 동생은 목소리가 좋고 노래 부르기를 즐겨서 목욕할 때도 쉬지 않고 노래를 불렀다. 아마 어머니에게서 재주를 물려받았을 것이다. 우놘위 선생님은 동생을 좋아했고 음악에 재능이 있다고 말했다. 그 애를 성당의 성가대에 추천하기도 했다. 일요일에 동생은 하얀 가운을 입고 성가를 불렀다. 그때 동그랗게 벌린 동생의 입 모양이 무척 익살맞아 보였다. 우놘위 선생님은 또 중학교 졸업식에서 동생을 무대에 올려 「눈 위를 거닐며 매화를 찾다」를 부르게 했고 자신은 피아노 반주를 했다. 동생은 보이스카우트 유니폼을 입고 하얀 스카프를 목에 두른 뒤 은색 놋쇠 고리로 고정했으며 새

하얗고 앳된 얼굴이 새빨개져 있었다. 너무 긴장한 나머지 목소리까지 떨렸다. 노래를 마치고 내려와 그 애는 계속 내게 캐물었다. "형, 내 노래 어땠어?" "별로였어." 내 대답에 동생은 땀을 뻘뻘 흘리며 말했다. "우 선생님은 잘했다고 그러셨는데." "쓸데없이 긴장해서 목소리가 떨렸다고." "아니야, 아니라고." 동생은 안타까워 발을 굴렀다. "그래, 잘했어, 잘했어. 꼭 카루소처럼 감정을 실어 잘 불렀어." 나는 동생의 어깨를 다독이며 웃었다. "진짜지?" 동생은 내 뒤를 졸졸 따라오며 물었다. "진짜지, 형?" "너무 걱정하지 마." 나는 말했다. "내가 방법을 생각해볼게." "형, 난 공고에는 가기 싫어." 동생은 하모니카를 쥐고 제방 위에 앉아 있었다. "예고에 가고 싶다고." "염려 마, 내가 차차 방법을 생각해볼게." "하지만 아빠가 그랬다고, 음악 같은 건 배워도 쓸모없다고." 동생은 고개를 푹 숙였다. 그 애가 쥔 하모니카가 석양빛을 받아 붉게 반짝였다. "너무 걱정하지 말라니까." "아빠가 공고를 졸업하고 곧장 공장에 가서 일하라고 그랬다고." "2년 더 기다려보자." "나는 공장에 가기 싫어." 동생의 목소리가 떨렸다. "내가 일해서 너를 밀어줄게." "난 예고에 갈 거야." "2년 더 기다려보자니까." 동생의 하모니카에서 불꽃이 튀었다. 동생의 뒷목이 석양빛에 붉게 물들었다. 너무 걱정하지 마. 걱정하지 말라니까……

"헉!"

그 애가 놀라 소리쳤다. 그 애의 두 손이 필사적으로 발버둥 쳤다. 나는 뒤에서 그 애를 껴안고 있는 힘껏 그 애의 몸을 옥죄었다. 내 뺨이 그 애의 뒷목에 바짝 눌렸고 어깨가 얼얼할 정도로 두 팔에 힘을 꽉 주었다. 하지만 그 애가 팔꿈치로 내 옆구리를 치는 바람에 아파서 힘을 풀고 말았다. 그 애가 펄쩍 뛰어 달아나더니 홱 몸을 돌렸다. 당황한 얼굴로 숨을 헐떡이고 있었다. 그리고 잠시 후 하모니카를 내 발치에 툭 던지고는 떨리는 목소리로 말했다.

"이게 뭐하는 짓이야!"

시뻘건 석양이 비쳐 눈을 뜰 수가 없었고 돌연 온몸의 피가 머릿속으로 돌진하는 듯 머리가 아팠다. 또 관자놀이가 팔딱거리고 귓속에서 윙윙 소리가 났다. 석양의 그림자 속에서 자오잉의 몸이 펄쩍대며 순식간에 작고 까만 점이 되어 제방 저편으로 사라지는 것이 보였다. 제방 위는 휑했고 하모니카만 땅바닥 위에서 여전히 붉게 반짝이고 있었다. 나는 몸을 굽혀 하모니카를 주운 뒤 제방을 따라 중싱대교 쪽으로 걸어갔다. 벌써 불이 켜진 대교가 흰 무지개처럼 멀리 단수이강 위로 걸쳐져 있었다. 홱 고개를 돌려 시먼딩 쪽의 하늘을 바라보았다. 어느새 네온 불빛이 총천연색 숲처럼 높디높게 펼쳐져 있었다.

8

　실내는 어둠침침했다. 전등이 고장 나서 철로 쪽 창문으로 비쳐 드는, 시먼딩 중화상가 가게들의 간판 불빛에 의지해야 했다. 어둠 속에서도 나는 밤고양이의 동공처럼 갈망으로 빛나는 그의 두 눈을 볼 수 있었다. 그의 육중한 몸뚱이가 거기에 우뚝 버티고 서서 다급하게 기다리는 중이었다. 나는 세면대 앞에서 수도꼭지를 열고 계속 두 손을 씻고 있었다. 무더운 어둠 속에서 강렬한 암모니아 냄새가 소변기를 통해 훅훅 솟아올랐다. 아래층 음반 가게들은 문을 닫기 직전에 저마다 경쟁적으로 시끄러운 유행가를 마지막 곡으로 틀어댔다. 수돗물이 콸콸 흐르고 있었다. 그렇게 흐른 지 10여 분이 돼서야 그는 미심쩍어하는 발걸음으로 그 육중한 그림자를 끌며 다가왔다.

　깊은 어둠 속에서 나는 하얀 머리칼이 성근 그의 머리가 오르락내리락 움직이는 것을 보았다. 그날 밤 학교 화학실험실에서도 자오우성의 큰 대머리가 절박하게 흔들리는 것을 보았다. 실험실 안은 시큼한 초산 냄새로 가득했으며 실내 한가운데의 수술대 같은 실험 테이블은 표면이 일 년 내내 초산에 부식돼 울퉁불퉁했다. 나는 그 위에 누워 있었고 등이 배겨 몹시 아팠다. 테이블 가장자리에 두 줄로 놓인 철제 선반에는 시험관이 가득 꽂혀 초산의 매운 기운으로 눈과 코를 자극했다. 그날 밤 나는 그 실험실 테이블에 누워 머릿속에서 계속 땅, 땅, 땅, 울리는 망치 소리를 들었다. 망치가 계속 내 정수리를 때리고 있었다. 나는 그들이 15센티미터 길이의 검은 쇠못을 하나하나 동생의 얇디얇은 관 뚜껑에 박아넣는 것을 보았다. 망치가 떨어질 때마다 내 가슴은 조여들었다. 그 긴 쇠못이 마치 동생의 살 속에 박히는 것 같았다. 그 전날 오후, 동생의 매장이 시작되자 인부들은 동생의 얇은 관을 천천히 검은 구덩이 속에 내려놓았다. 관이 쿵 하고 땅에 닿는 순간, 나는 눈앞이 깜깜해져 혼절하고 말았다. 덜컹, 덜컹, 덜컹, 기차가 중화상가 바깥의 철로 위를 달려 시먼딩의 심장부를 관통했다. 기차 소리가 갈수록 가까워지고 크게 울리다가 창 밑에서 갑자기 중화상가 건물 전체가 흔들리기 시작했다. 나는 창밖의 번쩍이는 네온 불빛을 바라보다가 불쑥 도망치고 싶다는 생각이 들었다. 그 창문 밖으로 훌쩍 뛰어내리고 싶었다. 하지만 바로 자리를 뜨지 못하고 얼마인지도 모르는 따스하고 축축한 지폐 뭉치를 바지 주머니에 쑤셔넣고서 다시 수도꼭지를 비틀어 열었다. 콸콸, 어둠 속에서, 차가운 물로 계속 더러운 내 두 손을 씻었다.

9

"참매야!"

공원으로 돌아왔을 때 정문에서 우리 선생님 귀 노인과 마주쳤다. 그는 박물관 앞 돌계단 위에 서 있었다. 머리와 눈썹은 하얀데 옷은 온통 검은색인 그가 자신이 지어준 내 별명을 불렀다.

귀 노인은 내가 공원에 온 첫날 밤 만난 사람이었다. 그날 오후 집에서 아버지에게 쫓겨난 나는 돈이 없어 한밤중까지 타이베이 거리를 헤매다가 결국 공원으로 들어갔다. 전에 공원에 얽힌 이야기를 들어본 적이 있긴 했다. 그 이야기들은 마치 신기한 옛날이야기 같았다. 그날 밤 나는 홀로 공원 정문의 박물관 돌계단 앞에 서서 박물관의 돔형 건축물을 올려다보고 있었다. 그것은 아득한 밤하늘 아래 웅장하게 솟아 있었고 문 앞에는 아름드리 돌기둥이 한 줄로 늘어서 있었다. 나는 정말로 거대한 고대 왕릉에 뛰어든 듯한 기분이었다. 공원 속 컴컴한 수풀 속을 지날 때는 두려움과 호기심

그리고 불안 섞인 흥분이 마음속에 가득했다. 나는 더듬더듬 연못 가운데의 팔각정 안에 들어가 한쪽 구석에 움츠린 채 창살 틈으로 바깥을 엿보았다. 검붉은 달빛 아래 제일 먼저 눈에 띈 광경은 연못가 계단 위를 끝없이 맴도는 검은 그림자들이었다. 나는 허기와 피로를 더는 못 견디고 팔각정 안의 의자 위에 몸을 웅크리고 누웠다. 그러다 막 잠이 들려는데 누군가의 목소리가 귓가에서 울렸다.

"이봐."

나는 놀라서 벌떡 일어났다. 귀 노인이 들어와 나를 부른 것이었다.

"무서워할 필요 없어."

귀 노인이 내 어깨를 두드리며 위로하듯 말했다. 나는 춥게 자다 깨서 온몸이 와들와들 떨려 대답을 할 수 없었다. 귀 노인이 내 옆에 앉았다. 몽롱한 달빛 아래 귀밑까지 덮인 그의 긴 백발이 보였다. 꼭 부드러운 은실 같았다. 역시 희디흰 그의 긴 눈썹은 눈꼬리까지 늘어져 있었다.

"처음 왔나보지?"

귀 노인이 나를 향해 고개를 끄덕이더니 웃으면서 말했다. 늙고 쉰 목소리였다.

"긴장하지 말라고. 여기엔 우리 같은 사람밖에 없으니까. 너희는 언젠가는 결국 이 둥지로 날아오게 마련이지. 나는 이곳의 선생이야. 다들 나를 귀 할아버지라고 불러. 너희가 오면 먼저 나한테 신고를 해야 해. 자, 저기를 보라고."

귀 노인이 바깥의 연못가 계단 위를 가리켰다. 검은 옷을 입은 크고 홀쭉한 그림자 하나가 흔들흔들 어슬렁대고 있었다.

"저 말라깽이는 자오우창趙無常이야. 12년 전 공원에 온 첫날 밤, 역시 내가 맞이해 신고를 받았지."

"12년 전이요?"

나는 놀라서 물었다. 귀 노인이 탄식하며 말했다.

"12년이면 짧은 편은 아니지? 맞아, 12년 전 어느 밤이었지. 그래, 오늘 너처럼 자오우창도 이 보금자리에 뛰어들었어. 그때는 저런 아편쟁이 같은 몰골이 아니었지. 아주 튼튼했어. 아주 어엿한 젊은이였다고. 하지만 누가 알았겠어. 몇 년 만에 뼈만 앙상하게 남았지. 지금은 아마 45킬로그램도 안 나갈 거야. 처음 왔을 때 내가 사진을 몇 장 찍어두었는데 봐도 못 믿을 거야……."

귀 노인은 고개를 설레설레 젓다가 불쑥 물었다.

"청춘예원이라고 들어봤나?"

"아뇨."

"아니, 그 유명한 사진관을 못 들어봤다니."

귀 노인이 웃으며 말했다.

"내가 연 데야. 창춘로에 있지. 이래 봬도 내가 예전에는 조금 유명한 사진사였거든. 사실 내가 사진을 찍는 건 그저 흥미롭기 때문이야. 개성 있고 재기 넘치는 사람을 찾아 사진 찍는 걸 좋아하거든. 공원의 저 어린 친구들이 딱 그래. 거칠기는 해도 한 명 한 명이 다 성격이 있는 게 내 구미에 잘 맞아. 저 애들의 사진을 모아 두꺼운 앨범을 만들었지."

귀 노인이 말하면서 몸을 일으켰다.

"여기서 자면 안 돼. 자고 나면 감기에 걸릴 거야. 자, 나랑 같이 가자고. 우리 집에 찹쌀떡하고 녹두죽도 있으니까. 내 걸작들도 보여주고 이 공원의 이야기도 들려줄게."

귀 노인의 청춘예원은 창춘로 2블록의 어느 골목 안에 있었다. 이층 건물이었고 아래층이 사진관이었다. 쇼윈도 안에 예술가들의 사진이 잔뜩 걸려 있었다.

"이 사람이 양평陽峰이야, 알지?"

귀 노인이 그중 가장 잘생긴 남자 사진을 가리키며 물었다. 나는 고개를 흔들었다. 앞머리를 표나게 파마한 그 남자는 빙그레 웃고 있었다.

"10여 년 전 타이완어 영화의 주연이었지. 「항도우야港都雨夜」 「비정성시非情城市」로 유명해졌고."

"「비정성시」는 들어봤지만 보지는 못했어요."

전에 어머니가 「비정성시」를 세 번 봤고 볼 때마다 울었다고 한 게 생각났다.

"당연히 못 봤겠지. 아주 오래전 영화니까."

귀 노인은 웃으며 말했다.

"양평도 가끔 공원에 몰래 오곤 해. 지금은 늘 베레모로 머리를 가리고 다니지. 머리가 다 빠져 대머리가 됐거든. 「비정성시」에서는 정말 멋졌어! 사람들은 그를 타이완의 다카라다 아키라*라고 불렀지. 이 사진을 찍어서 그의 젊었을 때 모습을 남겨둔 게 다행이야."

귀 노인은 나를 데리고 위층으로 올라갔다. 위층은 그의 집이었

---

* 1934~2022. 괴수특촬물의 효시 「고질라」(1954)의 히어로로 200여 편의 영화에 출연한 일본의 인기 배우.

고 거실 벽에도 사진이 잔뜩 걸려 있었다. 인물 사진도 있고 풍경 사진도 있었지만 모두 흑백이었다. 한쪽 귀퉁이가 부서진 사당도 있었고 막 봉오리가 벌어진 복사꽃도 있었다. 표정이 분간 안 될 정도로 주름이 가득한 노인의 얼굴도 있었고 태어난 지 얼마 안 된 아가의 둥글고 통통한 엉덩이도 있었다.

"예전에는 사진 콘테스트에 많이 참가했지. 인물 사진으로 전국 사진전에서 상을 받기도 했고. 지금은 늙어서 안 되지만 말이야."

마르고 혈관이 얼기설기한 두 손을 보여주며 그가 말했다.

"류머티즘이 생겨서 카메라를 들면 손이 떨리거든."

귀 노인은 내게 앉으라고 한 뒤, 냉장고에서 하얀 찹쌀떡 두 개가 담긴 접시를 꺼내고 녹두죽도 한 그릇 퍼서 내 앞 다탁 위에 올려놓았다. 나는 귀 노인이 뭐라고 하기도 전에 더러운 손을 뻗어 찹쌀떡 한 개를 쥐고 입에 쑤셔넣었다. 그리고 첫 번째 찹쌀떡을 아직 삼키지도 않았는데 두 번째 찹쌀떡을 또 입에 쑤셔넣었고 이어서 녹두죽도 그릇째 입에 대고 꿀꺽꿀꺽 다 마셔버렸다. 귀 노인이 혀를 차며 말했다.

"이 지경으로 배가 고팠다니, 온종일 굶었던 게야? 집에서 도망쳐 나왔나보군."

나는 말없이 손등으로 입에 묻은 죽을 닦았다.

"신발도 안 신었네그려!"

귀 노인은 진흙투성이가 된 내 맨발을 가리키더니 바로 슬리퍼 한 켤레를 집어 내 발 앞에 내려놓았다.

"설명할 필요 없어. 어떻게 된 일인지 대충 알 만하니까. 너 같은 아이들을 요 몇 년 새 너무 많이 봤거든. 옷 갈아입고 올 테니 조금 기다리렴. 이 선생님이 공원의 역사를 들려줄 테니까 말이야."

귀 노인은 방에 들어갔다가 잠시 후 밖으로 나왔다. 넉넉한 하얀 비단 잠옷을 입고 검정 비단 슬리퍼를 신고서 몸을 흔들대며 다가왔다. 그는 파란 천에 싸인 보따리 하나를 들고 내 옆에 앉았다.

"내 보물을 보여주지."

귀 노인은 떨리는 손으로 보따리의 매듭을 풀었다. 그 안에는 붉은색 융 표지에 두께가 13센티미터 정도 되는 대형 앨범이 들어 있었다. 융 표지에는 '靑春鳥集'*이라는 네 글자가 금박으로 크게 새겨져 있었다. 융 표지는 낡아서 거무스름해졌고 금박도 진작에 얼룩덜룩해졌다.

"공원의 역사는 이 안에 다 들어 있지……"

귀 노인이 천천히 앨범을 열었다.

앨범에는 페이지마다 빽빽하게 크고 작은 사진들이 붙어 있었다. 그것들은 모두 소년들의 사진이었다. 갖가지 표정과 자세와 체형이 다 존재했다. 누구는 고개를 쳐들고 가슴을 내민 자세로 세상에 아무것도 두려울 게 없다는 듯 건방진 표정을 짓고 있었고 누구는 겁에 질려 휘둥그레 뜬 두 눈 속에 조숙한 슬픔과 두려움을 가득 담고 있었다. 누구는 언청이였고 또 누구는 외다리였으며 또 누구는 코끝에 아직도 여드름이 오톨도톨했다. 하지만 몇 명은 이목구비가 단정하고 표정에서 총기가 엿보이기도 했다. 각 사진 밑에는 일련번호와 함께 날짜, 이름이 적혀 있었다.

"허허, 이게 나의 참새야."

---

* 청춘의 새들.

114

궈 노인이 어떤 사진을 살며시 쓰다듬었다. 그의 얼굴에 갑자기 몹시 사랑스러워하는 미소가 피어났다. 주름이 많은데 웃으니까 얼굴이 조각조각 갈라진 것 같았다. 사진 속 소년은 머리를 밀고 웃통을 벗었으며 얼굴이 동그랬다. 양쪽 보조개를 지으며 활짝 웃고 있었지만 앞니가 한 개 없었다. 사진 밑에는 '43번 멍청이, 1956년'이라고 적혀 있었다.

"이 녀석은 겨우 열네 살에 이란宜蘭에서 타이베이로 도망쳐왔지. 거짓말에 도둑질까지 안 하는 게 없는, 부끄러움도 모르는 녀석이었어! 매일 나한테 아이스크림 사달라고 치근덕거렸지. 그러면서도 얼마나 사진 찍기를 싫어하던지. 이 사진은 내가 야자 아이스크림 한 통과 바꾼 거야. 그런데 녀석은 나중에 결국 날아가 버렸어. 달랑 쪽지 한 장 남겨놓고. '궈 할아버지, 나 가요. 50위안만 가져갈게요.'라고 말이야……."

궈 노인은 백발이 성성한 머리를 흔들었다.

"2년 뒤 참새랑 다시 마주쳤어. 산수이가의 햇빛도 안 드는 막다른 골목에 숨어서 냄새나는 도랑 옆에 쭈그리고 있더군. 얼굴에 악성 부스럼이 가득 난 채로."

궈 노인은 다른 페이지를 펼쳤다. 성난 눈매를 지닌 소년의 전신 사진이 붙어 있었다. 그는 조끼 차림으로 허름한 골목 입구의 낡은 담장에 비스듬히 기대서 있었다. 한 손을 허리에 대고 있었는데 팔 근육이 온통 울퉁불퉁했고 바짝 곤두선 억센 머리칼이 인상적이었다.

"바로 이 녀석이야."

궈 노인이 갑자기 손가락으로 소년의 사진을 쿡 찔렀다.

"이것 좀 보라고."

그가 잠옷 칼라를 밑으로 잡아당겼다. 느슨하고 주름진 목 피부 위에 8, 9센티미터 길이의 흉터가 귀뿌리 근처까지 구불구불 나 있었다.

"내 이 늙은 목숨도 이 어린 깡패 놈의 손에 끝장날 뻔했다고. 이 녀석은 톄뉴鐵牛라고 불리고 나는 녀석을 올빼미에 비유하지. 난폭하고 잔인한 그 불길한 새를 닮았거든. 작년 섣달 그믐밤에 녀석이 돈을 요구해서 100위안을 줬지. 그런데 적다면서 마구 욕을 하기에 화가 나서 따귀를 한 대 때렸더니 나한테 칼부림을 하더군."

궈 노인은 화난 기색으로 한숨을 쉬었다.

"그래도 녀석이 양심을 다 내팽개친 것 같지는 않았어. 그날 밤 다시 돌아왔지. 내가 문을 안 열어주니까 담을 넘어 들어와서 내 앞에 엎드려 눈물 콧물 다 쏟으며 바닥에 이마를 쿵쿵 박더군. 자기를 용서해달라는 거야. 계속 나를 할아버지, 할아버지, 하고 부르면서 말이지. 지난번에는 또 녀석이 공원에서 '사랑세'라는 걸 내라고 면도칼로 남의 여자의 치마를 벗다가 경찰한테 잡혀 꽤 고초를 치렀어. 원래는 섬의 강제수용소로 끌려가야 했지만 내가 백방으로 수를 써 풀려나게 했지. 나는 녀석한테 왜 버릇을 못 고치느냐고 물었어. 그랬더니 여자가 눈에 거슬린다더라고. 그래서 또 물었지. '여자가 눈에 거슬리면 네 어머니는 여자가 아니냐?'고. 녀석이 뭐라고 그랬는지 알아? '그걸 누가 알아요.'"

궈 노인은 고개를 흔들며 웃음을 터뜨렸다.

"이 녀석 너무 막무가내지? 하지만 얘도 사정이 있긴 해. 어머니가 누구인지도 모른 채 쌴충진의 하수도에서 컸거든. 이 망나니 놈 때문에 귀찮아 죽을 지경이야. 나중에 또 무슨 사고를 칠지 몰라."

귀 노인은 일어나서 진한 홍차 한 주전자를 타와 내게 한 잔 따라주었다. 우리는 홍차를 마시며 그 두꺼운 앨범을 계속 한 장 한 장 펼쳐보았다. 귀 노인은 공원의 신기한 이야기들을 줄줄이 이야기해주었다. 어느 것 하나 충격적이지 않은 게 없었고 또 어느 것 하나 사람을 빠져들게 하지 않는 게 없었다.

"이것 봐. 얘 이름은 타오타이랑桃太郎이야. 고바야시 아키라*하고 조금 닮지 않았어? 아빠가 일본인인데 필리핀에서 전사했지. 잘생긴 것만 보면 안 돼. 성격이 얼마나 불같았다고. 뭣 때문인지 하필 시먼딩 바이러먼百樂門의 13번 이발사와 사랑에 빠져서 타이난臺南으로 도망쳤어. 그런데 13번은 약혼자가 있어서 결국 가족들에게 붙잡혀 가 억지로 결혼을 했지. 결혼식 이브닝 파티에 타오타이랑도 가서 축하주를 마셨어. 유쾌하게 놀고 신랑과 둘이 주거니 받거니 폭음도 했지. 하지만 누가 알았겠어. 술을 다 마시고 그가 혼자 중싱대교에 가서 단수이강에 몸을 던질 줄 말이야. 시체도 못 건졌어. 13번이 매일 강변에 가서 제사를 지냈지만 타오타이랑은 끝내 떠오르지 않았어. 사람들이 그랬지. 그의 원한이 너무 깊어 강물 깊숙이 가라앉는 바람에 안 떠오르는 거라고……."

"이 애, 이 애는 투샤오푸塗小福야. 지난달에 얘를 보러 시립정신병원에 다녀오기도 했지. 과자 두 상자를 갖다줬어. 녀석이 나를 보더니 소매를 붙잡고 히죽 웃으며 묻더군. '귀 할아버지, 미국에

---

* 1939~. 과거 일본 가요계와 영화계의 슈퍼스타로 홍콩과 타이완에서도 선풍적인 인기를 끌었다. 저우룬파周潤發가 맨 처음 인기를 얻은 것도 그와 용모가 흡사하기 때문이었다.

서 비행기 왔어요?'라고 말이야. 5년 전 투샤오푸는 로스앤젤레스에서 타이완으로 중국어를 배우러 온 화교와 사랑에 빠졌어. 두 사람은 한동안 뜨거운 시간을 보냈고 나중에 그 화교 자제는 미국으로 돌아갔지. 그런데 투샤오푸는 바로 정신이 이상해져서 매일같이 쑹산松山공항 노스웨스트 항공사 카운터로 달려가 '미국에서 비행기 왔어요?'라고 물었어……."

귀 노인이 탄식하며 말했다.

"이 애들은 사랑을 하지 말았어야 해. 사랑 때문에 큰 화를 당했어."

귀 노인은 중간의 한 페이지에서 넘기는 것을 멈췄다. 페이지 전체에 큰 사진 한 장만 붙어 있었고 사진 밑의 메모는 '50호 아펑阿鳳, 1960년'이었다.

8인치 길이에 너비는 6인치인 그 흑백의 반신 사진은 벌써 조금 누렇게 바랜 상태였다. 사진 속 기괴한 용모의 소년은 열일고여덟 살 정도로 보였다. 턴 다운 칼라 셔츠를 입고 단추를 전부 풀어헤친 것과 동시에 셔츠 자락을 배 위에서 크게 동여맸다. 그리고 훤히 드러난 가슴에는 빽빽하게 뒤엉킨 봉황과 기린 문신이 새겨져 있었으며 여기에 이를 드러내고 발톱을 치켜세운 외뿔 용까지 명치 위에 도사리고 있었다. 소년의 굵고 새카만 머리칼은 몹시 곱슬하고 사자 갈기처럼 풍성해서 이마를 다 덮었으며 두 갈래 짙고 긴 눈썹은 마치 하나로 연결된 것 같았다. 또 코는 깎은 듯이 높고 얇은 입술은 굳게 다물어져 있었으며 크고 빛나는 두 눈은 퀭한 채 위로 들린 눈썹 아래 숨어 있었지만 사진 속에서도 이글거리고 있는 듯했다. 마지막으로 얼굴은 역삼각형으로, 내려갈수록 아래턱이 갸름해지다 뾰족하게 위로 들린 모양이었다.

귀 노인은 그 사진을 한참 동안 뚫어지게 보았다. 부드러운 실 같은 그의 백발이 가늘게 떨리며 빛을 발했다.

"이 중에서 이 애의 신세가 가장 희한하고 또 가장 슬프지……."

귀 노인의 늙고 쉰 목소리가 돌연 처량해져 천천히 흘러나오기 시작했다.

10

"아평은 타이베이 완화_{萬華}에서 태어났어. 완화의 룽산사_{龍山寺} 지역이었지. 아버지도 성도 없는 거친 녀석이었고. 아평의 모친은 천생 벙어리인 데다 머리도 좀 모자랐는데 남자만 보면 실실 웃곤 했지. 하지만 그 벙어리 여자는 호감을 살 만한 용모였고 포동포동 한 몸이 하얀 경단 같았어. 사람들은 모두 그녀를 '쫑쯔*누이'라고 불렀지. 그녀가 어려서부터 자기 아버지와 룽산사가 있는 화시가_{華西街}의 야시장에서 노점을 차리고 고기 쫑쯔를 팔았기 때문이야. 누가 그들의 노점을 지나갈 때 그녀가 옷자락을 붙잡고 웅얼웅얼하면 재미있어하며 쫑쯔 몇 개를 사주곤 했지. 벙어리 여자는 나중에 자라서도 그렇게 거리낌이 없었어. 한번은 혼자서 마구 쏘다니다 바오더우리_{寶斗里}의 윤락가에 간 적이 있지. 나막신을 신고 구운 오

---

*粽子. 찹쌀을 대나무 잎사귀나 갈댓잎에 싸서 삼각형으로 묶은 후 찐 떡.

징어 한 줄을 든 채 오징어 다리를 질겅대며 흔들흔들 멋대로 걷고 있었나보더라고. 쾌락을 좇는 남자들을 향해 생긋생긋 웃기도 하고 말이야. 그러자 부근의 젊은 불량배들이 그녀가 벙어리인 것을 얕보고 잡아가서 잠을 잤고 집에 돌아온 후 그녀는 아버지에게 손짓 발짓을 하며 웅얼거렸어. 아버지는 그녀가 산발을 하고 치마에 피가 묻은 것을 보고서 화가 나 한바탕 매질을 했지. 벙어리 여자는 아버지에게 맞고 나면 매번 맨발로 룽산사 앞으로 뛰어가 길가에 앉아 혼자 말없이 눈물을 흘리곤 했어. 그러면 근처의 젊은 노점상들이 서로 눈짓을 하며 '쭝쯔 누이가 또 맞았나보네'라고 하면서 낄낄거렸지. 열여덟 살 되던 해, 태풍이 온 저물녘에 그녀는 노점을 거두고 수레를 밀며 집에 가다가 불량배 무리에게 납치를 당했어. 모두 다섯 명이었지. 벙어리 여자는 이번에는 필사적으로 저항했지만 그 불량배들은 그녀를 결박해 앞니까지 한 대 부러뜨렸고 나중에 그녀를 룽산사 뒤편의 도랑 속에 버리고 갔어. 폭풍우 속에서 벙어리 여자는 온몸에 오물을 뒤집어쓴 채 기어서 집에 돌아갔지. 바로 그날 밤 그녀는 아이를 뱄어. 아버지가 마구 약초를 먹이는 바람에 하마터면 중독사할 뻔했어. 엄청나게 토하고 설사를 했거든. 하지만 그래도 아이는 떨어지지 않았어. 꼬박 열 달을 보내고 이틀 넘게 진통한 끝에 겨우 튼튼하고 목소리가 우렁찬 남자애를 낳았지. 하지만 그녀의 아버지는 한시도 지체하지 않고 그날 밤 빽빽 우는 그 남자애를 자루에 담아 링광靈光보육원에 보냈어. 아펑은 바로 중허향의 그 천주교 고아원에서 자랐지."

"어려서부터 아펑은 재능이 남다른 아이였어. 또래보다 훨씬 똑똑해서 뭐든 배우면 바로 익혔지. 신부들이 교리문답을 가르치면 한 번 쓱 보고 또랑또랑 외웠다더군. 보육원에서 허난河南 출신에 성이 쑨孫씨인 나이 든 수사가 특히 그 애를 좋아해서 직접 글을 가르치고 성경 이야기를 들려줬지. 그런데 아펑 그 아이는 성격이 보통 사람과 달리 괴팍해서 기분이 수시로 식었다 달아올랐다 했어. 사람들과 잘 어울리지도 못해서 보육원에서 늘 외톨이였고 다른 고아 아이가 성질을 건드리면 마구 때리기까지 했어. 그러다가 여러 명의 성미를 건드려 집단 구타를 당한 적이 있는데, 웬일로 전혀 안 맞서고 얼굴에 모래와 진흙을 뿌리는 것까지 그냥 놔뒀다더군. 그러고 나서 수돗가에 가서 천천히 씻고 있을 때 쑨 수사가 왜 얼굴이 퍼렇게 멍들었냐고 물었지만 그 애는 입을 꾹 다물고 한마디도 하지 않았어. 그런데 아펑에게는 어려서부터 이상한 버릇이 하나 있었어. 아무 이유 없이 울고 또 울기 시작하면 한두 시간씩 멈추지 않다가 온몸에 경련이 일어나곤 했지. 한번은 자정에 혼자 정원의 성당에 들어가서 의자 위에 엎드려 흑흑 흐느꼈어. 쑨 수사가 그걸 보고 왜 우느냐고 물으니까 가슴이 너무 아파서 울어야 편해진다고 했대. 아펑은 자라면서 갈수록 삐뚤어졌어. 어느 해 크리스마스이브에 보육원 원장이 아이들을 데리고 성당에서 미사를 집전하는데 그 애가 앞에 나가 성체를 받는 걸 거부했어. 그래서 원장이 몇 마디 혼냈더니 녀석은 갑자기 격분해 제단으로 달려가 도자기로 만든 성상 몇 점을 바닥에 내동댕이쳐 산산조각을 냈지. 원장은 그 애를 일주일 동안 가뒀고 쑨 수사가 매일 데리고 묵주 기도를 했어. 아펑은 15세가 되던 해에 결국 링광보육원에서 도망쳐 다시는 돌아가지 않았어."

"아펑은 공원에 오자마자 고삐 풀린 야생마처럼 좌충우돌했어.

아무도 그 펄펄 날뛰는 야생마를 굴복시키지 못했지만 그래도 나한테는 조금 고분고분했지. 그 애가 처음 세상에 나와서 공원의 불량배 몇 명과 죽기 살기로 싸우다가 여러 군데 칼에 찔렸을 때 내가 집에 데려가 치료를 해줬거든. 그 애는 침대에 누워 벌겋게 부어오른 상처를 어루만지며 내게 웃으면서 말했지. '귀 할아버지, 조금만 더 깊이 찔렸으면 신세 질 일이 없었을 텐데 말이에요'라고."

"아평은 정말로 공원의 봉황 같은 존재였어. 연못가 계단 위를 거닐 때면 그 애는 사자 갈기 같은 머리를 풀어헤치고 고개를 들고서 가슴을 쫙 편 채 광기 어린 눈빛을 번쩍였지. 당시 얼마나 많은 늙은이들이 그 애한테 홀렸나 몰라. 에버그린필름의 성 회장도 그중 한 명이었지. 성 회장은 그 애를 바더로八德路의 자기 사택으로 데려가 머리부터 발끝까지 새로 치장을 해줬어. 시먼딩의 상하이짜오춘上海造寸에서 프랑스 양모로 만든 연회색 양복 세트를 지어 입혔고 또 헨드리 시계점에서 롤렉스 은시계를 구입해 차게 했지. 그렇게 부잣집 도련님처럼 꾸며준 뒤에는 리츠麗池 레스토랑에 데려가 양식을 먹였고 말이야. 성 회장은 그 애를 키우고 싶어했어. 학교에 보내 공부도 시키고 나중에는 영화를 찍게 해 스타가 되게 할 생각이었지. 하지만 그 야생마는 겨우 일주일 만에 다시 공원으로 달려왔어. 양복과 시계를 몽땅 전당포에 맡겨 얻은 몇천 위안으로 거기 아이들을 데리고 양 사부가 연 그 타오위안춘에 가서 두 테이블 가득 요리를 시켰지. 그 애들과 함께 아주 실컷 먹고 마시며 잘 놀았어. 그 애는 테이블 위에 올라가 노래를 불렀는데 아마 「우야화雨夜花」였을 거야. 다들 분위기가 한껏 올라 환호하며 박수를 보냈어. 그런데 그 애는 테이블에서 뛰어내려 뒤도 안 돌아보고 훌쩍 가버렸지."

"성질이 워낙 까다로워서 공원 사람들은 감히 개를 건드릴 엄두를 못 냈어. 그러다가 열여덟 살이던 해에 무슨 숙명인지 하필 그 불길한 남자를 만나고 말았던 거야. 그는 고관 집 자식으로 외아들이기도 했어. 용띠여서 아명이 룽쯔龍子였고. 룽쯔는 잘생기고 집안도 좋은 데다 대학 졸업 후에는 외국계 회사에서 일했지. 원래 외국 유학을 준비하고 있기도 했고. 이렇게 앞날이 창창한 젊은이가 아평과 만나서 천둥이 화산 폭발을 부르듯 수습할 수 없는 지경에 이를 줄 누가 알았겠어. 룽쯔는 쑹장로松江路 끝에 아파트 한 채를 빌려 몰래 작은 보금자리를 마련하고 아평을 그 안에 숨겼지. 그때까지만 해도 쑹장로 끝은 전부 논이었고 그들의 작은 아파트는 그 가장자리에 있어서 창문을 열면 짙푸른 벼가 눈앞에 끝도 없이 펼쳐졌어. 두 사람은 웃통을 벗고 맨발로 논에 들어가서 우렁이와 미꾸라지를 잡으며 온통 진흙투성이가 되었지. 논두렁 위에 앉아 참외 한 개를 깨뜨려 서로 한입씩 씹어 먹기도 하고 말이야. 두 사람은 확실히 한동안은 행복한 나날을 보냈어. 하지만 그 야생마가 그렇게 얌전히 보금자리나 지키고 있을 리가 없잖아? 언젠가 한밤중에 공원으로 돌아와서 연못가 돌난간에 걸터앉아 하늘의 별을 헤아리고 있었지. 룽쯔가 쫓아와 집에 돌아가자고 하자 그는 '여기가 바로 내 집인데 어디로 돌아가자는 거야?'라고 대꾸했어. 룽쯔도 괄괄한 성격이어서 두 사람은 서로 맞붙잡고 드잡이질을 했어. 입은 옷이 다 너덜너덜해질 정도로. 나중에 두 사람은 다시 계단 위에 앉아 서로 머리를 감싸 쥐고 울음을 터뜨렸지. 공원 사람들은 실성을 한 거냐면서 그들을 비웃었고. 그 시기에 룽쯔는 밤마다 택시를 타고 타이베이 전역을 찾아다니며 사람들에게 '아핑을 봤나요?'라고 물었어. 공원 사람들 중에서 몇몇은 질투가 나서, 또 몇몇은 남의 불행이 고소해서 무수히 거짓말을 지어냈지. '아핑은 신난양극장에 갔어' '아핑은 다른 사람이랑 타오위안춘에 야식을 먹으러 갔지' '성 회장이 데려가지 않았나?'라고 말이야. 그러면 룽쯔는 정말로 일일이 그곳들을 다 찾아갔어. 그러다가 날이 밝으면 혼자 넋을 잃고 공원으로 돌아와 초조하게 연못가 계단 위를 왔다갔다 했지. 이쪽 끝에서 저쪽 끝까지, 또 저쪽 끝에서 이쪽 끝까지."

"어느 날 밤 아핑이 나를 찾아왔어. 얼굴색이 창백하고 푹 꺼진 두 눈은 빛을 발했지.

'궈 할아버지……'

그 애의 목소리에서 고통이 느껴졌어.

'그 사람을 떠나려고 하는데 더 못 그러겠어요. 그 사람 때문에 산 채로 말라 죽겠어요. 그 사람한테 물었어요. 도대체 나한테 뭘 원하냐고. 그랬더니 내 마음을 원한대요. 내가 그랬죠. 나는 태어날 때부터 그런 게 없었다고. 그러니까 뭐라는 줄 아세요? 없으면 자기 걸 주겠대요. 정말로, 저는 정말로 어느 날 그 사람이 자기 심장을 파서 내 가슴에 쑤셔넣을까 두려워요. 궈 할아버지는 아시잖아요. 어렸을 때 제가 도망쳐 나온 걸. 보육원 담장을 넘어 공원으로 와 빈둥거리며 살았죠. 그 사람이 저를 위해 쑹장로에서 빌린 아파트는 그렇게 아늑할 수가 없어요. 그 사람은 자기 집에서 몰래 온갖 물건을 옮겨왔죠. 선풍기, 전기밥솥, 소파에다 자기가 보던 티브이까지 가져와서 저녁에 심심할 때 보라고 했어요. 하지만…… 하지만 왠지 모르게 참을 수가 없어 공원에만 가고 싶어요. 귀 할아버지, 기억나세요? 제가 열다섯 살 때 공원에 왔다가 처음으로 다른 사람과 자고서 균에 감염됐잖아요. 그때도 할아버지가 시립병원에 저를 데려가 페니실린 주사를 맞혀주셨죠. 나는 그 사람한테 말했어요. 나는 온몸에 균이 가득한데, 온몸이 더럽기 짝이 없는데 나와 뭘 하려는 거냐고. 그가 말했어요. 자기가 온몸의 더러운 것을 깨끗이 핥아주고 균도 눈물로 씻어주겠다고. 이거 미친 소리 아닌가요? 내가 그랬어요. 이생에서는 안 되니까 내세에 좋은 집안에서 다시 태어나 보답을 하겠다고요. 귀 할아버지, 나는 또 사라질 거예요. 날아서 도망칠 거라고요!"

"아평이 실종되고 두 달여 동안 룽쯔는 눈이 벌게져서 타이베이 전역을 미친 듯이 뒤지고 다녔어. 그러다가 섣달 그믐날 밤에 마침내 공원 연못가에서 다시 아평을 찾아냈지. 아평은 돌난간에 기댄 채 그 추운 밤에 홑옷 차림으로 바들바들 떨고 있었어. 마침 뚱뚱하고, 추하고, 술 냄새를 풍기는 늙은이와 가격 흥정을 하고 있었고. 그 주정뱅이 늙은이가 50위안을 주니까 그 애는 당장 따라나섰어. 룽쯔가 쫓아가 필사적으로 만류하며 같이 집에 돌아가자고 애원했지만 계속 고개를 흔들며 어쩔 수 없다는 표정으로 바라보았지. 룽쯔는 그 애의 손을 붙잡고 '그러면 네 마음을 내게 돌려줘'라고 말했어. 그러자 아평은 자기 명치를 가리키며 '여기 있으니 가져가'라고 말했고. 룽쯔의 비수가 일직선으로 아평의 가슴을 찔렀어. 아평은 계단 한가운데에 널브러져 뜨거운 피로 땅바닥을 적셨지……."

귀 노인은 말을 뚝 그치더니 천천히 눈을 내리감았다. 거북 등처럼 갈라진 그의 주름투성이 얼굴은 마치 거미줄을 뒤집어쓴 것 같았다.

"그다음에는요?"

나는 한참 있다가 조심스레 물었다.

"그다음에는……"

궈 노인의 쉰 목소리가 가늘게 떨렸다.

"룽쯔가 그 피바다 속에 주저앉아 아펑을 끌어안고 미쳐버렸어."

궈 노인 집에 사흘 동안 머물며 그에게서 공원의 생생한 변천사를 들었다. 그는 내게 공원의 수많은 규칙과 함께 어떤 사람과 친하고, 어떤 사람을 멀리하고, 어떤 때 상황이 안 좋은 걸 알고 도망쳐야 하는지 가르쳐주었다. 궈 노인의 청춘예원은 따로 사진사를 고용해 아래층에서 일반 손님의 사진을 찍었다. 하지만 내 사진은 궈 노인이 직접 위층에서 찍고 암실에 들어가 현상까지 했다. 10여 장을 찍고서야 그는 반신 사진 한 장을 골라 그 '청춘의 새들' 속에 끼워넣었다. 내 번호는 87번이었고 궈 노인은 내가 참매와 비슷하다고 했다. 떠나기 전, 궈 노인은 헌옷 한 벌을 찾아 갈아입으라고 했다. 그 옷은 톄뉴가 두고 간 것이었고 그는 나와 몸집이 비슷했다. 궈 노인은 내 호주머니에 100위안을 찔러주고서 어깨에 두 손을 올리고는 지그시 바라보며 당부했다.

"가거라, 아칭. 너도 날기 시작할 거야. 그건 너희 핏속에 들어 있는 거니까. 이 섬에서 자란 너희 핏속에는 야생의 기운이 깃들어 있지. 이 섬의 태풍과 지진처럼 말이야. 너희는 둥지 잃은 청춘의 새야. 대해를 건너는 바다제비처럼 목숨을 걸고 앞으로만 날아가지. 마지막에 어디에 닿을지는 자신도 알지 못해……"

11

"그가 드디어 돌아왔군."

궈 노인이 나와 함께 연못가로 가면서 혼잣말을 했다.

"누가 돌아왔다는 거죠?"

나는 고개를 기울여 물었다.

"네가 어젯밤 만난 사람."

"그 사람을 아세요?"

나는 깜짝 놀랐다. 궈 노인은 고개를 끄덕이고는 탄식했다.

"언젠가 그가 다시 여기에 올 줄 알았지."

어느새 계단에 다다랐지만 궈 노인이 걸음을 멈추더니 계단 위에 모여 있는 사람들을 가리키며 말했다.

"올라가서 들어보렴. 다들 그에 관해 얘기하고 있으니까. 오늘 밤 내내 저렇게 떠들고 있군그래."

계단 위에서는 많은 별 한가운데에 달이 있듯이 사람들이 손짓

발짓을 하며 이야기하는 양 사부를 에워싸고 있었다. 모두 무척이나 흥분한 눈치였다. 라오구이와 자오우창 그리고 산수이가의 조무래기들도 귀를 쫑긋 세운 채 듣고 있었다. 원시인 아슝은 고개를 들고 가슴을 쭉 내민 채 양 사부 뒤에 서 있었다. 두 손을 허리에 얹은 그 우람한 모습이 꼭 용맹스러운 호위병 같았다.

"꼬마야, 어서 와봐."

양 사부가 나를 보자마자 들고 있던 두 자 길이의 부채로 휙 내 쪽을 가리키며 계속 떠들었다.

"이 사부한테 좀 보여줘봐. 살이 뭉텅이로 떨어져 나갔거나 구멍이 몇 개 뚫리지는 않았는지."

내가 계단에 올라가자 양 사부는 나를 붙들고 몸 이곳저곳을 만져보더니 웃으면서 말했다.

"운이 좋았어, 이렇게 살아 돌아왔으니. 어젯밤에 너, 누구랑 잤는지 알아?"

"왕쿠이룽이라던데요. 미국에서 돌아온 지 얼마 안 됐다고요."

"이런 멍청이!"

양 사부가 내 등에 손바닥을 올렸다.

"왕쿠이룽이 누군지도 몰라?"

"그걸 어떻게 알겠어요?"

자오우창이 입을 삐죽 내밀었다.

"쟤는 그때 아직 엄마 젖이나 빨고 있었을 거라고요."

자오우창은 귀신 같은 얼굴이 손가락 세 개 너비밖에 안 되게 수척했으며 몸은 꼭 대나무 막대에 검정 풀오버를 뒤집어씌운 듯 흔들거리고 목이 길었다. 우리 무리 중에서 가장 관록이 있어서 그는 거만하게 굴었고 옛날에 자기가 공원에서 누린 영광을 자랑하곤 했다.

"애야."

쉬고 갈라져 꽥꽥대는 자오우창의 목소리는 꼭 늙은 오리 같았다. 그가 담뱃진에 새까매진 이를 드러내며 말했다.

"너는 어젯밤 바닷속 수정궁에서 '룽쯔'*를 모신 거야."

'룽쯔와 아핑'의 이야기는 공원의 변천사에서 해를 거듭해 가장 널리, 그리고 가장 인상 깊게 전해져서 이미 우리 왕국의 신화가 되었다. 사람들의 윤색을 거쳐 룽쯔와 아핑은 모두 인간을 뛰어넘는 괴물로 그려졌다. 나는 도무지 상상이 안 됐다. 어젯밤 나와 함께 누워 두 자루 갈퀴 같은 팔을 뻗었던 그 사람이 바로 우리의 전설 속 그 키 크고 잘생긴, 항상 하늘색 셔츠를 입고 다니며 공원의 부랑아와 미친 사랑을 나눈 룽쯔였다니.

"어젯밤에는 나도 긴가민가했어."

양 사부가 흥분해서 부채를 부쳤다.

"방금 화로 속에서 기어나온 것처럼 사람이 그렇게 바짝 곯았는데 어떻게 알아봤겠어? 하지만 그가 계단 위를 왔다갔다하며 초조해하는 모습이 옛날이랑 완전히 똑같은 거야. 그동안 정신병원에 갇혀 있다는 얘기도 있었고 일찌감치 외국에 나가 숨었다는 얘기도 있었지. 그런데 누가 알았겠어, 10년 후 한밤중에 또 느닷없이 기어나올 줄을."

자오우창이 또 옛날이야기를 꺼내기 시작했다.

---

* 용의 자식이라는 뜻.

"그가 아펑을 미친 듯이 찾아다니던 게 기억나요. 그때 '아펑은 성 회장과 같이 갔어'라고 농담을 하는 게 아니었는데. 그는 도둑이라도 잡은 것처럼 나를 붙들어 차에 태우고 억지로 자기를 성 회장 집에 데려가게 했죠. 한밤중에 문을 두드리니까 성 회장은 누가 행패를 부리는 줄 알고 경찰을 불렀고. 나중에 아펑을 만나 물었죠, 어째서 그렇게 냉정하냐고. 그랬더니 아펑은 옷을 걷어올려 문신을 보여줬어요. 명치께의 흉악한 외뿔 용을 가리키며 그러더군요. '내가 뭐가 냉정해? 자기를 이렇게 몸에도 새겨줬는데 뭐가 냉정하냐고? 네가 뭘 안다고 그래? 언젠가 그 사람한테 붙잡혀 온몸이 갈기갈기 찢겨야 나는 이 원망의 빚이 청산될 거야'라고. 우리는 그때 아펑이 헛소리를 하는 줄만 알았는데 나중에 그 말이 진짜 들어맞았죠."

"그 왕씨는 왜 그렇게 으스댔던 거야? 정말 자기가 고관 집 자식이라서 그런 거야? 눈이 머리 꼭대기에 달려가지고 말이야."

라오구이가 돌연 발끈해서 끼어들었다. 빈랑*을 씹고 있어서 입 안이 온통 빨갰다.

"어느 날 밤에 혼자 계단 위에 앉아 있더라고. 아마 아펑 그 자식을 기다리고 있었겠지. 적적할까봐 좋은 마음으로 다가가 그냥 한마디 물었거든. '왕 선생, 아버지가 고관이라면서?'라고 말이야. 그랬더니 벌떡 일어나 가버리더라고. 전혀 알은체도 안 하고. 내가 뭐 문둥병 환자라도 돼?"

"이 뻔뻔한 늙은이 같으니."

---

* 檳榔. 빈랑나무의 열매로 붉은색이며 기호품으로 씹거나 두통약으로 쓰인다.

양 사부가 웃으면서 욕을 했다.

"걔 아버지 왕상더王尚德가 고관이 아니면 뭔데? 그리고 당신이 대체 뭔데 왕쿠이룽이 알은체를 해야 해? 사람이 자기 주제를 알아야지 이 파렴치한 늙은이야!"

우리는 폭소를 터뜨렸다. 라오구이는 목덜미에 난 생선 비늘 같은 마른버짐을 벅벅 긁고는 입을 다물었다.

"며칠 전에 티브이에서 왕상더의 장례식을 봤어요."

이때 자오우창이 끼어들며 말했다.

"와, 엄청나던데요! 영구를 배웅하는 이들로 거리가 꽉 찼더라고요. 영구차 앞 의장대는 오토바이를 몰았고요. 아주 멋졌어요!"

나도 신문에서 왕상더의 서거 소식이 대문짝만 하게 실린 것을 보았다. 수많은 요인이 그의 죽음을 애도하러 갔다고 했다. 한 면의 절반을 왕상더의 생전 사진과 행적이 차지했다. 군 예복을 입은 왕상더는 위풍당당했다. 또 그의 행적은, 자세히 보지는 않았어도, 무수한 직함으로 가득했다.

"자기 아버지가 고관이 아니었으면 녀석이 사람을 죽이고도 아직 살아 있겠어?"

라오구이가 분이 안 풀린 어조로 말했다.

"안 살아 있으면? 그는 미쳤잖아."

양 사부가 대꾸했다.

"판사가 '심신미약'으로 판결했다고. 개정하는 날 갔는데 검사가 왜 살인했냐고 물으니까 그가 두 손을 흔들며 소리쳤어. '아펑이 내 심장을 가져갔어요! 아펑이 내 심장을 가져갔어요!'라고 말이야. 그게 미친 게 아니면 뭐겠어?"

"그때 도시 전체가 폭풍우로 난리였어요. 아직도 기억나네요."

자오우창이 성냥을 그어 담배에 불을 붙이고 한 모금 깊이 빨아들였다.

"신문 사회면에 매일 기사가 실렸죠. 룽쯔와 아펑의 사진도 올라왔고요. 어떤 신문은 기사 제목이 아주 악랄했어요. 무슨 '동성 연인의 욕정과 원한' 운운했지요. 개정하는 날 나도 있었어요. 법원은 타이완 제1여중에서 대각선으로 건너편에 있었죠. 사람이 미어터졌고 여학생들까지 몰려왔어요. 왕쿠이룽이 나타나니까 걔들이 '룽쯔! 룽쯔!' 하고 연호했는데……"

"얘들아!"

양 사부가 돌연 부채를 치켜들고 소리쳤다.

"흩어져라, 짭새가 떴다!"

멀리서 순경 두 명이 어깨를 으쓱이며 연못 쪽으로 성큼성큼 걸어오고 있었다. 징을 박은 그들의 구두가 자갈길 위에서 따각따각 소리를 냈다. 우리는 순식간에 들짐승과 날짐승이 되어 흩어졌다. 우르르 돌계단을 내려와 동쪽과 서쪽으로 나뉘어 피난처를 찾아 떠났다. 양 사부는 원시인 아슝을 데리고 아주 노련하면서도 침착하게 확성기 앞의 군중 속으로 섞여 들어갔다. 이렇게 연못가의 우리 왕국은 순식간에 모습을 감췄다.

"아칭!"

컴컴한 숲속에 들어갔을 때 누군가와 정면으로 가슴을 부딪쳤다. 샤오위였다.

12

"내일 저녁 8시 정각에 메이톈梅田에서 봐. 1분도 늦으면 안 돼."

우리는 헝양가衡陽街 다스지大世紀 카페 2층의 통로 끝 커플 좌석에 앉아 각자 레몬주스를 마시고 있었다. 샤오위의 요염한 두 눈이 흥분으로 빛을 발했다. 다스지도 우리가 자주 가는 연락처였고 예런 커피숍보다 훨씬 조용했다.

"메이톈이 어디 있는데?"

"이 멍청이."

내 물음에 샤오위가 나를 한 방 치며 말했다.

"메이톈도 못 들어봤어? 중산북로 궈빈國賓호텔에서 골목 두 개 지나면 있잖아. 타이완 요리가 끝내준다고. 칭예靑葉, 메이쯔梅子 같은 데보다 훨씬 더. 내일 저녁에 그 사람이 우리를 대접할 거야."

"타이완 요리가 신기할 게 뭐가 있다고? 그 사람은 화교인데 왜 너는 그 사람을 호텔 레스토랑으로 안 데려가는 거야? 우푸러우도 있고 쥐바오펀도 있잖아. 우리도 그 덕에 좀 좋은 데서 먹고 마시면 안 돼?"

"아, 얘가 하나만 알고 둘은 모르네."

샤오위가 노련한 척하며 말했다.

"그 린林 사마*는 오래전에 고향을 떠났다가 돌아왔으니 어쨌든 고향 음식을 먹고 싶을 거 아냐. 그리고 호텔 레스토랑은 누구든 사업차 그 사람을 초대할 일이 있을 거야. 나는 메이텐의 그 식당이 좋아. 아주 분위기 있거든. 갑오징어구이, 전복무침 등등 맛있는 것도 많고."

샤오위의 말에 따르면 그 린마오슝林茂雄이라는 일본 화교는 50여 세로 원래는 타이베이 사람이었는데 나중에 일본군에 속해 중국 대륙으로 원정 갔다가 둥베이東北 창춘에서 만주 아가씨와 결혼해 일남 일녀를 낳았다. 전후에는 온 가족이 한 둥베이 친구와 함께 일본으로 건너가 장사를 했으며 오랜 고생 끝에 최근에야 성공을 이뤘다. 이번에 도쿄에 있는 그들의 제약회사가 그를 타이완으로 보내 대리점을 세우게 하면서 그는 겨우 고향에 돌아올 기회를 잡았다.

"나 오늘 하루 린 사마랑 타이베이를 돌았어. 둘이 너무 즐거웠어."

샤오위의 얼굴에서 빛이 났다.

"아칭, 린 사마는 사람이 너무 좋아. 이것 봐."

그는 입고 있던 붉은색과 검은색 줄이 그려진 새 캐시밀론 셔츠

---

* 様. 일본어의 존칭 표시.

를 가리키며 말했다.

"그 사람이 사준 거야."

"네가 돈에 눈이 멀었구나."

나는 씩 웃었다.

"네가 일본 화교를 보더니 눈이 번쩍 뜨였구나. 설마 진짜로 또 화교를 수양아비 삼는 건 아니겠지?"

샤오위가 차갑게 웃었다.

"화교 수양아비는 왜 안 되는데? 우리 아버지도 원래 화교야. 지금 일본에 있다고."

나 스스로 깜짝 놀랐다.

"너 나한테 왜 그런 얘기 안 했어? 그리고 아버지가 옛날에 돌아가셔서 너희 양메이楊梅 시골에 묻히셨다고 그랬잖아. 전에 저우 사장한테 돈을 달라면서 아버지 성묘 때 쓸 향초를 산다고 하는 걸 내 귀로 똑똑히 들었어. 너, 죽은 사람 갖고 장난치면 큰일 나."

"너한테 왜 얘기 안 했냐고?"

샤오위가 흥, 하고 코웃음을 쳤다.

"너한테 왜 얘기해야 하는데? 아무한테도 얘기한 적 없어."

우리 공원 사람들은 만나면 뭐든 다 얘기했지만 자기 신세에 대해선 언급하지 않았다. 혹시 언급해도 태반은 숨겼다. 다들 말 못할 은밀한 고통이 있기 때문이었다.

"아칭, 나도 좀 묻자."

샤오위가 갑자기 고개를 비뚜름하게 하더니 악의 가득한 표정으로 나를 보며 웃었다.

"너도 아버지 있지?"

"무슨 소리야?"

"네 아버지는 성이 뭐냐?"

"내가 리씨니까 당연히 리씨지."

나는 조금 화가 치밀어 레몬주스를 두 모금 힘껏 빨았다.

"네 아버지가 정말 리씨라고? 네 아버지가 누군지 정말 알기는 해? 응?"

샤오위의 입꼬리가 한쪽으로 들려 있어 웃는 모습이 무척 교활해 보였다.

"니미 씨발!"

나는 참다못해 주먹을 치켜들었다. 하지만 샤오위는 오히려 의기양양해서 웃음을 터뜨렸다.

"아, 괜히 물어봤네. 좀 져주면 안 되냐?"

그는 고개를 숙이고 말없이 레몬주스를 빨다가 잠시 후 휙 머리를 들어, 이마 위에 흘러내린 긴 머리카락을 정수리 쪽으로 올렸다. 광대뼈가 선연하고 두 눈이 요염하게 반짝였다.

"너희한테 말하라고? 너희한테 내가 애비 없는 자식이라고 말하라는 거야? 나는 평생 아버지를 본 적이 없고 아버지가 누군지도 몰라. 나는 왕씨가 아니야. 그건 엄마 성이지. 엄마가 나한테 그랬어. 아버지는 일본 화교라고. 이름이 린정슝林正雄이고 일본 성은 나카지마래. 하지만 내 신분증의 부친란에는 '사망'이라고 적혀 있어. 남들이 아버지에 관해 물으면 죽었다고, 일찌감치 죽었다고 하지. 전혀 신경 안 쓰는 척하면서 말이야."

샤오위는 어깨를 으쓱였다.

"그런데 속으로는 계속 이런 생각을 했어. 그 바가야로는 지금 어디 있을까? 도쿄에? 오사카에? 아니면 태평양 한가운데에 빠졌나? 옛날에 그 사람은 타이완으로 돌아와 시세이도 화장품 마케팅을 했어. 그때 술 마시러 갔다가 요정 둥윈거東雲閣에서 엄마랑 마주쳤고 두 사람은 그렇게 눈이 맞았지. 엄마가 그랬어. 자기는 그 바가야로의 사기에 속았다고. 그 사람은 일본으로 돌아가면서 한 달 내에 엄마를 불러준다고 했대. 엄마는 이미 나를 임신한 상태였고. 그런데 가르쳐준 도쿄 주소까지 가짜였어. 편지를 부치는 족족 반송됐다. 나는 어릴 때부터 엄마한테 말했어. '엄마, 조금만 기다려. 내가 엄마 대신 '나카지마'를 찾아올게.' 전에 내가 궈빈, 류푸, 퍼스트 같은 관광 호텔을 하루 종일 돌아다닌 적이 있는데 왜 그랬는지 알아?"

"고객 만나러 갔겠지."

"개소리 작작해."

샤오위가 깔깔 웃었다.

"호텔 프런트에 일본 관광객 명단을 뒤지러 간 거라고. 와, 정말 힘들더라. 먼저 그 사람 중국 이름을 찾고 또 일본 이름을 찾아야 했지. 나는 종종 꿈을 꾸거든. 그 화교 아빠가 갑자기 일본에서 돌아와 큰돈을 벌고 엄마와 나를 도쿄로 데려가는 꿈 말이야."

"또 그 벚꽃 꿈을 꾸고 있네."

나는 웃으며 말했다.

"아칭, 두고 봐. 언젠가 나는 도쿄로 날아가서 큰돈을 벌 거야. 그러면 바로 엄마를 모셔가 행복하게 해드리고 평생 일본에 가고 싶어했던 엄마 소원을 풀어드릴 거야. 또 엄마를 지금 그 남자한테서 떨어뜨려놓을 거고. 씨발, 그 개 같은 새끼가 우리 모자를 못 만나게 한단 말이야."

"그건 또 왜 그러는데?"

샤오위는 한숨을 내쉬었다.

"그놈한테 파라티온* 반병을 먹였거든."

"와, 독살하려고 한 거야?"

내가 혀를 내둘렀다.

"그 산둥 남자는 사람이 나쁘지는 않아. 온종일 '우리 아가씨, 우리 아가씨' 하고 엄마를 불러대지."

샤오위는 빙그레 웃었다.

"그 남자는 대형 트럭 운전사야. 옛날에는 군대에서 운전병이었고. 소처럼 건장해서 엄마를 한 손에 쥐고 침대에 올릴 정도지. 나와 그는 처음에는 관계가 그리 나쁘지 않았어. 그는 타이중臺中에 물건을 싣고 갔다가 돌아올 때면 내가 제일 좋아하는 말린 파인애플을 한 상자씩 사다주곤 했지. 또 술을 마시면 코를 쥐고 여자 목소리로 옛날 연극을 흉내 내 나를 웃기기도 했고. 그런데 어느 날 내가 집에서 누구랑 섹스를 하고 있는데 그 남자한테 현장에서 붙잡혔지 뭐야."

"이 뻔뻔한 녀석, 어떻게 집에서 그럴 수가 있어?"

"그게 뭐가 어때서?"

샤오위가 어깨를 한 번 으쓱했다.

"그때 나는 열네 살이었어. 우리는 싼충진에 살았고 근처에는 나

---

* 농업용 살충제로 독성이 강해 사람과 동물에게도 해롭다.

한테 잘해주는 늙은이가 꽤 여러 명 있었지. 항상 나한테 만년필, 구두, 셔츠 같은 물건을 사줬어. 그런 걸 사줄 때마다 나는 그들과 그걸 하고 양아버지라고 불러줬지. 그중에 우육탕을 파는 사람이 있었는데 곰보이긴 했지만 나를 제일 아껴줬어. 저녁에 내가 그 사람 노점에 가면 항상 뜨끈뜨끈한 우육탕을 그릇에 가득 담아주었지. 힘줄도 있고, 살코기도 있고, 고수도 있어서 아주 맛있었어. 그의 집에는 아내가 있어서 나는 그를 우리 집에 데려갔어. 뒷문을 통해 주방으로 들어가 섹스를 하고 있었지. 그런데 하필이면 그때 그 산둥 남자와 정면으로 마주친 거야. 그가 나를 뭘로 때렸는지 알아? 트럭에 싣고 다니는 쇠사슬이었어! '남창 새끼! 남창 새끼!'라고 욕하면서 쇠사슬로 인정사정없이 내리쳤지. 엄마가 안 말렸으면 나는 어린 나이에 저세상으로 갔을 거야. 어때? 내가 그놈한테 독을 쏠 만했지?"

샤오위는 나를 바라보며 어쩔 수 없었다는 표정을 지었다.

"다행히 죽지는 않았어."

샤오위는 길게 숨을 내쉬었다.

"그가 병원에서 위세척을 하고 나서 웬일로 엄마가 급히 돌아와 내 옷 보따리를 싸고 금목걸이 하나를 목에 걸어주며 말했어. '가라. 그 사람이 돌아오면 넌 죽은 목숨이야'라고. 그렇게 해서 나는 '거리의 천사'가 되었지."

말하면서 샤오위가 까르르 웃었다.

"저우 사장이 어젯밤에도 너를 찾으러 왔대."

나는 갑자기 리웨의 말이 생각났다.

"리웨가 그러는데 그 뚱보 영감이 화가 많이 났다더라고. 네가 밖에서 바람피운 게 알려지는 날에는 그 영감이 네 살을 갈기갈기 찢어도 안 이상할걸."

샤오위가 일어나서 테이블 위의 계산서를 집어들며 말했다.

"그 쉰내 나는 노인네, 정말 귀찮아 죽겠네. 이봐, 우리는 좋은 친구잖아. 나 대신 거짓말 좀 잘 해줘. 맹장수술 하러 갔다고 해."

진저우가로 돌아갔을 때 리웨는 아직 퇴근 전이었으며 보모 할머니는 벌써 전등을 다 끄고 꼬마 체니와 잠들어 있었다. 더듬대며 방으로 들어가니 오후에 침대 위에 두었던 은박 원보 묶음이 눈에 띄었다. 어둠 속에서 희미하게 은빛으로 빛나고 있었다. 나는 출렁출렁 흔들리는 그 원보 묶음을 들고 부엌을 지나 바깥의 옥상으로 올라갔다. 옥상 한켠에는 모래를 채운 깡통이 있었고 안에는 아직 타고 있는 향 한 자루가 꽂혀 있었다. 보모 할머니가 제사를 올리고 남긴 듯했다. 나는 웅크리고 앉아서 성냥개비를 그어 원보 묶음에 불을 붙였다. 원보는 쉬익쉬익 소리를 내며 하나씩 재가 되어 바닥에 떨어진 뒤, 흔들리며 암홍색 불티를 날렸다. 고개 들어 하늘을 보니 음력 7월 15일 중원절의 크고 붉은 달이 막 서쪽으로 향하면서 멀리 있는 고층 빌딩 꼭대기를 내리누르고 있었다.

방으로 돌아와 옷도 안 벗고 땀이 끈적끈적한 채로 침대에 드러누웠다. 몸은 마비가 올 만큼 지칠 대로 지쳐서 매트 위에 놓인 팔다리가 해체된 것처럼 꼼짝도 안 했다. 어둠 속에서 유리창에 반사된 술집들의 네온등이 꽃뱀처럼 꿈틀거리고 있었다. 머리는 점점 더 맑아져갔다. 석 달이 지나고 오늘이 첫날 밤이었다. 문득 내가 이렇게나 동생을 그리워한다는 것을, 이렇게나 간절히 그리워한다는 것을 깨달았다.

13

8시 정각에 우리는 중산북로의 메이텐에 도착했다. 양 사부는 원시인 아슝과 나만 데리고 갔다. 쥐는 까마귀가 외출을 불허해 못 나왔고 우민은 현기증 때문에 양 사부의 집에서 쉬고 있었다. 양 사부는 점잖은 차림이었다. 뚱뚱한 몸에 시어서커 재질의 줄무늬 양복 상의를 걸쳐 군살이 군데군데 불거져 보였고 초록색 바탕에 주홍색 무당벌레가 다닥다닥 붙은 듯한 넓은 넥타이도 맸다. 얼굴에 온통 뜨거운 땀이 삐질삐질 났고 흰색 와이셔츠는 진작에 흠뻑 젖어 있었다. 그는 아슝도 한껏 멋을 부리게 했지만 체크무늬 양복이 몸에 안 맞아서 소매가 너무 짧고 안의 셔츠가 많이 드러나 보였으며 어깨를 바짝 웅크리고 있는 모습이 꼭 서커스단의 외투 입은 흑곰 같았다. 메이텐의 문 앞에서 양 사부가 몸을 돌려 우리에게 당부했다.

"오늘 저녁에는 얌전히들 있어라. 화교 손님 앞에서 사부의 체면을 구기면 안 돼."

메이톈은 과연 분위기가 그럴듯했다. 인테리어가 동양식이어서 문가에 작은 아치형 다리가 있고 그 밑에 시내가 졸졸 흘렀으며 다리 맞은편에 쌓은 가산假山 꼭대기에는 자그마한 등잔불이 밝혀져 있었다. 또 실내는 환하고 깔끔했으며 에어컨의 냉기가 시원했다. 네 벽에 설치된 부채 모양의 벽등에서 몽롱한 붉은빛이 번져나와, 여종업원들의 미소 띤 얼굴은 꼭 어린아이처럼 홍조가 어린 듯했다. 식당 끝에서 누군가 연주하는 전자 오르간 소리가 유유히 들려오기도 했다. 한 여종업원이 다가와 우리를 이층으로 안내했다. 이층에는 칸막이 좌석들이 있었으며 여종업원이 두 번째 칸의 주렴을 걷자 샤오위와 그 린마오슝이라는 화교가 앉아서 우리를 기다리고 있었다. 린마오슝은 얼른 일어나 우리를 맞이했고 샤오위는 그 뒤에 바짝 붙어 있었다. 린마오슝은 쉰 전후의 중년 남자로 귀밑머리가 희끗희끗했고 은테 안경을 썼으며 단정한 직사각형 얼굴이었다. 웃으면 눈가에 주름이 자글자글하게 생겼다. 그는 짙은 회색 양복에 어두운 줄무늬 넥타이를 맸는데, 은제 넥타이핀에 초록색 옥이 박혀 있었다. 양 사부는 얼른 앞으로 나아가 먼저 린마오슝의 손을 덥석 쥔 뒤, 나와 아슝을 소개했다. 린마오슝은 양 사부를 상석에 앉히고 나와 아슝은 양 사부의 양쪽에 앉게 했다. 모두 자리를 잡자 양 사부가 부채로 샤오위를 가리키며 말했다.

"어떤가요, 린 사마? 내 제자가 그래도 말을 잘 듣죠?"

"샤오위는 아주 착합니다."

린마오슝이 고개를 기울여 샤오위를 보며 씩 웃었다. 그는 둥베이 억양의 표준어를 썼다. 샤오위는 린마오슝 곁에 바짝 앉아 싱글 싱글 웃었다. 그는 흰색 깃의 연록색 셔츠 차림에 긴 머리를 단정히 빗은 모습이었다. 마치 방금 머리를 감고 드라이기로 말린 듯했다.

"요 며칠 샤오위가 제 가이드 역할을 했죠. 여러 군데를 다녔습니다. 저는 타이베이를 전혀 몰랐거든요."

린마오슝이 샤오위의 어깨에 한 손을 올리며 미소를 지었다.

"오늘 점심에는 린 사마를 화시가에 모시고 가서 해산물을 먹었어요. 린사마가 그러는데 도쿄보다 훨씬 싸고 맛있대요."

샤오위가 의기양양하게 웃으며 말했다.

"말씀해보세요, 린 사마. 어떻게 이 사부한테 감사를 할 건가요?"

양 사부가 휙 부채를 펼쳐 부치기 시작했다. 에어컨이 나오는데도 그의 살찐 얼굴에는 땀방울이 송골송골 맺혀 흘러내렸다.

"그래서 오늘 저녁에 이렇게 특별히 양 사부님 모시고 술을 대접하는 것 아닙니까."

린마오슝이 웃으며 말했다.

"술만으로는 부족하죠."

양 사부는 설레설레 고개를 저었다.

"나중에 우리가 도쿄에 갈 일이 있으면 린 사마도 하루 가이드를 맡아 우리 시야를 넓혀주셔야 합니다. 듣자 하니 도쿄 애들도 아주 괜찮다더군요."

"양 사부님이 도쿄에 오시면 제가 꼭 안내를 해드리죠. 신주쿠에 모시고 가겠습니다."

"일본 애들이 우리 사부를 보면 무서워서 숨도 제대로 못 쉴 텐데요."

샤오위가 옆에서 끼어들었다.

"이 불효막심한 녀석!"

양 사부는 호통을 치며 손을 치켜들었지만 바로 손을 내리며 한숨을 쉬었다.

"린 사마, 제자가 크면 사부가 다루기 어렵다는 걸 잘 모를 거요. 정말 열받는 일이지. 하지만 이놈들은 다 미련하고 어리숙해서 남 앞에 잘 못 나서는데, 오직 이 녀석만 약아빠져서 말하는 게 날카롭기도 하고 달콤하기도 하죠. 웬만한 사람은 상대도 안 됩니다. 린 사마, 내가 보기에 당신과 샤오위는 잘 어울리는 것 같군요."

"우리 두 사람은 마음이 잘 맞습니다."

린마오슝은 웃으면서 샤오위의 뒤통수를 다독였다.

열예닐곱 살쯤 돼 보이는 여종업원이 주렴을 걷고 들어왔다. 그녀는 차가운 흰 수건이 담긴 대야를 상에 올려 모두 얼굴을 닦게 한 뒤, 메뉴판을 일인당 하나씩 돌렸다. 린마오슝이 양 사부에게 주문을 양보했다.

"전문가이시니 먼저 주문하시죠. 오늘은 샤오위의 아이디어로 타이완 요리를 먹게 됐습니다."

"난 까다롭지 않습니다. 뭐든 잘 먹죠. 사람 고기도 먹습니다."

우리 모두 깔깔 웃었다. 여종업원도 손으로 입을 가리고 웃었다.

"그러면 서시설*을 한 접시 먹어보죠. 미인의 혀 맛이 어떤지 궁금하네요."

여종업원이 얼른 알겠다고 하고 메모지에 메뉴를 받아 적었다.

---

* 西施舌. 춘추시대 월나라의 유명한 미인인 서시의 이름을 딴 양념조개찜.

"샤오위, 너는 뭘 먹고 싶어?"

린마오슝이 고개를 돌려 샤오위에게 물었다.

"갑오징어구이요, 갑오징어구이가 먹고 싶어요."

샤오위가 요란스럽게 말했다. 린마오슝은 이어서 아슝에게도 물었다. 아슝은 입을 헤벌리고 웃으면서 말했다.

"닭, 닭이요……."

"모자란 녀석 같으니."

양 사부가 낮은 어조로 비웃으며 말했다.

"이 녀석한테는 닭다리구이나 줘."

여종업원이 또 얼른 메뉴를 받아 적었다.

나는 새우볶음을 시켰고 린마오슝 자신도 장어찜, 두부양념볶음, 백김치돼지위볶음 등을 시켰다.

"일본 사람들은 내장을 안 먹어서 저는 오랫동안 돼지위볶음을 못 먹었습니다."

린마오슝이 웃으면서 탄식했다.

"술은 어떤 걸로 하시죠?"

여종업원이 쭈뼛대며 묻자 린마오슝이 지시했다.

"이 가게의 묵은 사오싱주를 데워줘. 말린 매실도 가져오고."

여종업원이 덥힌 사오싱주 한 주전자와 말린 매실이 담긴 큰 유리잔을 들고 왔다. 그녀가 우리에게 술을 따라주려 하자 샤오위가 얼른 다가서며 말했다.

"필요 없어요. 내가 할게요."

여종업원이 이에 응하고 밖으로 나가자 샤오위는 체로 걸러 말린 매실이 담긴 잔에 술을 붓고 잠시 기다린 뒤, 린마오슝을 시작으로 모두의 잔에 가득 따랐다. 그러고서 몸을 일으켜 두 손으로 잔을 받쳐 들고 린마오숩을 향해 말했다.

"린 사마, 오늘 저녁에 제 체면을 세워주신 것에 대해 이 한 잔으로 경의를 표하겠습니다."

샤오위는 단숨에 꿀꺽꿀꺽 한 잔을 비웠고 바로 얼굴이 빨개지면서 두 눈과 눈꺼풀도 복사꽃 같은 빛을 띠었다.

"천천히 마셔라. 사레들겠다."

"여태 급하게 술을 마셔본 적이 없어요."

샤오위가 웃으며 말했다.

"오늘 저녁은 정말 기분이 좋아서 좀 무리를 해봤어요."

양 사부가 혀를 끌끌 찼다.

"린 사마, 능력이 대단하군요. 이 반골 녀석을 이렇게 예의 바르게 만들어놓았으니 말이에요."

"샤오위는 처음부터 예의가 밝았습니다."

린마오숩이 웃고 나서 자기도 술 한 모금을 마셨다.

"그럴 리가요."

양 사부는 손사래를 쳤다.

"얘는 다른 사람 앞에서는 투계처럼 사납기 짝이 없어요. 당신이 녀석을 굴복시킨 겁니다."

"조금 있으면 요리가 나올 테니 먼저 먹고 나서 마셔. 빈속에 술이 들어가면 바로 취하니까."

린마오숩이 샤오위에게 작게 말했다.

"알겠어요."

샤오위가 고개를 끄덕였다.

여종업원이 요리를 테이블에 올렸다. 처음 두 가지는 갑오징어 구이와 닭다리구이였다. 린마오슝은 갑오징어구이를 한 점 집어 샤오위의 앞접시에 놓아주었다. 아슝은 노르스름하고 반들반들한 닭다리를 보고 큰 손으로 덥석 하나를 움켜쥐었다. 나는 종일 먹은 게 구운 빵 두 개뿐이어서 진작부터 배에서 꼬르륵 소리가 났다. 그래서 그 닭다리구이 냄새를 맡자마자 입에 침이 고여, 아슝의 손과 거의 동시에 쟁반 위에서 가장 큰 것에 젓가락을 댔다.

"이 녀석들, 예의 좀 지켜!"

양 사부가 꾸짖고는 린마오슝에게 사과했다.

"린 사마, 용서해주십시오. 내 팔자가 박복해 이런 세상 물정 모르는 녀석들을 제자로 거둬 흉한 꼴을 보이는군요."

"그냥 놔두십시오."

린마오슝이 웃으며 말했다.

"이렇게 잘 먹으니 얼마나 좋습니까."

린마오슝은 말하면서 겉옷을 벗었고 샤오위가 얼른 그것을 받아 옷걸이에 걸었다. 양 사부도 양복을 벗고 넥타이도 느슨하게 풀었다. 린마오슝이 두 손으로 잔을 들어 양 사부에게 술을 권했다.

"양 사부님, 먼저 제 잔을 받으시지요."

양 사부도 황급히 잔을 들어 답례했다.

"린 사마는 멀리서 온 손님이니 마땅히 내가 먼저 권해야지요."

서로 잔을 마주 든 뒤, 린마오슝이 잠깐 생각에 잠기더니 양 사부에게 정중히 말했다.

"오늘 저녁 양 사부님을 모신 것은 제가 상의 드릴 일이 있어서 입니다. 샤오위는 똑똑한 아이이니 역시 옳고 그름을 모르지는 않을 거라 생각하는데, 지금처럼 계속 방탕하게 살다가 인생을 망치지나 않을까 염려됩니다."

"린 사마!"

양 사부가 부채로 테이블을 탁 쳤다.

"그 말씀은 정확히 내 생각과 일치합니다. 사부로서 내가 설마 얘가 잘못되기를 바라겠어요? 이 아이의 예전 수양아비들은 가게를 하는 사람도 있었고 무역을 하는 사람도 있었어요. 얘가 마음을 고쳐먹고 떳떳한 일을 하려고 했으면 전혀 어렵지 않았을 거예요. 그런데 이 녀석은 천생 글러 먹어서 끈기가 없고 작심삼일에 변덕이 죽 끓듯 하답니다. 불리하면 몰래 내빼기나 하고 말이죠. 이렇게 자기 자신을 아낄 줄 모르니 사부 된 사람으로서 이 녀석을 어떻게 해야 할지 모르겠습니다."

"예, 충분히 이해합니다."

린마오슝이 미소 지으며 말했다.

"세상에 제자를 사랑하지 않는 사부가 어디 있겠습니까. 그리고 사실은 이렇습니다. 저희 세이조제약이 타이베이 쑹장로에 대리점을 세우고 직원들을 고용할 계획입니다. 샤오위를 이 회사에 넣어 일을 맡기고 장기를 익히게 하면 장래에 좋을 듯합니다. 그래서 먼저 사부님께 정확히 여쭙고 말씀을 들어볼까 합니다."

"그것 참 좋군요."

양 사부가 고개를 끄덕였다.

"린 사마가 이렇게 끌어주시니 이 아이는 복도 많군요. 다만 본인이 어떻게 생각하는지 봐야 하잖아요. 이 녀석 마음속에 꿍꿍이가 좀 많아야 말이죠."

"벌써 물어봤습니다. 하겠다더군요."

린마오슝이 고개를 기울여 샤오위를 보면서 웃었다.

"린 사마를 위해 일하는 것이니 열심히 할게요."

샤오위가 진지한 표정으로 말했다.

"이번에는 네 입으로 직접 말했으니 우리 모두 지켜볼 테다. 그건 그렇고 앞으로 감기나 두통에 걸리면 샤오위한테 약을 받을 수 있으니 잘됐군."

양 사부의 말에 린마오슝이 웃으며 설명했다.

"우리가 파는 것은 대부분 보약입니다. 아이들 영양제 같은 것이죠. 타이완은 시장이 작고 서독 제품과 경쟁이 심해서 장사가 잘될지 모르겠네요."

"인맥이죠. 여기는 뭐든 인맥이 중요해요. 큰 병원과 유명한 의사를 끌어들여야 약이 잘 팔릴 거예요."

"벌써 광고를 시작하고 영업사원을 모집했습니다. 저는 샤오위한테도 영업을 뛰게 할 생각입니다."

"그거 괜찮네요. 애는 말주변이 좋으니까요."

양 사부가 흡족해하며 말했다.

그들이 담소를 나누는 가운데 나와 아슝은 벌써 닭다리를 뼈만 남기고 다 뜯어 먹었다. 얼마 안 있어 요리가 전부 차려지고 양 사부가 단속을 하지도 않아 나와 아슝은 수저와 숟가락으로 새우, 장어, 두부, 돼지 위를 각자의 앞접시에 수북이 담았다. 메이톈의 타이완 요리는 과연 맛있었다. 다음에 언제 이런 요릿집에 올지 모르니 우선 실컷 먹고 보자는 생각이 들었다.

"최근 몇 년간 계속 돌아오고 싶기는 했습니다."

린마오슝이 술 한 모금을 마시고 천천히 이야기했다.

"그런데 타이베이가 이렇게 번화해진 줄은 몰랐습니다. 꼭 10년 전의 도쿄 같군요. 오늘 샤오위가 저희 집이 있던 바탸오퉁八條通에 데려다줬는데 전부 여관으로 변해서 눈이 휘둥그레지더군요."

"그쪽은 특히 많이 변했죠."

양 사부가 말을 이었다.

"전에 우리 집은 류탸오퉁에서 타오위안춘이라는 술집을 열어 한때 아주 잘됐어요. 지금 그 술집은 벌써 주인이 두 번 바뀌었고 이름도 무슨 '아리산阿里山'이 됐죠. 문을 울긋불긋하게 칠했는데 거기를 지날 때면 마음이 쓰리답니다. 린 사마는 이번에 돌아와서 친척들을 좀 봤나요?"

"어른들은 다 안 계십니다."

린마오슝이 침울한 어조로 말했다.

"이번에 와서는 어릴 적 친구를 찾고 싶었습니다."

린마오슝은 말을 끊고 잠깐 생각에 잠겼다. 그의 두 광대뼈가 술기운으로 조금 발그레해졌다. 벽에 붙은 부채 모양 벽등이 그의 희끗희끗한 머리에 붉은빛을 비춰 아른거리는 광채로 감쌌다. 입가에는 처량한 미소가 번졌고 눈가에는 주름살이 떠올랐다.

"친구의 이름은 우춘휘吳春暉이고 같은 골목에 살아서 형제처럼 친했습니다. 당시 우리는 함께 타이베이공업학교에 진학해 화학공업을 배웠죠. 나중에 같이 일본에 가서 의학을 배우고 돌아와 병원을 열자고 약속하기도 했습니다. 하지만 전쟁이 나는 바람에 저는 징집되어 둥베이로 갔고 그 후로 이렇게 세월이 지났습니다."

"나도 둥베이에 가본 적이 있어요. 너무 추워서 귀가 떨어져나갈 뻔했어요."

양 사부가 끼어들어 말했다.

"맞습니다. 저도 막 창춘에 도착했을 때 다리에 동상이 나서 한 발짝도 걷기가 힘들었습니다."

린마오슝이 고개를 흔들며 웃었다.

"나중에야 둥베이 사람들이 장화 속에 오랍초烏拉草를 잔뜩 쑤셔 넣어 온기를 유지한다는 걸 알았죠."

"그 우춘휘라는 사람은 어떻게 됐어요?"

샤오위가 궁금해하며 묻자 린마오슝은 탄식을 했다.

"그 친구는 불쌍하게도 일본군에 끌려가 동남아 전장에 투입된 후로 행방을 알 수 없어. 지금 살았는지 죽었는지도 모르겠어."

"어떻게 생겼는데요?"

"젊었을 때 모습만 기억하지."

린마오슝은 잠시 생각에 잠겼다가 샤오위를 훑어보고는 웃으며 말했다.

"그러고 보니 그 친구랑 네가 좀 닮은 데가 있네."

"그래요?"

샤오위가 웃었다.

"그러면 문제없네요. 린 사마, 나랑 같이 찾아요."

"이런 멍청이."

린마오슝은 희끗희끗한 귀밑머리를 긁으며 말했다.

"30년이나 지나서 만나도 못 알아볼 거야."

"문제없어요. 독한 마음 먹고 거리마다, 도시마다 찾아다니면 언 젠가는 찾을 수 있어요."

샤오위가 자신만만하게 말했다.

"진짜 애들 같은 얘기로군."

린마오슝이 설레설레 고개를 저으며 웃었다. 샤오위가 장어구이 한 점을 집어 린마오슝의 접시에 놓았다. 린마오슝이 그걸 먹더니 찬탄했다.

"이 집 구이요리가 확실히 괜찮군."

"도쿄에도 중국 식당이 아주 많다면서요."

"일본인들은 중화요리를 좋아해서 항상 중국 식당에서 손님 대접을 하거든. 일본에서 식당하면 돈이 잘 벌리지. 도쿄에 만주 황족이 운영하는 식당이 있는데 아주 으리으리해. 보통 사람은 갈 엄두도 못 내지. 수정계* 하나가 무려 3000위안이니까."

"린 사마, 제가 도쿄에 가면 중국 식당에서 일할 수 있나요?"

"요리는 할 줄 알고?"

"못하면 배우면 되지요."

"거기 식당은 요리사가 늘 모자라기는 해."

"그러면 어서 요리학원에 등록해 요리사 자격증을 딸게요."

샤오위가 웃으며 말했다.

"그따위 생각은 안 해도 돼."

양 사부가 말했다.

"린 사마가 일본으로 돌아갈 때 아예 너를 가마에 태워 모시고 갈 테니까. 린 사마, 최근 몇 년 사이에 도쿄도 꽤 화려해졌다던데요."

---

* 水晶鷄. 광둥의 요리로 찐 통닭을 투명하게 만들어 육질이 연하고 고소하다.

"도쿄는 더 몰라보게 바뀌었습니다."

린마오슝은 탄식했다.

"전쟁이 끝나고 우리가 갔을 때는 폭격으로 거의 폐허가 돼서 건물들이 막 지어지고 있었죠. 우리 사장은 안목이 있어서 가자마자 신주쿠 반슈초 일대에 땅을 사서 큰돈을 벌었습니다. 그분은 제 아내의 외삼촌으로 일본에서 우리를 맞이해 도움을 주셨습니다."

"반슈초에 이치반칸이라는 술집이 있고 거기 애들은 다 일본 옷을 입고 있지요."

샤오위가 또 끼어들어 말했다.

"그걸 어떻게 알았지?"

린마오슝이 의아해했다.

"이치반칸은 반슈초 75번지에 있고요."

샤오위가 헤헤 웃으며 말했다. 린마오슝은 그의 머리를 쓱 쓰다듬었다.

"이 녀석, 꼭 도쿄에 여러 번 가본 사람 같은데?"

"도쿄 지도책이 있거든요. 거리 이름을 다 외워서 가도 길 잃을 일은 없을 거예요. 언젠가 꼭 신주쿠 이치반칸으로 그 일본 옷 입은 애들을 보러 갈 거예요. 린 사마, 제가 일본 옷을 입어도 예쁠까요?"

"네가 일본 옷을 입으면 일본 인형 같을 거야."

"린 사마는 「호색일대남好色一代男」을 봤나요?"

샤오위가 물었다.

"시대극이고 컬러 영화예요."

"「호색일대남」?"

린마오슝이 미간을 찌푸리고 잠시 생각하다가 물었다.

"아주 옛날 영화인가본데?"

"이케베 료가 나와요. 거기서 그 배우가 하얀 비단 천에 검은 띠를 두른 일본 옷을 입고 나오는데 진짜 멋져요. 린 사마도 일본 옷이 있나요?"

"한 벌 있지. 집에서 입곤 해."

"무슨 색인데요?"

"회색."

"아, 저는 흰색이 좋아요. 나중에 저도 한 벌 살 거예요. 하지만 좋은 건 꽤 비싸다고 그러더라고요. 만약 제가 도쿄에서 일본 옷을 입었는데 거기 사람들이 정말 저를 일본 사람으로 보면 어쩌죠? 저는 일본어도 못하는데 말이에요. 딱 한 마디밖에 몰라요. 허리를 숙이고 '아리가토 고자이마쓰' 하는 거요. 사부님이 가르쳐주셨죠. 나한테 일본어 가르쳐줄 거죠, 린 사마?"

린마오슝이 미소 지으며 말했다.

"그건 네가 회사에서 얼마나 열심히 일하는가에 달렸어."

"진짜 죽어라 일해야겠네요."

샤오위도 웃으며 말했다.

나와 아슝 둘이서 요리 몇 접시를 소리 없이 거의 다 먹어치웠다. 아슝은 닭다리를 붙잡고 먹느라 두 손이 기름투성이였다. 닭다리를 다 먹고 손가락까지 싹싹 핥았다. 샤오위는 자기가 시킨 갑오징어구이를 두 젓가락밖에 안 먹었다. 나머지는 그가 말하는 틈을 타 내가 몰래 다 먹어치웠다. 여러 요리 중 갑오징어구이가 가장 맛있었다. 냄새도 좋고 바삭하기도 했다. 마지막에는 접시에 볶은 새우 한 마리만 남았는데, 나는 그것까지 젓가락으로 집어 머리부터 꼬리까지 통째로 삼켜버렸다. 식사를 마치고 사오싱주 두 병까지 다 비우고 나서야 우리는 헤어졌다.

14

"성 회장이 파티를 연대!"

발 없는 말이 천 리를 간다고 이 소식은 아침부터 시작돼 금세 타이베이시에 있는 우리의 은밀한 지하 국가의 구석구석으로 다 퍼졌다. 바더로에서 중산북로로, 중산북로에서 시먼딩으로, 시먼딩에서 단수이강을 넘어 산충진으로 전해진 뒤, 다시 돌아와 산수이가의 그 더럽고 냄새나는 골목에 닿았다. 대로에서, 골목에서, 예런 커피숍에서, 신난양극장의 뒷줄 의자에서, 물론 마지막에는 우리의 오래된 공원에서 모여 다들 회심의 미소를 지으며 서로 소식을 확인했다.

"성 회장이 또 파티를 연대."

"바더로 2블록이야."

"밤 10시라던데."

10시에 바더로 2블록의 어느 뒷골목에는 자전거와 오토바이가 가득 세워져 있었고 소형 승용차도 한두 대 있었다. 정원 딸린 성 회장의 이층 양옥집은 밖에서 보면 온통 컴컴했다. 현관 등조차 꺼져 있었다. 아래층과 위층의 문과 창도 모두 굳게 닫힌 채 커튼까지 쳐져 있었다. 모르는 사람이 보면 집 안 사람들이 불을 다 끈 채 편안히 쉬고 있다고 생각하기 쉬웠다. 조용하고 단정해 보이는 그 저택 안에서 지금 비밀 모임이 성황리에 열리고 있다고는 누구도 알아챌 리 없었다. 오직 거실에 가까이 가야만 안에 있는 사람들의 말소리와 웃음소리 그리고 은은한 관현악기 소리가 희미하게 들렸다. 거실 입구에는 끝이 뾰족하고 줄로 묶는 옛날 구두, 작은 구멍을 숭숭 뚫은 흰 구두, 아교 냄새가 나는 진흙투성이 운동화, 발이 훤히 드러나는 굽 높은 나막신까지 각양각색의 신발이 줄줄이 쌓여 있었다. 성 회장 집의 거실은 대단히 넓어서 40~50명은 너끈히 수용했지만, 그 안은 발 디딜 틈도 없이 사람들로 꽉 차 있었다. 그리고 거실 한가운데에서는 커다란 펜던트 등이 돌면서 빨간색, 초록색, 자주색 불빛으로 전축에서 흘러나오는 「쇄심화碎心花」의 탱고 리듬에 장단을 맞췄다. 그 바람에 넓은 거실은 현란한 물결과 일렁이는 파도로 가득한 거대한 수족관 같았다. 사람들은 몸과 얼굴이 빨개졌다 파래졌다 해서 꼭 화려한 색깔의 열대어들이 오색찬란한 물결 속을 오르락내리락하는 듯했다. 그들은 모두 목청 높여 소리 지르고, 웃고, 펄쩍펄쩍 뛰고 있었다. 하지만 누가 무슨 말을 하는지는 아무도 못 알아들었다. 거실의 2.5톤짜리 에어컨이 윙윙 풀가동되는 소리가 사람들의 말소리와 웃음소리를 억누르고 있었기 때문이다. 문과 창이 꽉 닫혀 있어 거실 안에는 온통 탁한 남자 냄새만 감돌았다.

　주인인 성 회장은 거실 한쪽 끝에 솟은 단상 위에 팔걸이 의자를 놓고 앉아 있었다. 거기서 한시도 가만있지 못하고 날뛰는 뜨거운 청춘의 육체들을 흥미롭게, 또 무기력하게 침침한 눈으로 내려다보고 있었다. 그가 입은 검은 비단 알로하셔츠는 오른쪽 가슴 주머니에 새빨간 해당화 한 송이가 수 놓였고 머리에 겨우 남은 한 줌의 머리칼은 한 올 한 올 잘 빗겨져 적당히 정수리를 덮고 있었다. 일 년 내내 류머티즘에 시달려 성 회장의 등은 활처럼 휘었고 등 뒤에 부드러운 비로드 방석을 두 장 받쳐야 했다. 그의 에버그린필름은 얼마 전 예술영화 「영혼과 육체」를 상영해 홍콩과 타이완을 뒤흔들고 최근 몇 년간의 박스 오피스 기록을 갱신했다. 이것이 기뻐 성 회장은 「영혼과 육체」의 성공을 경축하는 의미로 '파티'를 연 것이었다. 영화 주제가인 「쇄심화」도 큰 상을 받았다. 성 회장은 확실히 우리에게 각별했다. 아무 연고도 없는 우리에게 자주 술자리를 만들어주었으니 말이다. 우리가 신나게 먹고 마시는 중에 그가 끼어들어 우리 등을 토닥이며 "먹을 수 있을 만큼 실컷 먹으렴. 나는 이제 갈비도 못 뜯는단다"라고 말했다. 성 회장은 입안 가득 의치를 박아 새우살, 계란찜, 두부, 선지 같은 것밖에 못 먹었다. 그는 자신의 화려한 과거를 이야기하길 좋아했다. 옛날 상하이에서 톈이영화사*의 주요 배우로 있을 때 조연으로 쉬라이徐來, 왕런메이王人美와 함께 촬영한 적도 있다고 했다. 당시 스틸 사진을 그

---

* 天一影片公司. 1925년 사오쭈이웡邵醉翁 사형제가 상하이에서 설립한 상업영화사로 1937년까지 무성영화 60여 편, 유성영화 35편, 다큐멘터리 15편을 제작, 배급해 중국 상업 장편영화의 길을 개척했다.

가 꺼내 보여주면 우리는 와자하니 웃곤 했다. 그러면 그는 발끈해서 "왜 웃냐? 설마 이게 나라는 걸 못 믿는 게냐?"라고 소리쳤다. 우리는 정말로 사진 속의 그 젊고 잘생긴 남자가 추하고 구부정한 합죽이 노인이 된 게 믿어지지 않았다. 지난번 성 회장이 파티를 열었을 때는 다들 먹고 마신 뒤 삼삼오오 뿔뿔이 흩어졌다. 아무도 성 회장 곁에 남아서 밤새 같이 대추탕을 마시며 그의 옛날이야기를 들어주려 하지 않았다. 그때 텅 빈 거실에서 성 회장은 힘없이 의자에 앉아 있었다. 다탁 위에는 담배꽁초와 빈 맥주 깡통, 사탕 종이와 견과류 껍질이 산처럼 쌓여 있었다.

지금 성 회장이 돌연 감상에 젖어 눈물을 뚝뚝 흘리며 양 사부에게 말했다.

"이보게, 뚱보. 늙어서 자식이 없으니 아무래도 처량하군."

양 사부는 성 회장의 유일한 지기知己였다. 성 회장의 감회를 이해하는 사람은 오로지 그뿐이었다.

"그렇지 않아요, 회장님."

양 사부가 그를 위로했다.

"자식을 길러도 불효자면 다 헛수고라고요."

"저 애는 괜찮은 재목이군."

갑자기 성 회장이 양 사부에게 말했다. 양 사부는 노인의 침침한 눈이 무리 속에서 꼭 끼는 빨간색 셔츠를 입은 소년에게 향해 있는 것을 보았다. 소년은 몸매가 멋졌다. 다리는 길고 허리는 가늘었으며 역삼각형 상체에 근육질의 가슴이 불거져 있었다. 소년은 머리를 치켜들고 좌우를 두리번거렸다. 안하무인의 도도한 표정이 웃는 듯 마는 듯하게 위로 치켜올려진 입가에서 두드러져 보였다. 성

회장은 사람을 볼 줄 알았다. 「영혼과 육체」의 남자 주인공 린톈林
天도 그가 발탁해 단숨에 스타덤에 올랐다.

"화궈바오華國寶로군요."

양 사부는 부채로 그 빨간 옷의 소년을 가리키고는 고개를 기울
여 성 회장의 귓가에 대고 그 소년의 이력을 설명했다.

"저 애는 헬스클럽을 다니며 만든 근육을 온종일 과시하고 다니
죠. 예술전문학교를 일 년 다닌 걸로 자기가 무슨 은막의 스타인
줄 알아요. 한마디로 겉만 미끈하지 경박하기 짝이 없는 녀석이죠.
하지만 꽤 똘똘하고 재주도 있어서 재목인 게 맞기는 해요. 그런데
저기 보이세요? 쟤를 졸졸 따라다니는 베레모 쓴 사람 있잖아요.
그가 누군 줄 아세요? 양핑이에요! 「비정성시」「쓰라린 마음心酸酸」
같은 옛날 타이완어 영화의 한물간 스타 말이에요. 그는 마치 그림
자처럼 온종일 화궈바오 곁을 떠나지 않아요. 지난 2년간 양핑은
쟤 때문에 마음이 너덜너덜해졌을 거예요. 먹을 것도 주고, 살 곳
도 주고, 공부까지 시켜줬죠. 그런데도 화궈바오는 쌀쌀맞게 '이런
건 나한테 아무것도 아니에요'라고 말했죠."

쥐는 무리 속을 왔다갔다하다가 사람들이 못 본 틈을 타 다탁 위
에서 아직 안 뜯은 창서우* 담배 한 갑을 낚아채 바지 뒷주머니에
쑤셔넣었다. 그리고 다시 대리석을 깐 대형 탁자 옆으로 비집고 들
어가 붉은 사탕 상자에서 금종이, 은종이로 싼 초콜릿을 한 움큼
집어 가슴 주머니에 넣으려다 쥐바오편 식당의 루 주방장에게 손
목을 잡혔다. 쥐는 싯누런 치아를 드러내며 겸연쩍게 웃었다.

---

*長壽. 타이완의 대표적인 국산 담배 브랜드.

"사탕 좀 드실래요?"

뚱뚱한 루 주방장이 환희불처럼 웃으며 큰 배로 쥐의 가슴을 떠밀었다.

"난 사탕 싫어. 네 뼈다귀를 씹어 먹을래."

우민은 더 창백해진 얼굴로 거실 한쪽 구석에 처박힌 채 '卍' 자 모양의 흑단黑檀 병풍 뒤에 숨어 손수건으로 이마의 식은땀을 닦았다. 왼손의 붕대는 이미 풀어버렸지만 하얀 자국이 수갑처럼 손목에 남아 있었다. 방금 전 장 선생이 안에 들어왔다. 말쑥한 하늘색 여름 양복 차림의 그는 머리를 기름으로 빈틈없이 쓰다듬어 붙이고 아래턱은 새파랗게 면도를 했다. 그의 오른쪽 입가에 칼자국처럼 깊이 새겨진 주름살이 빨갛고 파란 불빛 아래에서 마치 잔인한 미소처럼 보였다. 그의 뒤에는 샤오친콰이가 있었다. 짙은 눈썹에 부리부리한 눈을 가진 그는 어린 물소처럼 건장했고 사람들을 보자마자 두꺼운 입술을 벌려 득의양양하게 웃으며 말했다.

"우리는 화성華聲극장에서 「영혼과 육체」를 보고 오는 길이야."

심장과 의사로 이름난 스史 선생이 산수이가의 어린 건달 화쯔花仔의 가슴을 쿡쿡 누르며 말했다.

"화쯔, 너는 심장이 삐뚤어졌네. 어쩐지 성격도 삐뚤어졌더라니."

스 선생은 늘 우리를 자신의 융러永樂의원으로 불러 건강검진을 해줬다. 무료 진료를 해주면서 오레오마이신까지 선물했다. 스 선생의 병원에는 누가 증정한 '인자한 마음, 인자한 의술仁心仁術'이라는 액자가 걸려 있었다. 그는 확실히 인자한 의사였다. 우리의 건강을 신경 써주고 자주 위생 지식도 가르쳐주었다.

테뉴는 두 손을 허리에 얹고 가슴을 편 채 우뚝 서 있었다. 억센 머리칼이 성이라도 난 듯이 한 올 한 올 뻗쳐 있었다. 검정 범포로 지은 통 좁은 바지가 다리의 울퉁불퉁한 근육을 꽉 조였고 허리띠를 안 매서 바지가 조금 흘러내려와 있었다. 그야말로 온몸에서 야만적인 남성미가 물씬 풍겼다. 예술 대가는 자기가 테뉴의 몸에서 마침내 이 타이완섬의 원시적인 생명을 찾았다고, 그것은 이 섬의 태풍과 해일처럼 위협적인 자연미라고 말했다. 그리고 테뉴의 초상화를 여러 장 그리고서 그것들이 자신의 진정한 걸작이라고 말하기도 했다. 예술 대가는 이날 파티에 온 대학생들을 경멸하며 "문명과 교육이 저들의 생명력을 훼손했어"라고 하면서 "저들이 뭘 닮았는지 알아? 바로 플라스틱 꽃이야"라고 조소했다. 하지만 그 대학생들은 자기네끼리 작은 무리를 이루고 영어 섞인 대화를 나누면서 우쭐대며 탱고 스텝을 밟고 있었다.

문과 창이 꽉 닫히고 커튼이 드리워진 채 에어컨이 굉음을 내며 돌아가는 성 회장의 그 거실에서 우리는 껑충껑충 뛰며 점점 더 자유분방하고 대담해졌다. 모두 과장스레 웃고 소리 지르며 바깥의 합법적인 세계를 향해 도전하고, 보복하고 있는 듯했다. 빨갛고 파랗게 돌아가는 불빛 아래, 성 회장의 늙고 무기력한 얼굴과 양평의 구슬픈 얼굴과 화궈바오의 오만한 얼굴과 우민의 창백한 얼굴과 장 선생의 잔인한 미소가 어린 얼굴이 보였다. 그 늙고, 젊고, 아름답고, 추한 얼굴들에는 뭔가 빠진 것처럼 애매한 표정이 가득했다. 마치 어둡고 또 어두운 고통을, 일 년 내내 피만 흐르고 딱지가 지지 않는 마음을 숨기려는 듯했다. 돌아가는 불빛 아래, 이마가 넓고 턱이 갸름한 고동색 얼굴도 보였다. 내 앞에 선 그는 아랫

배가 철판처럼 단단한 고등학교 체육 교사로 맨 처음 나를 야오타 이여관에 데려간 사람이었다. 그가 나를 향해 근육이 울퉁불퉁한 팔을 뻗었다. 돌아가는 불빛 아래, 몇 사람의 손도 보였다. 중상을 입고 흰 붕대를 감았던 우민의 손, 담뱃불에 화상을 입고 물집이 생긴 쥐의 손, 화궈바오를 향해 뻗으려다 고통스럽게 움츠리고 만 양평의 손……. 이 붐비고 폐쇄된 작은 세계에서 우리는 각자 갈 망과 절망의 손을 내밀고 마치 상대방의 육체에서 한 움큼의 보상 을 취하려는 듯 서로를 사납게 쥐고, 할퀴고, 잡아당겼다. 체육 교 사의 손이 내 오른쪽 손목을 단단히 움켜쥐는 바람에 나는 손뼈가 눌려 시큰거렸다. 간절히 나를 바라보는 그의 실핏줄 가득한 눈 속 에는 내게 토해내려는 숱한 말이 담겨 있는 듯했다. 나는 그의 숨 결에서 술 냄새를 맡았다. 그는 또 취해 있었다. 꼬부라진 혀로 자 신의 슬픈 역사를 죄다 털어놓은 그날 밤처럼. 그 거구의 북방 사 나이는 상대가 어찌할 바를 모를 만큼 목 놓아 울곤 했다. 나는 무 척 난처했다. 그 고동색의 취한 얼굴에 눈물이 줄줄 흐른다면 차마 봐줄 엄두가 나지 않았다. 인파 속에서 살과 살이 마주치는 가운데 나는 무턱대고 껑충껑충 뛰고 있었다. 돌연 알 수 없는 비애가 밀 려와 천근 같은 무게로 온몸을 내리눌렀다. 마치 거실 안에서 산소 가 갑자기 빠져나간 것처럼 명치께가 답답하고 숨이 막혔다. 나는 체육 교사의 족쇄 같은 손을 힘껏 뿌리치고 사람들을 밀어 헤치며 거실 밖으로 달아났다. 거실 입구에서 아무렇게나 쌓인 신발 더미 를 뒤져 징이 박힌 내 가죽 부츠를 찾아냈다.

15

　자정이 되자 공원의 후텁지근한 공기가 조금 시원해졌고 녹나무 숲이 머리와 가슴속에 스며드는 알싸한 향기를 뿜어냈다. 음력 15일의 달보다 조금 침침한 17일의 달이 가장 높은 대왕야자의 꼭대기에 걸려, 다 타서 곧 재가 될 알탄처럼 발갛게 빛나고 있었다. 사방이 온통 고요한 가운데 연못가 계단 위에서만 외로운 발걸음 소리가 뚜벅뚜벅 초조하고 절박하게 울리며 멀어지다가 갑자기 또 가까워졌다. 그의 야위고 껑충한 그림자가 왔다갔다하고 있었다. 계단 이쪽 끝에서 저쪽 끝까지 쉬지 않고 배회하며 주저하고 있었다. 나와 얼굴을 마주치고 나서야 그는 우뚝 걸음을 멈추고 그 갈퀴 같은 두 팔을 내 어깨 위에 올리고서 형형한 두 눈으로 나를 주시했다. 원시림 속 도깨비불처럼 약동하는 눈빛이었다.

　"계속 너를 찾아다녔어, 아칭. 아주 오래 찾았다고."

16

"그 사람들은 내가 그 애를 죽였다고 하지?"

어둠 속에서 왕쿠이룽의 목소리가 울렸다. 마치 땅속 샘물 속에 숨어 있다가 다시 콸콸 솟구쳐 오른 것 같았다.

"내가 죽인 건 아펑이 아니야, 아칭. 내가 죽인 건 나 자신이야. 그 칼은 정확히 내 마음을 찔렀고 그렇게 나는 죽었어. 그리고 오랜 세월 죽어 있었지."

우리 두 사람은 서로 어깨를 기대고 시원한 등나무 돗자리가 깔린 소파 침대 위에 누워 있었다. 난징동로 3블록의 어느 골목 끝, 일제강점기에 지어진 왕쿠이룽 아버지의 오래된 관저에서 우리는 후원과 맞닿아 있는 왕쿠이룽의 옛날 침실 안에 누워 있었다. 침대 다리 밑에서 냄새가 짙은 모기향이 타올랐다. 모기향의 연기가 모락모락 솟아올랐고 침대맡의 그물창 바깥에서는 파초의 넓은 잎들이 들쑥날쑥한 검은 그림자를 접었다 폈다 했다. 또 마당에서 여름

벌레의 울음소리가 가늘게 떨리며 짧거나 길게 들려왔다.

"여러 해 동안 나는 뉴욕 맨해튼 센트럴파크의 대각선 건너편, 72번가의 한 아파트 건물 다락방에서 햇빛 볼 일 없는 외톨이로 살았지. 낮에는 브로드웨이의 어느 지하 술집에 숨어 아르바이트로 용돈을 벌었거든. 깊은 밤, 아주 깊은 밤에만 밖에 얼굴을 내밀고 맨해튼의 그 한적하고 불빛 찬란한 거리를 쏘다녔지. 42번가에서 8번가까지 그냥 쭉 걸었어. 두 다리가 시큰거려 더 안 움직일 때까지. 그렇게 워싱턴 광장 분수대 앞에 닿으면 주저앉았어. 거기서 해가 밝을 때까지 주저앉아 있었지. 때로는 지하철을 타기도 했어. 뉴욕의 지하는 아주 거미줄 같아서 노선을 갈아타면 방향을 완전히 잃을 때쯤 돼서야 지하에서 올라가 전혀 모르는 암흑 지대에 발을 디디게 되지. 그래서 검은 그림자들이 휙휙 스치는 빌딩들 한가운데에서 무작정 헤매게 돼. 한번은 자정에 할렘의 흑인 거주지에 뛰어든 적이 있어. 그해 여름은 흑인 폭동이 일어나서 밤마다 경찰과 흑인의 충돌이 있었어. 그날 밤 나도 시커먼 사람들 속에 끼어 경찰을 때리고 경찰차를 쫓다가 구치소에 잡혀갔지. 하지만 그때 나는 무서움이란 걸 몰랐어. 왜냐하면 아무 감각도 못 느꼈기 때문이야."

"비바람이 치는 밤, 강가 공원의 커다란 느릅나무 밑에 서 있다가 잎과 가지 사이로 떨어지는 빗물에 온몸이 흠뻑 젖은 적이 있어. 발이 진창에 빠져서 진흙이 신발 속에 들어오고 두 다리가 꽁꽁 얼어 마비됐지. 나는 멀리서 워싱턴 대교가 비바람 속에 불빛을 반짝이는 걸 보고 있었어. 어떤 사람이 내 발치에서 무릎 꿇고 내 몸을 깨무는 것도 까맣게 잊고서 말이야. 또 큰눈이 내리는 겨울밤, 타임스퀘어의 포르노 전용 심야극장에서 맨 뒷줄에 앉아 곯아떨어진 적이 있어. 깨어났을 때는 아마 새벽이었을 텐데 크고 어두운 극장 안에 나 혼자만 앉아 있었어. 대형 스크린에서 벌거벗은 몸뚱이가 꿈틀거리고 있었지만 아무것도 눈에 들어오지 않았지. 시계를 보려고 고개를 숙였는데 타이완에서 대학에 합격했을 때 아버지가 기념으로 사준 롤렉스가 손목에서 감쪽같이 사라진 거야. 어느새 누가 풀어서 가져가버린 거지. 그 시절 나는 뉴욕의 거리를 헤매면서 아마 스테이크를 수백 장은 먹었을 거야. 그런데 스테이크가 무슨 맛인지 줄곧 몰랐어. 미각을 잃어서 뭘 먹어도 톱밥 같았지. 한번은 그리니치 빌리지에서 스테이크를 시켜 먹다가 혀끝을 깨물어 살점이 떨어졌어. 입속에서 피가 나는데도 나는 전혀 모르고 내 살과 스테이크를 함께 배 속에 넣었지. 그러던 어느 날 갑자기 감각을 회복했어."

"그때는 크리스마스이브였어. 뉴욕 대로의 크리스마스 트리마다 빨갛고 파란 색등이 밝혀지고 여기저기서 「고요한 밤, 거룩한 밤」을 부르고 있었지. 그날 저녁엔 눈이 일찍 와서 6시쯤에 맨해튼은 이미 하얗게 변했고 사람들은 가족과 함께 집 안에 모여 크리스마스 만찬을 시작했어. 나도 한 무리의 사람들을 따라 크리스마스 만찬을 먹고 있었지. 우리는 모두 100명이 넘었어. 온몸이 빈 가죽주머니처럼 늘어진 60, 70세 노인도 있었고 팔다리가 매끈하고 팽팽한 십대 청소년도 있었어. 피부가 하얗고, 까맣고, 노랗고, 갈색인 사람들이 그 크리스마스이브에 각지에서 22번가로 달려와 낡고 시커먼 건물 안에 숨어들었지. 수증기가 뿌연 여러 밀실 안에서 우리는 발가벗은 채 함께 둘러앉아 식사를 즐겼어. 모두 조용히, 하지만 열광적으로 서로의 육체를 집어삼켰지. 미궁 같은 그 3층짜리 터키식 사우나를 나와 거리에 나섰더니 바깥이 벌써 환하게 밝아오더라고. 눈송이가 찬바람에 어지러이 날려 온 천지를 새하얗게 만들었고. 나는 지하철을 타고 돌아와 센트럴파크 문 앞을 지나가고 있었어. 이때 갑자기 안쪽 수풀 속에서 검은 그림자가 나타나 내 뒤를 바짝 따라오는 거야. 보통은 여름밤에나 센트럴파크 일대의 나무 그늘 밑에서 사람 그림자가 출몰해 쫓고 쫓기는 일이 생기곤 했어. 하지만 겨울밤에도 이따금 외로운 영혼이 남아 새벽까지 차가운 바람 속에서 헤매곤 했지. 그날 나는 지칠 대로 지쳐 온몸이 무감각해진 상태였어. 그래서 걸음을 빨리해 72번가 쪽으로 걸어갔지. 아파트 입구에 닿았을 때 내 뒤를 따라오던 그 사람이 가까이 다가와 떨리는 목소리로 말했어. '선생님, 잔돈 좀 없으세요? 배가 고파요'라고 말이야. 뒤를 돌아보니 뜻밖에도 열 몇 살 된 어린애였어. 그 애는 망토 달린 검정 외투를 뒤집어쓰고 있었어. 망토로 얼굴을 반쯤 가린 채 구부정하게 서서 바들바들 떨고 있었지. 내가 위층에 핫초코가 있다고 하니까 바로 따라오더군. 방에 들어가서 그 애가 외투를 벗었는데 안에 꼭 끼는 붉은색 셔츠 한 장만 달랑 입었더라고. 몸은 비쩍 말랐고 말이야. 또 까맣고 굽슬굽슬한 머리칼이 눈썹 위로 덥수룩했고 이상할 만큼 커다란 검은색 눈이 연약하고 창백한 얼굴 깊숙이 박혀 빛을 발했어. 내가 핫초코를 타서 갖다줬더니 그 애는 두 손으로 잔을 들고 뜨겁지도 않은지 꿀꺽꿀꺽 단숨에 다 비워버렸어. 그제야 창백하게 얼었던 얼굴에 조금씩 혈색이 돌아오더군. 그 애는 내 침대 가장자리에 앉아 큰 눈으로 나를 보면서 뭔가를 기대하고 있었어. 나는 그런 아이들이 뭘 원하는지 모르지 않았어. 20달러, 30달러, 일주일 치 식비, 일주일 치 방값이었지. 나는 다가가서 그 애의 옷을 벗기려 했어. 되도록 빨리 그 애를 보내고 잠을 청할 생각이었지. 그런데 내 손가락이 자기 가슴을 찌르기 직전, 그 애가 갑자기 꺅 소리를 질렀어. 내가 얼른 손을 움츠리자 고개를 들고 미안해하며 웃기는 했지만, 눈썹이 잔뜩 찌푸려져 있고 눈빛도 고통스러워 흔들리고 있었지. 그 애는 자기가 알아서 천천히 셔츠를 벗고 상반신을 보여줬어. 앙상하고 창백한 그 애의 가슴에 가로로 쭉쭉 상처가 나 있었어. 손가락 굵기로 어떤 것은 파란색, 어떤 것은 빨간색이었고 상처가 교차하는 곳에는 술잔 크기의 상처가 명치 쪽으로 생겨 있었지. 상처들은 벌어지고 염증이 나서 빨갛게 부풀어 오르는가 하면 누런 고름이 흘렀어. 아이가 그러더군. 며칠 전 밤 공원에서 가죽 재킷 차림에 오토바이를 타고 혁대에 열쇠를 주렁주렁 매단 사디스트 남자를 만났다고. 그 남자는 그 애를 데려가 쇠사슬로 묶고서 채찍으로 때리며 개처럼 바닥을 기게 했어. '너무 꽉 묶어서 까진 거예요'라고 아이는 가슴의 그 술잔만 한 상처를 가리키며 말했어. 그 애 입가에는 내내 미안해하는 미소가 걸려 있었고. 그 순간, 바로 그 순간, 별안간 그 애 가슴의 선홍색 상처에서 그 칼이, 아평의 명치를 정확히 찔렀던 그 칼이 보였어. 아평은 땅바닥에 쓰러져 온몸이 피투성이가 되어서도 나를 바라보고 있었지. 아파서 마구 흔들리는 큰 두 눈으로 말이야. 하지만 그의 떨리는 입가에도 그런, 어쩔 수 없었다는 듯이 미안해하는 미소가 걸려 있었어. 여러 해 동안 나는 완전히 기억을 잃고 지각도 잃어버린 상태였지. 그런데 그 순간, 바로 그 순간, 나는 고압 전류에 감전된 듯 가슴에서 극심한 고통을 느꼈고 너무 아파서 눈앞이 컴컴해지며 별이 보였어. 나는 그 아이의 차가운 두 손을 붙잡고 손바닥으로 있는 힘껏 비볐어. 또 그 애 앞에 무릎을 꿇은 채 더럽고 진흙투성이인 부츠를 벗기고 꽁 꽁 언 두 발을 품에 안았지. 그리고 따뜻해질 때까지 계속 발등 위에 뺨을 문질렀어. 그 애는 나 때문에 어쩔할 바를 몰랐지. 나는 그 애가 괜찮다고 하는데도 또 그 애를 안아 침대 위에 누이고 옷을 다 벗긴 뒤, 과산화수소수를 가져와 솜에 찍어 가슴의 상처들을 살 살 씻어주었어. 그러고 나서 두꺼운 담요를 그 애 몸에 덮어주었 고. 나는 그 애 머리 쪽의 방바닥에 앉아 그 애가 눈을 감고 피곤해 잠들 때까지 지켜주었어. 그러고는 일어나 창가로 가서 대각선 건 너편 센트럴파크의 나무와 땅이 희디흰 눈에 덮여 있는 것을 보았 지. 막 떠오른 태양이 눈부시게 그 위를 비추더군. 나는 창가에 우 뚝 서 있었어. 온몸의 피가 펄펄 끓고 얼굴이 바늘에 찔린 것처럼 뜨겁게 달아올랐지. 과거의 일들이 한 장면, 한 장면 만화경처럼 맞춰져갔어. 얼핏 눈을 치켜뜨자 창문 유리에 해골 같은 사람이 비 치더군. 그건 몇 년 만에 처음 본 나 자신이었지."

"그 아이는 내 집에서 석 달 넘게 살았어. 그 애 이름은 크리스였 지. 푸에르토리코인이었고 산후안에서 왔다고 했어. 영어가 엉망 에 스페인어가 잔뜩 섞여 있었고. 그 애가 말했어. 3년 전 온 가족 이 뉴욕으로 이주해왔는데 아버지는 가족을 부양하기 싫어 도망치 고 어머니는 미쳐서 시립정신병원에 갔혔다고. 어느 날 둘이 이스 트 강변을 걸을 때 크리스는 건너편 기슭에 솟은 반도를 가리켰어. 반도 꼭대기에 커다란 붉은 벽돌 건물이 있었는데 사방에 철조망 이 높게 둘러쳐져 있더군. '저 안에 우리 엄마가 갇혀 있어요'라고 그 애는 말했어. 그 애는 뉴욕 거리를 벌써 1년 넘게 떠돌면서 희한한 사람들을 무수히 만났고 온몸에 악성 질병을 옮기도 했다더군. 그 애 생식기에 올록볼록 빨간 반점이 올라오길래 병원에 데려갔더니 매독이 2기였어. 주사를 많이 맞혔지. 그 애 속옷에 노랗고 탁한 고름이 늘 묻어나와서 밤마다 갈아입게 하고 물에 소독약을 풀어 깨끗이 빨아주기도 했고. 그리고 내 싱글 침대가 좁아서 밤에 함께 누웠을 때 내가 몸을 돌리면 내 팔꿈치가 가슴의 상처에 닿아 그 애가 아파서 잠을 깨곤 했어. 그러면 나는 침대를 양보하고 바닥에 누워 잠을 청했지. 어둠 속에서 깊이 잠든 그 애의 고른 숨소리가 들렸어. 석 달 넘게 나는 매일 그 애에게 달걀과 우유 그리고 딸기 아이스크림을 먹였지. 크리스는 말랐는데도 식사량은 놀랄만큼 많았어. 매일 딸기 아이스크림을 작은 통으로 하나씩 먹었으니까. 그 애는 점점 볼에 살이 올랐고 쇠사슬에 죄여 까진 상처들도 천천히 아물어 빨간 흔적만 남았지. 어느 날 크리스는 엄마한테 병문안을 다녀오겠다고 했어. 하지만 가서는 다시는 돌아오지 않았지."

"하지만 크리스가 실종됐어도 뉴욕 맨해튼의 그 바둑판 같은 거리거리에는 수천수만의 크리스 같은 아이들이 더 있었고 그들은 밤낮으로 유랑하고, 도망치고, 병에 감염되고, 공원에서 사람들에게 갈기갈기 찢기고 있었어. 그들은 그렇게나 많이, 그렇게나 많이 미국의 각 대도시와 작은 마을에서 찾아오고 또 떠났지. 때로는 센트럴파크의 숲속에서, 때로는 지하철역 화장실에서, 때로는 42번가의 네온등 아래에서 나는 반짝이는 두 눈을 보곤 했어. 그건 아평의 눈, 고통으로 흔들리는 커다란 눈이었지. 그러면 나는 못 참고 손을 뻗어 그 아이의 뺨을 어루만지며 '배고프니?' 하고 묻곤 했어. 어느 날 밤에는 열서너 살 된 유대인 아이를 집에 데려왔지. 그 애는 공원 밖 인도의 긴 나무 의자에 웅크리고 누워 잠자고 있었지. 나는 내 침대를 그 애에게 양보했어. 그런데 그 애가 날이 밝기도 전에 일어나 내 물건을 뒤지는 거야. 나는 그 애가 내 바지 주머니에서 지갑을 꺼내고 그 김에 선글라스까지 챙기는 것을 묵묵히 지켜보았어. 또 한번은 배고픔에 떠는 이탈리아 아이를 데려와 마카로니를 삶아 먹였어. 그런데 다 먹고 나서 그 애가 갑자기 잭나이프를 꺼내들고 돈을 요구하는 거 아니겠어? 그날 마침 현금이 똑 떨어졌는데 말이야. 그 애는 내가 거짓말하는 줄 알고 발끈해서 내 가슴에 칼을 찔렀어. 다행히 비뚜름히 찔러 급소는 비켜갔지. 나는 바닥에 쓰러졌고 누구한테 도움을 청하지도 못해 피가 계속 재킷 밖으로 스며나왔어. 내 피가 뚝뚝 바닥에 떨어지는 소리를 들으면서 천천히 의식을 잃었지. 이튿날 집주인 아주머니가 응급차를 불러 나를 실어가게 했고 거기서 꼬박 일주일간 2000cc나 수혈을 받았어. 그런데 몸은 허약해졌어도 이상하게 감각은 무서울 정도로 민감해졌지. 마치 말초신경이 전부 열린 것처럼 건드리기만 해도 아팠어. 퇴원한 날은 일요일이었고 오후에 병원을 나섰지. 83번가 근처 공원에서 벽에 기대어 앉아 있는 백발의 눈먼 흑인 거지를 보았어. 눈을 깜박이는데 흰자위가 온통 청색이더군. 낡은 아코디언을 켜고 있었지. 어떻게 생겼는지 모를 정도로 주름이 가득한 그의 얼굴을 겨울의 석양이 붉게 비쳤어. 그는 마침 흑인 영가「고잉 홈」을 켜고 있더라고. 아코디언 소리가 차가운 저녁 바람 속에 가늘게 흔들렸지. 나는 석양을 등진 채 내 그림자를 밟으며 걷고 또 걸었어. 갑자기 마음속에서 강한 욕망이 불끈 솟아올랐어. 나도 집에 돌아가야겠다고. 타이베이에, 신공원에, 그 연못가에 다시 돌아가야겠다는 생각이 들었어. 하지만 2년을 더 기다려야 했지. 2년 뒤에야 비로소 아버지가 돌아가셨거든."

끝없이 흘러나오던 왕쿠이룽의 목소리가 돌연 뚝 끊겼다. 창밖의 검붉은 달이 어느새 커다란 파초 잎들 위까지 가라앉아 있었다. 나는 눈이 시어 천천히 눈을 감았다. 그리고 깨어나 보니 이미 그 물창으로 어슴푸레 서광이 비쳐들었다. 나는 숨 쉬기가 곤란했다. 육중한 쇠기둥에 깔린 듯한 느낌이었다. 알고 보니 왕쿠이룽의 갈퀴 같은 팔뚝이 딱 내 명치 위에 올려져 있었다.

"무슨 색깔 셔츠를 좋아해, 아칭?"

나를 집에 데려왔을 때 왕쿠이룽이 물었다.

"남색이요."

"내일 시먼딩에 가서 한 벌 사줄게."

그는 내가 벗은 셔츠를 문고리에 걸었다. 내 셔츠의 오른쪽 팔꿈치 부분에 큼지막한 구멍이 뚫려 있었다.

왕쿠이룽은 자기 아버지의 그 오래된 관저에 이사 와서 같이 살자고 권했다.

"내게 다시 기회를 줘. 너를 보살펴줄게."

그는 어둠 속에서 조용히 애걸했다. 나 역시 그런 눈빛을, 고통에 흔들리는 눈빛을 갖고 있으며 자기는 첫날 밤 공원에서 바로 알아봤다고 말했다. 그는 크고 깡마른 손을 뻗어 계속 내 머리칼을 쓰다듬었다. 집을 나온 지 석 달 넘게 수시로 끼니를 거르고 밤낮이 바뀐 유랑생활을 하면서 여러 차례 한밤중에 놀라 깨어나곤 했다. 한 번은 터미널의 싸구려 여관에서, 한 번은 완화의 어느 더럽고 무더운 다락방에 놓인 낯선 이의 침대 위에서, 그리고 또 한 번은 공원의 박물관 앞 돌계단 위에서 눈을 떴고 그때마다 오래 머무를 수 있는 거처가 있기를 애타게 바랐다. 하지만 정작 누가 받아주겠다고 하면 핑계를 대고 몰래 내뺐다. 공원에 나온 지 겨우 일주일 만에 나는 마음씨 좋은 한 사람을 만났다. 성이 옌嚴씨인 그 중년 남자는 시먼딩의 인마처銀馬車 카페에서 지배인으로 일했다. 그는 나를 카페에 소개해 종업원으로 쓰면서 진화가金華街에 있는 아파트에 묵게 해줬다. 그러면서 내게 "처음 가출했을 때는 도움이 필요해. 까딱 잘못했다가 돌이킬 수 없게 돼버리거든"이라고 말했다. 나는 인마처의 눈처럼 하얗고 깔끔한 유니폼을 입고 커피, 홍차, 쏸메이탕,* 망고아이스크림을 들고서 시먼딩에 쇼핑과 영화 관람을 하러 온 손님들 사이를 하루 10시간씩 누볐다. 그러다가 네 번째 날 저녁, 화장실에서 몰래 유니폼을 벗고 내 옷으로 갈아입은 뒤, 아무도 안 보는 틈을 타 뒷문으로 빠져나왔다. 나는 중화로에서 샤오난문小南門을 향해 계속 달렸다. 달릴수록 속도가 빨라졌고 단숨에 공원에 도착해 연못가 돌계단 위로 뛰어 올라갔다.

별안간 도망치고 싶다는 생각이 들었다. 왕쿠이룽 아버지의 그 오래된 관저에서 도망치고 싶었다. 얼마 전 신난양극장에서 서부 영화 한 편을 봤는데, 계곡에서 강도질을 하는 한 형제의 이야기였다. 형 역할은 헨리 폰다가 맡았다. 두 사람은 평생 나쁜 짓만 하다가 결국 군대에 쫓기고 형이 유사에 빠지는 바람에 동생이 구해주

---

*酸梅湯. 매실, 계화꽃, 얼음, 설탕으로 만든 청량음료.

려 손을 뻗었다가 함께 유사 속으로 빨려들어간다. 두 사람은 허우적대며 천천히 땅속으로 가라앉았고 마지막에는 손만 남아 필사적으로 모래를 움켜잡는다. 나는 살며시 왕쿠이룽의 팔을 내 가슴에서 떼어냈다. 그의 갈퀴 같은 팔은 내 명치 위에서 아래로 가라앉는 듯 너무나 무거웠다. 그것은 서부영화에서 강도 형이 필사적으로 내민 손 같았다. 그 손을 잡으면 함께 유사 속에 빨려들어갈 것만 같았다. 나는 조용히 침대에서 내려와 내 구멍 뚫린 셔츠를 입고 밖으로 나갔다. 바깥의 철제 솟을대문은 잠겨 있었고 문 위로 10센티미터 길이의 검은 꼬챙이들이 솟아 있었다. 나는 그것을 넘느라 꽤 애를 먹었다. 종아리를 찔려 피가 나기까지 했다.

17

오후 3시의 타이베이시는 올데갈데없는 비루먹은 개가 길게 혀를 늘어뜨리고 필사적으로 헐떡이고 있는 듯했다. 내리쬐는 햇볕에 머리 가죽이 다 화끈거릴 정도였다. 나는 쥐를 만나러 로터리의 장산 빌딩에 갔다. 성 회장의 파티에서 만났을 때 쥐는 신난양극장에서 「교수목」을 보여주겠다고 약속했다. 며칠 전 고객을 한 명 낚아 무척 의기양양한 상태였다. 그는 자기 형인 까마귀의 집에 살았다. 그 집은 완샹위 카바레가 있는 장산 빌딩의 뒤편 건물에 있었고 또 그 건물은 완샹위의 늙은 마담 천주메이陳朱妹가 주인이었다. 완샹위는 호스티스들이 낮잠을 자고 있어서 룸들이 전부 컴컴한 동굴 같았다. 하지만 그중 몇몇은 커튼을 치지 않아, 안쪽 침대에 누워 있는 누르스름한 살덩이들이 희미하게 보였다. 그 호스티스들은 더워서 전부 겉옷을 벗고 브래지어와 팬티만 입고 있었으므로 탁한 화장품 냄새와 살 냄새가 풍겨나왔다. 나는 복도를 통과

해 뒷마당으로 나간 뒤, 건물 밑에서 휘파람을 불었다. 두 번은 짧게, 한 번은 길게. 이것은 나와 쥐, 샤오위, 우민 네 사람만의 암호였다. 건물 위에서 창문이 열리더니 작은 머리 하나가 나왔다. 쥐가 실눈을 뜨고 웃으며 입을 헤벌렸다. 그리고 살그머니 뒤를 돌아보고는 내게 손을 흔들어 올라오라고 했다. 나는 몹시 길고 좁으며 또 어둡고 가파르기까지 한 계단을 올라갔지만 위의 건물 문은 굳게 닫혀 있었다. 이내 끼익 문틈이 벌어지더니 안에서 누군가의 사나운 목소리가 들렸다.

"누구야?"

바로 까마귀의 목소리였다.

"괜찮아, 아칭이야."

쥐가 답하고서 나를 보며 혀를 내둘렀다. 그는 웃통을 벗은 채 누르스름한 광목 반바지만 입고 있었다. 허리띠가 유난히 길어서 한 번 나비매듭을 묶었는데도 한쪽 끝이 무릎까지 내려와 흔들거렸다.

알고 보니 안에서 파이주* 노름이 벌어지고 있었다. 테이블 하나에 남녀 합해 여덟아홉 명이 빽빽이 둘러앉아 있었다. 문과 창을 모두 물샐틈없이 닫고 대나무 발을 친 뒤 불을 켰으며 키 큰 선풍기 두 대를 반대편에 세워 회전하며 작동하게 했다. 그들은 하나같이 담배를 피우고 있어서 방 안에 연기가 자욱했다. 천주메이가 마침 선을 잡고 드르륵드르륵 힘껏 골패를 섞고 있었다. 비대한 몸집

---

* 牌九. 나무, 뼈, 상아 등으로 만든 납작하고 네모난 32장의 패에 여러 숫자의 구멍을 판 도구로 여러 명이 벌이는 전통 게임.

의 그녀는 삼베로 지은 민소매 티 한 장만 달랑 걸치고 있어서 커다란 두 유방이 테이블 위에 축 늘어졌고 두 팔뚝은 시커멓고 굵었다. 그리고 까마반드르한 머리칼을 정수리 위에 꽈배기 모양으로 틀어올려 두꺼운 금제 머리집게를 채웠고 왼쪽 살적에는 색 바랜 목련꽃 머리핀을 주르르 꽂았다. 까마귀는 천주메이를 마주 보고 앉아 한쪽 다리를 구부려 긴 걸상 위에 올려놓고 있었다. 벌거벗은 상반신에 근육이 여기저기 불거졌고 구릿빛 어깨 위에는 콩알만 한 땀방울들이 맺혀 있었다. 노름에 몰입한 나머지 까마귀는 얼굴이 온통 시뻘게졌고 이마에 파란 힘줄이 툭 튀어나왔으며 두 눈에서 사나운 눈빛이 이글거렸다. 또 한쪽 손을 밑으로 내려 줄기차게 발을 긁고 있었다. 180센티미터가 훌쩍 넘는 우람한 체격의 그는 완샹위 카바레의 보디가드 두목이었다. 쥐는 자기 형인 그가 과거에 싼충진에서 대장장이 일을 했으며 한번은 술에 취해 집게로 시뻘건 쇳덩어리를 집어 자기 입을 지지려 했다고 말했다. 노름판의 남녀들은 모두 흥분해 후끈 달아오른 듯했다. 남자들은 상의를 벗어던졌고 여자들은 머리를 동여맨 채 칼라를 풀어헤쳤으며 테이블 위에는 알록달록한 지폐가 가득 쌓여 있었다. 까마귀의 애인 타오화桃花는 녹색 테두리의 분홍색 원피스를 입고 까마귀 옆에 앉아 있었다. 머리칼을 정수리 뒤쪽으로 끌어올려 자수 손수건으로 동여맸는데 그 모양이 꼭 오리 궁둥이 같았다. 천주메이가 골패를 다 섞자 모두 돈을 걸었다. 까마귀는 두툼한 지폐 묶음 두 개를 내놓았다. 천주메이는 넓적한 얼굴로 정색을 하고 반달형 눈썹을 바짝 치켜올리면서 까맣고 두꺼운 입술을 당겨진 활시위처럼 꽉 오므렸다. 그녀가 골패를 던져 각자에게 패를 나눠주었다. 그리고 모두

패를 열었을 때 그녀는 비로소 입을 딱 벌려 금니를 빛내면서 골패 두 장을 테이블 위에 힘껏 패대기치며 소리쳤다.

"지존보至尊寶다! 정삼丁三에 큰 원숭이大猴니까 이 몸이 깡그리 다 먹는다!"

테이블의 남녀들은 거의 이구동성으로 "씨발!" 하고 외쳤다. 누구는 씩씩대고, 누구는 후회하고, 누구는 골패를 내팽개치고, 누구는 침을 퉤 뱉었다. 하지만 천주메이는 막 알을 낳은 암탉처럼 키득키득대며 그 굵고 시커먼 팔을 한껏 벌려 테이블 위의 지폐를 한꺼번에 자기 앞으로 쓸어왔다. 까마귀는 고개를 돌렸고 타오화와 서로를 탓하는 말을 주고받았다. 두 사람의 안색은 보기에 너무 안좋았다. 쥐는 얼른 눈짓을 하고는 뒤쪽 부엌으로 나를 데려갔다.

"저 사람들, 판만 벌였다 하면 아주 살벌해. 하룻밤에 몇만 위안이 왔다갔다할 때도 있어."

모이는 사람들은 포주, 보디가드뿐만 아니라 카바레의 단골손님도 있었다. 간혹 분위기가 과열되면 주먹이 오가기도 했다. 한번은 건달 손님 하나가 골패에 표시를 해두었다가 까마귀에게 들켜 흠씬 두들겨 맞는 바람에 턱관절이 나갔다고 했다.

"저 사람들, 녹두탕만 주고 빠져나가자."

쥐가 내게 말했다. 부엌 탁자 위에 녹두탕 한 솥이 놓여 있었고 그 안에는 큰 얼음덩어리 하나가 둥둥 떠 있었다. 쥐가 손가락으로 녹두탕을 휘휘 젓더니 웃으면서 말했다.

"꽤 차가워졌네. 우리 먼저 한 그릇씩 마시자."

쥐가 그릇 두 개에 녹두탕을 가득 담아서 내게 한 그릇을 건넸다.

"빨리 마셔. 썩은 복숭아가 보면 또 경을 칠 테니까."

쥐는 타오화*를 썩은 복숭아라고 불렀다. 전에 타오화가 목욕하는 것을 훔쳐보고 나서 꼭 썩어서 물러터진 복숭아 같다고 말한 뒤부터였다. 우리는 꿀꺽꿀꺽 단숨에 녹두탕을 다 비웠고 쥐의 입가에는 녹색 즙이 조금 묻었다. 그는 혀를 내밀고 아래위로 굴려 그것을 깨끗이 핥아 먹었다. 그리고 내게 귀신 얼굴을 지어 보인 뒤, 깔깔 웃음을 터뜨렸다. 나는 그의 엉덩이를 툭 차며 물었다.

"너 이 좀도둑 새끼, 어젯밤 성 회장네 파티에서 또 뭘 훔쳤는지 어서 실토해."

"쉿."

쥐가 손가락을 입에 대 보이고는 누런 이를 드러내며 웃었다.

"조용히 해. 내가 가서 보여줄게. 어젯밤 내가 무슨 보물들을 건졌는지."

쥐는 나를 자기 방으로 데려갔다. 그곳은 부엌 옆의 창고 방이었다. 겨우 다다미 네 장 크기의 방에는 낡은 상자와 바구니가 가득했고 그 틈바구니에 작은 대나무 침대 하나가 놓여 있었다. 방에 창문이 없어서 오븐 속처럼 뜨겁고 곰팡내가 났다. 쥐는 들어가서 침대맡의 40촉짜리 작은 전등을 켰다. 그리고 침대 밑에 들어가 검정 녹이 슨 양철 상자를 끄집어냈다. 그 상자에는 커다란 구리 자물쇠가 채워져 있었다. 쥐는 두 손으로 그 양철 상자를 들어 가슴에 꼭 안고 웃으며 말했다.

"이게 내 보물 상자야."

그가 베갯잇 속에서 열쇠를 꺼내 상자를 열자 다채로운 것들이

---

* 타오화는 복숭아꽃이라는 뜻이다.

가득 눈에 들어왔다. 전부 쥐가 훔쳐온 보물이었다. 그는 어린애가 소꿉놀이하듯 그것들을 하나씩 침대 위에 늘어놓았다. 선글라스 두 벌 중 금테 두른 한 벌은 안경알이 하나뿐이었다. 만년필은 다섯 자루였는데 파커51이 두 자루, 파커21이 세 자루, 셰퍼가 한 자루였다. 손목시계 두 점은 티투스와 부로바였다. 라이터 일곱 개는 메이커가 다 달랐다. 그리고 크고 작은 손톱깎이 여섯 개와 커프스 단추 네 개, 넥타이핀 두 개가 있었고 열쇠고리 두 개 중 하나는 금이고 하나는 은인데 모두 녹슨 상태였다. 여기에 이가 빠진 빗 세 개와 쇠뿔 구둣주걱, 각양각색의 병과 깡통, 재떨이와 코담배 접시 그리고 용도를 알 수 없는 쇠붙이 한 무더기가 있었다. 쥐는 침대 위에 양반다리를 하고 앉아서 자신을 둘러싼 그 장물들의 내력을 일일이 이야기해주었다. 관련된 사람, 장소, 시간까지 모두 똑똑히 기억하고 있었다. 꽃무늬가 새겨진 하트 모양의 유리 재떨이 한 쌍은 알고 보니 톈스天使호텔 로비에 있던 것이었다. 은제 셰퍼 만년필은 헝양가에 있는 청위안成源문구점 카운터의 전시품이었다. 또 열쇠고리 두 개 중 하나는 르신日新대극장에서 훔친 것이었고, 다른 하나는 보이스카우트 선생님의 호각에 달려 있었는데 그가 곤히 잠든 틈에 떼낸 것이었다. 쇠뿔 구둣주걱 몇 개는 전부 구두회사의 증정품이었다.

"이 만년필, 전당포에 맡기자."

나는 도금된 남색 파커51을 집어들고 말했다.

"그 돈으로 훈툰* 먹으러 가자."

---

* 얇은 밀가루 피에 여러 가지 소를 넣어 싼 후 육수에 끓여 먹는 일종의 물만두 또

"헛소리하지 마!"

쥐는 재까닥 그 만년필을 빼앗아가서 있는 힘껏 손에 쥐며 말했다.

"내가 얼마나 아끼는 물건인데."

쥐는 그 만년필의 도금된 부분을 반바지에 대고 빡빡 닦았다.

"아칭, 너 광둥 디저트 먹어본 적 있어?"

그가 만년필을 들고 감상하며 물었다.

"안 먹어봤을 리가 있나. 마라이야馬來亞도, 평린楓林식당도 다 가봤어."

"전에 나는 사치마*가 뭔지도 몰랐잖아."

쥐가 갑자기 탄식했다.

"그건 네가 촌뜨기니까 그렇지."

"내가 어떻게 너희랑 비교가 되겠어?"

쥐는 옆눈으로 나를 흘겨보며 풀 죽은 목소리로 말했다.

"너랑 샤오위, 샤오민은 다 거물급이어서 어르신들이 요릿집에 데려가잖아. 나는 루 주방장 그 뚱보 어르신의 쥐바오편 말고는 큰 요릿집에 가본 적이 없다고. 그런데 지난달 루비에 가서 광둥 디저트를 먹었거든. 황 선생이 데려가줬어. 황 선생은 참 친절하더라. 한 상 가득 이것저것 딤섬을 시켜주고도 모자라, 나중에 사치마 한 상자도 사주면서 이튿날 아침으로 먹으라고 했어. 그 사람은 가오슝의 관광식당에서 지배인으로 일한다더라고. 나보고 가오슝으로

는 만둣국.

* 殺騎馬. 밀가루와 설탕으로 만든 만주족 전통의 네모난 강정.

놀러 오라고 했어. 이 파커51이 바로 그 사람 거야."

"이 배은망덕한 좀도둑 같으니."

나는 웃으면서 욕을 했다.

"너한테 잘해준 사람 물건은 왜 훔쳤어?"

"알지도 못하면서 멋대로 말하지 마!"

쥐가 손을 내저으며 반박했다.

"내가 왜 배은망덕해? 그냥 이 만년필이 마음에 들어서 기념품으로 가져온 것뿐이라고. 어쨌든 그 사람들은 다 부자인데 신경이나 쓰겠어?"

"알았어. 그러면 어젯밤 건진 보물이나 어서 보여줘봐. 그런 건 나눠 가져야지."

"어젯밤에 내가 복권에 당첨되긴 했지."

쥐가 부로바 시계를 집어들고는 씩 웃었다.

"이걸 누가 화장실에 두고 갔는지는 몰라도, 덕분에 손가락 하나 까딱하지 않고 얻었지 뭐야. 이것 봐, 전자동이야. 달력까지 돼!"

쥐는 시계를 흔들고는 내 귓가에 댔다.

"담배는 어디 있어?"

"무슨 담배?"

쥐가 작은 눈을 깜박였다.

"이 새끼가 시치미를 떼네."

나는 그를 툭 밀쳤다.

"어젯밤에 네가 뒷주머니에 창서우 한 갑 쑤셔넣는 거 봤거든. 얼른 꺼내서 이 형님을 대접하는 게 좋을 거야. 안 그러면 내가 샅샅이 수색한다."

쥐가 헤헤 웃으며 돗자리 밑을 더듬어 납작해진 창서우 한 갑을 꺼냈다. 나는 얼른 그것을 낚아챘다. 그는 또 한참을 뒤지더니 곁에 영어가 쓰인 은박 종이갑 두 개를 꺼냈다.

"이건 무슨 물건인지 잘 모르겠어. 어젯밤 어떤 놈 뒷주머니에서 빼낸 건데 말이야. 아마 커피 믹스 같으니까 타서 마시자."

쥐가 종이갑 모서리를 뜯었는데 안에서 뭔가가 툭 튀어나왔다. 그건 미색의 고무 덮개였고 모양이 꼭 아기들이 빠는 고무젖꼭지 같았다. 우리 둘은 잠시 어리둥절해하다가 동시에 깔깔 웃음을 터뜨렸다. 나는 쥐의 머리를 한 대 쥐어박고서 배를 잡고 웃었다.

"이 저질 새끼, 이런 거나 훔치고 말이야. 이러다가 재수 옴 붙는다!"

쥐는 다른 종이갑도 뜯었고 그것을 양쪽 엄지손가락에 끼우고서 인형극을 하듯 서로 맞대고 흔들었다.

"웃지 말라고."

쥐가 말했다.

"그래도 이거 얼마라도 돈이 될 거야. 조금 있다가 아래층에 가서 술집 손님들한테 팔아볼래. '미제예요, 진짜 안전해요' 하면서 말이야."

"쥐 어디 있어?"

밖에서 타오화가 새된 목소리로 소리를 질렀다.

"녹두탕 가지고 나와."

쥐는 얼른 침대에서 내려와 침대 위의 장물을 자신의 보물 상자 속에 허겁지겁 넣은 뒤, 다시 자물쇠를 채워 침대 밑에 숨기고서 뛰쳐나갔다. 그는 쟁반 하나에 녹두탕이 그득 담긴 그릇 여섯 개를 없고 조심스레 노름판 쪽으로 갔다. 노름꾼들은 막 한 판을 마치고서 따고 잃은 것을 계산하고 있었다. 늙은 마담 천주메이는 싱글벙글하며 엄지에 침을 붙이면서 지폐를 세고 있었다. 그녀 앞의 지폐는 어느새 그녀의 턱에 닿을 정도로 높이 쌓여 있었다. 한 손에 금반지 네 개를 끼고 순금 팔찌까지 찬 중년의 뚱뚱한 여자가 몇 차례 짝짝 손뼉을 치면서 떠들어댔다.

"할매는 오늘 왜 이렇게 운이 좋아? 연달아 세 판을 먹다니, 내 보지털까지 싹 뽑아 먹었잖아."

천주메이는 대답도 않고 두꺼운 입술을 꾹 다문 채 지폐만 세고 있었다. 다른 한 남자는 얼굴이 시퍼렇게 부어 골패 두 개를 쥐었다 폈다 하며 침을 퉤 뱉었다.

"씨발! 에이, 니미럴!"

타오화가 까마귀 등 뒤에 붙어 계속 투덜거렸다.

"천문天門에 돈을 걸면 안 된다고 했잖아. 왜 그렇게 말을 안 들어? 쥐가 고양이 코 핥다가 제풀에 죽은 격이네."

까마귀는 입을 꾹 다물고 등을 구부린 채 한 손으로는 발을 긁고 다른 손으로는 골패 하나를 쥐고서 테이블을 탁탁탁 두드리고 있었다. 쥐는 왔다갔다하며 먼저 손님들에게 한 그릇씩 녹두탕을 건넸다. 그러고는 까마귀 앞에 이르러 실실거리며 더듬더듬 말했다.

"형, 나는 아칭이랑 영화 보러 갈게."

까마귀가 홱 고개를 돌리더니 손을 올리며 두 눈을 부라렸다.

"영화 보러 간다고? 내가 염라대왕을 보러 가게 해주마."

쥐는 미처 대비하지 못해 그만 휘청했다. 그 바람에 들고 있던 녹두탕이 까마귀의 등에 쏟아졌고 타오화의 치마에도 잔뜩 튀었다. 까마귀가 벌떡 일어나 손을 뒤집어 쥐의 뺨을 날렸다. 쥐는 얼굴이 돌아가는 동시에 바닥에 벌러덩 넘어졌다. 까마귀는 쫓아가서 냅다 발길질을 했고 쥐는 배를 움켜쥔 채 땅 위를 구르며 비명을 질렀다. 까마귀가 또 발을 들어 짓밟으려 하자 타오화가 필사적으로 그를 잡아당겼다.

"이러다 죽어, 죽는다고!"

다른 노름꾼들까지 몰려들어 한동안 뜯어말리고 나서야 까마귀는 성난 얼굴로 투덜거리면서 등에 녹두탕이 흠뻑 묻은 채 안으로 뛰어 들어갔다. 타오화가 쥐를 잡아 일으켰다. 쥐가 구부정하게 일어나 고개를 옆으로 숙이며 타오화를 바라보았다. 그의 입 양쪽 가장자리에서 피가 흘러나오고 있었다. 그 모양이 꼭 붉은 수염이 두 줄로 자란 듯했다. 노랗고 수척한 얼굴은 잔뜩 일그러져 우는 것도 같고 웃는 것도 같았다. 타오화가 그의 귀를 잡아당기며 이마에 꿀밤을 먹였다.

"이 바보, 눈이 어디에 달린 거야?"

"그만해."

천주메이가 다가와 쥐의 머리를 쓰다듬고는 20위안짜리 지폐 두 장을 주며 씩 웃었다.

"이 할미가 네게 개평을 좀 주마."

쥐는 허리를 숙이고 손에 그 지폐 두 장을 쥔 채 휘청휘청 긴 허리띠를 흔들며 부엌 쪽으로 갔다. 그리고 수돗물을 틀어 먼저 얼굴과 머리를 씻은 뒤, 여러 번 물통 속에 피 섞인 침을 뱉었다. 그는 고개를 들고 작은 눈을 몇 번 깜박거렸다. 얼굴 여기저기에 핏물이 묻어서 꼭 가부키에 나오는, 얼굴 가득 연지를 칠한 익살꾼 같았다.

그의 빨래판 같은 옆구리에도 찻잔만 한 멍이 두세 군데 생겼다.

"씨발."

잠시 후 쥐가 또 피 섞인 침을 뱉었다. 그는 앙상한 왼쪽 날갯죽지를 치켜들고 고개를 낮춰 한참을 보다가 "곪았네," 하고 중얼거렸다.

그의 팔뚝에 생긴 까맣고 볼록한 물집들 가운데 제일 큰 두 개에서 하얀 고름이 흘러나왔다.

"영화는 너 혼자 보러 가."

쥐는 방금 천주메이에게서 받은 10위안짜리 지폐 두 장을 내게 건넸다.

"난 안 갈래."

"나도 안 갈래."

내가 말했다.

"샤오위나 보러 갈게."

아래층에서는 카바레의 호스티스들이 벌써 잠에서 깨어 저마다 분주히 화장품을 얼굴에 찍어 바르며 팔려나갈 준비를 하고 있었다.

18

세이조제약 대리점은 쑹장로의 한 오피스텔 빌딩 일층에 있었다. 그 사무실은 인테리어가 다 새것이었으며 형광등 불빛이 매우 밝고 에어컨이 시원하게 가동되고 있었다. 바깥의 쇼윈도에 진열된 큼직큼직한 광고 포스터 속에는 바닥을 기어다니는 하얗고 토실토실한 아기들과 화려한 복장의 여성들이 있었다. 그리고 병에 든 어린이 영양제, 여성 미용제, 칼슘 보충제가 가득 놓여 있었다. 내가 문을 열고 안에 들어갔을 때 샤오위는 책상 위의 찻잔과 담뱃재를 치우는 중이었다. 여직원들은 모두 가방에서 빗이나 립스틱을 꺼내 거울 앞에서 용모를 고치며 퇴근 준비를 하고 있었다. 샤오위는 유니폼 차림이었다. 하늘색 셔츠와 남색 바지를 입었고 가슴주머니에는 '세이조'라는 상표까지 수놓여 있었다. 그는 긴 머리를 5센티미터 길이로 짧게 잘라 영락없는 대기업 신입사원 모양새였다. 내가 피식 웃고 있을 때 샤오위가 얼른 눈짓하며 다가와 귓가에 대고 조용히 말했다.

"소란 피우지 말고 5분만 기다려. 퇴근하고 나서 아이스크림 사줄게."

샤오위는 책상을 깨끗이 정리하고 나서야 들창코에 입이 큰 양복 차림의 남자에게 물어보았다.

"판潘 팀장님, 저 가도 되나요?"

판 팀장은 샤오위를 향해 붕어눈을 한번 굴리더니 콧소리로 응하고 말했다. 샤오위는 얼른 나를 데리고 밖으로 빠져나갔다. 우리는 곧장 난징동로의 바이러百樂아이스크림*에 가서 한 사람에 하나씩 망고아이스크림을 시켰다.

"이 꼬락서니 하고는. 이래서야 앞으로 팔리겠어?"

나는 샤오위의 짧은 머리를 가리키며 웃었다.

"무슨 헛소리야?"

샤오위도 웃었다.

"이 몸은 이제 세이조제약의 정식 영업사원이라고. 팔리긴 뭘 팔려? 팔려야 할 건 애들 영양제라고."

"너희 린 사마는 어디 있어?"

"린 사마는 공장 시찰하러 타오위안에 갔어. 요 며칠 공장 설비가 완비되고 다음 주면 가동이야. 린 사마가 나보고 여기서 똑바로 일하고 있으라고 그랬어. 다른 직원들한테서 뒷말이 안 나오게 말이야. 그래서 머리도 이렇게 깎은 거야."

나는 혀를 끌끌 찼다.

---

* 타이완의 디저트 프랜차이즈 체인.

"왕샤오위가 이렇게 고분고분해질 줄이야. 화교 수양아비를 만나더니 꼭 기생이 일반인이랑 결혼한 것 같네."

"이봐, 친구."

샤오위가 내 어깨를 두드리며 말했다.

"넌 세상에 나온 지 얼마 안 돼서 아직 겪어야 할 게 많아. 이 왕샤오위는 공원에서 꽤나 굴러먹었거든. 이건 허풍이 아니야. 공원에서 이 왕샤오위는 아주 잘나가는 사람에 속한다고. 수많은 늙은이가 나를 거두고 싶어하는데 수양아비 하나쯤 구하는 게 뭐 그리 어렵겠어? 하지만 첫째, 내 마음에 맞는 사람이어야 해. 그리고 둘째, 내게 진심이 있는 사람이어야 하고. 나는 누가 아무렇게나 대해도 되는 사람이 아니라고."

"헛소리 작작 해. 그럼 저우 사장은 너한테 진심이 모자라니? 시계도 사주고 옷도 사줬잖아."

"저우 사장이 나한테 잘해주긴 했지."

샤오위는 어깨를 으쓱했다.

"하지만 그런 음탕한 늙은이는 질색이라고. 나만 보면 추근거린다니까. 한번은 감기에 걸려서 '오늘 밤은 그냥 넘어가죠?' 했는데 글쎄, 한밤중에 자는 나를 깨우더라니까."

"너도 음탕한 주제에 점잖은 척 좀 하지 마."

나는 웃으면서 말했다.

"네 화교 수양아비라고 너한테 안 추근대지는 않을 거 아냐."

"내가 너를 속이면 사람이 아니다."

샤오위가 한 손을 들어 맹세했다.

"첫날 밤 내가 류푸호텔로 린 사마를 찾아갔을 때 우리는 샤워를 하고 나서 침대에 누워 맥주를 마시고 땅콩을 먹으면서 밤새 이야기를 나눴어. 나는 계속 일본에 관해 궁금한 것을 물었고 그 사람은 정말 참을성 있게 일일이 답을 해줬지. 나는 린 사마가 사람이 좋다는 걸 알고 내 신세 이야기까지 전부 털어놓다가 그만 지쳐서 그 사람 팔을 베고 잠들었어."

아이스크림이 나왔고 나는 그걸 먹으면서 샤오위에게 직장생활은 어떤지, 월급은 얼마인지 물었다.

"2000위안이야."

"네 담뱃값도 안 되겠다."

"조금씩 나아질 거야."

샤오위가 웃으며 말했다.

"판 팀장이 그러는데 6개월 견습 기간이 끝나고 일을 잘하면 수수료를 가져갈 수 있대. 판 팀장은 너도 봤지? 씨발, 호랑이가 따로 없어. 첫날 출근하자마자 그 사람한테 경고를 먹었다니까. 그런데 이봐, 친구. 혹시 화학 좀 알아?"

"화학? 조금 알기야 하지. 고등학교 때 화학 공부는 꽤 했으니까. 80점은 맞았어."

"그거 잘됐다!"

샤오위가 손뼉을 쳤다.

"형님, 나한테 화학 좀 가르쳐줘요. 내가 중학교 2학년 때 집에서 나왔잖아. 화학 같은 건 진작에 다 까먹었다고. 화학 가르치던 늙은이가 이황화탄소는 계란 썩는 냄새가 난다고 한 말만 기억이 나네."

샤오위가 손가락으로 코에 가스가 들어가는 시늉을 하며 말했다.

"뭐야? 설마 공부를 하겠다는 거야?"

내가 설마 하며 물었다.

"바로 그거야."

샤오위는 탄식을 했다.

"린 사마가 그랬어. 내가 전문 기술이 없어서 세이조제약에서 좋은 자리를 가질 수 없고 승진도 못 할 거라고. 그 사람은 나를 야간 학교에 보내 전문대를 졸업시키려고 해. 그렇게 해서 조제 공장에서 기술자가 돼야 미래가 있다는 거야. 카이난開南직업학교에 가서 알아보니까 중학교 3학년 반에 편입하려면 화학이 기본 시험 과목이래. 다른 과목은 닥쳐서 벼락치기를 해도 된다더라고. 하지만 화학은 계란 썩은 냄새밖에 아는 게 없으니 시험에 붙을 수 있겠어? 그러니까 착한 형이 속성으로 나 과외 좀 시켜줘. 시험에 붙으면 꼭 한턱 낼게."

"시험 붙을 때까지 기다릴 필요 없이 먼저 이탸오룽*이나 가자."

"이탸오룽? 그래, 좋아. 네가 용 고기를 먹겠다면** 먹여줘야지."

"네가 뭘 좀 해보겠다는데 도와줘야지. 그래도 나를 선생님으로 모시는 셈이니 선생님이라고 불러봐."

"선생님, 선생님! 네가 매일 아버지라고 부르라 해도 부를게. 넌 내 마음이 짐작이 잘 안 갈 거야."

샤오위는 자기 가슴을 가리키며 말했다.

"이건 하늘이 내리신 기회라고. 그렇게 오래 기다리고 나서야 린

---

* 一條龍. 1965년에 세워진 시먼딩의 대형 만두 전문점이며 코로나 사태로 인한 불황으로 57년 만에 폐업했다.

** 이탸오룽은 '용 한 마리'라는 뜻이다.

사마 같은 구세주를 만났어. 그 사람이 나를 이렇게 존중해주는데 내가 분발하지 않으면 되겠어? 내가 이 회사에서 조금이라도 성과를 내면 아마 린 사마가 나를 잘 봐줄 거고, 나중에 도쿄 본사에 기회가 생기면 나를 도쿄로 불러 같이 일하자고 할 거야."

"원래 그런 계획이 있었구나. 네가 이런 꾀주머니인 걸 미처 몰랐네."

"꾀주머니는 무슨 꾀주머니야. 사람은 다 위로 올라가고 싶어하게 마련이라고, 안 그래? 여름휴가 때 착실히 공부해서 시험을 치르고 가을부터 카이난에 다니고 싶어. 아칭, 지금 내 모습이 꼭 학생 같지 않아?"

샤오위는 새로 짧게 깎은 머리를 어루만지면서 히죽대며 물었다. 나는 잠시 그를 쳐다보다 말했다.

"조금 비슷하긴 하지만 너는 그 요염한 눈이 너무 사악해서 남이 보면 네가 '거리의 천사'인 걸 즉시 알아본다고. 그러니까 빨리 안경을 껴서 사악한 기운을 가려야 해."

샤오위는 두 눈을 꽉 누르고 깔깔 웃음을 터뜨렸다. 아이스크림 가게를 나올 때 나는 쥐가 까마귀에게 두들겨 맞은 얘기를 샤오위에게 해주었다. 하지만 샤오위는 콧방귀를 뀌었다.

"불쌍해할 필요 없어. 쥐 그 자식은 구제 불능이야. 지난번에 녀석이 쇠 채찍으로 맞았을 때 내가 이사 나오라고 했거든. 우리 둘이랑 끼여 살자고 말이야. 근데 걔가 뭐라고 했는지 알아? '나는 어려서부터 형이랑 사는 게 익숙해'라고 했어."

샤오위는 울상을 지어 쥐의 표정을 흉내 내며 퉤 하고 쑹장로의 도랑에 침을 뱉었다.

"까마귀 그 씨발 새끼가 감히 내 털끝이라도 건드렸다면 진작에
파라티온 한 병으로 저세상에 보내버렸을 거야!"

19

이틀 뒤, 샤오위가 퇴근을 하고 정말로 내게 과외를 받으러 우궈셴吳國賢이 편저한 정중서국正中書局 판 중학교 화학 교과서 두 권을 사 들고 돌아왔다. 뇌물로 여지 두 송이를 내밀기도 했다. 방 안이 무더워서 우리는 둘 다 웃통을 벗고 바닥에 앉았다. 나는 여지의 껍질을 벗기면서 산화 환원 같은 기본 화학 개념들을 설명하기 시작했다. 다행히 나도 중학교 때 우궈셴의 책을 갖고 공부해서 기억나는 게 많았다. 샤오위는 학교를 그만둔 지 오래라 용어와 기호를 깡그리 잊어먹은 상태였다. 내가 설명하는 족족 질문했으며 제일 간단한 분자식조차 이해를 못 해 머리를 긁고 땀을 뻘뻘 흘렸다.

나는 책을 들어 샤오위의 짧아진 머리를 툭 치며 말했다.

"넌 늙은이들 다룰 때는 머리가 잘도 돌면서 화학 공부할 때는 아예 깡통이구나."

"늙은이들 다루는 게 뭐가 어려운데?"

샤오위가 눈을 왕방울만 하게 부릅뜨고 땀을 닦았다.

"이 화학은 또 뭐가 쉽고? 그냥 물이라고 하면 되지, 왜 H_2O라고 쓰는 건데?"

"샤오위, 내가 보기에 너는 카이난에 갈 필요가 없는 것 같아. 타이완대학 고고학과가 낫겠어. 내가 보증하는데 넌 시험도 치를 필요 없고 장학금까지 받을 거야."

"왜?"

"머리를 좀 굴려봐, 이 바보야."

나는 웃으며 말했다.

"너는 늙은 구닥다리들한테 그렇게 일가견이 있으니까 타이완대학 고고학과에서 연구원으로 초빙하려 할 거라고."

"늙은 구닥다리가 뭐 어때서?"

샤오위가 그 요염한 눈을 가늘게 뜨며 웃었다.

"골동품은 오래될수록 돈이 된다고."

나와 샤오위는 땀을 뻘뻘 흘리며 족히 두 시간은 씨름했고 어쨌든 화학기호 몇 개를 이해했다. 저녁 먹을 때 리웨가 집에 돌아왔다. 그녀는 막 머리를 다듬고서 귓가에 용수철 같은 클립을 잔뜩 끼운 채 한들한들 집 안에 들어섰고 샤오위를 보자마자 피식 웃은 뒤 그의 머리를 쓰다듬었다.

"샤오위, 아예 머리를 밀지 그랬니. 스터우산獅頭山에 가서 게이 스님 노릇이라도 하게 말이야. 요 며칠 네가 그림자도 안 보인다 했더니, 아칭이 네가 도쿄에서 온 화교를 수양아비로 삼았다고 하더구나. 그 화교가 무슨 제약회사를 열었다고도 하고. 앞으로 우리 애 비타민은 군이 살 필요 없이 너한테 그냥 달라고 하면 되니 아주 잘됐다."

"다음번에 영양제 몇 통 가져올 테니까 꼬마 체니한테 먹여봐. 아주 토실토실해질 거야."

샤오위가 웃으며 말했다.

"어떻게 되는 거야, 스님. 이제 제약회사 수양아비가 생겼으니 상무, 전무까지 되는 거야?"

리웨가 샤오위를 살짝 흘겨보며 역시 웃으면서 말했다.

"말도 안 되는 소리!"

샤오위는 히죽거렸다.

"난 그냥 영업사원일 뿐이야. 지난 주에 겨우 출근하기 시작했어. 우리 회사는 쑹장로에 있으니까 언제 구경하러 와, 누나."

리웨는 고개를 흔들며 탄식했다.

"정말 대단해. 드디어 출근이라는 걸 다시 하게 됐으니. 전에 톈무天母에 있는 미국인 집에 보이로 소개해줬을 때 넌 사흘 출근하고 바로 내뺐잖아. 남을 아주 하잘것없는 사람이라고 욕까지 하면서 말이야."

"그 양키 놈이 뭐라고? 나를 쓸 자격이나 있어?"

샤오위는 엄지를 들어 자기 코를 가리켰다.

"오, 네 그 화교 수양아비만 너를 쓸 자격이 있다는 거로구나. 그렇지?"

"린 사마는 사람이 달라. 나를 야간학교까지 보내주려고 해. 그래서 오늘 아칭한테 과외를 받으러 왔잖아. 시험 치러서 카이난에 들어가려고."

"이건 진짜 뉴스일세!"

리웨가 소스라치게 놀랐다.

"해가 서쪽에서 뜬 게 틀림없어. 예전에 이모가 아침부터 밤까지 나한테 하소연했잖아. '우리 샤오위가 또 학교를 땡땡이쳤어'라고 말이야. 언제 네가 하루라도 얌전히 학교에 다니는 걸 봤어야지."

"학교에서 그 어린 새끼들이 종일 나를 아사오카 루리코*라고 불러대서 다니기 싫었다고."

샤오위가 씩씩대며 말했다.

"누가 너보고 멋대로 이야기를 지어내래? 도쿄에서 태어났다고 했다며?"

리웨가 웃으면서 말했다.

"또 내가 봐도 넌 확실히 아사오카 루리코를 좀 닮긴 했어."

샤오위는 얼굴이 빨개져서 조금 겸연쩍어했다.

"할머니, 빨리 와봐요. 여기 학생 애가 하나 왔어요!"

리웨가 웃으며 보모 할머니를 향해 손짓했다. 할머니가 마침 꼬마 체니의 손을 잡고 헉헉대며 집으로 들어왔다. 뚱뚱한 그녀의 앞가슴이 땀에 젖어 옷 위에 시커멓게 자국이 나 있었다. 그녀는 샤오위를 잠시 뜯어보고는 아, 하고 탄성을 질렀다.

"더운데 머리를 아주 시원하게 잘랐네."

하지만 꼬마 체니는 파란 구슬 같은 두 눈을 크게 뜨고 멍하니 바라보기만 했다.

"나, 삼촌이잖아. 못 알아보겠어?"

---

* 1940년 중국 만주 태생의 일본 여배우. 1954년 「미도리하루카니」로 데뷔했고 드라마 「료마가 간다」, 영화 「박사가 사랑한 수식」 등이 대표작이다.

샤오위가 손을 뻗어 꼬마 체니를 품에 안았다. 꼬마 체니는 바둥대며 까르르 웃었다.

"오늘 저녁은 뭐 먹죠, 할머니?"

리웨가 물었다.

"백김치돼지위볶음하고 으깬 토란."

"냉장고의 닭 반 마리도 꺼내서 국 좀 끓여줘요. 샤오위가 학교에 다닌다는데 응원해줘야죠."

20

　우민과 약속한 나는 방에서 그를 기다리고 있었다. 나는 2층 215호에 있었고 그는 3층 344호에 있었다. 양 사부는 나와 우민에게 중산북로의 징화京華호텔에 가라고 하면서 방 번호만 알려줬다. 그 사람은 방을 나가면서 불도 안 켠 채 침대맡 서랍장 위에 열쇠를 올려놓고 어둠 속에서 조용히 말했다. 방값은 이미 지불했다고. 나는 얼굴을 잘 못 봤고 그의 이름도 물어보지 않았다. 그가 문을 열고 밖으로 나갈 때 그의 그림자가 꽤 크다고 느꼈을 뿐이다. 대략 180센티미터는 넘어 보였다. 옆 건물의 치치ㄴㄴ식당은 철야 영업을 해서 새벽 1시가 지났는데도 여전히 음악 소리가 희미하게 들렸다. 침대에 누워 담배 한 대를 다 피우고 나서야 우민이 노크를 했다.

　나와 우민은 조용히 아래층으로 내려갔다. 카운터에 들러 방 열쇠를 반납하지도 않고 카운터 직원이 부주의한 틈을 타 호텔을 빠져나왔다. 나오자마자 우리는 약속이나 한 듯이 속도를 높여 위안산圓山 방향으로 달려갔다. 한동안 달려 불빛이 점차 드문드문해지고 나서야 우리는 걸음을 멈추고 한숨을 돌렸다. 길거리에는 이미 인적이 끊겨 길 양쪽이 다 텅 비어 있었다. 나는 한 손으로 우민의 어깨를 끌어안았고 우리 두 사람의 발걸음은 나란히 보조를 맞춰 인도에 뚜벅뚜벅 소리를 울렸다.

"손목은 다 나은 거야?"

나는 우민의 왼쪽 손목에서 붕대가 사라진 것을 눈치챘다.

"딱지가 졌어."

우민은 왼쪽 손을 바지 주머니에 찔러넣었다.

"너 이 자식, 그날 나랑 샤오위랑 쥐가 제때 가지 않았으면 진작에 죽었어. 정말 못났다. 그 장씨 같은 새끼 때문에 손목을 긋는 게 말이나 돼? 샤오위가 널 욕한 게 당연해. 그저께 걔가 뭐라고 했는지 알아? 너한테 자기 피를 돌려받아야겠다더라."

우민은 고개를 숙이고 발길질하는 시늉을 했다.

"그렇게만 말할 것도 아니야."

그가 기어들어가는 목소리로 말했다.

"장 선생 집에서 너무 오래 살면서 나도 모르게 거길 내 집으로 여기게 됐어. 그 상태에서 그날 갑자기 장 선생한테 쫓겨나는 바람에 잠깐 마음이 흐트러지고 막막해져 그런 일을 벌인 거야. 장 선생네 그 집은 너도 알지? 그렇게 깨끗하고 편안한 곳에 어떻게 미련이 안 남았겠어?"

매번 광우뉴타운에 있는 장 선생의 아파트로 우민을 찾아갔던 일이 생각났다. 우민은 바닥을 걸레질하거나 부엌을 닦으면서 장 선생의 집을 한 치의 빈틈도 없이 관리했다. 나는 장 선생이 최고의 어린 집사를 모셨다고 농담하기도 했다.

"장 선생 집에 이사 들어간 첫날 밤, 거기 목욕탕에서 한 시간 넘게 있었던 게 생각나네."

우민이 머리를 흔들며 웃었다.

"목욕탕에 왜 그렇게 오래 있었는데?"

"너는 잘 몰라. 장 선생네 목욕탕이 얼마나 끝내주는지. 전체를 하늘색 타일로 꾸미고 욕조도 파란색이야. 나는 그렇게 아름다운 욕조를 본 적이 없어. 욕조 위에는 가스 온수기도 있어서 수도꼭지를 열면 뜨거운 물이 콸콸 나오지. 그때 욕조 가득 뜨거운 물을 채우고 그 안에 들어가 있었는데 나오기가 아쉬워서 온몸이 새빨개질 때까지 버텼어. 내 평생 최고로 편안한 목욕이었지."

"이 꼬락서니하고는. 장 선생네 목욕탕이 무슨 천국이라도 되는 것처럼 얘기하네."

"너는 이해 못 해."

우민이 탄식하며 말했다.

"내가 그랬잖아, 난 어려서부터 아빠랑 여기저기 떠돌며 살았다고. 우리가 세를 산 집들에는 목욕탕이라는 게 아예 없었어. 여름에는 마당에서 샤워를 할 수 있었지만 겨울에는 이삼 주에 한 번이나 공중목욕탕에 갔지. 나 스스로도 구역질이 날 만큼 몸에서 냄새가 났다고. 나도 깔끔한 걸 좋아하는 사람이니 장 선생네 그 목욕탕이 천국이 아니면 뭐였겠어?"

우민의 아버지는 벌써 2년 넘게 타이베이형무소에 수감되어 있었다. 완화 일대에서 마약을 팔다가 그런 신세가 되었다. 그는 광둥성 메이현梅縣 사람이었으며 우민은 그가 막 타이완에 도착했을 때 금괴를 여러 개 갖고 있었다고 했다. 하지만 도박을 끔찍이도 좋아했던 그는 타이완인들의 사색패*를 즐기다 금괴를 몽땅 잃고 마약 판매 일을 하기 시작했다. 그가 처음 감옥에 들어갔을 때 우민은 엄마 배 속에 있었으며 태어난 후로도 오랫동안 자기 아빠를 못 보고 신주新竹에 있는 작은아버지 집에서 자랐다. 우민의 아버지는 출옥 후 그 집에서 우민을 데리고 나왔지만 여기저기 떠돌다 몇 년 만에 다시 붙잡혀 수감되었다.

"남의 집에서 쫓겨나면 기분이 정말 말도 못 해."

우민이 조용히 말했다.

"나도 그 기분 알아."

나는 우민의 어깨를 힘껏 안아주었다. 그날 아버지에게 쫓겨났을 때 나는 무일푼으로 오후 내내 시먼딩을 돌아다녔다. 평상시 그곳을 지날 때는 라오다팡老大房, 치스린起士林 같은 제과점의 쇼윈도 속 케이크나 과자 따위는 눈여겨본 적이 없었다. 하지만 그날만큼은 무더기로 쌓인 단팥케이크와 참깨전병을 보고서 침이 질질 흐르고 배 속에서 요란한 소리가 났다.

"아빠를 따라 2~3년간 일고여덟 군데는 옮겨다녔어. 매번 집세가 밀려 주인한테 쫓겨났지. 한번은 옌핑延平북로의 한 골목에서 살았는데 그 집 주인이 아주 사나운 여자였어. 우리가 집세를 못 내니까 며칠을 욕하다가 우리 물건을 한꺼번에 밖에 내다 버렸지. 대

---

* 四色牌. 중국 전통의 민간 게임으로 황색, 홍색, 백색, 녹색 네 가지 색과 일곱 세트로 이뤄진 112장의 패를 이용한다.

204

야랑 컵이 여기저기 굴러다녔어. 아빠가 가장 아끼던 사색패 두 벌도 땅바닥에 다 흩어졌고. 아빠가 먼저 내빼는 바람에 나 혼자서 그것들을 주웠어. 이웃들이 빙 둘러싸고 구경하는데 말이야. 그때는 진짜 쥐구멍에라도 들어가고 싶었어. 장 선생 집에 들어간 후로 드디어 정착할 데가 생긴 것 같아서 특별히 조심하고 작은 잘못도 하지 않았어. 그런데도 그렇게 장 선생한테 쫓겨날 줄은 꿈에도 몰랐지.”

우민은 또 서글픈 기분에 잠겼다.

우리는 위안산어린이공원 앞에서 걸음을 멈추고 정문 밖 돌계단 위에 앉았다. 둘 다 신을 벗고 맨발인 채로 어깨를 기댔다. 낮에 그 부근은 굉장히 무덥고 공원 안에서 아이들의 날카로운 웃음소리가 들렸다. 지금은 사방이 조용한 가운데 우민의 서글픈 목소리만 어둠 속을 둥둥 떠다녔다.

“그날 저물녘에 낡은 상자를 들고 장 선생 집을 나왔어. 걸어가는데 점점 정신이 흐려져서 내가 어디에 있는지도 모르겠더라. 개천을 지나다가 아마 수란가舒蘭街 근처였던 것 같은데 그 상자를 개천에 내던지고 생각했어. 더 살고 싶지도 않은데 이따위 게 무슨 필요람? 난 화가 난 게 아니야. 난 잘못한 게 없고 장 선생도 그렇게 무정하지는 않았어.”

“장 선생은 ‘칼자국 왕우’*인데 뭐가 무정하지 않다는 거야?”

“칼자국 왕우?”

---

* 王五(1844~1900). 청나라 말의 무술 고수. 대도를 잘 썼고 청말 무렵 10대 고수 중 한 명으로 꼽혔으며 베이징에서 표국을 운영하면서 많은 의협을 행했다.

우민이 어리둥절해 물었다.

"그 사람 웃을 때 입꼬리가 꼭 칼이 베고 지나간 것 같잖아. 그러니 칼자국 왕우가 아니면 뭐겠어?"

"너 참 못됐다. 그렇게 남을 헐뜯으면 되겠니?"

우민은 조금 못마땅한 듯했다.

"와, 그 장씨 때문에 하마터면 죽을 뻔해놓고 또 그 사람 편을 드는 거야?"

우민은 두 팔로 무릎을 껴안고 몸을 구부리고 있다가 잠시 후 천천히 입을 열었다.

"장 선생 그 사람은 성미가 좀 괴팍하고 기분이 달아올랐다가 식었다가 제 맘대로이긴 해. 하지만 완전히 몰인정한 사람은 아니야. 친해지기 좀 힘들 뿐이지. 나를 집에서 쫓아낸 날, 그 사람은 나한테 특별히 잘해줬어. 삼포*의 소형 라디오를 주고 내가 만든 콩나물잉어찜이 맛있다고 칭찬도 해줬어. 그날 저녁에는 모처럼 기분이 좋아서 나랑 고량주 한 병을 비우기도 하고. 나한테 이런 말까지 했다니까. '너는 네가 나랑 가장 오래 사귄 사람이라는 것 아니? 나와 한평생 같이 살 수 있다고 생각해?'라고 말이야. 난 당연히 그럴 수 있다고 생각한다고 했지. 그러니까 장 선생이 차갑게 웃으며 말했어. '또 나를 속이려드는군. 네놈들은 어떻게 전부 판에 박은 듯 똑같은지 몰라. 조금만 곁을 주면 사람 머리 꼭대기에 올라서려 한다니까'라고. 장 선생이 내게 해준 얘기가 있었어. 전에 한 아이와 같이 산 적이 있고 그 녀석을 무척 귀여워했대. 그런데 녀석

---

* 聲寶. 1937년 설립된 타이완 굴지의 가전업체.

은 감사해하기는커녕 은혜를 발로 차버렸더라고. 장 선생의 물건을 몽땅 털어 도망쳤어. 장 선생은 그 얘기만 나오면 속상해했지. 나는 반농담조로 장 선생한테 맹세했어. '장 선생님, 저를 못 믿으시겠으면 죽음으로 증명해드릴게요'라고 말이야. 장 선생은 한숨을 폭 쉬고는 술에 불콰해진 얼굴로 내 머리를 쓰다듬으며 말했어. '우민, 네가 어떻게 알겠니? 마흔이 넘은 사람은 슬퍼하지 못하고 슬퍼할 줄도 몰라'라고. 아칭, 웃지 마. 나는 차라리 장 선생 집에서 매일매일 부엌과 화장실을 닦고 싶어. 그게 지금 이렇게 유목민족처럼 정처 없이 흘러다니는 것보다 낫다고. 아칭, 너희 집은 어디야? 넌 집이 있니?"

"우리 집은 룽장가에 있어. 룽장가 28항이야."

"설마 너, 집이 안 그리운 거야?"

"우리 집은 비가 새. 그것도 아주 심하게. 뚱땅뚱땅, 뚱땅뚱땅, 하고 말이야."

나는 깔깔 웃었다.

"재작년에 태풍 완다가 왔을 때 우리 집 지붕 한쪽을 다 날려버렸지."

이튿날 태풍이 지나간 뒤, 우리 집은 물에 잠겨 흙탕물이 침대 다리까지 넘쳤다. 그 깊이가 30센티미터는 됐을 것이다. 아버지는 나와 동생을 데리고 나섰다. 우리 세 사람은 웃통을 벗고 반바지만 입은 상태였다. 아버지는 커다란 양동이를 들고, 나와 동생은 대야를 들고서 필사적으로 물을 퍼 집 밖으로 뿌렸다. 아버지는 계속 씩씩대며 저주와 욕을 퍼부었지만 동생은 입술을 깨물고 몰래 웃었다. 물을 푸는 것이 즐거운 놀이이기라도 한 듯했다. 물이 빠져

나간 후, 우리의 습하고 음침한 그 야트막한 집에서는 여전히 진흙 냄새가 진동했다. 아버지는 나중에 쑥 몇 줌을 구해와 불을 붙였다. 그렇게 하면 독을 제거할 수 있다고 했다. 피부가 예민한 동생이 습기 때문에 빨간 발진이 온몸에 돋았기 때문이다.

"가족은? 가족이 보고 싶지 않아?"

"동생이 보고 싶어."

"걔는 어디 있는데?"

"이 밑에."

나는 땅을 가리켰다.

"아……"

우민이 고개 돌려 나를 바라보았다. 가로등 아래, 그의 맑은 얼굴이 앳돼 보였다.

"걔는 널 닮았어?"

나는 그를 끌어안고 뺨에 뽀뽀를 했다.

"걔는 오히려 너를 좀 닮았어."

"농담하지 마."

우민이 몸부림치며 깔깔 웃음을 터뜨렸다.

나는 신발을 들고 일어섰고 우민도 일어섰다. 우리 두 사람은 맨발로 탁탁탁 중산북로의 길 한가운데를 달렸다. 내가 앞에서 달렸고 우민이 뒤따라 달렸다. 중산북로에는 자동차도 보이지 않았다.

"샤오민, 우리는 흉노족일까, 선비족일까?"

나는 달리면서 뒤를 보고 헐떡이며 물었다.

"응?"

"네가 우리는 유목민족이라며?"

"흉노족인가?"

우민이 또 웃었다.

"흉노족의 왕을 뭐라고 하지?"

"선우單于라고 하지."

"그러면 난 대선우고 넌 소선우야."

우민이 나를 따라잡고 헉헉대며 물었다.

"유목민족은 풀을 쫓아 옮겨다니잖아. 그러면 우리는? 아참, 우리는 뭘 쫓지?"

"우리는 토끼*를 쫓지!"

우리는 크게 웃음을 터뜨렸다. 우리 웃음소리가 밤하늘에, 아무 장애물도 없는 차도 위에 넘실거렸다.

---

* 중국에서는 동성애자를 토끼에 비유하곤 한다.

21

진저우가로 돌아오니 어느새 두 시가 넘었다. 집에 불이 켜진 것을 보고 샤오위가 돌아와 잠이 들었나 싶었다. 지난 두 주 동안 샤오위는 퇴근 후 내게 화학 과외를 받으러 왔다. 하지만 과외가 끝나면 자지 않고 전처럼 자신의 린 사마와 함께하러 갔다. 그런데 계단에 올라서자마자 집 안에서 누가 떠드는 소리가 들렸다. 속으로 아차 싶었다. 저우 사장이었다. 드디어 그에게 샤오위가 붙잡힌 것이다. 그간 저우 사장이 여러 번 찾아오긴 했지만 그때마다 나나 리웨가 얼렁뚱땅 둘러대 넘어가곤 했다. 한번은 외할머니가 급성 위장병에 걸려 샤오위가 급히 양메이로 돌아갔다고 알려주기도 했다. 사실 그건 샤오위가 시킨 것이었다. 샤오위의 외갓집은 아예 그들 모자를 인정하지 않았다. 저우 사장은 내 방 침대 옆에 서서 손짓 발짓을 해가며 떠들고 있었다. 그의 둥글고 살찐 얼굴은 땀으로 번들거리고 돼지 간처럼 빨갰으며 아래턱의 짧고 검푸른 수염은 한 올 한 올이 거꾸로 빳빳하게 서 있는 듯했다. 그리고 화가 나 둥글게 부릅뜬 눈에서는 불이 뿜어져 나왔다. 그가 걸친 청록색 하와이 셔츠의 불룩한 등 부분에 커다란 땀 자국이 나 있는 게 보였다.

"말해봐!"

저우 사장이 샤오위에게 손가락질하며 소리쳤다. 그의 상하이 말투는 다급하고 혀가 꼬여 있었다.

"요즘 대체 어디서 몸 팔았어? 돈은 얼마나 건졌고?"

샤오위는 침대 가장자리에 앉아 있었다. 저우 사장이 자신에게 선물한 선홍색 셔츠를 입고서 앞가슴의 단추를 다 풀고 있었다. 그는 맨발인 채 다리를 꼬고 뻬딱하게 담배를 물고는 말없이 뻑뻑 빨더니 금세 도넛 모양의 연기 두 가닥을 뿜었다. 그러고는 이내 차갑게 웃으며 말했다.

"사장님은 내 포주도 아닌데 내가 어디서 몸을 팔았든 무슨 상관이죠? 돈을 얼마나 건졌는지도 사장님과 계산할 필요가 없고요. 설마 개평이라도 떼달라고 오신 건 아니죠?"

"이 뻔뻔한 새끼!"

저우 사장이 사납게 욕을 했다.

"나를 속이려고? 네가 일본 화교와 놀아난 걸 내가 모를 줄 알아?"

저우 사장은 돌연 나를 향해 눈을 부릅떴다.

"너희 이 어린 자식들, 전부 한통속이었어! 그리고 하나 더 묻겠는데……"

그는 거의 찌를 듯 샤오위의 머리에 손가락을 갖다 댔다.

"그 화교놈은 너한테 하룻밤에 얼마를 줬지?"

"린 사마 말인가요?"

샤오위는 담배 한 모금을 더 빨고는 느긋하게 답했다.

"그 사람한테는 돈을 안 받아요."

"내 말 똑바로 들어."

저우 사장이 또 내게 얼굴을 돌렸다. 이번에는 히죽히죽 웃고 있었다.

"너, 그런 자식하고 무슨 저질 놀음을 하는 거야? 화교 자식이 엉덩이를 들이대면 너만 손해야. 그래, 화교랑 자면 네 몸값이 올라갈 것 같아? 똑같이 몸 파는 게 아닐 것 같냐고? 능력 있으면 당장 그 화교놈보고 너를 일본에 데려가달라고 해봐. 가서는 새장에 넣고 키워달라고도 하고."

"린 사마가 지금 내 비자 수속을 밟고 있다고 했어요. 도쿄에 가서 그 사람에게 부양을 받을지 안 받을지는 생각해봐야 하고요."

이 말을 할 때 샤오위는 슬쩍 얼굴을 치켜들고 사뭇 득의양양한 표정을 지었다. 저우 사장은 순간 할 말을 잃고 끙 하는 소리만 냈다. 그의 얼굴에서 땀이 줄줄 흘러내렸다. 샤오위는 반쯤 태운 담배를 여유 있게 낡은 양념 접시 위에 눌러 끈 뒤, 벌떡 일어서서 인상을 쓰며 저우 사장에게 소리 질렀다.

"내가 누구한테 손해를 보든 그게 당신이랑 무슨 상관인데? 내가 당신이랑 무슨 노예계약이라도 맺었어? 내가 공원에서 좀 잘나간다고 나서서 광고라도 해주려고? 내가 저질이면 당신은 저질 아니야? 저질이 아니어서 그렇게 엉덩이를 들이대고……"

샤오위의 얼굴에서 짝, 하고 따귀 맞는 소리가 났다. 샤오위는 고개가 한쪽으로 돌아갔고 바로 다른 쪽에 또 따귀를 맞았다. 그는 펄쩍 뛰며 고함을 쳤다.

"감히 사람을 때려? 당장 경찰서에 가자!"

샤오위가 머리로 저우 사장의 가슴을 들이받고는 멱살을 잡고 밖으로 끌고 갔다. 저우 사장이 마구 주먹을 휘둘렀지만 샤오위는 이리저리 피하면서 놓아주지 않았고 두 사람은 한 덩어리로 엉켰다. 나는 얼른 다가가서 샤오위를 떼어냈다. 저우 사장은 한참을 헐떡이다가 떨리는 목소리로 말했다.

"너한테 그렇게 물건을 사줬는데……"

샤오위가 돌연 침대 밑에 들어가더니 낡은 가죽 상자 하나를 꺼내 뚜껑을 열고 홱 뒤집었다. 안에 있던 것들이 전부 바닥에 쏟아졌고 그는 되는대로 양복바지 세 벌과 여러 색깔의 셔츠 여섯 벌을 집어서 똘똘 뭉쳐 저우 사장의 품에 쑤셔넣었다. 또 자기 손목에 차고 있던 세이코 시계도 끌러 저우 사장에게 집어던졌다. 저우 사장은 알록달록한 옷더미를 두 손으로 받쳐 들고 씩씩대며 문밖으로 나가려 했다. 샤오위는 그런 그를 뒤에서 잡아당겨, 입고 있던 선홍색 셔츠까지 벗어서 어깨 위로 넘기며 "가져가!"라고 소리쳤다.

저우 사장이 떠나자마자 리웨가 향수 냄새를 풍기며 뛰어 들어왔다. 검은색 시스루 스커트를 입어서 안의 살이 다 비쳤다.

"이게 다 뭐야? 경찰이 뒤지고 갔어?"

리웨가 바닥에 흩어진 옷들을 하이힐로 찼다. 샤오위는 그 한가운데서 웃통을 벗고 있었고 얼굴에 땀이 흥건했다.

"저우 사장이 막 다녀갔어요."

나는 리웨를 향해 눈짓했다.

"아항, 그 뚱보 영감이 질투가 나셨구나."

리웨가 샤오위에게 다가가 턱을 위로 젖혔다. 샤오위의 뺨에 빨간 손자국이 나 있었다. 샤오위는 얼른 리웨의 손을 밀고 고개를 숙였다.

"맞았네."

리웨가 고개를 설레설레 저었다.

"이게 바로 마구 수양아비를 만든 결과야. 내 방으로 가자. 할머니한테 쏸메이탕 끓여달라고 할 테니까 한 사발 마시고 독을 풀어."

"누나, 늦게 왔네요. 장사가 바쁜가봐요."

내가 웃으며 말했다.

"천만의 말씀. 하마터면 목숨이 달아날 뻔했어."

리웨는 단추를 풀어 가슴을 드러내고 손으로 부채질을 했다.

"오늘 밤에 바에 거대한 흑인이 왔지 뭐야. 키가 2미터에 몸무게가 1톤은 나갈 거야. 탱크랑 똑 닮았지. 계속 나한테 추근대다가 글쎄, 따로 놀러 나가자고 하지 않겠어? 화장실에 간다고 하고 뒷문으로 도망쳐 나오는 길이야."

22

"아칭."

막 잠이 들려는데 샤오위가 또 나를 밀어 깨웠다.

"나 잠이 안 와."

샤오위는 어둠 속에 누워 담배를 피우고 있었다.

"잠이 안 오면 손님이나 찾으러 나가든지."

나는 돌아누우며 짜증을 냈다.

"아칭, 린 사마가 떠났어."

나는 잠기운이 확 달아나버렸다. 그가 내미는 담배를 받아 나도 한 모금을 빨았다.

"언제 떠났는데?"

"오늘 아침에. 그저께 도쿄 본사에서 전화가 왔대. 그쪽 일이 바쁘고 회장이 또 병으로 쓰러져서 린 사마가 꼭 돌아와야 한다고 했대."

"그게 뭐 어때서? 네 화교 수양아비는 너를 도쿄로 데려갈 수 있잖아."

샤오위가 내 쪽으로 몸을 돌리고 한 손으로 턱을 괴었다.

"어젯밤에 린 사마랑 밤늦게까지 얘기했어. 린 사마는 정말 꼼꼼해서 나를 위해 모든 걸 안배해놨더라. 우리 회사 내에서 내 자리를 따로 마련해줬어. 판 팀장의 조수인데 월급이 5000위안이니까 지금보다 두 배 많아."

"와, 이제 잘나가겠네, 샤오위."

"또 자기가 돌아간 뒤에도 매달 야간학교 비용을 부친다고 했어. 나보고 시험 잘 치르라고 하더라."

"그러면 내가 우선 시험 문제를 내보지. 황산의 분자식은?"

"H_2SO_4."

"훌륭하구나, 제자야. 이제야 눈을 떴구나."

"사실 열심히 하니까 공부가 좀 되더라고. 그치만 시험은 안 보려고."

"뭐라고?"

나는 소리를 빽 질렀다.

"너 나랑 장난하니? 이 무더위에 과외까지 해줬는데."

"세이조제약도 관둘 거야. 너도 판 팀장 봤잖아. 사람이 얼마나 사나운데. 그 호랑이 같은 얼굴을 어떻게 더 보고 살아? 5000위안은 어디서 또 못 벌겠어? 허리띠만 좀 풀면 그쯤은 아무것도 아닐 거야."

내가 웃으며 핀잔을 주었다.

"잘난 척하기는. 네 몸값이 그렇게 비싸?"

"내가 회사에 다니고 공부한 건 전부 린 사마한테 잘 보이기 위해서였어. 이제 린 사마가 떠났는데 그게 다 무슨 소용이야? 어젯밤 그 사람이 나한테 솔직히 말하더라. 앞으로 기회가 있을 때마다 나를 보러 오긴 하겠지만 도쿄에는 나를 데리고 갈 수 없다고."

샤오위는 힘껏 담배를 빨고 길게 연기를 내뿜었다.

"린 사마의 만주 출신 부인은 문제가 안 된대. 염불만 외우고 아무 일도 상관 안 하니까. 문제는 그 사람 아들이더라고. 아들이 그 사람 일을 알고 있어. 언젠가 신주쿠의 어느 바 앞에서 한 아이와 함께 나오는데 아들하고 정면으로 마주쳤대. 집에 돌아가서 아들이 난리 피우면서 혹독하게 몰아붙였다더라고. 또 그 틈을 타 아들이 협박해서 집안의 결정권도 절반 넘겨줬고. 만약 나를 데리고 도쿄에 갔다가 아들한테 발각되면 더 야단이 날 거래."

"네 벚꽃꿈이 또 깨졌구나, 샤오위."

"난 린 사마를 조금도 원망하지 않아. 그 사람은 나한테 진심이어서 그렇게 솔직하게 말해준 거야. 가기 전에도 너무 아쉬워하더라고. 갖고 있던 몇천 위안을 다 털어 나한테 줬어. 평소 쓰던 파커 61도 기념품으로 남겼고. 아칭, 나는 린 사마와 오래 함께하지는 않았지만 하루하루가 즐거웠어. 지금까지 누구한테도 그렇게 애틋했던 적이 없어."

샤오위는 침대맡의 양념 접시 위에 담배를 눌러 끈 뒤, 두 손을 머리 밑에 베고 잠시 조용히 있다가 갑자기 물었다.

"「호색일대남」 본 적 있어, 아칭?"

"아니, 난 일본 영화는 잘 안 봐."

"거기서 이케베 료가 정말 멋있어. 새하얀 일본 옷을 입고 벚나무 아래에 서 있지. 나도 도쿄에 가면 그런 새하얀 옷을 입고 벚나무 아래에서 사진을 찍고 싶어."

"네가 일본 옷을 입으면 아사오카 루리코랑 똑같을 것 같은데."

"아칭, 너도 알지? 「호색일대남」은 우리 엄마가 나를 데리고 가서 보여줬다는 걸. 엄마는 혼자 대여섯 번이나 봤대. 엄마가 그랬어, 시세이도 화장품을 팔던 아빠는 일본 옷을 입으면 영화 속 이케베 료와 똑 닮았었다고."

"샤오위, 아무래도 넌 일본에 너무 가고 싶어 미친 것 같아."

"네가 뭘 알아? 아빠가 있는 놈들은 쥐뿔도 모른다고! 살아생전에 그 빌어먹을 아빠를 찾지 못하면 난 죽어도 눈을 못 감을 거야."

"좋아. 네가 일본에 가서 네 아빠를 찾았다 치자. 그런데 그 사람이 너를 인정 안 하면 어쩔 건데?"

나는 샤오위가 진지한 것을 보고 놀려주고 싶은 생각이 들었다.

"나도 그 사람을 인정해줄지 말지 모르거든."

샤오위가 콧방귀를 뀌었다.

"난 그렇게 뻔뻔한 사람이 못 돼. 자기 아빠가 인정해주지 않는데 뭐하러 계속 떼쓰겠어? 난 정말로 그 사람이 있는지 확인만 하면 돼. 그 사람이 이케베 료와 안 닮았어도 상관없다고. 나는 그 빠가야로가 소머리 귀신인지, 저승사자인지 좀 봐야겠어."

"만약 네 아빠가 이미 죽었으면 넌 헛수고를 하는 셈이잖아."

내가 또 그를 자극했다.

"그 사람이 죽었어도 뼈는 남아 있을 거잖아!"

샤오위의 목소리에 분노가 깃들었다.

"나는 그 사람 유골을 갖고 우리 양메이 시골에 돌아가 근사하게 무덤을 만들고 대리석 묘비를 세울 거야. 그리고 거기에 커다랗게 '린정슝의 묘'라고 황금색 글자를 새길 거야. 그러면 청명절마다 성묘를 할 수 있겠지."

"샤오위, 아무래도 너는 일본에 헤엄쳐 가야 되겠어."

"헤엄쳐 갈 수만 있다면야 그러겠지."

샤오위가 한숨을 쉬고 말했다.

"아칭, 언젠가 내가 정말로 여기를 떠나 도쿄에 가면 이름을 바꾸고 처음부터 다시 시작할 거야. 친구야, 나는 열네 살에 처음 공원에 나갔으니 이제 곧 4년이 돼. 넌 거기가 그렇게 지내기 좋은 것 같아? 자오우창을 좀 보라고. 서른도 안 됐는데 무덤에서 기어 나온 몰골이잖아. 누가 그러는데 자오우창은 50위안만 줘도 따라나선대. 나는 그 아편쟁이 같은 모습만 봐도 등골이 오싹해. 너도 생각해봐. 늙은이들 시중드는 게 얼마나 어렵니? 내가 저우 사장이랑 지낸 것도 거의 일 년이 넘었잖아. 그런데 오늘 밤에 그 사람이 퍼부은 말들, 어디 듣기 좋았니? 하지만 내가 오늘 못되게 굴긴 했어도 나중에 그 사람이 또 찾아와 몇 마디 좋은 말로 달래면 다시 예전 관계로 돌아갈 거야. 어쨌든 그 사람은 나한테 나쁘게 한 편은 아니니까. 물론 너도 아까 봤을 거야, 그 사람이 나를 물건 취급하는 걸. 웃기시네, 자기가 무슨 백만장자인 줄 아나. 꼴랑 그 몇 푼 안 되는 돈으로 이 몸을 사시겠다?"

샤오위가 침대 위를 탕 치더니 또 한숨을 쉬며 말했다.

"피붙이도 아닌데 뭘 더 기대하겠어? 린 사마처럼 친절한 사람도 자기 마음대로 못 해주는데."

"됐어, 샤오위."

나는 샤오위의 어깨를 토닥이며 위로했다.

"어쨌든 넌 고고학자잖아. 괜찮은 늙은이를 못 찾지는 않을 거야."

"그래도 어려워."

샤오위는 서글프게 웃었다.

"나도 사람을 잘못 보는 일이 다반사라고."

"자자, 샤오위. 곧 해 뜨겠다."

나는 돌아누웠다.

"아 참, 아칭."

샤오위가 갑자기 뭔가 생각난 듯 몸을 돌려 나를 툭 밀었다.

"너, 돼지 귀 좋아해?"

"돼지 귀?"

나는 히죽 웃었다.

"절인 건 좋아하지."

"내일 절인 돼지 귀 먹으러 가자. 엄마가 오늘 오후에 사람을 시켜 리웨 누나한테 편지를 보냈어. 나보고 내일 싼충진에 와서 백중*제사 음식을 먹으래. 그 산둥 녀석이 가오슝에 화물을 운송하러 갔대."

"만세!"

나는 환호했다.

"이게 얼마 만의 명절 음식이냐. 내일 코가 비뚤어지게 술을 마셔주지."

"이번에 가면 나도 씨발, 꼭 돼지 귀를 먹을 거야."

---

* 음력 7월 15일의 불교 명절.

23

우리는 이튿날 오후까지 자고 온몸이 땀투성이인 채로 일어나서 찬물 샤워를 한 뒤 새 옷으로 갈아입고 나서야 밖에 나갔다. 샤오 위는 먼저 시먼딩의 투데이백화점에 가서 자기 어머니에게 줄 시세이도 화장품을 무더기로 샀다. 자기 엄마가 나이는 들었어도 여전히 화장품을 애용해서 매번 집에 갈 때마다 그렇게 사간다고 그는 말했다. 그리고 소나무와 학이 찍힌 보자기로 그것들을 쌌다. 처음 가출할 때 어머니가 옷을 싸준 그 보자기를 아직도 간직하고 있었다. 샤오위의 어머니는 싼충진 텐타이天臺극장 뒤편의, 노점이 즐비하고 사람도 바글거리는 골목에 살았다. 우리는 그녀의 집 앞에 도착했지만 샤오위는 감히 안에 들어갈 엄두를 못 냈다. 나를 데리고 살금살금 뒷문으로 가서 한참 동안 안을 살핀 뒤, 고개 돌려 내게 혀를 날름 내밀어 보였다.

"그 산둥 녀석이 진짜 가긴 했네. 녀석이 엄마한테 '그 토끼 새끼를 붙잡으면 머리를 쪼개버릴 거야'라고 했다지 뭐야."

샤오위는 헛기침을 하고 나서 비로소 소리를 질렀다.

"엄마, 나 왔어."

샤오위의 어머니가 뒷문에서 달려 나왔고 샤오위를 보자마자 먼저 온 얼굴을 어루만지더니 어깨를 꼭 붙잡으며 말했다.

"왜 이렇게 말랐어? 매일 뭘 먹고 다닌 거니? 리웨 누나가 박정하게 해주던? 매일 밖에서 헤매느라 잘 못 먹고 다닌 거지?"

그녀는 다시 샤오위를 뜯어보고 말했다.

"머리를 짧게 잘랐네."

샤오위의 어머니는 마흔일고여덟쯤 돼 보였지만 화장이 몹시 진했다. 얼굴에는 분가루를 두껍게 발랐고 눈썹은 다 밀고서 끝이 위를 향하게 그렸으며 입술도 밝은 색조의 립스틱을 발랐다. 게다가 자주색 나비 무늬가 가득한 청색 실크 원피스를 몸에 꼭 끼게 입어 희고 커다란 가슴이 밖으로 드러나 보였다. 샤오위의 어머니는 과거에 무척 분위기 있는 화류계 여자였을 것이다. 그녀의 볼록한 눈은 비록 눈초리에 주름살이 나 있긴 했지만 빙그레 웃으면 복사꽃이 피어난 듯했다. 샤오위의 눈은 자기 어머니에게 물려받은 것이었다.

"엄마, 아칭도 같이 백중 음식을 먹자고 데려왔어."

샤오위가 자기 어머니 쪽으로 나를 잡아당겼다.

"잘했다."

그녀는 샤오위의 어깨를 안고 안으로 들어가며 내게 미소를 지어 보였다.

"옆집 휘왕火旺 아저씨네서 100킬로그램이 넘는 수퇘지를 잡았어. 오늘 저녁에 거기 가자꾸나."

"엄마, 무슨 향수를 뿌린 거야? 냄새가 너무 지독해."

샤오위가 자기 어머니 목에 얼굴을 대고 코를 킁킁거렸다. 그녀는 아들 엉덩이를 툭 치며 타박했다.

"엄마가 무슨 향수를 뿌리든 너랑 무슨 상관이니?"

거실로 들어가서 샤오위는 싱글벙글하며 들고 있던 보따리를 풀어 탁자 위에 화장품들을 쏟아냈다. 향수 한 병, 콜드크림 한 병, 립스틱 한 개, 눈썹 펜슬 한 자루였다.

"이건 '야합향夜合香'이라는 건데 박하 향이 나. 여름에 뿌리면 아주 좋아. 냄새 좀 맡아봐."

샤오위가 옥색 유리병에 든 향수를 열어 자기 어머니 코에 갖다 댔다.

"별로다. 얘."

그녀가 입을 삐죽대며 웃었다. 그리고 제멋대로 콜드크림 뚜껑을 열어 냄새를 맡았다.

"이 콜드크림은 그래도 좋네. 다 바르고 나면 또 사러 가야겠어."

샤오위는 손등에 향수 몇 방울을 떨어뜨리고 나서 손가락으로 찍어 자기 어머니 귀밑에 두어 번 묻힌 뒤, 나머지는 그녀의 머리칼에 발랐다.

"이런 건 빌어먹을 제 애비랑 똑 닮았다니까."

그녀가 샤오위를 보다가 고개를 끄덕이며 탄식했다.

"네 아버지도 전에 이런 화장품 사는 걸 좋아했어. 떠나면서 화근덩어리인 너 말고는 아무것도 안 남겼지만 웬일로 시세이도의 메이크업 베이스를 20, 30갑이나 놓고 갔지. 다 쓸 수가 없어서 남에게 줘버렸단다."

그녀는 샤오위의 뺨을 어루만지며 내게 웃으면서 말했다.

"내가 애를 잘못 낳았어. 남자로 낳았으니 말이야. 전에 내 눈썹은 얘가 다 그려줬단다. 나는 늘 '샤오위가 여자라면 좋겠네'라고 했지. 그랬으면 여기저기서 말썽을 일으키지도 않았을 테고 말이야."

"아칭, 넌 잘 모를 거야."

샤오위가 히죽대며 끼어들었다.

"엄마가 나를 뱄을 때 사당에 가서 마조*한테 기도를 했거든. 딸을 낳게 해달라고 말이야. 그런데 마조 그 노인네가 그날따라 감기 때문에 귀가 잘 안 들려서 딸을 아들로 알아듣고 남자애의 태아를 점지한 거야."

"요 못된 녀석!"

샤오위의 어머니가 온몸이 흔들리도록 까르르 웃으면서 샤오위의 뺨을 가볍게 찰싹 때렸다. 그러고는 손수건으로 눈가를 닦고 안으로 들어가더니 잠시 후 큰 쟁반에 수박을 담아 와서 기름때로 까매진 식탁 위에 놓았다. 그녀는 나와 샤오위에게 새빨간 수박을 한 조각씩 건넸다. 목이 말랐던 우리는 우적우적 그걸 씹어 먹었다. 샤오위의 어머니는 샤오위 곁에 바짝 붙어 앉아 커다란 부들부채로 부채질을 해주었다. 그 거실은 좁고 어두웠으며 창문도 하나 없었다. 또 소반 위에 촛불 두 개가 켜져 있고 보생대제**를 위해 굵은

---

* 馬祖. 중국과 동남아시아 화교 거주 지역에서 절대적으로 숭배받는, 항해의 안전과 일상의 행운을 가져다주는 여신.

** 保生大帝. 도교에서 치료를 담당하는 의술의 신.

향까지 사르고 있어서 공기가 무척 후텁지근했다. 나와 샤오위의 이마에는 계속 땀이 비 오듯 흘렀다.

"리웨는 어떻게 사니? 아직도 날마다 미국 남자들과 지내니?"

샤오위의 어머니가 물었다.

"그 누나는 점점 더 잘나가. 뉴욕 바에서 인기가 가장 많다니까. 손님이 많을 때는 바빠서 정신을 못 차릴 정도야. 항상 허리가 아프다고 나한테 안마를 해달라고 하지."

샤오위가 깔깔 웃었다.

"아이고, 그 몹쓸 년. 몇 년 전 쪼르르 와서 그 미국 병사가 자기를 버리고 내뺐다고 질질 짜지 않았겠어? 그때 내가 걔를 위해 중매를 섰지. 휘왕 아저씨네 큰아들 춘파春發와 만나게 해줬어. 그런데 리웨는 그 사람이 너무 못생기고 사팔뜨기에 곰보 자국이 있다며 싫어하더라고. 걔가 지금 구두 장사를 얼마나 크게 하는데. 휘왕 아저씨네 가족은 다 부자가 됐어. 리웨는 내 말을 안 듣고 그 잡종 새끼도 안 뗐잖아. 그 노랗지도 하얗지도 않은 걸 끌고 다니느라 걔는 평생 죽을 둥 살 둥 할 거야."

"엄마, 그럼 엄마는 왜 그때 나를 안 떼버리고 낳아서 평생 죽을 둥 살 둥 하고 나도 이렇게 고생고생 살게 만든 건데?"

샤오위가 고개를 들고 웃으며 자기 어머니에게 물었다. 그의 코끝에 빨간 수박 물이 두어 방울 묻어 있었다.

샤오위의 엄마는 부들부채를 팔랑팔랑 몇 번 부치더니 한숨을 크게 쉬며 말했다.

"네 염병할 아빠 린정슝, 그 나카지마한테 속아 넘어가 그런 거지. 일본에 돌아가서 한 달 후에 나를 불러준다고 했거든. 그런데 지금 네가 이렇게 다 자랐구나."

샤오위가 갑자기 고개를 갸우뚱하며 말했다.

"엄마, 내가 린정슝을, 엄마의 그 나카지마를 거의 찾을 뻔했어."

"뭐라고?"

샤오위의 엄마가 놀라서 물었다.

"거의 찾을 뻔했다고."

샤오위는 그녀의 어깨를 툭툭 두드렸다.

"그 사람도 성이 린씨이고 이름은 마오슝이었어. 이름이 겨우 한 글자만 달랐지. 그날 밤 그 사람이 나한테 자기 이름을 가르쳐주는데 심장이 튀어나오는 줄 알았다니까. 그래서 물었지. 일본 성은 없냐고. 있으면 혹시 나카지마는 아니냐고. 그 사람은 없다고 하더라고. 엄마, 엄마가 생각해도 너무 아깝지 않아?"

"어떤 사람인데?"

"역시 일본 화교야. 도쿄에서 왔고 타이완에 제약회사를 차렸어."

샤오위의 어머니가 고개를 저으며 한숨을 쉬었다.

"너 또 아무렇게나 화교 수양아비를 만들었구나."

"아냐. 그 린마오슝은 달라. 나한테 얼마나 잘해줬는데. 자기 회사에 내 자리를 마련해주고 저녁에 학교도 다니라고 했어."

"정말이니?"

샤오위의 어머니는 깜짝 놀랐다.

"이번에는 운이 트인 거네. 샤오위, 엄마가 말했잖니. 네가 그런 식으로 타이베이에서 살아가면 좋은 일이 생기긴 어려울 거라고. 이번에 그렇게 착한 사람을 만났으니 하라는 대로 하면서 일을 좀 배우면 나중에 배를 곯지는 않을 거야."

"하지만 그 사람은 이미 도쿄로 돌아갔어."

샤오위는 어깨를 으쓱했다.

"언제 다시 올지도 모르고."

"아……"

샤오위의 어머니는 조금 실망해서 한숨을 쉬었다. 이때 샤오위가 그녀에게 다가가 고개를 들고 물었다.

"엄마, 나한테 솔직히 말해줘."

"뭘 말해달라는 거야?"

"엄마는 도대체 몇 명의 린씨 남자랑 잔 거야?"

"이 요절할 녀석!"

그녀는 샤오위의 머리를 찰싹 때리고는 웃으면서 말했다.

"너 그게 엄마한테 할 소리니? 게다가 아칭도 옆에 있는데 벼락 맞을까 두렵지도 않아?"

샤오위가 그녀를 가리키며 내게 미소를 지었다.

"아칭, 우리 엄마는 옛날에 둥원거 술집에서 진짜 잘나갔어. 남자들이 줄줄 따라다녔대. 리웨 누나보다 더 인기가 좋았어."

"리웨가 뭐 대단하다고? 걔랑 네 엄마를 비교하다니, 네 엄마의 명성에 해가 될까 두렵지 않니?"

샤오위의 어머니가 입을 삐죽 내밀고 하찮다는 표정을 지었다.

"옛날에 내가 둥원거에 있을 때는 보통 손님들은 아예 안중에도 없었어. 어딜 리웨처럼 처지는 애랑 나를 비교하니? 흑인이든 백인이든 안 가리고 자는 애하고 말이야."

"하지만 엄마가 나한테 그랬잖아. 그때 엄마를 따라다니던 남자들 중에 린씨가 서너 명은 됐다고."

그녀는 애매한 표정으로 헛기침을 했다.

"엄마, 도대체 몇 명의 린씨 남자랑 잔 거냐고?"

샤오위가 또 채근해 묻자 그녀가 심각한 표정으로 말했다.

"네 엄마가 몇 명의 린씨랑 잔 게 너하고 무슨 상관이니?"

"엄마가 그렇게 많은 린씨 남자랑 잤으면 그 시세이도 린정슝이 내 아버지인 걸 어떻게 알아?"

그녀는 샤오위의 머리를 쓰다듬고는 잠시 그를 바라보다가 조용히 말했다.

"네 엄마가 모르면 누가 알겠니?"

"엄마……"

샤오위가 돌연 그녀의 옷자락을 꽉 붙잡더니 품속에 얼굴을 묻고 목 놓아 울기 시작했다. 그는 그녀의 풍만한 가슴 위에 이리저리 얼굴을 비비고 두 손으로 아무것이나 쥐어뜯어 그녀의 청색 실크 원피스에서 천이 찢어지는 소리가 났다. 계속 울며 어깨를 심하게 실룩거려 마치 어디가 무척 아픈 듯했지만 아무 말도 하지 못했다. 샤오위의 어머니는 그가 워낙 좌우로 흔드는 바람에 그를 안을 수가 없었다. 그녀의 앞가슴에 눈물과 콧물과 수박 물이 군데군데 묻었다. 그녀의 뺨과 이마 위로 땀이 흘러내리는 바람에 짙게 화장한 얼굴이 하얗고 빨갛게 번졌다. 그녀는 황급히 샤오위의 등을 두드려주었으며 잠시 후 샤오위가 조금 진정하고 나서야 머리를 묶고 있던 손수건을 풀어 샤오위의 얼굴을 닦고 코를 풀어주었다. 그러고는 달래면서 말했다.

"샤오위, 엄마 말 좀 들어봐. 아침에 일어나서 훠왕 아저씨네 가서 내가 그랬거든. '오늘 밤 우리 샤오위가 집에 돌아와 여기 인사하러 올 거야. 돼지 귀 한 쌍은 개를 위해 꼭 남겨둬야 해'라고. 휘왕 아저씨네는 작년에 장사가 너무 잘돼서 올해 백중 제사에 돈을 아낌없이 썼어. 휘왕 아저씨가 빙그레 웃으며 그러더라. '샤오위가 온다면 돼지 귀를 한 쌍이 아니라 열 쌍은 남겨둬야지.' 내가 가서 봤는데 돼지 귀가 크고 살이 많더라. 또 간간하게 아주 잘 절여서 맛있어."

샤오위의 요염한 눈은 벌겋게 부어올랐고 콧물도 여전히 코에 걸려 있었다. 자기 어머니가 한마디씩 말할 때마다 그는 고개를 끄덕이며 응 소리를 냈고 또 그때마다 흘러나오는 콧물을 들이켜며 계속 어깨를 실룩거렸다.

저녁 6시가 조금 넘자 싼충진의 크고 작은 거리는 일찌감치 북새통을 이뤘다. 백중 음식을 먹으러 사람들이 각지에서 벌 떼처럼 몰려온 것이다. 집집마다 음식을 집 밖에까지 내놓아서 골목 안에는 테이블이 줄줄이 놓여 있었다. 크고 기름진 돼지고기 덩어리가 여기저기 작은 산을 이뤘고 누렇고 번들번들한 돼지껍데기는 한창 뜨끈뜨끈했다. 어떤 집에서는 사당에서 제물로 바친 돼지를 막 들고 와 문가에 부려두었다. 수백 근 무게의 살찐 수퇘지가 붉은 천에 덮인 채 흐뭇한 표정으로 제단 위에 엎드려 있었다. 입에 새빨간 귤 하나를 물고 머리와 얼굴은 털을 깨끗이 밀었으며 가늘게 뜬 작은 눈은 마치 득의양양하게 웃고 있는 듯했다. 요리는 대부분 전날 만든 것이어서 탁자 위에 놓이자 쟁반마다 고기 쉰내가 났고 향초의 짙은 냄새와 섞여 공기 중에 떠돌았다. 바람 한 점 없는 날씨인 데다 싼충진 상공에 매연이 까맣게 덮여 있어서 땀에 젖은 사람들의 얼굴은 엷게 흑연을 바른 듯했다. 하지만 다들 개의치 않고 게걸스럽게 먹고 마셨다. 곡주를 사발로 부어라 마셔라 하면서 싼 충진 전체가 와자지껄했다.

휘왕 아저씨네 백중 음식은 정말로 풍성했다. 테이블 가득 요리가 열여섯 가지나 올라왔고 갑오징어구이, 전복무침 같은 해산물 요리도 많았다. 통생선도 세 마리나 나왔는데 빨간 생선은 빨갛게, 노란 생선은 노랗게 조리되어 쟁반에 놓여 있었다. 휘왕 아저씨가 노랗고 기름지게 절인 돼지 귀를 통째로 집어 샤오위의 앞접시에 놓아주고서 앞니 빠진 입을 쫙 벌리고 얼굴 가득 주름을 만들며 웃었다.

"샤오위, 어서 먹어. 이 돼지 귀를 먹고 수퇘지처럼 크거라."

샤오위가 마구 웃고는 그 돼지 귀를 집어 자기 입에 쑤셔넣었다. 입안이 가득 차 두 볼이 다 불룩해졌다. 그 돼지 귀는 끝에 털 몇 가닥이 붙어 있었지만 샤오위는 그냥 꿀꺽 삼켰다. 휘왕 아저씨는 또 오리백숙의 다리를 찢어 내 밥그릇에 올렸고 술 한 병을 우리 앞에 놓아주기도 했다. 그는 나와 샤오위의 머리를 쓰다듬으며 술을 권했다. 샤오위의 어머니는 일찌감치 술에 얼굴이 빨개져서 손수건으로 머리를 동여맨 채 테이블 반대편의, 휘왕 아저씨의 큰아들인 사팔뜨기 춘파와 화취안* 놀이를 했다. 삼판양승이었는데 샤오위의 어머니가 져서 세 잔 가득 술을 따라 마셔야 했다. 그녀는 한 잔씩 차례로 한 방울도 남김없이 다 마신 뒤, 꽤 기개 있게 잔을 뒤집어 사람들에게 보여주었다. 테이블에 둘러앉은 이들 모두가 갈채를 보

---

* 劃拳. 술자리에서 흥을 돋우는 놀이. 두 사람이 동시에 손가락을 내밀면서 각기 한 숫자를 말하는데, 말한 숫자와 쌍방이 내민 손가락의 총수가 서로 부합되면 이긴다.

냈다. 훠왕 아저씨도 입을 딱 벌리고 고개를 흔들며 환호했다.

샤오위도 훠왕 아저씨의 여드름투성이 작은아들 춘푸春福와 화취안을 했다. 그들은 한판에 한 잔씩 술을 걸었다. 샤오위는 내게 심판을 맡기면서 춘푸가 트집 잡기에 아주 능하다고 말했다. 첫판은 춘푸가 이겼고 그가 손으로 주먹을 비벼대며 술잔을 집어들었다.

"서두르지 마. 먼저 돼지 귀부터 먹고."

샤오위가 돼지 귀 한 점을 집고 한참을 씹었다. 춘푸는 더 못 기다리고 샤오위의 목을 잡고서 입에 술을 부으려 했다. 샤오위는 그를 밀치며 웃었다.

둘째 판에서는 샤오위가 '사계재'*를 외치면서 손가락 두 개를 내밀었고 춘푸는 '오금귀'**를 외치면서 손가락 두 개를 내밀었다. 춘푸는 자기가 진 것을 보고 얼른 손가락 하나를 보태며 호들갑을 떨었다.

"샤오위가 또 졌다, 샤오위가 또 졌어!"

샤오위는 단박에 얼굴이 벌게졌다.

"이 새끼가 또 생떼를 쓰네."

그도 술잔을 들고 춘푸의 입에 술을 부으려 했다. 그렇게 둘이 서로 엉겨 붙어 용을 쓰고 있는데 갑자기 춘푸가 고개를 들고 소리쳤다.

"저기 봐, 샤오위. 산둥 아저씨가 왔어."

"뭐? 어디?"

---

* 四季財. 4를 가리킨다.
** 五金龜. 5를 가리킨다.

샤오위는 벌떡 자리에서 일어났다. 들고 있던 술잔을 떨어뜨려 테이블 위에 술이 튀었다. 그는 허둥거리며 양쪽을 번갈아 살폈다. 이때 샤오위의 어머니가 쫓아와 춘푸를 힘껏 밀며 나무랐다.

"이 녀석, 왜 우리 샤오위를 겁주니?"

그녀는 몸을 돌려 샤오위의 등을 토닥이며 말했다.

"무서워하지 마. 그 사람이 오면 뭐 어때? 그 사람이 염라대왕이라도 돼? 그 사람이 또 너를 털끝 하나라도 건드리면 이 엄마가 가만히 안 있을 거야."

"괜찮아, 괜찮아."

휘왕 아저씨가 혀를 차며 말했다.

"샤오위, 한 잔 마셔라. 여기 돼지 귀도 한 점 더 주마."

샤오위는 다시 앉아 아무 말 없이 돼지 귀를 씹기 시작했다. 춘푸가 옆에서 계속 곁눈질하며 눈웃음을 쳤지만 본체만체하고 술을 따라 벌컥벌컥 마시기만 했다.

식사가 끝났을 때 샤오위의 어머니는 몹시 취해 있었다. 그녀는 샤오위의 어깨에 기댄 채 비틀비틀 집으로 돌아갔다. 집에 들어서자마자 그녀는 황금색 샌들을 벗어 던지고 청색 실크 원피스도 훌훌 벗었다. 안에는 반투명의 검정 속치마 한 벌뿐이었으며 아랫배가 두 줄로 접힌 게 보였다. 머리를 동여맨 손수건이 느슨해져서 풀린 머리 다발이 목 위를 덮고 땀에 젖은 채 축 늘어져 있었으며 화장도 진작에 다 지워진 채 범벅이 되었다. 그녀는 기다란 걸상에 두 다리를 쫙 벌리고 앉아 얼굴에 몇 번 손부채질을 했다. 그리고 샤오위를 끌어와 자기 곁에 앉히고는 게슴츠레한 눈으로 잠시 바라보다 손으로 그의 이마에 맺힌 땀을 닦아주며 한숨을 쉬었다. 그녀가 불분명한 목소리로 말했다.

"샤오위, 이 엄마는 네가 돌아오기를 바라는 거 알지?"

"알아."

샤오위가 고개를 숙인 채 답했다.

"그 산둥 남자는 성격은 거칠어도 이 엄마한테는 잘해줘. 얼마라도 집에 돈을 갖다주고 밖에 다른 여자도 없으니까. 샤오위, 너도 알아야 해. 이 엄마는 이제 예전 같지 않아. 늙고 쓸모없어졌어······."

샤오위는 계속 고개를 숙이고 있었다. 두 손바닥을 걸상 위에 올려 어깨가 불쑥 위로 올라갔다.

"사실 그 사람은 원래 너한테도 잘해줬잖아. 그 사람을 탓하기도 어려워. 네가 그런 일을 저질렀으니······."

"엄마, 갈게."

샤오위가 일어서며 말했다.

"자고 가지 그래?"

샤오위의 어머니도 일어섰다.

"아니야. 타이베이에서 또 약속이 있어."

샤오위가 탁자 위에 놓아둔 보자기를 챙겨 문 쪽으로 가려 했지만 샤오위의 어머니는 그 보자기를 빼앗았다. 그녀는 제사상에 다가가 쟁반에 올린 붉은거북이떡* 여덟 개를 보자기 위에 쏟은 뒤, 두 번 매듭을 지어 샤오위의 팔에 걸어주었다. 우리가 대문을 나설 때 그녀가 맨발로 쫓아오며 말했다.

---

* 紅龜粿. 쌀가루와 밀가루 반죽에 식물성 소를 넣어 찌는 제수용 떡. 둥글고 납작하며 위에 거북이 무늬를 찍어넣는다.

"다음 달 7일에 그 사람이 타이중에 이틀 다녀올 거야. 내가 또 편지를 보낼게. 아칭, 너도 같이 놀러 와."

타이베이로 돌아가는 버스에 올라 샤오위에게 물었다.

"오늘밤에는 우리 '소굴'에 안 가?"

"안 가. 톈싱天行에 가서 우吳 사장을 만나야 해."

"속담에 명마는 자기가 밟고 온 풀은 돌아가서 먹지 않는다고 했는데."

나는 웃으면서 말했다. 우 사장은 시먼딩에서 톈싱경매회사를 운영하는 샤오위의 오랜 고객이었다. 샤오위한테 한동안 공을 들였지만 샤오위는 그에게 충치가 있어 입 냄새가 난다며 본체만체했다.

샤오위가 피식 웃으며 말했다.

"난 명마가 아니니까 괜찮아. 우 사장이 전에 나한테 시계 선물을 해준다고 했거든. 이번에 가서 달라고 하려고."

"늙은이들 등치는 것 하나는 일가견 있다니까."

이때 샤오위가 왼손을 내밀었다. 손목이 허전해 보였다. 전에 그는 저우 사장이 선물한 세이코 시계를 차고서 툭하면 손을 들어 남들한테 보여주며 "저우 사장이 준 거야"라고 자랑하곤 했다.

"초등학교 6학년 때였던 것 같아. 휘왕 아저씨가 춘푸한테 세이코 시계를 사줬어. 춘푸가 그걸 차고 학교에 와 하루 종일 내 얼굴에 대고 흔들며 떠들었지. '이거 우리 아빠가 사준 거다'라고 말이야. 어느 날 체육 시간에 걔가 시계를 교실에 풀고 나간 틈을 타 그걸 훔쳐서 하룻밤 차봤어. 이튿날 도랑에 빠뜨려 물에 흘려보냈고.

그때부터 계속 세이코 시계가 갖고 싶었어."

버스가 타이베이대교에 닿았다. 타이베이로 돌아가는 사람이 많아 다리 위에 차들이 가득해서 버스는 무척 느리게 움직였다. 나는 차창 밖으로 머리를 내밀어 쌴충진 쪽을 돌아보았다. 불빛이 흐릿했고 단수이강 위에도 불빛이 반짝였다. 쌴충진의 거무칙칙한 상공에는 검붉은 달이 흐릿하게 걸려 있었다. 문득 동생을 데리고 샤오둥바오공연단의 공연을 보러 쌴충진 메이리화극장에 갔던 일이 생각났다. 무대 위에서 다리를 차올리던 어머니는 화장이 무척 진했으며 웃는 모습이 힘들고 고통스러워 보였다. 그날 저녁 나와 동생도 버스를 타고 타이베이로 돌아오며 이 다리를 건넜다. 동생은 계속 차창 밖으로 고개를 내밀어 쌴충진 쪽을 바라보았다. 내가 동생의 손을 잡아주었을 때 그 손은 식은땀에 젖어 있었다.

"뭘 보는 거야, 아칭?"

샤오위의 물음에 나는 말했다.

"달을 보고 있어."

24

"50위안! 50위안, 누구 없나?"

공원에 들어갔을 때 연못 한쪽에 사람들이 둘러서 있고 양 사부의 거리낌 없는 웃음소리가 들렸다. 양 사부는 밝은 자주색 알로하셔츠를 입고서 가슴과 배를 쑥 내민 채 부채를 접었다 폈다 했다. 원시인 아슝은 그 뒤에 거인처럼 버티고 서서 그 큰 두 손으로 불룩한 종이 봉지를 들고 군것질거리를 한 움큼씩 꺼내 입에 털어넣고 있었다. 그런데 알고 보니 사람들 한가운데에 라오구이가 서서 후난湖南 사투리로 고함치며 가격을 부르는 중이었다. 그의 곁에는 한 아이가 딱 붙어 있었는데, 그는 그 아이의 손을 붙잡고 높이 들어올리며 음탕한 웃음을 지었다. 아이는 열서너 살쯤 돼 보였고 머리를 새파랗게 밀었으며 아기처럼 하얗고 순진한 얼굴이었다. 흰색 라운드 셔츠 속으로 가늘고 마른 목이 들여다보였다. 밑에는 하얗게 바랜 남색의 느슨한 바지를 입었고 아무것도 신지 않은 맨발이었다. 아이는 좌우를 두리번거리면서 계속 입을 헤벌리고 사람들에게 천진한 미소를 지어 보였다.

"이 늙은 족제비 같으니."

양 사부가 부채를 거두고 라오구이를 향해 고개를 끄덕였다.

"어디서 이런 병아리를 훔쳐온 거야?"

그는 앞으로 다가가 그 아이의 팔을 쥐고는 그 가늘고 마른 목을 어루만지고 나서 웃으며 욕했다.

"이렇게 털도 제대로 안 난 햇병아리를 어디에 쓰려고? 이 늙은이가 보아하니 돈에 눈이 멀었군. 어느 쓰레기더미에서 주워왔는지 모르겠지만 이런 애를 팔다니 부끄럽지도 않아?"

라오구이가 양 사부를 밀치며 성을 냈다.

"니미 씨발, 내가 네 아들을 파는 것도 아닌데 무슨 상관이야?"

양 사부가 밀려서 뒤로 비틀대다가 아슝의 몸과 부딪쳤다. 아슝은 발끈해서 소리 지르며 그 큰 주먹을 들어 라오구이를 향해 휘둘렀다. 라오구이는 얼른 목을 움츠리고 물러나 억지 미소를 지으며 애원했다.

"양 사부, 빨리 저 녀석 좀 말려줘. 쟤한테 한 대 맞으면 이 늙은이는 뼈도 못 추린다고."

양 사부는 아슝을 막아서며 칭찬을 해줬다.

"우리 착한 아들, 내 얼굴 봐서 한 번만 용서해줘라."

그러고서 그는 부채로 라오구이의 코끝을 가리키며 말했다.

"이 늙은 똥꼬 새끼, 봤지? 다음에 또 감히 이 몸을 건드렸다가는 내 아들 손에 즉사할 줄 알아!"

아슝은 고개를 치켜들고 의기양양해했다. 그는 주머니에서 꽈배기사탕 한 줄을 꺼내 입에 쑤셔넣고 아작아작 씹어 먹었다.

"50위안!"

라오구이가 다시 아이의 손을 치켜들었다. 그리고 쥐바오펀 식당의 루 주방장에게 몸을 돌려 간사하게 웃었다.

"이봐, 자네는 뼈 깨무는 걸 좋아하잖나. 이 애는 비쩍 말랐으니 자네가 즐기기에 아주 딱이로군."

루 주방장이 씩 웃고서 큰 배를 쑥 내밀고는 아이에게 다가가 가슴과 등을 만져본 뒤, 혀를 찼다.

"갈비뼈가 썩 괜찮네."

그는 아이의 귀를 붙잡고 웃으면서 물었다.

"요 녀석, 나랑 집에 가서 잘래?"

아이는 루 주방장을 빤히 보다가 갑자기 헤헤 웃으며 아슝이 들고 있는 꽈배기사탕을 가리켰다.

"사탕, 사탕."

사람들은 어리둥절했다가 모두 떠들썩하게 웃어댔다.

"원래 바보였잖아!"

루 주방장도 머리를 흔들며 웃다가 탄식을 했다. 하지만 원시인 아슝은 종이 봉지에서 꽈배기사탕 한 줄을 꺼내 아이에게 건네며 말했다.

"너 먹어."

아이는 그것을 낚아채 두 볼이 볼록해지도록 입안에 몽땅 쑤셔넣었다. 그 애와 아슝은 눈을 부릅뜨고 서로를 바라보며 멍청하게 웃었다. 둘 다 아작아작 꽈배기사탕을 씹어 먹었다.

"어제저녁 공원로 길목에서 이 바보 녀석과 마주쳤지."

라오구이도 웃음을 금치 못했다.

"모두 알아맞혀봐. 얘가 거기에서 뭘 하고 있었는지 알아? 엉덩이를 까고 오줌을 싸고 있었어."

사람들은 또 웃음을 터뜨렸다.

"데리고 돌아오긴 했는데 이 바보 녀석이 아무것도 모를 줄은 몰랐네. 건드리기만 하면 헤헤, 멍청하게 웃기나 하고 말이야."

라오구이는 목덜미에 난 마른버짐을 긁으면서 어처구니없어했다.

"얘들아, 짭새가 떴다!"

양 사부가 부채를 쫙 폈다.

멀리 테니스장 쪽에서 야간 순찰을 나온 경찰 두 명이 우리 쪽으로 다가오고 있었다. 그들의 구두가 벌써부터 자갈길에 부딪혀 따각따각 소리를 냈다. 우리는 익숙하게 한 사람씩 조용히 계단을 내려와 사방으로 흩어졌다. 라오구이는 그 아이의 손목을 꽉 붙잡고 거의 끌 듯이 공원 입구 쪽으로 급히 걸어갔다.

"얘는 내가 데려갈게요."

공원 입구에서 나는 라오구이를 막아섰다. 그리고 20위안짜리 지폐 두 장과 10위안짜리 지폐 한 장을 꺼내 라오구이에게 건넸다.

25

아이를 데리고 진저우가로 돌아왔을 때 리웨는 아직 퇴근 전이었다. 나는 몰래 부엌에 들어가 냉장고를 열고 꼬마 체니가 마시는 우유와 크고 노란 망고 하나를 훔쳤다. 그 망고는 너무 비싸서 리웨는 평소 나와 샤오위에게 손도 대지 말라고 엄포를 놓곤 했다. 방에 돌아오니 아이가 내 침대 위에 올라 책상다리를 하고 있었다. 발바닥이 온통 흙투성이였는데도 말이다. 그 애의 빡빡 깎은 머리가 등불 아래서 빛을 반사했다. 그 애는 내가 우유병을 들고 있는 것을 보고 냉큼 일어나 붙잡으려 했다.

"네 이름이 뭐니?"

나는 우유병을 높이 치켜들었다.

"아우."

아이가 답했다. 나는 웃으며 말했다.

"이 바보. 네 이름이 뭐냐고? 이름은 있을 거 아냐?"

아이는 멍하니 나를 바라보며 입을 동그랗게 벌렸다. 크고 까만 두 눈을 휘둥그레 뜬 채 깜박이지도 않았다.

"아…… 우……"

잠시 후 아이는 다시 더듬더듬 반복해 말했다.

"그 사람들, 나보고 다 아우라고 그래."

"알았어, 알았어."

나는 또 웃으며 말했다.

"나도 그냥 아우라고 부를게. 넌 날 아칭이라고 불러, 알았지? 아, 칭."

"아, 칭."

아우가 나를 따라 말했다. 나는 우유병 뚜껑을 열어 그 애에게 주었다. 아이는 받자마자 꿀꺽꿀꺽 우유를 들이켜 단숨에 반병을 비웠다. 우유가 그 애의 입가에서 흘러나와 하얀 셔츠 위에 뚝뚝 떨어졌다. 아이는 내친김에 우유를 싹 비웠고 그러고 나서야 혀를 차고 만족스럽게 긴 숨을 내쉬었다. 하지만 두 손으로 계속 빈 우유병을 꽉 쥔 채 놓으려 하지 않았다. 나는 바닥에 앉아 망고 반 개를 잘라서 껍질을 벗겨 씹어 먹었다. 과육이 실하고 즙이 많았으며 달고 사과 향까지 나서 기분이 몹시 좋아졌다. 그런데 고개를 들어 보니 아우가 침대 위에 앉아 나를 뚫어지게 바라보고 있었다. 입을 헤벌리고 내 손의 망고를 따라 눈동자를 움직였다. 나는 웃지 않을 수 없었다.

"이 먹깨비야, 어떻게 방금 우유를 다 마시고도 그렇게 게걸스럽니?"

아우는 침을 꿀꺽 삼키고는 큰 눈을 깜빡깜빡했다.

"먹고 싶으면 내려와. 망고즙이 침상에 묻으면 지워지지도 않아."

아우는 조금 주저하다가 결국 빈 병을 내려놓고 바닥에 뛰어내려 곁에 다가왔다.

"너희 집은 어디야? 아우야, 넌 어디에 사니?"

남은 망고 반 개의 껍질을 벗기며 아이에게 물었다.

"완…… 화……"

아우가 잠시 생각하다가 말했다.

"거리랑 번지수는 어떻게 돼?"

"완…… 화……"

"완화의 무슨 거리냐고?"

그 애는 조금 귀찮다는 듯이 고개를 흔들었다.

"옌핑북로 아냐?"

그 애는 멍하니 나를 보기만 하고 아무 말도 하지 않았다.

"자기 집이 어디 있는지도 모르면 어떡해?"

아우가 갑자기 웃음을 터뜨렸다. 그 애의 웃음소리는 상당히 특이했다. 빠르게 꺄르륵, 꺄르륵, 하고 낭랑한 소리를 연달아 냈다. 그러다가 뚝 그치고는 눈을 화등잔만 하게 뜨고 아무 일 없다는 듯 멍하니 있다가 다시 또 꺄르르륵 웃으며 몸을 앞뒤로 흔들었다. 새파랗게 민 그 애의 머리통이 마구 흔들렸다.

"그만 웃어."

나는 가볍게 나무랐다.

"이제 너 큰일 났어. 집에도 못 가게 됐다고."

아우는 웃음을 그치긴 했지만 별로 개의치 않는 눈치였다. 내가 껍질을 벗긴 망고 반 개를 건네자마자 그 애는 두 손에 받쳐 들고 바로 먹기 시작했다. 그 애의 코끝과 아래턱에 샛노란 망고즙이 묻었다. 아이는 망고 반 개를 게 눈 감추듯 먹어치웠고 씨까지 맛있게 쪽쪽 빨아 먹었다. 내가 씨를 가져가자 그 애는 내 손을 툭 치며 못마땅한 듯 힝, 하고 콧소리를 냈다. 나는 아이의 목덜미가 새까만 것을 발견했다. 몸에서 시큼한 땀 냄새가 나기도 했다. 아마도 꽤 여러 날 목욕을 안 한 듯했다.

"지저분한 녀석, 목욕하러 가자."

나는 다짜고짜 그 애를 일으켜 손을 잡고 욕실로 갔다. 양동이에 찬물을 받으면서 그 애의 옷을 벗긴 뒤, 표주박을 건네주며 말했다.

"네가 알아서 해. 나는 수건 가져다줄게."

그 애는 표주박을 든 채 이리저리 두리번거리며 알몸으로 그냥 서 있었다.

"이렇게 하라고, 멍청아."

나는 아이에게서 표주박을 빼앗아 물을 뜬 뒤, 그 애의 정수리에 끼얹었다. 그 애는 얼른 머리를 가리고 목을 움츠리면서 꺄르륵 웃으며 몸을 피했다. 나는 그 애를 붙잡고 표주박에 몇 번이나 물을 담아 끼얹고서야 겨우 비누로 아이의 등을 닦을 수 있었다.

"아우야, 너희 집에는 누가 있어?"

그 애는 잠깐 생각하다가 입을 열었다.

"아빠."

"아빠는 뭐 하셔?"

"다래…… 구아바…… 홍시……"

그는 과일 이름을 하나씩 주워섬겼다.

"뭐가 다래고 구아바야. 네 아빠가 무슨 일 하시냐고 묻잖아?"

나는 웃음이 절로 나왔다.

"또 용안!"

그 애가 갑자기 생각난 듯 의기양양하게 덧붙였고 그러고 나서 또 태연스레 말했다.

"아빠는 과일 팔아."

"아빠 말고 너희 집에 또 누가 있니?"

"할머니…… 펑鳳 이모……"

"엄마는 안 계셔?"

아우는 잠깐 넋이 나갔다가 나를 돌아보며 눈을 커다랗게 떴다.

"엄마는 산에 갔어……. 펑 이모가 그랬어, 엄마는 산에 갔대."

그 애는 말하다가 또 꺄르르륵 웃었다. 웃으면서 머리를 끄덕이고 비쩍 마른 어깨를 실룩였다. 나는 그 애의 어깨를 꽉 누르며 말했다.

"아우야, 이렇게 뛰쳐나와서 가족들이 너를 못 찾으면 어쩔 거야?"

"꼬꼬댁, 꼬꼬……"

그 애가 돌연 흥얼거렸다.

"무슨 닭 흉내야?"

"붉은…… 수탉은……"

그 애는 계속 노래했다.

"펑 이모가 가르쳐줬어. 붉은…… 수탉은…… 꼬리가 기네……."

나는 어쩔 수 없이 크게 웃고 나서 표주박 한가득 물을 떠 그 애의 정수리 위에 또 부었다. 이렇게 아우의 목욕을 다 마친 뒤에는 선반 위에서 수건을 꺼내주고 몸을 닦게 했다. 그런 다음 허리를 숙여 양동이와 표주박을 정리하고 있는데, 아우가 수건을 내려놓고 벌거벗은 채 밖으로 뛰어나가는 바람에 황급히 쫓아가 붙잡았다. 수건을 집어 그 애의 하체에 둘러주고 나서 욕실을 나가게 했다. 그제야 나도 물 한 통을 받아 찬물 샤워를 했으며 마지막에는 아우가 벗어놓은 옷과 내 옷을 함께 나무 대야의 물에 담그고 세제를 뿌렸다. 보모 할머니는 나한테 친절한 편이어서 때때로 내 빨래도 같이 해주었다. 하지만 꼭 하룻밤 미리 담가놓은 것이어야 했다. 막 벗은 빨래는 받아주지 않았다. 방에 와보니 아우가 발가벗고 수건도 바닥에 떨어뜨린 채 몸을 웅크리고는 침대 위에 잠들어 있었다. 반쯤 벌어진 그 애의 입에서 침이 흘러내렸다.

26

정신이 몽롱할 때 손을 뻗어 아우의 어깨를 감싸 안았다. 아우의 피부는 서늘하고 축축했으며 땀이 배어나오고 있었다. 그 애는 나를 등진 채 두 다리를 구부리고 척추를 활처럼 구부린 상태였다. 창밖은 벌써 희부옇게 밝아지기 시작해서 맑은 빛이 새파랗게 민 그 애의 머리에 비쳤다. 순간 내 동생이 옆에 누워 있는 느낌이 들었다. 어머니가 가출한 그해, 동생은 나랑 같은 침대에서 잤다. 무서워서 늘 내가 안아주기를 바랐기 때문이다. 나중에 자라서도 동생은 자주 내 침대에 비집고 올라왔으며 우리는 함께 누워 늦게까지 수다를 떨었다. 그때 동생은 막 무협소설에 빠져 있었다. 바로 내가 그 애를 꾀었으며 처음 본 작품은 『칠협오의』*의 그림책이

---

* 七俠五義. 송나라 때의 판관 포청천과 그를 둘러싼 강호 협객들의 활약을 그린 소설.

었다. 동생은 밤새 오서*가 개봉開封에서 난리를 친 이야기를 떠들어댔다. 그는 금모서金毛鼠 백옥당白玉堂을 자처했고 또 나에게는 찬천서鑽天鼠 노방盧方**이 되라고 했다. 백옥당은 젊고 잘생겨서 동생이 좋아할 만했다. 게다가 막내에다 제멋대로여서 동생과 조금 닮은 점도 있었다. 추운 겨울밤, 우리 방은 창문이 허술해 차가운 바람이 마구 새어 들어왔으며 밤이 깊을수록 더 추워져 두 발이 꽁꽁 얼었다. 그때마다 동생은 내 이불 속으로 파고들었고 나와 한 덩어리가 돼 몸을 녹이면서 번강서翻江鼠가 슬기롭게 화호접花胡蝶을 잡은 얘기를 떠들어댔다. 아마도 어릴 적 습관 때문인지 희미하게 잠들 때면 무의식중에 손을 뻗어 동생을 안아주곤 했다.

나는 침대 밑에 놓인 수건을 집어 아우의 등 위로 줄줄 흐르는 땀을 살며시 닦아주었다. 나 역시 온몸에 열이 나고 땀투성이였다. 목구멍이 건조하고 따끔거리기도 했다. 샤오위의 집에 가서 술을 너무 많이 마셨는지 머리도 조금 어지러웠다. 나는 낡은 셔츠를 집어 아우의 다리를 덮어준 뒤, 겉옷을 걸치고 양치 컵을 들고서 더우장***을 사러 아래층으로 내려갔다. 바깥은 온 천지에 이글거리는 붉은 태양이 가득해서 아침인데도 바람이 후텁지근했다.

나는 옆 골목의 더우장 노점에 가서 더우장 한 컵과 사오빙,****

---

* 五鼠. 마음씨 좋은 다섯 명의 무뢰배로, 포청천을 도운 공을 인정받아 황제에게서 '오의'라는 별호를 받는다.

** 백옥당은 오서 중 막내로 팔방미인이며 노방은 첫째로 전형적인 대인배다. 뒤에 나오는 번강서 장평蔣平은 넷째이며 지략에 능하고 물에서 잘 싸운다.

*** 豆漿. 주로 아침에 먹는 묽은 콩국으로 소금이나 설탕으로 간을 해 마신다.

**** 燒餠. 소를 넣은 밀가루 화덕빵.

유탸오* 두 세트를 샀다. 그리고 집에 돌아와 계단을 오르는데 내 방에서 떠들썩한 웃음소리가 들렸다. 알고 보니 샤오위와 우민과 쥐가 와서 침대를 빙 둘러싸고 있었다. 아우는 웃통을 벗은 채 침대 한가운데에 책상다리를 하고 앉아 그들을 향해 멍청한 미소를 짓고 있었다. 샤오위 등이 손가락질하며 서로 소곤대고 있는 모습은 마치 동물원의 원숭이를 구경하는 듯했다.

"아칭. 너 어디서 이런 바보를 데려온 거야?"

샤오위가 나를 보고는 허리를 굽히며 박장대소했다.

"방금 우리가 들어와서 '너 누구야? 여기서 뭐해?'라고 물었거든. 그랬더니 쟤가 침대 위에서 벌떡 일어나 자기 고추를 붙잡고 '쉬! 쉬!' 하는 거 아니겠어? 까무러치게 놀라 밖으로 뛰어나가서 네 대야를 갖다줬지."

"씨발, 왜 네 대야가 아니라 내 대야를 갖다준 거야?"

나는 욕을 했다. 바닥에 놓인 내 도자기 대야에는 샛노란 오줌이 절반쯤 담겨 있었다.

내가 더우장을 들고 있는 것을 보고 쥐가 가로채 마시려고 했다. 나는 그를 밀쳐내며 말했다.

"이 애 주려고 사온 거야."

쥐가 키득거리며 놀렸다.

"아칭이 이 남자애를 키우나보네."

우민이 아우의 머리를 쓰다듬으며 웃었다.

"이것 좀 봐. 애 머리가 진짜 반들반들해."

---

* 油條. 길쭉한 모양의 밀가루 튀김빵.

나는 세 명을 밀어내고 양치 컵에 받아온 더우장을 아우에게 건 냈다. 그 애는 컵을 들고 연달아 두 모금을 꿀꺽꿀꺽 마신 뒤, 만족 스러운 듯 숨을 크게 내쉬었다. 내 사오빙과 유탸오도 주었더니 그 애는 받자마자 신이 나서 먹기 시작했다. 이제 내 몫을 먹으려는데 막을 틈도 없이 쥐가 내 손목을 붙들고 사오빙 한쪽을 덥석 깨물어 먹었다.

"이 쥐새끼 같으니."

내가 웃으며 욕했다. 그리고 전날 밤 라오구이가 공원에서 아우 를 경매에 부쳤던 일을 그들에게 얘기해주었다.

"진짜 별짓을 다 하네."

샤오위가 투덜거렸다.

"맨날 왜 그러는지 몰라. 몽둥이찜질을 한번 당해봐야 해."

쥐가 입안 가득 사오빙을 문 채로 말했다.

"그 사람 목에 난 버짐만 생각하면 아주 끔찍해."

우민은 눈썹을 찡그렸다.

알고 보니 그들은 둥먼 수영장에 가자고 나를 찾아온 것이었다. 셋 다 수건을 가져왔다. 난 수영장에 사람도 많고 물도 지저분한데 뭐하러 가느냐고 말했다. 차라리 잉교螢橋의 수원지에 가서 강물에 미역을 감는 게 훨씬 낫다고 했다. 세 사람 모두 환호했다. 왜 진작 에 그 생각을 못 했는지 모르겠다며 떠들어댔다.

"이 녀석은 어쩌고?"

나는 침대 위에 앉아 있는 아우를 가리키며 말했다.

"원래는 애를 집에다 데려다줄 생각이었거든. 그런데 애는 자기 집이 어딘지도 잘 몰라."

샤오위가 아우에게 다가가 귀를 잡고 물었다.

"형들이 너 강에 데려가서 목욕도 시켜주고 고추도 닦아줄게. 어때?"

아우가 멍하니 샤오위를 바라보았다. 무척 당혹스러워하는 표정이었다. 우민이 샤오위를 툭 밀고는 웃으면서 손짓발짓하며 말했다.

"우리랑 강에 가서 수영하자. 그러면 좋겠지?"

"아이…… 위…… 빙……"*

"알았어, 알았어. 우리가 아이위빙 사줄게."

우민이 그의 어깨를 두드리며 말했다. 아우가 갑자기 캑캑 웃기 시작했는데, 몸을 숙였다 젖혔다 하고 머리를 마구 흔들었다. 옆에서 쥐가 "이 새끼는 정신병이 확실해"라며 욕을 했다.

우리는 아우를 데리고 함께 잉교에 가기로 뜻을 모았다. 아우에게 헌 옷을 꺼내 입혔다. 헐렁한 흰 셔츠를 외투처럼 뒤집어씌웠고 카고 바지는 너무 길어서 바짓단을 말아 핀 두 개로 고정해야 했다. 신발은 없어서 맨발로 다니게 했다. 그리고 샤오위 등이 자전거를 빌렸다. 우리는 다섯 명이어서 내가 아우를, 샤오위가 우민을 자전거 뒷자리에 태웠고 쥐는 혼자 자전거를 몰며 뒤에 우리 수건을 실었다. 아우를 뒷자리에 앉힌 뒤, 나는 내 허리를 꽉 잡으라고 했다. 샤오위는 비틀비틀 자전거를 몰다가 하마터면 도로 안전선의 말뚝에 부딪힐 뻔했다. 뒷자리에서 우민이 조심하라고 계속 소

---

* '아이위빙愛玉冰'은 타이완 특산의 여름 간식으로 무화과나무속 나무의 열매를 젤리로 만들고 레몬즙과 얼음을 가미한다.

리를 질렀다.

"넘어져도 죽을 일 없거든!"

샤오위가 소리쳤다.

"팔목까지 그어본 놈이 뭐가 무섭다고 비명이야?"

쥐가 모는 자전거는 안장이 훌쩍 높아서 엉덩이를 높이 치켜들어야 했다. 그는 입술을 뾰족하게 내밀고 휘파람을 불었다. 앞으로 튀어나가 샤오위의 볼을 만졌다가 다시 뒤로 빠져 우민의 다리를 찼다. 샤오위의 자전거가 더 심하게 비틀거렸다. 샤오위는 땀을 뻘뻘 흘리며 뭐라 뭐라 욕을 했지만 무슨 말인지 전혀 안 들렸다. 아우는 내 뒤에 앉아서 역시 꺄르륵, 꺄르륵 즐거워하고 있었다. 우리는 그렇게 욕하고, 소리치고, 웃으면서 호호탕탕 잉교의 수원지까지 달렸다. 자전거에서 내리니 모두 옷이 땀에 흠뻑 젖어 있었다.

비가 오랫동안 안 와서 수원지 일대의 신뎬천新店溪은 수심이 얕고 폭도 훨씬 줄어 모래톱이 하얗게 드러나 있었다. 모래톱 위에 크고 작은 거무스름한 자갈들이 군데군데 흩어져 있는 게 보였다. 그리고 물가에는 강아지풀이 지천으로 나서 바람에 더부룩한 털을 흩날리며 뜨거운 햇빛 아래 하얗게 빛나고 있었다. 신뎬천은 타이베이에서 아직 심각하게 오염되지 않은 유일한 하천이어서 강물이 비교적 깨끗했다. 예전에 여름방학만 되면 나는 동생과 함께 자전거를 타고 수원지에 가서 수영을 하곤 했다. 우리 둘은 푹 삶은 새우처럼 벌게져서 집으로 돌아갔다. 그리고 이틀이 지나면 동생은 피부가 벗겨지기 시작했는데, 항상 코끝부터 벗겨져서 벌건 얼굴에 유독 흰 코만 두드러졌다. 우리는 꼭 태풍이 오기 전에 수원지에 갔다. 태풍이 오면 강물이 탁해질 뿐만 아니라, 수위도 높아지고 소용돌이까지 생겨 수영을 못 하기 때문이었다.

우리는 자전거를 밀고 모래사장으로 내려가 강아지풀 속으로 들어갔다. 풀이 사람 키만 해서 그 안에 숨으면 밖에 있는 이들이 보지 못했다. 우리는 홀홀 옷을 벗고 팬티만 입은 채 한 사람씩 수풀에서 나와 물가로 뛰어갔다. 자갈이 햇볕에 뜨겁게 달궈져 발바닥이 닿을 때마다 따끔따끔했다. 우리는 아야, 아야 소리치며 펄쩍펄쩍 뛰어갔다. 샤오위가 빨간 나일론 삼각팬티를 입고 맨 앞에서 달리는데 쥐가 뒤에서 그의 엉덩이를 만지며 낄낄거렸다.

"샤오위, 너 이 팬티, 엄마한테서 훔친 거지?"

샤오위가 돌아서서 쥐의 사타구니를 걷어찼다. 쥐는 깜짝 놀라 얼른 뒤로 두 걸음 물러섰다. 샤오위가 소리쳤다.

"이 쥐새끼, 내가 네 불알을 터뜨려버릴 거야!"

아우는 미적대며 뒤에 처졌다. 모래사장의 자갈이 너무 뜨거워서인지 잘 못 걷고 비틀거리다가 바닥에 넘어져서 악악 소리를 질러댔다. 나는 돌아서서 다가가 그 애를 일으킨 뒤, 손을 붙잡고 다시 물가 쪽으로 뛰어갔다.

물가에 다다라 샤오위가 느닷없이 쥐를 밀어서 물속에 빠뜨렸다. 물가 얕은 곳은 전부 진흙이어서 곤두박질한 쥐는 손발을 허우적거리다 한참 만에 겨우 일어났다. 두 손과 얼굴에 더럽고 시커먼 진흙을 잔뜩 묻힌 채 침을 퉤퉤 뱉었다. 우리는 다 손뼉을 치며 웃음을 터뜨렸다. 쥐는 화가 머리끝까지 나서 손발을 허우적대며 샤오위를 붙잡으려 했다. 샤오위는 껑충껑충 뛰어 강물에 풍덩 뛰어들더니 홀쩍 몸을 솟구쳐 강 한가운데로 헤엄쳐 갔다. 샤오위는 개구리헤엄이 무척 빨랐다. 쥐는 개헤엄밖에 칠 줄 몰라서 한참 동안

고작 몇 미터밖에 못 갔다. 결국 얼마 안 돼 샤오위의 등 뒤로 멀리 처졌다.

"쥐, 파이팅!"

나와 우민은 강가에서 크게 소리쳤다. 강 한가운데 이르러 쥐는 아무리 해도 샤오위를 따라잡을 수 없다는 것을 알고 할 수 없이 되돌아왔다. 강가로 올라왔을 때 그는 힘이 들어 얼굴이 귓불까지 빨갛고 입도 못 다물었다.

"진짜 물에 빠진 생쥐가 됐네."

우민이 낄낄거리며 놀렸다.

"씨발, 닥쳐!"

쥐는 성이 나서 두 손으로 물을 움켜 떠 우민의 얼굴에 뿌렸다. 우민도 가만있지는 않았다. 발로 진흙을 차 쥐의 몸에 뿌렸다. 두 사람은 동시에 물속에 들어가 두 손으로 서로에게 물을 뿌려댔다. 물보라가 허공에 날리며 햇빛을 받아 맑고 눈부신 구슬 다발이 되었다. 쥐의 한쪽 팔뚝에는 까만 담배빵이 군데군데 찍혀 있었고 우민의 팔목에는 불그스름한 칼자국이 한 줄로 새겨져 있었다. 두 사람 다 상처 입은 팔을 신나게 휘두르며 놀다가 나중에는 지칠 대로 지쳐 서로 부둥켜안고 머리를 상대방의 어깨에 기댄 채 헐떡거렸다.

나는 정신없이 구경하느라 아우가 언제 물속으로 들어갔는지 잘 몰랐다. 수심이 가슴께인 물속에서 그 애는 가느다란 팔을 높이 들고 좌우로 흔들었다. 햇빛이 아이의 두피 위로 곧장 쏟아져 빛을 발했다. 나도 서둘러 물속으로 뛰어들었다. 강물이 서늘해서 뛰어들자마자 온몸의 열기가 싹 가셨다. 그런데 내가 뒤에 다가섰을 때 아우가 두 손으로 물을 헤치기 시작했다. 머리는 물속에 처박고 두 다리는 버둥거리는 상태에서 신기하게도 몸이 떠올랐으며 불규칙하게 앞으로 나아가기까지 했다.

"이 녀석, 물에 뜰 줄 알잖아."

아우가 허우적대다가 물 위로 얼굴을 내밀었을 때 나는 웃으면서 말했다. 아우는 히죽거리며 입을 벌려 거친 숨을 쉬었다.

"이리 와, 개구리헤엄을 가르쳐줄게."

나는 두 손으로 물속을 가르며 그 애에게 개구리헤엄을 보여주었다.

"얘들아!"

이때 샤오위가 건너편 강가에서 고함을 쳤다.

"얼른 여기로 건너와."

샤오위는 다리 밑 주춧돌 위에 서서 우리 쪽을 향해 두 손을 흔들고 있었다. 쥐와 우민은 풍덩, 물에 뛰어들어 강 건너편으로 헤엄쳐 갔다. 아우가 안절부절못하며 샤오위 쪽을 가리켰다. 자기도 뒤따라 강 한가운데로 가려는 눈치였다.

"잠깐! 너 혼자 헤엄쳐 가면 안 돼."

아우는 갑자기 토라져서 뭐라 뭐라 꿍얼대며 나를 붙들고 늘어졌다.

"아우야, 내 말 잘 들어봐."

나는 서둘러 그 애를 달랬다.

"너도 강을 건너야 해. 내가 너를 업고 헤엄칠 거야. 이렇게 말이야. 너는 내 허리를 잡고 나와 함께 발을 뻗으면 돼."

나는 그 애의 두 손을 내 허리에 올린 뒤, 물속에서 한번 시험을 해보았다. 의외로 손발이 잘 맞았다.

"우리도 간다!"

나는 쥐와 우민을 향해 소리치고 나서 아우와 함께 천천히 강 한가운데로 헤엄쳐 갔다. 쥐와 우민이 돌아보더니 우리 왼쪽과 오른쪽으로 와서 보호해주었다. 그렇게 우리 네 명은 작은 함대처럼 강 건너편을 향해 천천히 이동했다. 강물은 얕고 잔잔해서 파도가 전혀 없었다. 나는 아우를 업고도 전혀 힘이 안 들었다. 옛날에 동생을 데리고 수영하러 이 수원지에 왔던 일이 떠올랐다. 동생은 도중에 숨을 쉴 줄 몰라 20~30미터밖에 헤엄을 못 쳤기 때문에 강을 건널 엄두를 못 냈다. 나중에 내가 그 애를 가르치고 난 뒤 처음으로 강을 건널 때 나는 그 애와 함께 헤엄쳐 갔다. 그런데 강을 반쯤 건널 즈음 그 애는 물을 먹는 바람에 덜컥 겁이 나서 되돌아가려 했다. 나는 얼른 제지하고서 내 허리를 붙잡으라고 했다. 그때는 7월의 저물녘이라 해가 막 지기 전이었다. 잉교 쪽으로 시뻘건 불덩어리가 떨어지고 있었다. 그날은 바람이 세고 조류도 빨라서 우리는 같이 붉은 태양을 향해 있는 힘껏 발차기를 하고 오래 헤엄친 끝에 겨우 건너편에 닿았다. 처음 강을 건넌 동생은 강가에 올라가 기쁨의 환호성을 질렀다. 석양이 동생의 얼굴을 온통 황금빛으로 물들이고 있었다.

"만세!"

샤오위가 소리를 질렀다. 그리고 손을 뻗어 나와 아우를 위로 끌어 올려주었다. 쥐와 우민도 강변으로 올라왔다. 우리 다섯 명은 흠뻑 젖은 채 강변의 콘크리트 주춧돌 위에 둘러앉아 숨을 돌렸다. 다리 위와 강변도로에서 차 소리, 사람 소리가 시끄럽게 들렸다.

정오에 식사하러 나온 이들이 바쁘게 길을 오갔다. 다리 밑은 바람이 불어 온몸이 서늘했다. 아우는 주춧돌 위에 앉아 다리를 흔들거리며 곡조 모를 노래를 즐겁게 흥얼거렸다.

"이 멍청이가 노래까지 부를 줄은 몰랐네."

샤오위가 아우의 머리를 두드리며 웃었다.

"「아기 쥐」. 펑 이모가 가르쳐줬어."

아우가 고개를 기울이며 자랑스럽게 말했다.

"「빨간 수탉」도 있어."

"알았어, 알았어. 그 「아기 쥐」, 노래가 아주 좋네. 어서 불러봐."

우민이 아우를 꼬드겼다.

"말도 안 돼."

쥐가 조그맣게 투덜댔다.

아기 쥐는

입이 뾰족해

달걀도 훔치고

밀가루도 훔치네

아우는 아예 목청 높여 노래를 불렀다. 한 글자, 한 글자가 잘 안 이어지기는 했지만 그래도 목을 빼고 힘차게 불렀다. 샤오위와 우민과 나는 일찌감치 바닥에 쓰러져 배를 움켜쥐고 웃었다. 샤오위가 누운 채로 쥐를 가리키며 말했다.

"저 쥐도 입이 뾰족한데 좆도 잘 훔쳐."

쥐가 벌떡 일어나 샤오위의 두 발을 툭 차고서 아우의 한쪽 귀를 잡고 소리쳤다.

"이 새끼, 앞으로 이 형한테 무례하게 굴면 안 돼. 알아들었어? 이 썩을 노래도 다시 부르면 안 되고."

"그러면 「붉은 수탉」을 부를게."

아우의 대답에 쥐는 이맛살을 찌푸리고 귀찮다는 듯이 말했다.

"됐다. 됐어. 그건 돌아가서 아칭 형한테나 들려줘, 우린 듣고 싶지 않으니까. 우리는 게를 잡아야 해."

잉교 밑 둔덕에는 구멍이 무수하고 그 안에는 게가 살았다. 한번은 쥐가 일고여덟 마리를 잡아 우리에게 들고 와서 기름에 튀겼는데 새빨갛고 향기가 진동했다. 네 명이 맛있게 나눠 먹었다. 우리는 아우만 주춧돌 위에 남겨두고 다리 밑 둔덕으로 뛰어갔다. 쥐는 성질이 급해서 우리가 둘러서기도 전에 커다란 돌멩이 하나를 들췄다. 그 안에서 찻잔만 한 크기의 청색 꽃게 한 마리가 튀어나와 재빨리 옆으로 달아났다. 쥐가 허둥지둥 뒤쫓았지만 잡지 못했고 우리가 따라갔을 때는 이미 물속에 들어가 흔적도 없이 사라졌다. 쥐는 분해서 발을 동동 구르고 괴성을 지른 뒤, 여기저기서 마구 돌을 들췄다. 우리는 한참을 바쁘게 뛰어다녔지만 수확은 겨우 동전 크기만 한 새끼 게 두 마리뿐이었다. 쥐는 그 두 마리를 들고 욕을 하고는 카악, 침을 뱉고 그냥 강물에 던져버렸다. 우리는 모두 배가 고파서 강변으로 돌아가 주먹밥을 사 먹기로 했다. 그런데 주춧돌에 가보니 아우가 사라지고 없었다. 우리는 깜짝 놀라 입을 모아 외쳤다.

"아우야!"

"이 바보 녀석이 설마 강에 빠진 건 아니겠지?"

샤오위가 중얼거렸다.

"다리 위에 올라가서 살펴보자."

우민이 제안했다.

다리 위로 통하는 돌계단이 있어서 우르르 뛰어 올라갔다. 다리 위에는 차량과 행인이 가득했다. 그런데 다리 어귀에 사람들이 둘러서서 뭔가를 손가락질하며 시끄럽게 웃고 있었다. 우리가 달려가서 보니 아우가 사람들 한가운데에 발가벗고 서 있었다. 팬티는 어디에 벗어 던졌는지 하체가 고스란히 노출돼 있었다. 그 애는 두 손을 교차해 마르고 흰 가슴을 가렸고 명치께에 붉은 즙이 묻어 밑으로 줄줄 흘러내리고 있었다. 어리둥절한 눈초리로 사람들을 바라보면서 입을 헤벌리고 멍청한 미소를 지었지만 깜박이는 그의 두 눈은 당황한 기색이 역력했다. 사람들은 대부분 호기심 많은 아이와 젊은이들이었다. 여학생 몇 명은 앞으로 나와 고개를 내밀었다가 얼른 입을 가리고 줄행랑을 쳤다. 아우 앞에는 나막신을 신고 천으로 장발을 묶은 젊은 건달 두 명이 험악한 기색으로 서 있었다. 그중 한 명이 들고 있던 먹다 남은 수박 두 조각을 아우에게 던진 것이었다. 쥐가 먼저 사람들을 비집고 들어가 그 건달을 세게 밀치며 소리쳤다.

"씨발, 네가 감히 사람을 쳐?"

"이 새끼가 미쳤나!"

그 건달이 악을 쓰며 대들었다.

"이 녀석이 아무 데나 오줌을 쌌다고."

또 다른 건달이 가세해 떠들었다.

"얘가 아무 데나 오줌을 싼 게 너랑 무슨 상관인데?"

쥐가 손짓 발짓하며 욕을 했다.

"네 입에만 안 싸면 되잖아."

사람들이 다 웃음을 터뜨렸고 두 건달은 주먹을 만지작거리며
쥐를 덮칠 기세였다.

"얘들아, 출동이다!"

샤오위가 고성을 지르자 우리는 다 같이 사람들을 뚫고 들어가
일자 모양으로 아우를 호위하며 자세를 잡았다. 두 건달은 우리의
숫자가 많은 것을 보고서 낌새가 안 좋다고 느꼈는지 뺑소니를 치
며 악을 썼다.

"경찰 불러서 너희 미친 새끼들 다 잡아가게 할 거야!"

우리 네 명은 서로 눈짓을 주고받았다. 나와 샤오위가 아우의 손
을 한쪽씩 잡고 쥐와 우민이 앞에서 길을 열었다. 그렇게 다섯 명
이 다리를 건넜고 거기서 언덕을 미끄러져 내려가 모래톱에 닿았
다. 강아지풀을 뚫고 자전거와 옷을 감춰둔 곳으로 돌아갔을 때 우
리는 모두 땅바닥에 널브러져 꼼짝도 못 했다. 뜨거운 모래 위에
누워 한참을 헐떡이고 나서야 다들 약속이나 한 듯 낄낄거리며 소
리쳤다.

"씨발!"

27

"여기는 정신병원이 아니야. 미친 애는 데려다주고 와. 사고라도 나면 어쩌려고 그래?"

내가 아우를 재워준 것을 알고 리웨가 당장 잔소리를 했다.

"괜찮아요. 얘는 아무것도 몰라서 사고 칠 일은 없어요."

나는 아우를 위해 얼른 변명을 했다. 아우는 내 침대 위에 책상 다리를 하고 앉아 있었다. 새빨갛게 탄 얼굴로 리웨를 응시하며 연 달아 눈을 깜박였다.

"말을 참 깜찍하게도 하네."

리웨가 내 얼굴을 가리키며 말했다.

"저 애가 실성해서 도망쳐 나왔으니 분명히 가족들이 여기저기 찾아다니고 있을 거야. 경찰에도 벌써 신고하지 않았을까? 어서 집 에 데려다줘. 괜히 경찰이 들이닥쳐 몰래 정신병자를 숨겨둔 게 아 니냐고 따지면 어쩔 건데."

"어디에 데려다줘요?"

나는 두 손을 벌리며 웃었다.

"쟤는 자기 집이 어디인지도 말을 잘 못 해요. 완화에 있다는 것만 알죠."

"아이고, 다 네가 불러온 일이야."

리웨는 나를 흘겨보더니 아우 옆에 철퍼덕 앉아 그를 쓱 훑어보았다. 그러고는 웃는 얼굴로 달래듯이 말했다.

"아우야, 이 누나한테 말해봐. 너희 집, 어디에 있어? 완화의 어느 거리야? 광저우가야? 룽산사라고 큰 절이 있는데. 너도 거기 알아?"

아우는 입을 헤벌리고 멍하니 리웨를 바라보았다.

"왜 말이 없어? 집에서 멋대로 도망쳐 나왔으니 엄마가 얼마나 걱정하시겠어? 엄마가 너를 찾고 계실 거야. 안 그래?"

리웨는 손을 뻗어 아우의 빡빡머리를 쓰다듬었다. 아우가 돌연 꺄르륵 몸을 흔들며 웃었고 꼭 노래를 흥얼거리듯 연달아 잉잉거렸다.

"애 왜 이래?"

리웨가 깜짝 놀라 물었다. 나는 웃음을 터뜨렸다.

"누나한테 그러잖아요. 엄마는 산에 갔어요, 엄마는 산에 갔어요……"

"아유, 영락없는 백치로구나."

리웨가 고개를 흔들며 한숨을 쉬었다.

"워…… 워……"

아우가 소리를 질렀다.

이때 꼬마 체니가 후다닥 뛰어 들어왔다. 손에 양타오*를 쥐고 갉아 먹고 있었다.

보모 할머니도 뒤따라 들어왔다. 산만 한 배를 붙들고 숨을 헐떡였다. 아우가 쪼르르 침대에서 내려와 꼬마 체니의 양타오를 붙잡으려 했다. 꼬마 체니는 얼른 할머니 등 뒤에 숨었다.

"왜 애가 먹는 걸 빼앗니?"

할머니가 손을 들어 때리려 하자 아우는 목을 움츠리고 눈을 꼭 감았다.

"할머니, 냉장고에서 하나 꺼내 애한테도 좀 주세요."

리웨가 웃으며 말했다.

"그런 건 아칭한테 시켜."

할머니가 투덜댔다.

"냉장고 속 망고가 사라졌어. 체니의 우유도 두 병 모자라고. 다 어디 갔는지 아칭한테 물어봐."

나는 어마뜨거라 방을 빠져나왔다. 뒤에서 리웨의 앙칼진 목소리가 들렸다.

"너 죽고 싶어? 감히 내 망고를 건드리다니! 하나에 20위안이니까 내일 도로 채워봐. 안 그러면 앞으로 나한테 밥 얻어먹을 생각은 하지도 마."

나는 냉장고에서 양타오 하나를 꺼내와 아우에게 건네며 말했다.

"너도 들었지? 내가 욕 먹는 건 다 네가 먹는 걸 너무 좋아해서

---

* 楊桃. '스타 플루트'라고 불리는 별 모양의 열대 과일.

야."

아우는 그 푸르스름한 양타오를 아까워서 차마 못 먹고 계속 만지작거리기만 했다.

"내 말 잘 들어."

리웨가 또 아우를 가리키며 내게 말했다.

"얘는 네가 들여온 짐이니까 너 스스로 방법을 생각해. 오늘밤 당장 보내라고. 어디로 보낼지는 나도 몰라. 경찰서로 보내든, 정신병원으로 보내든."

나는 웃으면서 대꾸했다.

"누나는 착한 사람이잖아요. 오늘은 너무 늦었으니까 여기서 하루 더 재우기로 해요. 내일 경찰에 신고해서 데려가게 할게요."

리웨가 손사래를 쳤다.

"안 돼. 너랑 샤오위가 내 집에 살면서 이미 얼마나 많은 말썽이 생겼는지 좀 생각해봐. 사람 내놓으라고 누가 찾아오질 않나, 한밤중에 싸움이 나질 않나…… 이제 저 백치 녀석까지 더해지면 나도 미쳐버릴 거야. 더구나 넌 지난달 방세 300위안도 아직 안 내놓고 무슨 염치로 남을 재운다는 거야? 수틀리면 너까지 싹 내쫓아 버린다!"

나는 가슴을 두드리며 말했다.

"맹세할게요. 오늘 밤에 꼭 돈을 구해서 방세를 낼게요. 그러면 되죠?"

"돈을 구해오고 나서 얘기하자."

말투가 좀 누그러지기는 했지만 리웨는 나를 쓱 흘겨보며 피식 웃었다.

"오늘 밤에 돈을 만들려면 월척을 낚아야겠네."

집을 나오면서 아우를 좀 보살펴달라고 할머니를 오랫동안 구슬렸다. 잠시 후 남은 반찬에 밥 한 사발을 퍼주라고 했다.

"날이 이렇게 더운데 저 미친 녀석 시중까지 들어줘야 해?"

할머니는 무척 못마땅해했다.

"부탁이에요, 할머니. 대신 여지 한 근 사다드릴게요."

할머니는 여지를 한 번에 다섯 근까지 먹을 수 있었다. 한번은 먹다가 코피가 나서 냉차를 사 마셔야 했다.

"이번에는 신선한 걸로."

할머니가 코웃음을 치며 말했다.

"지난번에는 벌레 먹은 거였어."

나는 공원으로 달려가 양 사부를 찾았다. 그는 원시인 아슝과 함께 돌난간 위에 앉아 있었다. 거구의 사내와 뚱뚱한 사내가 어깨를 나란히 하고 있었다. 나는 그쪽으로 건너가 양 사부에게 500위안을 빌려달라고 했다.

"사부, 정말 급해서 그래요. 며칠 있다가 꼭 갚을게요."

웃으면서 부탁했지만 양 사부는 대뜸 나를 꾸짖었다.

"저마다 와서 돈을 빌려달라고 하니 내가 무슨 은행이라도 되냐? 그냥 이렇게 하자. 내가 네 살길을 열어주지. 먼저 다스지 카페에 가서 기다리고 있으면 내가 돈줄을 데리고 가마."

나는 형양가의 다스지 카페에 가서 조용한 구석 자리를 골라 앉아 구아바 주스 한 잔을 시켰다. 30분쯤 지났을 때 양 사부가 한 사람을 데리고 나타났다. 그는 그 사람을 내 옆에 앉히고 자기는 내

반대편에 앉았다.

"이분은 라이賴 사장님이야."

양 사부는 소개를 하고 나서 그 사람에게 찡긋 눈짓을 하고는 웃으면서 말했다.

"어떤가요, 라이 사장님. 제 말이 맞죠? 꽤 잘생긴 소년이죠?"

그 라이 사장이라는 사람이 몸을 조금 돌려 고개를 갸웃거리며 아래위로 나를 살폈다. 그는 마흔 전후의 건장한 남자였다. 그의 돼지 간처럼 검붉은 얼굴이 장밋빛 조명 아래 땀으로 번들거렸다. 그는 머리를 짧게 자르고 가르마를 타 파마를 해서 섬세하게 웨이브를 넣었다. 또 옥색에 금실이 들어간, 타이식 비단 알로하 셔츠를 입었고 뱃살이 툭 불거져 나왔다. 그는 살찐 왼쪽 약손가락에 두껍고 네모난 금반지를 끼고 있었다. 나를 훑어볼 때 그의 불거진 두 눈에서 흐뭇한 기색이 엿보였다. 나는 고개를 숙이고 계속 구아바 주스만 빨았다.

"아칭, 라이 선생은 시먼딩 융창永昌양복점의 사장님이시다."

양 사부가 그 사람을 향해 입을 삐죽이고는 웃으면서 말했다.

"라이 사장님이 너한테 정장 바지 한 벌을 선물하고 싶으시단다. 맞춤 제작으로 말이야."

"허리둘레가 어떻게 되지? 내가 잠깐 재도 될까?"

라이 사장이 갑자기 손을 뻗어 내 허리를 쥐는 바람에 나는 얼른 몸을 피했다. 그와 양 사부가 껄껄 웃음을 터뜨렸다.

"온몸이 근육이군그래. 무공이라도 배웠나?"

라이 사장이 웃으며 물었다.

"제 이 제자의 동자공*은 썩 괜찮죠. 거의 금강불괴지신**이에요."

양 사부는 라이 사장과 또 한바탕 크게 웃은 뒤, 손가락을 튕겨 종업원을 불러서 맥주 두 병을 주문했다.

"얘기 좀 해봐, 동생. 모헤어 바지가 좋아, 데이크론 바지가 좋아?"

라이 사장이 내 어깨를 두드리며 물었다. 나는 고개를 숙이고 계속 빨대만 물고 있었다. 양 사부가 나 대신 답했다.

"저는 올론이 좋은 것 같은데요. 지난번 사장님 가게에 들렀을 때 새로 들어온 올론 옷감을 봤는데 아주 좋더군요. 여름에 무척 시원할 것 같더라고요. 원래는 양복 한 세트를 맞추고 싶었죠. 하지만 4500위안이라고 해서 놀라 내빼고 말았어요. 사장님 가게 양복은 우리 같은 사람은 살 엄두도 못 냅니다."

양 사부는 길게 한숨을 쉬었다. 정말 안타까워하는 표정이었다.

"양 사부가 양복 한 벌을 원하신다면야 무슨 문제가 있겠습니까? 그 정도는 우리 매장에서 그냥 드릴 수 있습니다."

라이 사장이 호탕하게 자기 가슴을 두드렸다.

"내일 아침에 제가 가게에 있으니 오셔서 치수를 재보시죠."

"제 몸이 이래서 사장님 가게에 손해를 끼칠까 두렵군요."

양 사부는 고개를 숙여 드럼통 같은 자기 허리를 살폈다.

"우리가 잘 맞는다고 생각하십니까?"

라이 사장이 갑자기 몸을 앞으로 내밀어 양 사부의 귀에 대고 조

---

* 童子功. 남성이 이성과의 접촉을 금하고 순수한 양기를 쌓아 완성하는 내공심법.
** 金剛不壞之身. 무공이 최고 경지에 이르러 금강석처럼 단단해진 신체.

용히 물었다. 하지만 그의 불거진 작은 두 눈은 내 쪽을 향하고 있었다.

"이 애는 팔방미인이라 모든 게 완벽하지요."

양 사부가 라이 사장에게 또 눈짓을 하며 깜박였다. 순간 나는 허벅지 위를 송충이가 스물스물 기어가는 듯한 느낌이 들었다. 라이 사장의 손이 탁자 밑에서 뻗어와 천천히 내 허벅지 위로 기어오르고 있었다. 온몸의 털이 바짝 서는 듯해 금반지를 낀 라이 사장의 그 살찐 손을 잡아채 탁자 위에 탕 내려놓았다. 그 바람에 맥주병이 위로 튀어올랐다.

"사부, 먼저 갈게요."

나는 후다닥 일어나 뒤도 안 돌아보고 급히 카페 문으로 향했다. 양 사부가 뒤에서 쫓아왔다. 그가 낮게 꾸짖는 소리가 들렸다.

"아칭!"

나는 밖으로 나가 곧장 시먼딩의 인마처 카페로 달려가 옌嚴 지배인을 찾았다. 옌 지배인은 후난성 헝양衡陽 사람이었다. 나는 집을 나온 그 주에 공원에서 그를 만났고 그는 나를 진화가에 있는 자기 아파트로 데려가 함께 살자고 했다. 나를 위해 인마처에 종업원 자리를 마련해주기까지 했다. 그때 그는 인상을 찡그리고 내 얼굴을 가리키며 훈계했다.

"너는 막 사회에 나와서 아직 도움이 필요해. 빨리 떳떳한 일을 찾아야 하고. 공원에서 지내다 잘못되기라도 하면 영원히 돌이킬 수 없어."

인마처에서 사흘 동안 일하고 도망칠 때 내 주머니에는 옌 지배인의 진화가 아파트 열쇠가 있었고 결국 그에게 그것을 돌려줄 기회를 못 찾았다. 나는 인마처에 가서 지배인실로 들어가 옌 지배인에게 깊이 허리 숙여 인사했다.

"안녕하셨어요, 옌 지배인님."

"야, 너로구나. 네가 무슨 낯으로 나를 보러 왔지?"

옌 지배인은 나를 보고 깜짝 놀라더니 금세 아직 관심이 남아 있는 듯이 물었다.

"나는 네가 훠사오도*에 잡혀갔는 줄 알았다."

"도움이 필요해서 왔어요. 지배인님."

내가 웃으며 말했다.

"너한테 또 내가 필요한 날이 온 거였군."

옌 지배인이 냉소를 지었다.

"돈을 좀 융통해주셨으면 해서요. 우선 500위안만 빌려주시면 급한 불은 끌 수 있을 것 같아요."

나는 몸을 살짝 숙이며 말했다.

"돈을 빌려달라고? 그게 그렇게 쉬운 일인가?"

"방값을 못 냈어요. 주인은 쫓아내려 하고요."

나는 간절히 청했다. 옌 지배인은 고개를 끄덕이며 탄식했다.

"정말 몹쓸 놈이로군. 내 집에 공짜로 묵게 해줬는데도 분수를 모르고 굳이 뛰쳐나가더니. 너는 공원에서 아주 잘나간다고 들었는데 그래도 돈이 부족한 거야?"

나는 고개를 숙이고 있다가 잠시 후 다시 말했다.

---

* 火燒島. 뤼뤼도라고도 하며 타이완섬에서 동쪽으로 약 30킬로미터 떨어진 태평양 해상에 있다. 중범죄자 형무소가 있던 곳으로 유명하다.

"우선 500위안을 빌려주시면 어떻게든 될 거예요. 혹시 여기 일이 있으면 와서 일하고 싶어요. 월급에서 제하시면 되잖아요."

"네 말은, 이제 바른길로 돌아오겠다는 거냐?"

옌 지배인은 결국 마음이 약해졌다.

"너한테 또 한 번 기회를 주지. 마침 우리 가게에서 어린 직원 하나가 사흘 병가를 내는 바람에 대체할 사람을 찾고 있었어. 내일 2시까지 오면 돼."

그는 100위안짜리 지폐 세 장을 지갑에서 꺼내며 말했다.

"사람이 될지, 못 될지는 너 자신한테 달렸다. 지금 300위안을 주고 나머지는 내일 출근할 때 주마."

나는 돈을 받고 감사 인사를 한 뒤, 인마처를 뛰어나와 길가의 과일 노점에서 여지 한 근을 샀고 그런 뒤 우상재五香齋 식당 앞 과자 노점에서 또 무채전병* 네 개를, 단 것 두 개와 짭짤한 것 두 개를 섞어서 샀다. 그 노점의 무채전병은 아주 별미여서 껍질이 부드러우면서도 바삭바삭하고 소도 돼지기름을 넣어 무척 맛있었다. 예전에 야간 고등학교 다닐 때 수업이 끝나면 시먼딩에서 버스를 갈아탔는데, 혹시 주머니에 잔돈이 있으면 이 노점에서 무채전병 네 개를 사서 집에 돌아가 동생과 밤참으로 나눠 먹곤 했다. 겨울밤에 신문지로 잘 싼 무채전병을 점퍼 속에 넣고 지퍼를 올리면 집에 돌아와도 아직 전병이 따뜻했다. 동생이 잠들어 있으면 깨워서 나란히 침대 위에 앉아 신문지를 풀고 침대 위가 온통 참깨투성이가 되도록 전병을 먹었다.

아우는 벌써 침대 위에 가로로 누워 있었다. 속옷을 다 벗어 던

* 무를 채 썰어 밀가루, 달걀 등과 같이 반죽해 굽는 간식거리.

지고 알몸으로 곤히 잠들어 있었다. 침대에 다가갔을 때 나는 그 애의 하체 밑에 깔린 돗자리에 큼지막하게 젖은 자국이 생긴 것을 발견했다. 나는 들고 있던 여지와 전병 꾸러미를 얼른 내려놓고 그 애를 흔들어 깨웠다.

"일어나, 일어나."

두 손으로 아우의 어깨를 붙들고 끌어당겼다. 아이가 몽롱한 눈으로 나를 바라보았다. 그 애의 왼쪽 뺨에 돗자리 무늬가 빨갛게 찍혀 있었다.

"이것 봐, 또 사고를 쳤잖아."

돗자리의 오줌 자국을 가리키며 말했다. 돗자리를 들췄더니 그 밑의 요도 누렇게 흠뻑 젖어 있었다. 아우가 그저 우두커니 제자리에 서서 좌우를 두리번거리는 것을 보니 은근히 화가 치밀었다. 다가가서 엉덩이를 찰싹 때려주었다.

"나이가 몇 살인데 아직도 오줌을 싸니?"

내 손이 좀 매웠는지 아우는 아야, 소리를 내고 휘청하더니 놀란 눈으로 나를 보면서 엉덩이를 문지르며 방 한구석으로 갔다. 나는 돗자리와 요를 끌어내 욕실로 안고 갔다. 요는 빨 방법이 없어 선반에 걸쳐놓았다. 햇빛이 나면 들고 나가 말리기로 했다. 그리고 돗자리는 물걸레에 세제를 묻혀 빡빡 닦았다. 몇 번 걸레를 물에 헹구고 나서야 겨우 오줌 자국이 없어졌다. 그걸 부엌 뒤 베란다로 가져가 빨래건조대에 걸어놓았다. 방에 돌아왔는데 아우가 방 한구석에 쭈그리고 앉아 두 손으로 무릎을 껴안고 있었다. 그 애는 내가 들어오는 것을 보고서 입을 꽉 다물고 눈을 동그랗게 떴다. 나는 전병 꾸러미를 들고 그 애 앞에 앉아 바닥에 펼쳐놓았다.

"이것 봐, 아우야. 내가 너 먹으라고 무채전병을 사왔어."

단 전병을 골라 아우에게 건넸다. 그 애는 어리둥절한 눈초리로 나를 곁눈질할 뿐, 손을 안 내밀었다.

"이건 단 거야. 아주 맛있어."

웃으면서 아우의 얼굴 앞에 전병을 내밀었지만 그 애는 홱 고개를 돌렸다.

"안 먹으면 그만이야. 내가 다 먹는다."

나는 그 전병을 몇 입 만에 다 먹어치웠다.

"와, 맛있다."

내가 입맛을 다시며 그 애를 쓱 쳐다보았다. 그 애의 눈이 내 입을 따라 아래위로 움직였다.

"먹을래?"

이번에는 짭짤한 전병을 집어 그 애의 입가에 들이댔다. 순간 그 애가 내 손을 툭 치는 바람에 전병이 떨어져 바닥이 온통 참깨투성이가 됐다.

"너 죽고 싶어?"

나는 파랗게 민 아우의 머리를 세게 한 대 친 다음, 일어나서 침대 다리까지 굴러간 전병을 주워와 후후, 불어 먼지를 날렸다. 아우는 두 손으로 머리를 움켜쥐고 입을 삐죽삐죽 내밀더니 흑흑 흐느끼기 시작했다. 그 애의 하얗고 마른 가슴 위로 눈물이 방울방울 떨어졌다. 발가벗은 채 눈물을 흘리고 있는 그 애의 빡빡머리 앞에 서서 나는 갑자기 어찌할 바를 몰랐다. 얼른 쪼그려 앉아 그 애의 어깨를 두드리며 미소를 지어 보였다.

"그냥 장난이었어. 진짜 너를 때린 게 아니야."

그 애는 아랑곳하지 않고 계속 죽어라 머리를 감싼 채 어깨를 들썩이며 흐느꼈다.

"알았어, 알았어. 앞으로는 절대 너를 안 건드릴게."

나는 한동안 아우의 머리를 마구 쓰다듬어주었다.

지난해 동생의 열다섯 살 생일 전날 저녁, 나는 동생을 때려 코피가 나게 했다. 동생은 줄곧 내 말을 잘 따랐는데, 그날 저녁에는 웬일인지 황소고집을 부렸다. 저녁 설거지 당번이 자기인데도 방에 처박혀 침대 위에 앉아서 빌려온 무협소설에 푹 빠져 있었다. 내가 수도 없이 불렀지만 알은체도 하지 않았다. 결국 내가 책을 빼앗자 동생은 나를 밀치며 "에이, 씨발!" 하고 소리쳤다. 나는 화가 나 주먹을 휘둘렀고 얼굴을 맞은 그 애는 침대 위에 벌렁 쓰러졌다. 그 전에는 그렇게 난폭하게 다룬 적이 없었는데, 그때는 그만 실수로 코피를 흘리게 했다. 동생은 울지 않았고 아무 소리도 없이 고개를 위로 치켜들고는 콧구멍에서 흘러나오는 피를 화장지로 닦았다. 나는 너무 놀라 손발이 얼어붙었다. 밤이 되어 잠자리에 들고 나서도 어둠 속에서 동생이 코 푸는 소리가 계속 들렸다. 그날 밤 나는 잠을 설쳤다. 이상하게 마음이 괴로웠다. 이튿날 내가 버터플라이 하모니카를 선물했을 때, 동생은 뜻밖에도 기뻐하며 활짝 웃었다. 그 하모니카를 들고 입을 왔다갔다하며 불면서 잠시도 내려놓으려 하지 않았다. 그때 그 애의 콧방울에는 덜 씻은 조그만 핏자국이 아직 남아 있었다.

한참을 달랜 후에야 아우는 겨우 울음을 그쳤다. 나는 젖은 수건을 가져와 얼굴을 닦아주고 단 전병 하나도 건네주었다. 그 애는 이번에는 마다하지 않고 신이 나서 먹었다. 눈 깜짝할 사이에 두 개를 다 먹어치웠고 입가에는 참깨 알갱이만 몇 개 묻어 있었다.

"무채전병 맛있지?"

둘이 함께 침대 상판 위에 누웠을 때 아우에게 물었다.

"응."

"단 게 좋았어, 짠 게 좋았어?"

"단 거."

"그러면 다음번에는 단 것만 사다줄까?"

"응."

"그러면 이제 오줌 안 싸는 거다. 또 오줌 싸면 안 사다줄 거야."

그 애는 또 꺄르륵 웃었다.

"오늘 수영하러 가서 재미있었어?"

"재미있었어."

"며칠 있다 우리 또 가자."

"응."

"태풍이 오면 수영을 못 하거든."

저녁에 라디오를 들었는데, 필리핀에서 강력한 태풍 에밀리가 타이완 쪽으로 오고 있다고 했다. 만약 태풍의 방향이 변하지 않으면 하루 이틀 내에 타이완 북부를 휩쓸 것이라고도 했다.

"태풍 몰라? 바람이 슝, 슝, 슝, 알겠어?"

"슝…… 슝……"

아우가 내 말을 따라 하다가 또 웃었다.

"아우야, 우리 자자."

"응."

옆으로 누워서 손을 내밀어 그 애의 여윈 어깨를 꼭 안아주었다.

28

과연 아침에 날씨가 변했다. 비가 오다 말다 했고 기압이 낮아져 땀이 안 났다. 태풍 에밀리가 정말로 오는 듯했다. 내가 일어났을 때 아우는 모로 누워 아직 곤히 자고 있었다. 그 애의 수척한 등에 가로세로로 빨간 줄이 찍혀 있었다. 딱딱한 침대 상판 때문에 생긴 것이었다. 욕실에 들어가니 마침 할머니가 수돗가에서 옷을 비벼 빨고 있었다. 그녀는 나를 보더니 욕실 한가운데 걸린 요를 가리키며 잔소리했다.

"저런 걸 걸어놓으면 여기 들어올 자리도 없어."

"금방 치울게요. 어젯밤에 녀석이 침대에서 오줌을 쌌지 뭐예요. 쟤가 어제 뭐 말썽 피운 것 없죠, 할머니?"

내가 웃으면서 묻자 할머니는 코웃음을 쳤다.

"말한들 뭐해? 저 미친 녀석은 비쩍 말랐는데도 밥은 돼지 새끼처럼 많이도 먹더라. 음식을 한 판 차려줬는데 순식간에 다 먹고 체니의 고기 전병에까지 손을 댔지 뭐야. 막으려 해도 안 되더라고. 그리고 또 저녁에 리웨가 개 때문에 아주 홍역을 치렀지."

"왜요?"

할머니는 손에 묻은 비누 거품을 털어내고서 쿡쿡 웃었다.

"어제저녁에 '차이나 돌'의 주디, 모나, 우루루가 리웨와 수다를 떨러 왔거든. 그 미친년들은 수박을 먹으면서 우루루가 가슴 성형을 받은 걸 놀려댔어. 한창 시끄럽게 이야기하고 있는데 갑자기 저 미친 녀석이 홀딱 벗고 들이닥쳐 리웨 옆에 척 앉은 거야. 모두 놀라서 펄쩍 뛰었지. 저 녀석은 두 손으로 리웨의 얼굴을 만지고 또 머리로 가슴을 들이받았어. 리웨는 깔깔대며 살려달라고 비명을 질렀지. 그 바람에 우루루, 주디, 모나가 피하고 소리 지르고 아주 난리였다고. 나중에 리웨가 수박을 주며 달래고 나서야 녀석을 쫓아낼 수 있었어."

"와, 저 녀석이 아주 큰 사고를 쳤군요."

나는 웃으며 말했다.

"빨리 좀 저 애를 내보내줘."

할머니가 말하면서 또 탄식을 했다.

"저 애 부모가 무슨 죄를 지었나 몰라."

"방법을 생각하고 있어요. 저 애 집을 찾으면 당장 데리고 나갈게요."

나는 할머니를 안심시켰다.

"할머니, 어젯밤에 할머니 드리려고 여지를 사왔어요. 알이 다 이만해요."

나는 손가락으로 큼지막하게 동그라미를 만들어 보였다. 하지만 할머니는 코웃음을 쳤다.

"흥, 나는 안 믿어. 가져와서 보여줘봐."

세수를 마치고 방으로 가보니 아우가 벌써 일어나 침대 가장자리에 앉아 있었다. 두 눈이 졸리고 멍해 보였다. 그 애는 나를 보자마자 입을 헤벌리며 웃었다. 다가가 헌 바지와 셔츠를 침대 밑에서 꺼내 그에게 입히면서 알아듣게 잘 말했다.

"아우야, 난 일이 있어서 나가야 해. 너는 밖에 나가지 말고 집에 얌전히 있어, 알았지?"

"응."

아우가 고개를 끄덕이며 답했다.

"그리고 옷을 벗으면 안 돼."

나는 아우가 입은 셔츠를 잡아당겨 펴주고 엉덩이를 한 대 툭 치며 웃어주었다.

"엉덩이를 까고 아무 데나 막 다니면 창피하잖아."

"공, 공."

아우가 갑자기 환호했다. 빨강, 파랑, 하양의 커다란 가죽공이 방으로 굴러 들어와 아우의 발치에 멈췄다. 아우가 뻥 차자 그 가죽공은 제멋대로 굴러갔다. 이때 꼬마 체니가 개구멍바지를 입고 들어와 기어가서 공을 붙잡았다. 그러면서 계속 깔깔거리며 웃었다. 아우도 바닥에 엎드려 꼬마 체니와 서로 공을 빼앗으려고 실랑이를 벌였다.

나는 전날 저녁에 사온 여지를 들고 부엌에 가서 할머니에게 주었다. 할머니는 한 알을 까서 먹어본 뒤 감탄했다. 나는 그녀에게 200위안을 주며 리웨에게 전해달라고 했다.

"누나한테 빚진 방세예요. 나머지는 며칠 있다 꼭 줄 거예요."

나는 따로 20위안을 주면서 할머니에게 시장에 다녀올 때 찐빵 두 개를 사와 아우에게 먹여달라고 부탁했다. 집을 나오니 하늘에서 가랑비가 날리고 먹구름 떼가 아래위로 오락가락했다. 고개를 들다가 문득 위층 우리 집 창문에서 새파란 빡빡머리 하나가 쓱 튀어나오는 것을 보았다. 아우가 창문가에 엎드려 바깥을 두리번대고 있었다. 내가 손을 흔들자 그 애도 두 손을 들어 마구 휘저었다.

"아우야!"

내가 부르자 그 애가 위에서 응답했다.

"으어…… 으어……"

서둘러 인마처에 갔다. 오후 근무가 막 시작될 참이었다. 옌 지배인은 내가 온 것을 무척 반기는 눈치였다.

"보아하니 마음을 굳게 먹은 것 같은데?"

"지배인님이 저를 배려해주셨는데 감히 은혜를 저버릴 수는 없지요."

내가 웃으며 말하자 옌 지배인은 입을 삐죽 내밀었다.

"언제 그렇게 철이 들었나? 빨리 유니폼이나 갈아입고 와."

나는 흰 셔츠와 검은 바지로 된 유니폼으로 갈아입고서 아이스커피, 레모네이드, 팥죽, 사탕수수 주스를 들고 이리 뛰고 저리 뛰기 시작했다. 비와 더위를 피해 들어온 손님들은 모두 태풍 에밀리에 대해 이야기하고 있었다. 풍속이 더 강해지고 폭풍의 반경도 500마일 확장된 상태에서 이튿날 오후 타이완 북부에 상륙할 예정이라고 했다. 시먼딩 일대의 점포들은 저녁에 영업을 마무리한 뒤,

하나같이 유리 쇼윈도 밖에 방풍 나무판을 세웠다. 인마처는 10시에 문을 닫았고 옌 지배인은 종업원들에게 각각 35위안씩 팁을 나눠주었다. 그리고 나를 지배인실로 불러 호주머니에서 100위안짜리 지폐 두 장을 꺼내 주었다.

"네가 어제 빌려달라고 한 돈을 채워줘야지. 가져가서 방세를 내도록 해. 설마 나를 속이는 건 아니겠지?"

나는 지폐를 받자마자 맹세했다.

"이번에는 정말이에요. 이미 주인한테 200위안을 줬고 100위안이 남았어요."

옌 지배인은 나를 잠시 훑어보다가 물었다.

"여기서 사흘 일하고 나서 어쩔 계획이지? 다시 돌아가 또 그 일을 할 건가?"

돌연 얼굴이 뜨거워져서 고개를 숙이고 더듬더듬 말했다.

"다른 일이 있는지 알아봐야죠……. 혹시 여기에 사람이 필요하면 돌아오고 싶어요."

"지금은 빈자리가 없어. 다음 달에 한 명이 나갈 예정이니 다시 연락할게."

옌 지배인은 진지하게 얘기했다.

"빨리 돌아가. 곧 태풍이 올 거야."

인마처를 나서기 전 주방에 가서 찬장에 넣어둔 종이봉투를 꺼냈다. 그 안에는 밤 케이크 두 조각이 들어 있었다. 오후에 영화 시간이 급했던 한 테이블의 손님들이 못 먹고 두고 간 것이었다. 나는 밤에 집에 가져가 아우와 먹으려고 그것을 종이봉투에 넣어 찬장에 숨겨두었다. 집에 돌아오는 버스에서 내심 머리를 굴렸다. 리웨 누나 집에서 아우를 며칠이나 묵게 할 수 있을까? 시간을 더 못 끌면 그 녀석을 어디에 데려다놓아야 할까? 대체 근무 사흘을 마치고 옌 지배인에게 입을 뗄 생각을 해봤다. 진화가에 있는 그의 아파트로 돌아가 그와 함께 살고 싶다고 말이다. 내게는 아직 돌려주지 않은 그의 아파트 열쇠가 있었다. 그러면 그에게 아우를 내 친동생으로 소개하고 잠시 집에 있게 해달라고 부탁할 수 있었다. 만약 내가 인마처에서 정식 종업원이 되어 성실하게 일한다면 아마도 그는 응낙할 것이다. 옌 지배인은 내게 잘해주었고 언제나 나를 옳은 길로 인도하려 했다. 만일 그가 응낙하지 않는다면 이름이 우하오메이吳好妹인, 어머니의 양모이자 나의 외할머니인 분도 염두에 둘 만했다. 양부가 죽은 뒤로 어머니는 외할머니와 다시 왕래하기 시작했다. 언젠가 어머니는 나와 동생을 데리고 타오위안현 룽탄龍潭으로 외할머니를 만나러 간 적이 있다. 외할머니는 건장하고 뚱뚱한 여인이었다. 큰 다리로 척척 걸어가면 자기가 키우는 오리들보다 훨씬 속도가 빨랐다. 외할머니는 마음이 따뜻해 우리를 무척 귀여워했다. 이튿날 아침에는 큰 바구니를 들고서 나와 동생을 데리고 오리 우리로 알을 주우러 갔다. 우리 안의 오리 똥과 털 무더기 속에 청색 오리 알이 군데군데 드러나 있었다. 나와 동생은 신이 나서 꺅꺅 소리를 질렀으며 똥 냄새를 무릅쓰고 오리 알을 주우러 돌아다녔다. 동생은 걷는 게 아직 불안해 몸을 뒤뚱거렸고 손에 오리 똥을 가득 묻혔다. 나중에 어머니도 서둘러 왔는데, 외할머니는 그녀에게 웃으며 말했다.

"아리야, 쟤들을 여기 두고 가도 되겠다. 나 대신 오리 알을 주우라고 하지 뭐."

작년에 외할머니는 우리를 만나러 타이베이에 와서 새끼 머스코비 오리 두 마리를 선물로 주었다. 까만 녀석은 내 것, 하얀 녀석은 동생 것이었다. 어머니 얘기가 나오자 그녀는 몇 마디 욕을 하고는 눈물을 뚝뚝 흘렸다. 그리고 가기 전에 내게 말했다.

"방학 때 동생이랑 시골에 놀러 오렴."

그 오리들은 가을 한철 만에 다 자랐다. 까만 녀석과 하얀 녀석 모두 깃털에 윤이 나고 벼슬이 새빨갰으며 사람을 보면 엉덩이를 뒤뚱대며 꽥꽥, 허세를 부렸다. 우리는 녀석들을 각각 아헤이阿黑와 아바이阿白라고 불렀다. 그 두 마리 오리를 키우는 게 나와 동생의 일과 중 가장 큰일이었다. 우리는 늘 수란가의 개천에 가서 지렁이를 캤다. 개천가의 진흙이 비옥해서 지렁이들은 다 새끼손가락 굵기였다. 우리는 양철 깡통 하나를 꽉 채워서 돌아와 오리들을 실컷 먹였다. 녀석들은 살이 뒤룩뒤룩 쪄서 엉덩이가 거의 땅에 닿을 지경이었다. 설이 되자 아버지는 오리들을 잡아와 한칼에 한 마리씩 목을 잘랐다. 그는 원래 그 오리들이 마당에 아무 데나 똥을 싸서 냄새를 풍기고 파리까지 꾄다고 무척 싫어했다. 그런데 작년 설에 따로 명절 음식을 차릴 돈이 없자 아헤이로 탕을 끓이고 아바이는 기름에 튀겼다. 아버지는 튀긴 오리 다리를 나와 동생에게 하나씩 집어주고 자신은 오리 목을 안주로 술을 마셨다. 나는 의외로 맛있게 먹었지만 동생은 얼굴이 하얘져서 건드리지도 못했다. 아버지가 물었을 때 그 애는 속이 안 좋다고 변명을 했다. 하지만 나는 동생이 아바이가 불쌍해서 못 먹은 것을 알고 있었다. 식사 후 동생에게 조용히 말했다.

"이 바보야, 그렇게 괴로워할 게 뭐 있어? 여름방학 때 타오위안에 가서 외할머니한테 또 새끼 오리 두 마리를 받아와 키우면 되잖아. 네 걸로 또 흰 녀석을 고르고 말이야."

나와 동생은 끝내 타오위안에 못 갔다. 나는 나중에 아우를 데리고 외할머니 집에 가도 며칠 묵는 것쯤은 문제가 안 될 거라는 생각이 들었다. 나는 외삼촌이 오리 치는 것을 돕고 아우는 외할머니를 따라 오리 알을 주우면 어떻게든 될 것 같았다.

"누나, 어때요? 방세 다 냈으니까 이제 우리를 안 쫓아낼 거죠?"

집으로 돌아와 첫 번째로 한 일은 리웨에게 남은 100위안을 주는 것이었다. 나는 그녀의 성미를 잘 알았다. 그녀는 나와 샤오위에게 너그럽기는 했지만 방세를 오래 미루는 것은 금물이었다. 리웨는 방에서 할머니와 뭔가를 상의하고 있었다. 그런데 지폐를 받고 나서 그녀가 내게 말했다.

"좀 앉아봐, 아칭."

"리웨 누나, 나 출근하게 됐어요."

나는 앉아서 웃으며 말했다.

"인마처에서요. 한 달 월급이 누나 하룻밤 팁에도 못 미치긴 하지만요."

리웨는 담배를 한 모금 빨고서 천천히 입을 열었다.

"아칭, 오늘 오후에 네 미친 그 애가 사고를 쳤어."

"또 무슨 사고를요?"

나는 다급히 물었다.

"걔 때문에 우리 꼬마 체니가 다쳤어."

할머니가 끼어들어 말했고 이어서 리웨가 설명을 했다.

"오후에 개하고 우리 애가 공 뺏기 놀이를 하는데 개가 우리 애를 밀었어. 그 바람에 탁자 모서리에 부딪혀서 앞니 하나가 빠졌어."

"아이고, 입이 온통 피투성이였어."

할머니가 입을 가리키며 손짓했다.

"빌어먹을, 내가 가서 때려줄게요!"

내가 소리를 지르자 할머니가 성난 어조로 말했다.

"진작에 엉덩이를 때려줬지. 그 미친 녀석은 그래도 웃기만 하더라."

일어나서 내 방으로 가려는데 리웨가 나를 불러 세웠다.

"갈 필요 없어. 내가 벌써 보냈으니까."

나는 어리둥절해서 리웨를 바라보며 아무 말도 하지 못했다.

"보내다니요? 어디로요?"

잠시 후 따져 물었다. 내 목소리가 가늘게 떨렸다.

"경찰이 왔었어."

할머니가 또 끼어들었다.

"경찰서에서 차를 보내 걔를 데려갔어."

리웨가 말하더니 또 한마디 덧붙였다.

"갔으니 됐어. 너도 더 신경 안 써도 되고."

"왜 경찰을 부른 거죠?"

나는 별안간 크게 소리 질렀다. 속에서 분노가 끓어올랐다.

"우리 아우를 어디로 보낸 거예요?"

"너도 미친 거야?"

리웨도 소리를 질렀다.

"찾으러 갈 거예요."

나는 들고 있던 밤 케이크를 탁자 위에 던지고 씩씩대며 외쳤다.

"못 찾으면 둘이 책임져요."

중산북로를 계속 달렸다. 정면에서 거센 바람이 불었고 간간이 빗방울도 어지러이 날렸다. 태풍이 벌써 상륙한 것인지 길가에는 아무도 없고 양쪽 가로등이 비바람 속에서 흐릿하게 빛나고 있었다. 나는 단숨에 난징동로의 3지서까지 뛰어가 문 앞의 당직 순경에게 용건을 밝혔다. 그는 나를 사무실의 한 경관 앞으로 데려갔다. 그 경관은 마흔 전후로 깡마르고 피부가 누르께했지만 매우 상냥했다. 그의 책상 위에 놓인 소형 라디오에서 조그맣게 경극이 흘러나오고 있었다. 경관은 내가 사람을 찾으러 왔다는 것을 알고 서류를 꺼내 적으라고 하면서 물었다.

"누구를 찾습니까?"

잠시 망설이다가 답했다.

"제 남동생을 찾는데요."

"이름이 뭐죠?"

"아우예요……"

나는 어쩔 수 없이 그렇게 말했다.

"본명을 묻는 겁니다."

"선생님, 제 동생은 조금 문제가 있어요. 제 말은, 머리가 별로 안 좋아서 두세 살 아이 같다는 거예요."

내 설명에 경관은 손사래를 치며 한숨을 쉬었다.

"알겠습니다. 그러니까 동생이 백치라는 거죠? 이것 또 미제 사건이로군요. 지난달 우리는 위안환 부근에서 정신이 이상한 여자를 붙잡았습니다. 위안환 대로에서 나체로 펄쩍펄쩍 뛰고 있었죠. 이름을 물었는데 대답을 못 하더군요. 지금까지 타이베이정신병원에 입원해 있고 찾으러 온 사람도 없습니다."

"선생님, 제 동생이 여기 왔나요?"

"여기 기록에는 없습니다. 왔더라도 우리는 이곳에 수용하지는 않아요. 이런 건은 보통 본서로 넘겨 각 정신병원에 배치합니다. 타이베이의 병원이 만원이면 신주나 타오위안에 보내기도 하죠."

경관이 말을 하다가 갑자기 뚝 그치고 뭔가에 골똘히 귀를 기울였다. 탁자 위 라디오에서 태풍 특보가 나오고 있었다.

"강력한 태풍 에밀리가 오늘 새벽 0시, 이미 북위 24도, 동경 124도까지 진출해 시간당 10킬로미터의 속도로 타이베이 북부에 진입하고 있습니다."

경관이 심각한 투로 말했다.

"이봐요, 에밀리가 곧 상륙한답니다."

내가 멍하니 서 있는 것을 보고서 그는 발을 떼지 못하고 나를 위로했다.

"이렇게 합시다. 우선 돌아가 있어요. 내일 여기에 무슨 소식이 오면 바로 알려드리죠. 가장 좋은 방법은 본서에 가서 알아보는 겁니다. 이미 병원으로 이송됐으면 잘된 거고요. 안심하세요. 거기서는 어쨌든 의사와 간호사가 돌봐주니 무슨 일이 생길 가능성은 없습니다."

3지서에서 나와 거리를 정신없이 배회하다 중산교까지 걸어갔다. 바람에 셔츠가 부풀어올랐지만 등에서는 계속 땀이 흘러내렸다. 하늘은 칠흑처럼 어두웠지만 다리 밑의 타이베이시는 어슴푸레한 불빛 속에 잠겨 있었다. 다리 위에 우두커니 서서 나는 또 끝도 없는 외로움에 사로잡혔다.

29

선생님, 여기 맨발의 남자아이가 오지 않았나요? 선생님, 여기 머리가 좀 이상한 소년이 있지 않나요? 열너덧 살에 신발을 안 신었어요. 선생님, 어제 경찰이 데려갔다고 하는데 이름은 없고 그냥 아우라고 해요…….

이튿날 아침부터 밖에 나가 타이베이 전역을 돌아다니며 아우를 찾았다. 먼저 3지서, 4지서에 갔고 마지막으로 본서에도 갔지만 행방을 알 수 없었다. 결국 할 수 없이 타이베이정신병원으로 달려갔다. 정신병원의 출입 담당 남자 간호사는 나를 병동으로 못 들어가게 하고 철 난간 밖에서 보는 것만 허용했다.

"청소년 환자는 딱 두 명이에요. 하지만 모두 석 달 전에 입원했죠."

한 명이 밖으로 나왔다. 대모테 안경을 쓰고 여드름이 덕지덕지 난 열예닐곱 살의 뚱뚱한 소년이었다. 녹색 잠옷을 입고 돼지 앞다리 같은 두 팔을 쭉 뻗고서 몽유병 환자처럼 더듬더듬 앞으로 걸어 갔다.

"쟤 아닌가요?"

남자 간호사가 그 뚱뚱한 소년을 가리키며 조용히 물었다.

"아니에요. 그 애는 하얗고 말랐어요. 머리를 스님처럼 빡빡 깎 았고요."

정오에 타이베이시는 이미 태풍의 반경에 들어가 바람이 갈수록 거세졌다. 런아이로 양쪽의 키 큰 야자수에서 가지와 잎이 바람에 꺾이고 흩어져 차도 위에 떨어졌고 여기저기서 휘리릭 소리를 내 며 굴러다녔다. 항저우남로에서는 전신주가 45도 각도로 넘어지는 바람에 전선 다발이 풀려 땅바닥에 축 늘어졌다. 이에 교통경찰이 나와 호루라기를 불며 차들을 멀리 돌아가게 했다. 거리의 행인들 은 바람에 몸이 기우뚱기우뚱했다. 한 여성의 꽃무늬 비닐우산이 휙 날아가서 끈 떨어진 연처럼 허공을 오르락내리락했다. 그리고 충칭남로는 쏟아지는 폭우로 잠기기 직전이었다. 싯누런 물줄기가 도로 위에서 지그재그로 흘러다녔다. 헝양가 청두로成都路 양쪽의 건물 베란다에 세워진 상점 간판들도 바람의 타격에 속수무책으로 덜컹거리고 있었다. 마침내 '다싼위안大三元'*이 떨어져 양철로 만 든 틀이 아스팔트 위를 구르며 날카로운 소리를 냈다. 나는 버스를 타고 급히 시먼딩으로 돌아갔지만 인마처는 하루 휴업으로 문이 닫혀 있었다. 배가 몹시 고팠다. 그러나 시먼딩 일대의 분식점들도 대부분 문이 닫혀 있었다. 나는 바람을 안고 우창가로 걸어갔다.

---

* 광둥 요리 전문 음식점이다.

거기서 노점 몇 군데를 찾을 수 있기를 바랐다. 그런데 가서 보니 과일 상인 몇 명이 노점을 걷고 수레를 밀며 일찍이 귀가하고 있었다. 미친 듯한 바람이 정면에서 휘몰아쳐 상인들은 다들 허리를 굽히고 참외, 구아바 등이 가득 실린 수레를 있는 힘껏 떠받쳤다. 그들 중 맨 뒤에 처진 상인은 몸집이 작은 젊은 여자였다. 그녀는 바람에 긴 머리가 마구 날렸고 입고 있던 노란 치마도 날려 흰 종아리가 드러났다. 그녀의 수레에는 새빨간 토마토가 수북이 쌓여 있었다. 여자는 온몸을 앞으로 기울여 어깨로 수레를 지지했지만 그녀의 가냘픈 몸으로는 거센 바람을 이겨낼 수 없었다. 바람이 휙휙 들이치자 그녀가 연달아 뒤로 밀려나 쓰러졌다. 당장 수레가 앞뒤로 흔들리며 토마토 10여 개가 와르르 바닥에 쏟아졌다. 나는 얼른 달려가서 손잡이를 꼭 붙들어 수레를 안정시켰다. 여자가 겨우 몸을 일으켰다. 그녀는 토마토들이 바닥에 나뒹굴고 그중 몇 개는 흙탕물 속에 잠긴 것을 보고서 안타까워 탄식했다. 그러고서 곧장 치마를 걷고 허리를 굽혀 떨어진 토마토를 하나씩 주워 치마 위에 담았다. 멀쩡한 토마토 몇 개는 치맛자락으로 닦아 수레 위에 되돌려놓았지만 대여섯 개는 터져서 즙이 줄줄 흘렀다. 그녀는 그중 제일 큰 것을 골라 내게 주었다.

"그냥 먹어버리자. 팔지도 못하게 됐으니."

나는 사양하지 않고 고맙다고 한 뒤, 한입 크게 베어 물었다. 토마토가 잘 익어서 아주 꿀맛이었다. 여자도 나와 함께 바람 속에서서 터진 토마토 하나를 골라 먹었다. 그녀는 스물일고여덟 살로 보였고 크고 움푹 꺼진 눈과 뾰족한 턱의 소유자였다. 방금 힘을 써서인지 하얀 얼굴에 홍조가 번져 있었다. 내가 맛있게 먹는 것을 큰 눈으로 조용히 보고 있다가 그녀가 웃으며 말했다.

"맛이 달지?"

그녀가 터진 토마토 하나를 또 주었다. 나는 그렇게 달고 잘 익은 토마토를 먹어본 지가 너무 오래되었다. 내 기억에 어머니가 집을 나가기 이틀 전에 갑자기 상냥하게 변해, 토마토 몇 개를 사와서 마당의 걸상에 나를 앉히고 함께 벗겨 먹은 적이 있었다. 그 토마토는 완전히 익어서 껍질이 금세 벗겨졌다. 어머니는 토마토 하나를 다 벗기고 자기가 먼저 한입 먹어보고는 좋아서 소리를 질렀다.

"정말 다네!"

그 토마토를 받아 나도 몇 입 먹어봤다. 과연 달짝지근하고 토마토 특유의 쌉쌀한 맛이 전혀 없었다.

"맛있지?"

어머니가 미소를 지었다. 그녀는 손수건을 꺼내 내 입가에 묻은 토마토 즙을 닦아주었다. 전에는 그녀가 그렇게 살갑게 대해준 적이 없었던 터라 나는 기쁘면서도 불안하고 어리둥절했으며 심지어 조금 거북하기까지 했다.

"검둥아, 너 그거 아니? 엄마는 어렸을 때 감을 팔아본 적이 있단다."

어머니는 감회에 잠겨 옛일을 떠올렸다. 그녀는 타오위안의 시골에서 양부모 슬하에 자란 이야기는 거의 하지 않았다. 우연히 하더라도 전부 원망뿐이었다.

"우리 시골 밭에 감나무가 열 그루쯤 있었어. 연못 가까이에 있었지. 감이 익으면 다 먹을 수가 없어서 너희 할머니가 나를 시켜 읍에 나가 팔게 했어. 못 판 건 내가 다 먹으라고 했고."

어머니는 말하다가 깔깔 웃었다.

"너무 먹어서 배가 아팠지."

어머니가 앞뒤로 몸을 흔들며 웃을 때 그녀의 치렁치렁한 머리가 검은 비단처럼 파도쳤다. 어머니가 그렇게 소녀처럼 즐거워하는 것을 보고 나도 따라 웃음을 터뜨렸다. 그것은 우리 모자가 함께 정신없이 웃어본 유일한 기억이었다. 이틀 뒤 어머니는 모습을 감췄다.

"두 근 주세요."

나는 그 노점상 여자에게 말했다.

"한 근에 15위안이야."

그녀가 나를 훑어보며 말했다. 그리고 제일 크고 빨간 토마토 네 개를 골라 저울에 달고서 보여주었다. 저울추가 바람에 흔들거렸다.

"두 근 두 냥이야. 두 근으로 쳐줄게."

그녀가 호의 어린 어조로 말했다.

"고마워요."

나는 지폐로 30위안을 주었다. 그녀는 치마 주머니에 돈을 넣고 다시 수레를 밀었다. 바람을 안고 있는 힘껏 앞으로 나아갔다. 그녀의 머리칼이 바람 속에서 높이 흩날렸다. 문득 돌아보니 그녀가 나를 보며 싱긋 미소 지었다. 나는 토마토 봉지를 쥐고 버스에 올라 남공항으로 갔다. 그 빨갛고 큰 토마토를 어머니에게 갖다줄 생각이었다.

남공항 커난가에 있는, 그 보루 모양의 어둡고 습한 콘크리트 건물로 찾아가 어머니가 사는 집의 문을 열었다. 앞머리가 다 빠진 지난번의 그 노파가 또 나를 맞이했다. 그녀는 나를 보자마자 내가 입을 열기도 전에 말했다.

"네가 아리阿麗의 큰아들 아칭이 맞냐?"

"엄마한테 뭘 좀 드리려고 왔어요, 할머니."

내 말을 듣고서 노파는 나를 들여보냈고 함께 안쪽의 그 어둠컴컴한 큰방 앞으로 갔다. 그리고 나를 붙잡으며 말했다.

"조금만 기다려."

그녀는 곧장 방 안에 들어가 대나무로 짠 상자 하나를 가져와 바닥에 쿵, 내려놓더니 뚜껑을 열고 헉헉거리며 말했다.

"아리가 남긴 물건이야. 다 여기 있다."

대나무 상자 안에는 낡은 옷이 꽉꽉 차 있었다. 지난번에 어머니가 입고 있던 검은 덧저고리도 담겨 있었다. 노파는 허리를 굽혀 상자 안을 들추더니 누레지고 얼룩진 속옷 두 벌도 위로 끌어냈다. 상자 안에서 이상한 냄새가 코를 찔렀다.

"값나가는 건 별로 없어. 네가 원하면 몇 벌 가져가."

노파가 고개를 들고 말했다.

"언제 이렇게 됐죠……?"

나는 조용히 물었다.

"네가 지난번에 언제 왔더라?"

노파는 고개를 한쪽으로 기울이고 실눈을 뜬 채 잠시 생각하다가 물었다. 그녀의 정수리에 매달린 조그만 상투가 금방이라도 풀릴 것 같았다.

"중원절이었어요. 음력 7월 15일이요."

"맞다. 이튿날 자정쯤 숨이 끊어졌어."

나는 두 손으로 토마토 봉지를 꼭 쥔 채 노파를 보면서 쪼그려 앉은 뒤, 상자 속의 헌옷을 이리저리 뒤적였다. 이윽고 그녀가 허리를 펴고 손을 털면서 비틀거렸다.

"아리가 그렇게 오래 앓고 석 달 넘게 누워 있으면서 돈을 얼마나 쓴 줄 알아? 우리는 돈 많은 집이 아니어서 무척 어려웠다고. 이번에도 화장비로 3000위안이 들었어. 아리가 화장을 원해서 소원을 들어줬지. 솔직히 말해 내 아들도 그 애한테 할 만큼 했다."

노파는 혀를 차고 탄식하며 말했다. 내가 아무 말도 안 하고 상자 속 헌옷 더미만 응시하고 있는 것을 보고는 또 코웃음을 치며 말했다.

"그 애가 낀 금반지? 그게 얼마나 한다고? 진작에 밀졌지. 오늘 마침 잘 왔다. 네 엄마가 그랬거든. 무슨 일이 있어도 자기 뼛가루를 너한테 들려 네 집으로 보내달라고. 그렇게 해서 자기 작은아들 옆에 묻어달라고 그랬는데……."

"엄마 뼛가루가 어디 있는데요?"

나는 그녀의 말을 끊었다.

"다룽둥人龍峒의 대비사大悲寺에 있다. 우리가 이미 거기 노스님한테 잘 말해뒀으니 네가 직접 가서 찾으면 돼."

대비사는 낡고 황량한 절이었다. 무질서하게 지어진 불법 건물들로 에워싸여 있었다. 갈 데 없는 가난한 노인들이 절에 비집고 들어가 살고 있었다. 절 안에 들어섰을 때 삼삼오오 무리를 지어 웅크리고 있는, 남루한 차림의 노인들이 눈에 띄었다. 누구는 벤치에 멍하니 앉아 있고 누구는 옆 사람 귀에 입을 대고서 속삭이고 있었다. 한 사미승이 나를 절의 주지 스님에게 안내했다. 그는 일

흰 전후의 노승으로 얼굴에 주름이 가득하고 체구가 작았다. 뼈만 남은 몸에 걸친 검은 가사가 축 늘어져서 거의 땅에 끌릴 정도였다. 내가 방문한 용건을 얘기할 때 귀가 안 좋은 노승은 손으로 귓바퀴를 감쌌고 합죽해진 입을 계속 오물거리며 뭐라 뭐라 중얼거렸다. 내가 그의 귀에 대고 어머니 이름을 몇 번 외치고서야 그는 깨달은 듯 고개를 끄덕였다.

"황리샤라, 들어온 지 보름쯤 된 사람이 맞지?"

노승의 목소리는 거칠고 떨렸다.

"맞아요, 스님."

"자기 아들을 기다리고 있고 그 아들이 오면 집에 데려갈 거라고 그 사람들이 그랬는데……"

"제가 바로 그 아들이요, 황리샤의 아들."

나는 허리를 굽히고 그의 귓가에 큰 소리로 말했다. 노승은 탄식하고 몇 마디 혼잣말을 한 뒤, 내게 손을 흔들며 말했다.

"나를 따라오렴."

노승은 비틀거리며 밖으로 나갔다. 세찬 바람에 가사가 흩날려 그의 수척한 몸이 연이어 흔들렸다. 나는 그를 따라 절 우측의 극락전으로 갔다. 그곳에 유골이 안치되어 있었다. 그 안은 어두웠고 정면 벽을 따라 놓인 3층 나무 선반에 세 줄로 빽빽하게 흑갈색 둥근 유골 단지들이 놓여 있었다. 그리고 선반 위에는 침침한 장명등 하나가 켜져 있었다. 단지들에는 이름표가 붙었는데, 어떤 것은 오랫동안 찾아가는 사람이 없어 먼지가 뽀얗게 앉았으며 이름표도 바래고 글씨가 희미해졌다.

"황리샤는 여기 있어."

노승이 다가가서 둘째 줄 왼쪽 네 번째의 단지 위에 떨리는 손을 얹었다. 나는 얼른 가보았다. 새 단지라 어둠 속에서 희미하게 빛을 반사하고 있었다. 이름표를 보니 하얀 종이에 '타오위안현 황리샤'라고 적혀 있었다. 유골 단지는 높이가 30센티미터쯤 됐고 완제품이 아니어서 표면이 거칠었다.

"와서 어머니를 모셔가렴."

노승이 나를 돌아보며 말했다. 나는 손에 든 토마토 봉지를 옆구리에 끼우고 허리를 굽혀 두 손으로 어머니의 유골 단지를 들었다.

"스님, 분향을 했으면 해요."

내가 말했다. 노승은 고개를 끄덕였고 그 합죽한 입을 몇 번 오물거린 뒤, 비틀비틀 나를 인도해 회랑을 걸어 대비전大悲殿 앞으로 갔다. 그리고 갑자기 걸음을 멈추더니 말했다.

"어머니는 밖에 놓고 들어가라. 안에 석가모니불이 계셔서 어머니는 들어갈 수 없거든."

나는 어머니의 유골 단지를 대비전 문지방 바깥의 땅바닥에 놓고 안으로 들어갔다. 전각 문 상단에 걸린 까만 나무 편액에 '고해자항苦海慈航'*이라는 네 글자가 새겨져 있었지만 금칠이 다 떨어져나가고 편액 가운데에 쩍 갈라진 자국이 있었다. 전각의 감실은 컴컴하고 먼지가 가득했다. 한가운데의 거대한 석가모니 불상은 시주가 부실해서인지 오래 보수를 못 해 황금색이 누르스름해지고 연좌蓮座도 부서져 있었다. 그리고 공양대 위에 향과 초, 과일 따위가 놓여 있었는데 전각 밖에서 바람이 휘몰아쳐와 향불을 마구 태

---

* 고통에 처한 사람을 자비심으로 구한다는 뜻.

웠다. 나는 그 새빨간 토마토 몇 개를 공양대 위 접시에 올려놓고 노승에게 향을 달라고 했다. 바람이 세서 성냥을 세 대나 긋고서야 향에 불을 붙였다. 짙은 향 연기가 얼굴에 확 들이쳐 눈이 쓰리고 매웠다. 나는 그 향을 두 손으로 꼭 쥐고 파란 자기 향꽂이에 꽂았다. 그리고 전각 한가운데로 뒷걸음질 쳐 거대한 석가모니불 앞에 무릎 꿇고 절을 했다. 절에 와서 향을 사르고 예불을 한 것은 이번이 처음이었다. 하지만 어렸을 때 매년 관음보살 탄생일에 어머니가 향과 초를 사서 반차오板橋에 있는, 사람들이 많이 찾는 관음보살 사원에 참배하러 갔던 게 기억났다. 언젠가는 나와 동생을 데리고 가서 자기를 따라 하라고 하고 그 작은 몸으로 관음보살상 발밑에 엎드렸다. 그녀의 긴 머리가 거의 바닥까지 드리웠다. 어머니는 합장을 하고 염불을 외우며 간절히 기도했다. 그녀의 크고 움푹한 두 눈이 몹시도 반짝이며 불길하고 고통스러운 빛을 띠었다. 중원 절이었던 그날, 그녀는 찾아온 내 손을 꼭 쥐고 나중에 절에 가서 자기를 위해 향불을 피워달라고, 자기가 평생의 죄를 용서받아 환생할 수 있게 부처님께 빌어달라고 부탁했다. 그때 검은 구멍처럼 변해버린 그녀의 두 눈에는 경악과 공포가 가득했다. 아마도 어머니는 평생 뭔가를 두려워했던 것 같다. 그랬기 때문에 놀라 도망치는 사슴처럼 두 눈이 불안하게 흔들렸을 것이다. 평생토록 그녀는 두려워하고, 도망치고, 떠돌았다. 자신의 남자들을 차례로 뒤따르며 반평생을 헤맸지만 끝내 정착할 곳을 찾지 못했다. 마지막에는 악성 질병에 걸려 땀 냄새, 약 냄새가 지독한 솜이불에 싸여 꼼짝도 못 하게 되었다. 임종을 앞두고 분명 그녀는 너무나 외롭고 처량했을 것이다. 하지만 그녀의 쇠잔한 몸뚱이는 이미 태워지고 재가 되어 전각 밖 조잡한 단지 속에 담겨 있었다. 설마 단지 속의 그 재도 그녀의 살아생전 죄업을 띠고 있을까? 나는 석가모니불을 향해 절을 올렸다. 이마가 불전의 차가운 숫돌 바닥에 닿았다.

"얘야, 어서 어머니를 모시고 돌아가라. 곧 폭풍이 올 거야."

기도가 끝나자 노승이 떨리는 목소리로 말하며 내게 손짓을 했다. 그가 전각 밖 돌계단 위에 우뚝 서 있었다. 그의 검은 가사가 바람에 세차게 펄럭였다.

30

택시를 타고 우리 집이 있는 룽장가 28항의 골목 어귀에 이르러 내렸다. 골목 안은 인적이 없고 집집마다 문이 굳게 닫혀 있었다. 담장의 갈라진 틈 사이로 여전히 담장에 기대어 서 있는 빨래걸이 장대들이 보였다. 너덜너덜한 기저귀와 삼각팬티들은 진작에 거둬 간 듯했다. 왼편 친 참모네 대문은 아직도 한 짝이 없고 다른 한 짝만 바람 속에서 덜컹덜컹 마구 흔들렸다. 골목 안의 까맣고 노란 쓰레기 더미도 여전히 제자리에서 높이 솟아 있었다. 도랑에 빗물이 넘쳐 시커먼 오물이 길 위에 진창을 이뤘다. 바람이 골목 안으로 들이쳐 윙윙, 소리를 내면서 우리의 그 퇴락하고 막다른 골목을 더더욱 어지럽고 황량해 보이게 했다. 나는 어머니의 유골 단지를 가슴에 꼭 끌어안았다. 손바닥이 바들바들 떨리고 둥근 단지가 조금 미끄럽기도 해서 잘 붙잡고 있기가 어려웠다. 거센 바람을 뚫고 조심조심 걸음을 옮겨 어머니의 유골 단지를 집 앞까지 들고 갔다.

우리 집 지붕 한 귀퉁이에는 여전히 방수포가 덮여 있었다. 그 위에 여러 장 얹은 붉은 벽돌에는 어느새 검은 곰팡이가 피어 있었다. 재작년 태풍 완다가 왔을 때 우리 집 지붕은 한쪽이 날아가 버렸다. 이튿날 아버지는 나와 동생과 힘을 합쳐 그 구멍에 방수포를 덮었다. 내가 지붕으로 올라가고 아버지는 사다리 위에 서 있었으며 동생은 밑에서 벽돌을 올렸다. 하지만 에밀리는 완다보다 훨씬 강력해서 그 방수포가 오늘 밤 폭풍우를 견딜 수 있을지 미지수였다. 나는 대문 틈으로 집 안의 문과 창이 다 닫힌 채 불이 꺼진 것을 확인했다. 아직 여섯 시가 안 돼서 아버지는 퇴근 전이었다. 나는 어머니의 유골 단지를 땅바닥에 놓고 담을 넘어가 대문을 연 뒤, 어머니의 유해를 맞이했다. 우리 집의 음습하고 야트막한 거실의 어둠 속에서 오랜 세월 벽과 바닥에서 풍겨온, 코를 찌르는 곰팡내를 맡았다. 그 익숙한 곰팡내를 통해 내가 정말로 집에 다시 돌아온 것을 실감했다. 나는 거실 한가운데의 흐릿한 펜던트 등을 켜고 어머니의 유골 단지를 새까매진 식탁 위에 놓았다. 거실 안은 예전과 다름없었다. 아버지의 반들반들하게 닳은 대나무 의자도 변함없이 펜던트 등 바로 밑에 단정하게 놓여 있었고 아버지의 낡은 돋보기안경도 의자 옆 작은 궤짝 위에 올려져 있었다. 여름 저녁, 집 안의 열기가 아직 덜 가셨을 때면 우리는 문가에 나가 더위를 식혔다. 하지만 아버지는 혼자 집 안에 남아 웃통을 벗고 돋보기를 쓴 채 그 대나무 의자에 앉아서 침침한 펜던트 등불 아래 상하이광서국에서 나온 『삼국지』를 열심히 읽었다. 오직 모기에 물렸을 때만 그는 손바닥으로 허벅지를 탁 치고 고개 들어 화난 표정을 짓곤 했다. 별안간 아버지의 몹시도 서글픈 표정이 떠올랐다.

어머니가 가출한 날 밤, 아버지는 만취해 주름 가득한 얼굴에 눈물을 줄줄 흘리면서 핏발 선 눈으로 우리에게 밤새 술주정을 늘어놓았다. 그때 공포에 가까울 만큼 서글펐던 아버지의 표정을 평생 잊지 못할 것이다. 내가 어머니의 유해를 갖고 집에 돌아온 것을 보면 아버지가 우리를 받아줄 것이라고 나는 믿었다. 아버지는 어머니의 타락을 증오했지만 사실 어머니에 대한 정은 지우지 못했다. 그는 벽에 걸려 있던, 어머니와 찍은 유일한 사진을 한때 떼어놓았지만 여러 해가 지난 뒤 슬그머니 제자리에 돌려놓았다. 만약 어머니가 생전에 잘못을 뉘우치고 돌아왔다면 아마도 그녀를 받아주었을 것이라고 나는 믿었다. 나는 한때 아버지의 참담한 만년의 마지막 희망이었다. 그는 내가 언젠가 우수한 장교가 되어서 포로가 돼 군적이 지워진 자신의 굴욕을 설욕해주리라 기대했다. 하지만 나는 학교에서 그렇게 불미스러운 일로 퇴학을 당해 그가 내게 건 평생의 꿈을 박살내버렸다. 당시 그가 얼마나 분노하고 슬펐을지는 미루어 짐작할 수 있었다. 때로 나는 아버지의 마음속에 나에 대한 한 가닥 희망이 아직 남아 있어서 내가 잘못을 뉘우치고 집에 돌아와 새사람이 되기를 기대하지는 않을까 추측하곤 했다. 어쨌든 아버지는 한때 그토록 나를 믿었으므로 나에 대한 정이 완전히 끊어지지는 않았을 듯 싶었다. 그렇지만 나는 사람의 마음을 꺾는, 아버지의 그 서글픈 얼굴을 다시 볼 자신이 없었다. 별안간 왜 어머니가 생전에 바깥을 떠돌고 타락하면서도 감히 집에 돌아오지 못했는지 깨달았다. 여러 차례 절망적인 상태에 빠져 분명 돌아오고 싶은 생각이 들었을 텐데도 말이다. 아마도 그녀 역시 아버지의 그 어둡고 서글픈 얼굴을 보기가 두려웠을 것이다. 그래서 죽은 후에야 겨우 집에 돌아왔다. 어머니는 죽고 나서도 자기가 바깥을 떠돌며 외로운 혼이 될까봐 두려웠다. 그래서 죄 많은 육체가 재로 변했는데도 나를 불러 집으로, 자신의 마지막 종착지로 돌아오고자 했다. 어머니는 산산조각 난 우리 집이 그래도 그리웠던 것이다.

나는 주머니를 뒤져 종이 한 장을 꺼냈다. 그것은 징화호텔의 메모지였다. 메모지 뒷면에는 '77-9741'이라고 적혀 있었다. 지난번 징화호텔에서 만난 고객이 내게 준 연락처였다. 나는 메모지 앞면에 아버지에게 전할 말을 적어서 식탁 위 어머니의 유골함 옆에 끼워넣었다.

아버지께

어머니가 중원절 다음 날 돌아가셨어요. 이것은 어머니의 유골 단지예요. 어머니가 돌아가시기 전, 저에게 유해를 집에 가져가 동생 무덤 옆에 묻어달라고 하셨어요.

아들 올림

아버지와 마주치지 않으려면 아버지가 퇴근하기 전에 떠나야 했다. 떠나기 전에 나와 동생이 자던 방을 돌아보았다. 동생의 대나무 침대는 이부자리가 치워져 텅 비어 있었다. 내 침대에는 돗자리도 베개도 그대로 있었다. 베개 위에는 내 교복과 양말, 책과 문구까지 전부 누가 손댄 일 없이 쌓여 있었다. 하지만 방 전체에는 뽀얀 먼지가 가득했다. 몇 달 동안 청소를 안 한 것이다. 나는 아무것도 가져가지 않고 원래대로 방문을 닫은 뒤 집을 나섰다. 골목 안의 바람이 정면에서 휘몰아쳤다. 바람이 빗방울을 머금고 내 얼굴을 때려 얼얼한 통증이 느껴졌다. 나는 바람을 거스르며 골목 밖으로 걸어갔다. 점점 더 빠르게 걸었고 나중에는 지난번처럼 뛰기 시작했다. 골목 어귀에서 힐끔 뒤돌아봤을 때 별안간 코끝이 시큰하더니 마침내 눈물이 왈칵 솟아올랐다. 이번에야말로 진정으로 집을 떠나는 슬픔이 느껴졌다.

31

밤 열 시쯤 드디어 에밀리가 상륙해 타이베이 전체가 울부짖기 시작했다. 신공원의 우뚝 선 대왕야자들이 정신병원에서 탈출한 미치광이가 산발을 하고 흉악하게 날뛰듯이 마구 흔들렸다. 또 호우가 바람을 타고 내리면서 마치 화살 세례처럼 빨라졌다 느려졌다 하며 사방으로 분사되었다. 나는 비바람이 몰아치는 가운데 공원 안 연못 한가운데의 팔각정 안에 뛰어들어 창문 쪽 나무 걸상에 앉았다. 우선 신발을 벗었다. 신발 안에 흙탕물이 꽉 차서 걸을 때마다 철버덕철버덕 소리가 났다. 머리부터 발끝까지 흠뻑 젖어서 바람이 불자 온몸이 시원했다. 사방이 소란스러웠지만 맨발로 의자 위에서 책상다리를 하고 있으니 마음은 오히려 이상하리만큼 고요했다. 나는 진저우가의 그 작은 동굴로 돌아갈 마음이 없었다. 이런 밤에 거기 처박혀 있으면 숨막히게 답답할 것 같았다. 그래서 폭풍우가 몰아치는 이 태풍의 밤에 다시 우리 왕국으로 돌아왔다.

적어도 어둠이 가려주는 이 자그마한 영토에서는 절망한 뒤에도 계속 분수에 안 어울리는 망상을 품고 있을 수 있었다.

연못 네 모서리의 정자 안에서 검은 그림자들이 왔다갔다하고 있는 듯했다. 아마도 나와 같은 부류일 것이다. 이 태풍의 밤에 나처럼 우리 이 어둠의 왕국에 몸을 맡기러 온 것이다. 별안간 연못 한쪽 끝에서 커다란 그림자가 불쑥 나타나 바람을 거스르며 연못가 계단 위를 느릿느릿 걸어갔다. 미친 바람이 그의 흰색 레인코트를 높이 흩날렸다. 나는 그 깡마른 몸집과 쓸쓸한 걸음걸이를 알아보았다. 바로 룽쯔, 왕쿠이룽이었다.

이런 폭풍우 치는 밤에 그가 설마 아버지가 물려준 난징동로의 그 예스러운 관사에서 편히 못 있고 철문을 박차고 나와 우리의 이 오랜 둥지로 돌아왔단 말인가? 무엇을 찾으러 온 걸까? 정말로 자신의 아펑, 우리 공원의 그 봉황을 찾으러 온 건 아니겠지? 아펑의 죽음은 공원에서 진작에 전설이 되었고 그 전설은 세월이 갈수록 점점 더 신비롭고 다채로워졌다. 귀신 이야기를 좋아하는 산수이가의 조무래기들은 비 오는 밤이면 어김없이 공원 연못가에 검은 옷의 남자가 나타나 명치를 누른 채 흐느낀다고들 했다. 그들은 그 사람이 바로 아펑이며 명치에 칼을 맞아 그렇게 오랜 세월 피를 흘린다고 말했다. 그리고 계단 위의 검은 얼룩들을 가리키며 "저게 바로 아펑이 옛날에 흘린 핏자국이야. 그렇게 오랜 세월 비에 씻기고도 안 지워졌어"라고 덧붙였다. 그날 저녁, 왕쿠이룽이 난징동로의 그 관사로 나를 데려가 함께 벌거벗고 나란히 침대에 누워 있었을 때, 그는 갈퀴처럼 마른 팔을 허공에 뻗고서 지나온 삶을 다 털어놓았다. 고관 아버지에 의해 외국으로 쫓겨난 그 여러 해, 그

는 뉴욕 맨해튼 72번가의 한 아파트 다락방에 칩거하면서 밤만 되
면 기어나와 맨해튼의 크고 작은 거리와 골목을 몽유병 환자처럼
떠돌았다. 그 미궁 같은 바둑판 모양의 거리에서 뉴욕의 밤을 헤매
는 무수한 아이를 뒤쫓았다. 그들을 따라다니며 함께 센트럴파크
의 그 끝없는 어둠 속에 몸을 던졌다. 그는 뉴욕의 센트럴파크가
타이베이의 신공원보다 수십 배 더 크고 숲도 수십 배 더 울창하며
숲속을 배회하는 검은 그림자도 수십 배 더 많다고 말했다. 그런데
뉴욕에도 태풍이 있을까? 나는 문득 그런 생각이 들었다. 뉴욕에도
이렇게 폭풍우 치는 검은 밤이 있을까? 왕쿠이룽은 뉴욕에는 눈이
오고 폭설이 내리는 밤이면 센트럴파크의 나무들이 다 흰 눈에 덮
여 마치 흰옷 입은 거인처럼 보인다고 말했다. 그리고 눈 오는 밤
에도 공원을 배회하고 숲속을 드나드는 외로운 영혼들이 있다고도
했다. 그는 어느 해 크리스마스이브에 공원 문 앞에서 추위에 바들
바들 떠는 아이를 만났다고 했다. 그 아이는 푸에르토리코인으로
이름이 크리스였다. 그는 그 아이를 집에 데려가 핫초코를 먹였는
데, 그 이상하리만큼 눈이 큰 푸에르토리코 아이는 명치에 술잔 크
기의 새빨간 상처 자국이 있었다고 했다. 왕쿠이룽이 연못 모서리
의 한 정자 안에서 걸어 나왔다. 어느새 그의 곁에는 다른 한 사람
이 있었다. 그 사람은 작고 말랐으며 걸을 때 깡충깡충 뛰며 심하
게 다리를 절었다. 나는 그가 산수이가의 진바오金寶인 것을 알아
보았다. 진바오는 선천적인 장애인으로 오른발 발가락이 다 붙고
안쪽으로 뒤집혀 자라는 바람에 발등으로 걸어다녀야 했다. 그는
평상시에는 공원에 얼굴을 내밀 엄두를 못 냈고 비바람이 쳐 공원
에 인적이 드물 때나 깊은 밤에만 깡충대며 숲속에서 나와 놀란 새

끼 사슴처럼 좌우를 두리번거렸다. 왕쿠이룽은 입고 있던 흰색 레인코트를 열어 진바오의 왜소한 몸을 감싸주었다. 크고 작은 두 사람이 한 덩어리의 흰 그림자가 되어 폭풍우 치는 검은 밤 속으로 사라졌다.

하지만 나는 홀로 팔각정의 나무 의자에 앉아 몸을 웅크린 채 포효하는 비바람 소리 속에서 쓸쓸히 기다리고 있었다. 밤이 깊어져 비가 더 세차게 내릴 때까지. 비대한 그림자 하나가 물을 뚝뚝 흘리며 팔각정에 들어와서 나를 향해 느리고 둔하게, 하지만 기세등등하게 다가올 때까지.

32

태풍이 더위와 모기까지 깨끗이 쓸고 가버렸다. 공기 중에 수분이 많아 축축하고 시원했다. 하늘의 달도 씻은 듯이 하얘져서 둥글고 흐릿한 하얀 그림자가 까맣고 축축한 밤하늘에 비쳤다. 공원 안에는 떨어진 나뭇가지와 잎이 즐비했다. 늘어선 대왕야자들은 바람에 엉망이 되었는데, 그중 몇 그루는 긴 잎이 꺾여 늘어지는 바람에 앙상한 꼭대기가 훤히 드러났다. 또 산호수는 전부 쓰러져서 가지와 줄기가 한곳에 어지러이 뒤엉켜 있었다. 공원 전체가 큰 재앙을 당한 듯 온통 상처투성이였다.

귀 노인이 공원 정문 쪽 박물관의 돌계단 위에서 뒷짐을 진 채 서성이고 있었다. 까만 홑두루마기를 입은 그는 머리칼이 눈처럼 하얬고 눈살을 찌푸리고 뭔가를 걱정하는 눈치였다. 알고 보니 전날 저물녘 태풍이 막 지나갔을 때 톄뉴가 공원에서 마침내 큰 사고를 쳤다. 그때 한 남녀 커플이 연못 한가운데 팔각정에서 서로 부둥켜안고 있었다. 남자는 섬에서 휴가를 받아 나온 병사였고 여자는 간호사였다. 두 사람은 조금 과하게 불이 붙었다가 하필이면 테뉴의 눈에 띄고 말았다. 그는 광증이 또 발작해서 왜 우리의 본거지, 우리의 둥지를 침범해 더러운 짓을 벌이느냐고 욕을 퍼부었다. 그 간호사에게도 점잖지 못한 말을 적잖이 해댔다. 병사는 화가 나서 달려들었고 테뉴의 칼에 복부를 찔려 중상을 입었다. 얼마 후 경찰이 왔지만 테뉴는 더 발광했다. 결국 경찰들의 곤봉 세례에 머리를 다쳐 피를 흘리며 땅바닥에 나뒹굴었다.

"내가 나서서 막지 않았으면 녀석은 곤봉에 맞아 죽었을 거야."

궈 노인이 개탄하며 내게 말했다.

"테뉴가 날 보자마자 앞으로 기어와서 내 다리를 꽉 붙들고 울부짖었어. '할아버지, 살려줘요. 저 사람들이 날 죽이려고 해요'라고. 녀석은 얼굴에서 피를 철철 흘리며 경찰한테 끌려갔어. 그래도 죽자사자 내 옷을 붙들고 늘어졌지. 아이처럼 엉엉 울면서 말이야."

궈 노인은 슬픈 어조로 말했다.

"이번에는 훠사오도로 끌려가는 걸 면치 못할 거야."

집을 나온 날 밤, 처음으로 공원에 와서 궈 노인을 따라 그의 집에 갔던 일이 생각났다. 궈 노인은 내게 자기가 수집한 '청춘의 새들'이라는 앨범을 보여주면서 공원의 오랜 역사를 사실 그대로 들려줬다. 테뉴의 사진이 나왔을 때는 그를 올빼미라 불렀으며 그가 나중에 반드시 엄청난 사고를 칠 것이라고 예언했다. 그것은 다 우리 핏속에 들어 있는, 이 타이완섬의 태풍이나 지진 같은 야생의 기운 때문이라는 게 그의 생각이었다.

"너희는 둥지 잃은 청춘의 새야."

그는 슬픈 표정으로 내게 말했었다.

"대해를 건너는 바다제비처럼 목숨을 걸고 앞으로만 날아가지. 마지막에 어디에 닿을지는 너희 자신도 알지 못해……."

토요일 밤인 데다 태풍도 지나가서 청춘의 새들이 죄다 공원으로 날아들었다. 동굴 속에서 비를 피하던 박쥐 떼가 어둠이 어슴푸레해지면 다시 정든 둥지로 돌아와 서로 체온을 나누며 찍찍 얼토당토않은 소식들을 주고받는 것과 같았다.

갑자기 탁, 소리가 났다. 내가 연못가 계단 위에 올라섰을 때 양 사부가 나를 보고 다짜고짜 부채로 머리를 때린 것이다. 그가 큰소리로 꾸짖었다.

"이 간이 배 밖에 나온 새끼! 네가 이 사부의 금쪽같은 신용을 깔아뭉겠다. 앞으로 나한테 고객을 소개받는 건 꿈도 꾸지 마!"

"그날 저녁에는 정말 배탈이 나서 먼저 간 거예요."

내가 웃는 낯으로 말했지만 양 사부는 코웃음을 쳤다.

"배탈? 장이라도 꼬였나보지? 융창양복점의 그 라이 사장이 얼마나 잘 알려진 인물인지 알아? 양복점을 세 군데나 갖고 있다고. 네가 그래도 인재라고 생각해 소개해줬고 그 사람도 너한테 정장 바지까지 만들어준다고 했잖아. 대체 너를 얼마나 높여줘야 해? 뭐가 그렇게 네 마음에 안 들었어? 어디서 그런 개폼을 부려? 너는 천생 쌍놈의 새끼야. 딱 이런 데서나 몸을 팔 놈이라고. 한 근에 1위 안짜리야!"

"아빠, 돈, 돈."

원시인 아숨이 별안간 양 사부의 등 뒤에서 솥뚜껑만 한 손을 내밀었다.

"돈은 또 왜?"

양 사부가 고개를 돌리고 매섭게 물었다.

"사탕, 사탕."

아슝이 입을 헤벌리고 바보같이 웃었다.

"방금 그 한 봉지는?"

"쥐도 먹고, 샤오위도 먹고, 또……"

아슝이 두 손을 비비며 웃으면서 말하는데 그의 말이 끝나기도 전에 양 사부가 손을 획 들었다. 순간 아슝의 뺨에서 찰싹, 시원한 소리가 났다.

"이 집안 말아먹을 새끼!"

양 사부가 성을 내며 외쳤다.

"언젠가 이 아빠는 너 때문에 쫄딱 망하고 말 거다. 너 이 바보 멍청이는 언제까지 저 토끼 새끼들한테 당하고 살래?"

아슝은 따귀 한 대를 맞고 목을 움츠리고는 쑥스러워하며 그 거대한 몸을 끌고 줄행랑을 쳤다. 나도 양 사부가 노발대발하는 틈을 타 사람들 속으로 몸을 숨겼다.

"이 도둑놈, 좋은 게 있으면 같이 나눠야지. 사탕은?"

나는 쥐의 목을 조르며 말했다. 쥐는 낄낄대며 바지 주머니에서 계화꽃 젤리 한 줌을 꺼내주었다. 모두 여섯 개였다.

"겨우 요거 남았네."

쥐가 혀를 차며 말했다.

"너희 또 저 바보 녀석을 속여 뺏어 먹었더라. 조금 있다가 사부가 너희를 족칠 거야."

나는 젤리 하나를 껍질 벗겨 입에 쏙 넣었다.

"됐네요."

샤오위가 다가와 내 손에서 젤리 두 개를 빼앗았다.

"사부가 방금 돌아다니면서 너를 찾더라고. 널 거세하겠다던데? '그 자식이 좆을 잘라도 흘레를 하는지 못하는지 두고 보겠어'라고 하더군. 듣자 하니 너, 그 라이 사장이랑 자는 걸 거절했다던데 뭐가 그렇게 싫었어? 한 번 자면 양복이 생기는데."

"그 사람 손의 식은땀이 싫었어."

문득 그 라이 사장의 네모난 금반지를 낀 살찐 손바닥이 내 허벅지를 만지던 느낌이 떠올랐다. 차갑고 축축했으며 마치 송충이 몇 마리가 기어다니는 것 같았다. 샤오위와 쥐는 멍해졌다가 바로 깔깔, 웃음을 터뜨렸다.

"라이 사장의 손에 식은땀이 나서 아칭이 엉덩이를 부르르 떨었군."

샤오위가 손뼉을 치며 웃었다.

나, 샤오위 그리고 쥐는 연못 주위를 돌기 시작했다. 연못가 계단 위에는 흑갈색 낙엽과 나뭇가지가 잔뜩 흩어져 있었다. 우리 세 명은 그것들을 밟으며 심야에 계단 위를 도는 무리에 끼었다. 첫 번째 모퉁이를 돌 때 멀리 모서리 정자 안에서 창백한 얼굴 하나가 튀어나왔다. 우민이 계단 위로 뛰어오르며 우리를 향해 손을 흔들었다.

"기다려, 좀 기다려줘!"

우리는 걸음을 멈추고 우민이 헉헉대며 합류할 때까지 기다렸다. 그러고 나서 나는 오른손으로 그의 어깨를 끌어안고 왼손으로는 샤오위를 안았으며 샤오위는 쥐를 꼭 붙잡았다. 우리 네 명은 그렇게 나란히 당당하게 앞으로 나아갔다. 나와 샤오위의 부츠 뒷굽에 징이 박혀 있어 걸을 때마다 시멘트 바닥에서 저벅저벅, 소리가 울렸다. 우리는 앞 무리의 그림자를 밟으면서 다시 연못 주변을 맴돌기 시작했다. 연못 한가운데의 팔각정으로 통하는 계단 밑을 지날 때, 두어 계단 위에 산수이가의 조무래기들이 가득 앉아 있는 모습이 보였다. 새로운 얼굴이 꽤 여러 명 눈에 띄었다. 가출한 지 얼마 안 된 풋내기들 같았다. 가장 높은 계단 위에는 아래위로 검은 옷을 입은 자오우창이 앉아 있었다. 그는 담배를 문 채 아래를 내려다보면서 쉰 목소리로 그 조무래기들에게 옛날이야기를 해주고 있었다. 공원에서 그는 우리보다 배분이 한참 위였지만 우리가 고분고분하지 않아서 어쩔 수 없이 그런 조무래기들이나 모아놓고 자기가 왕년에 얼마나 잘나갔는지 으스댔다.

"우리는 그때 공원의 '사대천왕'이라고 불렸어."

자오우창은 이야기를 늘 그렇게 시작하는 것을 좋아했다. 조무래기들은 하나같이 얼굴을 치켜들고서 경외의 표정으로 귀를 기울이고 있었다.

"나, 잡종 타오타이랑, 미친놈 투샤오푸 그리고 제일 방탕하고 정신 나간 봉황 아펑. 이렇게 네 명이 당시 공원 전체를 거의 들었다 놨다 했지."

"너희는 모를 거야. 자오 형님은 옛날에 풍류천왕이었어. 풍류가 지나쳐서 옥황상제가 지옥에 떨어뜨려 저렇게 시키면 귀신 끝이 되었지."

샤오위가 계단에 서서 낄낄대며 자오우창을 놀렸다. 조무래기들도 덩달아 깔깔 웃었다.

"너 이 씨발, 아가리 못 닥쳐!"

자오우창이 담배 끼운 손가락으로 샤오위를 가리키며 욕했다.

"옛날에 이 몸이 공원에서 풍류를 즐길 때 너는 털도 안 난 애송이였어."

그는 샤오위를 향해 사납게 눈을 부라린 뒤, 다시 고개를 돌려 조무래기들에게 계속 옛날이야기를 늘어놓았다.

"너희, 시먼딩의 레드 로즈에서 머리 깎은 적 있나?"

그가 묻자 조무래기들은 다 고개를 흔들었다.

"다음번에 머리 깎을 때는 꼭 레드 로즈에 가서 13번 미용사를 찾아. 그리고 그 사람한테 '당신과 타오타이랑의 이야기가 궁금해요'라고 말하라고. 이렇게 타오타이랑 얘기만 꺼내면 틀림없이 미용이 공짜일 거야. 13번은 너희한테 자신과 타오타이랑의 악연을 처음부터 끝까지 얘기해줄 테고. 아직도 음력 7월 15일*이면 그가 단수이강의 중싱교 아래에서 타오타이랑을 위해 종이돈을 태운다더군. 타오타이랑의 시신은 끝내 못 찾았어. 원한이 너무 깊어서 떠오르려 하지 않는다고들 하지."

자오우창은 담배 한 모금을 세게 빤 뒤, 탄식했다.

"타오타이랑이 단수이강에 뛰어든 날 밤이 생각나네. 나를 찾아와 13번의 결혼식에 다녀왔다고 하더군. 아주 고주망태로 취해 있었지. 그는 말했어. 신부가 말도 못 하게 뚱뚱해서 꼭 항공모함 같았다고. 엉덩이도 그 위에서 마작을 할 수 있을 정도로 펑퍼짐해서 13번이 못 당할 것 같다고도 했지. 그는 이 이야기를 하면서 웃었

---

* 귀신에게 제사를 지내는 중원절을 뜻함.

어. 또 웃으면서 눈물을 줄줄 흘렸고. 하지만 얼마 후 그가 강에 몸을 던질 줄은 꿈에도 몰랐지."

"그다음에는요?"

한 조무래기가 다급히 물었지만 자오우창에게 욕만 먹었다.

"멍청한 놈, 사람이 죽었는데 다음이란 게 어딨어? 나중에 13번은 해마다 단수이 강변에 가서 타오타이랑의 제사를 지냈어. 제사를 안 지내주면 타오타이랑이 자기를 찾아올까 두려웠던 게지. 타오타이랑이 죽은 뒤, 그는 큰 병이 나서 머리칼이 홀라당 빠졌는데 사람들은 타오타이랑이 뽑아서 그렇게 됐다고 얘기하지."

자오우창은 무척 가소로워하는 표정을 지으며 또 말했다.

"너희 어린것들이 우리의 질풍노도 같던 그 시대를 따라올 수 있을 것 같아? 우리는 사랑을 하면 죽거나 미쳤다고. 투샤오푸는 지금도 정신병원에 있어. 화교 새끼와 사랑하다 미쳐버렸지. 그 화교 새끼가 미국으로 돌아간 후, 투샤오푸는 그 새끼가 쓰던 베개도 차마 못 바꾸고 온종일 품에 안고 있었어. 나중에 그는 미쳤어. 하늘에서 비행기 소리만 나면 엉엉 울었지. 매일 쑹산공항 노스웨스트 항공사 카운터에 가서 '미국에서 비행기 왔어요?'라고 묻고 말이야. 그 미치광이는 영어로 물어볼 줄도 알았어. 정말 위대하지 않아?"

"그러면 아펑은요?"

다른 조무래기 하나가 쭈뼛대며 물었다. 자오우창은 또 깊이 담배를 빨고는 장탄식을 했다.

"아펑 이야기를 하려면 꽤 긴데……."

자오우창의 쉰 목소리가 축축한 밤 공기 속을 흘러갔다. 룽쯔와 아평의 그 신화 같은 이야기가 또 한 번 연못가 계단 위에서 천천히 펼쳐졌다.

"……그래, 그 두 사람은 전생부터 인연이 있었던 거야. 그 왕씨는 아평한테 목숨을 요구했지. 너희는 본 적이 있어? 그런 미친 자를 본 적이 있냐고? 아침 5시에도 왕쿠이룽은 공원에서 아평을 기다리고 있었어. 바로 여기, 이 계단 위에서 이 끝부터 저 끝까지, 또 저 끝부터 이 끝까지 왔다갔다하면서 말이야. 꼭 우리에 갇힌 맹수처럼 갈팡질팡 초조해서 어쩔 줄 몰라했지. 아평이 다른 사람과 자고 돌아왔을 때 왕쿠이룽은 그를 때려 코피를 터뜨렸고 그러고 나서는 또 그를 껴안고 통곡을 하더군. 아평은 그저 웃으면서 말했지. '내 마음을 원해? 나는 태어나면서부터 그런 게 없었어.' 너희는 어떻게 생각해? 그게 미친 소리가 아니면 뭐겠어? 일이 터진 날 밤은 섣달 그믐날 밤이었고 우리는 다 여기 있었어. 바로 이 계단 한가운데서 아평은 얇은 셔츠 한 장만 입고 바들바들 떨다가 왕쿠이룽의 칼에 명치를 정통으로 찔렸지. 왕쿠이룽은 피투성이가 된 아평을 부둥켜안고 계속 '불! 불! 불!' 하고 외쳤고……."

우리는 천천히 연못의 다른 쪽 끝으로 걸어갔다. 연못은 물이 많이 불어 있었고 새까만 수면 위에 희끗희끗 달이 비쳤다.

"옛날에는 연못에 연꽃이 가득했어. 모두 빨간색이었고."

나는 텅 빈 연못을 가리키며 말했다.

"시에서 사람을 보내 다 뽑았다며?"

샤오위가 말했다.

"연꽃이 피면 모두 아흔아홉 송이었어."

"허풍 떨지 마. 아흔아홉 송이였던 걸 네가 어떻게 알아?"

내 말에 쥐가 못 믿겠다는 듯이 콧방귀를 뀌며 삐죽 입을 내밀었다.

"왕쿠이룽이 얘기해준 거야."

샤오위와 쥐와 우민은 모두 부쩍 궁금해하며 룽쯔와 아펑의 이야기를 내게 캐물었다.

"룽쯔가 연꽃 한 송이를 따서 아펑의 손에 쥐여준 적이 있었대. 그러면서 그 연꽃이 불처럼 빨갛다고 했다더라고."

우리 네 명은 연못을 한 바퀴, 또 한 바퀴 계속 돌았다. 나는 양손으로 샤오위와 우민의 어깨를 붙잡고 내가 아는 공원의 그 옛날 이야기를 계속 나지막이 털어놓았다. 깊은 밤까지, 흐릿한 달이 먹구름들 사이로 사라질 때까지, 그리고 갑자기 어둠 속에서 호각 소리와 함께 일고여덟 개의 손전등이 번뜩이며 사면팔방에서 우리 얼굴을 비출 때까지. 한바탕 구두 소리가 요란하게 계단 위에 울리는 동시에 십수 명의 경찰이 곤봉을 쥐고 소리치며 포위해 들어왔다. 이번에 우리는 한 명도 도망치지 못했다. 전부 수갑을 차고 일망타진되었다.

33

경찰서 유치장 안에서 우리는 길게 늘어서서 한 사람씩 몸수색을 받았다. 쥐는 갖고 있던 장물을 전부 내놓아야 했다. 우선 알록달록한 성냥 십여 갑에는 귀빈호텔의 이름이 찍혀 있었다. 놋쇠 숟가락 두 개와 후추병 두 개도 호텔에서 훔친 듯했다. 경찰들은 그것들을 다 서류 봉투에 넣고 번호를 적었다. 쌴충진의 두 어린 건달의 몸에서 나온 비수와 송곳은 위험 물품이라 그 자리에서 몰수당했으며 두 건달도 끌려가 단독 신문을 받았다. 몸수색이 끝난 뒤, 우리는 서류를 작성하고 한 사람씩 지문을 찍은 뒤에야 순서대로 줄지어 심문실로 들어갔다. 우리는 모두 테뉴를 원망했다. 그가 공원에서 사람을 다치게 한 탓에 경찰이 불심 검문을 나왔다고 생각했다. 그런데 알고 보니 공원에서 야간 통행금지가 실행되기 시작했고 우리 모두 통행금지 위반죄를 지은 것이었다. 전과 기록이 있는 몇 명은 낙도의 강제수용소로 끌려갈까봐 바짝 긴장했다. 특히 전과가 쌓여 소년원에 두 번 다녀온 산수이가의 한 명은 내 뒤에서 한숨을 쉬며 혼잣말을 했다.

"이번에는 진짜「뤼도소야곡」*을 부르게 생겼네."

우리를 심문한 사람은 시커멓고 뚱뚱하며 목소리가 종소리 같은 경관이었다. 단상 위에 있는 그의 모습은 마치 철탑과도 같았다. 그는 머리가 짧았으며 까맣고 네모난 얼굴이 판관 포청천과 흡사했다. 얼굴에서 땀이 비 오듯 흘러 수시로 단상 위의 흰 수건을 집어 땀을 닦고 또 수시로 물을 마셨다. 심문실의 형광등이 대낮처럼 환하게 땀에 얼룩진 우리 얼굴을 비쳤다. 하나같이 밀랍을 바른 듯 얼굴이 반짝였다. 이내 뚱보 경관이 명령을 내렸고 쥐가 당첨되었다. 경찰 두 명이 내려와 홀쭉한 그를 번쩍 위로 들어올렸다.

"이름?"

뚱뚱한 경관이 물었다.

"쥐요."

쥐가 누런 이를 드러내며 헤벌레 웃었다. 그는 단상 앞에 서서 어깨를 기울이고 몸을 S자로 꼬았다.

"쥐?"

뚱뚱한 경관이 눈썹을 치켜세웠다.

"네 신분증의 이름을 묻는 거야."

"라이아투賴阿土요."

쥐가 우물우물 말했다. 우리는 밑에서 웃음을 금치 못했다. 쥐에

---

* 綠島小夜曲. 뤼도는 중범죄자 형무소가 있던 훠사오도의 다른 이름이며 이 대중가요는 1954년에 발표되었다. 하지만 이 노래의 '뤼도'는 사실 훠사오도가 아니라 타이완을 가리킨다.

게 그런 이름이 있을 줄은 꿈에도 몰랐기 때문이다.

"심야에 공원을 돌아다니며 무슨 짓을 한 거야?"

경관이 물었지만 쥐는 아무 말 없이 쭈뼛거리기만 했다.

"말하라고. 공원에서 풍기 문란 행위를 한 거 아냐?"

경관이 딱딱한 말투로 따져 물었다. 쥐가 고개 돌려 우리를 향해 무안한 미소를 지었다. 얼굴에 부끄러운 기색이 역력했다.

"공원에서 장사를 하는 건가? 한 번에 얼마씩이지?"

경관은 그 커다란 몸집을 위협적으로 쥐 쪽을 향해 기울였다.

"20위안?"

"겨우 그 정도는 아니죠."

쥐가 돌연 입을 삐쭉 내밀며 반박했다. 우리는 모두 낄낄거렸고 경관의 까맣고 펑퍼짐한 얼굴도 슬쩍 풀어졌다.

"허, 네 몸값이 더 나가는지 내가 몰랐군."

경관은 웃으며 말했다.

"그런데 네가 공원에서 그렇게 사는 걸 네 아버지도 아시냐?"

쥐는 또 쭈뼛거리며 뭐라 말할지 망설였다.

"네 아버지 성함은 뭐지?"

경관이 진지한 표정으로 매섭게 캐물었다. 쥐가 기어들어가는 목소리로 말했다.

"몰라요. 제가 태어나기도 전에 죽었거든요."

경관은 당황해서 잔을 들어 물을 한 모금 마시고 수건으로 목의 땀을 닦았다. 그는 잠시 쥐를 노려보다가 어쩔 수 없다는 듯 몇 가지 관례적인 질문을 한 뒤, 손을 흔들어 부하에게 쥐를 데려가게 했다. 두 번째 사람은 우민이었다. 경관은 그를 아래위로 훑어보더니 단도직입적으로 물었다.

"너는 쟤보다 잘생겼으니 몸값도 좀더 높겠지?"

우민은 고개를 숙이고 아무 말도 안 했다.

"너 0번*이냐?"

경관이 우민을 쳐다보며 무척 흥미롭다는 듯이 물었다. 양옆의 두 경찰이 입을 오므리고 웃었다. 우민은 금세 귀뿌리까지 얼굴이 빨개져 더 깊숙이 고개를 숙였다.

"자, 묻겠다. 너는 공원에서 장사를 한 적이 있느냐?"

경관이 큰소리로 압박해 물었다. 하지만 우민은 여전히 고개를 숙이고만 있었다. 경관이 우민의 신분증을 들추며 물었다.

"우진파吳金發가 네 아버지냐?"

"네."

우민이 떨리는 목소리로 말했다.

"네 집은 신주에 있고?"

"그건 작은아버지 주소예요."

"네 아버지는? 지금 어디 계시는데?"

"타이베이요."

우민이 주저하며 답했다.

"타이베이 어디?"

우민은 목을 외로 꼬고 입을 다물었다.

"네 아버지의 타이베이 주소를 말해!"

---

* 남성 동성애자 중 수동적 역할을 담당하는 사람을 가리키는 중화권 은어. 능동적 역할을 맡는 사람은 1번이다.

경관은 으름장을 놓았다.

"네가 공원에서 이러고 사는 걸 네 아버지한테 알려야겠다. 그래서 널 집에 데려가 잘 단속하게 해야겠어. 자, 어서 말해라. 네 아버지는 어디 사시냐?"

"타이베이……."

우민의 목소리가 가늘게 떨렸다.

"뭐라고?"

경관이 목을 빼고 귀를 기울였다.

"타이베이형무소요."

우민은 고개를 완전히 밑으로 떨궜다. 경관은 어처구니없어했다.

"네 아버지도 감옥에 있다고? 그러면 잘됐네. 이번 기회에 부자 상봉을 할 수 있게 됐으니 말이야."

이 말에 모두 웃음을 터뜨렸고 경관도 허허, 웃고 나서 우민을 제자리로 돌려보냈다. 그다음에는 산수이가의 조무래기들을 연달아 신문했는데, 그들은 다 전과가 있어서 경관은 그들을 알아보았고 그중 화쯔를 가리키며 욕을 했다.

"이 짐승 새끼가 또 왔네. 지난번에 고무호스 맛을 덜 봤나보지?"

하지만 화쯔는 익살맞은 표정을 짓고 낄낄, 두어 번 웃기만 했다.

원시인 아슝의 차례가 됐는데, 그는 신경질이 나서 앞에 나가려 하지 않았다.

"괜찮아. 별일 없을 거야."

양 사부가 그를 달래며 말했다.

"아빠, 싫어!"

아슝이 고래고래 소리를 질렀다.

"아빠가 여기 있으니까 아무도 너를 해코지 못 해. 자, 어서 나가렴."

양 사부가 아슝을 밀어 나가게 했다. 그러나 경찰 두 명이 자기를 데리러 오는 것을 보고 아슝은 허겁지겁 양 사부의 등 뒤에 숨었다.

"선생님, 얘를 달랠 시간을 좀 주십시오."

양 사부는 경찰들을 막아서며 미소를 지어 보였다. 하지만 그중 한 명이 양 사부를 밀치고 손을 뻗어 아슝을 붙잡으려 했다. 순간 아슝이 으르렁거리며 수갑 찬 두 손을 들어올려 그 경찰의 머리를 내리찍었다. 경찰은 머리를 기울였지만 수갑에 어깨를 맞고 아야, 소리와 함께 뒤로 몇 걸음 물러났다. 바로 또 다른 경찰이 곤봉을 뽑아들고 아슝의 머리를 연달아 열 대 넘게 때렸다. 그러자 아슝은 목구멍에서 꺽꺽, 소리를 내더니 흑곰처럼 크고 무거운 몸을 비틀대다가 쿵 하고 바닥에 대자로 자빠졌다. 그는 잠깐 사이에 흰 거품을 부글부글 뿜으면서 두 손이 닭발처럼 오그라든 채 격렬하게 경련을 일으켰다. 양 사부가 얼른 달려가 쪼그려 앉고서 열쇠 하나를 꺼내 그것을 지렛대 삼아 아슝의 입을 비틀어 연 뒤, 경찰에게 소리쳤다.

"선생님, 어서 물 좀! 얘가 간질이 발작했어요."

한바탕 소동이 벌어졌고 뚱뚱한 경관이 단상 위의 물을 급히 가져와 양 사부에게 주었다. 양 사부는 가슴주머니에서 빨간 알약 두 개를 꺼내 아슝의 입에 쑤셔넣고 물을 부었다. 경관은 경찰에게 아슝을 밖으로 데려가 휴식을 취하게 하라고 명한 뒤, 자기는 전화로

의사를 불렀다. 이 일 때문인지 그는 흥미가 식은 듯 나머지 몇 사람은 대충 심문하고 전부 구금했다. 심문이 다 끝났을 때 그의 제복은 땀에 흠뻑 젖어 있었다. 그는 수건으로 얼굴의 땀을 닦고 단상에서 내려와 한 손은 허리에 얹고 한 손은 우리를 가리키며 우렁차게 훈계의 말을 늘어놓았다.

"너희는 새파랗게 젊은데도 자신을 아끼지 않고 발전하려는 의지도 없이 부패하고 염치없는 짓을 일삼았다. 너희를 키운 부모가 이 사실을 알면 얼마나 괴롭고 마음이 아프겠냐? 우리에게는 너희 같은 사회의 쓰레기, 인류의 찌꺼기를 말끔히 소탕할 책임이 있다……"

경관은 말을 할수록 흥분해서 한쪽 손을 열정적으로 흔들어댔다. 그의 까맣고 네모난 얼굴에 또 콩알만 한 땀방울이 송골송골 맺히기 시작했다. 그는 나중에 목소리가 갈라지더니 갑자기 말을 뚝 그치고 우리를 한참 동안 멍하니 바라보았다. 그리고 마지막으로 한숨을 푹 쉬고는 안타깝다는 듯이 말했다.

"겉보기에 너희는 한 사람, 한 사람 다 똑똑하게 생겼다. 그런데, 그런데……"

뚱뚱한 경관은 고개를 흔들었지만 더 할 말을 찾지 못했다.

그날 밤 우리는 전부 유치장에 갇혔다. 좁은 공간에 빽빽이 앉아 시큼한 땀 냄새와 체취를 풍겼다. 몇 명은 못 견디고 침을 질질 흘리며 꾸벅꾸벅 졸았다. 화쯔는 간드러진 어조로 유행가 「삼성무내 三聲無奈」를 흥얼거렸다.

"씨발, 지금 뭐하는 거야? 감옥에서도 꼬실 놈이 있냐?"

샤오위가 욕을 하자 화쯔는 목을 움츠리고 입을 다물었다.

"이번에는 꼼짝없이 소년원에 가겠네."

쥐가 탄식했다.

"어디가 좋은지 모르겠네. 타오위안에 있는 게 좋아, 가오슝에 있는 게 좋아?"

우민이 끼어들어 물었다.

"가오슝이 낫다던데. 타오위안에서는 족쇄까지 차라고 한대."

내가 답하자 쥐가 두려운 기색으로 말했다.

"혹시 우리도 훠사오도에 가는 건 아닐까? 내 생각에 톄뉴 그 자식은 진작에 훠사오도에 가서 상어 밥이 됐어야만 해."

"너 이 도둑 새끼, 훠사오도에 가는 건 네가 첫 번째여야 해."

샤오위가 웃었다.

"가야 하면 우리 넷이 다 같이 가자."

쥐가 키득거리며 말했다.

"형제들, 기쁜 일도 슬픈 일도 우리 함께 나누자고."

옆에서 졸고 있던 양 사부가 별안간 눈을 번쩍 뜨며 욕을 했다.

"이 씹새끼들, 너희가 살인을 했냐, 방화를 했냐? 무슨 극악무도한 죄를 지었다고 훠사오도에 가? 그러니까 아가리 좀 닥치고들 있어. 이 사부가 방법을 마련해 너희를 나가게 해줄 테니까."

우리는 감옥에 가지 않았다. 전과가 있는 건달과 조무래기 몇 명만 타오위안의 소년원에 보내졌다. 양 사부가 푸충산傅崇山 어르신에게 부탁해 우리를 보석으로 풀려나게 해줬다.

제 3 부

안락향

1

푸충산 어르신은 유명한 자선가였다. 양 사부는 늘 우리에게 그의 선행을 이야기해주곤 했다. 공원의 아이들 중 꽤 여럿이 어려운 사정에 처했을 때 푸 어르신의 도움으로 새 희망을 찾았다. 10년 전 사부의 수제자였던 아웨이阿偉는 사부가 운영하던 타오위안춘 앞에서 말썽을 피우던 깡패와 싸우다 그자에게 중상을 입히고 경찰에 체포되었다. 원래는 낙도의 강제수용소에 보내져야 했지만 역시 사부의 부탁으로 푸 어르신이 나서서 연줄을 동원하고 변호사를 선임해 아웨이를 보석으로 석방시켰다. 아웨이는 한 공군 병사의 유복자로 열여섯 살에 공원에 나타난 거칠고 고집 센 소년이었다. 푸 어르신은 아웨이를 석방시켜줬을 뿐만 아니라 그에게 공부할 기회까지 제공하며 갖은 정성을 쏟았다. 그 결과 그 고집불통도 감화되어 마음을 고쳐먹고 해양전문대에 합격했으며 재작년 배를 타고 유럽으로 떠났다. 사부는 우리한테 솔직히 털어놓기를, 우민이 자살 시도를 해 타이완대학병원에 입원했던 비용 1만8000위안도 전부 푸 어르신이 냈다고 했다. 남들이 아는 것을 푸 어르신이 원치 않아서 내내 언급하지 않았다는 것이다. 사부는 우민을 가리키며 탄식했다.

"넌 아무것도 몰라. 네 보잘것없는 목숨은 푸 어르신이 다시 주워다 돌려주신 거라고."

알고 보니 푸 어르신은 옛날에 중국 군대에서 장군이었기 때문에 군대와 경찰에 아직 오래된 인맥이 있었다. 중일전쟁 시기에는 부사단장까지 올라가 제5전투구역을 지키며 쉬저우徐州에서 일본군과 격전을 벌이기도 했다. 타이완으로 와 퇴역하고 나서는 친구와 손을 잡고 다팡大方이라는 방직공장을 세워 회장직을 맡았다. 양 사부의 말에 따르면 당시 공장이 아주 잘됐다고 한다.

"그래서 푸 어르신은 한동안 만족스러운 생활을 하며 복을 누리셨지. 시간이 나면 옛 전우들과 사냥을 나가, 때로는 멀리 화롄花蓮까지 가서 산에 올라가 멧돼지를 잡으셨다더군. 아니면 연극광 친구들과 함께 융러永樂극장에 가서 경극을 보시고 말이야. 푸 어르신은 후사오안胡少安이 나오는 「조씨고아趙氏孤兒」가 제일 좋았다고 하시더라고. 후사오안이 그 경극에 나온다고 하면 꼭 극장에 가셨대. 그런데 1958년 겨울, 푸 어르신 댁에 큰 변고가 생겼어. 어르신의 외동아들 푸웨이傅衛가 돌연사했지 뭐야. 겨우 스물여섯 살이었는데 말이야. 그는 육군사관학교 졸업 후 2년이 지나 주쯔컹竹子坑에서 소대장으로 근무하며 신병 훈련을 맡고 있었지. 그런데 어느 날 자기 방에서 침대에 누워 시신으로 발견된 거야. 손에 권총을 꽉 쥔 채로 말이지. 그는 안면이 파열되었어. 총알이 구강에서 후두부로 빠져나갔거든. 공식적으로는 권총 오발로 인한 사고사로 판명났지. 그렇게 자식을 먼저 떠나보내고 나서 푸 어르신은 그 충격에 심장병으로 쓰러지셨어. 룽민榮民종합병원에 실려가 꼬박 석 달이나 누워 계셨지. 퇴원했을 때 푸 어르신은 사람이 완전히 반쪽이 되셨어. 등도 구부러지고 머리도 잘 못 가누는 호호할아버지가 되고 말았지. 게다가 성격까지 싹 바뀌어서 다팡방직의 회장 자리를 내놓고 은거하며 친한 친구들의 방문조차 거절하셨어. 그러니까 거의 일 년은 바깥출입을 안 하셨을 거야. 푸 어르신은 부인이 일찍 돌아가셔서 집 안에는 시중드는 우吳씨 아주머니 한 명밖에 없어. 이런 얘기는 다 우씨 아주머니가 나중에 나한테 해준 거야. 우씨 아주머니가 그러는데, 그해에 푸 어르신이 하신 말씀이 열 마디도 채 안 됐다고 하더라고. 치매 환자처럼 매일 멍하니 거실에 앉아 계셨대. 나중에 회복되고 나서도 푸 어르신은 옛날 친구들과의 관계를 다 끊었어. 그분의 유일한 활동은 중허향의 천주교계 링광보육원에 가서 고아들을 돌보는 것뿐이지. 매주 세 번씩, 비바람이 쳐도 빠지는 법이 없으시대. 푸 어르신은 분명 아들 생각이 사무쳐 그러시는 거라고 우씨 아주머니는 말하더군. 그래서 보육원의 부모 없는 아이들과 기꺼이 놀아주고 그 애들 똥오줌까지 손수 치워주신다는 거야."

사실 푸 어르신은 우리 부류에 속한 분은 아니었다. 공원의 아이들을 도와주는 것도 링광보육원의 아이들을 돌봐주는 것처럼 전적으로 사랑하는 마음 때문이었다. 푸 어르신은 언제나 묵묵히 선을 행하고 얼굴을 내미는 걸 꺼렸다. 그래서 우리 사이에서도 그런 살아 있는 보살이 있다는 소문만 들릴 뿐, 실제로 푸 어르신을 만난 사람은 몇 명 되지 않았다. 양 사부가 푸 어르신을 아는 것도 집안

관계 때문이었다. 양 사부와 푸 어르신은 동향으로 모두 산둥 사람이었고 양 사부의 아버지는 전에 중국에 있을 때 푸 어르신과 왕래가 있었다. 나중에 양 사부가 자기 아버지 돈을 훔쳐 원시인 아슝의 치료비로 쓴 적이 있는데, 그건 아슝이 간질 발작으로 자동차에 치여 두 다리가 부러졌기 때문이었다. 이 일로 양 사부는 집에서 쫓겨났지만 가장 곤궁했던 그 시기에 다행히 푸 어르신의 도움을 받았다. 푸 어르신의 집에 오래 얹혀살다가 겨우 류탸오퉁의 한 술집에 매니저로 들어갔다. 그래서 양 사부는 푸 어르신의 얘기만 나오면 항상 존경을 표하며 자신의 은인이라고 말했다.

"얘들아."

사부가 부채를 휘두르며 우리에게 당부했다.

"이 사부가 말씀하시니 다들 귀를 쫑긋 세우고 들어라. 오늘 너희를 데리고 푸충산 어르신을 만나 뵈러 갈 거다. 그분은 예사 사람이 아니다. 너희를 구해준 은인이시다."

우리가 유치장에서 나오자마자 사부는 우리를 데리고 푸 어르신을 찾아가 직접 감사 인사를 드리기로 했다. 그는 우리에게 100위안씩 줘서 레드 로즈에 가 머리를 하고 옷도 깨끗한 것으로 갈아입게 했다. 그리고 떠나기 전 사부는 또 한 번 우리에게 당부했다.

"푹푹 찌는 날 어르신이 친히 달려와주신 덕택에 너희가 풀려날 수 있었다. 조금 있다가 어르신을 뵀을 때 감사하다는 말도 못 하고 쭈뼛대고만 있으면 이 사부의 얼굴에 먹칠하는 건 줄 알아라. 그리고 쥐는 어디 있냐?"

"여기 있어요."

쥐가 슬금슬금 앞으로 나서자 사부는 눈썹을 찌푸리며 그를 훑어보았다.

"네 도둑놈의 얼굴을 보니 먼저 경고를 해야겠다. 오늘 푸 어르신 댁에 가서는 예의를 지켜야 한다. 또 배짱 좋게 허튼수작을 하면 내 손에 죽을 줄 알아!"

쥐는 누런 이를 드러내고 쑥스러운 듯 헤헤거리기만 했다. 사부는 샤오위도 불러 앞으로 나오게 했다.

"너는 말주변이 뛰어나니 오늘도 가서 수다를 떨어 능력을 뽐낼테냐?"

"아이고, 푸 어르신이 어떤 분인데요. 설마 우리 조무래기들한테까지 수다 떨 차례가 돌아오겠어요?"

샤오위가 서둘러 변명했다.

"네가 알고 있으니 됐다."

사부가 피식 웃었다.

"사부가 못 믿으시겠으면 제가 바늘로 입을 꿰매버릴게요."

"네가 그 주둥아리를 꿰매면 나한테야 복이지. 귀가 깨끗해질 테니 말이야."

사부는 나와 우민에게도 당부하는 것을 잊지 않았다.

"너희 둘은 말주변이 좋지는 않으니까 조금 있다가 어르신이 뭘 물어보시면 있는 그대로 답하면 돼."

"예, 사부."

나와 우민은 입을 모아 대답했다.

마지막으로 사부는 아슝을 자기 앞에 세워놓고서 셔츠를 바지 속에 넣어주고 손수건으로 얼굴의 땀을 닦아주었다. 잠시 후 우리 여섯 명은 위풍당당하게 푸 어르신을 뵈러 출발했다.

2

푸충산 어르신의 집은 난징동로의 한 골목에 있었고 쑹장로와 멀지 않았다. 그 일대에는 새 고층 건물이 잔뜩 지어져 푸 어르신의 단층 주택을 겹겹이 둘러싸고 있었다. 그 주택은 일본식 목조 건물로 상당히 오래되어서 아무래도 일제강점기의 것인 듯했다. 지붕의 회흑색 기와에는 파란 이끼가 끼었고 대문의 붉은 칠도 갈라지고 벗겨진 상태였다. 하지만 주택의 정원은 깊고 넓었으며 담장을 따라 빽빽이 솟은 향나무들이 울창한 가지와 잎으로 집을 가려주고 위엄을 더해주었다. 그리고 대문 꼭대기까지 겹겹이 뻗은 등나무에서 진홍색 꽃이 흐드러지게 피어, 지는 햇빛 속에서 이상할 만큼 찬란하게 두 눈을 사로잡았다.

우리가 푸 어르신 댁에 도착했을 때 문을 열고 우리를 맞이한 사람은 그 집의 가정부인 우씨 할머니였다. 우씨 할머니는 백발의 키 작은 여인이었고 전족을 했었는지 걸을 때 뒤뚱거렸으며 얼굴에 주름이 많아서 이목구비가 분간이 잘 안 갔다.

"어르신, 안에 계신가요?"

사부가 함박웃음을 지으며 물었다.

"오후 내내 너희를 기다리셨지. 어서 들어와."

우씨 할머니는 말투가 사부와 똑같았다. 산둥 사투리였다.

사부가 앞장서고 우리는 그 뒤를 줄줄이 따라갔다. 돌길을 지나 집 안으로 가는데 양쪽에 대나무가 가득해서 청량한 느낌이 들었다. 우씨 할머니는 대문 빗장을 건 후, 뒤뚱뒤뚱 사부를 따라잡아 맨 앞에 나섰다.

"어르신은 요즘 괜찮으시죠?"

사부가 말을 걸었다.

"괜찮긴 뭐가 괜찮아?"

우씨 할머니가 뒤를 돌아보며 투덜댔다.

"그저께 밤에 고질병이 도져서 밤새 가슴이 아프셨지 뭐야. 어제 겨우 룽민병원에 가서 딩ㅜ 의사한테 진료를 받으셨지. 그러시고도 전혀 안 쉬고 오늘 아침에 또 억지로 중허향에 가셨고. 그 연세에 그 몸으로 어떻게 그 방방 뛰는 애들을 시중드시는지 모르겠어. 말려도 소용없으니 무슨 방법이 없을까?"

"어르신은 마음씨가 보살이어서 그 불쌍한 것들이 눈에 밟히는 거예요."

사부가 거침없이 말했다.

"그런 이치도 내가 아직 모를까봐?"

우씨 할머니는 현관 앞에서 아예 걸음을 멈추고 말했다.

"그분이 선행을 하고 음덕을 쌓는 게 뭐가 나쁘겠어? 하지만 자네는 여기 없으니 모른다고. 밤에 가슴이 아프기 시작하면 그분 이마에 콩알만 한 땀이 맺힌다고. 나도 무서워서 밤새 눈을 못 붙이고. 정말 내가 못 살아!"

"다음번에 어르신이 또 발병하면 제가 제자들을 보내 교대로 밤을 새우게 할게요. 아주머니는 그냥 쉬셔도 돼요."

사부가 우씨 할머니를 위로했다. 우씨 할머니는 고개를 끄덕였다.

"그렇게 해주면야 정말 좋지. 이 늙은 것이 숨 좀 돌릴 수 있으니까. 다만 네가 말만 하고 나중에 싹 까먹는 게 아닐까 두렵군."

"아주머니, 다음번에 얘를 보낼게요."

사부가 나를 가리키며 말했다.

"내 제자들 중에 제일 노련하고 믿을 만해요."

우씨 할머니가 다가와 나를 쓱 훑어보더니 얼굴에 한껏 주름을 만들어 미소를 지었다. 그리고 고개를 끄덕이며 말했다.

"아주 건장한 애로군."

우리가 현관에 들어서자 우씨 할머니는 신발장에서 슬리퍼 여섯 켤레를 꺼내 일일이 갈아신게 했다.

"다들 왔나?"

우리가 막 거실 앞에 다다랐을 때 안에서 늙고 쉰 목소리가 들려왔다. 사부가 큰 소리로 답했다.

"다 왔습니다. 어르신을 뵈러 왔어요."

우씨 할머니가 문을 열자 푸충산 어르신이 안에서 비틀거리며 맞이하러 나왔다. 푸 어르신은 등이 몹시 구부정했다. 몸집이 큰데도 등 전체가 굽어서 마치 등 위에 작은 산을 지고 있는 듯했다. 이 때문에 머리를 들 수가 없어 걸을 때 목을 앞으로 길게 빼며 헉헉,

힘들어했다. 푸 어르신은 적어도 일흔은 넘어 보였고 짧게 깎은 머리는 온통 하얬으며 수염도 은회색이었다. 또 넓적하고 네모난 얼굴에는 검버섯이 잔뜩 나 있고 넓고 도드라진 이마에는 세 줄기 주름살이 칼로 새긴 듯 깊고 까맣게 패여 있었다. 두 눈은 아마도 눈물샘에 문제가 있는지 눈물이 그렁그렁했다. 그는 회백색 포플린으로 지은 전통복을 입고 까만 천 신발을 지르신고 있었다.

"어서 어르신께 절 올려야지!"

사부가 부채로 우리를 가리키며 소리쳤다. 우리는 서로의 얼굴을 쳐다보며 어찌할 바를 몰랐다. 사부가 낮은 어조로 으르렁댔다.

"멍청이들, 절도 할 줄 모르냐?"

영리한 샤오위가 먼저 앞으로 나가 푸 어르신에게 깊숙이 허리를 숙였다.

"됐다, 됐어."

푸 어르신은 황급히 샤오위를 붙잡아 일으키며 우리에게 모두 앉으라고 눈짓을 했다. 그는 자기가 먼저 두툼한 등받이가 있는 소파 의자에 앉았다. 그의 왼쪽에 놓인 의자에 사부도 앉은 다음에야 우리는 자리를 찾아 앉았다. 나, 샤오위, 우민, 쥐, 네 사람은 푸 어르신 맞은편 소파 의자에 끼어 앉았고 아슝은 사부 옆의 둥근 걸상에 앉았다.

"아주머니, 사이다 좀 갖다줘요."

"팥죽도 쑤고 첸청가오*도 쪘는데 사이다는 뭐하게요?"

---

* 千層糕. 밀가루, 설탕, 소다, 술, 말린 과일 등을 원료로 쪄낸 일종의 떡이며 색깔이 다양하고 여러 층으로 나뉘어 있다.

우씨 할머니가 받아치자 푸 어르신은 미소 지으며 말했다.

"그러면 더 좋고. 애들이 배가 고플 테니."

푸 어르신은 사부 쪽으로 몸을 돌려 우리의 이름, 나이, 생활과 사는 곳을 묻기 시작했다. 한 명, 한 명, 매우 자세히 물어봤고 사부가 대답할 때는 눈물이 그렁그렁한 눈으로 우리를 주시하며 등을 구부린 채 고개를 끄덕였다. 마지막으로 푸 어르신은 무슨 말을 하려는 듯하다가 그만두고는 눈꺼풀을 떨며 길게 한숨을 내쉬었다.

푸 어르신 댁의 그 거실은 장식이 무척 소박했다. 소파와 다탁 말고는 벽 쪽에 붙여놓은 긴 마호가니 제사상뿐이었다. 제사상 위에는 하얀 꽃생강 한 다발이 꽂힌 감색 도자기 병이 놓여 있었다. 그 옆에는 같은 색의 큰 사발에 여러 색의 신선한 과일이 담겨 있었다. 그리고 벽에는 대형 사진 두 장이 검은 테두리의 액자에 담겨 걸려 있었다. 그중 오른쪽 사진은 푸 어르신이 한창때 중국에서 군복을 입고 찍은 반신 사진이었다. 가슴에 갖은 장식을 달고 사선으로 가죽띠를 매고 있었다. 아마도 부사단장 때 찍은 듯했다. 당시 그의 몸은 꼿꼿했고 얼굴에는 위엄이 넘쳤다. 그리고 왼쪽 사진 속 인물은 소위 제복을 입은 청년 장교였다. 푸 어르신의 죽은 아들 푸웨이가 분명했다. 푸웨이는 푸 어르신과 어느 정도 닮은 데가 있었다. 역시 얼굴이 네모나고 이마가 널찍했다. 하지만 그는 푸 어르신보다 용모가 준수했고 푸 어르신의 얼굴에서 풍기는 군인의 살기가 없었다. 벽의 다른 쪽 모서리에는 지휘도가 걸렸는데, 세월이 오래돼서 칼집에 녹이 슬어 있었다. 한편 거실 안에는 꽃생강의 달큰한 향기가 내내 감돌았다. 거실의 다른 쪽은 창호지를 바른 여러 짝의 여닫이문이었고 그 바깥은 후원이었다. 후원에는 가산假山

과 연못이 자리했고 연못에는 부평초가 가득했으며 가산에서 연못
으로 물이 흘러들며 계속 졸졸 소리가 났다.

잠시 후 푸 어르신이 사부에게 말을 걸었다.

"이보게, 양진하이. 이런 말 한다고 나를 탓하지는 말게. 이번에
는 자네도 너무 분별이 없었어. 애들이 철이 없는데 왜 앞장서서
소란을 피우다 경찰서에 우르르 끌려갔나?"

양 사부는 벌떡 일어나 손짓 발짓을 하며 변명했다.

"너무 억울합니다. 어르신. 이번에는 정말 저를 탓하시면 안 됩
니다. 이놈들은 멍청하기는 해도 저처럼 배짱이 모자라서 살인, 방
화 같은 건 절대 못 합니다. 공갈, 사기도 제가 허락하지 않고요.
이 좀도둑 새끼가 있긴 합니다만……."

사부가 자기를 가리키자 쥐는 놀라서 눈을 깜박깜박했다.

"자잘한 물건이나 훔치고 또 그때마다 저한테 흠씬 두들겨 맞습
니다. 이번 일은 다 테뉴, 그 불한당 때문에 벌어진 거예요. 그 깡
패 녀석이 공원에서 그렇게 세상 무서운 줄 모르고 날뛰었는데, 놈
이 진작에 휘사오도로 끌려갔으면 우리같이 결백한 사람들이 연루
되는 일은 없었을 겁니다."

푸 어르신이 탄식하며 말했다.

"너희가 모르는 게 있다. 이번에 난 아주 큰 청탁을 해서 겨우 너
희를 꺼냈어. 안 그랬으면 벌써 감옥에 갈 사람은 감옥에, 섬에 갈
사람은 섬에 갔을 게야. 양진하이, 자네는 꼭 알아둬야 하네. 나는
퇴역한 지 오래된 사람이야. 전에 군과 경찰에 있던 친구들은 다
죽거나 은퇴했고 지금 올라온 소장파들은 나와 인연이 없어서 내
체면을 안 봐준다네. 이번에는 염치 불구하고 오래 왕래가 없던 옛

동료를 끌어들여 나를 보증인으로 세우게 했지. 앞으로 너희가 또 사고를 치면 아마 보증인인 나까지 연루될 거야."

"어르신이 이렇게 엄중히 말씀하시니 꼭 마음에 새겨두겠습니다. 얘들을 더 엄격히 단속하겠습니다."

사부는 깍듯하게 답하고 나서 다시 자기 자리에 앉았다. 하지만 푸 어르신은 계속 눈살을 찌푸리고 근심스레 말했다.

"양진하이, 자네가 이 애들을 데리고 공원에서 그렇게 지내는 건 어쨌든 방법이 아니야. 결국에는 화를 부를 걸세. 얘들에게 올바른 일을 찾아주는 게 장기적으로는 옳아."

"어르신, 참 쉽게도 말씀하십니다."

사부가 부채로 자기 손바닥을 두드렸다.

"공원에서 쫓겨난 이 칠칠치 못한 놈들을 누가 선뜻 받아주려 하겠습니까? 그리고 이 녀석들을 절대 과소평가하시면 안 됩니다. 한 명, 한 명 다 성격이 보통이 아니에요. 변변치 않은 주인 같으면 제압하기 힘듭니다. 저는 여러 번 시험해봤습니다. 여관, 식당, 극장에 소개해 종업원으로 집어넣었어요. 사흘도 안 돼 하나둘 도망쳐와서 그러더군요. '바깥 세계가 받아주지 않아요. 우리의 이 오랜 보금자리에 있는 게 더 편해요'라고 말이죠. 어르신, 제게 무슨 방법이 있겠습니까? 이제 좀 나아지기는 했어요. 공원이 야간 통행 금지가 되는 바람에 저희의 보금자리도 폐쇄됐으니까요. 어르신, 제가 오늘 왜 이 불쌍한 놈들을 데리고 온 줄 아십니까? 길 잃은 저희에게 방향을 알려주십사 해서 온 겁니다."

푸 어르신은 억지로 고개를 들고 짧은 백발을 긁적이며 웃었다.

"괜한 잔소리를 해서 거꾸로 어려운 문제를 떠맡았군. 옛날에 자네가 아웨이를 데려왔을 때 마음이 약해지면 안 되는 거였어. 얼마나 오래 성가셨는지 걔 때문에 고생한 얘기를 하면 사흘 밤낮으로도 모자랄 걸세. 겨우 모든 게 잘돼서 걔를 배에 태울 수 있었지만 말이야. 그런데 오늘 또 자네가 이 애들을 데려와 나를 괴롭히는군 그래. 설령 내가 도와줄 마음이 있더라도 힘이 못 미칠까 두렵군."

이때 우씨 할머니가 팥죽과 첸청가오를 쟁반에 얹고서 거실로 들어왔다.

"양 선생, 또 무슨 사고를 치려고 온 거야?"

우씨 할머니가 끼어들었다.

"방금 전에 내가 얘기해주지 않았어? 어르신이 그저께 또 심장 통증을 앓았다고."

사부가 일어나서 쟁반을 받아들며 미소를 지었다.

"아주머니가 얘기 안 해주시면 저도 감히 얘기 안 하죠. 아시잖아요, 어르신이 병 얘기는 못 묻게 하시는 거."

"별것 아니야. 오랜 고질병인걸 뭐."

푸 어르신은 한숨을 쉬고서 자기 명치를 가리켰다.

"여기가 늘 욱신욱신 아파."

"딩 의사는 뭐라고 그러나요?"

푸 어르신은 담담하게 웃었다.

"의사가 무슨 말을 하겠나? 나이가 들어 심장이 약해지고 관상동맥이 좀 막혔다더군."

"그렇다면 건강을 소홀히 하시면 안 되죠."

사부가 진지한 어조로 말했다. 우씨 할머니가 우리에게 팥죽 한 그릇과, 투명한 첸청가오가 한 조각씩 담긴 접시를 각기 나눠주며 한마디 거들었다.

"저도 이 얘기는 좀 해야겠어요. 여기서 중허향까지 가려면 차를 두 번 갈아타야 해요. 비 오는 날에 버스를 타고 내리다 만일 넘어지기라도 하면 어쩌시려고요?"

우씨 할머니는 볼일을 마치고 뒤뚱대며 자리를 뜨면서 우리에게 말했다.

"팥죽이 모자라면 부엌으로 와. 한 솥 가득 쑤었으니."

"솔직히 말씀드리겠습니다. 어르신."

사부가 마른기침을 하고 자세를 똑바로 가다듬었다.

"어르신이 몸도 안 좋으신데 저희가 폐를 끼쳐서는 안 되지요. 오늘 제가 이 아이들을 데려온 것은 첫째, 어르신께 감사를 드리기 위해서고 둘째는 보고를 드리기 위해서입니다. 어르신, 제가 예전에 타오위안춘이라는 술집을 했던 걸 기억하시나요?"

푸 어르신은 고개를 끄덕였다.

"기억하다마다. 잘 운영했는데 왜 문을 닫았지?"

사부가 발을 구르며 말했다.

"아, 도와주는 이들이 없는 건 아니었는데 깡패랑 경찰이 돌아가며 말썽을 일으켰어요. 솔직히 타오위안춘은 그때 꽤 영광을 누리기는 했어요. 아직까지도 공원 사람들은 잊지 못하고 저한테 다시 술집을 열어 타오위안춘의 전성기를 재현하라고 하죠. 사실 저 자신도 여태 포기한 적은 없습니다. 단지 기회와 자금이 없었을 뿐이죠. 그런데 이제 시기가 온 것 같습니다. 공원이 야간 통행금지가 돼서 어린 새들이 머물 곳을 잃고 갈팡질팡하고 있어요. 제가 따로 보금자리를 만들까 합니다. 장소도 다 찾아놨어요. 여기와 같은 난징동로의 125항입니다."

양진하이 사부는 부채를 착 펴고 부채질을 하면서 푸 어르신에게 신나게 그간의 경과를 보고했다. 가장 먼저 에버그린필름의 성 회장이 아이디어를 냈다. 그는 "양 뚱보 자네가 나서주면 내가 막후에서 후원해주지. 술집이 열리면 앞으로 우리한테도 다닐 데가 생기는 게 아닌가"라고 했다. 성 회장은 20만 위안을 빌려주겠다고 약속했으며 사부는 또 1주가 1만 위안인 계를 만들어 우리 영역에서 꽤 잘나가는 인물들을 다 참여시켰다. 쥐바오편의 루 주방장, 융창양복점의 라이 사장도 2주를 청약해 자금 조달에는 문제가 없었다.

"별일 없으면 추석에 개장할 수 있습니다."

사부는 계속 유창하게 말했다.

"인테리어 가게도 물색해놓았습니다. 어떻게 해도 10만 위안은 들겠더군요. 요즘은 뭘 해도 움직이기만 하면 돈입니다. 제 양심에 따라 말씀드리면 이 술집을 여는 이유 중 절반은 바로 이 녀석들 때문입니다. 전혀 오갈 데가 없으니까요. 술집에서 일하는 게 그래도 길거리에서 헤매는 것보다는 낫겠죠."

푸 어르신은 계속 골똘히 듣고 있다가 갑자기 손을 들어 사부에게 물었다.

"새 술집은 이름이 뭔가?"

"어르신이 길한 이름을 하나 지어주셨으면 합니다."

사부가 웃으면서 말했다. 푸 어르신은 등을 굽힌 채 잠시 생각하다가 빙그레 미소를 지었다.

"옛날 난징의 다베이항大悲巷에서 살았는데 그곳 골목 어귀에 자

그마한 술집이 있었지. 가끔 나도 거기서 밤참을 먹었고. 그 술집
이름이 '안락향'*이었지, 아마?"

"안락향! 느낌이 아주 좋네요!"

사부는 연거푸 소리를 질렀다.

---

* 安樂鄕. 유토피아라는 뜻.

3

난징동로 125항은 대부분 술집과 밥집이었다. 골목 어귀의 펑청
鳳城은 장사가 아주 잘되는 광둥 요릿집으로 식당은 2층이고 1층은
판매점이었다. 쇼윈도 안에는 노랗고 반들반들한 통닭과 통오리
구이가 줄줄이 걸려 있었다. 그리고 바로 옆의 일본 요릿집 메이
위안梅苑은 문가에 수박 크기의 빨간 종이 등롱들이 걸려 있었으며
더 들어가면 한국 불고깃집 아리랑과 그 반대편의 서양 요릿집 골
드에인절이 보였다. 골드에인절의 유리문과 창문에는 토실토실하
고 엉덩이를 드러낸, 날개를 편 작은 천사들이 가득 걸려 있었다.
저녁이 돼서 골목 전체에 알록달록한 네온등이 켜지면 고기 굽는
냄새가 골목 안에 사방팔방으로 퍼지기 시작했다. 골목 안에는 노
점도 즐비했다. 여지와 용안을 파는 노점도 있고 오징어구이를 파
는 노점도 있었으며 참새튀김을 파는 노점의 기름 솥 옆에는 까맣
게 그을린 조그만 새들이 줄줄이 꼬치에 꿰여 있었다. 저녁에 사람

들로 골목 안이 가득 차면 자동차도 못 들어왔다. 이 번화한 풍경과 시끄러운 소리 아래 우리의 새 보금자리 안락향이 매우 은밀하게 숨겨져 있었다. 우리와 같은 부류의 사람이 아니면 모르고 지나치기 쉬웠다. 안락향은 바깥에 간판도 없고 대문은 골드에인절 왼쪽에 바짝 붙어 있었으며 좁은 대문 틈으로는 겨우 한 명만 통과할 수 있었다. 이어서 가파른 계단을 내려가면 계단 입구에 작고 노란 등이 걸려 있었으며 거기서 난간을 붙잡고 컴컴한 통로를 더 내려가 오른쪽으로 돌면 유리문 두 짝이 자동으로 열리면서 돌연 별천지가 펼쳐졌다.

안락향의 그 지하 주점은 60평 크기였다. 동쪽과 서쪽 벽에 수은 거울을 가득 박아넣어 불빛과 사람의 모습이 이중으로 반사되는 바람에 중첩된 환상이 만들어졌다. 등불은 모두 호박색이어서 술집 전체가 어슴푸레한 저녁 안개 속에 잠겨 있는 듯했다. 동쪽의 벽 거울 쪽으로는 긴 바가 있었다. 가장자리를 빨갛게 에나멜로 칠한 바 앞에는 12개의 바 스툴이 놓여 있었다. 거기에 앉으면 벽 거울에 비친 자신과 대작을 할 수 있었다. 그리고 바 뒤편의 선반 위에는 조니워커 레드라벨부터 타이완 맥주, 그리고 3성 브랜디부터 오가피주에 이르기까지 각양각색의 술병이 가득했다. 한편 서쪽 벽에는 2인용 좌석 여섯 세트가 배치되어 있었다. 그 의자들도 빨갛게 에나멜 칠을 했고 등받이가 높았다. 대형 원탁은 구석에 하나밖에 없었고 10여 명이 앉을 수 있었다. 단체 예약석으로 쓰였다. 그리고 출입구 오른쪽의 원형 무대 위에는 전자 오르간이 놓였고 또 그 위에는 마이크가 있어 손님이 흥이 날 때 노래를 부르게 했다. 지하실에는 창문이 없어서 항상 에어컨을 켜고 안의 공기를 조절해야 했다.

안락향이 개장하기 며칠 전, 양 사부는 우리를 모아놓고 착실히 훈련을 시켰다. 술집의 규범을 전부 전수해주고 각자 할 일도 분배해주었다. 샤오위와 나는 바텐더를 맡았다. 샤오위는 언변이 좋고 응대에 능했다. 그가 바에 앉은 손님을 상대할 때 나는 옆에서 술을 준비하기로 했다. 사부는 말하길, 요리보다는 역시 술이 남는 게 많아서 우리 두 사람의 책임이 가장 크다고 했다.

"바 뒤에 서면 멋대로 성질을 부려서는 안 돼."

사부가 우리를 훈계했다.

"도련님 기질은 일찌감치 버리라고. 별의별 손님이 다 있고 술 몇 잔만 들어가면 개새끼, 소새끼 하는 손님도 있어. 너희는 그냥 귀머거리인 척, 벙어리인 척 웃고만 있으면 돼. 손님이 오면 우리는 그 사람이 가진 돈만 가늠하면 되고 다른 건 일절 신경 쓸 필요 없어."

사부는 여러 종류의 술을 바 위에 늘어놓고 우리에게 일러주었다.

"국산 술은 가격이 정해져 있어서 뭐 어쩔 방도가 없지. 하지만 양주는 그렇지 않아. 한 잔에 40위안이래도 파는 방법이 여러 가지 거든."

그는 술잔에 얼음을 넣고 조니워커 레드라벨을 약간 따른 뒤, 소다수를 섞는 것을 시범으로 보여주었다.

"술이 적으면 손님이 불쾌해하고 술이 많으면 우리가 손해를 보지. 너희는 형편에 따라 대응해야 해. 손님이 말하는 걸 좋아하면 소다수와 얼음을 좀더 섞고 까다로운 사람이면 곧이곧대로 정량을 주라고. 손님이 즐거워서 너희에게 술을 사줄 때도 있을 거야. 우리 업계에는 규칙이 하나 있는데, 바텐더는 근무 중에는 술을 한 방울도 마시면 안 돼. 취해서 사고가 생길 수 있으니까. 너희는 손님이 술을 사주면 몰래 사이다를 따라 마시면 돼. 술값도 업계의 기준이 있어. 4 대 6이야. 너희가 6을 갖고 가게가 4를 갖지. 너희가 손해를 안 봐야 주인도 돈을 벌고 모두 해피한 거야."

우민은 서빙을 맡아 쟁반을 들고 홀을 뛰어다니기로 했다. 쥐는 잡일 담당이었다. 테이블을 닦고, 접시와 그릇을 챙기고, 바닥을 밀고, 화장실을 청소하는 것까지 도맡았다. 아슝도 할 일이 있었다. 문을 지키면서 손님을 맞고 보내기로 했다. 아슝 같은 거한이 문을 지키면 말썽을 피우러 온 깡패를 저지하는 효과가 있을 듯했다. 사부는 또 쥐바오편 식당의 루 주방장에게 허락을 얻어 샤오마小馬라는, 그의 세 번째 새끼 요리사를 빌려와 안주 요리를 맡겼다. 우리는 안주를 딱 네 가지만 내놓기로 했다. 절인 간과 오리 날개, 채 썬 돼지 위와 오향우육으로 대강 구색만 갖췄다. 각자 할 일이 정해지고 나자 우리 모두는 흥분했다. 안락향이 하루빨리 문을 열기를 고대했다. 가슴에 빨간 글자가 수놓인 노란 유니폼을 입고 일하게 된 것도 마음에 들었다. 단지 쥐만 뿌루퉁해서 작은 눈으로 사부를 보며 하소연했다.

"사부, 저는 어째서 바닥과 화장실 청소 같은 냄새나는 일만 해야 하죠? 저도 바텐더 일을 하고 싶은데……."

그는 말을 마치기도 전에 사부에게 욕을 들어먹었다.

"너희 전부 잘 들어라. 애가 이 도둑놈의 얼굴로 바에 나타났다가는 손님들이 보고 전날 먹은 밥까지 토하고 말 거야. 너는 순순히 매일 화장실이나 깨끗이 청소해. 만약 지린내라도 나면 너한테 락스를 쏟아부을 줄 알아! 샤오위, 아칭, 우민, 너희도 잘 들어라. 술잔, 그릇, 접시를 깰 때마다 너희 월급에서 깔 생각이다. 근무 시간에는 게으름을 피우거나 딴생각을 하거나 따로 이득을 챙기는 건 일절 금지다. 처음에는 경고하고 연달아 세 번 어길 시에는 이 사부가 무정하다고 원망하지 마라. 몽땅 빈털터리로 쫓아낼 테니까. 내 말 알아들었냐?"

"예!"

우리는 입을 모아 답했다.

4

음력 8월 15일 추석에 드디어 안락향이 막을 열었다. 아침에 벌써 꽃집에서 화환을 가져왔다. 에버그린필름의 성 회장이 보낸 게 가장 컸는데, 높이가 2미터나 되고 빨간 장미 수백 송이가 커다란 공작 병풍에 달려 있었다. 그리고 빨간 비단 띠에 대구를 이루는 글귀가 적혀 있었다.

연못가에 비바람 모여蓮花池頭風雨聚

안락향 속 해와 달 기네安樂鄕中日月長

융창양복점의 라이 사장과 톈싱경매회사의 우 사장도 축하 선물을 보냈다. 쥐바오펀의 루 주방장이 보내온 선물은 본인의 장기를 발휘한 것으로 열두 가지 한 상 안주였다. 루 주방장이 직접 만든 것을 샤오마가 큰 나무 함 두 개에 담아 가져왔다.

우리는 6시에 준비를 마치고 에어컨을 켰다. 호박색 불빛이 양쪽 벽 거울에서 반사되어 지하 전체를 아슴아슴한 금색으로 물들였다. 우리는 각자의 위치에서 똑같이 노란 유니폼을 입었으며 모두 가슴에 '안락향安樂鄉'이라는 빨간 글씨가 수놓인 채 옷깃에도 빨간 휘장이 달려 있었다. 머리칼을 길러 이마를 가지런히 덮은 샤오위는 치켜든 눈썹과 요염한 눈매로 빙그레 웃으니 더 세련돼 보였고 바 뒤편에 서 있는 모습은 영락없는 바텐더였다. 또 아슝은 가장 의기양양하게 대문가에 우뚝 서 있었다. 엄숙한 그의 표정은 정말로 수문신守門神을 방불케 했다. 쥐와 우민은 계속 들락날락 뛰어다녔다. 사부가 쉬지 않고 두 사람을 시켜 물건을 나르게 했다. 사부도 짙은 검은색 올론 양복으로 갈아입었다. 융창양복점의 라이 사장이 선물한 것으로 맞춤옷이어서 앞뒤로 불룩한 그의 배와 엉덩이에 딱 맞았다. 양복 안에는 다림질로 칼날처럼 각을 세운 흰 와이셔츠를 입었으며 크고 빨간 나비넥타이까지 매는 바람에 두툼한 이중 턱이 꽉 조여 밑으로 늘어졌다. 에어컨 바람이 시원한데도 사부는 얼굴에서 땀방울이 굴러떨어져 계속 펄럭펄럭 부채질을 해야 했다.

8시 정각, 안락향의 자동문이 활짝 열리고 공원의 어린 새들이 우르르 쏟아져 들어왔다. 우리의 새 보금자리에 삽시간에 사람들이 들어찼다. 우리 영역의 이름난 인물도 거의 집결했다. 가장 눈길을 끄는 사람은 당연히 화궈바오였다. 그는 요즘 갈수록 섹시해졌다. 성 회장의 눈에 들어 에버그린필름의 신작「감정과 욕망」의 두 번째 남자 주인공으로 캐스팅되었기 때문이다.「영혼과 육체」가 타이완, 홍콩 그리고 싱가포르와 말레이시아에서 모두 대히트

하고 나서 성 회장은 서둘러 그 속편을 찍고 있었다. 화궈바오는 밝고 새파란 비단 셔츠를 입고서 소매를 둘둘 말아올렸고 왼쪽 팔목에는 폭이 넓은 은팔찌를 느슨하게 찼으며 일부러 가슴의 단추를 몇 개 풀어서 근육질 가슴 위에 매달린 비둘기 알 크기의 마노 펜던트를 강조했다. 그리고 바지는 새하얀 나팔바지였지만 빨갛고 넓은 혁대로 허리춤을 꽉 조였다. 화궈바오는 고개를 높이 든 채 안하무인이었다. 마치 찬란한 깃털을 의기양양하게 뽐내는 공작새와도 같았다. 양평은 여전히 베레모로 벗어진 머리를 가린 채 바의 가장 안쪽 자리에 앉아 멀리서 화궈바오를 바라보고 있었다. 일찍 노쇠한 그의 얼굴은 한층 더 무기력해 보였다. 한편 화쯔가 인솔해 온 산수이가의 조무래기들은 전자 오르간 옆에 몰려 앉아서 앞다퉈 곡을 골라 반주자에게 연주를 부탁했다.

"「일일춘日日春」이요."

누가 소리쳤다.

"「정난수情難守」요."

다른 녀석이 소리쳤다.

"「완부지랍阮不知啦」이요, 「완부지랍」."

또 다른 녀석이 고함을 질렀다. 반주자 양싼랑楊三郎은 일제강점기에 조금 유명했던 연주자로 호스티스들이 불러서 타이베이를 휩쓴 유행가 몇 곡의 작곡가이기도 했다. 눈이 반쯤 먼 그는 저녁인데도 검은 선글라스를 끼고서 쇠약한 표정으로 내내 망연한 미소를 짓고 있었다. 음을 조정하고 나서 그가 고개를 들자, 은은한 전자 오르간 소리가 사람들의 말소리, 웃음소리를 뚫고 울려 퍼졌다. 그러자 1번 테이블에 앉은 현역병 네 명은 목소리 톤을 더 높였다.

그중 한 명은 자기 분대장을 꾀어 강제로 취하게 만든 일을 흥미진진하게 떠들고 있었다. 그 네 명은 모두 빡빡머리에 검붉게 탄 얼굴이었으며 군복 차림인 것을 보면 외지에서 타이베이로 돌아오자마자 달려오느라 옷을 못 갈아입은 듯했다. 그리고 그 옆 테이블에는 대학생들이 앉았다. 그중 두 명은 사회학과였고 언젠가 '신공원 청춘의 새들의 이동 습성'이라는 사회조사 책을 함께 쓰겠다고 했다. 그들이 이날 저녁 안락향에 온 것은 다른 한 친구의 송별연 때문이었다. 그들은 맥주잔을 들어 올해 졸업 예정인 그 말레이시아 화교 학생의 앞날을 축복했다. 페낭섬으로 돌아가게 될 그 화교 학생은 타이완의 모든 것과 헤어지기 아쉬워했다. 타이완에서 4년 동안이나 열정적이고 가슴 아픈 나날을 보냈기 때문이다. 그가 원주민 차오족曹族의 미남 가수 란뤄수이藍若水를 사랑한 슬픈 이야기는 우리 영역에서 늘 거론되는 미담이었다. 아무튼 모두 왔다. 시먼딩의 사장과 어린 점원도 왔다. 심장과 의사와 군 법무관도 왔다. 예술 대가는 구석 자리에 울적하게 앉아 있었다. 테뉴를 소재로 한 그림이 영 끝날 기미가 안 보였기 때문이다. 테뉴가 휘사오도로 압송되자 대가의 영감도 뒤따라 한 줌의 재가 돼버렸다. 테뉴처럼 원시적이고 야성적이며 사람을 흥분시키는 남자 모델을 어디서 또 구한단 말인가? 대가는 애석해하며 말했다.

다른 쪽 구석에는 또 다른 중년 남자가 역시 울적하게 앉아 있었다. 그의 입가에 난 자국은 더 깊어져서 마치 얼굴에 검은색 갈라진 틈이 있는 듯했다. 광우뉴타운의 장 선생까지 여기에 올 줄은 몰랐다. 그가 왜 울적한지에 대해서는 두 가지 소문이 있었다. 하나는 그가 새끼 요괴 샤오친콰이를 내쫓았고 그건 샤오친콰이가 손버릇이 안 좋아서 그의 캐논 카메라를 훔쳐 팔아버렸기 때문이라는 것이었다. 또 하나는 샤오친콰이가 그를 차버렸고 이는 샤오친콰이가 한 독일 상인과 사귀어 홍콩의 독일 항공사에서 일하게 됐기 때문이라는 것이었다. 어쨌든 장 선생은 다시 외톨이가 돼서 혼자 번민의 술을 마시고 있었다. 쥐바오편의 루 주방장은 기분이 최고조에 달해 물통만 한 배를 내밀고 사람들 속에서 열심히 쥐를 찾아 헤맸다. 안락향은 몸을 돌리기도 힘들 만큼 사람들로 붐볐다. 양쪽의 벽 거울이 서로 비추는 통에 인원이 두 배로 많아 보이고 또 호박색 불빛 아래 그림자가 겹치고 흔들리면서 그들은 마치 저녁놀 속에서 미친 듯이 펄쩍대는 펭귄 무리 같았다.

에버그린필름의 성 회장이 드디어 왕림했다. 하지만 사람이 너무 많아 문밖에서 들어오지 못했다. 그것을 보고 양 사부가 부랴부랴 길을 트고서 성 회장을 반은 안고 반은 밀어 바 앞으로 인도한 뒤 샤오위에게 소리쳤다.

"브랜디하고 555. 빨리 좀 줘."

그러고서 다시 성 회장을 향해 고개를 돌려 말했다.

"성 회장님, 저녁 내내 오시길 고대했습니다. 혹시 안 오시는 것은 아닌지 걱정했지요."

"양 뚱보, 오늘이 대체 무슨 날이지? 이 더위에 하늘에서 우박이라도 내리려나?"

성 회장이 웃으며 말했다.

"오늘 저녁에 파티가 있어서 우푸러우에서 발이 묶여 있었지. 그래도 배탈이 난 척하고 도망쳐 나왔어."

성 회장은 선홍색 바탕에 희고 둥근 꽃이 찍힌 알로하 셔츠와 유백색 바지를 입고 투각한 백구두를 신었으며 얼마 안 남은 머리는 기름을 발라 단정하게 빗어서 정수리에 붙였다.

"성 회장님, 오늘 정말 아름다우시네요."

샤오위가 빙글거리며 칭찬했다. 그가 브랜디 한 잔을 내주면서 성 회장을 위해 555 담배 한 개비에 불을 붙여주었다.

"다들 들었지? 얘가 이 늙은이의 두부를 먹는군."*

성 회장은 웃느라 얼굴이 주름투성이가 됐다.

"회장님의 두부는 영양이 가득해서 먹으면 장수할 텐데요 뭐."

샤오위가 응수했다. 성 회장은 껄껄 웃다가 눈물까지 났다. 그가 양 사부에게 말했다.

"이런 장난꾸러기가 여기 있으니 이 안락향은 굳이 장사를 안 해도 잘 굴러가겠는걸?"

말하면서 그는 100위안짜리 지폐 두 장을 꺼내 샤오위 앞에 던졌다.

"착한 녀석. 일만 잘하면 돈도 많이 벌고 좋은 일이 무궁무진할 게다."

샤오위는 팁을 챙기며 씩 웃었다.

"회장님이 매일 저녁 왕림해주시면 좋은 일이 무궁무진하겠죠."

"이봐, 양 뚱보."

성 회장이 눈을 가느스름하게 뜨고 고개를 끄덕이며 말했다.

"마침내 자네 숙원을 이뤘군. 옛날 타오위안춘의 성황이 오늘 저녁, 과연 다시 실현됐어."

---

* 중국어에서 '상대방의 두부를 먹는다'는 것은 상대방을 놀린다는 뜻.

사부는 두 손을 모아 내밀며 성 회장을 향해 허리를 숙였다.

"모두 회장님 덕분입니다."

성 회장의 술과 담배를 들고서 사부는 연신 실례한다고 외치며 앞에서 길을 열어 원탁까지 성 회장을 인도했다. 원탁에는 일찍부터 젊은이들이 앉아 있었다. 화궈바오도 거기서 기다리고 있었다. 성 회장이 다가오자 젊은이들은 벌떡 일어나 앞다퉈 자리를 양보했다. 「감정과 욕망」에서 남자 배역 두 명이 아직 안 정해졌다는 얘기가 있어서 그들은 내심 스타의 꿈을 꾸고 있었다. 혹시라도 배역을 따낼까 싶어 성 회장에게 잘 보이려 했다.

샤오위가 팁 200위안을 가슴주머니에 넣을 때 자오우창이 홀연히 나타나 바에 몸을 기댄 채 샤오위를 쓱 보고는 담뱃진이 누렇게 낀 이를 보이며 차갑게 웃었다.

"와, 개업을 하기는 했군. 위생국 검사는 합격했나 몰라. 영업증은 정식으로 받은 거야?"

자오우창은 역시 아래위로 검은 옷을 입었고 수척하고 말처럼 긴 얼굴은 분칠을 한 듯 하얬다.

"가서 검사를 받긴 해야겠죠."

샤오위가 해죽 웃으며 답했다.

"늙은 기생은 독이 없다는 말도 있으니 진작에 면역됐을 거예요."

말하면서 그는 맥주 한 잔을 자오우창 앞에 밀어놓았다. 그 바람에 잔 속의 맥주가 출렁이며 흰 거품이 생겼다.

"가서 마셔요. 이 한 잔은 공짜예요. 우리 안락향의 서비스예요."

샤오위는 자오우창이 뭐라고 답하기도 전에 곧장 바의 다른 쪽 끝으로 갔다. 그리고 내게서 조니워커 레드라벨 한 잔을 받아 심장과 의사인 스 선생 앞에 놓으며 말했다.

"스 선생님, 저 병이 있어요."

"무슨 병인데?"

스 선생이 담배를 뻑뻑 빨고서 무척 흥미로워하며 물었다.

"내일 내 병원으로 와. 내가 종합검사를 해줄 테니."

스 선생은 항상 우리에게 무료 진료를 해주었다. 그는 부자에게 돈을 뜯어 가난한 자를 구제하는 의로운 의사였다. 듣자 하니 언젠가 성 회장이 스 선생을 찾아가 혈압을 쟀다가 무려 500위안을 뒤집어썼다고 한다.

"심장병이에요."

샤오위가 자기 가슴을 가리켰다.

"심장병? 그건 내 전공이잖아. 엑스레이도 찍어주고 심전도 검사도 해줄게."

샤오위는 한숨을 쉬었다.

"찍어도 안 나와요. 제 심장병은 조금 이상해서 선생님 같은 명의도 뾰족한 수가 없을 거예요. 저는 선생님처럼 아름다운 남자만 보면 심장이 마구 뛰거든요. 어쩌죠? 고쳐주실 수 있나요?"

"그건 바람병이잖아!"

스 선생이 껄껄 웃었다.

"우리 병원은 그런 심장병은 못 고쳐. 외국에 전기치료법이 있다는 얘기는 들었지만. 남자 사진을 보여주며 감전을 시킨다더군. 남자를 보기만 해도 구역질이 날 때까지 말이야."

샤오위는 두 손으로 가슴을 가리며 소리쳤다.

"됐어요. 그런 치료법으로는 병을 고치기도 전에 심장이 멈출 거예요."

장 선생은 벌써 석 잔째 술을 마시고 있었는데 모두 우민이 가져다준 것이었다. 우민은 이번에는 장 선생을 보고도 이마에 식은땀이 나지 않았다. 새끼 요괴 샤오친콰이가 함께 오지 않았기 때문이다. 우민은 브랜디 한 잔을 장 선생에게 주고서 향수를 뿌린 찬 물수건을 친절하게 건넸다. 장 선생은 그걸로 벅벅 얼굴을 닦았지만 입가의 그 잔인해 보이는 자국까지 지우지는 못했다.

"저 새끼 온 거 보이지?"

샤오위가 내 귓가에 대고 조그맣게 말했다.

"둘이 다시 시작하는 거 아니야?"

루 주방장이 손을 뻗어 쥐의 귀를 꼭 붙잡았다.

"오늘 저녁에 내가 너를 응원하러 왔는데 코빼기도 안 보이면 되겠어?"

루 주방장은 정말로 조금 화가 났다. 쥐가 고개를 숙인 채 울상이 되어 용서를 빌었다.

"저를 좀 불쌍히 여겨주세요. 오늘 같은 날 5분이라도 여유가 있겠어요? 뛰어다니느라 다리가 끊어질 지경이라고요."

루 주방장이 쥐의 귀에 대고 뭐라고 몇 마디 중얼거리자, 쥐는 깍깍, 괴상한 소리로 웃더니 그의 손을 뿌리치고 홀연히 사람들 속으로 사라졌다.

성 회장이 있는 쪽이 가장 왁자지껄했다. 스타의 꿈을 꾸는 젊은이들이 원탁에 가득 둘러앉았고 그 뒤에 서 있기도 했다. 모두 성 회장의 옛날이야기를, 1930~1940년대 스타들의 활약상을 정신없이 듣고 있었다.

"표준 미인이었던 쉬라이徐來에 대해 들어봤나?"

성 회장이 묻자 젊은이들은 서로 눈치만 봤다.

"얘들은 아직 엄마 배 속에서 나오지도 않았을 때인데 어떻게 알겠습니까?"

양 사부가 성 회장 옆에서 끼어들었다.

"회장님이 쉬라이와 찍은 「노류장화路柳墻花」를 제가 봤지 뭡니까. 그 영화에서 회장님은 진짜로 준수했어요."

성 회장의 주름투성이 얼굴에 부끄러운 미소가 피어올랐다. 그는 정수리의 얼마 안 남은 머리를 만지며 말했다.

"양 뚱보, 다행히 「노류장화」를 아직 기억하고 있군그래. 그건 내 대표작이었고 또 그걸로 기사회생했지."

사부는 우리에게 성 회장이 1930년대의 젊은 남자 배역으로 유명한 미남이었다고 얘기해준 적이 있다. 그때 상하이와 난징의 수많은 여학생이 앞다퉈 성 회장이 사인한 사진을 사서 자기 방에 붙여두었다고 한다. 성 회장은 그 시절의 활약을 거론할 때마다 슬픔을 금치 못했고 또 그래서인지 후배를 발탁할 때 화궈바오 같은 미소년을 편애했다. 화궈바오의 섹시한 모습이 옛날의 자신과 조금 비슷하다고 했다.

1930~1940년대에 반짝였던 스타들의 흥망사를 구구절절 이야기하다가 성 회장은 마음이 흔들렸는지 돌연 말을 멈추고 자기를 둘러싼 젊은이들을 늙은 눈으로 휙 둘러보고는 장탄식을 했다.

"청춘이 바로 밑천이니 너희는 다들 소중히 여기거라."

안락향의 에어컨이 점점 쓸모없어졌다. 몸의 열이 사람들의 흥분과 알코올의 연소에 따라 높아져만 갔다. 흥청망청한 소란 아래, 그 새로운 호박색 보금자리에서 우리는 각각의 무리와 커플로 나뉘어 귓속말을 나누고 서로 속내를 털어놓으며 남에게 밝히기 어려운 비밀을 공유했다. 그 추석날 밤, 모두가 사방팔방에서 그 지하실로 달려와 나이와 귀천을 불문하고 삽시간에 하나가 되었다. 저마다 깊이 숨겨둔 고통과 상처와 슬픔과 원한이 계속 집단적인 농담과 광기와 양싼랑의 비슷비슷한 전자 오르간 소리에 묻히기는 했지만 말이다. 양싼랑이 고개를 들었다. 검은 선글라스를 낀 그의 검버섯 난 얼굴에 또 한 가닥 망연한 미소가 떠올랐다. 그는 노래를 바꿔 자기가 일제강점기에 작곡한 「타이베이교의 블루스」를 연주하기 시작했다.

5

125항의 네온등이 꺼지고 식당과 술집이 영업을 마치기 시작했다. 일식집 메이위안 입구의 수박만 한 등롱들만 아직 빨간 채로 매달려 있었다. 어쨌든 추석이고 또 한밤중이라 골목 안에는 으스스한 미풍이 불어 그 등롱들을 좌우로 흔들었다. 마지막으로 밤참을 먹은 손님들이 메이위안에서 나와 택시를 타고서 골목을 빠져나가면서 125항은 점차 적막해졌다. 문득 골목 입구에 있는 평청의 옥상 위로 보름달이 솟아올라 눈부신 빛과 거대한 크기로 눈길을 사로잡았다. 오랫동안 나는 추석의 보름달이 어떤지 신경 쓴 적이 없었다. 그게 이토록 크고 밝을 줄은 몰랐다. 마치 대형 탐조등 하나가 항구에 높이 걸려 있는 듯했다. 어머니가 집을 나간 후로 우리 집은 추석을 쇠지 않았다. 아직 집에 있었을 때 어머니는 추석마다 월낭*에

---

* 月娘. 중국 전통 민속에서 달을 인격화한 여신.

게 제사를 지냈다. 밤이 되어 달이 중천에 뜨면 어머니는 동생과 나를 데리고 뒷마당에 나가 향을 살랐다. 그녀 혼자 향을 올리며 달을 향해 절을 올릴 때 나와 동생은 제사상의 우런* 월병을 집어 먹었다. 아버지는 뒷마당에 나온 적이 없었고 어머니는 제사를 마치면 바로 월병을 한 접시 잘라 안에 갖다드리곤 했다. 단지 딱 한 해만 예외였다. 어머니가 집에서 마지막으로 보낸 그해 추석날, 아버지는 웬일로 뒷마당에 나와 우리와 함께 달구경을 했다. 그해 추석, 아버지의 직장에서 월급을 두 배로 준 덕에 우리의 월병도 1인당 한 개가 늘었다. 우런 월병 외에 콩소 월병 하나를 더 먹었다. 그날 밤의 달은 유난히 밝아서 우리 마당의 콘크리트 바닥을 하얗게 비추고 어머니의 등에 치렁치렁 늘어진, 흑단 같은 긴 머리도 반짝반짝 비추었다. 그리고 동생의 백옥처럼 하얀 어깨에 하얀빛을 한 겹 씌우기도 했다. 아버지는 그때 너무 즐거워서 나와 동생, 둘에게 유자등**을 하나씩 만들어주었다. 뜻밖에도 그는 파란 핏줄이 불거지고 마디마디가 굵은 큰 손으로 정교하게 유자등을 만들었다. 수월하게 속을 긁어내 유자 껍데기가 전혀 손상되지 않았다. 그는 과도 끝으로 유자 껍데기에 사람 얼굴을 이목구비까지 또렷이 새겨넣었다. 동생 것은 입이 왼쪽으로 삐뚤어졌고 내 것은 입이 오른쪽으로 삐뚤어졌다. 그래서 그 유자등 두 개는 둥근 머리, 둥근 얼굴을 하고 삐뚤어진 입으로 웃고 있었다. 우리는 빨간 초에 불을 붙여 유자등 안에 넣고 그것을 처마 밑에 걸었다. 노란 촛불이 유자등의 눈과 입을 통해 밖으

---

* 五仁. 땅콩, 참깨, 호두, 은행, 해바라기 씨를 볶거나 익혀 조합한 소를 뜻함.
** 추석날 밤에 켜는 꽃등의 일종으로 유자의 속을 비우고 줄을 꿴 뒤, 안에 촛불을 넣어 켠다.

로 비쳤다. 달이 중천에 떴을 때 어머니는 향에 불을 붙여 하늘에 대고 중얼중얼 기도하고 나서 절을 마치고 대나무 의자에 앉았다. 그리고 품에 동생을 안고 토닥토닥 등을 두드리며 잠을 재웠다. 벌써 월병을 한 개 반이나 먹은 동생은 어머니 가슴에 얼굴을 얹고 트림을 두 번 한 뒤, 입을 벌린 채 만족스럽게 곯아떨어졌다. 아버지는 마당에서 뒷짐을 지고 왔다갔다 서성이고 있었다. 그 밤 내내 입을 연 적이 없었다. 그는 유자등 밑에 다가가 희끗희끗한 머리를 들고 한참을 뜯어보더니 갑자기 혼잣말을 했다.

"우리 쓰촨의 유자는 이것보다 훨씬 큰데."

나는 골목 입구로 나가 하늘을 올려다보았다. 달빛이 찬물 한 대야처럼 얼굴 위로 쏟아지고 온몸을 적셨다. 나는 연달아 몸서리를 쳤고 온몸의 털이 바짝 곤두섰다.

6

시먼딩의 난양南洋백화점 앞에서 우민과 마주쳤다. 나는 거기에
속옷을 사러 갔다. 러닝셔츠에 구멍이 다 나고 팬티도 고무줄이 느
슨해져 베란다에 널면 너무 남루해 보이는 탓에 할머니가 다 걷어
서 걸레로 쓰겠다고 위협했기 때문이다. 난양백화점은 사흘 동안
가을 대바겐세일이었고 문 앞에 '셔츠, 잠옷, 내의 30퍼센트 할인'
이라고 쓴 빨간 플래카드가 거창하게 걸려 있었다. 우민은 나를 보
고 머뭇머뭇 부자연스러운 눈치를 보였다. 나는 그의 곁에 한 중
년 남자가 있는 것을 눈치챘다. 나이는 쉰 전후였고 머리를 새파랗
게 밀었으며 너무 말라 뼈와 가죽밖에 없었다. 창백한 얼굴은 이마
에 파란 근육이 불거져 있고 퀭한 두 눈은 눈빛이 흐릿했다. 그리
고 검푸른 눈자위는 꼭 오래 병을 앓다 갓 나은 듯 피폐해 보였다.
그가 입은 흰 셔츠는 누렇게 바랜 데다 깃이 닳아 보풀이 생겼으며
검은 바지는 헐렁해서 계속 펄럭거렸다. 또 검정 고무신은 한 짝의

코가 쩍 벌어져 있었다.

"아칭."

우민이 억지로 웃으면서 나를 불렀다.

"어디 가는 거야?"

나는 백화점 문 앞에서 걸음을 멈추고 물었다.

"물건을 좀 사러 왔어."

우민은 잠시 주저하고 나서야 옆에 있던 그 병자 몰골의 중년 남자를 소개했다.

"아칭, 우리 아버지셔."

나는 얼른 고개 숙여 인사했다.

"안녕하세요, 아버님."

우민의 아버지는 겸연쩍은 미소를 지었지만, 우민을 빤히 바라보며 자기 대신 무슨 말이라도 해서 곤경에서 벗어나게 해달라는 눈치였다. 하지만 우민은 아무 소리 없이 곧장 난양백화점 정문을 밀고 들어갔고 그의 아버지도 뒤따라 들어갔다. 들어간 후 우민은 먼저 셔츠 상점에 갔다. 그곳 진열대에는 세일 중인 재고 셔츠가 가득했고 싼 것을 고르는 손님들이 그 주변에 둘러서 있었다. 우민도 그사이에 끼어 셔츠 두 장을 골랐다. 하나는 파란색, 다른 하나는 회색이었다. 그는 돌아서서 자기 아버지에게 물었다.

"아빠, 14인치 반 입어, 15인치 입어?"

"다 입을 수 있어."

우민의 아버지가 답했다.

"이 두 색깔 어때?"

우민은 셔츠 두 장을 아버지에게 건넸고 아버지는 받아서 한참 동안 이리저리 살펴보다가 말했다.

"회색이 나은 것 같아."

그는 파란 셔츠를 우민에게 돌려주었지만 우민은 받지 않았다.

"두 장 다 사는 게 좋겠어. 세일을 많이 하니까."

셔츠를 사고서 우민은 다시 아버지를 모시고 여러 가게에 들렀다. 속옷, 수건, 양말, 슬리퍼 등등 머리부터 발끝까지 필요한 것을 다 사고 일용품 가게에도 들러 치약, 면도날 그리고 스리플라워표 헤어 토닉까지 샀다. 우민은 돈을 낸 뒤 크고 작은 봉지를 손에 들었으며 나중에 산 것들도 아버지와 아예 상의도 안 하고 자기가 다 들었다. 나도 내복 네 세트를 샀고 싼 김에 흰 줄무늬 셔츠 한 장도 장만했다. 우리가 난양백화점 정문을 빠져나왔을 때 우민이 내 귀에 대고 조그맣게 말했다.

"아칭, 나랑 같이 기차역에 가자. 아버지를 기차에 태워드리고 같이 밥 먹자."

우민의 아버지는 4시 반 신주행 보통열차를 탈 예정이었다. 우민은 내 몫으로 플랫폼 입장권을 한 장 더 샀고 우리는 우민의 아버지를 2번 플랫폼에 모셔다드리고 기차를 기다렸다. 플랫폼에 서서 우민은 두 손 가득 봉지를 든 채 아버지에게 말했다.

"또 필요한 게 있으면 편지 써."

우민의 아버지는 손으로 이마의 땀을 닦고 흐릿한 눈빛으로 멍하니 있다가 한참 뒤에야 말했다.

"됐어. 더 필요 없어."

그런데 잠시 후 그는 오른팔 소매를 올려 앙상한 손목을 우민에게 보여주었다.

"이 부스럼은 생긴 지 2년이 지났는데 영 안 낫고 가려워 미치겠네. 고칠 만한 약이 없을까?"

그의 손목에는 둥근 모양의 부스럼이 겹겹이 나 있었다. 어떤 것은 붉은 흉터가 되었고 어떤 것은 긁는 바람에 선홍색 살이 보였다. 우민이 눈살을 찌푸리고 말했다.

"미리 말했으면 난양백화점 건너편의 화메이華美약방에 갔을 텐데. 거기에 '요백부療百膚'라고 부스럼 특효약이 있거든. 내가 사서 삼촌네로 부칠게."

그는 우민을 힐끔 보고서 고개를 끄덕였고 다시 소매를 내리고는 아무 말도 하지 않았다. 우리 세 사람은 묵묵히 플랫폼에 서 있었다. 한참 뒤에야 우민은 무슨 생각이 났는지 자기 아버지에게 당부했다.

"삼촌네에 가면 말이야, 삼촌은 괜찮지만 숙모는 성격이 어떤지 아빠도 잘 알잖아. 괜히 건드리면 안 돼."

"알고 있어."

우민의 아버지가 말했다.

"그 헤어 토닉은 가자마자 숙모한테 드려. 내가 선물로 드리라고 했다고 말해. 그건 숙모가 애용하는 브랜드야."

우민의 아버지는 또 고개를 끄덕였다. 기차가 역에 들어오자 우민은 자기 아버지가 기차에 올라 자리를 찾은 다음에야 봉지를 하나씩 하나씩 차창을 통해 그에게 건넸다. 우민의 아버지는 자리에 앉은 뒤, 다시 창문으로 몸을 반쯤 내밀고 자기 오른손을 가리키며 말했다.

"부스럼약 잊지 마. 너무 가려워서……"

우민은 눈살을 찌푸리며 말했다.

"알았어, 부쳐줄게."

기차가 출발해 역을 떠났지만 우민은 멍하니 서서 멀어지는 기차를 바라보고 있다가 평온한 어조로 말했다.

"우리 아버지는 오늘 아침 풀려났어. 타이베이감옥에서 3년간 복역했지."

7

"일곱 살 때 처음 아버지를 봤어."

우민과 나는 기차역 부근 관첸로의 라오다창老人昌 빌딩까지 걸어가 1인당 하나씩 간단한 메뉴를 시켰다. 햄계란말이와 샌드위치였다. 빌딩 2층은 조용했다. 오후 4시라 이르지도 늦지도 않은 시간인데 사람이 별로 없었다. 2층은 채광이 안 좋았고 아래층의 경음악 소리가 들릴 듯 말 듯 전해졌다. 우리는 샌드위치를 다 먹고 커피를 마시고 있었다. 우민은 위산玉山 한 개비에 불을 붙여 깊이 빨아들였다.

"처음 아버지를 봤을 때는 너무 무서웠어. 그때 아버지는 훨씬 건장했고 아직 마약을 하기 전이었어. 번들번들하게 가르마 탄 머리를 하고 기운이 왕성했지. 아버지는 삼촌 집에 오자마자 숙모와 말다툼을 했어. 나를 데려가려 했기 때문이야. 어머니가 나를 임신했을 때 아버지가 처음 감옥에 들어가서 나는 삼촌 집에서 태어났어. 나는 아버지가 너무 흉악해 보여서 쪼르르 쌀 창고에 들어가 숨었지. 삼촌은 신주에서 정미소를 운영하거든. 창고 안에 쌀겨를 담은 큰 광주리가 가득했는데 나는 그 속에 파고들어 절대로 나오려 하지 않았어. 아버지가 나를 붙잡으러 왔을 때는 바닥을 기다가 광주리를 발로 차 쌀겨를 뒤집어썼고. 그걸 보고 숙모는 내가 쌀을 훔치러 온 생쥐 같다고 깔깔대며 말했지."

말하다가 우민은 자기가 먼저 피식 웃었다.

"커자* 여자는 정말 대단해."

우민은 아직도 무서운지 어깨를 으쓱하며 말했다. 나도 웃으며 물었다.

"너희 삼촌도 숙모를 무서워해? 커자 남자들은 다 아내를 무서워한다던데."

"우리 삼촌? 숙모가 소리만 지르면 놀라서 얼굴이 노래지지."

우민이 웃으며 말했다.

"숙모는 친정이 신주에서 커자 명문가로 통해. 정미소도 숙모의 혼수였고. 삼촌은 눈치가 빨라서 숙모 앞에 서면 사람이 공손해지지. 나랑 삼촌은 동병상련이었어. 매일 숙모한테 욕을 처먹었거든. 그것도 밥상머리에서 말이야. 난 숙모 집에 있던 몇 년간 순간순간이 다 가시방석이었어. 제일 기억나는 일은 숙모가 내 어머니를 쫓아낸 날 밤, 나를 불러 자기 방에서 재운 거야. 새벽에 오줌이 마려웠지만 숙모를 깨울까봐 감히 못 일어났어. 그러다가 바지에 오줌

---

* 客家. 본래 황하 이북에 살았지만 서진 이후 전란을 피해 중국 전역으로 이주한 민족으로 타이완 인구의 15퍼센트를 차지한다.

을 썼지 뭐야."

나는 고개를 흔들며 웃었다.

"안됐네. 꼭 어린 새댁 같았군."

우민은 담배 한 모금을 빨았다.

"부모가 변변치 못해 그런 거였으니 뭐 어쩌겠어. 아버지는 감옥에 갔고 어머니는 바람을 피웠지. 정미소 인부랑 자서 애를 갖는 바람에 어머니는 숙모한테 쫓겨났어."

"나중에 어머니를 본 적 없어?"

우민은 고개를 흔들었다.

"본 적 없어. 어디 사는지도 모르는데 뭐. 그 인부한테 시집갔다는 얘기만 들었어. 아마 잘 살겠지."

잠깐 생각에 잠겼다가 담배를 눌러 끄고 우민이 돌연 소리쳤다.

"아칭, 혹시 도박을 끊으려고 손가락 마디를 자른 얘기 들어봤어?"

"들어봤지. 손가락 두세 개를 자른 사람들도 있다던데?"

"도박귀신 우리 아버지는 아홉 개를 잘랐어. 하지만 남은 한 개로 또 패를 잡으려 하더라고."

우민은 쓴웃음을 지었다.

"아버지는 도박이라면 사흘 밤낮이라도 한자리에서 할 수 있어. 아버지 인생은 그렇게 도박으로 날아가버렸지. 내가 앙심을 품고 하는 말이 아니라, 아버지는 타이베이감옥에 갇혀 있는 게 나아. 거기 있으면 내가 늘 보러 가고 돌봐드릴 수도 있거든. 이제 석방돼서 석 달도 안 돼 도박병이 도지면 또 무슨 사고를 칠지 누가 알겠어? 아칭, 인생이 왜 이렇게 꼬이지? 사는 게 너무 고달파."

우민은 나를 보며 허탈한 웃음을 지었다.

"그걸 모르는 사람이 어디 있어? 설마 너 또 손목을 그으려고? 샤오위가 그랬어. 다음번에는 네가 좃을 잘라도 절대 수혈은 안 해 주겠다고."

"염려 마. 그런 바보 같은 짓은 또 안 할 거야."

우민은 미안해하며 고개를 숙였다.

"아칭, 어젯밤에 장 선생이 나를 불러 같이 있어달라고 했어. 이사 들어와서 함께 살자고 하더라고."

"넌 뭐라고 했는데?"

"그러겠다고 했어."

"샤오위가 너보고 쌍놈이라고 한 게 맞았어. 어째서 그 '칼자국 왕우'가 손가락만 까딱하면 혼이 홀라당 넘어가는 거야? 그놈의 뭐가 좋아? 광우뉴타운의 그 끝내주는 아파트?"

장 선생의 아파트에 이사 들어간 첫날, 파란색 타일로 꾸민 목욕탕에서 한 시간 동안 있었는데도 나오기가 싫었다는 우민의 얘기가 떠올랐다.

"지금 당장 이사 가서 함께 살겠다고는 하지 않았어."

우민이 변명했다.

"그냥 그 사람 집에 가서 잠깐 같이 있어주기만 했어. 어젯밤 안락향을 나와 그 아파트로 그 사람을 보러 갔어. 그 사람은 틀림없이 취해 있었던 것 같아. 술이 세지는 않거든."

불현듯 전에 장 선생 아파트에 갔던 일이 생각났다. 장 선생은 새끼 요괴 샤오친콰이를 시켜 우민이 그곳에 남겨둔 헌옷 보따리를 내게 던져주며 가져가라고 했다. 아마도 바로 그 순간, 장 선생 입가의 그 자국이 깊이 팬 칼자국 같다는 느낌이 들었다. 그는 내게 영화 「칼자국 왕우」에 출연한 악역 스타 룽페이龍飛를 연상시켰다. 룽페이는 그 영화에서 계속 섬뜩한 미소를 지었고 입가에 깊은 칼자국이 있었다.

"그렇게 매정한 사람을 네가 이렇게 대해줄 가치가 있나?"

문득 우민에게 수혈해준 내 피 500cc가 확실히 좀 아깝다는 생각이 들었다.

"나는 그 사람이 불쌍해."

우민이 나를 쳐다보며 말했다.

"그 사람이 불쌍하다고?"

나는 방금 입에 물고 있던 커피 한 모금을 풋 하고 뿜어냈다.

"이 귀염둥이 녀석아, 너 자신이나 불쌍히 여겨. 하마터면 그놈 때문에 네 목숨이 끝장날 뻔했잖아."

"너는 잘 몰라, 아칭. 장 선생은 외로운 남자야. 전에 그 사람 집에 살 때 그 사람은 평소에는 냉랭하고 말수가 적었어. 그치만 술을 마시면 발작해서 나한테 화풀이를 하고 이유 없이 욕했어. 그러고 나서는 혼자 방문을 닫고 들어가 잠들었지. 한번은 그가 너무 취해 방 안에서 엉망으로 토한 적이 있어. 얼른 들어가 돌봐주고 옷도 갈아입혔지. 그런데 취해서 제정신이 아니라 내가 누구인지 잘 몰랐나봐. 나를 껴안고는 내 가슴에 얼굴을 묻고 엉엉 우는 거야. 마음이 찢어지도록 아프게 말이야. 아칭, 너는 본 적 있니? 다른 남자가 그렇게 무섭게 우는 걸 본 적 있어?"

나는 본 적이 있다고 했다. 야오타이여관에서 나랑 함께 방을 빌린 그 고등학교 교사가 떠올랐다. 중국 북방 출신의 그 거대한 사나이는 왕 자 모양의 복근이 철판처럼 단단했고 계속 자신을 손으로 애무해달라고 했다. 그런데 그날 밤 내 옆에 누워 처절하게 우는 통에 나는 어쩔 줄 몰랐다. 그날 밤 그도 취해 입에서 술 냄새가 진동했다.

"그 전까지는 다 큰 남자는 울 줄 모른다고 생각했어. 장 선생처럼 냉랭한 남자는 더더욱. 그런데 그 사람이 그렇게 뜨거운 눈물을 펑펑 흘릴 줄 누가 알았겠어. 내 손등으로 계속 줄줄 흘러내렸어. 장 선생은 대인 관계가 별로 안 좋아. 각박하고, 의심이 많고, 인색하니까 그래. 평상시에 친구도 별로 없고 동거한 남자애들도 그 사람을 진심으로 대해준 적이 없어. 다들 동거 기간이 짧았고 헤어질 때는 또 잇속을 챙기려고 그 사람 물건을 가져갔지. 샤오친콰이 그 녀석이 제일 심했더라고. 장 선생이 그러는데 녀석은 캐논 카메라만 가져간 게 아니래. 장 선생이 제일 아끼는 산요 스피커도 가져갔다더라고. 게다가 더 흉악한 건, 만약 경찰에 신고하면 자기와의 관계를 다 까발리겠다고 했다는 거야. 장 선생은 그 충격으로 내가 다시 생각났다고 하더라고. 아마 믿을 사람이 나밖에 없다는 생각이 들어서 돌아오라고 한 것 같아."

"그러면 너는 왜 아예 그 집에 다시 들어가서 또 그 '칼자국 왕우'의 노예가 되지 않는 거야?"

"생각을 좀 넓게 가지려고. 한동안은 이렇게 하는 게 낫겠어. 장 선생은 성격이 괴팍하거든. 잠시 외로워서 나를 불렀다가 만일 또 후회하면 내 꼴이 뭐가 되겠어. 게다가 이제는 갈 데가 없는 것도 아닌데. 사부가 가게 보기 편하게 나보고 밤에 안락향에서 자라고 했거든. 나는 그 사람한테 그랬어. '장 선생님이 정말로 나를 원하면 꼭 돌아가서 같이 살게요'라고."

우민은 잠깐 말을 멈췄다가 나를 보며 계속 말했다.

"아칭. 장 선생이 사랑스러운 사람이 아닌 건 나도 알아. 하지만 난 그 사람과 짧지 않은 시간을 함께했어. 비록 그 사람이 나를 매정하게 대하긴 했지만 그 사람한테 내가 필요하면 그래도 가서 돌봐줄 거야. 어쨌든 그 사람은 나를 자기 집에서 그렇게 오래 살게 해줬으니까. 솔직히 어려서부터 지금까지 장 선생과 함께 살 때보다 더 편했던 적은 없었어."

우민의 입가에 한 가닥 미소가 떠올랐다. 그는 벽에 걸린 시계를 보더니 테이블 위의 계산서를 들고 일어났다.

"여섯 시야. 안락향에 가서 일해야지."

8

안락향은 개장한 후로 장사가 아주 잘됐다. 일주일 내내 거의 하루도 빠짐없이 손님이 만원이었다. 옛 보금자리인 공원에 있던 새들이 안락향이라는 이 새로운 둥지로 곧장 날아왔을 뿐만 아니라, 전에는 감히 공원에 나타나지 못했던 새 인물들도 적잖이 합류했다. 공원은 분위기가 험악하고 위험이 사방에 도사리고 있어서 어느 정도 두둑한 배짱이 없으면 함부로 들어가기 힘들었다. 전에 본적 없는 애송이 대학생과 양갓집 자제들만 하더라도 그중 누구는 공원 대문도 넘어본 적이 없고 또 누구는 공원에 몰래 들어갔다가 녹나무숲에 숨어 엿보기만 했다. 하지만 우리의 새 둥지는 그 양갓집 자제들의 천당이었다. 그들은 활개를 치고 드나들면서 편안하고 안전한 느낌을 받았다. 호박색 불빛과 은은한 전자 오르간 소리 그리고 흰 거품을 뿜는 맥주 같은 것은 로맨스를 찾아온 그 젊은이들의 구미에 딱 맞았다. 그들은 우리 안락향에 대학 친목회라도 하려고 오는 듯했다. 두 명은 단장淡江대학, 두 명은 둥우東吳대학에 다녔고 또 꽤 여러 명이 푸런輔仁대학과 원화文化대학에 다녔다. 그리고 꽉 끼는 랭글러 청바지를 입고 흰색 아디다스 운동화를 신은 건장한 젊은이는 체육대학의 우등생으로 배구팀 주장이었다. 긴 머리를 고슴도치처럼 세우고 코밑에 팔자 수염을 기른 젊은이도 있었는데, 그는 예술대학 음악과의 천재 가수였다. 「네 빛나는 두 눈」이라는 노래를 만들기도 했다. 어느 날 밤, 영업이 끝났는데도 그 대학생들은 자리를 뜨려 하지 않았고 천재 가수가 전자 오르간 앞에 앉아 직접 연주하며 노래를 불렀다.

네 빛나는 두 눈이
내 마음을 태웠지
네 빛나는 두 눈이
내 영혼을 불살랐지
두 손을 들었지만
한 줌 사랑의 재뿐이었어
하늘은 이미 삭막하고
땅은 이미 늙었고
산은 이미 무너졌고
바다는 이미 기울었어
그런데도
내 감정은
왜 도무지
갈피가 안 잡힐까

천재 가수의 목소리는 격앙되고 애절했다. 그는 머리를 기울여 긴 머리를 한쪽으로 늘어뜨린 채 눈을 질끈 감고 눈살을 찌푸렸다. 벌겋게 물든 두 뺨은 꼭 감당할 수 없는 고통을 짊어지고 있는 듯했다. 대학생들은 그를 둘러싼 채 입을 벌리고 고개를 들고서 정신없이 듣고 있었다. 하지만 나랑 샤오위는 각자 빗자루로 바닥을 쓸며 뽀얗게 먼지를 날리는 중이었다. 샤오위는 우리도 마감을 하고 쉬어야 하는데 왜 빨리 가지 않느냐고 그 대학생들에게 몰래 욕했다. 그들은 대부분 커플이었고 솔로인 몇 명은 실연한 지 얼마 안 된 듯했다. 예술대의 그 천재 가수는 애인이 지난달 그의 곁을 떠나 싱가포르로 돌아갔다. 타이완대학 외국문학과의 그 화교 학생은 준수한 외모에 실제로 빛나는 두 눈의 소유자였다고 한다.

그 밖에도 새로운 부류의 손님이 또 있었다. 그들은 사회에서 지위도 높고 명성도 있었으며 나아가 아내와 자식까지 있었다. 공원은 어둠 속에서 살인과 강탈처럼 공포스러운 사건이 벌어지는 것으로 알려져 그들은 거기에 발을 디디지 못했다. 하지만 그 사장, 회장, 박사, 교수들은 우리 안락향에서는 부드러운 호박색 불빛 아래 물 만난 고기처럼 마음 편히 시간을 보낼 수 있었다. 그들은 낮의 사업과 집안일로 인한 고민을 죄다 잊고서 우리의 새로운 둥지에서 잠시 술기운에 자신을 맡겼다. 지갑이 두둑한 그 중년 남자들은 우리의 VIP 고객이었다. 사부는 그들을 각별히 대접하라고 당부했다. 3명이 맥주 한 병을 나눠 마시기 일쑤인 대학생들은 원래 빈털터리라 쥐어짜려야 쥐어짤 것도 없으므로 그냥 놔두고 병풍처럼 대하라고 했다. 요즘 사부는 웃느라 입을 못 다물었고 나와 샤오위에게 론진의 도금 라이터를 한 개씩 사주었다. 그 손님들이 555 한 개피를 꺼내들면 우리는 즉시 그 금빛 나는 론진 라이터에 불을 켜 친절하면서도 매너 있게 얼굴 앞에 내밀었다. 그리고 나서 우리는 그들이 신경 안 쓰는 틈을 타 몰래 가장 비싼 나폴레옹을 한 잔 가득 따라주면서 그들의 알 듯 말 듯한 푸념을 들었다. 알고 보니 집도 있고 아내도 있고 지갑에 100위안 지폐가 가득한 그 성공한 중년 남자들은 배 속에 두 잔만 술이 들어가면 놀랄 만한 고민거리를 털어놓곤 했다. 반차오에서 아크릴 공장 두 곳을 운영하는, 대머리에 배불뚝이인 커진파柯金發 회장은 브랜디 반 병을 마시고 쿠바 시가도 반 상자 넘게 피우면서 내 손목을 붙잡고 밤새 신세타령을 했다. 그에게는 세 아들이 있었는데 첫째는 도박쟁이이고 둘째는 어린 가수를 쫓아다니며 셋째는 막 학교에서 퇴학당했다고 했다. 한마디로 셋 다 아무것도 할 줄 모르면서 아버지가 힘들여 버는 돈을 까먹을 줄만 알았다. 대머리 회장은 흥분해 이를 갈면서 "집안을 말아먹을 놈들 같으니"라고 말했다. 나는 그가 자신의 비극적인 가정사를 다 이야기할 때까지 계속 브랜디를 따라주고 담배에 불을 붙여주었다. 그는 내게 팁으로 100위안을 줬으며 내 서비스가 빈틈없다고 사부 앞에서 크게 칭찬했다. 한편 샤오위는 요 며칠 유난히 열심이었다. 사부가 중요한 손님을 맡기며 신경 써서 모시라고 했기 때문이다. 그 손님은 융싱永興해운 소속 취화호翠華號의 룽龍 선장이었다. 나이가 쉰쯤 된 룽 선장은 키가 180센티미터가 넘고 가슴이 떡 벌어져서 서 있으면 꼭 대문이 세워져 있는 듯했다. 그리고 오랜 세월 바닷바람을 맞아서인지 온몸이 새

까맣고 윤기가 흘러 마치 갑옷을 입은 듯 위풍당당했다. 그가 처음 왔을 때 샤오위는 몰래 웃으며 "용왕이 왔네"라고 말했다. 룽 선장은 희한하게 머리가 컸고 얼굴은 굴곡이 많아서 이마가 높고 코가 컸으며 또 왕방울 눈에 흰 이가 두 줄로 가지런했다. 확실히 용의 머리와 얼굴을 연상시켰다. 그러나 성격은 대단히 호쾌하고 열정적이어서 샤오위의 뺨을 쥐고 껄껄거리며 "이봐, 하니!"라고 소리쳤다. 그의 말투는 장쑤성과 저장성 쪽 사투리가 짙어서 샤오위의 예전 고객인 저우 선생의 표준어와 흡사했다. 취화호는 화물선으로 석유를 주로 운반했으며 페르시아만과 일본을 늘 오갔다. 룽 선장은 얼마 전 휴가를 받아 일본에서 타이완으로 돌아왔기 때문에 밤마다 틈만 나면 우리 안락향으로 술을 마시러 왔다. 사부는 룽 선장에게 충분한 양의 위스키를 주되, 안주는 모두 무료로 제공하라고 지시했다. 그는 처음부터 룽 선장이 가치를 따질 수 없는 보배이며 우리 안락향의 흥망과 밀접한 관계가 있음을 정확히 간파한 게 틀림없었다. 나중에 안락향의 양주를 다 룽 선장의 개인적인 경로로 수입했기 때문이다. 조니워커 레드라벨은 한 병에 200위안이 쌌고 나폴레옹은 한 병에 380위안이면 살 수 있었다. 그렇게 절약되는 금액은 도대체 술을 몇 잔 파는 것과 맞먹는지 알 수 없었다. 우리 안락향의 장사는 그 양주들을 파는 데 달려 있었다. 그래서 사부는 샤오위에게 이렇게 말했다.

"샤오위, 이 사람은 요긴하니까 나 대신 똑바로 지켜보거라. 이 대어를 놓치면 안 된다."

샤오위는 웃으며 답했다.

"염려 마세요, 사부. 제가 용왕의 알을 꽉 붙잡고 안 놔주면 되잖아요."

　안락향의 여러 옛 친구와 새 친구들 가운데 오직 한 명만 우리의 이 새 둥지를 싫어했다. 그는 우리 고향을, 연꽃이 뽑힌 공원의 그 연못을, 그리고 서로 뒤엉킨 산호수 덤불과 그 깊디깊은 어둠 속에서 반딧불처럼 파랗게 빛나던 욕망의 눈빛들을 그리워했다. 예술 대가는 우리의 옛 보금자리에는 원시적인 기운과 야성의 생명력이 가득했으며 그곳은 영혼을 뒤흔드는 신비로운 지역이었다고 말했다. 그러면서 "역시 우리의 그 어둠의 왕국이 끝내줬어"라고 결론 내렸다. 새 보금자리는 너무 인공적이고 속되며 안정적이라는 게 그의 생각이었다. 부드러운 음악 소리와 호박색 불빛도 안 좋아했고 천박하고 가식적이라며 대학생들을 비판하기도 했다. 그는 화시가와 싼충푸三重埔와 사나운 헝춘恒春 포구에서 공원으로 도망쳐 온 거친 아이들을 그리워했다. 그들이야말로 그의 예술 창작의 원천이었다. 그는 내게 이런 말을 했다.

　"나는 유럽과 아메리카를 두루 다녔고 파리와 뉴욕에서도 여러 해 살았어. 그런데도 다시 타이완에, 공원의 옛 보금자리에 돌아온 것은 오직 연못의 그 거친 아이들만이 내 삶에 대한 욕망과 열정을 불러일으킬 수 있었기 때문이야. 나는 그 애들의 초상을 그리며 한 점, 한 점 '청춘 광상곡'을 기록했지."

　안락향에 들어서서 오른쪽으로 전자 오르간 뒤편을 보면 하얀 벽이 있었다. 원래 거기에는 안락향의 인테리어를 맡은 성메이勝美 인테리어가 유화를 사서 걸어두었다. 새빨갛고 새파란 달리아가 꽂힌 꽃병 그림이었다. 대가는 그것을 보고 눈살을 찌푸리며 "저속해"라고 말했다. 그래서 사부는 안락향에 예술적 분위기를 더하기 위해 작품을 한 점 달라고 대가에게 부탁했다. 이에 대가는 여태껏 그림을 기증한 적은 없지만 안락향을 위해 파격적으로 한 달 동안 그림을 빌려주겠다고 했다. 그런데 뜻밖에도 그는 자신의 걸작 「야성의 부름」을 선뜻 안락향에 빌려주었다. 그것은 가로 1미터, 세로 180센티미터의 대형 유화 작품이었다. 인물이 소재였고 배경은 흐릿하게 묘사된 큰길과 골목, 시장의 천막, 낡은 집들, 사원의 높이 들린 처마여서 화시가 룽산사 일대의 풍경과 다소 비슷했다. 그리고 시간은 황혼이었다. 처마 위의 붉은 석양이 그 지저분한 집들과 거리를 온통 암홍색으로 물들였다. 화면 한가운데의 거리에는 검은색 상하의를 입은 소년이 서 있었다. 소년은 몸이 매우 길쭉했고 사자 갈기처럼 흐트러진 머리칼은 이마 전체를 덮었으며 구불구불한 두 눈썹은 서로 얽혀 하나로 이어졌다. 그리고 두 눈, 그 특이한 두 눈은 그림 속에서도 활활 타오르는 검은 불처럼 몸부림치며 뛰노는 듯했고 역삼각형 얼굴 속 얇은 입술은 굳게 다물어져 있었다. 소년은 맨발이었고 상의를 활짝 풀어헤쳤으며 얼굴에 기이한 동물 문신을 새기고 있었다. 그림 속 소년의 그런 원기 왕성한 모습은 마치 언제라도 밖으로 뛰어나올 것처럼 생생했다. 나는 그 그림을 보자마자 놀라 소리쳤다.

"그 사람이다!"

"그래, 그 아이야."

대가가 답했다. 주름 가득한 대가의 얼굴이 갑자기 슬프고 숙연한 표정이 되었다.

"내가 처음 저 애를 본 것은 공원 연못가의 계단 위에서였지. 저애는 고개를 들고 큰 걸음으로 누구의 눈치도 보지 않고 성큼성큼 걸었어. 나는 문득 산을 불태우는 들불이 떠올랐어. 불길이 너무 거세서 끄려야 끌 수도 없는, 순식간에 천 리를 불태우는 들불 말이야. 나는 어서 저 애를 그려야 한다는 걸 알았어. 들불은 오래 못 가고 불타고 난 다음에는 재만 남으리라는 것을 예감했거든. 저 애는 예상외로 흔쾌히 허락해줬어. 모델료도 원치 않았지. 단지 화시가의 룽산사를 그림에 넣어달라는 조건을 달았어. 거기가 자기가 태어난 곳이라고 저 애는 말했지. 이 그림은 내가 가장 자랑하는 작품 중 하나야."

대가가 자랑하는 작품이 드디어 안락향의 그 하얀 벽에 걸렸다. 그림 속 그 반짝이는 눈은 활활 타오르는 검은 불 같았으며 계속 분노와 불만의 눈초리로 안락향의 중생을 내려다보았다. 그래서 호박색의 아스라한 불빛 아래, 양싼랑의 홀연히 높아지는 전자 오르간 소리 속에서, 그리고 구석구석에서 오가는 속삭임 속에서 아펑의 옛 신화가 다시 시작되었으며 안락향이라는 우리의 새로운 둥지에서 겉만 바뀌고 내용은 그대로인 채 계속 전해졌다.

9

"용왕은 아주 귀여워."

샤오위가 흥미로워하며 내게 말했다.

그 며칠 밤, 샤오위는 나와 함께 진저우가에 돌아가 리웨의 집에서 잤다. 샤워를 마치고 앉아 담배를 피우며 잡담할 때 샤오위는 룽 선장이 살아온 이야기를 열심히 떠들어 댔다. 리웨는 안락향을 '수정궁'이라고 불렀다. 속칭 '유리'*라 불리던 우리가 급이 오르고 가격도 뛰어 '수정 유리'가 되어서라는 게 그 이유였다. 그녀는 우리의 방세를 올려야겠다고 계속 떠드는 중이었다. 그녀는 샤오위를 가리키며 웃으면서 말했다.

"샤오위, 너는 운이 참 좋구나. 수정궁에서 용왕까지 만났으니

---

* 중화권에서는 남성 동성애자를 '보리玻璃', 즉 유리라고 부르곤 한다. '보리'가 'BL'과 발음이 통하기 때문이다.

말이야. 내가 보기에 넌 금방 신선이 될 거야."

샤오위는 룽 선장이 닝보寧波에서 태어났고 어렸을 때 상하이의 황푸黃浦 모래사장으로 건너가 생활했다고 말했다. 나중에 한 유대인 남자가 그를 마음에 들어해서 피진 영어를 가르치고 외국 배에 보이로 소개해 그는 18세에 바다에 나가게 됐다. 그 배의 이름은 '콘티 푸티'였다. 상하이와 홍콩을 왕래하던 이탈리아 호화 우편선으로 기세가 대단했다. 룽 선장은 자신이 그 배의 레스토랑에서 할아버지, 할머니들을 시중들 때 연미복을 입었을 뿐만 아니라, 흰 장갑을 끼고 얼굴이 다 비치는 검정 구두를 신고서 뚜벅뚜벅 소리를 내며 걸어다녔다고 말했다. 나는 룽 선장이 연미복을 입은 모습이 잘 상상이 가지 않았다. 하지만 그는 몸집이 크니 꽤나 멋있었을 것이다. 더구나 당시 그 레스토랑 메뉴에는 수프 하나만 해도 10여 가지 이름이 있고 모두 불어였으며 일부 상하이 부자는 첫 경험이라고 두세 가지 수프를 연달아 시키는 일도 종종 있었다. 룽 선장은 '콘티 푸티'에서 몇 년간 버티며 배 위에서의 규칙을 전부 익혔고 바로 유명한 난파선 '타이핑룬太平輪'으로 옮겨 타 삼등 항해사로 1년간 일할 때는 상하이에서 변란이 일어났다. 1948년 겨울, 타이핑룬이 마지막으로 상하이에서 홍콩으로 떠났다. 이때 배 안에는 상하이의 부자들이 가득했다. 그들 중 일부는 몸에 다이아몬드와 달러 뭉치를 매달고 있었다. 타이핑룬이 출항하자마자 암초에 부딪혀 바닷속에 가라앉는 바람에 단 한 명의 승객도 생환하지 못할 줄은 아무도 몰랐다. 황금과 보석을 갖고 배에 탔던 그 상하이 부자들은 정말로 바다의 용왕을 만나는 신세가 되고 말았다. 하지만 룽 선장은 요행히 그 죽음의 관문을 통과했다.

"어떻게 된 거야?"

나와 리웨가 동시에 물었지만 샤오위는 일부러 뜸을 들이다 입을 열었다.

"출항 직전, 룽 선장은 갑판 위에서 선원들을 지휘해 짐을 싣고 있었어. 그런데 갑자기 발이 미끄러졌고 마치 누군가 뒤에서 밀기라도 하듯 넘어져 쇠 난간에 머리를 부딪혔지. 룽 선장은 눈앞이 깜깜해지면서 바로 정신을 잃었어. 그런데 정신이 돌아와 눈을 떠 보니 갑판 위의 그 선원들이 하나같이 머리가 없었다지 뭐야."

리웨가 샤오위를 가리키며 정색하고 말했다.

"샤오위, 밤도 으슥한데 귀신 이야기는 그만 지어내!"

리웨는 아무것도 두려워하지 않지만 오직 귀신만은 두려워했다. 꿈에서 죽은 아버지를 볼 때마다 향과 지전을 사서 한바탕 불태우곤 했다. 샤오위가 헤헤 웃으며 말했다.

"이건 진짜야. 용왕이 말해준 거라고. 흰 유니폼을 입은 그 선원들의 몸뚱이가 제각기 걸어 움직이고 있었대. 용왕은 구역질이 나서 담즙까지 다 토했고. 그래서 임시로 배에서 내려 그 재난을 피한 거야."

"그렇게 신나게 얘기하는 걸 보니 아예 너도 용왕을 따라 배 타고 바다에 나가 그 머리 없는 귀신들을 만날 것 같구나."

리웨가 벌떡 일어나 뿌루퉁한 표정으로 방을 나갔다. 나와 샤오위는 손뼉을 치며 깔깔 웃었다. 리웨가 아우를 쫓아낸 후로 나는 그녀에게 줄곧 불만이 있었고 때로 구실을 잡아 그녀를 난처하게 만들기도 했다. 그래서 샤오위가 그녀를 놀리는 것을 보니 내심 쌤통이라는 생각이 들었다.

"샤오위, 사부님은 너한테 상을 줘야 해."

불을 끄고 침대에 누운 뒤, 나는 샤오위에게 말했다.

"너, 요 며칠 용왕을 홀려서 정신 못 차리게 만들었잖아. 내가 보니까 너, 별의별 수를 다 쓰더라. 그 사람 불알을 빨아주는 것만 빼고 말이야."

"그러라고 했으면 그것도 했을걸."

"그건 좀 너무한 거 아냐?"

나는 웃으며 말했다.

"용왕이 너한테 뭘 해줄 수 있는데?"

샤오위는 콧방귀를 뀌었다.

"네가 뭘 알겠니. 너는 그 사람이 얼마나 중요한지 몰라."

"사부님이 그 사람을 통해 술을 밀수하게 하려는 거잖아."

"그건 그거고 나랑은 상관없어."

샤오위가 갑자기 내게로 몸을 돌렸다.

"아칭, 용왕은 내 운명의 구세주가 될 것 같아."

"너 또 무슨 엉뚱한 생각을 하는 거야?"

나는 샤오위가 장차 대어를 낚기 위해 공을 들이고 있다는 것을 알았다.

"시기가 아직 안 돼서 원래는 미련퉁이 너한테는 얘기 안 해주려고 했는데."

샤오위는 어둠 속에서 아예 책상다리를 하고 앉아 부스럭부스럭 담배와 라이터를 찾아내 담배에 불을 붙였다.

"어제 아침에 중화요리학교에 가서 등록했어. 3주짜리 속성반을 마치면 바로 자격증이 나오지. 오늘 오전에 첫 수업을 받았는데 칼

다루기였어. 썰고, 다지고, 조각 내고, 벗기고, 자르는 걸 다 해봤어. 내가 문제 하나 낼게. 소 위는 어떻게 썰까? 세로로 썰까, 가로로 썰까?"

"세로로 썰걸."

"틀렸어."

샤오위가 깔깔 웃었다.

"세로로 썰면 칼날이 안 들어간다고. 오늘 요리도 한 가지 배웠어. 수정계야. 선생님이 돌아가며 다 맛보고는 내가 만든 게 제일 맛있다고 칭찬했어. 우리는 수정궁에서 일하니까 당연히 수정계는 만들 줄 알아야지."

"요리는 배워서 뭐하려고?"

나도 일어나 앉았다.

"기술을 배워둬서 나쁠 게 뭐 있어?"

샤오위가 내게 담배를 건넸다.

"나이 들어 용모가 시들해지면 남들 밥이나 해주며 살려고. 그리고 솔직히 말하면 아칭, 용왕의 취화호에서 새끼 요리사를 뽑는데……."

"됐네, 됐어."

샤오위가 말을 마치기도 전에 나는 그의 입을 틀어막았다.

"너 같은 금지옥엽이 배에서 그 고생을 할 수 있을 것 같아? 아마 배에 타자마자 쓰레기 같은 선원들한테 강간이나 당할걸."

"씨발, 이 녀석, 하는 말 좀 보게."

샤오위는 조금 다급해졌다.

"그런 헛소리는 내 말 좀 다 듣고 나서 지껄이라고. 내가 누구야? 선원들 시중이나 들게 생겼어? 지난밤 용왕이 무의식중에 털어놓았는데, 취화호에서 원래 일했던 새끼 요리사가 자취를 감췄대. 도쿄에서 몰래 하선한 거지. 그 말을 듣고 나는 하마터면 기절할 뻔했어. 얼른 넘겨짚어 물었더니 그렇게 무단으로 하선하는 일이 종종 있다고 하더라고. 도쿄 신주쿠의 중화요리점 다이산겐大三元의 사장도 취화호의 삼등 항해사 출신이라는 거야. 역시 무단으로 하선했고. 아칭, 다른 사람도 하는 일을 내가 왜 못 하겠어? 나는 도쿄에 가자마자 누구보다 먼저 하선할 거야."

나는 혀를 차며 말했다.

"샤오위, 너 아직도 벚꽃꿈을 포기 못 한 거야? 아직도 일본 가는 꿈을 못 버린 거냐고."

"내가 왜 포기해야 해? 내가 왜?"

샤오위는 큰소리를 쳤다.

"내가 멀쩡히 살아 있는 한 절대 포기 못 해. 귀신이 되더라도 날아서 태평양을 건너갈 거야. 맞아. 지난번 세이조제약의 린 사마가 나를 일본에 못 데려다줘서 꽤 오랫동안 상심하기는 했어. 그렇다고 내가 그렇게 끝냈을 것 같아? 말은 안 했지만 마음속으로는 매일 생각하고 있었다고. 일단 기회만 있다면 설사 기름 솥에 들어가야 한다 해도 멈출 수 없어. 배에서 고생 좀 하는 게 뭐 어떻다고? 오후에 엄마를 만나러 싼충진에 갈 거야. 엄마한테는 벌써 말했어. 엄마가 그러더라고. '이제 직장도 있는데 열심히 하지 않고 또 해괴한 생각을 하고 있네. 만일 하선에 실패해서 일본 정부에 잡혀 투옥되면 어쩌려고 그래?'라고 말이야. 말하면서 눈물, 콧물을 다 흘리고 나서 손목의 그 아끼는 금팔찌를 풀더라고. 나의 그 망할

아빠, 시세이도의 린정승이 둥원거에서 엄마를 쫓아다닐 때 준 사랑의 징표인데 말이야. 팔찌 안쪽에 엄마의 이름 '왕슈쯔王秀子'와 아빠의 일본 이름 '나카지마 마사오中島正雄'가 새겨져 있지. 엄마는 그 금팔찌를 찔러주며 말했어. '도쿄에 가서 만약 나카지마를 찾으면 이 팔찌를 꺼내 보여줘. 그러면 너를 알아볼 테니까. 만약 못 찾으면 팔아서 돌아오는 비용으로 써. 외국에서 헤매지 않게'라고."

샤오위는 신이 나서 자기가 세운 계획을 줄줄이 늘어놓았다. 마치 내일이라도 당장 도쿄에 하선할 사람 같았다.

"아칭."

이야기를 마치고 잠이 들었는데 샤오위가 또 나를 흔들어 깨웠다. 그와 잘 때면 늘 이런 식이어서 나는 수면 부족에 시달렸다.

"또 왜 그래? 하선할 때 바다에 뛰어들기라도 하려고?"

"나, 다음 달에 타이완대학병원에서 맹장을 잘라내야 해."

"아예 소장, 대장까지 다 잘라내지 그래."

나는 퉁명스럽게 말했지만 또 궁금함을 못 참았다.

"맹장은 왜 자르려고?"

샤오위는 한숨을 쉬었다.

"용왕이 그러는데 취화호의 새 선원은 먼저 맹장부터 잘라야 한대. 혹시 배에 타고 나서 맹장염에 걸리면 수술해줄 사람이 없다고 하더라고."

10

푸충산 어르신 댁의 가정부 우씨 할머니가 시장에 갔다가 넘어져서 오른쪽 다리뼈가 탈구돼 병원에서 접골 후 깁스를 했다. 한 달은 요양이 필요해서 군인인 아들이 그녀를 집에 데려갔다. 푸 어르신은 혼자가 돼서 집안일을 다 손수 해야만 했다. 마침 사부가 문안하러 갔다가 푸 어르신이 거실에서 바닥을 닦는 모습을 보았다. 그는 한가운데가 불룩 솟은 등을 굽히고 쭈그려 앉아 부들부들 떨리는 두 손으로 걸레질을 하고 있었다. 얼마나 힘든지 이마에 온통 땀이 흥건했다. 사부는 얼른 푸 어르신을 부축해 일으킨 뒤, 우씨 할머니 대신 임시로 일할 사람을 찾자고 했다. 그러고서 내 이름을 대며 내가 무척 노련하다고 했다. 푸 어르신은 처음에는 극구 거절했다. 그래서 사부는 내가 방주인에게 쫓거나 당장 오갈 데가 없으니 잠시 받아달라고 이야기를 지어냈고 푸 어르신은 그제야 응낙했다. 리웨는 나를 내쫓지는 않았다. 하지만 방세를 두 배, 식대를 30퍼센트 올렸다. 뉴욕바의 동료가 곗돈을 갖고 튀면서 그녀의 돈 2만 위안도 떼먹는 바람에 그녀는 울다가 욕을 하고 또 욕을하다 울었다. 또 엎친 데 덮친 격으로 할머니가 월급을 올려달라고 떠들면서 만약 안 올려주면 '차이나 돌'의 루루에게 가서 부엌일을 하겠다고 위협했다. 이렇게 금전적인 손해가 겹치면서 리웨는 기분이 극도로 나빠졌다. 방세를 올릴 때도 나한테 "비싼 것 같으면 나가도 돼"라고 가차 없이 말했다. 그래도 내가 푸 어르신 댁에 들어가게 됐다고 말했을 때는 조금 미안한지 할머니를 시켜 평소 내가 좋아하던 요리를 만들게 하고 샤오위도 불러 송별연을 열어주었다. 그녀가 오징어볶음을 한 국자 퍼서 내 접시 위에 놓아주며 말했다.

"양심을 지켜야 해, 아칭. 네가 여기 있을 때 이 누나가 너를 박대하지는 않았잖아. 지금 갈 만한 데가 생겼다고 배은망덕하게 밖에서 나에 대해 나쁜 소리를 떠벌리면 안 돼."

나는 얼른 웃으며 둘러댔다.

"제가 그럴 리가 있나요. 못 믿겠으면 샤오위한테 물어보세요. 뒤에서도 저는 항상 리웨 누나가 아주 좋은 사람이라고 말했어요."

"아칭이 누나가 우리의 보살 같은 엄마라고 했어."

샤오위가 헤헤 웃으며 맞장구를 쳤다.

"난 안 믿어."

리웨가 피식 웃었다.

"두 게이 녀석이 단단히 손을 잡았네. 아칭이 이렇게 급히 이사 나가는 건 속으로 내가 미워서겠지. 그게 아니면 요즘 왜 나를 뻔질나게 괴롭혔겠어?"

"누나가 남이 아끼는 사람을 쫓아내서 그런 건데 왜 애를 탓해?"

"아끼는 사람이라니?"

리웨가 의아해했다.

"누나가 그 모자란 애를 쫓아내서 애가 얼마나 마음 아파했다고."

리웨는 탄식하고는 대뜸 목소리를 높였다.

"걔는 똥오줌도 못 가리고 방에 싸댔잖아. 게다가 우리 꼬마 체니도 다치게 했는데 그런 놈을 어떻게 집에 놔둘 수 있어? 아칭이 무슨 능력이 있어서 그런 백치 녀석을 먹여 살린다는 거야?"

"샤오위가 헛소리를 한 거니까 신경 쓰지 말아요."

나는 조금 미안한 마음이 들었다.

"제가 이사 나가는 건 다 푸 어르신 때문이에요. 그분은 지금 혼자인데 돌봐줄 사람이 없고 몸도 편찮으시거든요. 푸 어르신은 우리를 감옥에서 구해주신 적이 있어 당연히 옆에 가서 도와드려야 해요."

리웨는 나를 지켜보다 고개를 끄덕였다.

"너, 이 게이 녀석이 이렇게 양심이 있는 줄은 몰랐네."

나는 침대 밑에 놓아둔 샤오위의 낡은 가죽 가방을 끌어내 그 안에 있던 샤오위의 물건을 전부 침대 위에 쏟아낸 뒤, 내 옷과 물건들을 아무렇게나 쑤셔넣었다. 그런데 잠금장치가 고장나 가방이 안 닫혔다. 나는 할머니에게 노끈 한 뭉치를 달라고 해 가방을 칭칭 동여맸다. 할머니는 나를 위해 망태기도 하나 찾아와서 내 대야, 양치 컵, 헌 신발 두 켤레를 그 안에 넣고 입구를 매듭지어 내 왼쪽 팔에 걸어주었다. 리웨는 꼬마 체니를 품에 안고 나를 문가까지 바래다주었다. 그녀는 꼬마 체니의 하얗고 포동포동한 팔을 들어 살짝 흔들며 그 애에게 말했다.

"바이, 바이. 삼촌한테 바이, 바이라고 그래."

"바이, 바이!"

꼬마 체니가 갑자기 까르르 웃으면서 소리쳤다. 그의 녹색 유리 구슬 같은 눈도 깜박이며 웃고 있었다.

"바이, 바이."

나도 덩달아 웃었다.

11

저물녘에 허름한 짐 두 개를 푸 어르신 댁으로 옮겨 잠시 현관에 놓아두고 서둘러 안락향에 출근했다. 사부는 평소보다 두 시간 이른 10시에 퇴근하게 해줬다. 푸 어르신은 계속 기다리고 있다가 내가 돌아오자 짐을 방으로 들여가게 했다. 푸 어르신의 침실과 붙어 있는 그 방은 다다미 여섯 장 크기였고 침대, 책상, 의자가 다 갖춰져 있었다. 침대 위에는 돗자리가 깔렸고 이불보와 베갯잇까지 바꾼 지 얼마 안 돼 보였으며 이상하리만큼 방 안이 깔끔하게 정돈된 상태였다. 나는 여태껏 그렇게 멋지고 쾌적한 방에서 자본 적이 없었다. 집에서 나온 후로 진저우의 그 동굴 같은 방에서 몇 달간 지내면서도 항상 그곳을 임시 거처로만 여겼다. 더구나 걸핏하면 안 들어가고 낯선 이들의 집을 전전하며 밤을 보냈다.

"여기가 네가 잘 방이다."

푸 어르신이 뒤따라 들어와 말했다.

"이 방에는 다른 건 별 이상이 없는데 창이 서쪽으로 나 있어서 오후에는 햇빛이 좀 따가워. 대나무 발을 찾아다놓았으니 내일 네가 걸도록 해라."

푸 어르신은 창가에 기대 놓은 대나무 발을 가리켰다. 녹색 칠이 다 벗겨진 것을 보니 오래된 것인 듯했다. 그는 굽은 등을 있는 힘껏 구부려 침대 밑에서 둥근 모기향이 가득 담긴 자기 쟁반을 꺼냈다. 쟁반 속 철판 받침대 위에 모기향 하나가 놓여 있었다.

"정원에 연못이 있어서 모기가 많아. 밤에 잘 때 모기향을 켜거라."

그는 이어서 방 안을 한 바퀴 돌며 이것저것을 살피고 만진 뒤 말했다.

"우선 들어와서 살다가 모자란 게 있으면 말하거라."

나는 재빨리 답했다.

"염려 안 하셔도 됩니다. 너무 좋은 방인걸요."

푸 어르신은 책상 앞에서 걸음을 멈췄다. 책상 위에는 영어 원서와 라디오, 탁상시계 그리고 구리로 만든 고사포 모형이 놓여 있었다.

"여기는 원래 내 아들 푸웨이의 방이었어. 이 물건들은 다 걔가 남긴 것이고……."

푸 어르신은 언덕처럼 솟은 등을 내 쪽으로 향하고 있었다. 백발이 성성한 그의 머리가 책상 위로 낮게 수그러졌다.

"쓰고 싶으면 다 써도 괜찮아."

말하면서 그는 또 휘청이며 벽장 쪽으로 가서 종이 문을 열었다. 벽장 절반에 옷이 가득 걸려 있었다. 푸 어르신은 그중 한두 벌을 걸어 살피고는 혼잣말을 했다.

"나가서 말려야겠군. 전부 곰팡이가 났네."

그는 고개를 돌려 나를 훑어보았다.

"너는 몸집이 내 아들이랑 비슷하구나. 이 옷들을 입을 수 있겠어."

나는 서둘러 사양했다.

"필요 없습니다. 저도 옷이 있거든요."

"겨울옷도?"

푸 어르신이 물었다. 나는 순간 말문이 막혀 우물거렸다. 내 낡은 가죽가방 속에는 홑옷 몇 벌밖에 없었다. 푸 어르신은 옷걸이에서 커피색의 헤링본 양복 코트를 내려 내게 입어보라고 했다. 내가 코트를 입자 그는 잠시 보다가 감탄했다.

"그런대로 맞네. 소매만 조금 길고. 걔 옷은 다 남에게 주고 이 몇 벌만 남았지. 그래도 겨울을 나기엔 충분할 거야."

벽장에는 초록색 트위드 오버코트와 검정 가죽 재킷 그리고 몇 벌의 낡은 스웨터도 있었다. 오랫동안 입은 사람이 없는 듯했고 짙은 장뇌 냄새가 났다. 내가 양복 코트를 제자리에 걸자 푸 어르신은 벽장 문을 원래대로 닫은 뒤, 나를 데리고 거실로 돌아갔다.

나와 함께 자리에 앉고 나서 푸 어르신은 다탁 위의 찻잔을 들어 차를 한 모금 마셨다. 그리고 생각에 잠긴 표정으로 내게 말했다.

"아칭, 여기를 네 집처럼 생각하거라. 너무 어색해할 필요 없어."

"감사합니다. 어르신."

"양진하이가 여러 번 말했지. 네가 아주 노련해서 이 집에 들어와 내 동무가 돼줄 수 있다고 말이야. 우씨 아줌마는 나이가 많아서 그렇게 호되게 넘어졌으니 금방 회복되기는 어렵겠지. 요즘 나도 몸이 별로 안 좋아서 힘든 일은 피곤해서 못 해. 마침 네가 왔으니 나를 좀 도와줄 수 있겠구나."

"일이 있으실 때 얼마든지 저를 시키셔도 좋습니다."

푸 어르신은 미소를 지었다.

"여기는 귀찮은 일이 별로 없어. 밥 두 끼 짓고 마당을 쓰는 정도지. 네가 이런 집안일에 익숙한지 모르겠구나."

"전에 집에서 살 때 아버지를 도와 집안일을 하기는 했어요. 단지 밥은 그렇게 잘하지는 못하는데……."

푸 어르신은 웃으며 말했다.

"괜찮아. 난 간단히 먹거든. 매끼 야채랑 두부만 있으면 돼."

"야채랑 두부는 볶을 줄 압니다."

나도 씩 웃었다.

"듣자 하니 아버지가 군인이셨다며?"

푸 어르신이 잠깐 생각하다가 고개를 들고 물었다.

"저희 아버지는 전에 중국에서 연대장이셨는데…… 타이완에 와서 면직되셨어요. 포로로 붙잡힌 적이 있어서……."

아버지 얘기가 나오자 다시 어색해지고 말도 잘 안 나왔다.

"어느 부대에 계셨는지 아니?"

"잘은 모릅니다."

나는 고개를 흔들었다. 아버지가 전에 얘기해준 적이 있긴 했지만 그 부대의 영광스러운 항일의 역사만 언급했고 항상 흥분해서 두서가 없었다.

"그 부대 사령관이 장간章淦이었던 것만 기억나요."

"아, 장간 부대였군."

푸 어르신은 고개를 끄덕였다.

"그 부대는 쓰촨군이야. 중일전쟁 때 뛰어난 전적을 올렸지. 창사전투에서 아주 잘 싸웠어."

"아버지는 그 창사대첩에서 훈장도 받으셨어요."

문득 아버지가 빨간색 나무상자 속에 간직하고 있는 녹슨 보정 훈장이 생각났다. 푸 어르신이 탄식하며 말했다.

"그 부대는 나중에 운이 별로 안 좋았지."

"장 사령관도 포로가 되었다고 들었습니다."

"맞아. 부대 전체가 전멸했지."

푸 어르신은 또 탄식하고는 갑자기 화제를 바꿨다.

"너희 집에 또 누가 있지?"

나는 어머니와 동생이 세상을 떠나 아버지만 홀로 남았다고 말했다. 푸 어르신이 진회색 눈썹을 찌푸리며 말했다.

"양진하이의 얘기로는 너랑 아버지 사이가 안 좋다던데……."

나는 고개를 숙여 푸 어르신의 항상 눈물이 그렁그렁한 눈을 피했다.

"너희 아버지는 잠시 화가 나셨던 거야. 조금 지나서 아버지의 화가 가라앉았을 때 돌아가서 뵙도록 해라."

나는 계속 고개를 떨군 채 아무 말도 하지 않았다.

"먼저 가서 씻고 일찍 쉬어라."

푸 어르신이 일어나 내 곁에 와서 어깨를 토닥였다.

목욕을 마치고 방에 돌아와 가져온 짐을 정리한 뒤 모기향을 켜고서 불을 끄고 침대에 누웠다. 책상 위의 형광 탁상시계는 벌써

12시 반을 가리키고 있었다. 잠자리가 바뀌어서인지 한동안 잠을 이루기 어려웠다. 창밖은 바로 박꽃이 둥둥 떠 있는 연못인 듯했고 개구리 소리가 쉬지 않고 들려왔다. 옆방의 어르신도 잠이 오지 않는지 두세 차례 일어나 화장실에 다녀왔다. 슬리퍼를 신은 그의 발자국 소리가 가까운 곳에서 멀어졌다가 또 먼 곳에서 가까워졌다. 집에서도 자정 무렵이면 옆방에서 아버지가 서성이는 발소리가 들렸던 게 기억났다. 널빤지 벽이 얇아서 아버지의 움직임이 침대에 누워서도 생생하게 들렸다. 어머니가 집을 떠나고 나서 첫 2년 동안 아버지는 성격과 행동이 다 이상해졌다. 밤마다 느닷없이 침대에서 벌떡 일어나 귀신에 씐 것처럼 방 안을 왔다갔다했다. 그의 걸음은 초조하고 무거웠다. 우리에 갇힌 짐승이 쉴 새 없이 맴도는 듯했다. 나는 옆방에서 어둠 속에 누워 숨죽인 채 아버지의 뚜벅뚜벅하는 발소리를 듣고 있다가 돌연 알 수 없는 긴장을 느끼곤 했다. 그러면 겨울에도 이마에서 식은땀이 불쑥 스며 나왔다.

12

잠에서 깨니 거의 11시가 다 된 시각이었다. 나는 부랴부랴 일어나 아무렇게나 옷을 입고 방을 나섰다. 푸 어르신이 거실에 앉아 돋보기를 쓰고 신문을 보고 있었다. 옷매무새가 반듯하고 짙은 남색 겹조끼를 걸치고 있어서 마치 외출 준비를 마친 것 같았다.

"너무 달게 자고 있어서 안 깨웠다."

푸 어르신이 신문을 내려놓고 내게 미소지으며 말했다.

"저도 모르게 늦잠을 잤네요."

조금 죄송스러웠다. 지난밤 잠들었을 때는 벌써 새벽녘이었을 것이다.

"아침에 산책을 나갔다가 골목 어귀 제과점에서 클림 분유 두 통을 사왔다. 한 잔 타서 마시렴. 분유는 냉장고 위에 놔뒀고 보온병에 뜨거운 물도 있어."

푸 어르신이 자세히 설명해췄다.

"어르신도 드실 건가요?"

"난 그런 건 안 먹어."

푸 어르신은 손사래를 쳤다.

"시간이 꽤 돼서 점심도 곧 먹어야 하고."

"점심은 제가 차릴게요."

나는 기다렸다는 듯이 말했다.

"우리 간단히 먹자꾸나. 국수가 좋겠어. 또 냉장고에 남은 요리
가 몇 가지 있다. 너희 사부가 가져온 것들인데 조금 있다가 꺼내
서 데우면 될 거야."

"당장 물 끓이고 밥을 할게요."

푸 어르신은 나를 제지했다.

"서두르지 않아도 돼. 먼저 분유부터 마시고 해라."

"네."

나는 곧 클림 분유 한 통을 열고 뜨거운 물에 진하게 탔다. 예전
에 집에서 살 때 이웃인 황 부대장 부인이 가끔 분유를 보내오곤
했다. 그것은 나라에서 배급하는 탈지분유였고 미국이 원조해준
것이라고 했다. 아버지는 드시지 않아 나랑 동생이 다 먹었다. 탈
지분유는 맛이 별로였다. 싱겁고 우유 냄새도 나지 않았다. 클림
분유는 완전히 달랐다. 오리지널 미국산이어서 설탕도 안 넣었는
데 달콤한 냄새가 났다. 분유를 다 마셨을 때 나는 푸 어르신이 부
엌에서 뭔가를 찾고 있는 것을 알았다.

"우씨 아줌마가 하도 물건을 꽁꽁 숨겨놔서 찾을 수가 없구나."

푸 어르신은 등이 굽은 채로 까치발을 하고 헉헉대며 찬장을 열
려고 했다.

"제가 할게요, 어르신."

내가 급히 달려가 찬장을 열었다.

"제일 높은 데 국수를 놔뒀던 것 같아."

나는 손을 뻗어 찬장 제일 높은 곳을 더듬었다. 과연 국수 한 봉지가 있었다.

"아줌마는 바퀴벌레가 훔쳐 먹을까봐 거기 숨겨둔 거야. 바퀴벌레는 날개가 있어서 날아서 올라갈 수도 있을 텐데 말이야."

푸 어르신은 허허 웃었다.

나는 물을 끓이고 면을 솥에 넣었다. 냉장고 속 요리 몇 접시도 꺼내서 프라이팬에 데웠다. 그러고서 다 익은 면을 건져 그릇에 담고 참기름과 간장을 뿌렸다.

"네가 일하는 걸 보니 전에 부엌 출입을 좀 해본 것 같구나."

푸 어르신이 옆에 서서 미소를 지었다.

"집에 있을 때 아버지가 출근하시면 제가 밥을 할 때가 많았어요. 저는 야간학교에 다녀서 저녁에 등교했거든요."

나도 웃으며 말했다.

"아버지도 국수를 좋아하세요. 우리는 늘 단단면*을 먹었죠. 고추땅콩잼에 비비기만 하면 되니까요."

나와 푸 어르신은 부엌의 작은 식탁에 앉아 함께 점심을 먹었다. 푸 어르신은 오후에 고아들을 보살피러 중허향의 링광보육원에 갈 거라고 말했다. 그 보육원 원장은 노인 자원봉사자를 꽤 많이 구했다고 했다. 그 노인들은 대부분 중국 출신으로 어떤 자식은 중국에

---

* 担担麵. 쓰촨 지역의 향토 국수로 맵고 얼큰한 양념을 넣어 먹는다.

남겨두고 왔고 또 어떤 자식은 이미 장성해 그들 곁을 떠났다. 그들은 가정 형편이 다 괜찮았지만 늘그막에 외로워서 보육원을 다니며 정신적인 위로를 받았다.

"나도 3년 전에야 그 보육원에 나가기 시작했지."

푸 어르신이 국수를 다 먹었을 때 나는 뜨거운 차 한 잔을 드렸고 그는 두어 모금 마신 뒤 천천히 이야기를 꺼냈다.

"거기 원장은 여러 곳에서 기부금 모집을 하다가 우리 몇 사람을 초청해 보육원을 참관하게 해줬지. 거기 아이들은 다 껑충껑충 활발하게 자라며 귀여움을 받더라고. 그런데 한쪽 구석에 기형아가 있는 거야. 팔이 없어서 입은 옷의 소매가 축 늘어져 흔들흔들하더군. 그때 걔는 겨우 세 살이라 걷는 것도 뒤뚱뒤뚱 불안정했어. 마룻바닥에서 넘어졌는데 팔이 없어 이리저리 뒹굴기만 하고 얼굴이 새빨개졌지. 내가 얼른 가서 안아 일으켜줬더니 내 품에 얼굴을 묻고 엉엉 울더군. 마치 장애의 억울함을 울음으로 해소하려는 것처럼 말이야. 원장이 그 기형아는 버려진 아이였다고 말해줬어. 강보에 싸여 보육원 문 앞에 버려져 있었다더군. 나는 그 남자아이가 불쌍해 그 자리에서 1만 위안을 기부했어. 특별히 그 아이를 지정해서 주라고 했지."

푸 어르신의 검버섯 가득한 얼굴에 연민의 미소가 떠올랐다.

"말하려니 좀 이상한데, 집에 돌아온 뒤 그 기형아가 자꾸 생각나더라고. 보육원에서 원장이 그 아이의 소매를 걷어 나한테 보여주었어. 그 애의 양쪽 어깨가 마치 칼로 벤 것처럼 매끈하더군. 나는 그 어깨가 생각날 때마다 마음이 괴로웠어. 못 참고 이틀 만에 그 애를 보러 다시 링광보육원에 갔지. 그렇게 갈수록 걸음이 잦아져 3년을 계속 다닌 거야."

푸 어르신은 미소 띤 얼굴로 고개를 흔들며 일어나 거실 문가로 갔다. 그리고 문 뒤에서 등나무 지팡이를 꺼내들고 구부정하게 현관 쪽으로 향했다. 내가 대문 밖까지 배웅을 나갔을 때 그는 또 뭔가 생각난 듯이 덧붙여 말했다.

"그 애는 원래 이름이 없었어. 나는 그 애를 푸톈츠傅天賜라고 부르지."

13

푸 어르신 댁에서 오후 내내 잡일을 했다. 물 한 통을 길어와 거실 바닥을 반들반들하게 걸레질했고 부엌의 화덕도 깨끗이 닦았으며 쓰레기도 버렸다. 그러고 나서야 유니폼으로 갈아입고 안락향에 출근했다. 사부는 나를 보자마자 대뜸 훈계를 늘어놓았다.

"푸 어르신께 너를 추천하면서 너에 대해 좋은 말을 한 광주리는 했을 게다. 너도 분발해서 이번에는 무슨 일이 있어도 이 사부의 체면을 또 깎으면 안 된다. 너는 어르신 댁에서 자는 것도 먹는 것도 다 해결되니 얼마나 좋으냐. 제발 분별 있게 굴어야 한다. 젊은 이는 좀더 부지런하고 좀더 일해서 몸에 군살이 없어야 하느니라."

"방금 바닥 닦고 부엌 청소하고 왔어요. 안 믿기시면 어르신께 여쭤보세요. 점심밥도 제가 부엌에 들어가 지었다고요."

내가 웃으면서 답하자 사부는 입을 삐죽거리며 말했다.

"새로 연 화장실은 딱 사흘, 냄새가 안 난다더라. 넌 거기 방금 들어갔으니 겉으로 뭔가를 좀 보여주고 싶었겠지. 하지만 내가 원하는 것은 네가 진심으로 그 노인장을 잘 모시는 거다. 밤에도 너무 죽은 듯이 자지 말고 어르신이 혹시 부르시지는 않는지 귀를 쫑긋 세우고 있거라."

"알았어요. 사부, 우선 저한테 한 달 시간을 주세요. 중간에 제가 무슨 잘못을 저질렀을 때 다시 얘기하셔도 늦지 않아요."

사부가 엄포를 놓았다.

"잘난 체하지 마라. 만약 어르신이 한마디라도 불평하면 너를 갈아버릴 테다."

"얘를 갈면 제가 대신 할게요."

샤오위가 웃으며 끼어들었다. 그는 바 뒤에서 수건으로 술잔을 닦고 있었다. 사부는 피식 웃었다.

"뭐라는 거야? 네 교묘한 말과 몸짓은 성 회장 같은 늙은 바람둥이를 꾈 때나 쓰는 거라고. 푸 어르신처럼 점잖은 분한테는 쓸모가 없어."

샤오위는 웃으며 반박했다.

"저도 점잖을 때는 누구보다 점잖거든요. 사부님이 못 봐서 그래요. 제가 어르신을 모시려고 마음먹으면 아마 그분 친자식보다 더 효성스러울 거예요."

"지금 너는 따로 중요한 임무가 있지 않느냐. 룽 선장 쪽 소식은 나 대신 잘 듣고 있는 거지?"

"염려 마세요, 사부. 룽 선장이 그러는데 자기네 회사는 늘 배 몇 척을 지룽에 정박시킨대요. 지난달에도 한 척이 지룽 외항에서 레드라벨 두 상자를 바다에 떨어뜨렸대요. 물건은 모자랄 리 없고 다음번에 들어오는 배가 있으면 우리를 신경 써주겠다고 했어요."

"소식이 있으면 바로 알려줘. 룽 선장과 가격을 얘기해야 하니까."

사부는 또 우민에게 자기로 된 재떨이를 깨끗이 닦으라고 다그쳤다. 그런데 점검해보니 포도 모양의 재떨이가 하나가 부족했다. 우민은 자기가 실수로 깨뜨렸다고 인정했다.

"1개에 35위안이니까 네가 변상하면 돼."

사부는 우민을 거들떠보지도 않고 곧장 뒤쪽으로 가서 화장실 문을 벌컥 열었다.

"쥐, 어디 있어?"

사부가 화장실 안에서 소리쳤다.

"오늘 아직 안 나왔어요."

샤오위가 큰 소리로 대답했다. 사부가 씩씩대며 달려나와 욕을 쏟아냈다.

"조금 있다가 이 도둑놈의 새끼가 오면 화장실 변기에 처박아 익사시켜버릴 테다! 화장실이 막혔는데 왜 보고를 안 하는 거야. 안에서 냄새가 하늘을 찌르잖아. 우리 안락향의 체면이 저놈 때문에 바닥에 떨어지게 생겼다."

안락향의 자동문이 열리고 쥐가 곧장 뛰어 들어왔다. 사부는 달려가서 부채를 들어올리려다 허공에서 손을 멈췄고 우리도 전부 하던 일을 그쳤다. 쥐는 자신의 그 보물 상자를 꼭 껴안고 술 취한 사람처럼 비틀거리며 온몸을 부들부들 떨었다.

"하느님 맙소사!"

사부가 비명을 질렀다.

쥐의 하얀 셔츠는 여러 군데가 찢어져 너덜너덜했고 가슴 부위에 군데군데 핏자국이 있었다. 얼굴은 거의 알아볼 수 없게 변했다. 입술은 검붉게 부어 뒤집혔고 왼쪽 눈은 농익어 터진 자두처럼 되었으며 콧등도 두 배로 부풀었다. 온통 파랗고 빨개진 그의 얼굴은 상처투성이였다. 우리는 그를 빙 둘러쌌다. 쥐는 퉁퉁 부은 입술을 몇 번 달싹이다가 입 틈새로 간신히 쉰 목소리를 냈다.

"까마귀…… 까마귀…… 까마귀가……."

가늘고 마른 팔로 보물 상자를 꽉 꺼안고서 쥐는 고개를 기울인 채 목을 뻣뻣이 세우고 있었다. 그 엉망이 된 얼굴을 치켜들고 계속 정신없이 웅얼거렸지만 말에 두서가 전혀 없었다.

"이 꼴로 사람들 앞에 나설 수는 없지."

사부는 눈살을 찌푸렸다.

"어서 주방에 가서 숨어. 손님들이 곧 들이닥칠 테니. 너, 이 도둑놈의 새끼는 맞아도 싸지만 네 깡패 형도 너무 심했다. 이렇게 독하게 때리다니."

"사부, 애를 푸 어르신 댁에 데려가 좀 쉬게 하면 좋겠는데요."

내가 건의하자 사부는 잠깐 생각하더니 고개를 끄덕였다.

"그렇게 하자. 어르신께 잘 말씀드려라. 괜히 놀라시는 일 없게."

나는 택시를 불러 쥐를 태우고 푸 어르신 댁으로 갔다. 푸 어르신은 중허향에서 돌아온 지 얼마 안 된 것 같았다. 그는 쥐의 몰골을 보자마자 전등 밑으로 데려가 자세히 살펴보고서 말했다.

"삼칠三七 가루가 있으니 가져와서 발라주마. 먼저 통증을 멈춰야지."

푸 어르신은 구부정한 몸으로 흔들흔들 방에 가서 삼칠 가루 한 봉지를 가져왔다. 그리고 내게 말했다.

"아칭, 부엌에 가서 화덕 위에 있는 고량주를 좀 가져와라. 술잔하고 간장 접시도 같이."

나는 부엌에 가서 고량주와 술잔, 접시를 가져와 푸 어르신에게 건넸다. 푸 어르신은 삼칠 가루를 접시에 쏟고 거기에 고량주를 부어 풀 모양으로 섞었다. 그러고서 그것을 손가락에 묻혀 쥐의 얼굴에 난 상처에 골고루 발랐다. 쥐의 얼굴은 곧 분을 바른 것처럼 하얗고 누렇게 바뀌었다. 이어서 푸 어르신은 고량주 반 잔에 삼칠 가루를 타서 쥐에게 마시게 했다.

"좀 앉아서 이 약주를 천천히 다 마시거라. 그러면 어혈이 풀리고 며칠 있으면 부은 것도 가라앉을 게다."

쥐가 여전히 그 보물 상자를 안 놓고 죽어라 껴안고 있는 것을 보고서 나는 옆에 다가가 귓속말을 했다.

"그 보물 상자는 나한테 넘기는 게 좋겠어. 여기는 너한테서 빼앗아갈 사람도 없다고."

쥐는 나를 힐끔 보고는 마지못해 보물 상자를 준 뒤, 푸 어르신에게 약주를 받아 의자에 앉아서 한 모금씩 천천히 마셨다. 한 모금 마실 때마다 그는 한숨을 쉬었다. 푸 어르신은 똑바로 그를 바라보다가 말했다.

"왜 이 꼴이 되도록 때린 거지?"

나는 까마귀의 흉악한 이미지를 대강 설명했다.

"너는 이만 출근해라."

푸 어르신이 내게 말했다.

"얘는 여기 남겨두고. 나랑 같이 밥을 먹을 테니."

14

안락향에 돌아오니 벌써 안에 손님이 많았다. 나는 사부에게 왔다고 한 뒤, 바로 바 뒤로 가서 샤오위를 도왔다. 샤오위 혼자 술 따르고 손님을 상대하느라 눈코 뜰 새 없이 바빴다. 내가 다가가자 그가 얼른 술병을 건네며 말했다.

"위스키에 소다수."

그러고서 다시 낮은 어조로 물었다.

"쥐는 어때? 그 새끼, 까마귀한테 맞아서 완전히 넋이 나갔더라. 내가 진작에 이런 날이 올 줄 알았지. 그래도 운이 좋은 편이야. 맞아서 병신은 안 됐으니."

"어르신이 약을 발라주셔서 별일 없을 것 같아. 또 어르신 신세를 지고 말았네. 그런데 그 보물 상자는 왜 갖고 나왔나 몰라."

"걔가 목숨처럼 아끼는 건데 안 갖고 나오겠어?"

샤오위는 또 내 귓가에 대고 웃으며 말했다.

"위俞 선생이 오늘 저녁 여러 번 네가 어디 있느냐고 물어봤어. 그래서 금방 돌아올 거라고 했지. 그런데 계속 마음이 안 놓이는지 '리칭은? 오늘 밤에 오긴 오는 거야?'라고 그러는 거야. 어서 가서 알은체 좀 해줘."

고개를 드니 위하오俞浩 선생이 바 맨 끝에서 나를 향해 미소를 짓고 있는 모습이 보였다. 나는 서둘러 다가가서 그에게 인사했다. 연달아 꽤 여러 날을 위 선생은 안락향에 와서 바에 앉아 나와 이야기를 나눴다. 그는 전문대학 강사로 영어를 가르쳤다. 나이는 서른일고여덟 살 정도였으며 키가 크고 어깨가 넓어서 무척 멋있어 보였다. 그는 학창 시절에 운동을 좋아했고 이름난 수영 선수였다. 또 쓰촨성 충칭重慶 출신이었는데, 나는 나도 절반은 쓰촨 사람이라고 그에게 말했다. 전에 아버지에게 쓰촨 사투리 몇 개를 배운 적이 있었다. 아버지는 화가 나면 '마나거바쯔媽那個巴子'라고 욕을 하곤 했다. 위 선생은 크게 웃고는 그것이 타이완식 쓰촨 사투리라고 말했다.

"아가야, 내가 너한테 뭘 가져왔게?"

위 선생은 나를 '아가'라고 불렀다. 그가 봉투 하나를 주길래 열어보니 주거징워諸葛警我가 쓴 네 권짜리 『대웅령은구기大熊嶺恩仇記』였다.

"와, 위 선생님, 끝내주네요!"

나는 흥분해서 소리쳤다. 지난번 위 선생이 왔을 때 우리는 무협 소설 얘기를 했다. 그는 자기도 무협광이라고 말했다. 그는 누구의 작품을 좋아하느냐고 물었고 나는 몇 명의 이름을 댔는데 그 안에 주거징워도 있었다. 그『대웅령은구기』를 나는 앞의 두 권밖에 못 읽었다. 우리 룽장가의 도서 대여점에서 빌려온 것이었다. 나와 동생은 그 두 권을 돌려가며 읽었다. 그 애가 먼저 1권을 읽고 나는 2권을 읽은 뒤, 둘이 바꿔서 읽었다. 하지만 미처 3, 4권을 읽지는 못했다. 동생이 병으로 쓰러졌기 때문이다. 결국 나는 『대웅령은구기』를 계속 다 못 읽은 상태였다. 그 무협소설은 주거징위의 이름을 처음 세상에 알린 작품이었다. 명나라 말기, 청나라군이 산해관山海關을 넘어 들어왔을 때 만리비붕萬里飛鵬 정운상鄭雲翔이라는 대협객이 집안의 노인과 아이, 문하의 제자들을 데리고 수도를 탈출했다가 도중에 가장 어린 아들을 잃어버린다. 그 후 정운상은 변경의 대웅령에 은거하며 몰래 강호의 협사들을 규합하고 병마를 준비해 명나라의 부활을 도모한다. 그런데 정씨 가문의 그 어린 아들은 청나라군의 대장 악이소鄂爾蘇에게 붙잡혀 이름을 악순으로 고쳤고 20년 뒤 청나라군의 용장으로 변신해 군대를 이끌고 대웅령의 정가장丁家莊을 토벌하러 나선다. 2권에서는 만리비붕 정운상과 악순, 두 부자의 첫 번째 대결을 막 그리고 있었다.

"나중에 어떻게 되죠? 정운상이 이기나요, 지나요?"

나는 『대웅령은구기』 3권을 뒤적이며 위 선생에게 다급히 물었다.

"돌아가서 천천히 읽어봐. 내가 말해주면 재미없잖아."

위 선생이 웃으며 말했다.

"오후에 책 노점을 둘러보다가 이걸 보고 네가 생각나서 사왔어."

"고마워요. 위 선생님."

나는 그에게 감사를 표했다.

"저는 주거징워의 소설이 제일 재미있더라고요. 『천산기협전天山奇俠傳』하고 『성숙해부침록星宿海浮沈錄』도 봤어요."

위 선생이 웃으면서 말했다.

"아가야, 네 무공이 꽤 훌륭하구나. 그 두 가지는 나도 봤는데 『대웅령은구기』보다는 못해. 만리비봉 정운상 부자의 싸움이 장렬하고 구구절절해서 정말 감동적이거든."

"위 선생님, 방금 집에 가서 천천히 보라고 하시더니 지금 또 사람 애간장을 태우시네요."

나는 당장이라도 『대웅령은구기』3, 4권을 다 씹어 해치우고 싶었다.

"알았어, 알았어. 더 얘기 안 할게."

위 선생은 웃으며 손사래를 쳤다.

"아가야, 맥주 한 병 가져오렴. 나하고 한잔하는 게 어때?"

나는 목소리를 낮춰 말했다.

"우리는 근무 시간에는 술을 못 마셔요. 우리 사장님 규칙이에요."

"괜찮아. 조금 있다가 너희 사장이 뭐라고 하면 내가 막아줄게."

나는 차가운 맥주 한 병을 꺼내고 유리잔도 한 개 더 가져와서 맥주를 따랐다. 그리고 잔을 들어 위 선생에게 술을 권했다.

"위 선생님, 만리비봉을 위해 건배!"

위 선생이 껄껄 웃었고 우리 둘은 맥주 한 잔을 단숨에 비웠다. 나는 볶은 땅콩 한 접시를 더 가져와 그와 맥주를 마시면서 계속 이야기를 나눴다. 안락향은 사람들의 목소리로 시끄러웠다. 샤오위 쪽에서는 룽 선장이 선원 몇 명을 데려와 고래고래 소리를 지르며 화취안 놀이를 했다. 그리고 성 회장은 요 며칠 감기 기운이 있어서 낙타털 조끼를 입고 들어왔다. 사부는 그를 위해 특별히 생강차를 끓이고 한쪽 구석에서 같이 잡담을 나눴다. 양싼랑은 평소처럼 검은 선글라스를 끼고 얼굴을 위로 든 채 아무도 귀 기울이지 않는 오래된 타이완 노래를 열심히 연주하고 있었다.

위 선생이 가기 직전, 내 귀에 대고 소리쳤다.

"아가야, 며칠 있다가 쓰촨 국수나 먹으러 가자."

"만세!"

나도 위 선생의 귀에 대고 소리쳤다.

15

푸 어르신 댁에 돌아오니 벌써 한밤중이었다. 푸 어르신은 일찍 잠자리에 들었지만 내가 방에 들어가니 쥐는 아직 깨어 있었다. 러닝셔츠와 팬티만 입고 양반다리로 내 침대 위에 앉아 그 보물 상자 속 갖가지 물건을 죄다 쏟아서 벌여놓고 있었다. 그는 계속 이것저 것 들추고 만지작거리며 꼼꼼히 점검했다.

"니미 씨발, 틀림없이 그 여자가 훔쳐갔어."

쥐가 혼잣말로 욕을 하길래 내가 물었다.

"누구 욕을 하는 거야?"

"썩은 복숭아지 누구긴 누구야?"

쥐가 고개를 번쩍 들었다. 그의 왼쪽 눈은 눈두덩이 검푸르게 부어올라 가는 틈만 남았고 오른쪽 눈은 반대로 화등잔만 한 데다 눈빛이 흉악했다. 그리고 얼굴은 삼칠 가루를 발라서 얼룩덜룩했으며 입술은 부어서 홀라당 뒤집혀 있었다.

"대체 어떻게 된 거야? 네가 도둑놈인데 거꾸로 도둑을 맞았다고?"

"아칭, 도금된 그 파커51 기억나지?"

"가오슝의 그 식당 지배인 것 아냐?"

"없어졌어, 없어졌다고!"

쥐가 소리쳤다. 그의 목소리는 비통하기 그지없었다.

"내가 전에 너한테 전당포에 맡기고 훈툰이나 먹으러 가자고 했는데 네가 안 그랬잖아. 이제 헛되이 잃어버린 셈이 됐네."

나는 침대 가장자리에 앉았다.

"나는 매일 한 번씩 점검하거든. 그런데 오늘 아침, 상자의 자물쇠가 비틀어 열려 있는 거야. 부로바 한 점, 반지 몇 개, 목걸이 한 개도 사라졌고. 나, 기절할 것 같아. 다른 건 몰라도 그 파커51, 그 파커51은……"

쥐는 소리를 지르며 금방이라도 울음을 터뜨릴 것 같았다.

"타오화가 훔친 건지 네가 어떻게 알아?"

"그 여자가 아니면 또 누구겠어?"

쥐가 분개해서 고함을 질렀다.

"까마귀는 사납기는 해도 도둑질은 안 해. 내 방에는 썩은 복숭아만 자주 들락날락하고. 그래서 내가 따졌더니 이 여자가 적반하장으로 내 뺨을 갈기고 내 방에 달려가서 내 상자를 창밖으로 던지려 하는 거야. 주먹으로 때리고 발로 차서 상자를 빼앗았지."

쥐가 담배빵이 있는 깡마른 팔을 갑자기 치켜들며 소리쳤다.

"감히 내 보물 상자를 건드리는 놈은 가만 놔두지 않을 거야!"

나는 얼른 그를 제지했다.

"쉿, 조용히 좀 해. 어르신이 주무시잖아."

쥐가 흥분해서 씩씩대며 말했다.

"까마귀는 내가 자기를 무서워하는 줄 아는데, 안 무서워. 나는 아무도 안 무섭다고."

쥐는 목을 뻣뻣이 세우고 고개를 비딱하게 기울였다.

"까마귀도 썩은 복숭아를 도와주러 달려와서 내 상자를 빼앗으려 했어. 나는 까마귀를 물었어. 물어서 상처를 입혔다고. 그러니까 둘이서 나를 때렸어."

쥐는 한쪽 손으로 자기 머리를 세게 쳤다.

"둘이 나를 그렇게 때렸지만 내 상자를 빼앗지는 못했어."

쥐는 헤헤 웃었다. 자못 의기양양한 모습이었다.

"나중에는 까마귀도 나를 어쩌지 못하고 그냥 쫓아낼 수밖에 없었지."

"그래, 이제 너도 돌아갈 집이 없어졌구나."

"그게 뭐가 어때서?"

쥐는 별안간 용감해졌다.

"설마 내가 굶어 죽기야 하겠어?"

"사부가 너보고 내일부터 안락향에 들어와서 살래. 밤에 거기 있으면서 우민하고 같이 가게를 지키래."

쥐가 잠시 생각하다가 말했다.

"아참, 내일 나 대신 일 좀 하나 해줄래?"

"뭔데?"

"철물점에 가서 자물쇠 하나 사다줘. 튼튼한 걸로."

"그걸로 네 보물 상자를 잠그려고? 누가 훔치려고 하면 상자째로 못 들고 갈 것 같아?"

"그래서 하는 말인데……."

쥐가 고개를 들고 나를 바라보았다. 흉측하게 부은 얼굴로 애걸하는 표정을 지었다.

"형님, 부탁이에요. 내 보물 상자를 여기에 둘 테니 대신 좀 보관해주면 안 돼요? 안락향은 사람이 많고 어지러워서 거기 갖다놓으면 안심이 안 된단 말이에요."

"그러면 보관료도 주나?"

내가 웃으며 물어보자 쥐는 부어서 뒤집어진 입술을 벌려 약삭빠르게 말했다.

"그거야 당연하죠. 형님이 원하는 대로 말씀만 하세요. 하늘의 별이라도 갖다드릴 테니."

나는 깔깔 웃었다.

"됐어. 너 또 좀도둑질하다 경찰에 붙잡히면 진짜 휘사오도에 간다."

쥐는 침대에서 내려와 침대 위에 늘어놓은 보물들을 조심조심 상자 속에 다시 집어넣고 그 상자를 침대 밑에 쑤셔넣었다. 그러고서 한숨을 돌린 뒤, 얼굴의 부은 자국을 어루만지며 말했다.

"푸 어르신의 약주가 꽤 쓸모 있네. 벌써 안 아파."

16

음력 9월 18일은 푸 어르신의 70세 생신이었다. 사부는 우리를 불러모아 어떻게 생신 잔치를 해드릴지 상의했다. 안락향이 한 달 내내 장사가 잘돼 여유가 있었으므로 사부는 그날 아예 가게 문을 닫고 어르신의 생신 잔치를 하기로 했다. 그러나 사부는 이 일을 푸 어르신이 사전에 알게 해서는 안 된다고 말했다. 푸 어르신은 전부터 생일날 잔치를 한 적이 없으므로 혹시 알면 못 하게 할 게 뻔하기 때문이었다.

"우리끼리는 겉치레 따위는 필요 없어. 18일에 여기 안락향에서 요리나 몇 가지 해서 가져가자고."

이렇게 말해놓고도 사부는 쥐바오펀의 루 주방장을 설득해 안락향의 주방에서 쥐바오펀의 간판 요리인 설화계,* 연잎가루오리찜,

---

* 雪花鷄. 닭가슴살과 당근, 녹색 채소, 계란 등의 재료에 소금, 요리술 등을 넣어 찌

해삼고기찜을 직접 만들게 했다. 여기에 더해 루 주방장은 노인의 장수를 비는 특별 음식을 또 장만해 요리 열 가지를 채웠으며 수도*도 두 접시를 쪘다. 샤오위는 앞치마를 두르고 루 주방장의 새끼 요리사 노릇을 하러 나섰다. 요즘 요리학교에서 몇 가지 요리를 배운 터라 줄곧 솜씨를 발휘할 기회를 찾고 있었다. 그는 자신한테 다람쥐조기** 한 가지는 맡겨달라고 루 주방장에게 애걸했고 우리는 모두 옆에 서서 그를 구경했다. 그는 며칠 수업을 들었을 뿐인데도 주방장의 기세를 과시했다. 쥐에게 솥을 닦으라고 했다가 우민에게 생강 채를 썰게 했고 또 나한테는 기름과 소금을 달라고 했다. 이렇게 우리 세 명을 계속 이리 뛰고 저리 뛰게 했다. 이에 쥐가 항의하려 했지만 샤오위의 엄포에 그만 입을 다물었다.

"이게 주방의 규칙이고 지금은 내가 주방을 관장해. 너희 잡일꾼을 안 쓰면 누구를 쓰겠어?"

샤오위는 그렇게 잘난 체를 하며 한참 요란을 떨더니 마침내 조기를 튀겨냈다. 그가 주걱을 흔들며 소리쳤다.

"어때? 이 조기가 다람쥐랑 닮았어, 안 닮았어? 다시 확 일어날 것 같지 않아?"

우리는 음식을 정돈해서 큰 나무 함에 담았다. 사부는 일부러 또

고 볶아서 만드는 쓰촨 전통 요리.

* 壽桃. 노인의 생일에 장수를 축원하는 복숭아 모양의 밀떡.

** 松鼠黃魚. 칼로 손질한 조기를 기름에 튀겨 양념과 함께 볶는 요리. 튀긴 조기에 새겨진 칼자국이 다람쥐와 닮았다고 하여 이런 이름이 생겼다.

밖에 나가 생신 축하 국수로 인쓰면*을 샀고 화댜오주** 여섯 병도 챙겼다. 우리 여섯 명은 곧 택시 두 대를 불러 푸 어르신 댁으로 갔다. 푸 어르신은 낮에 중허향의 링광보육원에 갔다가 방금 돌아왔는지 혼자 거실에 앉아 흰 머리를 숙인 채 쉬고 있었다. 거실 벽 쪽의 제사상을 보니 하얀 국화를 새로 갈아놓았고 못 보던 검은 도자기 향로도 있었다. 향로에 꽂힌 단향에서 연기가 모락모락 나서 벽에 걸린 푸 어르신과 푸웨이의 군복 입은 사진까지 피어올랐다. 우리가 우르르 거실로 들어가자 푸 어르신은 놀라서 깨어났다. 어안이 벙벙해서 우리를 바라보았다. 사부가 얼른 다가가 사과하고 우리가 왜 왔는지 완곡하게 이야기했다.

"어르신, 모두 이 아이들의 뜻입니다."

사부가 돌아서서 우리를 밀고 끌어 앞에 세웠다.

"오늘이 어르신의 생신인 줄 알고 얘들이 꼭 인사드리러 가야 한다고 난리지 뭡니까. 제가 막으려 해도 막을 수가 없었습니다."

푸 어르신은 처음에는 못마땅해서 사부에게 잔소리를 했다. 그러다가 우리가 들고 온 나무함과 술 그리고 쟁반 두 장 위에 높이 쌓인, 하얗고 탐스럽게 쌓인 수도를 보고 검버섯 가득한 얼굴에 한 가닥 미소를 지었다. 그가 한숨을 쉬며 말했다.

"양진하이, 또 쓸데없는 짓을 했군. 내가 원래 이런 걸 안 좋아하는 것을 알면서도 이 아이들을 괴롭혔어."

샤오위가 헤헤 웃으며 말했다.

---

* 銀絲麵. 가늘고 탄성이 있는 은회색 면.

** 花雕酒. 채색 단지에 담은 고급 황주.

"저희가 오히려 어르신 덕을 봤는걸요. 어르신의 생신이 아니었으면 오늘 사부님이 저희를 쉬게 해주셨겠어요?"

푸 어르신도 웃으며 말했다.

"알았다. 요즘 너희가 힘들기는 했지. 오늘 저녁에는 다 같이 식사하고 한잔하면서 피로를 풀자꾸나."

사부의 명령이 떨어지자마자 우리는 바쁘게 생일상을 차리기 시작했다. 나는 부엌에 가서 벽에 세워둔 커다란 원형 식탁을 들고 나와 거실에 놓고 일곱 명분의 밥그릇과 젓가락을 놓았다. 샤오위는 부엌에서 물을 끓여 국수를 삶았고 우민은 술을 데웠다. 이렇게 다들 바쁘게 움직였지만 거의 8시가 다 돼서야 모두 식탁 앞에 앉았다. 푸 어르신이 먼저 상석에 앉았고 정반대편에는 사부가 앉았으며 우민과 샤오위는 푸 어르신의 양쪽에, 아슝과 나는 사부의 양쪽에 앉았다. 쥐는 나와 우민 사이에 끼어 앉았다. 그의 얼굴은 부기는 가라앉았지만 어혈이 아직 안 빠져서 꼭 고약을 붙인 것처럼 시커먼 자국이 여러 군데 나 있었다. 우리는 모두 일어서서 푸 어르신을 향해 생신 축하주를 올렸다. 그리고 사부가 두 손으로 술잔을 든 채 막 입을 열려다가 푸 어르신에게 제지당했다.

"양진하이, 수다는 관두고 앉아서 밥이나 먹자고."

하지만 사부는 물러서지 않았다.

"어르신, 저희가 감히 무슨 수다를 떨겠습니까. 딱 한마디만 하겠습니다. 저희 안락향이 지금 잘 버티고 있는 건 다 어르신 덕택입니다. 오늘 저녁, 이 축하주를 빌려 첫째, 어르신의 만수무강을 빌고 둘째, 저희 안락향의 성공을 빌겠습니다."

사부가 먼저 고개를 치켜들고 술잔을 비웠고 우리도 그 뒤를 따랐다. 푸 어르신도 천천히 술잔을 다 비웠다. 나는 여태껏 푸 어르신이 술을 마시는 것을 본 적이 없어서 웃으며 말했다.

"어르신, 주량이 대단하시네요."

푸 어르신도 웃으며 말했다.

"옛날에는 나도 몇 잔씩은 마셨지. 중국에 있을 때는 펀주*를 제일 좋아했고. 나중에 병이 생겨 끊기는 했지만 말이야. 오늘 너희가 이렇게 신나하니 나도 조금 거들 뿐이다."

샤오위가 얼른 어르신에게 요리를 권했다. 식탁 위에는 열 가지 요리가 다양한 색깔로 차려져 있었다. 샤오위의 그 조기는 머리를 숙이고 등을 구부린 채 꼬리를 늘어뜨린 모습이 정말로 다람쥐가 기어다니는 듯했다. 샤오위가 조기 살 한 점을 집어 어르신 앞에 놓으며 말했다.

"어르신, 이건 제가 직접 만든 거예요. 꼭 좀 맛봐주세요."

"너한테 이런 솜씨가 있었냐?"

푸 어르신이 조기 살을 먹고 고개를 끄덕이며 칭찬한 뒤, 사부에게 말했다.

"아칭에게 늘 묻곤 하지. 안락향은 잘되고 있느냐고 말이야. 열흘 중 아흐레는 사람들로 꽉꽉 찬다고 하더라고. 자네들 장사가 계속 잘될 것 같아 나도 기쁘네."

"솔직히 저희 술집이 잘되는 것은 어르신이 이름을 잘 지어주셨기 때문입니다. 둘째는 지난 한 달 동안 이 아이들이 힘써줬기 때

---

* 汾酒. 맑은 향이 음주 후에도 오래 남는 것으로 유명한 고량주로 산시성山西省의 전통 특산물.

문이고요. 이 바보도 열심히 일해서 큰 힘이 되었죠."

사부는 이 말을 하고서 아슝의 두꺼운 등짝을 찰싹 때렸다.

"아빠, 건배!"

아슝이 돌연 두 손으로 술잔을 들고 사부에게 권했다. 사부가 깜짝 놀라는 표정을 짓더니 금세 껄껄 웃었다.

"착한 녀석. 수탉이 알을 낳은 격이로군, 바보 아들이 아비에게 효도를 하니 말이야. 좋다, 이 아비가 네 잔을 받으마."

사부는 술이 가득 담긴 잔을 한 방울도 남김없이 다 비우고 길게 숨을 쉰 뒤, 아슝을 바라보며 고개를 끄덕였다.

"바보 녀석, 그래도 이 아비가 헛되이 너를 챙긴 건 아니구나."

사부는 일어나 연잎가루오리찜에서 다리 하나를 찢어 아슝의 접시 위에 놓았다. 아슝은 그것을 높이 들고 큰 입을 쫙 벌리며 소리쳤다.

"아빠, 오리!"

우리는 일제히 웃음을 터뜨렸다. 푸 어르신도 웃다가 기침이 나는 바람에 등이 더 구부러졌다. 샤오위가 급히 다가가 그의 등을 두드리고 뜨끈뜨끈한 닭 국물 한 그릇을 떠서 앞에 놓았다.

"양진하이 자네, 양아들을 아주 잘 얻었네그려."

푸 어르신이 닭 국물을 조금 들이켜 목을 헹구고서 말했다. 이에 사부는 무척 감개무량해하며 말했다.

"양아버지 노릇이 쉽지 않습니다. 얘 때문에 수명이 10년은 준 것 같아요."

푸 어르신은 우리한테 개의치 말고 맘껏 술을 마시라고 했다. 샤오위와 우민 그리고 나와 쥐는 식탁을 사이에 두고 화취안 놀이를 했다. 푸 어르신은 젓가락을 내려놓고 술잔을 쥔 채 말없이 우리가 소리 지르며 노는 모습을 보고 있었다. 몇 판이 지나자 샤오위와 우민은 승부에 열중해서 얼굴이 새빨개졌다.

"졌으면 순순히 벌주를 마셔야지."

샤오위가 다그치자 우민이 웃으며 말했다.

"삼판양승이잖아. 겨우 한 번 졌는데 벌주는 무슨 벌주?"

"누가 쩨쩨하게 삼판양승이래? 한 판에 한 잔씩이니 어서 마셔."

우민이 마시려 하지 않자, 샤오위는 냉큼 달려가 그의 목깃을 잡고 술을 입에 부으려 했다. 우민이 발버둥치며 이리저리 피하는 바람에 샤오위의 술잔에서 술이 다 쏟아졌다.

"우민은 주량이 얼마 안 되는 것 같으니 한 번만 봐줘."

푸 어르신이 웃으며 샤오위를 달랬다. 하지만 샤오위는 말을 들으려 하지 않았다.

"어르신, 얘가 엄살 부리고 있는 거예요. 얘가 그 '칼잡이 왕우'랑 같이 있을 때는 술을 얼마나 꿀꺽꿀꺽 잘 마시는데요."

"칼잡이 왕우가 누군데?"

푸 어르신이 궁금해하며 물었다.

"지난번에 얘가 손목을 긋게 만든 그 사람이요."

푸 어르신은 우민을 바라보며 오, 하고 답했다.

"어르신, 저런 허튼소리는 믿지 마세요."

우민이 다급히 말했다.

"허튼소리? 이건 뭔데?"

샤오위가 우민의 왼쪽 손목을 붙잡아 힘껏 바깥쪽으로 돌렸다.

그러자 지네 모양의 검붉은 칼자국이 드러났다.

"자기 팔목을 그을 정도로 독한 녀석이 술 한 잔도 못 마시겠다는 거야?"

우민은 얼른 샤오위에게서 벗어나 상처 입은 왼팔을 식탁 밑에 숨겼다.

"우민, 나한테 좀 보여주겠니?"

푸 어르신이 갑자기 우민에게 손을 뻗었다.

"안 돼요, 어르신. 흉측한걸요."

우민이 새빨개진 얼굴로 고개를 흔들었다.

"괜찮아, 내가 좀 볼게."

푸 어르신이 부드러운 목소리로 말했다. 우민은 어쩔 수 없이 왼팔을 내밀었다. 푸 어르신은 우민의 상처 난 손목을 한참 살펴보았다. 손목의 그 칼자국이 불빛 아래에서 여전히 선홍색 빛을 발했다. 푸 어르신이 별안간 자기 손목의 시계를 풀어 우민의 손목에 채워주었다.

"어르신……"

우민은 얼이 빠져서 시계를 찬 왼손을 허공에 올리고 있었다. 뭘 어떻게 해야 할지 모르는 것 같았다.

"이 시계를 차니 흉터가 안 보이는구나."

푸 어르신이 우민의 어깨를 토닥이며 말했다. 손목시계의 스테인리스 시곗줄이 딱 적당히 손목의 흉터를 가려주었다.

"감사해요, 어르신."

우민이 왼손을 내리고 작은 목소리로 말한 뒤, 오른손으로 그 손목시계를 계속 만지작거렸다.

"그건 오메가인데 좀 오래되기는 했어도 좋은 시계란다. 아는 사람한테 부탁해 홍콩에서 가져왔는데……"

푸 어르신은 잠깐 쉬었다가 다시 말했다.

"원래는 내 아들 푸웨이한테 사준 거란다. 그 애는 그때 막 소위가 됐었는데 손목시계도 없었지. 나중에 내가 직접 찼고 수리는 한 번밖에 안 했어. 수증기가 들어갔었거든. 정확하기는 아주 정확해."

푸 어르신은 우민을 잠시 보다가 고개를 흔들며 탄식했다.

"정말 바보 같은 아이로군. 이렇게 젊은 나이에 그런 짓을 하다니."

이때 사부가 식탁 건너편에서 말했다.

"우민, 어서 어르신 앞에 무릎 꿇지 못해? 어르신이 아니었으면 넌 옛날에 죽었어."

푸 어르신이 바로 손사래를 쳐 사부를 제지했다.

"양진하이, 자네는 끼어들지 좀 말게."

그러고 나서 다시 우리를 향해 말했다.

"다들 식사해, 요리가 다 식잖아."

우리는 방금 놀이하고 술 마시느라 밥 먹을 짬이 없었다. 이제야 생일 축하 국수를 그릇에 담고 또 다들 돌아가며 어르신에게 술을 권하고서 식사를 하기 시작했다. 푸 어르신은 작은 그릇에 설화계를 덜고 몇 점 먹자마자 젓가락을 내려놓았다.

"어르신."

나는 옆에서 조용히 푸 어르신을 불렀다. 그는 백발이 성성한 머리가 갈수록 수그러들고 눈빛도 몽롱해져 금방이라도 잠들 것만 같았다.

"응?"

푸 어르신이 홱 고개를 들었다. 얼굴에 피곤한 표정이 역력했다.

"어르신, 피곤하시죠?"

나는 목소리를 낮춰 물었다. 어르신은 억지로 미소를 지으며 말했다.

"나이를 먹으니 겨우 술 한 잔에도 못 버티겠구나."

그는 바로 몸을 일으켰다.

"나는 먼저 가서 쉴 테니 마음껏 놀도록 해."

나도 일어나 푸 어르신을 부축하려 했지만 그는 나를 밀어내고 몸을 돌렸다. 작은 산을 등에 진 것처럼 한 걸음, 한 걸음 휘청거리며 방으로 걸어갔다.

푸 어르신이 자리를 뜨자마자 샤오위는 허전한 자기 왼팔을 뻗어 보여주며 한탄했다.

"어쨌든 우민이 나보다 팔자가 좋네. 어르신한테 시계도 선물 받고."

"텐싱경매회사의 우 사장이 너한테 세이코 시계를 준다고 하지 않았어?"

나는 웃으며 물었다.

"그 쉰내 나는 늙은이가? 그날 밤 그 늙은이가 나한테 뭐라고 했는지 알아? '시계를 원해? 좆은 원하지 않고?'라고 했어."

17

월요일 저녁에 호우가 내려서 겨우 예닐곱 시인데 골목에 물이 10센티미터나 차올라 차들도 들어오기 힘들어졌다. 안락향은 개업한 후로 그날 가장 손님이 적었다. 10시가 됐는데도 매일 오는 단골손님 일고여덟 명뿐이었다. 양싼랑이 안 와서 연주자가 없는 탓에 술집 안은 한층 더 썰렁했다. 바에도 룽 선장 한 명뿐이었으며 샤오위가 그와 함께 술을 마시고 이야기를 나눴다. 나는 할 일이 없어 위 선생이 빌려준 주거징워의 『대웅령은구기』의 마지막 권을 꺼내 읽었다. 만리비봉 정운상이 청나라 장수가 된 아들 악순에게 실수로 부상을 입고 피를 토하는 순간을 보고 있는데, 누가 조그맣게 나를 부르는 소리가 들렸다.

"아칭."

고개를 들었다가 놀라서 나도 모르게 아, 하고 소리쳤다. 키가 껑충한 남자가 하얀색 레인코트를 입고 하얀색 레인 캡을 깊숙이

쓴 채 바 앞에 서 있었다. 레인코트에 빗방울이 방울방울 맺혔고 레인 캡 가장자리에서 물방울이 바 위로 뚝뚝 떨어졌다. 호박색 불빛 아래, 그의 수척한 뺨이 파리해 보였다.

"왕 선생님."

"최근에야 들었지, 네가 여기서 일한다는 걸. 난 전혀 몰랐어."

왕쿠이룽이 말했다. 그는 흠뻑 젖은 채 계속 그 자리에 우뚝 서 있었다. 전에 태풍이 온 날 밤 공원에서 왕쿠이룽이 그 하얀 레인코트를 입고 바람 속에 옷자락을 날리던 모습이 문득 떠올랐다.

"왕 선생님도 술 한잔 하실래요?"

나도 일어나서 물었다.

"좋기는 한데……"

그가 주저하며 말했다.

"브랜디로 한 잔 줘."

그가 레인 캡을 벗었다. 그의 까맣고 더부룩한 머리칼도 젖어서 헝클어지는 바람에 더 까매 보였다. 내가 3성 브랜디 한 잔을 따라 가져갈 때까지도 그는 여전히 서 있었다.

"왕 선생님, 바에 앉으실래요, 테이블에 앉으실래요?"

"저쪽으로 가지."

그가 가장 안쪽 구석에 있는 빈 테이블을 가리켰다. 나는 술과 555 담배 한 갑을 들고 그를 따라갔다. 그는 레인코트를 벗고 손수건을 꺼내 이마와 얼굴의 빗물을 닦은 뒤 자리에 앉았다.

"너도 앉으렴."

그가 자기 반대편 자리를 가리켰다. 술잔을 그 앞에 놓고 나도 앉았다.

"요즘 잘 지내, 아칭?"

그가 푸른빛이 번뜩이는 그 두 눈으로 나를 바라보며 물었다.

"잘 지내요, 왕 선생님."

그는 뼈만 남은 손으로 잔을 들어 브랜디를 한 모금 마신 뒤, 혀를 차며 한숨을 쉬었다.

"네가 계속 마음에 걸려서 수소문해보니 여기 안락향에서 일하고 있다더군. 그래서 오늘 일부러 너를 만나러 왔어."

"감사합니다, 왕 선생님."

"이 술집은 꽤 괜찮네. 장사는 잘돼?"

그가 고개를 들어 사방을 둘러보았다.

"원래는 저녁마다 만원인데 오늘은 큰비가 와서 사람이 안 오네요."

담뱃갑을 뜯어 그에게 한 개비를 건네고 불을 붙여준 뒤, 나도 한 개비에 불을 붙였다.

"바텐더 일이 재미있나보지?"

그가 나를 바라보며 웃었다.

"희한한 사람을 많이 만나니까요."

나는 담배 연기를 뿜으며 웃었다.

"아칭, 뉴욕에 있을 때 나도 술집에서 2년 동안 바텐더로 일한 적이 있어."

왕쿠이룽이 말했다.

"그 술집 이름은 '해피밸리'였고 맨해튼 72번가에 있었어. 센트럴파크랑 가까웠지. 거기는 유명하기는 해도 질이 안 좋은 술집이었어. 손님 중에는 흑인과 푸에르토리코인도 있고 각양각색의 백인과 소수의 동양인도 있었지."

"미국에도 우리 같은 술집이 있나요?"

나는 호기심이 생겼다. 도쿄에는 꽤 많다고 샤오위가 말해주었다.

"아주 많아, 아주. 이루 다 헤아릴 수 없을 정도야."

왕쿠이룽이 웃으며 탄식했다.

"뉴욕에만 백 군데는 될 거야. 어떤 곳은 아주 잘 꾸며서 의사, 변호사 같은 부자와 상류층만 가지. 들어갈 때는 꼭 양복과 넥타이를 갖춰야 해. 또 어떤 곳들은 학교 근처에 있어서 대학생들이 모이는 장소이고 또 어떤 이상한 곳들은 손님들이 전부 가죽 재킷을 입고 오토바이를 몰지. 그런 술집은 SM바라고 불러."

"SM이 무슨 뜻이죠?"

"가학과 피학이라는 뜻이지."

"아……"

나는 여기에도 그런 게 있다고, 쥐가 그런 사람을 만나 팔뚝에 담배빵이 생겼다고 그에게 말해주고 싶었다.

"그런데 우리 해피밸리는 조금 특별한 데였어. 손님 대다수가 떠돌이였고 집을 떠나온 아이도 적지 않았지. 해피밸리는 그들이 잠시 쉬어가는 피난처였어. 그 아이들은 대체로 마약 중독이나 성병에 걸려 있었지. 내가 바텐더가 된 것은 첫째, 용돈이라도 벌기 위해서였고 둘째는 나도 그 깊디깊은 지하실 속에 숨어 그 떠돌이들과 어울리고 싶어서였어. 하지만 내가 버는 얼마 안 되는 돈은 대부분 그 아이들을 도와주는 데 쓰였지. 그 애들은 보통 진료받을 돈이 없고 마약도 못 끊기 때문이었어."

왕쿠이룽은 고개를 흔들었다. 그의 파리한 얼굴에 한 가닥 무기력한 미소가 떠올랐다. 그는 술잔을 들어 말없이 브랜디를 입술에 적셨다.

"왕 선생님……"

나는 그의 눈치를 보며 물었다.

"진바오는 어디 있죠?"

안락향에 자주 들르는, 산수이가 패거리의 화쯔가 일주일 전쯤 시먼딩에서 왕쿠이룽이 진바오를 데리고 걸어가는 것을 봤다고 했다. 왕쿠이룽은 키가 크고 말랐고 진바오는 키가 작고 다리를 저는데, 진바오가 왕쿠이룽 앞에서 걷다가 껑충 뛰고 또 걷다가 껑충 뛰는 모습이 꼭 기뻐 날뛰는 발바리 같았다고 했다. 산수이가의 조무래기들 사이에서는 태풍이 온 밤에 왕쿠이룽이 진바오를 데려가서 같이 산다는 이야기가 돌았다. 화쯔는 부러움과 질투가 섞인 어조로 내게 "룽쯔가 그 절름발이한테 새 옷을 많이 사줬더라고, 아래위로 전부. 하지만 옷을 어떻게 입든 절룩이는 발에는 신발이 안 들어가거든. 발등으로 껑충거리며 다녀야 하니까"라고 말했다.

"진바오? 방금도 걔를 보고 오는 길이야. 걔는 병원에 있어."

왕쿠이룽이 조금 피곤한 표정으로 웃었다.

"어디가 아픈가요?"

"진바오는 어제 아침에 타이완대학병원에서 수술을 받았어. 타이완대학 의대에서 가장 유명한 외과의가 집도해서 수술은 잘됐어. 하지만 고생이 무척 심해. 너도 그 애의 오른발이 선천적인 기형인 걸 알 거야. 발등으로 걸어야 하지."

공원에서 진바오가 연못가 계단을 올라올 때 비틀비틀 힘들어하던 광경이 떠올랐다. 그는 평소에는 공원에 나타날 엄두를 못 내고 항상 깊은 밤, 연못가에 밤 귀신 두세 명만 남았을 때 겨우 껑충대며 숲에서 나와 겁먹은 새끼 사슴처럼 주위를 두리번거렸다.

"수술하면 발이 좋아지나요?"

왕쿠이룽에게 물었다. 내가 실제로 진바오의 그 기형인 오른발을 본 것은 딱 한 번이었다. 신발을 신을 수가 없어 발등이 닳아 자줏빛 군은살이 박여 있었다.

"의사랑 자세히 의논했고 타이완대학병원의 여러 의사가 회진하기도 했어. 그 사람들 말로는 가능성이 60퍼센트 정도라더군. 나는 진바오 본인한테 물어봐서 동의를 얻고 수술을 결정했어. 하지만 그 애를 고생시키기는 했어. 녀석이 꽤 용감하던데. 마취가 풀린 후 아파서 식은땀을 흘리면서도 우는소리를 전혀 안 하더라고."

왕쿠이룽은 또 탄식하며 말했다.

"그 오른발 때문에 진바오가 얼마나 수난을 당했다고. 산수이가의 그 조무래기들이 자기한테 무슨 장난을 쳤는지 그 애가 말해주더군. 자기를 빙 둘러싼 뒤, 발등으로 껑충껑충 뛰며 맴돌게 해놓고 박장대소를 하더라는 거야. 진바오가 산수이가의 어두운 골목에서 자란 건 너도 알 거야. 그 애 어머니는 몰래 몸을 파는 여자였지. 진바오는 어릴 때 자기 어머니가 집에서 손님을 상대하고 있으면 골목 어귀에 서서 망을 봤다고 하더라고. 그 애는 자기 어머니의 단골손님 몇 명을 기억하고 있었는데 그들을 아빠라고 불렀대. 그래서 내가 '진바오, 네 아버지는 어디 있지?'라고 물었더니 머리를 흔들고 헤헤 웃으면서 '기억 안 나요'라고 하더군."

왕쿠이룽의 목소리가 조금 떨리기 시작했다.

"아칭, 그 애의 상처투성이 오른발을 만질 때 나는 마음이 아팠고 결국 치료해주고 싶어졌어. 이번 수술은 반드시 잘되리라는 법은 없지만 적어도 6, 7할은 희망이 있어. 나는 그 애에게 약속했어. 퇴원하자마자 성성生生제화점에 가서 컴포트화를 맞춰주겠다고. 불쌍하게도 그 애는 한평생 구두를 신어본 적이 없더라고. 오늘 타이완대학병원에 가서 그 애를 봤는데, 통증은 조금 나아졌지만 다리전체가 퉁퉁 부어 있었어. 아마 상처에 염증이 생겼는지 침대에 누워서 꼼짝 못 하고 대소변도 남의 도움을 받아야 했어. 너는 그 병원 간호사들이 얼마나 괘씸한지 아니? 사람 무시하기를 밥 먹듯이 하지. 그래서 오늘 하루, 그 애 곁에 있어주다가 밖에 나왔는데 비가 엄청 쏟아지더군. 또 왠지 모르게 네 생각이 갑자기 나서 이야기나 하려고 찾아왔어."

"왕 선생님, 브랜디 한 잔 더 하실래요?"

나는 왕쿠이룽의 잔이 텅 빈 것을 보았다. 그는 빈 잔을 꽉 쥐고 있었다.

"그러지."

왕쿠이룽은 잠깐 생각하다가 웃으면서 말했다.

"하루 종일 피곤해서인지 방금 전에는 머리가 좀 아팠거든. 브랜디를 마시니까 오히려 말끔해졌네."

나는 다시 바에 가서 브랜디 한 잔을 따라 왕쿠이룽에게 가져다주었다.

"아칭, 지금 사는 건 괜찮아? 더 필요한 건 없어?"

왕쿠이룽이 나를 주시하며 말했다.

"내가 늘 너를 신경 쓰고 있다는 건 너도 알 거야."

"저는 잘 살고 있어요, 왕 선생님."

나는 그의 눈빛을 피하며 대답했다. 왠지 모르게 왕쿠이룽이 다가오면 도망치고 싶어졌다. 그날 밤, 그의 아버지의 옛날 관저에서 황급히 철문을 넘어 도망치다 쇠꼬챙이에 다리를 긁힌 일이 생각났다.

"정말이에요, 왕 선생님. 저는 지금 생활이 무척 안정적이에요. 우리 사부가 이 안락향을 열어서 정말로 왕 선생님이 말씀하신 그 '피난처'를 우리한테 주셨어요. 우리는 장사가 잘될 때는 팁도 썩 괜찮아요. 게다가 지금 저는 푸 어르신 댁에 들어가 살고 있거든요. 푸충산 어르신은 우리의 은인이시고 저한테 잘해주세요. 그 댁에서는 먹고 자는 비용도 안 들어요."

"푸충산? 지금 누구 얘기를 하는 거지?"

왕쿠이룽이 돌연 허리를 곧추세우며 흥분했다.

"푸충산 어르신을 아세요? 푸 어르신은 산둥 사람이고 전에 중국에서 부사단장을 하셨는데……."

왕쿠이룽은 뼈만 남은 그 큰 손으로 내 손목을 아프도록 꽉 부여잡았다. 그리고 다급하면서도 진중하게 말했다.

"아칭, 돌아가서 푸 어르신에게 말씀드려. 왕쿠이룽이 미국에서 돌아와 어떻게든 푸 어르신을 뵙길 바란다고. 내일 오후 2시, 댁으로 찾아간다고 말씀드려."

18

이튿날 왕쿠이룽의 얘기를 전하자, 푸 어르신은 놀라지는 않고 잠시 생각하다가 탄식하며 말했다.

"쿠이룽이 돌아온 건 진작에 들었다. 나를 보러 오는 것도 염두에 뒀었고."

"어르신도 왕쿠이룽을 아세요?"

나는 궁금해서 물었다.

"나는 쿠이룽의 아버지 왕샹더와 오랜 친구야. 중일전쟁 시기에 둘 다 제5전투구역에 있었으니 전우인 셈이지. 하지만 나는 일찍 퇴역했고 왕샹더는 남아서 아주 높은 관직까지 올라갔지. 전에 난징에 있을 때 우리는 같은 다베이항에 살면서 아주 가깝게 지냈어. 타이완에 와서 점점 소원해지기는 했지만. 쿠이룽은…… 나는 그 애가 자라는 것을 봤지."

푸 어르신은 오후에 중허향의 링광보육원에 가려던 것을 취소했다. 그는 평상시 입는 회백색 전통복으로 갈아입고 거실에 앉아 왕 쿠이룽을 기다렸다. 그리고 내게 물을 끓여 차를 우리라고 했다. 왕쿠이룽은 정확히 오후 2시에 도착했다. 검은 양복을 아래위로 입고 넥타이까지 검은색이어서 안색이 더 창백해 보였다. 또 귀밑 머리를 새파랗게 밀고 더부룩한 머리도 기름을 발라 단정하게 빗 었다. 나는 그를 거실로 안내했고 그는 푸 어르신을 보자마자 소리 쳤다.

"푸 아저씨."

"쿠이룽."

푸 어르신도 휘청거리며 일어나 한쪽 손을 뻗어 왕쿠이룽를 맞 으면서 이름을 불렀다. 그는 등이 구부정해 억지로 고개를 들었고 왕쿠이룽이 급히 다가가 그와 악수를 했다. 두 사람은 한참 서로를 응시했다. 할 말이 있는 듯했지만 입을 열지 않았다. 결국 푸 어르 신이 왕쿠이룽에게 자리에 앉으라고 했다. 나는 철관음鐵觀音 차 한 주전자를 우려 거실로 가져와서 두 사람에게 따라주었다. 푸 어르 신은 찻잔을 들고 위에 뜬 찻잎을 후후 불며 한 모금을 마셨다. 왕 쿠이룽도 찻잔을 들어 묵묵히 차를 마셨다.

"아저씨, 돌아오자마자 아저씨를 뵈러 오고 싶었어요."

푸 어르신이 고개를 끄덕이며 답했다.

"그랬구나. 나도 너를 기다리고 있었다."

"저는 계속 돌아오고 싶었어요."

"그 세월을 바깥에서 살았으니 너도 참을 만큼 참은 셈이지."

푸 어르신은 왕쿠이룽을 바라보며 한숨을 쉬었다.

"4년 전 엄마가 돌아가셨을 때 아버지한테 전보를 쳤어요. 돌아가서 상을 치르겠다고. 아버지는 허락하지 않았죠."

"쿠이룽."

푸 어르신은 손을 들고 말했다가 입을 다문 뒤, 잠시 후에야 다시 입을 열었다.

"네 아버지도 괴로웠다."

왕쿠이룽은 쓴웃음을 지었다.

"저도 알아요. 저희 왕씨 가문의 불행이죠. 저 같은 재앙 덩어리가 나와서 아버지 일세의 명성에 누를 끼쳤으니까요."

"네가 이해해야 한다. 네 아버지는 보통 사람이 아니었다. 나라에 공을 세운 사람이었어."

푸 어르신은 타이르듯 말했다.

"네 아버지는 사회적 지위가 높아서 당연히 경계할 것도 많았다. 너는 그런 점을 염두에 둬야 해."

"아저씨, 제가 미국에서 이름을 감추고 10년을 떠돈 건 아버지의 한마디 말 때문이었어요."

왕쿠이룽의 목소리에 분노가 가득했다.

"제가 떠나기 전, 아버지가 뭐라고 했는지 아세요? '이번에 가면 내가 살아 있는 동안에는 돌아오지 마라'라고 했어요. 아주 단호하게 말이죠. 이해하기는 해요. 제가 아버지의 평생의 수치이자 치욕이니까. 뉴욕에는 우리 친척도 많았지만 저는 그들을 찾아간 적이 없고 제가 온 걸 알리지도 않았어요. 아버지한테 골칫거리를 더 보태고 싶지 않아서였죠. 하지만 아저씨, 아버지는 죽음을 앞두고도 저를 부르지 않고 당신 장례식에도 못 오게 했어요. 작은아버지가 그러더군요. 아버지가 당신 시신을 매장한 후에야 저한테 전보를 치라고 했다고."

"발인하는 날, 나도 갔었다."

푸 어르신의 목소리가 조금 쉬어 있었다.

"국장을 치렀으니 네 아버지의 사후 명예가 실로 대단했지. 그날, 관계있는 사람들이 모두 모였고 너희 가문의 친구들도 많았어. 네가 그 자리에 있었다면 확실히 불편한 점이 많았겠지."

왕쿠이룽은 또 쓴웃음을 지었다.

"당연하죠. 작은아버지도 그렇게 말씀하셨어요. 아버지 생전에 그렇게 창피를 줘놓고 설마 그 중요한 발인 날에 와서 또 아버지를 난감하게 할 생각이었냐고 말이죠. 그때를 돌아보면 저는 아버지한테 성묘도 줄곧 가지 않았어요. 사십구재 날에 겨우 작은아버지, 작은어머니와 함께 류장리의 공동묘지에 갔죠. 아버지 산소는 아직 떼도 안 입혔더라고요. 황토 더미 위에 검은 방수포가 덮여 있었어요. 저는 그 황토 더미 앞에 섰지만 눈물이 한 방울도 안 나왔어요. 그때 작은아버지의 화난 얼굴을 봤죠. 그래요, 그분은 분명 속으로 저를 욕했을 거예요. '이 짐승 같은 놈. 아버지 산소에 와서 눈물조차 안 흘리다니'라고 말이죠."

왕쿠이룽은 두어 번 피식대고는 돌연 고개를 들었다. 창백한 뺨을 붉히고 푹 꺼진 두 눈을 번뜩이면서 흥분해 외쳤다.

"아저씨, 그 순간 제가 어떤 생각을 하고 있었는지 작은아버지가 무슨 수로 알았겠어요? 그 순간 저는 앞으로 뛰어나가 그 검은 방수포를 걷고 황토를 파헤치고서 구덩이에 뛰어들어 아버지의 시신을 부둥켜안고 싶었어요. 그리고 사흘 밤낮을 눈에서 피가 나올 때까지 울고서 아버지 가슴속 그 원한이 씻겼는지 보고 싶었죠. 아버지가 그토록 저를 미워했으니까요! 아버지는 제가 마지막으로 당신 시신을 보는 것조차 허락하지 않았어요. 저는 10년을 기다렸어요. 아버지가 용서해주기를 기다리고 있었다고요. 아버지의 그 한마디가 마치 부적처럼 몸에 낙인찍혀서 그 추방령을 등에 진 채 유배자처럼 뉴욕의 그 해도 안 보이는 마천루 밑을 여기저기 떠돌았어요. 10년을, 저는 10년을 도망쳐 다녔어요. 아버지의 그 부적은 제 등에서 매일매일 뜨겁게 타올랐고요. 오직 아버지만, 아버지만 그걸 없앨 수 있었어요. 하지만 아버지는 한마디도 안 남기고 땅속으로 들어갔죠. 아버지는 그렇게 저를 저주했어요. 제가 영원히 용서받지 못하게 저주했어요!"

왕쿠이룽의 목소리가 고통스럽게 떨렸다.

"쿠이룽."

푸 어르신도 무척 흥분했다. 굽은 등이 감당할 수 없을 만큼 눌려 어깨를 높이 세우고 진회색 눈썹을 찡그렸다.

"네가 이렇게 네 아버지를 말하는 건 너무 불공평하다."

"아닌가요? 정말 아닌가요?"

왕쿠이룽이 소리쳤다.

"아저씨, 오늘 제가 온 건 아저씨한테 여쭤보고 싶은 게 있어서예요. 아버지가 돌아가시기 전에 아저씨는 틀림없이 아버지를 만나봤을 테니까요."

"네 아버지가 병이 심해져 룽민종합병원에 있을 때 한두 번 병문안을 다녀오기는 했다."

"그때 무슨 말씀을 하시던가요?"

"옛날이야기나 좀 나눴을 뿐이야. 네 아버지가 정신이 흐릿해 오래 있지 못했고."

"그래요. 내 얘기를 하셨을 리 없죠. 나하고는 완전히 정을 끊으셨으니."

왕쿠이룽은 있는 힘껏 고개를 흔들었다.

"쿠이룽, 너는 네 아버지를 원망하기만 하는데 네 아버지가 너 때문에 얼마나 괴로웠을지는 생각해본 적이 있나?"

푸 어르신은 조금 화가 난 듯했다. 왕쿠이룽은 힘없이 말했다.

"어떻게 생각을 안 해봤겠어요? 기회만 주신다면 저 때문에 겪으신 고통을 어떻게든 풀어드리고 싶었어요."

"너희는 참 쉽게도 말하는구나!"

푸 어르신도 떨리는 목소리로 외쳤다.

"아버지의 고통을 너희가 풀어줄 수 있다고 생각하냐? 맞다, 쿠이룽. 네 아버지는 나한테 네 얘기를 한 적이 없다. 그동안 왕래가 거의 없기도 했고. 하지만 나는 안다, 네 아버지가 겪은 고통이 절대 너보다 가볍지 않다는 걸. 그동안 네가 바깥에서 온갖 괴로움을 다 겪었다는 걸 나는 믿는다. 하지만 너는 네 고난이 단지 너 한 사람의 것이었다고 생각하느냐? 네 아버지도 여기서 너와 함께 나누고 있었다. 네가 아플 때 네 아버지는 더 아팠어."

"하지만…… 아저씨……."

왕쿠이룽은 뼈만 남은 손을 뻗어 푸 어르신의 손등을 꽉 쥐었다. 그리고 애통한 목소리로 물었다.

"왜 아버지는 마지막으로 저를 만나려고도 하지 않았을까요?"

푸 어르신은 왕쿠이룽을 바라보았다. 검버섯 가득한 얼굴에 연민을 담은 채 중얼거리듯 말했다.

"네 아버지는 차마 너를 볼 수 없었던 거야. 눈을 감으면서도 차마 너를 볼 수 없었던 거라고."

19

왕쿠이룽이 떠난 후, 푸 어르신은 지칠 대로 지쳐 얼굴에 피곤한 기색이 역력했고 등도 더 굽은 데다 가슴 통증까지 다시 느끼기 시작했다. 나는 서둘러 그에게 약을 먹이고 방으로 부축해 들어가 쉬게 했다. 또 푸 어르신은 입맛이 없다고 해서서 나 혼자 점심때 남은 부추쇠고기볶음과 식은 밥으로 대충 한 끼를 때웠다. 나는 냉장고에 훈제돼지고기동과탕 반 그릇이 있으니 배가 고프시면 언제든 꺼내 데워 드시라고 푸 어르신에게 말했다. 원래는 사부에게 하루 휴가를 내고 집에서 푸 어르신을 보살필 생각이었지만 푸 어르신은 한사코 그러지 못하게 했다.

"별것 아니니 출근이나 신경 써라. 나는 조금만 쉬면 나아질 거야."

안락향에 있으면서도 푸 어르신의 병이 도질까봐 계속 마음이 불편했다. 사부에게 얘기하자 사부는 일찍 퇴근하라고 했다. 그래서 10시도 되기 전에 어르신 댁으로 돌아갔다. 푸 어르신은 뜻밖에도 일어나서 겉옷을 입고 혼자 멍하니 거실에 앉아 있었다. 거실의 제사상 위에는 또 단향이 켜져 조용히 짙은 향기를 퍼뜨리고 있었다.

"어르신, 좀 괜찮으세요? 아직도 가슴이 아프세요?"

"한잠 자고 나니 훨씬 낫구나."

내 물음에 푸 어르신이 웃으며 답했다. 하지만 아직도 피곤한 기색이 남아 있었다.

"왜 이렇게 빨리 왔지?"

"사부님이 조금 일찍 가라고 했어요. 어르신이 심부름 시킬 일이 있을까 싶어서요."

"너한테 걱정을 끼쳤구나."

"어르신, 시장하지 않으세요?"

"방금 탕을 데워 먹었더니 가슴이 한결 낫다."

"국수 한 그릇 더 드실래요?"

"그만 됐다."

푸 어르신은 손사래를 쳤다.

"아칭, 차나 우려와서 내 옆에 앉거라. 네게 해줄 말이 있다."

부엌에 가서 물을 끓여 룽징차龍井茶 한 주전자를 우린 후, 거실로 가져가 푸 어르신에게 차를 따라드리고 나서 낮은 원형 걸상에 앉았다. 푸 어르신은 두 손으로 찻잔을 들고 몇 모금 마신 뒤, 안타까운 어조로 말했다.

"왕쿠이룽이 그렇게 변했을 줄은 생각지도 못했다. 나도 못 알아보겠더구나……"

"과거에는 꽤 미남이었다고 하던데요."

내가 끼어들어 말했다.

"맞다. 그때는 확실히 풍채가 당당하고 공부도 아주 잘했지. 그 애 아버지 왕상더는 기대가 아주 컸어. 그 애가 외교계에 진출해 큰일을 하기를 바랐지. 원래는 외국에서 공부를 시킬 셈으로 수속까지 다 밟아놨었는데 말이야. 그런데 녀석이 하필 그렇게 큰 사고를 일으켜 남을 해치고, 자기를 해치고, 자기 아버지까지 해쳤지……."

"그 사건이 굉장히 유명해져 매일 신문에 실렸다고 들었어요."

"자기 아버지가 세상에서 얼굴도 못 들게 했지. 꽤 오랫동안 그 애 아버지도 자취를 감췄어. 그런데도 자기 아버지가 절연했다고 원망을 하다니."

푸 어르신은 나를 똑바로 보면서 날카로운 눈썹을 찌푸렸다.

"너희 자식들은 부모의 아픈 마음을 헤아릴 줄 몰라."

그는 한 손으로 내 어깨를 누르며 진지하게 말했다.

"아칭, 네가 여기 살면서 나는 어느새 네가 가족 같아졌다. 네게도 아버지가 있으니 감히 네 아버지도 지금 너 때문에 괴로워하고 있다고 말해주고 싶구나. 나도 아들이 있었다. 내 아들도 왕쿠이룽처럼 제 아버지의 마음을 찢어놓았지. 오늘 밤 너한테 그 아버지의 이야기를 들려주마……."

20

"아칭, 세상의 부모 마음을 너희가 이해하니? 이해할 수 있겠니? 내 아들 아웨이가 아직까지 살아 있었다면 올해 서른일곱 살로 왕쿠이룽과 동갑이었겠지. 아웨이는 태어날 때 여느 아기와 달리 제왕절개를 했어. 엄마가 몸이 약해 수술을 못 견뎌서 아웨이를 낳고 얼마 안 돼 세상을 떠났지. 그렇게 아웨이는 어려서 엄마를 여읜 데다 외아들이었기 때문에 나는 그 아이를 특별히 아끼고 또 엄격히 가르치지 않을 수 없었다. 물론 자식이 장차 큰 인물이 되라는 뜻에서 그런 게지.

아웨이는 어려서부터 사람들의 귀여움을 독차지했고 유달리 총명해서 공부든 운동이든 금세 배우곤 했다. 나는 그 애에게 직접 한문을 가르쳐서 「출사표出師表」를 또랑또랑 읊조리게 했지. 그 시절, 전방에서 싸울 때를 빼고는 항상 그 애를 곁에 두고 내 손으로 키웠다. 심지어 우리 군단이 산시陝西의 한중漢中에 주둔할 때도 그 애를 데려가 군중에서 말타기와 사냥을 가르쳤지. 매일 아침 나는 준마 '회두망월回頭望月'을, 그 애는 은빛 망아지 '설사자雪獅子'를 타고 일렬로 경마장을 몇 바퀴씩 달리곤 했어. 그 두 마리 명마는 모두 칭하이青海 지역의 이름난 품종이었는데, 우리가 그 녀석들을 어떻게 얻었는지는 따로 사연이 있단다. 중일전쟁 승리 후, 내가 칭하이로 순찰을 갈 때 아웨이도 따라간 적이 있지. 칭하이 군구軍區의 사령관은 내 오랜 동창으로 나랑 사이가 아주 가까웠고. 그는 칭하이산 명마를 몇 필 골라서 나한테 보여준 뒤, 자기가 가장 아끼는 회두망월을 가리키며 나와 내기를 했어. 내가 그 명마를 제압하면 기꺼이 선물로 주겠다고 말이야. 내가 훌쩍 말 위에 뛰어올라 나는 듯이 달리자 그 사령관 친구는 가슴 아파하며 그 명마를 내줘야만 했지. 그런데 아웨이가 갑자기 내 뒤에서 설사자를 가리키며 말하는 거야. '아버지, 저도 저 말을 타볼게요'라고. 나는 아들이 남들 앞에 나서는 것을 바라기는 했지만 괜히 추태를 보일까 염려되기도 했어. 그래서 조용히 '할 수 있겠니?'라고 물었더니 녀석이 '할 수 있어요, 아버지'라고 잘라 말하는 거야. 그때 그 아이는 겨우 열다섯 살이었어. 그래도 키가 크고 몸집이 커서 내가 특별히 지어준 군복과 승마화를 착용하면 아주 늠름했지. 그 아이는 온몸이 은색인 그 망아지를 붙잡더니 훌쩍 등에 올라 쏜살같이 달렸어. 그 망아지는 지면에 배가 스치듯이 초록색 초원 위를 한 덩어리 은빛 광채로 달려갔지. 그 사령관 친구는 참지 못하고 갈채를 보냈어. '훌륭한 장군 아버지의 호랑이 자식이로군. 저 말을 저 아이에게 주지'라고 했지. 그 순간 난 정말로 의기양양했어. 아들 덕분에 영광스러운 기분까지 들더라고.

아웨이는 어려서부터 승부욕이 강하고 자부심이 강한 아이여서 매사에 남보다 앞서야 직성이 풀렸지. 군사학교를 졸업할 때도 같은 기수 250명 중 이론, 실기에서 모두 월등한 성적을 기록해 그 애의 상관이 내 앞에서 그 애가 군인의 표본이라고 칭찬하기도 했어. 아들이 이래서 나는 아버지로서 형언할 수 없는 희열을 느꼈지. 위안을 느끼기도 했고. 20년 넘도록 아웨이에게 심혈을 기울인 것이 헛되지 않았으니까.

그런데…… 그런데 아웨이는 겨우 스물여섯 해밖에 살지 못했고 더구나 대단히 불명예스럽고, 무가치하고, 비참하게 죽었어. 그 아이는 소위가 되자마자 부대에 배치되어 신병 훈련을 했지. 나도 그 애의 훈련센터에 참관하러 간 적이 있어. 아웨이는 병사들을 인솔하는 데 꽤 재간이 있더군. 소대의 신병들이 다 그 아이를 따르고 푸 소대장으로 우러러 모시더라고. 아웨이는 명령을 내리면 반드시 행하고 대단히 열심히 일했어. 하지만 그 아이가 소대장이 된 지 두 번째 해에 사고가 나서 그 아이는 직위가 박탈되고 조사 처분을 당해 군사재판까지 받아야 했지. 어느 날 밤, 상관이 야간 점검을 나왔다가 그 아이의 숙소에서 그 아이가 한 신병과 누워 남부끄러운 짓을 하는 걸 우연히 목격한 거야. 나는 통지를 받고 너무 화가 나서 정신이 아득해졌어. 그런 일을 어떻게 상상이나 했겠니? 내가 손수 가르쳐 키운, 내가 가장 사랑하고 소중히 여기는 아들 푸웨이가 전도유망한 청년 장교로서 자기 부하와 그런 치욕스럽고 짐승 같은 짓을 저지르다니. 나는 즉시 장문의 편지를 써서 가장 신랄한 말로 그 아이를 꾸짖었어. 이틀 뒤, 그 아이가 내게 장거리 전화를 걸어왔지. 그날은 마침 음력 9월 18일, 내 58세 생일이었고. 원래는 친구들이 생일 축하 자리를 준비해줬지만 나는 병을 핑계로 집에 돌아와버렸어. 아웨이는 전화에서 타이베이에 돌아와 나를 만나고 싶다고 했어. 이튿날 법정에 출두해 심문을 받아야 했거든. 하지만 나는 차갑게 거절했어. 집에 돌아올 필요 없다고, 군법을 어겼으니 기지에서 조용히 처벌을 기다리며 근신하라고 했지. 전화하는 그 아이의 목소리는 떨리고 쉬어 있더군. 울음소리가 섞여 있었어. 평상시 내 마음속의 그 용맹하고 재기 넘치던 청년 장교 같지 않았지. 별안간 분노가 더 치솟고 혐오와 경멸까지 느껴졌어. 그 아이가 더 설명하려 하는데도 나는 버럭 소리를 지르고 전화를 끊어버렸지. 그때 나는 누구도 만나고 싶지 않았어. 나를 그토록 실망시킨 아들은 더더욱 보고 싶지 않았지. 그날 밤, 그 아이의 소대원이 자기 숙소에서 권총을 쥔 채 쓰러져 죽어 있는 그 아이를 발견했어. 총알이 구강에서부터 후두부를 뚫으며 그 아이의 얼굴을 파열시켰지. 당국은 그 아이가 총기 오발로 사고사했다고 판정했어. 하지만 나는 알고 있어. 자부심 강하고 승부욕 넘쳤던 내 외아들 푸웨이가 나의 58세 생일날 밤, 권총으로 자기 목숨을 끊었다는 걸.

아웨이가 자살한 후 꽤 여러 날 밤마다 악몽을 꾸었어. 항상 똑같은 얼굴을, 새파란 젊은이의 얼굴을 보았지. 백지장처럼 하얀 그 얼굴은 눈을 휘둥그레 뜨고 입을 쉴 새 없이 벙긋거렸어. 몹시 당황했는지 뭐라고 소리 지르고 싶은데 소리가 안 나오는 것 같더군. 그의 부릅뜬 눈은 계속 나를 바라보며 뭔가를 간절히 빌었지만 제대로 전달되지 않아 얼굴에 몹시 고통스러운 표정이 떠올랐어. 그 새파랗게 젊은 얼굴을 어디선가 본 적이 있는 듯했지만 그 얼굴의 주인공이 누구인지는 좀처럼 생각이 안 났지. 그렇게 연달아 사나흘 밤을 나는 꿈에서 그 창백한 얼굴과 당황해서 어쩔 줄 모르는 표정을 보았어. 그러다가 어느 날 밤 식은땀을 뻘뻘 흘리며 또 꿈속에서 그 얼굴을 봤는데, 그날따라 피투성이였던 그 얼굴을 보고서야 비로소 생각이 났지. 그것은 아주 오래전 중일전쟁 시기에 내가 제5전투구역에서 싸울 때 전선에서 총살된 어린 병사의 얼굴이었어. 그때 쉬저우에서의 전황은 매우 급박했고 내 부대는 제1선을 지키고 있었지. 그런데 어느 날 밤 전선을 순시하는데 부하가 참호를 무단이탈한 두 병사를 붙잡아 왔어. 둘이 들판에서 관계를 맺고 있었다는 거야. 둘 중 나이든 병사는 별로 두려워하는 기색이 없었지만 겨우 열일고여덟 살인 신병은 무서워서 온몸을 부들부들 떨었어. 안색이 하얘지고 두 눈을 휘둥그레 뜬 채 입을 벌려 내게 뭐라고 용서를 빌려고 했지만 너무 겁이 나서 목소리가 나오지 않았지. 그건 바로 내가 꿈속에서 본 그 표정과 똑같았어. 물론 그때 상황에서 나는 당장 그들을 끌고 가 총살하라고 명령을 내렸어. 그 일은 당시 떳떳하게 처리한 것이어서 전혀 마음에 남지 않았고 시간이 지나면서 기억에서 지워졌지. 그런데 그토록 오랜 세월이 지나, 당황해서 어쩔 줄 모르던 그 얼굴이 갑자기 내 꿈속에 다시 나타난 거야. 그날 밤 나는 심장병이 발작해 감당할 수 없는 통증으로 룽민병원에 실려갔어. 여러 달 입원해 치료를 받으면서 하마터면 목숨을 잃을 뻔했지.

퇴원해 집에 돌아오고 나서 족히 일 년은 집에 틀어박혀 손님을 사절하고 외출도 삼가면서 요양을 했지. 아웨이의 비참한 죽음으로 나는 삶에 흥미를 잃고 나무토막처럼 돼버렸어. 세상의 모든 희로애락에 냉담해졌지.

그러던 어느 겨울밤, 그러니까 10년 전 음력 섣달그믐날의 전날 밤이었어. 그즈음 나는 혈압이 오르락내리락해 현기증에 시달렸지. 타이완대학병원에 다녔는데 거기 내과 주임이 명의여서 밤에만 겨우 진찰을 받을 수 있었어. 진찰을 받고 나니 벌써 밤 9시가 넘었더군. 아직도 기억나는데 그날은 날씨가 썰렁했고 가랑비가 부슬부슬 내리고 있었어. 나는 병원을 나와 신공원을 가로질러 걸었어. 관첸로에서 차를 탈 생각이었거든. 그날은 비가 와서였는지 공원에 사람이 별로 없었지. 공원 안 연못가를 지나는데 갑자기 울음소리가 들렸어. 연못 모서리에 있는 정자에서 끊어졌다 이어졌다 하며 들려오는데 무척이나 처량했지. 차가운 비바람 속에서 들으니 가슴이 미어지는 듯했어. 그래서 빙 돌아 정자에 다가갈 수밖에 없었는데, 그 안의 벤치에는 한 소년이 혼자 외롭게 앉아 있었지. 아래위로 검은색 홑옷을 입은 그 아이는 두 손으로 머리를 감싸 쥐고 무릎에 얼굴을 묻은 채 바들바들 떨며 흐느끼고 있었어. 마치 어마어마하게 억울한 일을 당한 것처럼 그렇게 애통하게 우는 사람을 나는 본 적이 없었지. 다가가서 그 아이의 어깨를 흔들며 물었어. '젊은 사람이 왜 여기서 울고 있나?'라고 말이야. 그 아이는 정말 이상하더군. 훌쩍거리며 내게 '가슴이 너무 아플 때는 울어야 편해지거든요'라고 답했어. 나는 또 그 애에게 집이 있느냐고, 갈 데는 있느냐고 물었고 그 애는 모두 없다고 했지. 그날 밤은 너무 추워서 나는 솜옷을 입고도 한기가 느껴졌어. 그런데 그 아이는 홑옷 한 벌만 달랑 입고 말할 때 추워서 이를 딱딱 마주쳤지. 나는 돌연 불쌍한 생각이 들어 그 아이를 집으로 데려왔어. 아마도 며칠 밤은 못 잤는지 그 애는 내 집에 와서 내가 주는 뜨거운 우유를 마실 때 졸려서 눈도 못 뜨더군. 나는 그 애에게 아웨이의 방을 내줬고 그 애는 지금 네가 자는 그 침대 위에 쓰러져 바로 잠이 들었어. 옷을 벗을 틈도 없었지. 나는 장롱에서 아웨이의 솜이불을 꺼내 그 아이에게 덮어주었어. 그 애는 모로 누워 베개에 얼굴을 기댔는데 추위에 얼어서인지 안색이 창백하더군. 나는 자세히 살피다가 그 애의 관상이 대단히 특이한 것을 깨달았어. 얼굴이 삼각형이고 아래턱이 짧고 뾰족한 데다 위로 들려 있더군. 또 잠이 들고 나서는 짙은 두 눈썹이 한데 뒤엉켜 눈을 다 덮고 있는 듯했어. 나는 관상을 조금 볼 줄 알거든. 그런데 그 아이처럼 박복하고 불길한 관상은 처음이었어. 왠지 모르게 그 아이에게 무한한 연민이 느껴졌지. 나는 솜이불을 그 애의 어깨까지 끌어올려 꼼꼼히 덮어주었어. 그것은 아웨이가 죽은 지 2년 만에 처음으로 되찾은 느낌이었지.

그 아이는 너무 피곤해서 이튿날 오후까지 자고 겨우 깨어났어. 그날은 섣달그믐이었는데 나는 원래 설을 쇠고 싶지 않았지만 그 애 때문에 특별히 우씨 아줌마를 시켜 새해 요리 몇 가지를 만들게 하고 그 애와 만찬을 함께했지. 천만뜻밖에도 그것은 그 애의 인간 세상에서의 마지막 식사가 돼버렸고. 그날 저녁에 그 애는 웬일로 아주 명랑해져서 아주 잘 먹고 잘 마시더군. 돼지족발 하나를 다 먹어치우고 입에 기름이 번들번들한 채로 두둑한 배를 두드리며 내게 그러더군. '푸 할아버지, 저는 이렇게 맛있는 섣달그믐 만찬을 먹어본 적이 없어요. 우리 보육원은 크리스마스만 챙기고 음력 설은 챙기지 않았거든요'라고. 그 아이는 쉴 새 없이 떠들며 자기 신세를 죄다 내게 털어놓았어. 아평, 그 아이는 너희 공원의 봉황 같은 존재였지. 그 아이는 너희 공원의 이야기도 전부 들려주었어. 또 공원에는 자기처럼 오갈 데 없는 아이가 수도 없이 많고 하나같이 슬픈 사연이 있다고도 했지. 그 아이는 신이 나서 떠들다가 자기 가슴을 가리키며 말했어. '이건 우리 핏속에 들어 있는 거라고 우리 공원의 선생님 귀 할아버지가 말씀해주셨어요. 우리 핏속에는 야성이 있다고, 그건 이 타이완의 태풍이나 지진 같아서 일단 깨어나면 수습할 수 없다고 하셨어요. 푸 할아버지, 그래서 제가 자주 우는 거예요. 핏속의 독을 울어서 없애려고요'라고 말이야. 나중에 중허향의 링광보육원에서 아평을 길러준 늙은 수사를 우연히 만났는데 확실히 아평은 희한한 아이였다더군. 자정에 성당에 달려가 대성통곡을 해서 보육원 사람들을 다 깨우곤 했다는 거야. 또 성질 급한 아일랜드인 신부는 아평을 몹시 마음에 안 들어했어. 그 애 얘기를 꺼내니까 발끈해서 '그 애는 마귀에 씐 게 분명합니다. 성당의 성물도 그 애가 다 부쉈어요'라고 말하더군. 그날 저녁 식사를 마치자마자 아평이 떠나려 해서 '아평, 갈 데가 없으면 여기서 며칠 더 묵어도 돼'라고 말했어. 그러니까 그 애는 웃으면서 '아니에요, 푸 할아버지. 할아버지께 폐를 끼치고 싶지 않고 또 공원에 돌아가야만 해요. 누가 저를 찾고 있거든요'라고 하더군. 누구랑 같이 살다가 도망쳐 나왔는데 그 사람이 계속 자기를 찾아다닌다는 거야. 그 애는 웃으면서 '오늘 밤 공원에서 그 사람과 마주치면 섣달그믐 밤을 틈타 완전히 끝장을 볼 거예요'라고 말했어. 그리고 이튿날 신문을 보고서야 나는 그 아이와 왕쿠이룽 사이의 악연을 알게 됐지.

아, 말하려고 보니 좀 이상하지만 아평 그 아이는 우리 집에서 겨우 하룻밤을 머물렀을 뿐인데도 나는 그 애에게 특별한 감정과 관심이 생겼어. 그래서 아평이 그렇게 횡사한 걸 알고 강한 충격과 연민을 느꼈지. 아평이 죽은 후로 메말랐던 내 마음에 다시 생기가 도는 듯했어. 그리고 공원에서 아평 그 불운한 아이와 마주치고 또 그 아이의 비참한 말로를 본 걸 계기로 한 가지 결심을 했지. 너희, 공원에 출몰하는 아이들에게 도움의 손길을 뻗기로 마음먹었단다."

푸 어르신은 얘기를 다 마치고서 한 손을 내 어깨 위에 올리고 다른 손으로 항상 눈물이 그렁그렁한 눈을 비비며 깊이 한숨을 쉬었다.

"아칭, 너희는 아버지를 원망하기만 하지만 너희 아버지가 너희 때문에 겪는 고통이 얼마나 깊은지 생각해본 적 있니? 왕쿠이룽이 사고를 낸 후, 그의 아버지 왕상더를 꼬박 반년 만에 찾아갔지. 그 사람 머리가 눈에 덮인 듯 완전히 하얘졌더군. 아칭, 네 아버지는 어떨까? 네 아버지도 너 때문에 괴로워한다는 걸 넌 아니?"

21

나는 푸 어르신을 위해 가만히 모기장을 늘어뜨렸다. 그는 얼굴을 안쪽으로 두고서 모로 누웠다. 그의 구부정한 등이 침대 위에서 S자 모양으로 굽어 있었다. 나는 전등을 끄고 조용히 방문을 닫았다. 거실로 돌아오니 거실 벽 쪽의 제사상 위에 놓인 향로에서 여전히 짙은 단향이 퍼지고 있었다. 물 한 잔을 부어 향로 속 남은 재의 불을 꺼뜨렸다. 고개를 들어 벽에 나란히 걸린 푸 어르신과 푸웨이 부자의 군복 입은 사진을 보다가 문득 푸 어르신의 생일이었던 음력 9월 18일의 일이 떠올랐다. 그날 푸 어르신은 아침에 밖에 나가 하얀 국화 한 묶음을 사와서 손수 제사상 위 감색 도자기 병에 꽂았다. 그리고 유리 진열장에서 세발 놋쇠 향로를 꺼내 제사상 위에 놓고 단향에 불을 붙였다. 그가 혼자 숙연한 표정으로 묵묵히 거실에 앉아 있는 것을 보고 나는 감히 그를 건드리지 못했다. 뜻밖에도 푸 어르신의 생일은 아들 푸웨이의 기일이기도 했던 것이다. 어쩐지 그날 저녁 사부가 우리를 데리고 푸 어르신 댁에 생일 축하를 하러 갔을 때, 푸 어르신은 웬일로 마음이 무거워 보였고 술 한 잔에 금방 취해버렸다. 푸웨이는 왜 하필 아버지의 생일을 택해 자살한 걸까? 설마 그도 아버지를 원망했고 그 원망이 너무나 깊었던 걸까? 나는 푸웨이의 사진을 자세히 뜯어보았다. 얼굴은 네모나고 반듯했으며 광대뼈가 높이 솟아 있었다. 굳게 다문 얇은 입술과 반짝이는 두 눈에서 비할 데 없는 자부심과 도도함이 느껴졌다. 반듯하게 다림질한 군복과 이마 위의 단정한 군모는 확실히 군인의 표본이라 할 만했고 푸 어르신의 젊은 시절과 흡사하기도 했다.

침대에 누워 다시 아버지를 떠올렸다. 내 옷깃에 그 보정훈장을 달아줄 때 아버지는 더없이 엄숙하고 신중한 표정이었다. 그때 아버지도 내가 자신과 닮았다고 생각하며 내게 잘못된 희망을 걸었을 것이다. 내가 학교에서 퇴학당하지 않고 순조롭게 육군사관학교에 들어갔다면 아마도 우수한 장교가 되어 아버지의 자랑이 될 수 있었을 것이다. 학교 다닐 때 나는 교련 과목 점수가 매우 높았다. 기본 동작이 가장 정확해서 자주 교관에게 불려나가 반 학생들에게 시범을 보였다. 그래서 군인의 자식으로 부끄럽지 않다고 스스로 우쭐하기도 했다. 더욱이 나는 총 다루는 것도 좋아했다. 야외에 나가 사격 연습을 할 때마다 늘 신이 났다. 탕탕, 허공을 날아가는 총알 소리가 못 견디게 듣기 좋았다. 집에서도 여러 번 아버지가 침대요 밑에 숨겨둔, 중국에서 연대장일 때 차고 다녔다는 호신용 권총을 꺼내 몰래 갖고 놀았다. 그 총은 아버지가 자주 닦지 않아서 탄창부에 이미 녹이 슬어 있었다. 허리춤에 권총을 끼고서 고개를 치켜들고 큰 걸음으로 왔다갔다하면 영웅의 위풍이 느껴졌다. 나를 집에서 내쫓던 날 아버지가 쥐고 흔들기도 했던 그 총은 빈 총이었다. 아버지는 제적당한 군인이어서 총알을 지급받는 것이 아예 불가능했다. 그래도 손에 총을 들어야 누구를 진압하는 기분이 들었을 것이다. 어머니가 가출했을 때도 아버지는 그 녹슨 빈 총을 흔들며 쫓아 나갔다.

사실 나는 아버지의 고통이 얼마나 깊은지 알고 있었다. 특히나 집을 나온 요 몇 달 동안 갈수록 아버지의 태산처럼 무거운 고통이 느껴져 시시때때로 가슴이 답답했다. 나는 감당할 수 없는 아버지의 그 고통을 피하려 하고 있었다. 어머니의 뼛가루를 들고 집에 돌아간 날, 음침하고 축축하며 조용히 곰팡내가 풍기는 거실에 서서 아버지의 그 반들반들해진 대나무 의자를 봤을 때 나는 돌연 숨이 막혀 도망치고 싶었다. 내가 아버지를 피하려는 것은 고통에 시달리는 그의 어둡고 늙은 얼굴을 감히 똑바로 볼 수 없기 때문이었다.

옆방에서 푸 어르신의 기침 소리가 들렸다. 그 소리에 어쩔 수 없이 지금 아버지가 편안히 주무시는지, 아직도 방에서 혼자 이리저리 서성이지는 않는지 생각이 났다.

22

금요일 밤에 위하오 선생이 신이로의 쓰촨궈쉿집에 가서 야식을 먹자며 나를 초대했다. 안락향에서 퇴근하면 신성新生남로와 신이로의 교차로에서 만나자고 했다. 그의 집은 신성남로 2블록에 있었다. 아직 12시도 안 돼서 나는 몰래 뒤쪽으로 가 유니폼을 갈아입고 샤오위에게 나 대신 술잔을 닦아달라고 부탁했다. 또 사부에게는 내가 위통 때문에 먼저 갔다고 전해달라고 했다. 사실 나는 정말로 허기가 져 위가 조금 아팠다. 야식을 먹을 생각에 길거리에서 파는 볶음쌀국수 한 접시로 아무렇게나 저녁을 때웠기 때문이다. 그래서 진작부터 배가 꼬르륵거리고 입에서 군침이 흘렀다. 신이로 입구에 도착했을 때 위 선생은 벌써 거기 서서 나를 기다리고 있었다. 그는 헐렁한 후드티를 입고 가죽 슬리퍼를 신은 편안한 차림이었다. 막 집에서 나온 듯했다. 그는 나를 보더니 반가워했다.

"아가가 시간을 잘 지키는구나."

"아직 퇴근 시간이 아닌데 먼저 빠져나왔어요."

나는 웃으며 말했다.

"약속 시간 12시 반에서 1분도 안 늦었어요."

"쓰촨국수는 먹어봤니?"

신이로의 쓰촨국숫집 쪽으로 가면서 위 선생이 물었다.

"어릴 때 한 번 먹어보긴 했어요. 꽤 오래전인데 노천 식당에서 먹었어요."

그것은 3년 전의 일이다. 아버지는 나와 동생을 데리고 밖에 나가 야식을 사주었다. 그것은 아버지가 우리와 외식을 한 유일한 기억이기도 했다. 그해 여름 내가 고등학교에 합격했고 또 그날은 내 생일이어서 아버지가 상을 주는 의미로 그랬던 것 같다. 큰 식당에 갈 여유가 없어 노천 식당에 가기는 했지만 나와 동생에게는 천지가 개벽할 일이었다. 우리 둘은 흥분해서 펄쩍펄쩍 뛰었다. 아버지는 각자 홍유차오서우* 한 그릇씩만 주문해줬고 우리가 한 그릇 더 먹고 싶어하자 눈썹을 찌푸리며 "이 정도면 됐어"라고 했다. 그리고 자기 그릇 속의 차오서우를 우리한테 하나씩 덜어주었다.

"위 선생님, 이따가 홍유차오서우를 두 그릇 먹어도 되나요?"

나는 웃으며 물었다.

"저녁을 안 먹어서 배가 고파 기절할 지경이거든요."

"아가야, 배부를 때까지 마음대로 몇 그릇이라도 먹으렴."

위 선생이 내 머리를 쓰다듬으며 웃었다.

---

* 紅油抄手. 고추기름을 주요 양념으로 삼아 '차오서우'라는 작은 만두를 물에 넣어 끓인 분식.

국숫집 이층에 올라가보니 벌써 좌석이 만원이었다. 우리는 10여 분을 기다리고 나서야 겨우 구석 쪽 테이블에 앉을 수 있었다. 위 선생이 유리 매트에 깔린 메뉴를 가리키며 말했다.

"여기는 곱창찜, 발효콩갈비, 연잎소내장찜 다 맛있어."

"위 선생님, 그래도 저는 훙유차오서우가 먹고 싶어요."

"알았다, 알았어."

위 선생이 웃음을 터뜨렸다.

"훙유차오서우도 시켜줄게. 다른 것도 시키고."

음식이 나오자 위 선생은 종업원을 불러 고량주도 한 병 가져오게 했다. 나는 차오서우를 한 입에 하나씩 집어삼켜 훙유차오서우 한 그릇을 순식간에 바닥냈다. 맵고 뜨거워서 몸에 열이 나는 바람에 이마에서 땀이 솟았다. 한 그릇을 다 먹자 과연 위 선생이 또 한 그릇을 시켜주었다.

"위 선생님, 한잔 드시죠."

나는 위 선생에게 술을 권한 뒤, 고량주를 들이켰다. 고량주가 넘어가자 목구멍이 타들어가면서 온몸이 후끈거렸다. 위 선생은 내가 게걸스레 먹는 것을 보고 기분 좋아하면서 계속 내 접시에 갈비를 놓아주었다.

"아가야, 너는 아직 자라는 중이고 이 큰 몸뚱이를 지탱하려면 더 많이 먹어야 해."

"위 선생님, 『대웅령은구기』는 과연 끝내주더라고요."

훙유차오서우를 두 그릇째 먹고 나서 주거징워의 그 무협소설이 생각났다. 위 선생이 준 그 책을 나는 벌써 두 번 읽었다.

"그런데 악순이 너무 비참하게 죽었어요. 아버지 만리비붕이 그냥 놔줄 수도 있었잖아요."

마지막 회에서 만리비붕 정운상은 계책으로 악순에게 이기고 나서 친아들인 그를 맨손으로 때려죽인다. 나는 그 부분을 보고 몸서리를 쳤다.

"그런 걸 보고 대의멸친*이라고 하는 거야."

위 선생이 웃으면서 말했다.

"악순이 원수를 아버지로 섬겼으니 정운상도 어쩔 수 없었지. 마지막에 만리비붕이 악순의 시체를 어루만지며 눈물을 흘리는 부분은 정말 잘 썼고 감동적이야. 어쨌든 작가 주거징워는 무림의 고수라고 해도 부끄러울 게 없어."

"위 선생님 댁에 다른 무협소설은 없나요?"

"많지. 책장 하나가 다 무협소설이야."

"왕두루王度廬 것도 있어요?"

"왕두루의 『철기은병鐵騎銀瓶』이 있지."

나는 흥분해서 소리 질렀다.

"잘됐네요! 위 선생님, 저 좀 빌려주세요. 그 소설을 계속 보고 싶었어요. 몇 번이나 허탕을 치고 못 빌렸거든요."

"그래. 다 먹고 나서 우리 집에 가서 가져가렴."

위 선생이 웃으며 말했다. 우리는 잔에 남은 독한 고량주를 깨끗이 비웠다.

위하오 선생은 신성남로 145항의 어느 주택 3층에 살았다. 그의

---

* 大義滅親. 큰 도리를 지키기 위해 부모 형제도 돌아보지 않는다는 뜻.

작은 집은 쾌적하게 잘 꾸며져 있었다. 등나무 탁자와 소파가 세트로 놓였고 두껍고 부드러운 진홍색 방석이 소파 위에 깔렸으며 크기가 다른 펜던트 세 개가 거실 한쪽 모서리에 줄줄이 걸려 있었다. 그중 한 아름 크기는 돼 보이는 첫 번째 펜던트가 켜지자 부드러운 하얀색 빛이 들어왔다. 위 선생은 라디오를 켰고 미군 방송에서 심야 경음악이 흘러나왔다. 그는 손을 흔들어 나를 서재로 불렀다. 그 안에는 책장이 두 개 있었고 그중 하나에 정말로 무협소설이 가득했다. 옛날 작가인 왕두루, 워룽성臥龍生의 작품부터 신진 작가인 쓰마링司馬翎, 둥팡위東方玉의 작품까지 전부 다 있었다. 위 선생은 왕두루의『철기은병』을 꺼내 주면서 무협소설뿐인 그 책장을 가리키며 말했다.

"아가야, 앞으로 언제든 와도 환영이다. 나랑 같이 무공이나 닦자."

"만세!"

나는 환호했다.

우리는 거실로 돌아가 앉았고 위 선생이 바로 얼음물 두 잔을 가져왔다. 매운 음식을 먹어서 입안이 건조했다. 우리는 등나무 소파에 나란히 앉아 있었다. 나는 신발을 벗고 양반다리를 했다. 부드러운 하얀빛이 위 선생의 얼굴에 비쳤다. 그의 눈꺼풀에는 취기가 있고 위로 치켜들린 눈썹은 짙푸른 색이었다.

"위 선생님, 남협南俠 전소*를 닮으셨네요."

---

* 展昭.『칠협오의』에서 북협 구양춘과 함께 무림의 쌍벽을 이루는 고수로 판관 포청천에게 감화되어 부하가 된다. 싸우는 모습이 고양이처럼 날렵하다고 하여 황제에게서 '어묘'라는 별명을 하사받았다.

별안간 전에 『칠협오의』의 그림책에서 본 남협 전소의 모습이 떠올랐다. 위 선생이 껄껄 웃으며 말했다.

"내가 그 어묘御猫를 닮았다고? 그럼 너는? 너는 금모서 백옥당이냐?"

나는 손사래를 치며 웃었다.

"아뇨, 아니에요. 저는 백옥당만큼 잘생기지 않았잖아요. 예전에 제 동생을 금모서라고 불렀어요."

"네 동생도 무협소설을 보니?"

"제가 보게 했어요. 나중에 저보다 더 빠졌죠. 제가 빌려오면 늘 빼앗아서 먼저 보곤 했어요."

"다 그 모양이지. 내가 무협소설을 사올 때도 몇 페이지 보기도 전에 샤오훙小宏이 뺏어가곤 했어."

"샤오훙이 누군데요?"

"전에 나랑 같이 살던 애야. 입대해서 지금은 마쭈도馬祖島에 있어. 이 책장의 무협소설 중 절반 이상은 걔가 산 거야."

위 선생은 샤오훙이 핑둥屛東에서 타이베이로 공부하러 온 학생으로 다퉁大同공업전문대학에 다녔다고 말했다. 그가 여기서 2년 넘게 머문 것은 위 선생의 배려 덕분이었다. 그의 집이 가난했기 때문에 위 선생은 그의 공부를 지원해주고 따로 영어 과외까지 해주었다. 위 선생은 지갑에서 그와 함께 찍은 사진을 꺼내 보여주었다. 위 선생이 그의 어깨를 감싼 채로 둘이 활짝 웃고 있었다.

"이 사람이 바로 금모서 백옥당이네요."

나는 샤오훙을 가리키며 웃었다. 그는 정말로 미남이었다.

"샤오훙이 잘생기긴 했지."

위 선생은 그 사진을 자세히 살피며 웃다가 한숨을 쉬었다.

"얘가 정말 보고 싶어."

"언제 제대하는데요?"

"아직 2년 남았어."

"와, 2년이면 아직 한참이잖아요."

위 선생은 고개를 흔들며 웃었다.

"맞아. 그래서 가끔 혼자 외로울 때 너희 안락향에 가서 술을 마시는 거야."

미군 방송의 경음악이 멎고 라디오가 새벽 2시를 알렸다.

"위 선생님, 그만 가봐야겠어요."

내가 막 일어서려는데 위 선생이 내 어깨를 누르며 말했다.

"오늘 밤은 돌아가지 말고 여기서 자렴."

"위 선생님······."

나는 주저했다.

"너 같은 쓰촨 애를 모처럼 만났는데 이야기나 실컷 나누자. 그러니까 가지 마."

안락향이 문을 연 후로 밖에서 나와 약속을 잡으려는 고객이 몇 명 있었지만 모두 거절했다. 하지만 위 선생은 사람이 좋아 보였고 또 그가 말한 대로 우리는 같은 쓰촨 출신이어서 특별히 친한 느낌이 들었다. 그의 작은 집이 따뜻하고 편안해서 마음에 들기도 했다.

"침대에 누워 천천히 얘기하자."

"그러면 먼저 샤워 좀 하고 와도 되나요?"

나는 온종일 일하고 방금 전에는 뜨겁고 매운 홍유차오서우까지 먹어서 온몸에서 시큼털털한 땀 냄새가 났다.

위 선생이 몸을 일으키며 말했다.

"그렇게 해. 내가 가스보일러를 틀어주지."

위 선생은 가스보일러를 틀고 오면서 깨끗한 목욕 수건 한 장을 챙겨 갖다준 뒤, 나를 샤워실로 안내했다. 그리고 욕조 옆의 비누 두 개 중 유백색 럭스 비누는 세면용이고 다른 약용 비누는 목욕용이라고 말했다.

"천천히 씻어. 나는 침실로 갈게."

위 선생이 샤워실 문을 닫을 때 미소 지으며 말했다.

나는 샤워기를 걸어놓고 뜨거운 물을 틀어 머리부터 발끝까지 씻었다. 비누칠을 두 번 했고 머리도 감고서 수건으로 물기를 다 털어냈다. 웃통을 벗은 채 겉옷을 들고 위 선생 침실에 들어갔다. 그 침실은 작긴 해도 역시 정리가 잘돼 있었으며 2인용 침대 위에는 하늘색 시트가 새로 깔려 있었다. 그가 베갯잇을 베개에 씌운 다음, 베개 두 개를 나란히 놓으며 말했다.

"너는 안쪽에서 자렴."

내가 침대에 올라가 먼저 눕자 위 선생도 옷을 벗고 침대머리의 스탠드를 껐다. 어둠 속에서 우리는 어깨를 나란히 하고 누워 있었다. 위 선생이 내 신세에 관해 물었고 나는 조목조목 이야기해주었다. 퇴락한 집, 죽은 어머니와 동생 그리고 고통스럽게 살아가는 아버지까지. 위 선생은 안타까워 한숨을 쉬었다.

"네 동생이 아직 살아 있다면 네가 이렇게 외로워하지는 않을 텐데."

"위 선생님, 걔가 살아 있다면 틀림없이 이 무협소설들을 좋아할 거예요. 『대웅령은구기』를 걔도 2권까지밖에 못 봤거든요."

나는 웃으며 말했다.

"한번은 걔가 나보다 먼저 무협소설을 보려고 해서 한 대 쥐어박는 꿈을 꿨어요. 위 선생님, 귀신을 믿으세요?"

위 선생은 웃음을 터뜨렸다.

"난 몰라. 본 적 없어."

"동생이 죽고 나서 툭하면 걔가 꿈에 나와요. 한번은 또 꿈속에서 걔 손을 붙잡은 게 똑똑히 기억난다니까요. 저한테 손을 내밀어 하모니카를 달라고 했죠."

"하모니카?"

"버터플라이 하모니카예요. 제가 선물한 거죠. 걔 생일에 사준 건데 그걸 돌려달라는 거예요."

"네가 너무 기억에 매달려서 그렇게 자주 동생 꿈을 꾸는 걸 거야."

"그런데 엄마는 꿈속에서 본 적이 없어요. 엄마는 살아 계실 때 나를 안 좋아했거든요. 그래서 죽어서도 나를 안 보려는 걸 거예요."

"그럴 리가 있니. 네 멋대로 생각하면 안 돼."

위 선생은 화제를 딴 데로 돌렸고 우리는 서로 상관없는 얘기들을 아무렇게나 떠들기 시작했다. 그는 전에 충칭에 살 때 자링강嘉陵江에 수영하러 자주 갔다고 말했다. 나는 나도 수영을 좋아하며 전에 동생과 함께 자주 수원지에 수영하러 갔다고 했다.

"그러면 여름에 루잉탄鷺鷹潭에 수영하러 가자."

"네."

"거기 물은 차갑고 깨끗해서 분명히 좋아할 거야."

"네."

나는 들릴락 말락 하게 말했다. 눈꺼풀이 점점 무거워졌다. 몸을 돌려 얼굴을 벽 쪽으로 향하고 잠에 빠져들었다. 비몽사몽간에 위 선생의 손이 내 어깨를 껴안는 게 느껴졌다.

"위 선생님……"

나는 놀라서 깨어나 안쪽으로 조금 몸을 옮겼다. 위 선생의 손이 아직 내 어깨 위에 올려져 있었다. 그의 손바닥이 따뜻했다.

"위 선생님…… 죄송해요……."

"아가야."

위 선생이 부드러운 목소리로 나를 불렀다.

"위 선생님…… 죄송해요……."

내 목소리가 갑자기 떨렸다.

"그러면…… 잘 자렴."

위 선생은 잠시 주저하다가 내 어깨를 두어 번 토닥이고는 손을 거뒀다.

"위 선생님……"

속에서 걷잡을 수 없는 슬픔이 솟아올라 별안간 목 놓아 울기 시작했다. 그 울음은 마치 내장을 토할 것처럼 갈수록 심해졌다. 지난 몇 달간 가슴속에 눌러왔던 비분과 상처와 모욕과 억울함이 봇물 터지듯 한꺼번에 쏟아져 나왔다. 위 선생은 아마도 내가 만난 이들 중에 가장 바르고 친근하며 말이 통하는 사람이었다. 그런데도 방금 그가 내 어깨를 껴안는 순간, 알 수 없는 수치심이 느껴졌다. 마치 내 몸 가득 옴이 올라 누가 건드릴까 두려워하는 듯했다. 나는 그에게 말하지 못했다. 그 깊고 어두운 밤들, 타이베이 기차역 뒤편의 싸구려 여관 다락방과 시먼딩 중화상가의 좁고 냄새나는 화장실에서 얼굴도 생각 안 나는 사람들이 내 몸에 남긴 더러운 오물을. 나는 그에게 말하지 못했다. 폭풍우가 몰아치던 그 태풍의 밤, 공원 연못의 팔각정 안에서 그 비대한 사람이 비에 젖은 내 몸을 사납게 집어삼킬 때 내가 마음에 걸려한 것은 퇴락한 우리 집 거실의 식탁 위에 놓고 온 유골 단지였고, 그 안에는 죄업을 가득 지고 재로 변한 어머니의 유해가 담겨 있었다는 것을. 위 선생은 계속 내 등을 다독이며 위로해주었다. 하지만 울면 울수록 슬픔은 더 거세졌다.

23

이튿날 아침 깨어났을 때 위 선생은 벌써 나가고 없었다. 그는 침대머리에 셔츠 한 벌을 남겨두었다. 스마트표 남색 체크무늬 셔츠였다. 셔츠 위에는 쪽지도 한 장 놓여 있었다.

아침 수업이 두 시간 있어. 정오에 돌아올 테니까 같이 라웨이판* 먹으러 가자. 이 셔츠는 새 옷이니 가져가서 입어.

침대머리의 자명종을 보니 벌써 11시 20분이었다. 서둘러 일어 났다. 새 셔츠를 입어보니 몸에 딱 맞았다. 하지만 바로 벗고서 원래대로 접어 침대 위에 올려놓았다. 그리고 그 쪽지 뒤에 답장을

---

*臘味飯. 쌀, 말린 고기, 중국식 햄, 생강채, 기름, 설탕 등을 솥에 넣고 쪄서 만들며 광둥 요리에 속한다.

썼다.

　저 가요. 죄송해요, 어젯밤에 귀찮게 해서. 왕두루의『철기은병』
은 다음에 기회 될 때 다시 와서 빌려갈게요. 감사해요!

　바깥에서는 가을 해가 새파란 하늘 속에서 찬란한 빛을 비추고
있었다. 서늘한 바람이 솔솔 불어왔다. 나는 사오빙과 유탸오를 사
서 먹으며 타이베이의 대로를 무작정 걸어다녔다. 조금 멍하긴 해
도 더없이 홀가분했다. 지난밤 그 울음으로 가슴속에 오래 쌓인 울
적함이 모두 가신 것처럼 몸속이 텅 빈 느낌이었다. 나는 이 거리
에서 저 거리로 돌아다니다 어느새 충칭남로와 난하이로南海路의
교차점에 이르렀다. 학교에서 제적된 후 지난 반년 동안 나도 모르
게 이 근처에 오는 것을 피했다. 위더중고등학교가 난하이로에 있
어서 예전 학교 사람들과 마주치고 싶지 않았기 때문이다. 그런데
이 순간에는 불현듯 모교를 돌아보고 싶은 충동이 일었다. 지금은
토요일 오후여서 학교에 수업이 없었다. 예전 선생님이나 친구들
과 마주쳐도 나를 꼭 알아볼 것 같지는 않았다. 나는 눈썹을 덮을
정도로 머리를 길게 길렀고 청바지를 입기도 해서 고등학생과는
딴판이었다. 위더중고등학교의 빨간 벽돌 담장은 무척 높았지만
철문이 활짝 열려 있어서 그 안으로 들어갔다. 정문 반대편에 있는
사무동을 지나는데, 그곳 아래쪽 게시판에 공고문이 가득 붙어 있
고 그중 두 가지는 학생들의 교칙 위반을 알리는 것이었다. 고등학
교 2학년 2반의 황주궈黃柱國는 월말고사 수학 시험에서 부정행위
를 했고 중학교 3학년 4반의 류젠싱劉健行은 공공 기물을 훔쳤다.

하지만 둘 다 퇴학 처분을 받지는 않았다. 사무동 뒤편의 '고비사막'은 여전히 흙먼지가 날렸다. 우리 운동장은 바람만 불면 흙먼지에 눈을 못 뜰 지경이어서 '고비사막'이라 불렸다. 운동장에서 교련 수업을 받고 교실에 돌아오면 다들 눈썹이 하얘지고 온몸에 모래흙을 뒤집어쓰곤 했다. 운동장에는 아무도 없었지만 운동장 옆 농구장에서는 누가 슛을 하고 있었다. 농구공이 바닥에 부딪히며 텅텅 소리가 나고 간간이 "골인!" 하는 환호성이 끼어들었다.

농구장을 돌아서 가며 보니 중학생 몇 명이 공을 돌리고 있었다. 전부 웃통을 벗고 보이스카우트 반바지를 입었으며 다섯 명이었다. 그들은 게임을 하는 중이었다. 한 팀은 두 명, 다른 팀은 세 명이었고 처음에는 격렬하게 서로 맞서다가 차차 2인 팀이 불리해져 연달아 몇 골을 먹었다. 더구나 방금 전에는 둘 중 키가 큰 한 명이 보기 좋게 블록 슛까지 당했다. 3인 팀은 환호하고 비웃으며 우쭐거렸다.

"왜 개인플레이를 하는 거야? 패스를 하라면 좀 해!"

2인 팀에 내분이 생겼다. 그중 키 작은 애가 성이 나서 소리쳤다. 그 꼬맹이는 다섯 명 중 키가 제일 작았지만 동작이 기민해서 마치 번개처럼 레이업 슛을 했다. 그 애의 둥글고 앳된 얼굴이 붉게 상기되었다.

"방금 레이업 슛을 하다 그런 거잖아. 난 슛하면 안 돼?"

키다리가 두 손을 벌리고 씩 웃으면서 변명했다. 그 애는 키가 가장 컸지만 몸이 둔한 데다 개인플레이도 심했다.

"슛은 네 머리로나 해. 보기 좋게 블록 슛이나 당하는 주제에."

꼬맹이가 씩씩대며 공을 상대편에 넘기면서 계속 투덜거렸다.

3인 팀은 벌써 여러 골 앞서 나가며 말과 행동이 더 기고만장해
졌다. 그중 얼굴이 연탄처럼 시커먼 애가 공을 주워 공격을 시작하
더니 순식간에 골 밑으로 파고들었다. 꼬맹이가 급히 달려들어 방
어했다.

　"파울!"

　연탄은 슛이 실패하자 손을 들고 소리쳤다.

　"뭐가 파울이야? 개소리 작작해."

　꼬맹이가 펄쩍 뛰며 말했다.

　"파울! 파울!"

　3인 팀의 다른 두 명도 옆에서 거들며 손으로 파울 동작을 취했
다. 꼬맹이는 화가 나서 소리 질렀다.

　"헛소리하지 마. 쟤한테 물어보라고."

　그 애는 키다리를 가리켰다. 그런데 키다리는 어리둥절하더니
곧 빙글거리며 말했다.

　"난 잘 못 봤는데."

　3인 팀 애들은 일제히 환호하며 프리 스로를 요구했다. 꼬맹이
는 당장 키다리에게 달려가 냅다 한 대 치며 욕했다.

　"이 멍청한 새끼야!"

　"진짜 잘 못 봤다니까."

　키다리가 머리를 긁적이며 말했다.

　연탄이 프리 스로를 던졌다. 얄궂게도 두 골 다 들어갔다. 3인
팀은 환호하고 손뼉 치며 더 기뻐 날뛰었다. 꼬맹이는 두 손으로
공을 꽉 쥐고 눈을 깜박였다. 이마에서 파란 힘줄이 꿈틀거렸다.

　"나도 끼워줘."

나는 골대 밑에서 손을 들어 소리친 후 역시 셔츠를 벗어 웃통을 드러냈다. 3인 팀은 서로 얼굴을 마주 보았고 꼬맹이는 반색하며 말했다.

"환영해요, 우리한테 구원병이 왔네."

내가 2인 팀에 가세하자마자 바로 전세가 역전되었다. 전반전이 끝났을 때 양쪽 팀의 점수는 벌써 20 대 20으로 동점이 되었다. 꼬맹이는 기뻐서 펄쩍펄쩍 뛰었고 키다리한테 욕도 하지 않았다. 후반전이 시작된 후에는 우리가 계속 앞서 나갔다. 꼬맹이는 나와 손발이 잘 맞았다. 내가 어시스트를 하고 그 애가 슛을 넣었다. 그 애는 오른손 뱅크 슛이 아주 정확해서 연달아 서너 골을 넣었다. 전에 학교에서 나는 우리 고등학교 야간부 3학년 3반 농구팀의 센터였다. 우리는 야간부 대 주간부의 경기에서 우승했고 교장 선생님이 우승기를 줄 때도 내가 대표로 받았다. 우리는 후반전에 경기를 지배했고 3인 팀은 패색이 짙어진 상태에서 우왕좌왕하며 서로를 탓했다. 마지막 슛은 내가 센터 라인에 서서 롱 슛을 했다. 공은 그물을 출렁이며 깨끗이 림 속으로 들어갔다.

"나이스 슛!"

꼬맹이가 손뼉을 치며 껑충껑충 뛰었다.

우리는 결국 45 대 28로 대승을 거뒀다. 꼬맹이가 달려와서 내 허리를 끌어안고 펄쩍펄쩍 뛰다가 키다리의 엉덩이를 발로 툭 찼다.

"졌지? 어서 빙수 사줘."

꼬맹이가 낄낄대며 연탄에게 말했다. 연탄은 침을 칵, 뱉고는 씩씩대며 욕을 했다.

"씨발, 도와줄 사람을 부르다니 이건 무효야."

"와, 이 녀석이 치사하게 나오네."

꼬맹이가 키다리를 돌아보며 웃으면서 말했다. 이때 3인 팀에서 뻐드렁니 때문에 입술이 위로 들린 아이가 뛰어나와 연탄을 거들었다.

"한 판 더해, 네가 배짱이 있다면 말이야."

꼬맹이가 뻐드렁니를 툭 밀쳤다.

"헛소리 집어치워. 너희가 졌잖아, 안 그래? 45 대 28로 깨졌잖아. 사나이가 한 입으로 두말하면 안 되지. 진 쪽이 한턱 내자고 했잖아. 치사하게 구는 거야말로 배짱이 없는 거야."

뻐드렁니는 씩씩거리기만 했다. 그 애의 두꺼운 입술이 더 높이 들렸다. 꼬맹이가 그 모습을 뜯어보더니 돌연 새된 목소리로 킬킬 댔다.

"야, 뻐드렁니. 거울 좀 봐봐, 네 입이 지금 뭐 같은지. 꼭 오리 궁둥이 같아."

뻐드렁니는 얼굴이 빨개져서 대뜸 주먹을 휘둘렀다. 꼬맹이는 얼른 도망쳤지만 연탄이 가로막는 바람에 뻐드렁니에게 따라잡혔다. 두 아이는 한 덩어리가 되어 치고받기 시작했다. 그런데 연탄이 옆에서 공격하는 시늉을 하는 바람에 꼬맹이는 몹시 신경이 쓰였다.

"멀대야, 빨리 와서 도와줘!"

꼬맹이가 큰 소리로 도움을 청하자 키다리가 도와주러 달려왔고 3인 팀의 나머지 한 명인 여드름쟁이도 가만있지 않았다. 이리하여 다섯 명이 주먹질, 발길질을 섞어가며 혼전을 벌였다. 빙수를 건 농구 시합이 패싸움으로 비화된 것이다. 이 다섯 명은 처음에는 피식거리며 싸우다가 나중에 맞아서 아픔을 느끼고는 자세가 바뀌었다. 특히 꼬맹이와 뻐드렁니는 눈이 시뻘게져서 죽자사자 격투를 벌였다. 사태가 심각해진 것을 보고 나는 얼른 꼬맹이와 뻐드렁니부터 떼어놓고 고함을 쳤다.

"그만!"

다섯 아이는 모두 깜짝 놀라 동작을 멈췄다. 누구는 허리에 손을 얹고 누구는 목을 갸우뚱한 채 헉헉대며 서로를 주시했다.

"너희, 내기 시합을 한 거지?"

내가 묻자 꼬맹이가 당당하게 말했다.

"분명히 얘기했어요. 진 팀이 빙수를 사주기로."

"그러면 너희가 졌으니까 빙수를 사줘야 하지 않나?"

내가 3인 팀 아이들에게 물었더니 연탄이 뿌루퉁한 어조로 말했다.

"형이 도와준 거니까 무효예요."

"형이 안 도와줬으면 쟤네는 분명히 졌을 거라고요."

뻐드렁니도 거들고 나섰다. 그러자 꼬맹이가 앞으로 나서며 소리쳤다.

"우리가 어떻게 이기든 무슨 상관인데? 분명히 저놓고 잡아떼려나본데, 그러면 진짜 개새끼인 거다."

뻐드렁니와 연탄이 또 주먹을 만지며 나서려 해서 나는 황급히 제지하며 말했다.

"내가 중재를 하지. 너희 다 빙수를 먹고 싶지 않아? 하지만 아무도 사주고 싶어하지 않으니 모두 함께 자기 돈으로 사 먹으러 가는 게 어때?"

3인 팀은 서로 얼굴을 쳐다보더니 이 기회에 끝내려고 입을 모아 말했다.

"좋아요."

"쟤네한테 너무 유리한데."

꼬맹이가 탐탁지 않은 듯 투덜거렸다.

우리는 각자 윗옷을 주워 어깨에 걸쳤고 농구공은 꼬맹이가 가슴에 안았다. 우리 여섯 명은 머리에 흙먼지를 뒤집어쓰고 온몸이 땀투성이가 돼서 웃통을 벗은 채 어슬렁어슬렁 교문을 나섰다. 학교 반대편의 식물원 앞에 빙수를 파는 리李 아저씨의 노점이 아직도 있었다. 그의 손수레는 낡아서 계속 삐거덕삐거덕 소리가 났고 손수레에 실린 빙수 기계는 새까맣게 녹이 슬었으며 오색 시럽이 담긴 유리병들도 누리끼리했다. 리 아저씨는 엄청난 뚱보여서 여름이면 셔츠를 풀어헤치고 큰 배를 밖으로 내밀었다. 그리고 쉴 새 없이 흐르는 땀을 수건으로 닦는 대신, 손으로 쓱 훔쳐 땅바닥에 털어버린 뒤 힘껏 빙수기를 돌렸다. 리 아저씨의 빙수 장사는 늘 잘됐다. 다른 노점 몇 곳은 그의 상대가 되지 못했다. 첫째는 그가 내거는 가격이 적정하고 양도 충분했기 때문이며 둘째는 그가 사람을 잘 사귀었기 때문이다. 군인 출신인 그는 중국에 있을 때 가본 데가 아주 많아서 할 얘기가 한도 끝도 없었고 그래서 위더중고등학교 학생들은 모두 그의 노점에 들르기를 좋아했다. 전에 여름밤 늦게 수업이 끝나고 주머니에 아직 돈이 있으면 나는 친구들과 함께 리 아저씨의 노점에 몰려가 빙수를 먹으면서 아저씨의 후난성 서부 지역의 강시 이야기를 듣곤 했다. 코를 찌르는 카바이드등의 파란 불빛이 손수레 위에서 흔들거릴 때 리 아저씨가 배를 불뚝 내밀고 강시를 흉내 내 펄쩍펄쩍 걸으면 우리는 깔깔 웃음을 터뜨렸다.

"리 아저씨."

내가 웃으며 부르자 리 아저씨는 나를 아래위로 한참 훑어보더니 곧장 만면에 미소를 지었다.

"헤헤, 리칭이로구나. 정말 오랜만이네. 졸업한 거니?"

"빙수 여섯 그릇 주세요."

나는 그에게 말했다.

"우리 다 목말라 죽을 지경이에요."

꼬맹이가 냉큼 손수레에 다가와서는 빨간 시럽이 담긴 유리병을 열고서 코를 대고 킁킁거렸다. 리 아저씨는 황급히 유리병을 빼앗아 원래대로 뚜껑을 닫고 소리쳤다.

"요 녀석이 쓸데없는 짓을 하네. 또 무슨 허튼 생각을 하는 거야?"

"너희, 리 아저씨의 빙수가 왜 그렇게 맛있는지 알아?"

꼬맹이가 헤헤 웃으며 말했다.

"시럽에 뭔가를 섞어서 그래. 그러니까 자기 땀을 말이야."

"염병할 녀석……"

리 아저씨는 눈이 왕방울만 해졌지만 아무 말도 하지 않고 또 이마에 맺힌 땀을 얼른 손으로 닦아냈다. 우리는 못 참고 깔깔 웃었다. 리 아저씨는 기계로 빙수를 갈아내면서 계속 뭐라고 투덜거렸다. 그리고 빙수 여섯 그릇에 각양각색의 시럽을 뿌려 우리에게 건네면서 따로 꼬맹이를 가리키며 꾸짖었다.

"요놈아, 네가 뭘 알겠냐? 이 리 어르신은 제공활불*이라서 내

---

* 濟公活佛. 세상을 구하는 살아 있는 부처님.

땀을 먹으면 불로장생한단 말이다."

"정말 제공활불 같긴 해요. 얘들아, 봐. 아저씨 배를 밀면 때가
한 사발은 나올 것 같아."

꼬맹이가 웃으며 리 아저씨의 배를 가리켰다. 리 아저씨는 때리
려고 손을 들었다가 또 웃음을 못 참고 꼬맹이의 볼을 옴켜쥐었다.

"애야, 너는 저 우마왕牛魔王의 홍해아紅孩兒*로구나. 아주 전문적
으로 훼방을 놓네."

우리는 허겁지겁 빙수를 깨끗이 먹어치우고 각자 5위안씩 냈다.
빙수를 먹고 나니 다들 화가 누그러졌다. 연탄, 뻐드렁니, 여드름
쟁이, 꼬맹이는 모두 내게 인사를 하고 뿔뿔이 흩어졌다.

---

* 둘 다 『서유기』에 나오는 요괴로 손오공 일행의 여행을 방해한다. 홍해아는 우마
왕과 나찰녀의 자식이다.

24

꼬맹이가 혼자 농구공을 안고 어깨 위에 셔츠를 얹은 채 식물원 안으로 갔고 나도 뒤따라 식물원 안에 들어갔다. 반년 동안 식물원에 오지 못했다. 전에는 등교할 때와 하교할 때 매일 식물원을 가로질러 왔다갔다했다. 무려 5년 넘게 그랬다. 나와 동생은 거의 식물원 안에서 자라다시피 했고 그래서 식물원은 우리의 정원과도 같았다. 우리는 위더중고등학교를 다닐 때 여러 친구와 무리를 지어 식물원 안에서 칼싸움을 하기도 했다. 이웃집, 친 참모네의 다바오人寶와 얼바오二寶도 우리 친구였다. 나는 대나무칼 두 자루를 깎아 내 것은 '용음龍吟', 동생 것은 '호소虎嘯'라고 이름 붙였다. 우리는 곤륜산의 용호쌍협龍虎雙俠이었고 다바오와 얼바오는 종남이살終南二煞이었다. 우리는 용음과 호소, 두 자루 검의 합공으로 종남이살과 싸웠다. 식물원 안 동산의 계단을 오르내리며 천지가 뒤집히도록 맹렬하게 겨뤘다. 하지만 악이 정의를 이길 수는 없는 법.

종남이살은 용호쌍협에게 밀려 식물원 밖으로 쫓겨나곤 했다. 그런데 한번은 내가 다바오를 베어 계단 아래로 쓰러뜨렸을 때 개가 그만 돌맹이에 머리를 부딪혀 호두알만 한 혹이 생겼다. 그래서 개 엄마가 우리 아버지를 찾아와 고자질하면서 "그 댁의 두 아들이 정말 말도 못 하게 개구지니까 단속 좀 잘 해줘요"라고 했다. 우리의 용음과 호소는 당장 몰수당해 땔감으로 타버렸다. 다바오와 얼바오는 위더고등학교에 붙지 못해 나중에 타이베이고등학교에 들어가서 비행 청소년이 되었다. 식물원의 풀 한 포기, 나무 한 그루까지 우리에게는 전부 오랜 친구처럼 익숙했다. 봄에는 올챙이를 잡고 여름에는 유칼립투스 나무에 올라가 매미를 잡았으며 가을에는 연못에서 연밥을 땄다.

아직 여름이 안 왔는데도 식물원 안 연못에는 벌써 연꽃이 흐드러지게 피어 수면 위에 분홍 꽃잎이 가득했으며 10여 센티미터 높이로 큼직큼직하게 솟아난 초록 연잎들은 빗물에 씻겨 무척이나 싱싱해 보였다. 그리고 새파란 연밥은 벌써 열매를 맺어가고 있었다. 연잎과 연꽃의 맑은 향기가 바람에 실려와 콧속으로 파고든 뒤, 청량제처럼 곧장 머릿속으로 스몄다.

"일주일만 더 있으면 연밥을 딸 수 있겠네."

나는 꼬맹이에게 따라붙어, 바람에 흔들리는 연못 속 연밥들을 가리키며 말했다.

"일주일도 안 돼서 저 큰 것들은 사라질걸요."

꼬맹이가 웃으며 말했다.

"요 며칠 아침마다 보러 왔는데, 열매가 맺히면 바로 딸 거예요."

"저기 몇 개는 못 따겠네. 아깝네, 벌써 익은 것 같은데."

나는 연못 한가운데의 제일 큰 연밥 몇 줄기를 가리키며 말했다.

"우리 집에 긴 대나무 장대가 있거든요. 그 끝에 낫을 묶어놓았는데 그걸 가져와 시험해봐야겠어요."

"저렇게 먼데 그게 닿겠어? 연못에 안 빠지게 조심해."

꼬맹이가 깔깔 웃었다.

"전에 뻐드렁니가 우리랑 같이 연밥을 따러 온 적이 있거든요. 그 욕심쟁이가 세 개를 따고도 성에 안 차 하다가 미끄러져 연못에 풍덩 빠졌어요. 온몸에 진흙을 뒤집어쓰고는 커다란 거북이처럼 됐지 뭐예요."

꼬맹이는 농구공을 공중에 던졌다가 허겁지겁 앞으로 달려가 받아냈다.

"너희는 어느 반 학생이니?"

"중학교 3학년 3반이요."

"아, 그러면 담임 선생이 오리너구리 아니니?"

"맞아요, 오리너구리예요. 어떻게 아세요?"

꼬맹이가 또 깔깔거렸다.

"나도 전에 배운 적이 있거든. 대단한 사람이지."

왕잉王瑛이라는 그 여교사는 위더중고등학교의 유명한 악녀였다. 시험 문제 출제를 할 때마다 학생들을 봐주는 법이 없었다. 박물* 과목에서 가장 심했는데, 한번은 오리너구리를 문제로 내서 학생들을 다 좌절시켰고 그래서 모두 그녀를 '오리너구리'라고 부르

---

* 동물학, 식물학, 광물학, 지질학을 아우르는 과목.

게 됐다. 하지만 왕잉은 사실 미모가 출중했고 수업하러 올 때마다 분홍 양산을 썼다.

"너도 박물 점수가 형편없겠지?"

내 질문에 꼬맹이는 곧바로 반박했다.

"아니거든요. 중학교 2학년 때 식물 점수가 95점으로 전교 일등이었어요."

"와, 대단하네. 오리너구리는 90점도 준 적이 없다고 들었는데. 너는 식물을 왜 그렇게 잘하니?"

"저는 식물원에서 살거든요."

꼬맹이는 씩 웃었다.

"아빠가 농림農林실험소 연구원이어서 어렸을 때부터 저한테 각종 식물을 알려주셨어요."

우리는 어느새 돌다리를 건너 농림실험소의 화원으로 들어갔다. 화원 안에는 유리 온실 다섯 채가 줄줄이 서 있었고 온실 안에는 분재와 화초가 가득했다. 또 바깥은 각양각색의 꽃 모종을 기르는 꽃밭이었으며 꽃밭에 꽂힌 수많은 이름표에는 라틴어 학명이 적혀 있었다. 우리는 안에 양치식물들이 매달린 유리 온실을 지나갔다. 길쭉길쭉한 녹색 잎들이 댕기처럼 늘어져 있었다.

"이것들은 '솔이끼'라고 해요."

꼬맹이는 허공에 한 줄로 걸린, 비로드처럼 섬세하고 보송보송한 초록색 양치식물을 가리키며 설명했다.

"'처녀 머리칼'이라고도 하는데 재배하기가 힘들어요. 온실에서는 습도 조절이 가능하잖아요. 이 식물은 수분을 아주 좋아해서…… 아, 저기 좀 봐요. 진짜 피었네."

꼬맹이가 흥분해서 앞쪽 꽃밭으로 달려가 쪼그려 앉은 뒤, 나를 돌아보며 손짓했다. 다가가서 보니 짙은 보라색과 엷은 빨간색이 어우러진 작은 꽃들이 빽빽이 피어 있었다.

"아빠가 심은 꽃들이에요."

꼬맹이가 신나서 말했다.

"이름이 뭔데?"

나는 식물 이름을 잘 몰랐다. 식물 과목도 추가 시험을 쳐서 겨우 합격했다.

"이것도 몰라요?"

꼬맹이가 우쭐대며 말했다.

"팬지예요. 이 색깔은 돌연변이죠. 아빠가 인공 교배로 기른 거예요. 자세히 좀 봐요. 이 꽃들이 뭘 닮았죠?"

"고양이 얼굴."

내 대답에 꼬맹이가 마구 손사래를 치며 깔깔댔다.

"틀렸어요, 틀렸어. 사람 얼굴을 닮았죠. 그래서 '인면화人面花'라고도 해요."

꼬맹이가 일어나서 걸어가며 자기 아버지가 매일 밤 자정에 일어나서 자기가 심은 꽃을 관찰한 이야기를 해줬다. 우리는 화원을 가로질러 농림실험소 숙소 앞에 도착했다. 숙소는 오래된 일본식 목재 가옥들이었고 안팎으로 나무가 무성했다.

"저기가 우리 집이에요."

꼬맹이가 멈춰 서서 두 번째 집을 가리켰다. 그 집은 커다란 청록색 파초 나무에 건물 전체가 덮여 있었다.

"막내야."

갑자기 집 안에서 열일고여덟 살로 보이는 큰 사내아이가 뛰쳐나와 꼬맹이에게 다짜고짜 물었다.

"너 어디 갔었어? 오후 내내 찾았단 말이야."

"학교 가서 농구하고 왔는데."

꼬맹이가 들고 있던 농구공을 큰아이에게 던졌다. 큰아이는 그것을 받아 들고 꼬맹이를 나무랐다.

"요 녀석, 또 내 공을 훔쳐갔구나."

"뻐드렁니 녀석들이랑 빙수 내기를 했거든. 걔들이 져놓고 또 생떼를 썼어."

꼬맹이가 고개를 돌려 내게 괴상한 표정을 지어 보이며 웃었다.

"바깥으로 나돌며 말썽만 피우고 있네. 아빠가 너한테 류 아저씨한테 가서 백과사전 빌려오라고 했잖아. 어떻게 됐어?"

"으악, 맞다! 혼나야 돼, 혼나야 돼."

꼬맹이가 자기 머리를 쥐어박으며 말했다.

"당장 빌리러 갈게."

"언제 그걸 기다려? 내가 벌써 빌려왔어. 아빠가 화나셨으니까 빨리 들어가자. 아마 각오하는 게 좋을 거야."

큰아이는 꼬맹이의 귀를 잡고 집 쪽으로 잡아당겼다. 꼬맹이는 머리가 한쪽으로 갸우뚱한 채 콩콩 뛰며 끌려가다가 대문 앞에 이르러 큰아이의 손을 뿌리치고 나를 돌아보며 웃는 얼굴로 손을 흔들었다. 큰아이는 쾅, 하고 대문을 닫았다. 대문 안에서 텅텅텅, 농구공 튀기는 소리가 들려왔다.

석양이 기울자 나무 그림자가 갈수록 길어져 한 가닥, 한 가닥 풀밭 위에 가로누웠다. 내 그림자도 길어져서 기울고 엇갈린 나무 그림자 속을 들락날락했다. 언덕을 오를 때는 그림자가 점점 곤추섰다. 언덕을 내려올 때는 또 그림자가 황급히 앞으로 달아났다. 숲을 벗어난 후 별안간 바람을 타고 가냘픈 하모니카 소리가 희미하게 들려왔다. 그 소리는 멀리 연꽃 핀 연못 건너편에서 들리는 것 같다가 또 가까이 있는, 수염이 땅바닥까지 늘어진 용수나무 뒤편에서 들렸다. 끊어졌다 이어지고 또 높아졌다 낮아졌다. 나는 하모니카 소리를 쫓아 달리다가 무성하고 빽빽한 금사죽 숲속으로 들어갔다. 땅 위에 쌓인 마른 대나무 잎과 껍질이 발에 밟혀 파삭파삭 소리를 냈다. 나는 두 손으로 머리를 가려 뾰족한 대나무 가지를 막으며 좌충우돌했다. 문득 마지막으로 동생과 함께 식물원에 왔던 어느 오후가 떠올랐다. 동생이랑 방과 후 식물원에서 만나기로 약속하고 대나무숲 밖, 돌다리 어귀에 있는 커다란 빵나무 밑에서 기다리고 있으면 내가 자전거에 태워 집에 데려다주겠다고 했다. 그런데 돌다리 어귀에 와보니 동생이 보이지 않았다. 그때 널찍한 활엽들이 겹쳐진 거대한 빵나무 위에서 맑은 하모니카 소리가 포물선을 그리며 미끄러져 내려왔다. 고개를 들어보니 동생이 빵나무 가지 위에 앉았는데 검푸른 활엽들이 커다란 부채처럼 동생의 몸을 반쯤 가리고 있었다. 동생은 머리를 드러낸 채 내가 선물한 버터플라이 하모니카로 「청평조淸平調」를 연주하고 있었다. 나는 큰 소리로 동생을 불렀다.

하모니카 소리가 뚝 끊겼다. 대나무숲 밖의 널찍한 연못에서 꼿꼿한 연잎들이 저녁 바람을 맞아 일제히 술렁였고 쓴맛을 머금은 연잎의 맑은 향기가 주위를 가득 맴돌았다. 또 한 차례 바람이 불어오자 연잎들이 우수수 서로 부대끼며 비스듬히 누웠다. 연못 반대편 돌다리 위에 남학생 너덧 명의 머리가 나타났다. 잠시 후 방금 전의 그 하모니카 소리가 연못의 다른 쪽 기슭에서 가냘프게 솟아 점점 멀어지더니 바람에 실려 조용히 사라졌다.

25

요괴굴 탐방기

지난 토요일 밤, 필자는 우연히 절대 금지 구역에 뛰어들었다. 옛사람 유신劉晨과 완조阮肇는 천태산天台山에 올랐지만* 필자는 요괴굴을 돌아보며 시야를 넓혔다. 각설하면 우리 타이베이시 난징동로 125항은 본래 떠들썩한 번화가인데, 고깃집과 커피숍과 일본 요리점 밑에 '안락향'이라는 이름의 비밀 바가 숨겨져 있다. 독자 여러분도 골드에인절 옆 좁은 문을 통해 아래로 내려가면 그 별천지 같은 요괴굴에 들어갈 수 있다. 하지만 긴장하지 마시길. 거기에는 머리 셋, 팔 여섯의 식인 요괴는 없다. 잘생긴 얼굴로 애교

---

* 한나라 명제 때 유신과 완조라는 사람이 천태산에 약초를 캐러 갔다가 길을 잃었는데, 거기에서 선녀 두 명을 만나 반년을 함께 살다가 집에 돌아가 보니 어느새 자신들의 7대손이 살고 있었다는 설화를 가리킨다.

스럽게 웃는 '인간 요괴'가 있을 뿐이다. 필자는 그렇게 얼떨결에 타이베이시의 남색의 본거지를 발견했으며 잠깐 눈앞이 어지럽고 가슴이 뛰어 거의 세상 밖 '도화원桃花源'에 온 줄 알았다. 안락향은 인테리어가 호화롭고 분위기도 고급스러운 데다 음악까지 감미롭다. 그 속에서 꿈결처럼 부드러운 웃음과 대화가 오간다. 이곳에 와서 금단의 과일을 먹는 사람은 위로는 부유한 상인, 의사, 변호사부터 아래로는 점원, 병사, 학생까지 다양하고 서로 동'병'상련의 관계다. 필자가 말을 돌려가며 물어본 결과, 안락향의 배후 인물은 영화계의 어느 명사라고 한다. 그래서인지 당일 밤, 이곳에는 스타가 떴다. 최근 막 유명해진 젊은 배우가 놀랍게도 모습을 보였다. 하지만 인간과 요괴는 길이 달라서 어쨌든 요괴굴에 오래 머물면 안 되므로 필자는 맥주 한 병만 마시고 서둘러 일어나 인간 세상으로 돌아왔다. 이 '요괴굴 탐방기'를 독자 여러분과 공유하고자 한다.

　　―본보 기자 판런樊仁

　안락향에 출근하자마자 안에서 양사부와 샤오위, 우민, 쥐 등 몇 명이 뭐라고 떠드는 소리가 들렸다. 다들 꽤 흥분한 듯했다. 사부가 나를 보더니 씩씩대며 들고 있던 『춘신만보春申晚報』를 건넸다. 신문 제3면의 사회 뉴스에 판런 기자가 보도한 그 「요괴굴 탐방기」가 실려 있었다. 제목의 글자 크기가 두드러지게 컸다. 『춘신만보』는 과거 상하이의 어느 조합에서 중간 간부였던 사람이 창간했다고 하며 오로지 가십성 기사만 노렸다. 지난달에는 조금 유명한 여자 스타 뤄리리羅俐俐가 성공하기 전 화두華都호텔 나이트에서 댄서였다는 비밀을 캐내 거기에 양념을 덧붙여서 꼴사납게 보도했다. 그 여자 스타는 홧김에 수면제를 복용해 거의 죽다 살아나는 바람에 한바탕 난리가 났다.

"얘들아!"

사부는 우리를 다 불러놓고 그『춘신만보』를 쥐고 흔들며 한바탕 훈화를 했다.

"이런 걸 보고 마른하늘에 날벼락이라고 하는 거다. 우리가 운수가 사나워서 하필 그런 모진 놈을 만나 신분이 싹 들통나버렸다. 앞으로는 이런 평화로운 날을 못 누릴 것 같구나. 나나 너희나 지난 두 달 넘게 겨우 사람답게 살아봤는데 말이다. 우리 안락향은 곧 대박이 날 수 있었다. 이번 달, 아직 결산은 안 했지만 보아하니 지난달보다 최소 3할은 더 벌 것 같다. 이렇게 계속되면 우리 사제들은 어디 갈 데가 없어 걱정할 필요는 없겠지. 애초에 내가 머리를 굴려 이 술집을 연 이유 중 절반은 네놈들의 보금자리를 마련해 거리를 안 떠돌게 하는 거였다. 너희는 이 사부를 원망하는 일이 있어서는 안 돼. 이렇게 너희를 위해 온 마음을 다하니까 말이다. 사실 이번 일도 네놈들의 고단한 운명을 탓할 수밖에 없다. 너희는 이런 편안한 삶을 누릴 복이 없는 것 같다.『춘신만보』의 그 망할 새끼는 건드려서는 안 될 걸 건드렸어. 너희도 뤄리리 사건 기억하지? 사람을 죽지도 살지도 못하게 만들었잖아. 이번에 소문이 퍼지면 우리는 타이베이시 최고의 화제의 인물이 될 거야. 아마 뤄리리보다 더할걸? 성 회장은 아직 오늘 자『춘신만보』를 안 보셨나보군. 보셨으면 진작에 초조해서 펄펄 뛰셨을 텐데. 그래도 계속 안락향에 와서 우리 뒤를 봐주시는 것은 당연히 기대할 수 없다. 그

판런이라는 썩을 기자 놈 말이야, 너희는 지난주 토요일에 의심스러워 보이는 사람을 본 적이 있냐?"

우리는 서로 쳐다봤고 잠시 후 샤오위가 뭔가 생각났는지 소리쳤다.

"맞다! 그날 저녁, 낯선 사람 하나가 저한테 이것저것 물으면서 안락향의 사장이 누구인지 물었어요. 좀 교활해 보이고 검정 양복을 아래위로 뻬입은 놈이었는데, 척 봐도 우리랑 관계없는 사람인지 알겠더라고요. 하지만 『춘신만보』의 그 악당인지는 전혀 몰랐어요."

"그랬군."

사부는 고개를 끄덕이고 잠시 생각하더니 우리에게 당부했다.

"이렇게 일이 알려졌으니 조금 있다가 어떤 구경꾼들이 몰려올지 모른다. 그러니까 오늘 밤에는 다들 마음을 가라앉히고 무슨 일이 있어도 꾹 참아야 한다. 말을 많이 해서도 안 되고 괜히 울컥해서도 안 된다. 앞으로 위험한 일이 많을 거다. 까딱 잘못하면 우리모두 휘사오도행이야."

사부의 말이 다 끝나기도 전에 덜컹, 문이 열리더니 낯선 사람들이 삼삼오오 안으로 들어왔다. 처음에 그들은 구석진 자리마다 듬성듬성 앉아 별로 눈에 띄지 않았고 사부도 우리한테 평소처럼 술과 담배를 갖다주게 했다. 8시가 넘어가자 상황이 크게 변했다. 예전에는 본 적도 없는 이들이 끼리끼리 무리 지어 안락향으로 쏟아져 들어왔다. 그래서 한 시간도 안 돼 지하 공간 전체가 그 불청객들로 가득 찼다. 밤마다 안락향에 들르던 새들은 소문을 들었는지 죄다 행방을 감췄다. 멋모르고 날아든 한둘도 생판 모르는 얼굴들이 보금자리를 전부 차지한 것을 보고서 조용히 달아났다. 낯선 손님들은 대부분 젊은이였고 일부는 예런 커피숍에서 늘 죽치고 있는 불량소년들이었다. 나는 거기서 몇 번 그들을 만난 적이 있다. 그들은 오늘 여자아이들까지 몇 명 대동하고는 구경하러 나타났다. 그 소년들은 실내에 들어서자마자 데굴데굴 눈을 굴려 곳곳을 살펴보면서 수군수군 귀엣말을 나누었다. 가끔 피식하는 웃음소리가 여기저기서 울렸다. 웃음소리가 가장 날카롭고 귀에 거슬리는 사람은 눈두덩에 파란 아이섀도를 칠하고 부츠를 신은, 말총머리의 한 여자아이였다.

어디 있어?

저기 있잖아.

누군데?

저기 두 명.

신문에서는 아주 많다고 그랬는데……

그 말총머리가 바에서 머잖은 곳에 서서 새빨간 티셔츠를 입은 소년의 귓가에 대고 계속 캐물었다. 킥킥대는 웃음소리 속에서 그 두 사람은 호박색 불빛이 은은히 비치는 지하 공간을 계속 깡충대며 다녔다. 이쪽 구석에서 저쪽 구석까지. 또 저쪽 구석에서 이쪽 구석까지.

요괴

요괴

요괴

요괴

요괴

바 주변에 미소 띤 눈들이 둥둥 떠서 나랑 샤오위를 바짝 뒤쫓았다. 나랑 샤오위를 에워싼 채 우리의 머리부터 발끝까지 쏘아본 다음, 다시 발끝부터 차근차근 기어올라 얼굴에 이르렀다. 그 눈들이 사방팔방에서 날아와 우리는 숨을 수도 피할 수도 없었다. 여덟 살 때 일이 떠올랐다. 그해 어머니가 집을 나가고 얼마 안 돼서 나는 어느 날 동생을 데리고 수란가의 개천으로 놀러 갔다. 그런데 강가 버드나무 줄기에 걸린 파인애플만 한 벌집을 보고서 그게 얼마나 무서운 것인지도 모르고 그것을 겨냥해 진흙 덩이를 던지며 놀았다. 잠시 후 벌집 한쪽이 허물어지더니 붕, 하고 성난 벌 떼가 튀어나와 내게 달려들었다. 나는 비명을 지르며 미친 듯이 달렸지만 벌써 머리와 얼굴에 몇 방 물렸다. 아무리 손을 휘저어도 쫓아오는 벌 떼를 떨쳐낼 수가 없었다. 집에 돌아와서 보니 얼굴이 시퍼렇게 부었고 눈꺼풀도 한 방 물려 눈이 떠지지 않았다. 그날 밤은 너무 아파 한숨도 자지 못했다. 나는 문득 그 눈들이 그때의 성난 벌 떼처럼 내 머리와 얼굴을 노리고 집요하게 쏘아댄다는 느낌이 들었다. 맥주잔을 든 손이 부들부들 떨려서 흰 거품을 머금은 맥주가 쏟아져 바지와 신발에 튀었다. 샤오위도 그 시선들에 당황한 듯했다. 술잔 하나를 바닥에 떨어뜨려 산산조각을 냈다. 쥐는 술을 들고 사람들 사이를 왔다갔다했지만 그를 신경 쓰는 사람은 없었다. 그러나 우민은 불량소년들의 희롱에 고초를 겪었다. 게이라고 소리치며 막아서는 녀석도 있었고 토끼라고 부르며 머리를 만지는 녀석도 있었다. 우민은 사냥개에 쫓기는 흰토끼처럼 어쩔 줄 모르고 이리저리 몸을 피했다. 아숭은 사부가 주방에 들여보내 못 나오게 했다. 그가 멋모르고 사람을 쳐 화를 부를 수도 있기 때문이었다.

바의 한쪽 끝에 놓인 전자 오르간 앞에는 오늘도 양싼랑이 선글라스를 끼고 아무렇지도 않게 앉아 있었다. 그는 반쯤 고개를 치켜들고 멍한 미소를 띤 채 자기가 작곡한 「타이베이교의 블루스」를 여유롭게 연주했다.

26

밤에 가게 문을 닫고 우리는 누구 할 것 없이 완전히 녹초가 됐다. 방금 전에 마친 너덧 시간의 근무는 일분일초도 억지로 참아내지 않은 시간이 없었다. 사부는 침착하게 잘 대처했다며 우리를 칭찬했다. 결산을 마친 뒤 특별히 1인당 100위안씩 보너스를 주고는 한숨을 쉬며 말했다.

"얘들아, 오늘 밤 우리가 얼마나 어려운 지경에 처했는지 봤지? 평소에 너희는 이 사부의 단속이 너무 엄하다고 탓하지만 막상 보니까 어떠냐? 바깥 세계가 우리한테 조금이라도 우호적이더냐? 만약 내일 밤, 모레 밤도 오늘처럼 그 잡놈들이 우리 안락향에 와서 소란을 피우고 분위기를 깬다면 얘들아, 우리는 여기 오래 있지 못할 것 같다."

푸 어르신 댁에 돌아가니 벌써 한밤중이었다. 날씨가 좀 으스스했다. 나는 푸웨이가 남긴 군용 점퍼를 입고 있었다. 푸 어르신이 집의 불을 모두 끈 탓에 나는 어둠 속을 더듬어 현관에 올라갔다. 평소 푸 어르신은 일찍 잠들기는 했지만 항상 나를 위해 현관의 작은 등 하나는 켜놓았다. 또 어젯밤에는 내가 집에 들어오지 않아 틀림없이 걱정했을 것이다. 집 안에 들어가 살금살금 푸 어르신의 방을 지나갈 때였다. 숨죽이고 방문 너머의 기척에 귀를 기울이는데 얼핏 조그맣게 신음이 나는 듯했다.

"어르신."

나지막이 불렀지만 안에서는 계속 끙끙 소리만 났다. 방문을 열고 들어가니 방 안은 불이 꺼져 있었다. 어둠 속에서 푸 어르신의 신음이 더 또렷이 들렸다. 몸이 불편해 헐떡이는 소리 같았다. 나는 침대 머리의 서랍장 위에 놓인 스탠드를 켰다. 푸 어르신이 침대에 누워 창백해진 얼굴로 땀을 뻘뻘 흘리고 있었다. 진회색 눈썹을 잔뜩 찌푸린 채 목구멍으로 계속 거친 신음을 토했다. 무척이나 고통스러워 보였다.

"어르신, 많이 안 좋으세요?"

나는 쪼그려 앉아 푸 어르신에게 다가가 물었다. 푸 어르신은 잔뜩 애를 쓰며 말했다.

"아칭, 물 한 잔 갖다주렴."

나는 얼른 부엌에 가서 보온병에서 따뜻한 물 한 잔을 따라 푸 어르신의 방으로 돌아갔다.

"저 약 좀……."

푸 어르신이 손을 들어 서랍장 위의 플라스틱 약병을 가리켰다. 그 안에는 녹색 캡슐의 알약이 들어 있었는데 푸 어르신이 평소에 복용하던 약물이 아니었다. 나는 그것이 심각한 심장 통증을 위한

구급용 특효약이라는 푸 어르신의 말이 떠올랐다. 약병에는 6시간에 하나씩 먹으라고 쓰여 있었다. 나는 알약 하나를 꺼내고 푸 어르신을 부축해 앉힌 다음, 알약을 그의 입에 넣고서 뜨거운 물을 반 잔 가까이 조금씩 마시게 했다. 그러고 나서 그의 머리를 다시 베개 위에 눕혔다. 푸 어르신의 머리칼은 땀에 흠뻑 젖어 있었고 더구나 식은땀이었다. 나는 손수건을 꺼내 그의 이마와 뺨에 맺힌 땀을 닦아냈다.

"어르신, 제가 병원에 모셔다드릴까요?"

푸 어르신의 이번 증상은 무척 심해 보여서 조금 당황스러웠다. 하지만 어르신은 눈을 감은 채 손사래를 쳤다.

"약을 먹었으니 한동안은 괜찮을 거야. 내일 룽민병원에 가서 딩 선생한테 진찰을 받으마."

딩중창丁仲强 선생은 룽민종합병원 심장과 주치의로 푸 어르신은 계속 그에게 치료를 받아왔다.

"그러면 내일 아침에 제가 병원에 모셔다드릴게요, 어르신."

내 말을 듣고 푸 어르신은 고개를 끄덕였다. 그리고 잠시 후 눈을 뜨고서 오늘 발병한 이유를 대강 이야기했다. 알고 보니 그는 아침에 중허향의 링광보육원에 가서 그 팔 없는 아이, 푸톈츠를 타이완대학병원으로 데려가 진찰을 받게 했다. 푸톈츠는 벌써 일주일 넘게 열이 나며 아팠다. 보육원의 담당 의사가 약 처방을 하긴 했지만 효과가 없었고 아이가 너무 아파서 푸 어르신이 보다 못해 나선 것이었다. 그런데 그날따라 타이완대학병원의 엘리베이터가 고장 났고 내과 진료실은 또 3층에 있었다. 평상시 푸톈츠는 뒤뚱뒤뚱 걷다가 걸핏하면 넘어지곤 했다. 하물며 지금은 몸도 아픈 상태였다. 결국 푸 어르신이 그 애를 반은 안고 반은 끌면서 3층까지 올라가야만 했는데, 그게 무리가 되어 병원 안에서 가슴이 아프기 시작했고 하마터면 정신을 잃을 뻔했다. 푸 어르신은 말을 마치고 잠시 나를 훑어보더니 입가에 피곤한 미소를 지으며 중얼거렸다.

"내 아들 녀석의 옷이 너한테 딱 맞는구나, 아칭."

나는 고개를 숙여 입고 있던 카키색 군용 점퍼를 보고 말했다.

"바깥 날씨가 좀 추워졌거든요."

나는 푸 어르신의 방에서 잤다. 방에 놓인 등나무 의자에서 휴식을 취했다. 밤새 우리 두 사람은 잠을 잘 이루지 못했다. 푸 어르신은 몸이 불편해서인지 자주 끙끙거렸다. 그럴 때마다 나는 놀라서 깼고 그게 반복되어 날이 샐 때까지 뒤치락거렸다. 그러다가 일어나 밖에 나가서 물을 끓여 오발틴*을 한 잔 탔다. 푸 어르신은 본래 마시고 싶어하지 않았지만 내가 극구 권해 어쨌든 조금씩 다 마시기는 했다. 이어서 겹저고리를 꺼내 푸 어르신에게 입혀드리고 나서 나도 서둘러 머리를 빗고 세수를 했다. 그리고 8시 정각에 골목 어귀에 나가 택시 한 대를 세워 불러들인 뒤, 다시 집에 들어가 침대에서 푸 어르신을 부축해 일으켰다. 나는 그의 오른팔을 내 목에 감고 내 왼손으로 그의 구부정한 몸을 안고서 한 걸음 한 걸음 비틀대며 현관 밖으로 내려갔다.

우리는 9시도 되기 전에 스파이石牌에 있는 룽민종합병원에 도착했다. 푸 어르신은 그날 딩 선생의 첫 번째 외래 환자이자 특진 환

---

* 맥아가 주원료인 가루 형태의 파우더로 우유에 녹여 마신다.

자였다. 간호사가 특별히 휠체어를 몰고 나와서 푸 어르신을 안으로 모셨다. 밖에서 거의 40분을 기다리던 중 딩 선생이 나와 이야기하려고 직접 밖으로 나왔다. 그는 키가 크고 은발이 빛나는 의사였다. 하얀 가운을 입은 모습이 대단히 위엄 있어 보였다. 그가 나를 부르더니 무거운 어조로 말했다.

"어르신의 병환이 이번에는 가볍지 않아서 당장 입원시키려 하네."

"아, 오늘 당장이요?"

나는 우물쭈물하며 물었다.

"그래, 오늘 당장."

딩 선생은 단호하게 말한 뒤, 푸 어르신의 상태를 대략 설명해줬다. 푸 어르신은 심장이 줄곧 약했는데 이번에는 심근경색 증상까지 있어 언제든 쇼크가 올 수 있다는 것이었다. 만약 기절해서 넘어지기라도 하면 당장 생명이 위험했다. 이어서 그는 자기가 서명한 입원통지서를 주며 설명했다.

"먼저 밑에 가서 입원 수속을 밟게. 어르신은 심전도 검사를 하고 계시네."

나는 아래층 원무과에 가서 푸 어르신의 입원 수속을 밟았다. 푸 어르신은 국가유공자여서 미리 입원비를 낼 필요는 없었다. 다시 위층으로 돌아가니 푸 어르신은 벌써 심전도 검사를 마친 뒤였다. 그는 녹색 환자복으로 갈아입고 구부정하게 휠체어에 앉아서 간호사의 도움으로 다른 진료실에 가는 중이었다. 그는 나를 보고 손을 흔들어 부른 뒤, 힘없는 목소리로 당부했다.

"먼저 돌아가서 내가 갈아입을 옷을 두 벌 가져오렴. 내 칫솔이

랑 수건도. 다른 건 다음에 말하마. 요 며칠 네가 두 번은 와줘야
할 거야."

나는 얼른 답했다.

"염려 마세요. 어르신. 집에서 가져올 약은 없나요?"

"필요 없다. 딩 선생이 따로 처방할 거야."

"어르신. 그럼 빨리 다녀올게요."

나는 말했다.

"저녁에 출근하지 않을 거예요."

푸 어르신은 입술을 달싹여 뭔가 말하려 했지만 그냥 고개만 끄
덕이고 말았다. 내가 돌아서서 가려는데 푸 어르신이 뒤에서 쉰 목
소리로 물었다.

"수중에 돈은 있니?"

"있어요."

나는 고개를 돌리고 바지 주머니를 툭 치며 웃었다.

27

서둘러 푸 어르신 댁에 돌아갔다. 집 안은 고요했다. 푸 어르신이 입원하는 바람에 집 전체가 순식간에 텅 빈 듯했다. 그의 방에 들어가 옷장에서 속옷 몇 벌을 챙기고 칫솔, 치약, 수건도 비닐봉지에 담았다. 그리고 내 방 벽장에서 군용 녹색 여행 가방을 꺼내 챙긴 물건을 거기에 다 집어넣고 마지막으로 내 오발틴 한 통도 쑤셔넣었다.

룽민종합병원으로 돌아가는 길에 안락향에 들렀다. 푸 어르신의 발병과 입원 소식을 사부에게 알릴 생각이었다. 하지만 사부는 없었고 샤오위, 쥐, 우민 셋이서 테이블 하나에 둘러앉아 밥을 먹으며 시끄럽게 무슨 말다툼을 하고 있었다. 불현듯 허기가 느껴져 아예 나도 앉아서 함께 먹고 가기로 했다. 그런데 샤오위가 나를 보자마자 낄낄거리며 말했다.

"하나 더 왔네. 얘는 뭐라고 하지? 잉어 요괴라고 하자!"

쥐와 우민도 깔깔 웃어댔다.

"씨발, 잉어 요괴가 뭐야?"

나는 털썩 앉아서 샤오위 앞의 밥그릇과 젓가락을 가져다가 밥을 집어 먹었다.

"내가 보기엔 너야말로 여우 요괴야."

쥐가 펄쩍 뛰며 샤오위를 가리키며 소리쳤다.

"들었지? 들었지? 나랑 샤오민도 너한테 여우 요괴라고 했는데 네가 아니라고 그랬잖아. 이제는 공인된 셈이지?"

"알았어, 알았어. 내가 여우 요괴라고 치지 뭐."

샤오위는 자기 가슴을 치며 말했다.

"그러면 너는 쥐 요괴고 너는 토끼 요괴야."

그는 쥐와 우민을 차례로 가리키더니 나도 가리키며 말했다.

"너는 잉어 요괴고. 우리 사부는 천년 묵은 거북이 요괴고 말이야. 아슝은 초특급 굼벵이 요괴라고 해야 하나? 그러면 우리의 이 '요괴굴'은 온갖 요괴로 구색이 다 맞춰진 셈이네. 오늘 밤 요괴를 보러 요괴굴에 오는 사람들에게 입장료를 받자. 요괴 한 마리당 100위안씩. 한 마리 더 보면 100위안 추가하고. 그렇게 하면 앞으로 술을 팔 필요가 없을 거야."

샤오위는 말하면서 쥐의 손에 있던 젓가락을 빼앗아, 밥그릇을 땅땅 두드리며 유치원 노래인 「호랑이 두 마리」의 멜로디를 빌려 노래했다.

요괴 네 마리

요괴 네 마리

키가 엇비슷하네

키가 엇비슷하네

자지도 없는 것이

보지도 없네

진짜 묘하네

진짜 묘하네

우리는 박장대소를 했고 뒤따라 젓가락으로 밥그릇을 두드리며 그 '요괴 노래'를 합창했다.

"사부님은 어디 가셨어?"

나는 너무 웃겨 옆구리가 결리는 것을 참으며 샤오위에게 물었다.

"성 회장이 불러서 갔어. 성 회장이 『춘신만보』를 보고 머리끝까지 화가 나서 사부님을 불러 긴급 회의를 한대. 내가 보기에는 우리 안락향도 호시절이 길지 않을 것 같아. 너희는 어떤 계획이 있는지 모르지만 나는 생각을 정했어. 다음 달 룽 선장의 취화호가 떠날 때 무슨 일이 있어도 따라가려고. 요리사 자격증도 땄으니까 취화호의 새끼 요리사가 될 거야. 다음 주에 맹장 수술도 하러 가려고. 쥐, 너는 까마귀 집에도 못 돌아갈 텐데 앞으로 어쩌려고? 좀 도둑질이라도 하러 나설 거야?"

쥐는 누런 이를 드러내고 헤헤, 얼빠진 웃음소리를 냈다.

"우민은 또 어쩌고? 설마 '칼자국 왕우'의 마누라로 돌아가는 건 아니겠지? 그래도 네가 제일 나아, 아칭. 너는 푸 어르신이 돌봐주니 걱정할 게 없잖아. 나는 네가 쥐랑 우민도 챙겨서 어르신한테 자비를 베풀어달라고 부탁했으면 좋겠어. 쟤들도 같이 거둬달라고 말이야."

"푸 어르신이 중병으로 입원하셨어."

"아……"

내 말에 그들 세 명은 놀라서 탄성을 지르고는 할 말을 잃었다. 나는 어젯밤 푸 어르신의 병이 발작해 오늘 아침 룽민종합병원에 입원한 경과를 그들에게 이야기해주었다. 세 사람은 의사가 뭐라고 말했는지 몹시 알고 싶어했다.

"딩 선생이 그러는데 언제든 쇼크가 올 위험이 있대."

"쇼크?"

쥐가 어리둥절해서 묻자 샤오위가 핀잔을 주었다.

"정신을 잃는다는 거야. 알아들었냐, 이 촌뜨기야?"

우리는 사부가 돌아오기를 기다리지 않고 다 같이 먼저 병원에 가서 푸 어르신을 뵙기로 결정했다. 골목 어귀로 나가 과일 노점을 지날 때 샤오위가 일본산 사과 몇 개를 푸 어르신에게 사다드리자고 제안했다. 하나에 50위안이라 각자 50위안씩 내서 새빨갛고 큼직한 일본 사과 네 개를 샀다. 그리고 택시 한 대를 잡아 스파이의 룽민종합병원으로 향했다.

푸 어르신은 305호 병실에 있었다. 2등 병실이었고 안에 다른 환자가 한 명 더 있었으며 두 병상 사이에는 흰 장막이 드리워져 있었다. 푸 어르신의 병상은 안쪽이어서 나는 샤오위, 우민, 쥐를 데리고 살금살금 그쪽으로 돌아갔다. 푸 어르신은 하얀 시트를 덮은 채 모로 누워 자고 있었는데 흐트러진 하얀 머리칼만 보였다. 병실 안쪽은 어두워서 푸 어르신의 얼굴은 잘 안 보이고 탁한 숨소리만 불규칙하게 들렸다. 우리 넷은 침대 옆에 서 있었다. 나는 군용 여행 가방을 들고 있었고 샤오위는 사과 네 개가 담긴 비닐봉지를 들고 있었다. 그리고 우민과 쥐는 우리 뒤에서 숨죽인 채 서 있었다. 그렇게 조용히 15분 가까이 기다리고 나서야 푸 어르신이 몸을 뒤척이며 깨어났다.

"아칭이냐?"

푸 어르신의 물음에 나는 얼른 다가가 몸을 굽히며 답했다.

"돌아왔어요, 어르신. 옷하고 수건도 가져왔고요."

나는 뒤의 세 명을 가리키며 또 말했다.

"샤오위, 우민, 쥐가 어르신을 뵈러 왔어요."

세 명은 그제야 주춤대며 다가왔다.

"너희는 출근 안 하냐?"

푸 어르신이 물었다. 목소리에 힘이 없었다. 샤오위가 앞으로 나서며 답했다.

"아직 일러요, 어르신. 아칭이 얘기해줬어요, 어르신이 편찮으시다고……"

샤오위가 말하면서 손에 든 사과 봉지를 내게 건넸다. 나는 그것을 받아 위로 들어올렸다.

"얘네가 어르신 드리라고 사과 몇 개를 사왔어요."

나는 비닐봉지에서 빨갛고 큼직한 사과를 꺼냈다. 푸 어르신은 그것을 보고 희미한 미소를 지으며 탄식했다.

"너희가 무슨 돈이 있다고 이런 걸 샀냐? 낭비를 했구나."

푸 어르신은 내게 베개를 높여달라고 해서 몸을 일으킨 뒤, 잠깐 숨을 돌리고 나서 우리를 쭉 둘러보았다. 그러고는 맨 처음으로 쥐를 옆으로 불렀다.

"네 형이 못되게 굴어 네 앞날이 어려울 것 같더구나. 아칭한테 말해놓았다. 특별히 너를 보살펴주라고."

쥐가 멍한 미소를 짓고는 슬쩍 나를 훔쳐보았다.

"우민, 네 목숨은 주워온 것이고 다시 태어난 것이나 다름없으니 소중히 여겨야 한다."

푸 어르신이 우민을 쳐다보며 말했다.

"예, 어르신."

우민이 기어들어가는 목소리로 답했다.

"너는 한결같이 일본에 가고 싶어한다고 들었다."

푸 어르신이 샤오위를 돌아보며 말했다.

"기회가 있으면 밖에 나가보고 싶어요."

샤오위가 말했다. 푸 어르신은 잠시 그를 보다가 고개를 끄덕였다.

"친아버지를 찾으려는 네 마음은 아주 훌륭하다. 하늘이 너를 가엾이 여겨 소원을 이뤄주시길 바란다."

샤오위는 고개를 숙였고 우리 모두 숙연해졌다. 나는 푸 어르신이 베개 위에 등을 대고 버티느라 힘들어하는 것을 보고 얼른 말했다.

"이제 쉬셔야 해요. 쟤들도 출근하러 가야 하고요."

"사부님은 어르신이 입원하신 걸 아직 몰라서 못 오셨어요."

샤오위가 떠나기 전에 말했다. 푸 어르신은 잠깐 생각하고 나서 입을 열었다.

"가서 양진하이한테 전해라. 내일 아침에 혼자 나를 보러 오라고. 내가 당부할 말이 있다."

샤오위와 우민과 쥐가 가고 나서 간호사가 계속 드나들며 푸 어르신의 혈압과 체온을 측정하고 또 약을 주고 주사도 놓았다. 푸 어르신은 눈을 감고 잠깐 잠들었다가 번번이 깨곤 했다. 간호사가 납작한 변기를 가져와서 내게 푸 어르신의 대변 검사를 해야 한다고 말했다. 그녀는 대변 샘플을 담는 플라스틱 상자와 이쑤시개를 주면서 푸 어르신이 대변을 본 후 샘플을 채취해 갖다달라고 했다. 하지만 푸 어르신은 요 며칠 변비여서 통 화장실에 못 갔다고 말했다. 나는 간호사한테 물어 과도를 빌리고는 사과 한 접시를 깎았다. 그것을 푸 어르신에게 먹게 하고 물 한 잔도 같이 마시게 했다. 한 시간쯤 지나서 푸 어르신의 배에 반응이 왔다. 나는 서둘러 그 하얀 도자기 변기를 가져와 푸 어르신의 몸 밑에 댔다. 하지만 푸 어르신은 등이 너무 굽어서 똑바로 눕지 못했다. 할 수 없이 그를 부축해 내 목에 한쪽 팔을 걸고 변기 위에 앉게 했다. 푸 어르신은 힘이 들어 땀을 뻘뻘 흘렸고 나도 있는 힘껏 버텼다.

"네가 고생이다, 아칭."

푸 어르신이 미안해하며 말했다.

"괜찮아요, 어르신. 좀더 힘을 주세요."

한참 난리를 피운 끝에 푸 어르신은 결국 볼일을 마쳤다. 우리 두 사람은 무거운 짐을 내려놓은 듯 활짝 웃었다. 화장지를 건네 그가 마무리하게 했고 그는 그제야 한숨을 돌리더니 자리에 누웠다. 변기에 시커먼 똥 한 무더기가 담겨 있었다. 아마도 푸 어르신이 요 며칠 몸이 안 좋아 소화불량이었기 때문인지 똥에서 악취가 났다. 나는 변기를 들고 바깥 화장실에 가서 대변 샘플을 플라스틱 상자에 담아 간호사에게 가져다주었다.

　계속 푸 어르신 옆에 있다가 저녁 8시에 병문안 시간이 끝나서야 자리를 떴다. 가기 전에 푸 어르신이 갑자기 나를 불러 세워 부탁했다.

　"내일 아침, 나 대신 중허향 링광보육원에 가서 푸텐츠를 좀 보고 와주렴. 내일 그 애를 보러 가겠다고 했거든. 의사가 그 애를 무슨 병이라고 진단했는지도 나는 아직 몰라."

　"알겠어요."

　"보육원 사람들한테는 내가 입원한 걸 알릴 필요 없다."

　푸 어르신은 내게 또 당부했다.

　"가서 그 애한테 말해줘. 푸 할아버지가 며칠 있다가 보러 온다고 했다고. 이 사과들도 걔한테 갖다주렴."

　나는 봉지에 남은 사과 세 개 중 두 개를 챙겨 병실을 나왔다.

28

링광보육원은 중허향의 외딴 지역에 있었다. 나는 주소를 따라 잉교를 건너 계속 가다가 몇 군데 거리를 지나쳐 난산로南山路 끝으로 돌아 들어가고 나서야 울타리로 둘러싸인 단층의 빨간 벽돌집 몇 채를 발견했다. 완전히 고립된 위치에 있는 그곳은 시골 초등학교처럼 보였다. 대문의 거무스름한 명패에 적힌 '링광보육원'이라는 글자는 벌써 흐릿해졌고 그 왼쪽 아래 모서리에는 '예수회'라는 장식 글자가 찍혀 있었다. 대문 안으로 들어가니 앞마당 오른쪽은 시소, 그네, 목마가 놓인 애들 놀이터였다. 일고여덟 명의 아이가 거기서 놀고 있었다. 아이들은 모두 '어린 천사小天使'라는 빨간 글씨가 수놓인 하얀 턱받이를 매고 있었다. 할아버지 한 명과 할머니 한 명이 그 아이들을 돌봤다. 이때 시소 양쪽 끝에는 남자아이들이 앉아 있었고 시소가 오르락내리락할 때마다 그 아이들은 신이 나서 까르르 웃어댔다. 그리고 앞마당 왼쪽의 붉은 벽돌집 두

채는 모두 교실이었다. 그중 한 채에 다가가 창밖에서 보니 나이가 다른 크고 작은 아이들이 앉아 있고 강단에는 검은 사제복 차림의 신부가 서서 아이들을 가르치고 있었다. 또 다른 교실은 음악 수업 중이었다. 풍금 반주에 맞춰 들쑥날쑥한 남자아이들의 노랫소리가 울려 퍼졌다. 그 애들은 묘하게 슬픈 곡조의 성가를 음정도 박자도 안 맞게 힘껏 불러댔다. 그 교실들 뒤편에는 작은 성당이 있었다. 아주 오래돼 빨간 벽돌에 온통 초록색 이끼가 끼었고 정문 위에 가로로 댄 나무에는 '링광당靈光堂'이라고 새겨진 현판이 걸려 있었다. 문득 귀 노인이 들려준 얘기가 떠올랐다. 옛날에 아펑이 링광 보육원에 있을 때 행동이 괴팍해서 자정마다 혼자 성당에서 무릎 꿇고 울었다고 했는데, 이 링광당이 바로 그 성당이었을 것이었다.

"누구를 찾지?"

성당 문이 열리고 희한하게 몸집이 큰 늙은 수사가 걸어 나왔다. 그는 검은색 사제복을 입고 역시 검은색인 비로드 사각모자를 썼으며 까맣고 네모난 얼굴은 거북의 등껍질처럼 온통 주름져 있었다.

"푸충산 어르신이 보내서 왔습니다."

나는 서둘러 답했다.

"어르신이 오실 수가 없어서 저한테 푸텐츠의 병이 어떤지 살펴보고 오라고 하셨어요. 사과도 갖다주고요."

나는 손에 든 사과를 들어올렸다.

"아……"

늙은 수사의 까만 얼굴에 온화한 미소가 피어났다.

"푸텐츠 말이지? 오늘은 훨씬 좋아졌어. 의사 선생님이 처방해주신 특효약을 먹고 열이 떨어졌지."

늙은 수사는 나를 데리고 성당을 돌아 그 뒤편의 또 다른 붉은 벽돌 건물로 향했다.

"쑨 수사님이시죠?"

나는 혹시나 해서 물었다. 방금 전 늙은 수사의 목소리에서 짙은 중국 북방 사투리를 들었다. 늙은 수사가 고개를 기울여 나를 보았다. 무척 의아해하는 표정이었다.

"네가 어떻게 나를 알지?"

링광보육원에 허난성 출신의 나이 든 수사가 있고 보육원 안에서 오직 그 사람만 아핑을 아껴주었다는 궈 노인의 말이 떠올랐기 때문이다. 푸 어르신도 보육원에 중국 북방 출신의 늙은 수사가 있는데, 사람이 자상해서 푸톈츠를 비롯한 보육원의 장애아들을 도맡아 키운다고 말한 적이 있다.

"푸 어르신이 말씀해주신 적이 있어요."

"푸 선생님은 인품이 대단히 훌륭하시지."

쑨 수사가 찬탄하며 말했다.

"우리 보육원 아이들한테 정말 아낌없이 잘해주셔. 요 몇 년 동안 푸톈츠 그 아이는 푸 선생님한테 전적으로 의지하고 있단다."

"쑨 수사님, 혹시 아핑을 기억하시나요?"

나는 가만히 쑨 수사를 주시하며 물었다. 궈 노인은 쑨 수사가 항상 아핑을 성당에 데려가 무릎 꿇고 함께 묵주 기도를 해서 그를 감화시키려 했다고 말했다.

쑨 수사는 내가 아핑에 관해 묻자마자 걸음을 멈추더니 잠시 나를 바라보며 생각에 잠겼다.

"아핑? 아······."

쑨 수사가 길게 탄식했다. 거북 등껍질처럼 주름이 빽빽한 그의 까만 얼굴에 실의의 빛이 비쳤다.

"내 손으로 그 아이를 키웠는데 어떻게 잊겠니? 아평은 너무 괴팍해서 다른 사람은 그 애를 이해하지 못했어. 나는 그 애를 도우려 애썼지만 아무 소용이 없었지. 그 애가 도망친 후 타락해 비참한 최후를 맞았다는 소식을 듣고 얼마나 마음이 아팠는지 몰라. 사실 아평 그 아이는 결코 본성은 나쁘지 않았는데⋯⋯."

쑨 수사는 아평의 얘기가 나오자 갑자기 흥분했다. 그는 성당 뒤편 돌계단 아래에 서서 오래전 아평이 링광보육원에 있을 때 자기가 본 그의 범상치 않은 언행을 줄줄이 이야기해주었다. 아평은 강보에 싸여 있을 때부터 여러 특이한 징조를 보였다고 한다. 옹알이를 시작할 때 엄마 아빠를 불러보라고 하면 그때마다 울었다.

"그렇게 잘 우는 아기는 처음이었어. 달랠수록 더 심하게 울었지. 나중에는 목이 다 쉬어버렸어."

한번은 그가 아평을 품에 안았는데, 태어난 지 겨우 8~9개월밖에 안 됐는데도 무려 두 시간을 울다가 얼굴이 파래져서 경련을 일으키며 까무러쳤다. 의사가 진정제 주사를 놓고 나서야 겨우 정신을 차렸다. 그 아이는 마치 원한과 억울함을 잔뜩 타고나서 아무리 울어도 해소되지 않는 듯했다. 사실 아평은 비범한 이해력을 가진 아이였다. 뭘 배우든 조금만 신경 쓰면 남보다 몇 배는 빠르고 뛰어났다. 교리문답을 술술 외웠고 성경 이야기도 척척박사였다. 쑨 수사는 직접 그에게 고전을 가르쳤는데, 도연명의 수필 「도화원기桃花源記」를 다 가르치자마자 그는 그 작품을 한 글자도 틀리지 않고 유창하게 읊조렸다.

"그런데…… 그런데……"

쑨 수사는 잠시 말문이 막혔다. 그의 눈빛에 당황한 기색이 역력했다.

"그 아이는 뭣 때문인지 늘 상식에 어긋난 짓을 했어. 우리 원장님이 말씀하신 것처럼 때로는 그야말로 귀신에 쒼 듯했지. 지난 몇 년간 나는 그 아이의 비참한 결말만 생각하면 너무나 괴로웠단다. 항상 그 아이를 위해 기도하고 있어. 주님이 보우하사 그 아이의 영혼이 안녕을 얻게 해달라고 말이야."

늙은 수사는 슬픔이 북받쳐 연방 고개를 흔들며 탄식했다.

"푸 선생님이 그러시더군. 사고가 나기 전날, 아펑을 만나셨다고. 정말 생각지도 못한 일이야."

쑨 수사는 나를 데리고 어느 침실 앞까지 가서는 걸음을 멈추고 나를 훑어보더니 자애롭게 웃으며 물었다.

"얘야, 네 이름은 뭐니?"

"리칭이에요."

"아, 리칭."

그는 고개를 끄덕이더니 내가 들고 있던 사과 봉지를 가리키며 말했다.

"사과가 참 큼지막하네. 푸텐츠가 아주 좋아할 거야."

침실에 있는 아이들은 다섯 명으로 전부 장애아였다. 그중 한 명은 두 다리가 없었다. 절반뿐인 몸으로 등받이 의자에 멍하니 앉아 있었다. 또 두 명은 지적 장애아 같았다. 마루 위에 마주 보고 앉아 블록 쌓기를 하면서 계속 어어, 소리를 냈다. 다른 한 명은 상대적으로 나이가 많아서 열 몇 살 정도로 보였다. 그런데 머리를 왼쪽으로 잔뜩 기울였다가 다시 올리는 동작을 끝없이 반복했다. 마치 목에 용수철이라도 들어 있는 것 같았다. 자신도 그 동작을 제어할 수 없는지 그 아이의 얼굴에는 고통스러워 어쩔 줄 모르는 표정이 가득했다. 그 침실에서는 할머니 세 명이 장애아들을 돌보고 있었다. 푸 어르신의 말에 따르면 보육원의 그런 노인들은 대부분 자원봉사자로 일부는 교인이지만 일부는 아니었다. 자녀를 다 키우고 집에서 외로움을 느껴 나오는 이들이었다.

푸톈츠는 침대에 누워 있었다. 예닐곱 살밖에 안 된 무척 허약한 아이였다. 낡은 하늘색 반팔 티를 입었는데, 팔이 없어서 셔츠 소매가 축 늘어져 있었다. 그리고 막 열이 내렸기 때문인지 얼굴색이 창백하고 핏기가 전혀 없었다. 푸 어르신은 내게 푸톈츠에 관해 말하길, 그 애가 선천적으로 허약해서 아무리 몸조리를 해도 항상 골골하고 튼튼해지지 않는다고 했다. 게다가 아이가 영리하고 통증에 무척 민감해서 더 고통을 겪는다는 것이었다.

"푸 할아버지가 나보고 너를 만나고 오랬어, 푸톈츠."

나는 침대 앞에 서서 두 소매가 텅 빈 채 누워 있는 그 아이에게 말했다.

"아픈 건 좀 나았니?"

아이는 푹 꺼진 큰 눈을 뜨고 궁금한 듯 나를 바라보았지만 굳게 다문 입은 열지 않았다.

"열이 완전히 내렸네."

쑨 수사가 다가와 아이의 이마에 손을 얹고 말했다.

"방금 오트밀을 한 그릇 먹었어요. 식욕은 좋아요."

옆에서 한 할머니가 웃으며 끼어들어 말했다.

"푸 할아버지는 어디 계셔요?"

아이가 갑자기 입을 열고 물었다.

"오늘은 못 오시고 너한테 사과를 갖다주라고 하셨어. 이것 봐."

비닐봉지에서 사과 두 개를 꺼냈다. 사과는 하룻밤 사이에 더 익어서 달콤한 향기가 났다. 나는 크고 새빨간 사과를 아이의 베개 옆에 놓았다. 아이는 힘껏 몸을 움직여 고개를 돌리더니 코를 사과에 들이대고 냄새를 맡았다.

"향기롭니?"

쑨 수사가 허리를 숙이고 물었다. 아이가 고개를 끄덕이고는 웃었다.

"방금 밥을 먹어놓고 또 먹고 싶니?"

할머니가 또 끼어들어 웃었다.

"조금 있다 밥 먹을 때 할머니가 깎아줄게."

"푸 할아버지는 언제 오세요?"

아이가 또 물었다.

"며칠 있다가 너를 보러 오실 거야."

"네."

아이는 안도의 숨을 쉬더니 다시 입을 다물고 아무 소리도 내려 하지 않았다.

푸 어르신이 마음에 걸려 서둘러 룽민종합병원에 갈 작정으로 곧장 쑨 수사와 푸톈츠에게 작별을 고했다. 쑨 수사는 보육원 입구까지 나를 바래다주었다. 우리가 성당 앞을 지날 때 안에서는 여전히 고아들이 구슬픈 성가를 기를 쓰며 들쑥날쑥하게 부르고 있었다.

"푸톈츠 그 애가 오늘 무척 즐거워하던데."

쏜 수사가 보육원 입구에서 웃으며 말했다. 나도 그에게 말했다.

"돌아가서 푸 어르신께 말씀드려야겠어요."

29

룽민종합병원에 도착했을 때 병실에 푸 어르신은 없고 사부가 앉아 있었다. 그는 할 말이 있어서 나를 기다리고 있었다고 말했다. 푸 어르신은 검사를 받으러 간호사와 함께 나갔다고 했다.

"어르신의 상태가 위험하다고 하네."

사부가 단도직입적으로 말했다.

"아침에 딩 선생을 찾아가 물어봤거든. 어르신의 혈압이 125까지 치솟고 심하게 오르락내리락한다는 거야. 연세가 많으셔서 언제든 큰일 날 수가 있다고 하네. 너는 여기를 지키고 있어라. 한 발짝도 떠나면 안 돼. 간호사한테 물어보니까 밤에도 여기서 간이침대를 깔고 환자를 돌볼 수 있다고 하더라. 며칠만 자지 말고 좀 고생해줘. 낮에는 샤오위나 다른 애들을 보내 교대해줄 테니까."

사부는 또 주머니에서 2000위안을 꺼내 내게 쓰라고 주었다.

"어르신이 맡기신 일이 있어서 나는 바로 나가서 처리해야 해.

우리 안락향 쪽도 난리가 아니어서 내가 자리를 뜰 수 없구나. 혹시 무슨 일 생기면 바로 안락향으로 전화하거라."

　사부가 간 후, 그 틈을 타 아래층 식당에 가서 계란볶음밥을 먹었다. 그리고 병실에 돌아와 보니 어느새 간호사가 푸 어르신을 모시고 와 커튼을 내린 뒤였다. 병실 안은 저녁처럼 어두컴컴했다. 침대머리에 새로 산소통이 놓였고 푸 어르신은 눈을 꼭 감고 조용히 누워 있었다. 나는 감히 그를 깨우지 못하고 침대 끝의 의자에 가만히 앉았다. 옆 침대의 환자도 퇴역한 장군이었다. 뇌출혈로 쓰러져 벌써 며칠 동안 혼수상태라고 들었고 가족이 계속 돌아가며 자리를 지켰다. 그의 친구들이 가져온 꽃다발이 병실을 절반이나 차지했다. 그 꽃향기에 약 냄새 그리고 환자의 배설물 냄새까지 더해져 병실 공기는 더 탁해졌다.

　저녁 6시가 다 돼서 간호사가 식사를 가져와 푸 어르신을 깨웠다. 식사는 소고깃국과 삶은 닭가슴살 두 조각 그리고 청대콩과 흰쌀밥이었다. 푸 어르신은 손이 떨려 젓가락을 쥐기 힘들었다. 나는 그를 안아 일으킨 뒤, 그의 앞가슴에 냅킨을 둘렀다. 그러고서 소고깃국을 한 숟갈씩 떠서 반 그릇을 먹이고 또 칼로 닭가슴살을 잘게 잘라 푸 어르신 입에 가져갔다. 푸 어르신은 겨우 두 젓가락을 먹고는 더 먹으려 하지 않았다. 간호사가 식판을 거둬간 후 젊은 당직 의사가 들어와 푸 어르신의 맥박과 혈압을 재고 옆의 산소통도 시험해본 다음, 관례대로 푸 어르신에게 몇 가지 상태를 물었다. 이어서 옆 침대의 혼수상태에 빠진 장군은 잠시 맥박만 재보고 훌쩍 가버렸다. 나는 푸 어르신의 몸에 꼼꼼히 시트를 덮어주다가 아침에 링광보육원에 가서 푸텐츠를 만난 일을 간단히 이야기했다.

"푸톈츠가 어르신이 언제 자기를 보러 오느냐고 물었어요."

내가 웃으면서 말했다.

"아, 그 아이가 가장 마음에 걸리는구나."

푸 어르신이 탄식하며 말했다.

"그 애와 링광보육원의 다른 아이들에게 내가 가진 것을 조금 남겼다."

푸 어르신은 나를 바라보며 또 말했다.

"아칭, 네게는 남겨줄 만한 게 그다지 없구나."

"무슨 그런 말씀을 하세요."

나는 푸 어르신의 말을 제지했다.

"좀 가까이 와서 앉으렴."

푸 어르신이 내게 말했다.

"어르신은 쉬셔야 해요. 하실 말씀이 있으면 내일 하세요."

"기운이 좀 날 때 너한테 할 이야기가 있어서 그래."

푸 어르신은 확실히 정신이 좀 맑아진 듯했고 목소리도 방금 전처럼 힘이 없지는 않았다. 바로 의자를 침대머리로 가져가 그의 얼굴 옆에 앉았다.

"안락향에 와서 소란 피우는 사람들이 있다며?"

푸 어르신이 물었다.

"『춘신만보』의 못된 기자 하나가 쓸데없는 글을 써서 구경꾼들을 불렀어요. 며칠 지나면 정상으로 돌아오지 않을까 싶은데요."

"너희가 안락향에서 오래 못 머물 것 같구나."

푸 어르신이 안타까워하며 말했다.

"너희는 이제부터 다시 흩어져 유랑을 시작해야 할 게다. 너희 같은 아이들을 지난 10여 년간 많이 만났고 많이 도와주기도 했다. 어떤 아이는 분발해서 스스로 위로 올라갔지만 어떤 아이는 구렁텅이에 깊숙이 빠져 나도 손쓸 도리가 없었다. 너희는 각자의 운을 따르거라."

푸 어르신이 시트 밑에서 떨리는 손을 뻗었다. 나는 두 손으로 그 앙상한 손을 꼭 쥐었다.

"나도 알고 있다. 내가 죽을 때가 머지않다는 걸. 아침에 양진하이가 왔길래 뒷일을 자세히 당부해놓았지. 사람들을 귀찮게 하고 싶지 않아서 모든 걸 간략히 했으면 한다. 그런데 아무래도 못다한 일들이 있어서 나 대신 마무리해줄 사람이 필요하다. 네가 최근에 나와 함께 있어서 내 성격을 잘 아니까 나 대신 잘 헤아려 처리해줄 것 같구나. 푸톈츠 그 애는 앞으로 네가 시간 날 때마다 보육원에 가서 살펴주었으면 한다."

"알겠습니다. 어르신. 꼭 갈게요."

푸 어르신은 내 손을 꼭 쥐었다.

"아칭, 지난 이틀 밤 마음이 불안정해서 눈만 감으면 아들 얼굴이 보이더구나. 그 애의 모습이 너무 고통스러워 보였어……."

침침한 스탠드 불빛 아래, 나는 푸 어르신의 검버섯 가득한 얼굴을 보았다. 어느새인가 홀쭉한 뺨 위에 두 줄기 축축한 눈물 자국이 생겼다.

"어르신, 오늘 밤에는 편안히 주무실 수 있을 거예요."

나는 푸 어르신의 손을 가만히 시트 속에 돌려놓았다.

"저는 안 갈 거예요. 여기서 어르신과 함께 있을게요."

침대머리의 스탠드를 끄고 의자를 원래 자리로 갖다놓았다. 나는 푸웨이가 물려준 군용 점퍼를 벗어 가슴 위에 덮고서 어두운 병실에 앉아 그곳을 지키고 있었다. 병원의 밤은 무척 길었다. 일분 일초가 몇 배는 더 긴 듯했고 무척 조용하기까지 했다. 이따금 바깥 복도를 걸어가는 당직 간호사의 발소리도 작고 나직했다. 나는 의자에 기댄 채 잠들지 않으려고 애쓰면서 한편으로 침대 위 푸 어르신의 무거운 숨소리에 일일이 귀를 기울였다. 대략 자정쯤 되었을 때 푸 어르신의 숨소리가 조금 빨라진 것을 눈치챘다. 잠시 후에는 목구멍에서 그르렁그르렁 소리까지 났다. 벌떡 일어나 스탠드를 켰다. 푸 어르신의 입이 벌어져 침이 밖으로 흘러넘쳤으며 입가에는 흰 거품이 부글부글했다. 그는 눈을 휘둥그레 뜬 채 나를 바라보았지만 아무 말도 하지 못했다. 혀가 굳어 어어 소리만 내고 얼굴색이 새파래졌다. 나는 즉시 호출 벨을 누르고 밖으로 달려나가 당직 간호사를 찾았다. 간호사가 뛰어 들어와 얼른 산소통을 켜고 푸 어르신에게 산소마스크를 씌웠다. 당직 의사도 서둘러 간호사 두 명을 데리고 들어와 푸 어르신에게 주사 한 대를 놓았다. 그리고 간호사들을 시켜 이동 침대에 푸 어르신과 산소통을 함께 실어 응급실로 가게 했다. 응급실 밖에서 두 시간을 기다리고 나서야 의사가 땀을 뻘뻘 흘리며 밖으로 나와서 푸 어르신의 상태가 안정되었다고, 하지만 아직 혼수상태라고 말했다.

푸 어르신은 혼수상태에서 계속 깨어나지 못했다. 산소마스크를 쓰고 팔에 링거를 맞았으며 고무 호스가 온몸에 연결되어 있었다. 원래부터 등이 잔뜩 구부러져 있던 그의 몸이 지금은 호흡 곤란 때문에 한층 더 둥글게 오그라들었다.

아침에 사부가 샤오위, 우민, 쥐와 함께 왔다. 원시인 아슝도 데리고 왔다. 그들은 푸 어르신의 병상을 둘러싸고 조용히 서서 감히 입을 열 엄두를 못 냈다. 아슝은 기가 질려 입을 딱 벌리고 있었다. 나는 사부에게 전날 밤의 경과를 귓속말로 대강 이야기했다. 가장 위험했을 때 푸 어르신은 혈압이 높게는 70에서 낮게는 0에 가까웠다. 오전에 딩 선생이 보러 와서 기껏해야 4~5일밖에 안 남았다고 솔직히 이야기했다. 사부는 즉시 일을 할당했다. 샤오위가 나와 교대하고 나는 돌아가서 쉬었다가 다시 저녁때 교대하라고 했다. 사부는 아슝과 함께 가서 관을 보고, 상복을 정하고, 수의를 지어 푸 어르신의 후사를 준비한다고 했다. 우민과 쥐는 평소처럼 안락향으로 돌아가 있기로 했다.

딩 선생이 예견한 대로 푸 어르신은 혼수상태에 빠진 지 닷새째 되는 날 아침 10시에 숨을 거뒀다. 그때 사부는 아슝과 우리를 다 데리고 병실 안에 있었다. 모두 푸 어르신을 둘러싸고 병상 양옆에 서 있었다. 딩 선생이 푸 어르신의 사망을 선언하자 간호사가 산소통을 끄고 푸 어르신의 얼굴에서 산소마스크를 벗겼다. 푸 어르신의 얼굴은 이미 검은빛을 띠었다. 마지막에 숨 쉬는 게 고통스러웠는지 입이 비뚤고 눈썹이 찌푸려져 얼굴 전체가 변형된 상태였다. 마치 아직까지 몸부림치고 있는 듯했다. 간호사가 하얀 시트를 푸 어르신의 머리까지 끌어올렸다. 굽어서 활 모양이 된 푸 어르신의 시신이 하얀 시트에 덮였다.

우리는 그날로 푸 어르신의 시신을 댁으로 모셨다. 사부는 지난 며칠간 푸 어르신의 후사를 적절히 다 준비했고 관도 하루 전에 사서 거실 한가운데로 옮겨와 긴 의자 두 개 위에 걸쳐놓은 상태였다. 사부는 푸 어르신이 장례를 검소하게 치르고 부고를 안 돌리는 동시에 장례식장도 빌리지 말고 종교의식도 하지 말라고 했다고 말했다. 게다가 나무가 안 좋고 가격이 싼 관을 쓰라고 따로 신신당부했다는 것이었다. 실제로 삼나무로 만든 그 관은 솜씨가 조잡했다. 널빤지를 제대로 안 갈아서 표면이 울퉁불퉁했고 갓 마른 페인트는 색깔이 너무 우중충해서 윤이 전혀 안 났다. 그리고 표준양식과 크기였지만 거실에 길게 놓고 보니 양쪽 끝이 위로 들려 있었다. 푸 어르신 댁에 도착하자마자 사부는 우리한테 먼저 푸 어르신의 시신을 염하라고 지시했다. 나는 부엌에 가서 뜨거운 물을 한 솥 끓여 욕조로 가져가 부은 뒤, 찬물을 섞어 온도를 적당히 맞췄다. 그러고서 우리는 푸 어르신의 시신을 그의 침대 위에 놓았다. 그의 몸은 이미 차가워져 경직이 시작되었다. 우리는 그의 몸을 덮고 있는 잠옷을 벗겨냈다. 하지만 안의 러닝셔츠는 벗기기가 쉽지 않았다. 푸 어르신의 팔이 벌써 경직되어 억지로 잡아당겨야 했기 때문이다. 나는 가위를 가져와서 러닝셔츠의 한가운데를 잘라냈고 샤오위가 나를 도와 두 조각으로 나뉜 러닝셔츠를 푸 어르신의 몸에서 떼어냈다. 우리는 팬티도 벗겨야 했다. 요 며칠 옷을 갈아입지 못해 푸 어르신의 팬티는 온통 오물투성이였다. 나는 우민을 시켜 벗긴 러닝셔츠와 팬티를 잠옷으로 싸서 밖에 내가게 했다. 나는 상체를 들고 샤오위는 하체를 들고서 시신을 욕실로 옮겼다. 나와 샤오위는 소매를 걷고 비누로 시신을 닦아내기 시작했다. 푸 어르신의 몸은 비쩍 말랐고 굽은 등은 더더욱 뼈만 앙상했다. 그의 하체에는 변이 잔뜩 묻어 있어서 우리는 대야의 물을 갈아 깨끗이 씻어냈다. 이윽고 쥐가 수건 두 장을 가져와서 우리는 네 명이 함께 푸 어르신의 몸에서 물기를 제거했다. 샤오위가 빗으로 그의 헝클어진 백발을 가지런히 빗기도 했다. 그러고서 우리는 푸 어르신의 시신을 다시 방으로 옮겼다. 사부는 어느새 밖에 나가 수의를 갖고 돌아왔고 향초와 생화까지 사왔다. 수의는 명주실로 짠 전통 복장이었다. 우리는 푸 어르신의 시신에 수의를 입힌 다음, 다 같이 힘을 합쳐 조잡한 그 삼나무 관 속에 집어넣었다.

빈소는 거실에 간단히 마련했다. 부엌에서 단지 한 쌍을 가져와 각기 쌀을 담고 향초 한 쌍을 안에 꽂아 촛대로 삼았다. 우리는 단지를 거실의 제사상 위, 그리고 푸 어르신의 군복 입은 사진 밑에 놓고 향초에 불을 붙였다. 사부는 원래 안식향을 사왔지만 내 생각에 푸 어르신은 평소 단향을 쓰는 데 익숙했고 이미 단향이 있기도 해서 예전처럼 단향에 불을 붙여 향로에 꽂았다. 그리고 생화는 꽃생강이었다. 나는 꽃병의 물을 갈고 생화를 꽂아 단지 두 개 사이에 놓았다. 향초가 천천히 타올랐고 우리는 푸 어르신의 영구를 둘러싸고 앉아 밤샘을 시작했다.

사부가 관 반대편에 있는, 푸 어르신이 평소 앉던 소파 의자에 앉아서 낮은 어조로 어떻게 출관을 할 것인지 설명했다.

"관습에 따르면 먼저 절에 가서 불경을 외고 제도를 해야만 어르신을 산에 모실 수 있다. 하지만 어르신이 극구 당부를 하셨어. 어떤 의식도 다 생략해달라고. 게다가 집에 오래 머무는 것도 싫다며 바로 묻어달라 하셨지. 어르신의 묏자리는 진작에 구해놓았다. 류장리 파라다이스 공동묘지의 산 정상에 있다. 그저께 내가 올라가봤는데 모든 게 다 갖춰져 있어서 더 힘들일 필요가 없더군. 내일 바로 어르신을 모시고 가도 될 것 같다."

사부는 또 안락향에 잡스러운 손님이 갈수록 늘어나서 결국에는 경찰이 출동할 것 같다고 말했다. 하지만 이제는 푸 어르신이 없어서 더는 보호를 받지 못했다. 사부가 무거운 목소리로 선언했다.

"우리 안락향은 오늘 밤부터 당분간 영업 중지다."

우리는 다 침묵에 빠졌고 사부는 또 일을 나눠주었다.

"오늘 밤샘은 내가 아슝을 데리고 9시까지 하고, 샤오위는 11시까지, 아칭은 1시까지 한다. 우민은 3시까지, 쥐는 마지막으로 5시까지 하고. 초와 향불을 조심하고 자면 안 된다."

밤샘 차례가 뒤인 사람들은 우선 푸 어르신의 방과 내 방에 가서 쉬기로 했다. 나는 부엌에 가서 다들 밤샘할 때 먹고 허기를 달래라고 죽을 한 솥 쑤었다. 그리고 먼저 한 그릇을 먹었다. 나는 내 차례를 마치고 잘 생각이었다.

11시가 되자 샤오위도 부엌에 가서 죽 한 그릇을 먹은 뒤 내 방으로 왔고 내가 그의 뒤를 이었다. 혼자 거실에 앉아 일렁이는 촛불 속에서 푸 어르신과 푸웨이의 사진을 마주했다. 장군 제복을 입고 가슴에 사선으로 가죽 띠를 맨 푸 어르신의 모습은 위풍당당했다. 그 옆에 걸린 푸웨이의 사진은 푸 어르신이 20년 더 젊었을 때와 같았다. 똑같이 얼굴이 네모졌고 똑같이 입꼬리가 결연히 올라가 있었다. 단지 푸웨이가 위관 장교 제복을 입고 옷깃에 작대기 하나를 달았을 뿐이었다. 그런데 푸웨이의 두 눈에서 반짝이는 기이하고 자유분방한 정기는 푸 어르신의 눈에는 없는 것이었다. 문득 푸 어르신이 전에 해준 얘기가 떠올랐다. 중일전쟁 승리 후 그는 푸웨이를 데리고 칭하이에 시찰을 간 적이 있다. 그들 부자는 거기서 각기 명마인 '회두망월'과 '설사자'를 얻었다. 푸웨이는 설사자를 타고 짙푸른 초원을 미친 듯이 달려서 그 자리에 있던 병사 모두에게 뜨거운 갈채를 받았다. 그 순간, 푸 어르신은 마음속의 희열과 자랑스러움이 절정에 달했을 것이다. 제사상 위의 향초는 갈수록 줄었지만 단향 냄새는 더 짙어졌다. 며칠 동안의 피로가 한꺼번에 밀려들어 눈이 따갑고 뻑뻑했다. 벽에 걸린 사진도 점점 희미하게 보였다. 비몽사몽간에 두 사람의 그림자가 거실의 소파 의자에 앉아 있는 것을 본 듯했다. 한 사람은 푸 어르신으로 예전처럼 그 의자에 앉아 있었고 또 한 사람은 왕쿠이룽이었다. 푸 어르신은 엷은 남색 홑옷 차림에 등이 작은 산봉우리처럼 솟아 있었으며 아래위로 검은색 옷을 입은 왕쿠이룽은 두 눈을 이글이글 불태우면서 푸 어르신에게 뭔가를 절박하게 호소하고 있었다. 그의 입이 열렸다 닫혔다 하는 것이 보였지만 소리는 나지 않았다. 그의 갈퀴처럼 앙상한 손이 필사적으로 제스처를 취했다. 푸 어르신은 슬픈 표정을 지으며 말없이 그를 응시하고 있었다. 그렇게 그들은 대치하고 있었지만 한참이 지나도 소리를 내지 않았다. 내가 다가가자 왕쿠이룽은 홀연히 사라졌다. 하지만 푸 어르신은 천천히 일어나 내게 고개를 돌렸다. 이제 보니 푸 어르신이 아니라 아버지였다! 그의 짧고 희끗희끗한 머리카락은 한 올, 한 올 철사처럼 바짝 서 있었고 온통 핏발 선 두 눈은 나를 노려보며 분노를 뿜어내고 있었다. 나는 돌아서서 도망쳤지만 다리가 휘청하며 넘어지고 말았다. 으악, 소리와 함께 깨어나 눈을 떠보니 온몸에서 식은땀이 나고 등으로 줄줄 땀이 흘러내렸다. 검고 길쭉한 관이 내 눈앞에 가로놓여 있었다.

30

아침에 우리는 일을 나눠 맡고 집을 나섰다. 사부는 장의사에 가서 영구차 임대를 문의하기로 했다. 나는 상복을 찾으러 창춘로의 재봉점에 갔다. 내가 도착했을 때 여주인은 아직 두 벌을 급히 제작 중이라고 했다. 나는 오늘 출관을 해야 해서 무슨 일이 있어도 정오 전까지는 완성해야 한다고 했다. 여주인은 한 시간이면 된다면서 자기도 재봉틀 앞에 앉아 제작을 도왔다. 그 재봉점은 전문적으로 상복과 수의를 주문 제작하는 가게여서 안에 옥양목이 온통 하얗게 쌓여 있었다. 재봉사가 천을 재단할 때 찍찍, 천 찢어지는 소리가 귀를 찢을 듯이 울리고 실밥이 여기저기 날려 숨 쉬기가 곤란했다. 요 며칠 계속 잠이 부족해서 나는 입이 마르고 머리가 무거웠으며 뭐라 말할 수 없이 초조했다. 어젯밤 꿈이 또 생각났다. 꿈속에서 왕쿠이룽이 그 뼈만 남은 손으로 절박하게 제스처를 취했다.

여주인에게 한 시간 후 와서 물건을 찾아가겠다고 말했다. 그러고서 재봉점을 나와 창춘로를 따라 난징동로까지 걸어가 왕쿠이룽 부친의 그 오래된 관저를 찾았다. 전에 왕쿠이룽이 나를 데리고 거기에 갔을 때를 생각하니 쑹장로에서 가까운 한 골목만 기억났다. 이곳저곳을 들락거리다가 결국 난징동로 3블록의 어느 골목에서 철제 솟을대문 위에 쇠꼬챙이가 박힌 그 집을 찾았다. 내가 초인종을 누르자 안에서 나이 든 수위가 걸어 나왔다.

"왕쿠이룽 선생님, 댁에 계신가요?"

수위는 나를 아래위로 훑어보았다.

"급한 일이 있어서 그분을 찾아왔어요."

"도련님은 아침 일찍 나가셨는데."

수위의 말에 내가 또 물었다.

"언제쯤 돌아오시죠?"

수위는 고개를 저었다.

"모르겠는데."

그는 내가 우물쭈물하며 못 가는 것을 보고 다시 말했다.

"도련님은 타이완대학병원에 친구를 보러 가셨어. 요즘 매일 거기 가시는데 어떤 날은 식사하러 점심에 오시고 어떤 날은 안 오시지. 뭐라고 정확히 말하기 힘들어."

"그러면 메모라도 남길 수 있을까요?"

내가 부탁했지만 수위는 나를 쳐다보기만 하고 가타부타 말이 없었다. 나는 바로 쪼그리고 앉아 주소록 한 장을 찢어서 무릎 위에 대고 간단히 몇 줄을 적었다. 푸 어르신이 돌아가셨고 오늘 류장리 파라다이스 공동묘지의 산 정상에서 관을 묻는다는 내용이었다. 나는 그 메모를 수위에게 건넸고 그는 돌아서서 흔들흔들 안으로 들어가 쾅 하고 철문을 닫았다.

창춘로의 재봉점에 돌아가니 마지막 상복 두 벌이 가까스로 다 만들어져 있었다. 여주인은 상복 여섯 벌을 한데 포개고 흰 상복 띠로 묶어 내게 가져가게 했다. 사부는 아직 안 돌아온 상태였다. 샤오위가 만터우*를 찌고 절인 고기를 사와 얇게 썰었으며 계란국도 한 솥 끓여놓았다. 우리는 모두 점심상 차리는 것을 도왔다. 다들 잠이 모자라 얼굴이 핼쑥하고 입술이 하얬다. 쥐는 감기까지 걸려 숨을 씩씩대고 콧물을 질질 흘렸다. 하지만 손수건을 쓰는 대신, 콧물이 흐르면 손등으로 쓱 닦고 말았다. 사부는 정오가 돼서야 돌아왔다. 그는 오늘이 길일이어서 출관하는 사람이 많다고 했다. 그래서 몇 군데 장의사는 오전에 영구차 임대가 싹 끝났고 한 군데에서 오후 운행이 가능하다고 했다는 것이다. 우리는 둘러앉아 만터우를 먹고 그릇을 치운 뒤, 상복을 입기 시작했다. 상복은 치수가 하나뿐이었는데 내가 제일 잘 맞았다. 쥐는 너무 커서 발등을 덮었고 두건도 얼굴을 반이나 가리는 바람에 걸을 때 상복 자락을 질질 끌고 다녔다. 또 아슝에게는 지나치게 짧고 작았다. 팔 절반이 밖으로 나왔고 아래로는 겨우 무릎을 가렸다. 우리는 상복을 다 차려입고 푸 어르신의 영구 옆에 빙 둘러 앉았다. 그렇게 3시까지 조용히 기다리고 나서야 영구차가 도착했다. 우리는 다 같이 영구를 어깨에 메고 집을 나섰다.

류장리의 파라다이스 공동묘지는 차가 산중턱까지밖에 못 올라

---

*소를 넣지 않은 밀가루 빵.

갔다. 정상까지 가려면 구렁이처럼 구불구불한 산길을 꽤 오래 걸어야 했다. 파라다이스 공동묘지는 새 무덤과 오래된 무덤이 산비탈을 따라 줄줄이 빽빽하게 늘어선 곳이었다. 활 모양의 산골짜기 안에도 온통 높고 낮은 묘비들이 숲처럼 삐죽삐죽 서 있었고 그 사이에 드문드문 초록색 소나무와 잣나무가 보였다. 그곳은 면적이 광범위하면서도 이상하리만큼 붐비는 묘역이었다. 해질녘이 가까웠기 때문에 장례와 성묘를 하러 온 이들은 대부분 돌아갔다. 그 빽빽한 묘지가 고요해지고 끝없는 황량함에 빠졌다.

우리 여섯 명은 좌우 세 명씩 영구를 메고 산을 올라야 했다. 왼쪽은 사부가 선두에 섰고 중간은 우민이었으며 맨 뒤는 아슝이 서서 관을 떠받치기로 했다. 또 오른쪽은 샤오위가 앞에서 이끌고 쥐는 두 번째, 내가 마지막이었다. 우리 여섯 명은 새하얀 상복을 입은 채 동시에 몸을 굽히고 푸 어르신의 검고 육중한 영구를 힘껏 들어올려 어깨에 멨다. 산중턱부터 정상까지의 산길은 상당히 가팔랐고 돌계단도 울퉁불퉁했다. 우리 여섯 명은 보조가 일치해야 좌우로 뒤뚱대지 않을 수 있었다. 우리는 조심스레 걸음을 옮겨 한 발, 한 발 푸 어르신의 영구를 메고 산 위로 올라갔다. 위로 갈수록 비탈이 가팔라져 관의 기울기가 심해졌다. 그 바람에 맨 뒤에 선 나와 아슝은 어깨 위의 하중이 점점 커졌다. 나는 관에 뺨을 바짝 갖다 대고 버텼다. 벌써 어깨뼈가 눌려 은근히 아팠고 머리와 등에서 땀이 솟구쳤다. 우리는 한참을 고생해서 겨우 반을 올라갔고 그때부터 힘이 달려 허덕이기 시작했다. 묵묵히 비탈을 오르다보면 서로의 헐떡이는 숨소리가 귀에 들렸다. 별안간 내 오른발이 미끄러졌다. 흔들거리는 돌멩이를 밟은 것이다. 휘청하며 오른쪽 다리가 팍 꺾였다. 그러자 관 전체가 내 왼쪽 어깨를 짓누르며 나를 향해 미끄러져 내려왔다. 나는 어깨가 뼈에 사무치게 아팠다. 관의 바닥 널빤지가 살 속으로 파고드는 듯해 눈앞이 캄캄해지고 눈물이 났으며 버틸 수가 없어서 거의 뒤로 나자빠질 뻔했다. 나는 황급히 미끄러져오는 관을 있는 힘껏 어깨로 떠받쳤다. 다행히 힘센 아슝이 두 손으로 관 뒷부분을 떠받쳐 천천히 들어올려주었고 다른 몇 사람도 사력을 다해 버텨줘서 겨우 관을 떨어뜨리지 않았다. 나는 젖 먹던 힘까지 다 내서 발버둥치며 일어서기는 했지만 어느새 왼쪽 어깨 전체가 고통에 마비되어버렸다. 우리는 한동안 서서 다들 숨 돌리기를 기다렸다가 다시 출발했다. 한 걸음, 한 걸음 천천히 힘들여서 푸 어르신의 영구를 산꼭대기까지 날랐다.

우리는 조심스레 영구를 어깨에서 내려 땅 위에 놓고서 얼굴의 땀을 닦았다. 나는 옷 속에 손을 넣어 왼쪽 어깨를 만졌다. 어깨 앞쪽에서 끈적끈적한 느낌이 들어 손을 빼서 봤더니 피가 묻어 있었다. 어깨 살이 까진 것이었다. 나는 그제야 경련처럼 쿡쿡 쑤시는 고통을 느꼈다.

산 정상의 묘지는 비교적 한산해서 무덤이 드문드문 몇 기밖에 없었다. 여기저기 황량한 땅에 사람 키만 한 강아지풀이 가득 자라서 하얀 솜 같은 것을 뭉게뭉게 날렸다. 푸 어르신의 무덤은 과연 다 꾸며져 있었다. 청회색 테라초로 만든 석곽이 반쯤 땅속에 묻힌 게 보였다. 바로 옆에 있는 오래된 무덤은, 바깥의 돌은 까맣게 변했어도 나무와 잔디는 깔끔히 다듬어져 있었다. 가까이 가서 보니 묘비에 또렷하게 '육군 소위 푸웨이의 묘'라고 적혀 있었다. 생년은 1932년 출생, 1958년 사망이었다.

12월의 석양은 어느새 서쪽으로 기울어 곧 산 저편으로 넘어갈 듯했다. 새빨간 태양이 피를 뚝뚝 떨어뜨리듯 산과 들을 물들이고 붉은 기운을 퍼뜨려 묘비와 나무들이 온통 홍조를 띠게 했다. 산 정상의 강아지풀도 막 빨간 염색 통에 담갔다 뺀 것 같았으며 우리의 하얀 상복에도 저녁놀 빛이 감돌았다. 정상에 산바람이 불어 상복의 옷자락을 쓸쓸히 흩날렸다. 우리는 잠깐 쉬고 나서 석곽의 뚜껑을 열고 여섯 명이 힘을 모아 푸 어르신의 영구를 조심조심 석곽 안에 내려놓았다. 그리고 다시 뚜껑을 닫아 묘를 봉하려는 찰나, 산길을 올라오는 소리가 들리고 돌연 한 사람이 나타났다. 왕쿠이룽이 때맞춰 온 것이었다. 그는 검은 양복을 입고 검은 넥타이를 맸으며 꽃 크기가 주먹만 한 하얀 국화를 한 다발 들고 있었다. 가지가 모두 스무 줄기는 넘었다. 그는 급히 산을 올라왔는지 호흡이 가쁘고 안색이 새파랬다. 석곽 안에 푸 어르신의 영구가 놓인 것을 보고는 몇 걸음 다가가 허리를 굽히더니 그 하얀 국화 다발을 가만히 무덤 앞에 놓았다. 그러고는 몸을 펴고 두 손을 늘어뜨린 채 묵묵히 고개를 숙였다. 그는 석곽 속 푸 어르신의 관을 10여 분이나 조용히 응시했다. 갑자기 쿵 소리가 나더니 그의 크고 앙상한 몸뚱이가 푸 어르신의 묘 앞으로 무너져 내렸다. 그는 완전히 엎드려 이마를 땅에 댄 채로 목 놓아 울기 시작했다. 그의 껑충한 두 어깨가 격하게 들썩이면서 울음소리는 갈수록 크고 처절해졌다. 나중에는 사람이 아니라 중상을 입은 맹수가 깊디깊은 밤, 어두운 동굴 입구에서 돌도 뚫고 천도 찢을 만큼 비통하게 울부짖는 듯했다. 거대한 붉은 태양이 산 저편으로 떨어지면서 피를 뒤집어씌우듯 왕쿠이룽의 전신을 비췄다. 왕쿠이룽의 천지를 뒤흔드는 슬픈 울음소리가 저녁놀의 핏빛 물결을 따라 산자락으로 세차게 흘러내려, 무덤이 즐비한 산골짜기에서 이리저리 넘실거렸다. 이에 우리 여섯 명은 피를 뒤집어쓴 듯한 그 석양빛 속에서 사부를 필두로 잇달아 무릎 꿇고 절을 올렸다.

제 4 부

그 젊은 새들의 행로

1

샤오위에게서 온 편지

아칭에게

드디어 도쿄에 왔어! 오늘로 일본에 도착한 지 열흘째인데도 때로는 안 믿기고 마치 꿈을 꾸고 있는 것 같아. 특히 몇 번 한밤중에 깨어났을 때는 아직도 타이베이 진저우가의 리웨 누나 집 그 방에 있는 줄 알았어. 고개를 창밖으로 내밀어 신주쿠의 알록달록한 네온등을 보고 나서야 안도의 숨을 쉬었지. 나는 진짜 도쿄에 와 있는 거라고! 이번 무단 하선은 의외로 순조로웠어. 전부 룽 선장 덕분이었지. 룽 선장한테 내 사정을 이실직고했거든. 물론 다른 고육지책도 쓰긴 했지만. 룽 선장은 내가 일본에 가려는 게 아버지를 찾기 위해서라는 걸 알고 선한 마음이 동해서 몰래 도망도 치게 해주고 중국 요릿집 다이산겐에 소개해 일자리도 구해줬어. 다이산겐 사장님도 옛날에 취화호의 삼등 항해사였다가 무단 하선한 사람이어서 나한테 무척 잘해줘. 이런데 누가 세상에 착한 사람이 없다는 거야? 룽 선장은 살아 있는 보살이라고. 나중에 내가 성공하면 그분의 위패를 모실 거야. 그리고 너는 염려하지 마. 취화호에서 못된 선원들이 내 털끝 하나 건드린 적이 없으니까. 한 광둥 놈이 나를 의동생 삼겠다면서 홍콩산 캐시미어 조끼 한 벌을 주려고 한 적이 있긴 해. 그 빠가야로 새끼가 날 어떻게 해보려는 생각이 있었던 거지. 나는 그놈에게 "얼마 전에 임질이 생겼어요"라고 말했어. 그러니까 내게 눈을 부라리더니 그 조끼를 다시 갖고 가던데?

도쿄는 사람을 흥분시키고, 홀리고, 가슴을 두근두근하게 해. 어제는 긴자에 놀러 갔어. 그토록 많은 자동차와 사람과 고층 빌딩을 보니까 껑충껑충 뛰며 소리를 지르고 싶더라고. 긴자는 우리의 시먼딩에 해당되지만 시먼딩보다 백배는 커. 으리으리한 걸 따지면 더 비교도 안 되고 말이야. 내가 보기에 일본 놈들은 돈이 많은 것 같아. 옷도 시계도 고급이고 차가 없는 사람이 없어. 나는 이곳이 번화한 게 마음에 들어. 백화점도 크고 많고 말이야. 돈이 없어도 들어가서 돌아다니는 것만으로 좋아. 그리고 내 그 빠가야로 아빠가 왜 시세이도를 팔았는지 알 것 같더라니까. 긴자에서 가장 큰 백화점인 마쓰자카야에 들어갔는데 시세이도 화장품이 7층 전체를 차지하고 있더라고. 제품 종류가 너무 많아서 놀라 돌아가시겠더군. 누가 알겠어? 혹시 나중에 나도 시세이도에 취직해 아버지보다 더 높은 자리에 오를 수도 있잖아. 그렇게 되면 엄마는 색조 화장품하고 수분크림은 걱정 안 해도 될 거야. 하지만 이런 건 다 입에 담기에는 아직 이르지. 지

534

금 내 가장 큰 고민은 일본어를 못 한다는 거야. 거리에 꽥꽥대는 쪽발이가 한가득인데 한마디도 못 알아들어서 벙어리나 매한가지야. 단지 그 사람들 따라서 넙죽넙죽하는 것 하나는 잘하지. 하지만 나는 벌써 일본어 공부를 시작했어. 선생님은 다이산겐의 셋째 요리사야. 역시 하선한 선원이고 일본에서 오래 산 진짜배기 '도쿄 사람'이지. 첫 수업 때 그 사람이 나한테 섹스를 일본어로 '셋쿠스'라고 한다고 가르쳐줬어. 내가 배우는 속도가 빨라서 그 사람은 내가 나중에 일본어를 아주 잘할 거라고 생각해. 시작이 좋으면 반은 성공한 거야. 이건 우리 초등학교 때 교장 선생이 해준 말이야.

사실 내가 다이산겐에서 하는 일은 주방의 허드렛일이야. 닭털을 뽑고, 새우 껍질을 벗기고, 솥과 부엌을 닦지. 무슨 수정계나 다람쥐 조기 같은, 타이베이의 요리학교에서 배운 것들은 여기서는 전혀 쓸모가 없어. 또 다이산겐의 주방장은 마치 염라대왕처럼 사나워서 사장님조차 얼마쯤은 양보할 정도야. 내가 새우 껍질을 조금만 늦게 벗겨도 두 눈을 부릅뜨고 욕을 퍼붓는다니까. 나는 물론 아무 소리도 못 해. 군자라면 고개를 숙일 줄도 알아야지. 지금 내 날개에는 깃털이 아직 다 안 자랐으니 잠시 울분을 꾹 참아야만 해. 하지만 나는 주방장이 소홀한 틈을 타 그가 토마토소스로 만든 새우살볶음에서 제일 큼직한 새우 두 마리를 손가락으로 집어 꿀꺽 삼켰어. 지금 내가 잠자는 곳은 다이산겐 2층의 재료 창고야. 움직일 수 있는 공간이 다다미 네 장 크기밖에 안 돼. 창고 안에는 말린 새우, 말린 전복, 말린 생선, 메주, 송화단이 가득해서 열흘쯤 지나니까 코가 마비돼 향기랑 냄새가 구분이 안 되는 것 있지? 사실 도쿄의 방값은 놀랍도록 비싸서 타이베이의 10배는 되거든. 지금 다다미 네 장 크기인 이 공간에서 잘 수 있다는 것만으로도 나는 만족하고 있어. 단지 이따금 밤에 깨어나면 타이베이와 너희가 생각나. 넌 어떠니, 아칭? 잘 있니? 샤오민은? 쥐 그 좀도둑은? 사부를 만나면 나 대신 안부를 여쭤봐줘. 사부한테도 편지를 쓰기는 하겠지만. 또 자오우창 같은 늙은 게이들이 물으면 내가 다이산겐에서 허드렛일을 한다고 하면 안 돼. "샤오위는 도쿄에서 아주 잘나가요"라고 해줘.

새해 복 많이 받아.

12월 30일
샤오위가

추신: 너, 내가 벚꽃꿈을 꾼다고 맨날 비웃었지? 지금 내 꿈속에 정말로 벚꽃이 보이곤 해. 내년 봄에 벚꽃이 피었을 때 기모노를 입고 벚나무 밑에서 사진을 찍어 네게 부칠게.

샤오위에게 보낸 편지

샤오위에게

네 편지를 받고 나서야 안도의 숨을 쉬었어. 요 며칠 우민한테 계속 이야기하고 있었거든. 네가 하선은 잘 했는지, 일본 정부에 붙잡히지는 않았는지 모르겠다고 말이야. 네 편지를 보여주니까 우민이 흥분해서 밖에 나가 맥주 한 병을 사왔어. 둘이 몇 잔을 대작하며 너를 위해 축하했지. 우리는 네가 구미호니까 어쨌든 간에 도쿄에서 그럭저럭 잘 살 거라고 말했어. 넌 편지에서 도쿄가 아주 번화한 곳이라고 말했지. 물 만난 고기처럼 즐거워서 어쩔 줄 모르던데? 빨리 도쿄의 사시미를 먹어보고 어떤 맛인지 다음 편지에서 알려줬으면 해. 그런데 그저께 시먼딩에서 내가 누구랑 마주쳤는지 알아맞혀봐. 저우 사장이야! 그 뚱보 영감도 네가 일본에 갔다는 소문을 들었는지 시샘을 하며 말했어. "그 호스트 녀석, 일본으로 팔려갔다며? 내가 보기에는 도쿄에서도 돈이 안 될 거야"라고 말이야. 나는 대수롭지 않게 말했어. "그 화교 수양아비가 맞아줬대요. 샤오위가 편지에서 그랬는데 둘이 같이 하코네에 가서 온천욕도 했대요"라고. 저우 사장은 코웃음을 치긴 했지만 적어도 절반은 믿는 것 같더라.

　네가 떠난 후로 우리 쪽은 몇 번의 우여곡절을 거치며 큰 변화가 있었어. 우리 안락향은 정식으로 폐업했어. 『춘신만보』의 그 판련이 두 차례 더 기사를 썼거든. 게다가 쓰면 쓸수록 기사가 노골적이어서 하마터면 성 회장의 이름까지 나올 뻔했어. 에버그린필름의 그 회장께서는 이 일 때문에 걱정이 이만저만이 아니었어. 듣자 하니 몰래 거금을 찔러주고 나서야 그 못된 기자의 입을 막았다고 하더군. 당연히 우리 안락향은 계속 영업할 수 없게 됐고. 사부님은 너무 슬퍼하셔. 문을 닫던 날, 사부님은 우리랑 안락향에서 취할 때까지 술을 마셨어. 우리한테 말씀하셨지. "애들아, 너희는 각자 날아가거라. 이 사부는 너희를 돌봐줄 수 없구나"라고. 그러면서 눈물을 뚝뚝 흘리시는 거야. 아슝이 놀라서 사부님의 손을 잡아당기며 계속 아빠, 아빠, 하더라고. 지난주에 안락향 앞을 지나가는데 어느새 주인이 바뀌고 이름도 '향비香妃'라고 바뀌었더라. 일본인들이 좋아할 만한 술집인데 호스티스가 술 시중을 한다고 들었어.

나는 요즘 중산북로의 '원탁圓卓'에서 바텐더로 일하고 있어. 고급 바인데 분위기가 끝내줘. 거기는 손님도 고급인데 대부분 몰래 연애하는 남녀고 밤새 페퍼민트 한 잔으로 시간을 보내지. 내 월급은 그런대로 괜찮아. 한 달에 3000위안이니까. 남자들이 자기 여자친구 앞에서 주는 팁도 꽤 짭짤해. 내 일은 수월한 편이야. 칵테일을 만들고 의자에 앉아 녹음기에서 되풀이해 나오는 「아름답고 푸른 도나우 강」을 듣지. 난 이미 푸 어르신 집을 나왔어. 푸 어르신이 그 집을 링광보육원에 기증하라고 유언을 남기셨거든. 거기 원장이 와서 집을 넘겨받았어. 푸 어르신이 생전에 링광보육원에서 특별히 보살피던 장애아가 한 명 있는데, 이름은 푸톈츠라고 하고 선천적으로 두 팔이 없어. 지금은 내가 자주 개를 보러 가서 입으로 글씨를 쓰게 가르치고 있어. 또 리웨 누나도 보러 갔는데 아쉽게도 우리가 쓰던 방을 세 줬더라고. 안 그랬으면 다시 진저우가로 돌아갔을 거야. 나는 할머니가 해주는 오징어볶음이 정말 좋거든. 리웨 누나가 그러던데 네가 무사히 하선한 걸 알고 네 엄마가 입을 못 다물고 계신다더라. 네가 도쿄로 부를 때까지 기다리겠다고 하셨대. 나는 지금 다룽둥에 살고 있어. 방세는 조금 비싸도 방이 훨씬 넓고 통풍도 잘 돼. 게다가 '건어물' 냄새도 안 나고.

우민도 일거리를 찾았어. 린썬북로林森北路의 캐서린레스토랑에서 종업원으로 일해. 요즘 개는 고민이 많아. 개의 장 선생, 그 '칼자국 왕우'가 어찌 된 일인지 작년 크리스마스이브에 아마도 술에 취한 채 욕조에서 고꾸라져 중풍에 걸린 거야. 반신불수로 아직도 병원에 있지. 우민은 매일 일이 끝나면 가서 그 사람을 보살펴야 해. 지난번에

538

우민이 잡아끌어 같이 간 적이 있는데 장 선생이 몰라보게 야위었더라고. 예전의 말쑥한 모습은 다 어디로 가고 바람 빠진 풍선마냥 침대 위에 축 늘어져 있었어. 눈이 돌아가고 입도 삐뚤어졌지만 성질은 더 포악해져서 우민에게 욕을 하고 이것도 싫다, 저것도 싫다, 생떼를 쓰더군. 나는 우민한테 "이 지경이 됐는데도 계속 참아주는 거야? 그냥 저 사람 곁을 떠나면 안 돼?"라고 말했어. 그러니까 우민이 정색을 하고 말하더군. "그게 무슨 말이야? 그 사람한테는 지금 내가 더 필요해. 그렇게 양심 없이 떠날 수는 없어"라고 말이야. 내가 보기에는 우민도 팔자가 참 사나워. 장 선생 하나만으로도 힘든데 그 도박쟁이 아버지까지 있으니까. 걔 아버지가 자기 동생 가족이랑 한바탕 싸우고 또 타이베이로 와서 걔한테 얹혀살거든. 우민은 환자도 시중들고 자기 아버지도 돌봐야 해. 그래도 다행히 아직까지는 안 무너지고 잘 버티고 있어.

쥐 얘기를 해야 할 차례인데, 걔가 결국 어떻게 될지는 우리 모두 짐작하고 있었잖아. 쥐는 지금 타오위안의 소년원에서 감화 교육을 받고 있어. 제 버릇 못 버리고 두 주 전 귀빈호텔에서 또 좀도둑질을 했거든. 어느 관광객의 만년필을 슬쩍했는데 이번에는 거기 매니저한테 덜미를 잡혔지. 우민이랑 다음 주 일요일에 쥐를 보러 가기로 약속했어. 과일이나 좀 싸가서 그 비행 청소년을 위로하려고. 이번 일로 저 녀석의 도벽이 좀 나아질지는 아직 미지수지만 말이야.

샤오위, 너의 벚꽃꿈이 드디어 실현됐구나. 네가 지금 다이산겐에서 아무리 건어물 냄새에 시달려도 그건 남는 장사야.

새봄에 모든 일이 잘 되길 바란다.

쥐가 보내온 편지

아칭에게

너랑 우민은 정말 너무해. 내가 여기 갇힌 지 두 주가 넘었는데 왜 아직도 면회를 안 오는 거야? 난 감화 교육을 받느라 무척 힘들다고. 감화 교육은 사람을 가르쳐서 좋은 사람으로 만든다는 의미야. 매일 책을 소리 내서 읽어야 하고 독후감도 써야 해. 나는 초등학교 중퇴고 제대로 책 한 권 읽어본 적도 없는데 어떻게 독후감을 쓰라는 거야? 우리는 매일 아침 국어, 역사, 민족정신을 배우는데 재미가 없어서 늘 졸음이 오지만 선생님한테 혼날까봐 허벅지를 꼬집곤 해. 오늘 아침 민족정신 시간에는 선생님이 악비岳飛 얘기를 해주셨어. 악비는 금나라군을 쳐부순 송나라 장군인데 너는 아니? 선생님이 그러셨는데 악비의 어머니가 바늘로 악비의 등에 글자를 새겨주었대. 정말 대단하지 않아? 선생님은 흑판에 '정충보국'* 네 글자를 써주셨어. 그때 어느 멍청한 꼬마가 '정충'이 무슨 뜻이냐고 묻더라. 어떻게 그걸 모를 수가 있지? '정충보국'도 본 적이 없는 거야? 기차역 표지판마다 그 네 글자가 적혀 있잖아. 선생님은 우리 가정에서 어머니의 가

---

* 精忠報國. 충성을 다해 나라에 보답한다는 뜻.

르침이 중요하다고, 악비는 대의를 잘 아는 어머니가 있어서 민족의 영웅이 되었다고 말씀하셨어. 그래서 앞으로 우리도 어머니의 가르침을 잘 따라야 한다고도 하셨지. 그런데 그 멍청한 꼬마가 일어나서 또 뭐라고 산통을 깼는지 알아? "선생님, 저희 엄마는 호스티스인데 무슨 대의를 알겠어요?"라고 하더군. 선생님은 얼굴이 새빨개져서 아무 말도 못 했어. 우리는 밑에서 서로 눈짓을 주고받으며 킥킥거렸고. 오후의 직업 훈련은 그나마 좀 재미있어. 나는 직물 염색 과목을 택했고 중리에 있는 염색공장에서 나이 든 기술자 선생님이 와서 우리를 가르쳐주셔. 오늘은 막 배색을 배웠는데 아주 재미있더라고. 한 색깔을 만들어봤어. 선생님이 내가 정확하게 색을 배합한다고 칭찬해주셨지. 그래서 내가 물어봤어. 나중에 내가 밖에 나가 염색공장에서 일을 구할 수 있느냐고. 선생님은 문제없다더라고. 열심히 자기한테 기술을 배우기만 하면 된대.

아참, 여기는 완전히 강도 소굴이야. 내가 여관에서 사람들 물건을 좀 훔친 것은 아무것도 아니더라고. 여기 녀석들은 나보다 훨씬 근사한 짓을 저질렀더군. 특수 폭행에 강도 행각까지 말이야. 예를 들어 죽련방竹聯幇의 한 두목은 쌴충진의 천지방天地幇과 무기를 들고 싸우다가 상대편 막내에게 중상을 입혔다고 하더라고. 그 자식은 이곳의 대마왕이야. 큰형님 행세를 하면서 밑에 줄줄이 부하들을 두고 전문적으로 남을 괴롭히지. 그 자식은 얼마나 포악한지 툭하면 눈을 치켜뜨고 손가락질하면서 "네 코를 납작하게 해줄 테다!"라고 소리 지르곤 해. 친구야, 난 온종일 그 강도 무리 속에서 전전긍긍하며 살고 있단다. 나는 생각을 정했어. 사내대장부는 눈앞의 위험에는 잠시 몸을 사릴 줄 알아야 해. 어제도 그 두목한테 한 대 맞고 눈에서 별이 보였는데 땅바닥에 픽 쓰러져 죽은 개 시늉을 했지. 너희도 여기 없는 마당에 나 혼자 반격할 수 있을 리가 없잖아. 어떤 바보가 무서운 줄도 모르고 그 대마왕한테 몇 마디 대들었다가 밤에 개들한테 붙잡혀갔지. 그래서 어떻게 됐는지 알아? 입 한가득 오줌을 마셨어.

여기서 가장 불만스러운 건 내가 '상습 절도'로 분류된 거야. 너무 귀에 거슬리지 않아? 매주 수요일마다 사범대 사회학과 대학원생이 나를 찾아와 이야기를 나누는데, 그 사람은 자기가 타이완 청소년의 상습 절도 문제를 연구한다고 하더라고. 그러면서 이것저것 물으며 내 정보를 캐내고 있어. 그 사람이 나한테 왜 물건 훔치는 걸 좋아하느냐고 물었어. 나는 남의 물건을 보고 마음에 들면 가져와서 논다고 그랬고. 그랬더니 남의 물건을 가져오는 건 절도에 속한다고 하길래 돈도 아니고 물건을 가져오는 건데 절도는 무슨 절도냐고 그랬지. 그 대학원생은 우물우물 답을 못 하고 나가떨어져버렸어. 나는 그에게 또 말했어. 언젠가 가죽 지갑을 훔쳤다가 안에 돈만 수십 달러 있고 다른 재미있는 게 없어서 그 사람 호주머니에 되돌려놓았다고. 그 대학원생은 내가 한 말을 기록하더니 내가 무척 흥미롭고 특수한 케이스라는 거야. 나한테 심리적 문제가 있다면서 소년원에 내 심리치료를 건의해야겠다고 했어. 씨발, 내 심리는 아주 양호하거든. 치료는 무슨 개뿔.

아칭, 내 보물 상자를 부디 잘 보관해줘. 남들이 보고 내 보물을 훔쳐가지 않도록 말이야. 그리고 면회 올 때 만년필 한 자루만 갖다줘, 갖고 놀게. 좋은 만년필은 가져오지 마. 낡은 남색 셰퍼 한 자루면 돼. 여기 사람들은 무서워. 좋은 물건은 보여주면 안 돼. 친구야, 너는 도대체 언제 올 거니? 너희가 안 와서 난 말라 죽을 지경이야.

즐거운 새봄을 맞기를.

1월 21일
쥐

추신: 쥐바오펀의 루 주방장이 오늘 나를 보러 왔어. 훈제 닭도 한 마리 가져와서 실컷 먹게 해주고. 루 주방장은 사람이 참 의리가 있더라. 이 편지는 그 사람한테 부쳐달라고 부탁했어. 여기는 편지 부치는 것까지 검사해서 이곳에 관해 나쁜 말을 쓰면 안 된다고 하더라고. 그저께 두 녀석이 도망치려고 했다가 붙잡혀와서 족쇄를 찼어. 녀석들이 좌우로 질룩이며 걷는 게 꼭 게가 걷는 것 같았지.

샤오위가 보낸 편지

아칭에게

너무 오래 편지를 못 썼네. 사실 무척 바빴어. 방귀 뀔 시간조차 없었다고. 이번 달에 우리 다이산겐은 장사가 놀랍도록 잘됐어. 매일 자리가 꽉꽉 찼지. 일본 사람들은 정말 이상해. 왜 사시미는 먹으러 안 가고 굳이 온 가족이 우리 중화요리를 먹으러 오는지 모르겠어. 사장은 좋아서 입을 못 다물고 우리 주방 사람들만 죽어라 고생하고 있지. 매일 밤 한두 시까지 일하다가 침대 위에 쓰러지면 손가락 하나 까딱할 힘도 없는데 어떻게 펜을 들고 편지를 쓰겠어? 게다가 난 틈만 나면 중요한 일을 하러 가거든. 아버지의 행방을 찾는 일을 벌써 시작했어. 첫 단계는 시세이도에 전화해서 물어보는 거였어. 거기 직원들 중 나카지마 마사오라 불리는, 일본에 귀화한 타이완 사람이 있느냐고 말이야. 그런데 시세이도는 도쿄에만 대리점이 수십 군데가 있거든. 내가 한 군데, 한 군데 물어보는데 글쎄, 아사쿠사에 나카지마 마사오라는 직원이 있다는 거야. 하지만 그 사람은 스무 살 정도 된 젊은이여서 내 아버지가 될 자격이 없었고 더군다나 오사카 사람이었어. 나는 도쿄 화교들의 린씨 종친회에 가서 알아보기도 했어. 그런데 린우슝, 린성슝, 린진슝만 있고 씨발, 린정슝은 없는 거 있지? 나는 전화번호부도 뒤졌어. 먼저 신주쿠구부터 시작해 전화번호부에 있는 나카지마 마사오라는 사람들의 주소를 전부 베껴 적었지. 신주쿠에만 27명의 나카지마 마사오가 있더라. 전화를 걸어 혹시 타이완에 사생아가 있느냐고 물어볼 수는 없었어. 이 일은 너무 복잡미묘하고 내 일본어 실력도 배운 지 겨우 한 달밖에 안 돼서 정확히 말하기가 힘들었거든. 또 정확히 말할 수 있더라도 상대가 전화에서 선뜻 자기 사생아의 존재를 인정할 리가 없잖아. 이번 달 내내 틈만 나면 주소만 보고 나카지마 마사오를 찾아다녔어. 도쿄 주택들의 주소 표기는 심하게 어지럽더라. 신주쿠의 크고 작은 거리와 골목들을 누비는데 꼭 미궁 속을 빙빙 도는 듯했어. 그 바람에 어제까지 겨우 10명의 나카지마 마사오를 찾았지. 정말 각양각색의 나카지마 마사오가 다 있더라고. 성형외과 의사도 있고, 가발과 뽕 브라 판매자도 있고, 전자대리점 매니저도 있었어. 또 누구는 밖으로 뛰어나왔는데 곰보에다 언청이이고 눈까지 한쪽이 멀어서 꼭 악귀 같더라. 나는 너무 놀라서 허겁지겁 뛰어 달아났어. 만약 내 아버지가 그런 몰골이라면 차라리 아는 척하고 싶지 않아.

어제는 우리 가게가 휴일이어서 밖에 나가 온종일 돌아다녔어. 도쿄에 폭설이 내려 길거리에 눈이 30센티미터나 쌓이는 바람에 걸어다니기가 정말로 불편했지. 신발 속에 눈 녹은 물이 스며 두 발이 꽁꽁 얼고 아팠어. 우선 세 집의 나카지마 마사오를 찾아갔는데 모두 일본인이더라고. 그런데 저물녘에 만난 나카지마 마사오는 뜻밖에도 중국인이었어! 순간적으로 심장이 거의 목구멍까지 튀어 올랐지. 하지만 자세히 물어보니 그 나카지마 마사오는 만주 사람으로 톈진에서 왔다고 하더라. 성은 진金이고 예순쯤 돼 보였는데 사람이 점잖고 분위기가 있더라고. 집 안의 인테리어도 꽤 신경 쓴 눈치였고. 그 사람은 내가 타이완에서 온 걸 알고 기뻐했어. 나를 안으로 초대해 차를 대접하고 이야기를 나눴지. 다시 밖으로 나왔는데 함박눈이 펄펄 내리고 신주쿠의 수천수만 개에 달하는 네온등이 눈보라 속에서 바삐 깜박이더군. 나는 거리 한가운데에 서 있었어. 그 순간 정말로 세상이 아득한 느낌이 들더라. 그날 밤, 나는 신주쿠 가부키초의 기리쓰보라는 데를 갔어. 거기는 신주쿠에서 가장 유명한 게이 바야.

도쿄에는 100여 곳에 달하는 '안락향'이 있고 신주쿠 가부키초에만 12곳이 있다고 해. 롯폰기, 시부야에도 아주 많아. 도쿄에 사는 청춘의 새들은 정말 대단해. 거리 가득 어지럽게 날아다니고 경찰을 무서워하지도 않아. 술집 안에서는 춤도 추고, 키스도 하고, 온갖 것을 다 하지. 신주쿠에도 교엔이라고 우리 신공원 같은 데가 있는데 신공원보다 열 배는 클 거야. 거기에 있는 청춘의 새들은 서로 쫓고 쫓기며 우리보다 훨씬 더 자유분방하게 놀더라. 아청, 여기 새들과 비교하면 우리는 아주 단정한 편에 속해. 기리쓰보는 우리 안락향보다 두

세 배쯤 더 크고 조명이 아주 세련됐더라. 주말이면 사람이 붐비고 춤을 출 수도 있지. 하지만 어제는 월요일이었고 눈도 많이 와서 사람이 띄엄띄엄 열 명 정도밖에 안 됐고 오래 머물지도 않았어. 나는 거기서 홀로 사케 한 주전자를 데워놓고 하룻밤을 보냈어. 실내의 전축에서는 계속 모리 신이치의 노래가 흘러나왔지. 모리 신이치는 현재 일본에서 가장 인기 많은 남자 가수야. 그 게이 바에 있는 사람들은 전부 그의 노래에 매료되었어. 사람 마음을 쓰라리게 하는 노래였지. 한밤중이 돼서 내가 거의 알딸딸해졌을 때 회색 양복을 입은 중년의 일본인이 다가와서 조금 머뭇거리다가 한바탕 말을 늘어놓았어. 나는 전혀 못 알아들었고, 그는 내가 중국인인 걸 알고 바로 종이를 꺼내 한자를 써서 보여주더군. 왜 그렇게 슬퍼 보이냐고 나한테 물었어. 나는 "사비시, 사비시"라고 했지. 역시 다이산겐의 셋째 요리사가 가르쳐준 말인데 "외로워요, 외로워요"라는 뜻이야. 그 중년의 일본인은 바로 나를 데리고 밖에 나갔지. 그의 집은 우에노에 있었는데 멀어도 너무 멀더라. 지하철을 두 번이나 갈아탔어.

아칭, 나는 앞으로도 계속 찾을 거야. 신주쿠의 나카지마 마사오를 다 찾으면 아사쿠사, 시부야, 우에노의 나카지마 마사오도 찾을 거야. 도쿄를 다 찾으면 돈을 모아 요코하마, 오사카, 나고야도 갈 거야. 그렇게 일본 전역을 구석구석 찾아다니다, 푸 어르신이 말씀하신 대로 하늘이 나를 가엾이 여긴다면 언젠가 내 아버지를 붙잡을 수 있을 거야. 한번 알아맞혀봐. 내가 아버지를 찾으면 제일 먼저 뭘 할 것 같아? 나는 그 빠가야로의 좆을 힘껏 물어뜯고서 왜 이유 없이 나라는 잡종을 낳아 평생 수난을 당하게 만들었느냐고 물어볼 거야.

쥐가 소년원에 갇힌 것은 확실히 놀라운 일이 아니야. 좀 갇혀 있어도 괜찮아. 걔한테는 좋은 일이라고 생각해. 우민도 스스로 화를 부른 거니까 가엾어할 필요 없어. 그리고 나는 내 화교 수양아비였던 린마오숭을 결코 찾아가지 않았어. 여기서 얘기를 들어보니 린마오숭은 일본 화교계에서 꽤 지위가 높고 존경을 받더라. 내가 타이완에 있을 때 그 사람은 나를 존중하고 잘해주었어. 내가 자기 친아들보다 백배는 분별력이 있고 자상하다고 말했지. 그런데 내가 지금 찾아가면 그 사람을 난처하게 만들 거야. 나는 그러고 싶지 않아. 그 사람이 영원히 나를 좋은 기억으로 간직했으면 좋겠어. 내가 린 사마와 지낸 기간은 비록 짧지만 그래도 아칭, 그것은 내 평생 가장 즐거운 시간이었어.

잘 지내기를.

2월 1일
샤오위가

추신: 갑자기 생각난 건데 열흘만 더 있으면 음력 설이잖아. 너한테 부탁할 일이 하나 있어. 신이로의 류씨오리집에서 오리고기전병 두 장만 사서(돈은 나중에 갚을게) 음력 정월 초하룻날, 싼충진의 우리 엄마한테 갖다드려줘. 엄마가 그 집 오리고기전병을 제일 좋아하거든. 설날이면 오리고기전병을 쪄서 그걸 안주 삼아 오가피주를 즐겨 마시곤 해.

2

섣달그믐날, 갑자기 한파가 들이닥쳐 밤이 되자마자 온도가 곤두박질쳤다. 공기가 살을 에는 듯해 바람도 안 부는데 으슬으슬했다. 관첸로 신공원 정문 앞에 도착하니 멀리 박물관 앞 돌계단 위에 한 사람이 서 있는 모습이 보였다. 머리와 수염이 하얗고 검은색 두루마기를 입은 그가 나를 향해 손을 흔들었다.

"참매야!"

신공원의 나이 든 선생님 귀 노인이 나를 불렀다.

"안녕하세요, 귀 할아버지."

나는 빠른 걸음으로 다가가 귀 노인에게 안부 인사를 했다.

"오랜만이로구나, 아칭."

귀 노인이 탄식하며 말했다.

"오늘 밤에야 네가 다시 돌아왔구나."

나는 웃으며 답했다.

"그래요. 오늘 밤은 새해 전야잖아요. 특별히 우리의 이 오랜 보금자리에 와서 다 같이 밤을 새우고 새해를 맞이하고 싶었어요."

궈 노인은 가슴까지 드리워진 하얀 수염을 쓰다듬으며 말했다.

"내 진작에 그럴 줄 알았지. 너희 청춘의 새들은 한 마리, 한 마리 다 돌아오곤 하니까. 너희가 또 술집을 하느라 난리 쳤다고 하던데 이름이 뭐였더라?"

"안락향이에요."

"맞다, 안락향. 역시 문을 닫았다고 하던데."

"원래는 장사가 아주 잘됐어요. 나중에 누가 소란을 피워 그렇게 됐어요."

"항상 그랬다."

궈 노인이 고개를 흔들며 웃었다.

"양 뚱보가 단념을 안 하는구나. 10년 전에 타오위안춘을 열었을 때도 처음에는 그렇게 시끌벅적하더니 순식간에 문을 닫았지. 그사이에도 여기저기 술집이 꽤 많이 생겼어. 무슨 향빈이니, 바이예白夜니, 류푸탕이니, 전부 문을 열었다가 닫고 또 닫았다가 열더니 마지막에는 싹 자취를 감추더군. 하지만 우리의 이 오랜 보금자리는 변함없이 여기서 너희 지친 새들이 돌아와 쉬기를 기다리고 있다. 늘 위험은 피하기 어려워도 야간 통행금지 같은 것은 조금만 참으면 원래대로 돌아가기 마련이지. 참매야, 들어가자. 다들 연못가에 모여 있다."

공원에 들어가니 과연 연못가 한쪽 끝과 계단 위에 사람들의 그림자가 모여 있고 멀리서도 웃고 떠드는 소리가 들렸다. 신공원의 총교관인 우리의 사부, 양진하이가 여느 때처럼 늠름하게 사람들을 지휘하고 있었다. 그는 둥근 꽃무늬가 비치는 다갈색 솜저고리를 입고 와인색 사각모자를 쓰고서 목에는 감청색 긴 목도리를 둘러 그 한쪽 끝은 가슴에, 다른 쪽 끝은 등 뒤로 늘어뜨리고 있었다. 원래 뚱뚱한 그의 몸이 솜저고리를 걸쳐 더 거대해 보였다. 그는 계단 위를 기세등등하게 왔다갔다하면서 연방 고함을 치며 목도리를 휘날렸다. 그의 앞뒤로 두 녀석이 졸졸 따라다녔는데, 아마도 공원에 온 지 얼마 안 된 풋내기들인 듯했다. 둘 다 사부가 가리키는 대로 이리 뛰고 저리 뛰었다. 원시인 아슝은 사부 좌측에 바짝 붙어다녔다. 그는 붉은색과 검은색이 섞인 모직 외투로 몸을 감싸고 머리에는 서양 나팔 모양의 붉은 털모자를 썼다. 그 털모자에는 끝에 거위알만 한 자줏빛 색실 방울도 달려 있었다. 그는 몸집이 갈수록 커지는 듯했고 고개를 들고 가슴을 편 채 적이 흡족해하며 주위를 두리번거렸다. 사부를 따라 계단 위를 왔다갔다하는 그의 머리 위에서 그 자줏빛 색실 방울이 즐거운 듯 아래위로 흔들거렸다.

"사부님."

나는 계단 위로 올라가 양 사부에게 허리 굽혀 예를 올렸다. 사부는 걸음을 멈추고 나를 아래위로 쓱 훑어봤지만 아무 반응도 없었다. 나는 목을 가다듬고 다시 말했다.

"사부님, 안녕하셨어요?"

"너, 나한테 말한 거냐?"

사부가 다시 나를 흘끗 보고는 냉소를 지었다.

"나는 너희가 진작에 이 사부를 잊은 줄 알았는데."

"무슨 그런 말씀을 하세요."

내가 다급히 웃으며 말했다.

"요즘 저는 중산북로의 원탁에 출근해요. 매일 밤 한두 시까지 일하느라 정말 너무 바빠서 사부님을 못 찾아뵈었어요. 오늘 저녁은 휴가라서 사부님께 미리 새해 인사를 드리려고 달려왔고요."

나는 두 손을 모으고 허리를 굽혔다.

"흥, 어쩐지. 벌써 괜찮은 직장을 잡았구나."

사부는 또 콧방귀를 뀌었다.

"다른 녀석은 내가 상관 안 하는데 우민 이 녀석은 너무 괘씸해. 내가 그렇게 자기를 아껴줬건만."

"사부님, 그건 오해세요."

나는 얼른 설명했다.

"우민을 너무 욕하지 마세요, 사부님. 걔는 장 선생이 입원해서 꼼짝도 못 하는 바람에 거기 매여 있어요. 온갖 수발을 다 들어주거든요. 그래서 우민이 저한테 오늘 밤에 죄송하다는 말씀을 꼭 전해드리라고 했어요. 내일 정월 초하룻날에도 사부님께 인사드리러 못 갈 것 같다고요."

나는 점퍼 주머니에서 빨간색 파라핀지로 포장한 작은 상자를 꺼냈다. 그 안에는 남색 구슬이 박힌 은도금 넥타이핀이 들어 있었다. 우민이 내게 부탁해 산 물건이었다.

"우민이 이걸 사부님께 갖다드리라고 했어요."

그 상자를 받고 나서야 사부는 비로소 안색이 풀리고 말투도 훨씬 부드러워졌다.

"그래도 우민이 양심 없는 아이는 아닌 것 같구나."

그의 둥글고 살찐 얼굴에 드디어 한 가닥 미소가 떠올랐다.

"아칭."

원시인 아슝이 다가와 우람한 팔뚝으로 나를 와락 껴안았다.

"살살, 살살 좀 해, 아슝. 뼈 부러지겠다."

나는 온몸이 조여들어 웃으면서 비명을 질렀다. 아슝이 나를 풀어주고 헤헤 웃고는 두 손으로 내 얼굴을 마구 만졌다. 나는 그의 널찍한 가슴을 한 방 쥐어박으며 웃었다.

"잘 지냈어, 아슝? 모자가 아주 멋진데?"

아슝은 정수리의 그 자줏빛 색실 방울을 쥐고서 의기양양하게 말했다.

"아빠가 사줬어."

나는 점퍼의 다른 쪽 주머니에서 비닐봉지에 든 초콜릿 사탕을 꺼냈다. 초콜릿들은 여러 색깔의 종이에 싸여 있었다. 나는 그것을 아슝의 눈앞에 들고 흔들며 그를 놀렸다.

"아슝, 나한테 형이라고 하면 이거 다 줄게."

"형, 형."

아슝은 소리치고서 초콜릿 봉지를 홱 빼앗아갔다.

"아빠…… 사탕……"

아슝이 초콜릿 봉지를 높이 들고 기뻐하며 소리쳤다. 사부가 그를 꾸짖었다.

"못난 것, 그게 뭐라고 자랑하고 난리야?"

나는 사부와 함께 계단을 두어 번 오가며 우리의 근황을 전했다.

"샤오위 그 불여우는 도쿄에서 잘 지내냐?"

"샤오위는 신주쿠의 게이 바에서 인기가 아주 많던데요. 매일 사시미를 먹는다고 하더라고요."

"그 씨발 새끼."

사부는 웃으며 욕하고 나서는 또 칭찬을 했다.

"역시 불여우라니까."

타오위안 소년원에 가서 쥐를 만나고 온 이야기도 했다. 쥐는 자기가 그 안에서 어린 깡패들에게 얼마나 괴롭힘을 당하는지 눈물로 호소했다. 하지만 염색 수업 얘기가 나오니까 금세 눈물을 닦고 자기가 뭘 배웠는지 신이 나서 떠들어댔다. 그는 기술자 선생님이 자기를 아주 칭찬하고 반에서 자기 작품을 모범으로 치켜세웠다고 했다.

"쥐가 자기 손을 보여주더라고요. 열 손가락이 다 염료에 물들어 울긋불긋한데 지워지지도 않는대요."

"그 좀도둑 새끼가 정말?"

사부는 콧방귀를 뀌었다.

"내 성질대로 했으면 진작에 그놈 두 손모가지를 잘라버렸을 거야."

제야에 다들 신년 하례라도 하듯 오랜 보금자리인 공원으로 돌아왔다. 대부분 한파를 헤치고 와서 연못가 계단 위에 빽빽이 한 덩어리로 모여 서로의 체온을 나눴다. 우리의 코와 입에서 나온 열기가 한파 속에서 하얀 김이 되어 올라갔다. 연못 사방에 가로등 몇 개가 늘어서서 산수이가의 조무래기들이 걸친, 최신 유행의 우주복 스타일 옷을 더 선명하게 비췄다. 그 조무래기들은 여전히 삼삼오오 찰싹 붙어다니며 시위하듯 계단 위를 왔다갔다했다. 화쯔는 이날 「삼성무내」 대신 신이 나서 「망춘풍」을 불렀다. 자오우창은 갈수록 몰락해 낡은 검은색 바람막이를 입고 풀죽은 채 한쪽 구석에 웅크리고 있었다. 그는 케케묵은 옛날이야기를 하도 많이 해서 그 자신조차 시들했고 듣는 사람도 재미없어했다. 라오구이는 저속한 행태로 공분을 산 탓에 모두에게 배척을 받아 감히 계단 위에 못 올라오고 멀찍이 숨어서 지켜보기만 했다. 그리고 쥐바오편의 루 주방장은 여전히 환희불처럼 미소지으며 갈비뼈가 제일 불거져 나온 아이를 고르고 있었다. 야간 통행금지가 해제된 후로 예술 대가는 다시 걸작을 그리겠다는 희망을 되찾았다. 요즘 그가 주목하는 모델은 역시 싼충진에서 온 어느 부랑아였다. 듣자 하니 무척이나 거칠어서 훠사오도에 잡혀간 테뉴를 완벽하게 대신할 만하다고 했다. 처음에는 주저하다가 결국 참지 못하고 대학생 몇 명이 용기를 내서 연못가 계단 위로 올라왔다. 병사 몇 명도 그 뒤를 따랐다. 이에 나이 차, 사회적 지위의 고하, 다정함과 무정함, 고통과 즐거움 같은 갖가지 차이와 차별이 별안간 한파가 밀려든 제야에, 달은 없어도 온 하늘에 별이 반짝이는 밤하늘에서, 그리고 신공원의 연못가, 외부 세계와 차단된 우리의 그 은밀한 왕국에서 통째로 사라졌다. 우리는 평등하게 연못가 계단 위에 서서, 마치 정월 대보름날의 주마등처럼 각기 서로의 그림자를 밟으며 걷기 시작했다. 순진했든, 타락했든 우리의 발자국은 모두 우리의 그 왕국에, 연못가 계단 위에 지워지지 않는 역사의 한 페이지를 남겼다.

모두 규칙에 따라 연못 주위를 돌고 있을 때 갑자기 줄 앞쪽에서 소동이 일어났다. 알고 보니 방금 어떤 소식이 전해진 것이었다. 바더로의 성 회장 사택에서, 우리의 나이 많고 명망 높은 에버그린 필름 성 회장이 제야의 파티를 열어 신년을 축하한다고 했다. 파티는 밤 10시에 시작될 예정이라고 했고 이로 인해 흥분과 기대에 찬

귓속말이 잠시 오갔다. 제일 먼저 계단을 내려가 쌩하고 가버린 사람은 우주복을 입고 온 샤오완小萬, 샤오자오小趙, 진왕시金旺喜, 라이원슝賴文雄."

양 사부가 군대에서 점호를 하는 것처럼 소리쳤다.

"예, 사부님."

젊은이 몇 명이 차례로 답했다.

이윽고 공원의 총교관, 양진하이 사부가 마지막으로 계단을 내려왔고 그 앞뒤를 열예닐곱 살의 제자들이 에워쌌다. 원시인 아슝은 맨 뒤를 맡았다. 그 새로운 양씨 군단은 곧 호호탕탕 신공원 밖으로 걸어 나갔다.

눈 깜짝할 사이에 연못가가 조용해지고 계단 위도 횅해졌다. 텅 빈 연못가를 나는 혼자서 두 바퀴 돌았다. 내 발자국 소리가 빈 계단 위에 뚜벅, 뚜벅, 뚜벅, 맑게 메아리쳤다. 문득 몇 달 못 온 사이에 연꽃의 연잎이 마지막 몇 장까지 다 말라 사라진 것을 깨달았다. 고요한 연못 위에는 하늘 가득 빛나는 별빛만 비치고 있었다. 불현듯 놀라지 않을 수 없었다. 계산해보니 작년 5월의 그 이상하리만큼 맑았던 오후, 집에서 아버지한테 쫓겨나고 타이베이의 거리를 밤늦게까지 헤매다가 결국 우리의 이 왕국에 들어온 게 겨우 아홉 달 조금 넘은 일이었다. 그런데 나는 그것이 전생에서 일어난 일처럼 멀고 아득하게 느껴졌다. 그 5월의 밤이 떠올랐다. 달은 붉었고 공원에 들어온 나는 공포와 긴장 그리고 알 수 없는 흥분에 사로잡힌 채 배가 고파 현기증이 났다. 온몸을 바들바들 떨며 계단에 올라가 연못 한가운데에 있는 팔각정 안에 모습을 숨겼다.

갑자기 연못가의 다른 쪽 계단 끝에서 뚜벅, 뚜벅, 뚜벅, 외로운 발자국 소리가 들렸다. 크고 깡마른 그림자가 나를 향해 걸어왔다. 그는 짙은 색 긴 외투를 입고 표표히 옷자락을 날리고 있었다.

"아칭."

왕쿠이룽이 다가와 나를 불렀다. 왕쿠이룽의 움푹 꺼진 두 눈이 꼭 원시림 속 인광처럼 파랗게 타올랐다.

"왕 선생님."

나도 기뻐하며 그를 불렀다.

"오늘 밤 여기서 너를 만나지 않을까 싶었어, 아칭."

그의 목소리에서 말로 표현하기 힘든 흥분이 느껴졌다.

"정말 저도 여기서 왕 선생님을 기다리고 있었어요."

방금 전 다른 사람들이 연못가를 떠나 성 회장의 파티에 갈 때 함께 가자며 부르는 사람이 있기는 했지만 나는 거절했다. 그때는 왜 혼자 여기 남으려 하는지 나 자신도 몰랐지만 은연중에 내가 누군가를 기다리고 있다는 느낌이 들었다. 지금에야 내가 왕쿠이룽을, 우리 어둠의 왕국의 신화 속 인물을 기다리고 있었다는 걸 알았다.

"잘됐군. 오늘밤은 제야인데 우리 둘이 만나야지. 방금 전에는 여기에 사람이 너무 많아서 한참 기다리다가 들어왔어."

"맞아요. 방금 전에는 너무 시끌벅적했죠. 모두 밤을 새우러 성 회장 댁 파티에 갔어요."

이어서 나는 그에게 물었다.

"진바오는 어디 있죠?"

최근에 진바오가 걷게 됐다는 소식을 들었다. 아직 조금 다리를 절기는 하지만 신발을 신을 수 있게 되었다고 했다. 왕쿠이룽이 진바오를 데리고 식당에 가는 걸 본 사람이 있었다.

"오후에 타오위안에 데려다줬어."

왕쿠이룽이 웃으며 말했다.

"이모가 타오위안에 살더라고. 하나뿐인 친척인데 함께 섣달그믐 만찬을 하자고 했다더군."

나와 왕쿠이룽은 나란히 걸었다. 계단으로 연못 주위를 걸을 때 우리 두 사람의 발자국 소리가 계단 전체에 선명하게 울렸다.

"푸 아저씨의 산소에 꽃나무를 좀 심었어."

왕쿠이룽의 말을 듣고 나는 소리쳤다.

"어쩐지! 지난주에 푸 어르신 산소에 갔다가 누가 진달래랑 향나무를 가득 심은 걸 봤어요. 왕 선생님이 심은 거였군요."

"그 진달래는 꽃이 빨간색이야. 한두 달만 있으면 필 거야. 하지만 향나무는 여러 해가 지나야 키가 크겠지."

계단 한가운데에 이르렀을 때 왕쿠이룽은 걸음을 멈추고 모발이 검고 텁수룩한 머리를 치켜들어 밤하늘을 바라보면서 혼잣말을 했다.

"오늘밤처럼 이랬어. 그날 밤도 하늘에 별이 가득했지……."

그의 목소리가 점점 격앙되었다.

"10년 전, 10년 전 그 제야에 바로 이때쯤, 거의 12시가 다 됐을 때도 하늘에 별이 가득했어……."

그는 자기 발밑의 시멘트 계단을 가리켰다.

"바로 여기였어. 아평은 거기 서 있었고."

그는 또 내 발밑을 가리켰다.

"'나랑 함께 돌아가자. 함께 집에서 설을 쇠려고 너를 데리러 왔어'라고 말했어. 아평을 달래고, 위협하고, 심지어 빌기까지 했지만 그는 고개를 흔들며 웃기만 했지. 게다가 웃음이 너무 이상했어. 마지막에는 거의 슬퍼 보이는 미소를 지으며 말하더군. '나는 너와 함께 못 가. 이 사람과 가야 해'라고. 아평은 자기 옆의 고주망태가 된 늙은이를 가리켰어. '이 사람이 50위안을 준다고 했거든. 세뱃돈으로 50위안을 말이야.' 그리고 자기 가슴을 손으로 누른 채 괴상하게 웃으며 '이걸 원해?'라고 말했어. 내 칼이 그의 가슴에 정통으로 꽂혀 심장을 꿰뚫었지……."

왕쿠이룽은 쪼그리고 앉아 갈퀴처럼 앙상한 두 손으로 시멘트 바닥을 더듬었다.

"아평의 뜨거운 피가 바닥에 고여 여기까지 흘렀어. 나는 그를 품에 안았지. 아평은 죽어가는 눈으로 나를 바라보았어. 원한은 조금도 없고 미안함과 무력함만 느껴지는 눈빛이었지. 고통에 흔들리던 아평의 그 커다란 눈은 평생 나를 쫓아다닐 거야. 어디를 가든 내게는 고통으로 까맣게 변한 그 두 눈이 보여. 그날 밤, 계단 위에 앉아 '불! 불! 불!' 하고 미친 듯이 소리쳤던 게 기억나는군. 하늘에 가득했던 별들이 앞다퉈 연못에 떨어져서 활활 타오르는 걸 봤거든……."

나도 쪼그려 앉아 왕쿠이룽을 마주 보았다. 그의 목소리가 높아졌다가 낮아졌고 또 광적으로 흥분했다가 슬프게 흐느꼈다. 또 한 번 나는 신공원의 연못가 계단 위에서, 10년이 지난 어느 제야에 우리 어둠의 왕국의 그 오래된 전설을 처음부터 끝까지 완벽하게 복습했다.

이번에 처음 왕쿠이룽의 목소리로 그 이야기를 들으니 전혀 느낌이 달랐다. 맨 처음 들었을 때의 두려움과 곤혹이 느껴지지 않았다. 나는 그가 이야기를 마치고 흥분이 다 가라앉을 때까지 조용히 듣고 있었다. 그리고 잠시 말없이 마주 보고 있다가 손을 내밀어 그의 뼈만 남은 손을 굳게 쥐었다.

"안녕, 아칭."

왕쿠이룽이 몸을 일으키며 내게 작별 인사를 했다.

"안녕히 가세요, 왕 선생님."

나도 웃으며 그에게 손을 흔들었다.

연못을 떠나기 전, 연못 한가운데의 팔각정에 들렀다. 팔각정 안에 들어갔을 때 창 쪽 벤치에서 별안간 누가 놀라서 몸을 일으키며 소리를 질렀다. 가까이 가 창밖에서 새어 들어오는 불빛에 의지해 살펴보니 열네댓 살쯤 된 소년이었다. 벤치에서 자다가 내가 들어오는 바람에 놀라서 깬 듯했다. 그 아이는 벤치 한쪽 끝에 앉아 온몸을 바들바들 떨고 있었다. 나는 그 아이가 누워 있던 벤치가 바로 내가 맨 처음 공원에 와서 이 정자에 숨었을 때 누워서 잤던 그 벤치임을 깨달았다.

"무서워하지 마."

나는 그 아이 옆에 앉아 웃으며 안심시켰다.

"나 때문에 놀랐구나?"

그 아이는 얇은 남색 외투 한 벌만 입고 있었다. 추워서 얼굴이 온통 하얬다. 머리를 짧게 치켜올려 깎았고 턱은 뾰족했으며 두 눈은 당황해서 어디에 초점을 둬야 할지 몰랐다.

"네 이름은 뭐니?"

물어보며 그 아이의 어깨를 두드렸다. 그 아이는 전기에 감전된 듯 몸을 부르르 떨었다.

"뤄……핑羅平이요."

목소리가 거의 안 들릴 만큼 작고 이가 아래위로 딱딱 부딪쳤다.

"오늘은 한파 때문에 여기서 자면 안 돼. 얼어 죽는다고."

나는 그에게 물었다.

"갈 데는 있니?"

뤄핑은 고개를 흔들었다.

"그러면 나랑 같이 가자. 오늘 밤 우리 집에서 자도 돼."

내 말을 듣고 뤄핑은 놀라서 나를 바라보며 어쩔 줄 몰라했다. 나는 또 그 아이를 안심시켰다.

"나는 다룽둥에 살고 집에 나 혼자밖에 없어. 거기는 썩 괜찮아. 너 혼자 여기서 자는 것보다는 훨씬 나아. 같이 가자."

내가 일어나고 나서야 뤄핑은 머뭇대며 뒤따라 일어났다. 우리는 팔각정을 나와서 연못가 계단을 내려가 신공원의 정문 쪽으로 걸어갔다. 정문 반대편에서 찬바람이 불어와 한기가 뼈를 에는 듯 몸속으로 파고들었다. 뤄핑은 내 옆에서 걸으며 두 손을 바지 주머니에 찌르고 목을 잔뜩 움츠리고 있었다. 나는 잠시 멈추고 내 목에 두르고 있던, 푸웨이가 남긴 융 목도리를 풀어 뤄핑의 목에 두 번 둘러주었다.

"너희 집은 어디니?"

관첸로를 걸으며 뤄핑에게 물었다.

"잉거鴬歌요."

뤄핑이 대답했다. 목소리가 좀 커지고 이도 더 이상 부딪치지 않았다.

"이런 날 집에 안 있고 왜 뛰쳐나온 거야?"

뤄핑은 고개를 떨군 채 아무 말도 하지 않았다.

"집에 닭곰탕 반 그릇 남은 게 있어. 가서 데워줄게."

나는 그 아이의 어깨에 손을 올리고 말했다.

"배고파서 현기증이 나지?"

뤄핑이 머리를 비스듬히 돌려 고개를 끄덕이며 씩 웃었다. 우리는 중샤오忠孝서로로 방향을 돌렸다. 타이베이의 모든 집에 불이 켜져 있었다. 한파가 엄습한 이 섣달그믐날 밤에 사람들은 따뜻한 집에서 가족과 함께 새해가 오기를 기다렸다. 거리에는 인적이 거의 없고 택시와 버스 몇 대만 손님 몇 명을 태우고 길을 재촉하고 있었다. 여기저기서 계속 폭죽 터지는 소리가 들렸다. 나는 뤄핑을 데리고 마지막 버스를 타러 버스 정류장으로 향했다. 그런데 거리를 걸을수록 더 추워져서 뤄핑에게 제안했다.

"우리 뛰자, 뤄핑."

"좋아요."

뤄핑이 웃으면서 가슴 앞에 늘어진 목도리 한쪽을 등 뒤로 넘겼다.

나와 뤄핑은 중샤오서로의 인적 없는 보도에서 나란히 뛰기 시작했다. 문득 예전 학교 교련 시간에 달리기 연습을 할 때 우리 반 반장이 항상 내게 앞에서 구령을 붙이게 했던 게 떠올랐다. 펑펑대는 폭죽 소리 속에서 뤄핑을 이끌고 기나긴 중샤오로를 달리며 나는 소리쳤다.

하나, 둘

하나, 둘

하나, 둘

하나, 둘

옮긴이의 말

1.

1954년 타이베이. 17세의 고등학생 바이셴융은 학원의 여름방학 대학입시 준비반에 다니고 있었다. 어느 날 그는 수업에 늦어서 허겁지겁 학원 건물 계단을 뛰어 올라가다가 자신처럼 지각한 다른 반 학생과 부딪쳤다. 마른 체격에 갸름한 얼굴의 그 학생은 이름이 왕궈샹王國祥이었고 두 사람은 아마도 처음 눈이 마주치자마자 자신들이 같은 부류의 사람임을 알아챘을 것이다.

금세 친해진 두 소년은 같은 대학에 가기로 약속한다. 당시 바이셴융은 장차 타이완과 중국이 통일된 후 중국으로 건너가 산샤三峽 댐 건설에 참여하는 것을 꿈꿨다. 그래서 타이난에 있는 청궁成功 대학 토목학과에 진학했고 왕궈샹은 같은 대학의 전자공학과에 들어갔다. 하지만 바이셴융은 1년 만에 전공이 자기 적성과 안 맞는다는 걸 깨닫고 다시 시험을 봐서 타이완대학 영문학과에 입학한다. 이에 왕궈샹도 그를 따라 타이완대학 물리학과로 옮겨 간다. 바이셴융은 이후 단편소설 창작과 공개 낭송회에서 두각을 나타냈으며 왕궈샹은 그의 충실한 독자이자 청중이 된다. 그런데 왕궈샹은 대학 3학년 때 재생불량성 빈혈에 걸려 2년을 휴학할 수밖에 없었다. 그 기간에 바이셴융은 정성껏 그를 돌봤으며 다행히 그는 건강을 회복한다.

대학 졸업 후 대학 동기들과 잡지 『현대문학』을 창간하고 활발히 작품 활동을 하던 바이셴융은 1962년 모친 별세 후 미국 유학길에 오른다. 이때도 왕궈샹은 바이셴융을 따라간다. 함께 아이오와대학에서 공부했으며 바이셴융이 석사학위를 받고 캘리포니아대학 샌타바버라 분교의 중문학 교수로 취임하고 나서도 그와 함께했다. 두 사람은 작은 집을 얻고 정원에 이탈리아 측백나무를 심었다. 휴일이면 근처 항구에서 킹크랩을 사와 왕궈샹이 정성껏 요리를 해서 함께 나눠 먹었다. 그렇게 30여 년간 둘만의 행복한 세월을 보내다가 1989년 왕궈샹의 재생불량성 빈혈이 재발한다. 그후 3년 동안 바이셴융은 왕궈샹을 데리고 미국 각지의 병원을 전전한다. 나중에는 중국의 명의까지 찾아가 치료 방법을 강구하지만 결국 왕궈샹의 죽음을 막을 수는 없었다. 1992년 8월 왕궈샹이 55세를 일기로 사망함으로써 바이셴융은 38년간 벗한 연인을 잃고 만다. 그리고 6년 뒤, 그는 왕궈샹과의 사랑을 기념하는 에세이집 『나무는 이와 같다樹猶如此』를 출간한다.

훗날 어느 매체와의 인터뷰에서 바이셴융은 병석의 왕궈샹을 돌보던 때를 회고하며 이런 말을 했다. "당시 누가 내게 히말라야 산꼭대기에 명의가 있다고 했다면 나는 거기에 올라가 신약을 달라고 애걸했을 겁니다. 그때 내게는 왕궈샹의 생명을 구하는 게 그 무엇보다 중요했습니다." 그리고 덧붙여 "그는 내 연인이었고 내 인생에서 가장 중요한 사람이자 정신적 지주였습니다. 그의 죽음은 내 인생에서 가장 만회하기 힘든, 유감스러운 일이었죠"라고 말했다.

2.

본인의 성 정체성과는 무관하게, 또 타이완인이라는 국적과도 무관하게 바이셴융은 오래전부터 중국어권을 대표하는 소설가였다. 1999년 홍콩의 유력 주간지 『아주주간亞洲週刊』에서 선정한 '20세기 중국어소설 100선'에서 바이셴융의 작품집 『타이베이 사람들臺北人』은 7위를 차지했다. 그 앞의 1~6위는 모두 사망한 작가들의 작품이었으므로 생존 작가 중에서는 그가 으뜸이었다. 미국의 저명한 중국문학자 샤즈칭夏志淸도 그가 "현대 중국 단편소설가 가운데 기재로서 5·4운동 이후 예술적 성취에서 그와 필적할 만한 사람은 루쉰부터 장아이링까지 단 대여섯 명에 불과하다"라고 극찬한 바 있다.

하지만 그의 유일한 장편소설이자 대표작인 『서자孽子』는 1977년부터 1981년까지 타이완의 잡지와 싱가포르의 신문에 연재된 후 1983년 타이완 위안징遠景출판사에서 단행본이 출간되었을 때 민감한 소재로 인해 별다른 반응을 얻지 못했다. 이미 바이셴융이 저명한 작가였고 문단 데뷔 이후 여러 편의 퀴어 단편소설을 발표했는데도 그랬다. 몇 년 뒤 프랑스와 미국에서 번역서가 출판돼 열렬한 반응을 일으키고 나서야 타이완 내에서도 이 작품에 대한 논의가 본격적으로 시작되었다. 그리고 1986년 이 작품을 각색한 동명

의 영화가 상영되었고 2003년에는 역시 동명의 드라마가 절찬리에
방영되어 타이완 금종상의 여우주연상, 감독상, 미술상 등을 휩쓸
었다. 당시 드라마의 영향으로 연예인과 일반인의 커밍아웃이 줄을
이었으며 가출한 동성애자 자식들에게 "용서해줄 테니 돌아오라"
는 말을 전해달라는 부모들의 전화가 방송국에 빗발쳤다고 한다.

3

바이셴융은 62세에 홍콩 매체와 가진 인터뷰에서 자신의 성 정
체성에 관해 뚜렷한 입장을 밝힌 바 있다. 그는 "처음 나의 성 정체
성을 깨닫고 알게 된 후로 내게 동성애는 아름답고 자랑스러운 것
이었습니다"라고 단호히 말했다. 하지만 또 『서자』와 관련해서는
"이 작품은 동성애를 다루는 것에 앞서 인간을 다루었습니다"라고
도 했다. 실제로 이 작품은 주로 1970년대 타이완 타이베이시 신공
원에 형성된 남성 동성애자 그룹의 서브컬처를 제재로 삼긴 했지만
그밖에도 그들과 부모 간의 절절한 감정을 깊숙이 조명하고 있다.

나는 『서자』를 번역하는 내내 작가 바이셴융과 그의 아버지의
관계가 어땠는지 내내 궁금했다. 『서자』에는 두 명의 아버지가 매
우 중요한 인물로 등장한다. 한 명은 주인공 아칭의 아버지이고 다
른 한 명은 동성애자 아들을 자살로 잃은 푸 어르신이다. 두 사람
은 모두 군인 출신으로, 이런 설정은 역시 아버지가 군 장성이었던
바이셴융의 자전적 색채를 보여준다. 바이셴융의 아버지 바이충
시白崇禧는 타이완 정부에서 국방부 장관까지 지낸 저명인사였다.
바이셴융은 그의 10남매 중 8번째로 태어나 어릴 적 극진한 사랑
을 받았으며 그 자신도 부모에 대한 사랑이 남달랐다. 그런데 훗날

"당신 아버님은 당신의 성 정체성을 아셨습니까?"라는 여러 인터뷰어의 질문에 바이셴융은 각기 다른 답을 내놓았다. 한 번은 "모르셨지만 만약 아셨어도 그분은 자식들의 사생활을 존중했기 때문에 아마 이해해주셨을 겁니다"라고 했고 또 한 번은 "나의 특수한 성향을 아셨지만 그래도 나를 존중해주셨습니다"라고 했다. 바이셴융은 왜 이렇게 다른 말을 했을까? 또 둘 중 어느 쪽이 진실일까? 나는 둘 다 진실이며 바이셴융은 그 진실의 서로 다른 면을 말했을 뿐이라고 생각한다. 바이셴융은 이미 미국으로 떠나기 전부터 「월몽月夢」「외로운 17세寂寞的十七歲」 같은 퀴어 단편소설을 발표했다. 그리고 평소 자식을 사랑했던 아버지 바이충시가 아들의 성 정체성을 몰랐다는 건 말이 안 된다. 따라서 바이충시는 아들이 동성애자라는 것을 알면서도 굳이 언급하지 않고 묵인해준 것이라 생각한다. 보수적인 군인이었던 그로서는 그것이 최선의 표현이었을 것이다.

바이셴융은 아버지의 임종을 지키지 못했다. 그가 미국에 있을 때 급환으로 사망했기 때문이다. 훗날 그는 어느 지면에서 자신이 마지막으로 아버지를 보았던 때를 회상한다. 당시 한 달여 전 아내를 여읜 그의 아버지는 고희의 노구를 이끌고 공항에 나가 아들의 미국행을 전송한다. 멀리 떠나는 아들 앞에서 그는 뜻밖에도 눈물을 보였다. 그 당당했던 군 장성이 마치 어린아이처럼 엉엉 울음을 터뜨렸다.

2022. 12. 10
김택규

서자

초판인쇄 2023년 9월 1일
초판발행 2023년 9월 21일

지은이 바이셴융
옮긴이 김택규
펴낸이 강성민
편집장 이은혜
마케팅 정민호 박치우 한민아 이민경 박진희 정경주 정유선 김수인
브랜딩 함유지 함근아 박민재 김희숙 고보미 정승민
제작 강신은 김동욱 이순호

펴낸곳 (주)글항아리 | 출판등록 2009년 1월 19일 제406-2009-000002호

주소 10881 경기도 파주시 심학산로 10 3층
전자우편 bookpot@hanmail.net
전화번호 031-955-8869(마케팅) 031-941-5161(편집부)
팩스 031-941-5163

ISBN 979-11-6909-143-5 03820

www.geulhangari.com